KB273794

새미비평신서 4

문학으로 돌아가다

조영복 著

새미

문학으로 돌아가다

문학으로 돌아가다

오랜 망설임 끝에 책을 엮는다. 컴퓨터 디스켓에 글이 계속 쌓이는 것을 본다는 것은 끔찍하다. 인문주의 사유로 가득찬 고본처럼 책의 향기가 나기는 커녕 죽은 글의 뭉치처럼 느껴진다. 이들을 내게서 떠나 보내는 방법을 생각해 본다. 화일을 없앤다고 해도 이미 잡지 등에 실린 글들이니 어쩔 수 없다. 그 글은 도서관에서 묵은 때를 뒤집어 쓴 채 오래된 잡지의 한 귀퉁이에 버려져 있을 것이기 때문이다. 죽은 글로 계속 남아 있을 것이기 때문이다. 그렇다면 인위적인 제거는 거의 불가능하다. 얼마나 두려운 일인가. 그 치기어린 사유와 문장의 오류로 가득 찬 글을 죽을 때까지 대한다는 것은. 저 스스로 글이 사라지게 하는 방법 밖에 없다. 그 하나가 오류를 최소화하는 방법이다. 글을 다시 베껴쓰는 방법이다. 간행되었던 글을 정리하고 손을 봐서 최소한 정제된 모양으로 바꾸어 주는 것이다. 그것이 내게는 글을 모아서 책으로 내는 것이었다. 그 외에는 방법이 없었다.

이 책을 내면서 많은 글을 버렸고 어떤 글은 조금 다듬었다. 그래서 처음 잡지 등에 발표했던 것과 크게 다르지는 않고 사유를 더 진전시킨 것도 아니다. 생각해 보니 이 책에 실은 글 중 제일 처음 썼던 글은 지금부터 10여년 전의 것이다. 겉멋에 취해, 혹은 유행병처럼 등단을 하고, 문학비평가 포즈를 내던 시절이었다. 부끄러운 시절이었다. 그러나 그 시절을 부정한다는 것도 가능하지 않다.

너무 시간이 흐르면 원고를 정리한다는 것도 쉽지 않을 것 같아 일단 책으로 엮기로 하였다. 오래 전에 쓴 글들이 많아 글의 향기는 무디어졌고 시의 적절하지 않아 하품이 난다. 이 중에는 잡지 등에 실은 글도 있지만 발표하지 않은 글도 있다. 대체로 문학 이외의 장르에 대한 글들이 그러하다. 내게서 결코 지워지지 않는 예술 딜레탕트 기질이 가끔 울타리를 넘어 남의 집 앞을 서성거리게 했다. 그래서 씌어진 것이 '박수근론'과 같은 미술 분야의 글이나, 연극, 조각에 관한 글이다. 비전문성과 교양 결핍이 지지부진한 사유와 글쓰기로 나를 몰아 갔던 기억이 난다. 그래도 예술 전반에 걸친 엿보기의 욕망은 쉽게 사그라지지 않았다. 당연히 발표할 기회도 욕망도 별로 없었고, 그것이 원고 뭉치의 묵은 글로 남겨졌던 것이다. 이 책에 싣는 것이 다행인지 불행인지 모르겠다.

예술이란 결국 영원성에 대한 동경이 아닌가 하는 생각을 가져 본다. 그래서 여전히 나의 '본업'과는 다른 미지의 분야에 대한 갈망, 예술 딜레탕트로서의 삶을 버리기는 쉽지 않을 것 같다. 그래도 될까? 나의 그림 보기가, 음악 듣기가, 책 읽기가 평행선에서 달릴 수 있을까. 나의 갈망은 정당한 것일까. 이런 의문에서 나는 결코 놓여나지 못할 것이다.

나의 망설임은 죽을 때까지 끝나지 않을 것 같다.

어려운 출판 여건에도 책을 엮어 주신 새미 출판사에 감사드린다.

2003년 10월 홍천의 비발디 마을에서

책을 내면서

문학은 무엇과 같이 가는가

011   푸쉬킨, 차이코프스키 그리고 김춘수
031   박수근, 현대성에서 영원성으로
049   파편화된 육체의 거울 읽기(시 「살찐 소파에 대한 일기」의 연극적 변용)
071   저물면서 빛나는 것과 저문 뒤 빛나는 것–
      황지우 조각시집에 관한 단상

문학은 어디서 왔는가

087   근대성의 개념과 구도
111   우리 시 읽기의 주제학과 계몽주의의 깊은 주름
123   방법으로서의 '이상'과 「날개」의 연구방법
141   은빛 거미의 욕망과 천의 육체
161   교사의 얼굴을 벗는 어떤 방법

문학은 어디로 가고 있는가

179 21 세기 문학의 몸 혹은 최후의 인간

203 모더니즘 세계의 이상과 시의 우울

223 1990년대 시의 여백 혹은 비판

237 일상성의 감옥에서 환타지의 세계로

우리 시대의 작가들은 누구인가

253 수사 동경 그리고 에세이(이어령 론)

275 따뜻한 가족주의자가 이른 길(황지우 론)

301 화두, 20세기 문학의 마지막 물음(최인훈의 「화두」 론)

321 일상적 영웅들의 행복과 불행(이선 론)

329 주체 드러내기와 타자 배제하기(서영은 론)

341 이미지, 비약의 모험, 자기 소멸의 꿈

359 여성 산책자들의 시선과 풍경의 사유

377 그라디바, 불멸의 산책자(허수경의 「모래도시」 론)

색인

389

문학은 무엇과 같이 가는가

푹쉬킨, 차이코프스키 그리고 김춘수

박수근, 현대성에서 영원성으로

파편화된 육체의 거울 읽기

저물면서 빛나는 것과 저문 뒤 빛나는 것

―황지우 조각시집에 관한 단상

푸쉬킨, 차이코프스키, 그리고 김춘수

1. 기억의 말, 망각의 글

글의 위계질서상의 우위는 글과 말의 대립에서, 글과 회화의 대립에서, 보여주기와 의미하기의 대립에서 찾아지는 것 같다. 이는 단순히 표현 매체나 매질의 차이만을 의미하지 않고 기억과 망각이라는 인간 본질의 문제와 관련이 있는 듯하다. 최근 김춘수가 펴낸 시집 제목은 『거울 속의 천사』다. 대상과 언어적 표현 사이의 긴장과 대립 속에 놓여있던 김춘수 시의 여로는 '천사'를 향한 구도의 길이 아니었을까. '보이는 것의 보이지 않는 것으로의 변용'에 대한 김춘수 식 해석은 순수한 기원의 언어, '찬미로서의 언어'를 향한 순교자와도 같은 언어의 연단이었을 것이다. 언어를 향해 구도의 길을 떠난 김춘수 시의 내력을 보기 위해서는 말과 글의 오래된 대립을 먼저 이해해야 할 것 같다.

『파이드로스』에서 **플라톤**은 소크라테스의 입을 빌어 글을 배격하고 말을 옹호했다. 그의 말에 대한 옹호는 글이 갖는 '오해의 폭력성'에 있다. 글은 발신자의 입에서 떨어져 나가자마자 무차별한 '오해'의 늪을 전전한다. 글에 대한 위계상의 평가절하는 대화를 통해 자신의 의사를 정확하게 전달하려 했던 그리스 시대 철학자들에게는 지극히 당연한 것이었던 듯싶다. 그들에게는 직접적인 전달과 즉각적인 의사 소통이 중요했을 것이다. 그들은 글이 영혼의 진정한 가치를 훼손한다고 생각했다.

글은 인간 영혼의 본래적 순수 상태를 복원해 내는 기억에 더 이상 의존하지 않게 한다. 모든 기록들은 인간이 더 이상 기억을 하지 않아도 되는 상태를 조장하고 결국 인간을 망각 상태에 빠트린다는 것이다. 기억은 내적인 통찰력을 반영하지만 글은 그 외적인 기호적 형상화에 맹목적으로 매달리게 함으로써 기억이 갖는 순수 본질적 기능을 제거해 버린다는 것이다. 진리는 오직 기억과 인간 내적인 직관 속에 있기 때문이다. 그렇다면 인간 내적인 직관을 어떻게 드러낼 것인가가 문제가 되는데, 결국 말, 대화를 통해서만 그것은 실현될 수 있는 것이다. 외적인 기호에 치장하느라고 애쓰는 글과는 달리 말은 직접적이고 본질적으로 구현된다. 아마 플라톤이 살던 시기에는 정보나 지식의 양이 그렇게 많지 않았고 그것을 익명의 독자들에게 전달할 이유도 많지 않았던 시대였으니까 글이라는 대중적 전달 양식이 불필요했을 것이고 그것이 직접 전달이라는 지고한 의사 소통의 체계를 만들어 내게 되었을 것이다.

그런데 작가 혹은 발신자의 차원이 아니라 독자의 차원을 먼저 상정해 보자. 그리고 직접 전달과 실용적 목적을 우선으로 하는 연설이나 대화가 아닌 문학 예술의 형상화라는 차원에서 이 문제를 제기해 보자. 즉 독자는 어떻게 아름다움을 느끼는가, 무엇을 느끼고자 하는가 하는 문제 말이다. 여기서 아름다움을 '탐미적 아름다움'이라는 의미로 제한해서 읽는 사람은 없을 것이다. 여기서 이 글을 읽고 있는 독자들에게 지금 ''아름다움'이라는 말에 대해 오해하지 말라'고 경고했다. (말이든 글이든 의사 소통에는 오해의 여지가 있다.) 대화를 통해서도 얼마든지 오해는 가능하다. 연설자가 '탐미적 아름다움이 아니다'라고 부연을 하지 않는다면 그 말은 그대로 오해로 남겨질 수 있다. 우리는 연설을 들을 때 전체적인 말의 맥락에서 그 연설을 이해하고자 함으로써 단편적이고 순간적인 '오해'의 순간을 겨우 넘길 수 있다. 마찬가지로 글쓰기에 있어서도 그 오해는 부연 설명에 의해 해소될 수도 있고 글의 전체적인 맥락에서 순간적인 오해의 순간을 벗어날 수 있게도 된다. 그러니까 소크라테스가 연설이나 대화식 언어를 옹호하고 글의 불온성에 대해 말하고자 했던 것은 좀 다른 이유가 있는 듯싶다. 글이 숱한 시공을 거쳐 퍼지면서 곁다리로 붙게 되는 오해에 대해 원 저자가 더 이상 수정할 수도 없고 오해를 풀어 줄 여지가 없게 된다는 것, 이것이 글의 불온성을 더 더욱 확신한 이유인 것 같다. 결국 글이 갖는 시간성, 영원성의 문제였던 것이다. 영원성은 미래의 독자에게 열려 있는 문인 것이다. 미래의 독자를 상정하고 '기다림의 지평을 내포하는' 것으로 글쓰기의 본질은 소크라테스나 플라톤의 시대에는 얼마나 반동적인 것이었겠는가. 플라톤은 스승 소크라테스의 생생한 대화를 필사함으로써 그 의도를 투명하게 보존하고자 했다. 글이라는 불길하고 불온하기 그지없는 형식을 최소한의 한도 내에서만 반영함으로써 말이다. 대화체로 된 『파이드로스』는 그 결과물이라고 할 수 있다.

그런데, 예술이라고 하는 영역 속으로 들어오면 글이 갖는 이 불온성은 예술성 혹은 문학성의 고유한 영역으로 자리하게 된다. 일종의 아니러니가 되는 것이다. 말하자면 모호성, 불확실성, 오해의 여지를 남겨 두는 기록물의 성격 등은 문학적인 글이 갖는 최대의 효과이자 가능성이 된다. 왜 그러한가. 그것은 아마도 인간 상상력의 제한 폭과 깊이가 글(언어)이 갖는 불확실성 곧 은유와 관계되기 때문인 듯싶다. 글의 불온성은 언어의 불확실성이다. 불확실성과 모호성이 존재하지 않는다면 최소한 독자로서 우리는 더 이상 그 같은 문학 작품에 매달리지 않는다. 글이 주는 효과가 범상한 언어나 대화 수준에 그친다면 우리는 '구태여 귀찮게도' 문학 작품에 매달릴 필요가 없다. 글은 말하자면 그 불확실성으로 신비로운 읽기의 체험을 가능하게 하며 인간 내면에 휴식과 위안을 주고 탐미적 욕망을 충족시켜 준다.

2. 스페이드 여왕의 눈

얼마 전 **차이코프스키**가 작곡한 마지막 오페라인 「스페이드의 여왕」
공연이 있었다. 소련 최대의 문화상품 중의 하나인 볼쇼이 오페라단의
내한 공연이었다. 한·소 수교 10주년 기념 공연이었던 관계로 기획사
측에서는 많은 비용을 들여 이 행사를 준비했던 것 같았고, 덕분에 공연
료도 다른 공연에 비해 비쌌다는 기억이 있다. 소련 최고의 문화상품을
보러 간다는 것, 한국에서는 초연이라는 것, 차이코프스키가 전해주는
슬라브 민족 특유의 우울하고도 친근한 정서를 맛본다는 것 때문에 비싼
입장료에도 무리를 한 사람이 많았다. 그 공연은 필자 개인에게는 원작
(글)과 오페라(말, 노래)의 차이, 곧 텍스트의 차이가 주는 미학적인 차이
를 확인할 수 있는 기회가 되었다. 이렇게 말하니까 상당히 거창하지만
사실은 간단한 것이다. 즉 글과 말 혹은 노래의 차이, 혹은 글이 주는 효
과와 말이 주는 효과 사이의 어떤 차이. 엉뚱한 발상일 수도 있다.

「스페이드의 여왕」은 잘 알려진 대로 러시아 국민 문학의 영웅 푸쉬킨
의 짧은 단편이다. **푸쉬킨** 하면 비슷한 연배들은 거의 동일한 경험을 소
유하고 있을 것이다. 바로 '삶이 그대를 속일지라도 슬퍼하거나 노하지
말라. 언제나 때는 오리니 ---'와 같은 「삶」이라는 시의 한 구절이다.
유년 시절부터 청소년 시절까지 머리맡에 걸려있던 이 글귀와 조악한 그
림이 조합 인쇄된 액자를 기억한다. 눈을 뜨자 마자 이 액자의 글귀와 조
우하곤 했던 시절. 아마 가난한 시절이었으므로 국민 위안용쯤으로 이
액자가 널리 애용되었던 것 같다. 당시에 위안을 받았다기보다는 푸쉬킨
이라는 이 인물에 대해 모종의 작위를 느꼈던 사람이 많았을 것이다.
'때가 온다고 가난이 벗어지랴' 뭐 이런 청소년다운 반항이었을 것이다.
아무튼 푸쉬킨을 정부 공보부 소속 장관 대리인 정도되는 '형편없는' 인
물로 치부해 버렸다. 세월이 흘러 푸쉬킨의 진면을 대하게 된 것은 대학

원에 진학하면서 러시아 형식주의를 공부할 때쯤이었던 것 같다. 정부 문화공보부 소속 '똘마니'는 어느새 러시아의 위대한 시인이자 소설가로 변모해 있었다. 차츰 이 위대한 작가의 소설과 시에 탐닉해 들어갔다. 루카치는 푸쉬킨의 「스페이드 여왕」이 고골리의 「외투」에 버금가는 작품이라고 말했다. 1980년대의 파고를 헤쳐나온 세대들에게 루카치는 믿을 만한 이론가 아닌가. 필자는 스페이드의 여왕에게로 달려가 무릎 꿇었다.

「스페이드의 여왕」은 간단한 서사 구조를 가진 작품이지만 인간 운명의 비극성과 본질이 기괴하고 우연한 사슬들에 의해 조직되면서 극적인 드라마를 만들고 있다.

게르만이라는 남자가 있다. 러시아 근위장교이다. 엄격하고 일탈을 모르며 어쩌면 고지식하다고도 할 수 있다. 그의 성격은 많은 부분 가난으로부터 온 것 같다. 당연히 게르만은 도박판에 판돈을 쏟아 부을 능력도, 우연한 확률에 돈을 걸어 인생을 저당잡히고 싶지도 않은 인물이다. 동료들이 노름판에 미쳐 날 뛸 때에도 그는 도박 한번 하지 않는다. 일종의 '천연기념물'인 셈이다. 그런데 이 천연기념물 인간 게르만에게 불행의 여신이 유혹의 손길을 뻗친다. 동료로부터 한 노파의 이야기를 우연히 듣게 되는 것이다.

인간은 예정된 운명으로부터 벗어나기 어렵다. 이 젊은이는 그 유혹을 물리치지 못한다. 동료의 이야기란, 연속되는 세 장의 패로 도박판의 돈을 완전히 거둬 들이는 비법을 아는 노파의 이야기였으니까 말이다. 그 비법만 알면 그의 전도는 아우토반이다. 이 게임에 뛰어들지 않을 자란 성인(聖人)이거나 금치산자, 한정치산자, 바보천치뿐이다. 항용 인간이란 그런 것 아닌가. 게르만은 리자라는 이 노파의 양녀를 통해 이 비법을 알아내고자 한다. 리자의 사랑을 이용해 그는 노파를 죽게 하고 이 비법을 알아낸다. 행운의 여신이 그를 인도했을까. 그러나 안도하기는 아직 이르다. 인생의 마지막 패란 그렇게 간단하게 끝나지 않는 것 아닌가. '싹쓸이 비법'은 3,7,1을 차례 대로 꺼내는 것이다. 연속적으로 이 세 개의 패를 가지게 되면 이 세상 도박판의 돈은 모두 자기 것이 된다. 그런데 게르만은 이 마지막 카드 에이스를 꺼내야 할 상황에서 불행하게도 스페이드 퀸을 꺼낸다. 불행하게도 말이다. 과도하게 부푼 내면적 욕망이 그의 이성을 혼곤하게 했던 것인지, 아니면 죽은 노파의 유령이 카드 패를 조작했던 것인지, 아무튼 그는 마지막에 실패한다. 그가 스페이드 퀸을 에이스로 착각하고 꺼냈을 때, 그가 본 것은 퀸의 눈에서 번쩍이는 노파의 주검이었고 자신의 광기였다. 작가는 게르만의 최후를 마지막 에필로그에 기록하고 있다. 게르만이 미쳐서 평생을 정신병원에서 지내고 있다는 것. 3,7,1/3,7,퀸을 외치면서 말이다.

　이야기가 너무 길어졌다. 이 소설을 읽으면서 가장 극적이고 흥미롭게 생각되었던 장면은 바로 게르만이 스페이드 퀸에서 노파의 유령을 보는 대목이다. 루카치가 그렇게 경탄했던 대목도 이 부분에서였지 않을까 마음대로 생각해 본다. 한 번역본을 그대로 옮겨본다.

　체칼린스키(그는 대단한 노름꾼이다:필자주)가 패를 나누기 시작했는데, 그의 손은 떨렸다. 오른쪽에는 퀸, 왼쪽에는 일이 나왔다. "일이 이겼다!" 게르만은 자기 패를 펴보이며 말했다. "당신의 퀸이 죽었다." 체칼린스키가 부드럽게 말했다. 게르만은 부르르 몸을 떨었다. 사실, 그가 펴 보인 것은 일이 아니라 스페이드의 여왕이었다. 그는 자신의 눈을 믿을 수가 없었고, 어떻게 해서 패를 잘못 뽑았는지 이해할 수 없었다. 바로 그 순간, 그는 스페이드의 여왕이 눈을 가늘게 뜨고 싱긋 웃는 것처럼 느껴졌다. 뭔가 이상하리만치 닮은 모습이 그를 깜작 놀라게 했다. "그 노파다!" 그는 공포에 휩싸여 소리질렀다. 체칼린스키는 딴 은행권을 자기 쪽으로 끌어당겼다. 그가 테이블에서 물러나자 떠들썩한 얘기 소리가 들끓기 시작했다. "멋진 내기였어!" 하고 노름꾼들은 한마디씩 했다. 체칼린스키는 다시 카드를 섞었고, 노름은 계속됐다.
(김숙희 역, 문학과지성사, 1997)

우선, 이 대목을 너무나 냉정하게 서술하고 있는 작가 푸쉬킨의 냉담함은 섬뜩하다. 그것은 연적과 결투를 하다 죽게 되는 푸쉬킨 자신의 기막힌 이력을 떠올리게도 한다. 한 인간은 미쳐버렸고 다른 인간들의 노름판은 계속된다. 타인의 운명의 엇갈림과는 별 상관없이 각자 인생이 지속되듯 말이다. 쿤데라의 '생은 지속된다' 는 그 기막히고 차가운 역설도 이것과 관계가 있겠지만 말이다. 아무튼 푸쉬킨의 인생을 보는 시선의 냉담함 때문에 독자는 이 대목에서 호흡을 한번 고른다. 그런데, 지금 정녕 말하고자 하는 대목은 게르만이 스페이드 퀸에서 노파의 눈을 보게 되는 대목의 문제성이다. 이 부분을 읽을 때 떠올리는 여러 가지 것들에 대해, 즉 글이 갖는 효과에 대해서 말이다.

한 번의 도박으로 판돈을 모두 끌어모으겠다는 욕망은 한 순간 광기를 불러왔을 것이고 그 광기는 노파를 죽게 했다는 자기 내면의 죄책감과 충돌하면서 그의 모든 영혼을 짓뭉개 버렸을 것이다. 그 순간 스페이드 퀸에서 그는 죽은 노파의 유령을 본다. 한 판 인생의 끝은 결국 그가 이성의 힘을 놓쳐버리고 미치광이가 되는 길이었다. 그가 끝내 돈에 미쳐버린 자기 내면까지는 통어할 수가 없었던 것이다. 그는 결국 나약한 인간이었기 때문일 것이다. 작가는 '스페이드 여왕이 눈을 가늘게 뜨고 싱긋 웃는 것처럼 느껴졌다, 그것이 그를 깜짝 놀라게 했다' 고 쓰고 있다. 이 대목을 읽으면서 우리는 여러 가지 장면을 상상하고 상황을 가정한다. 그리고 실제 노파의 환영을 본 게르만의 표정과 행위들을 머리 속에서 그려본다. 모든 장면들이 머리 속에서 그려진다. 번뜩이는 게르만의 광기와 그 광기를 가로지르며 스페이드 퀸의 눈에 겹쳐지는 노파의 날카로운 눈동자. 그리고는 생각하고 상상한다. 억울하게 죽은 노파가 이 돈몰이에 미쳐버린 한 불행한 남자의 내면에 도둑고양이처럼 숨어들어서 그를 파괴시키는구나 하고. 사실 게르만이 본 것은 도덕적 정언명제의 한 실오라기일 뿐이다. 그가 인간으로 살기 위해 최소한 가르침을 받고 배워 온 어떤 힘들이 '인간의 배반'을 거부한다. 그가 본 것은 겨우 자기 양심이 만들어낸 한 환영에 지나지 않는다. 그가 짐승처럼 강했다면 그는 환영을 볼 리가 없었을 것이다. 그의 실기(失機)는 그의 '인간' 때문이다.

그의 '실기'에 대해 다시 한번 생각해 보자. 형편없이 초라하고 가난했던 생애는 그의 용기와 적극적인 삶의 의지를 저지시키고 소멸시켰다. 그런 그에게 기회가 온다. 인생의 도박판에서 한판만 승리하더라도 모든 도덕과 순결과 진정성들은 포기할 수 있다. 통속 드라마의 주요 소재인 이 테마가 사실은 가장 인간적인 모험의 하나여서 기회가 주어지면 누구나 이 판에 뛰어들 각오가 돼 있다. 그러나 끝은 그 예정된 해피엔딩의 드라마를 반전시켜버린다. 그것이 비극적 운명을 만들어 낸다. 독자는 지금 짧은 이 단편의, 또 그 중에서 정말 작은 한 대목을 통해 이 남자가 맞이했을 운명의 그림자에 모든 가능한 상상과 인간적인 교양을 쏟아 붓고 있다. 이 글을 읽는 사람들은 각자 각각의 텍스트를 하나씩 생산해 낸다. 그리고 독자 한 사람 한 사람도 읽을 때마다 각각 다른 텍스트들을 하나씩 생성해 낸다. 이것을 글의 성찰적 기능이라고 말하면 너무 진부한가.

위에서 말한 것처럼, 단지 '스페이드 퀸의 눈에서 노파의 눈을 보았다'는 기록의 확인만으로 독자는 자기 읽기의 과정들을 끝내지 않는다. 그 속에서 읽기는 더 많은 사유의 끈들을 만들어 내고 여기 저기 생각의 실타래를 펼치고 지식의 도서관에서 사유의 접합점들을 이어붙인다. 글 읽기는 여기 저기 사유의 도서관에 내장되어 있던 생각들을 서로 가로지르게 하면서 그것 각각의 등고선들을 타고 넘나든다. 우리는 활자를 읽으면서 순간 순간 시간의 여백을 경험한다. 글은 물질이지만 시신경에 의해 대뇌로 전달되는 그 찰나같은 순간에 물질로서의 글은 정신성의 차원으로 비약한다. 글을 읽으면서 우리는 거의 동시에 그것을 사유로 끌어 올리고 그것을 되씹는, 사유의 나선형의 고리들을 만든다. 읽는 것은 생각하는 것이다. 아마도 활자가 견인하는 성찰하는 힘은 이것을 말하는 듯한다. '스페이드 퀸의 눈'이라는 활자 위에 우리는 눈동자를 그려넣는다. 생각의 화룡점정을 찍는 것이다. 단순한 물질에 지나지 않는 듯 보이는 글자에 생각이 덧씌워진다. 그 때 스페이드 퀸에 겹쳐진 노파의 눈은 한갓 게르만의 유령이기를 그치고 독자의 직관과 영감과 상상력에서 날카롭게 솟아난 인식과 사유의 다면체의 눈이 되는 것이다. 독자의 눈은 '눈'이라는 활자 위에서 사유의 파도타기를 하면서 무한대의 사유와 상상의 세계로 여행을 떠난다.

3. 말하듯 노래하기 혹은 노래하듯 말하기

잠깐 오페라 무대 위로 올라가 보자. 차이코프스키는 이 단편을 보기 좋게 비극적 사랑이라는 테마로 변주시켜 놓았다. 문학작품과 오페라라는 매질의 차이가 스토리의 차이를 만들어 내게 되었던 것이다. 오페라는 훨씬 통속적 주제에 가까이 다가간다. 게르만과 리자의 사랑, 거기에 예레츠키 공작과의 삼각관계가 중심이 되어 있고 그 결말도 리자의 죽음과 게르만의 자살이라는 비극으로 처리되어 있다. 오페라 무대가 갖는 특수성이 줄거리의 변화를 가져왔을 것이다. 하지만 지금 말하고자 하는 것은 결말 부분이다. 게르만이 스페이드 퀸을 에이스로 착각하는 장면을 오페라 무대에서는 어떻게 처리하는가 하는 것. 이 오페라가 초연된 세종문화회관 대강당에서 자막으로 올라갔던 번역문 그대로를 옮겨보자. 이 부분은 사실 글로 되어있기는 하지만 오페라 무대 위에서는 가수에 의해서 노래로 불려지는 대목이다. 우리가 러시아말을 모르는 까닭에 번역문이 자막으로 올려진 것이다.

　사랑에 배신당한 리자가 자살을 하고 게르만은 자신의 전 인생을 건 도박판으로 향한다. 도박판은 이제 한창 물이 올라 있다. 노파가 가르쳐 준 비법대로 게르만은 3, 7카드를 연이어서 내고 승리를 눈앞에 두게 된다. 마지막 판에서 에이스를 선택하면 그는 그 판의 돈을 싹쓸이 하게 되어 있다. 그러나 운명의 여신은 항상 인간의 예정을 배반한다. 소금기둥이 될 것을 알면서도 인간은 그 마지막 악마가 저주하는 순간들을 거역하지 못하듯이 말이다. 자, 노파의 유령이 스페이드 퀸 얼굴에 겹쳐지면서 게르만이 놀라 몸서리치는 장면을 보자.

　　게르만 : 자네! 자네가 덤볐나?
　　예레츠키공작 : 나! 체칼린스키, 내가 걸겠네!
　　게르만 : 에이스!
　　예레츠키공작 : 아니야! 자네 손에는 여왕 카드가 있네.
　　게르만 : 무슨 여왕이라고?
　　예레츠키공작 : 자네 손에는 스페이드 여왕 카드가 있다네!
　　게르만 : 당신이 왜 여기에! 왜 비웃지? 당신이 날 미치게 하는군. 젠
　　　　　　장! 무엇 때문에? 무엇이 필요한가? 내--생명? 가져가, 가
　　　　　　져가버려!
　　합창 : 불행한 사람, 그는 자살했어. 그는 아직 살아있군!
　　게르만 : 공작! 용서해 주오! 난 아파요, 죽어가고 있지!

　이 부부은 분명 가수에 의해 노래로 불려진다. 편의상 글로 옮겨 놓았지만 분명 이 부분은 극중 한 장면으로 떠올려져야 할 것이다. 글로 옮겨 놓는다고 해서 곡해되지는 않을 것이다. 루카치가 이 소설을 극찬한 것은 18세기 제정 러시아의 사회상을 충실하게 반영했다는 것에 있을 것이

고 특히 그것이 그로테스크하고 기괴한 장면 묘사에 의한 리얼리즘, 보통 우리가 환상적 리얼리즘이라고 말하는 것에 있었을 것이다. 그런데 오페라에서는 이 그로테스크한 장면 묘사가 거의 연출되지 않는다. 실제 이 부분을 환상적이고 그로테스크한 부분으로 이해하는 사람도 거의 없다. 오페라를 헐리우드식 무대 연출로 끌고 간다고 해서 이 부분이 더욱 환상적이고 그로테스크하게 보여지지는 않을 것 같다.

얼마 전 바그너의 불후의 명작, 「니벨룽겐의 반지」 무대 연출을 조지 루카스 팀에게 맡긴다던 도밍고조차도 분명 그렇게 말할 것이다. 논의의 초점은 연출의 기법으로 혹은 혁신적인 무대 기술로 그 환상과 그로테스크함을 만들 수 있다 없다가 아니다라는 것이다. 진정 문제는 매질의 차이와 수용의 차이에 있다는 것이다. 곧 글과 말(노래)의 차이. 오페라에서 이 부분의 노래는 말에 가깝다. 아마도 러시아 오페라와 이탈리아 오페라 사이에는 약간의 차이가 있는 듯하다. 러시아 오페라는 어떤 부분이든지 노래로 말하는 경향이 있다. 그러나 노래하듯 말을 하는 것이 아니라 말하듯 노래한다. 그래서 노래와 말의 차이가 이 부분에 관한 한 별반 차이가 없다고 볼 수 있다. 아무튼 우리는 배우가 전해주는 말에 의해 그가 스페이드 퀸을 에이스로 착각했다는 정보를 얻는다. 그리고 그 순간 노파가 자기를 노려보았다는 게르만의 독백('당신이 왜 날 노려보지?')을 듣는다. 이것은 거의 정보에 가깝다. 입체성이 없다. 한순간의 사유의 여백도 남겨지지 않는다. 입체성을 주기 위해서 소설의 본문처럼, '노파가 노려보았고 싱긋 웃었으며 그 순간 깜짝 놀라 기절했다'는 설명이 주어졌다 해도 관객들의 그 상황에 대한 이해의 폭은 상당히 제한된다. 뿐만 아니라 이 순간 오페라는 오페라로서의 미학성을 잃고 만다. 이것은 서술(글)에 접근해 가는 것이 되기 때문이다.

비싼 오페라 공연 입장료를 치룬 대가를 이 마지막 대목에서 확인한 재미는 컸다. 오페라에서 이 우연성과 기괴함은 소설에서만큼은 쉽사리 손에 잡히지 않았다. 단지 설명으로 읽힐 뿐이고 그다지 감동을 주지는 않았던 것이다. 가수들의 노래와 연기와 무대 미술의 뛰어남 같은 것들은 일단 접어두고 말이다. 글이 갖는 여백을 말은 갖지 못했던 탓이다. 즉 글은 소크라테스가 그렇게도 부정하고자 했지만 부정되지 않았던 시인의 존재 이유와 마찬가지로 그 부정의 끝에서 스스로 복권된다.

잠깐 그림쪽으로 이야기를 틀어보자. 어원학자들은 '글'이 그 어원상 '그리다'와 관련이 있을 것이라는 주장을 한다. 글이든 그리는 것이든 그 본질적인 차원에서는 비슷한 인식 작용에 기인한다는 것이다. 이것의 확인을 위해 우리는 잠깐 **드가**에게서 빌어올 것이 있다. **발레리**는 드가라는 창을 통해 '보는 것'과 '연필을 잡고 그리는 것'의 차이를 말하고 있다(폴 발레리, 드가, 춤, 데생, 김현 역, 열화당, 1994). 단지 대상을 보고 있을 때와는 달리 어떤 대상을 그리고자 할 때 우리에게는 주의력이 필요하다. 의지적인 집중이 필요한 것이다. 이 집중력은 우리가 그 전에 보지 못했던 것을 깨닫게 한다. 우리가 잘 알고 있다고 생각했던 것들이 낯설게 다가오면서 사실은 그것을 잘 알지 못했다는 사실을 깨닫게 된다. 연인의 눈, 코를 그린다고 가정해보라. 단지 그것을 보고 있었을 때와는 달리 그것을 묘사하려 할 때 갑자기 익숙하다고 생각하고 있던 연인의 모습이 잘 생각나지 않는다. 얼마나 당혹감을 느끼게 되겠는가. 그 당혹감 뒤에 우리의 사고 작용이 작동하게 된다. 비로소 대상에 대한 깊숙한 숙고가 이루어지는 것이다. 윤곽 상태만이 어렴풋하게 인지되던 것들이 비로소 선명한 형태를 띠고 우리 눈앞에 나타난다.

모델에 눈을 던지면서 선을 그릴 때 작용하는 것들 중에는 기억도 있다. 기억이 재생되는 순간 순간은 찰나적인 것─발레리는 '추억의 순간적인 요소'라고 부른다─이지만 그 기억의 순간적인 요소들이 모여 하나의 완성된 그림이 존재한다. 추억의 순간적인 요소란 기억의 부정확, 불명료, 인간 능력의 오류를 말하기 위해 쓴 개념은 아닌 듯하다. 오히려 역설적인 의미로 읽어야 한다. 모델의 각 부분 부분이 순간적인 기억의 재생으로 이어진 까닭에 그것은 부분적으로는 완전하나 총체성의 묘파에는 이르지 못한다. 그래서 예술가는 자신의 모델 앞에서 끊임없이 망설인다. 나아가고 물러서고 눈을 깜박거리며 다시 자신의 몸을 그 대상에 맞추어 움직인다. 시각의 인지에서부터 그것을 그리기 위해 몸을 움직이는 과정까지가 사실은 우리가 그 대상에 대해 사유하는 시간이다. 글을 읽을 때 물질로서의 활자를 읽는 데서 멈추지 않고 인식 작용이 개입되는 것과 같은 이치이다. 글은 물질로서 만족하지 않고 그 흔적인 사유의 여백들을 남긴다. 사유해야만 하고 사유할 수 있어야만 우리는 글을 읽었다고 말할 수 있다. 해석의 불가능성은 곧 해석학의 가능성이다. 역설적으로 해석학의 여지는 바로 글, 언어의 '여백, 흔적'이라는 속성에 있다. 언어가 여백으로서의 여지를 남기지 않는다면 아마 해석학도 존재할 수 없을 것이다.

「스페이드의 여왕」을 보면서 혹은 읽으면서 너무 멀리까지 온 것 같다. 그러나 여기서 말하고자 한 것은 말과 글의 가치 체계를 규정하고자 하거나 글의 상대적 우월성을 강조하고자 한 데 있지 않았다. 단지 왜 우리는 글(문학 텍스트)을 읽는가, 언어란 무엇인가, 표현이란 무엇인가 하는 것에 대한 질문이다. 동서양 공히 글(언어)의 불명확함과 그것으로 인한 오독(오해)의 가능성에 대해서는 관통하고 있었던 듯하다. 서양에서는 랑그와 빠롤의 임의성, 불일치성에 대한 기호학자들의 다양한 견해가 있었던 것 같다. 『노자』의 '말(언어,글)은 원래 생각의 그림자'라거나 '참된 도는 말(언어)로써 표현할 수 없다'는 논리는 은유와 신비, 불확실성으로 특징지워지는 언어(글)의 속성을 비유한 것으로 보인다.

4. 천사의 거울, 인간의 눈

글이 갖는 불명료성이란 다시 말하면 언어, 아니 시적 언어가 갖는 특이성에서 비롯된다. 시인들의 고민은 사물과 언어, 이미지와 표현의 갈등과 충돌이라는 오랜 과제에 있다. 이 고민에 앞서 있는 시인으로는 평생 언어와 의미, 의미와 이미지의 관계에 대해 숙고한 『처용단장』의 김춘수가 있다. 그의 고민은 결국 대상을 어떻게 완벽하게 묘사(표현)해내는가 하는 문제이다. 관념을 완전하게 드러내는 것, 이것이 관념 기갈증에 걸린 초기 김춘수의 고민이었을 것이다. 그는 관념, 즉 뜻을 넘어서기 위해 이미지만을 제시하는 방법을 쓰고 급기야는 이미지로부터도 독립하고자 한다. 한 이미지를 다른 이미지로 하여금 소멸하게 하면서 제3의 이미지에 의해 꺼져가게 하는 방법. 그가 자신의 작품에서 추출한 삽입 형식의 혼성모방을 구사하고 다양한 인용구를 차용하는 것은 이러한 방법론상의 전략 속에서 가능해진다. 시의 각 구문들은 독립되어 있지만 통일되지 않은 비유기적인 구조를 가지고 있다. 구문들은 반복, 되풀이되면서 리듬을 낳는다. 그러나 리듬만으로는 시가 될 수 없다고 믿는 순간 그에게는 다시 의미의 세계가 들어선다. 그러나 그 의미란 대부분 그의 관념에 대한 메타성의 성격을 가진 것이어서 그의 시는 결국 언어의 본질과 영원성의 관계에 대한 시인의 숙고를 되풀이해서 보여준다.

그는 초기부터 릴케의 사도였다. 릴케의 '천사'는 '인간'과 대비된다. 천사는 범신론적 대상으로서 '완결한 언어'를 가진 존재이다. 하지만 인간은 '완전한 말'을 하지 못한다. 인간이 가진 언어의 한계 곧 사물에 이름을 붙이는 언어의 한계 때문이다. 노자는 그래서 '이름 부를 수 있는 이름은 참된 이름이 아니다'고 역설적으로 말한 것 아닌가. 김춘수는 묘사적 이미지와 서술적 이미지의 대립으로 이를 해결하려 한다. 언어의 불완전성을 알아 챈 그에게는 관념이나 공리 곧 의미로부터의 탈출이 급

    문학으로 돌아가다

선무였다. 서술적 이미지에 매달렸으나 의미는 계속 언어의 주변을 싸고 돈다. 사물과 언어, 대상과 표현 간의 불일치에 절망해 버린 그는 이제 '의미하지 않겠다'고 선언하고 이를 '무의미 시'라는 이름으로 부른다. 그 유명한 서술적 이미지와 묘사적 이미지의 대립은 허구적인 이항대립으로 보인다.

그의 고민은 언어적 완전성에 매달리는 시인의 고민이다. 그의 인식은 언어의 최대한의 가능성을 끊임없이 실험해 보인다는 점에서 언어가 갖는 침묵적 성격, 언어의 투명성에 근접해 있다. 그는 '시는 침묵으로 가는 울림이요 그 자국이다'고 쓴다. 그는 이미지와 이미지의 대립, 이미지와 말(언어)의 대립을 통해 '말이 저 자신의 한계를 뚫고 제 스스로 부수어지며 다시 의미의 한계 안으로 되돌려지는 순환과정'을 확인하려 애쓴다. 『처용단장』 시편은 그의 이 같은 신념이 집약된 것이다. 이미지는 이미지와, 또 다른 이미지와 자체로 대립하고 또 의미와 대립하면서 말의 생생한 울림과 모국어의 아름다움을 살려낸다. 이 시집의 시편들은 무척 아름답다. 모국어가 주는 말의 아름다움은 의미와 이미지의 대립을 낳고, 이 모국어적 감수성은 이국적 이미지에 투영돼 빛을 발한다.

그 유명한 「샤갈의 마을에 내리는 눈」 같은 시편들을 생각해 보자. 김춘수는 의미를 일부러 붙여보기도 했다가 완전히 빼보기도 했다가 하는 수련 끝에 생긴 부산물이었다고 말한다.(「의미에서 무의미까지」) 독자들은 이 시에서 완전히 의미가 빠져버린 서술적 이미지의 이미지만을 보는가. 독자들은 이 시에서 샤갈의 그림과 정수리에 눈을 맞고 있는 이국의 남자들과, 장작불 지피는 어쩐지 익숙한 이 땅의 여인들의 사랑을 본다. 친숙한 이미지는 이국적이고 낯선 이미지들과 충돌하고 언젠가 본 김춘수의 다른 시들에서 낯익은 붉은 색감의 이미지들을 끌어온다. 그리고 이 익숙하고 낯선 여러 이미지들 뒤에 숨은 의미를 파악하려고 한다. 심지어 그가 '사바다, 사바다'(『처용단장』 2부 「들리는 소리 5」)만을 외칠 때도 사바다와 멕시코, 멕시코 바나나와의 연관 관계를 알아내려고 한다. 가다머는 소리조차 의미론적 가치를 지닌다고 말한다(가다머, The Relavance). 소리란 음성학적으로 중요한 것이 아니라 음성학적 자질 자체가 차이를 생성함으로써 의미를 산출한다는 것이다. ‘사바다/멕시코’, ‘불러다오/어디있는가’의 변별적 자질에서 오는 차이를 통해 독자는 기어코 ‘의미’를 부여하고자 한다. ‘무의미’하고자 했던 김춘수의 의도는 의미 파악에 맹목적인 독자들의 무신경 앞에서 철저하게 부서진다. 그가 결국 말의 다양하고 장황한 속성을 지닌 산문성의 세계『서서 잠자는 숲』으로 돌아오는 것은 언어(의미하는 언어)의 회귀이자 존재의 회귀이지 않겠는가? 그의 최근까지의 정열적인 시 창작은 바로 이 같은 떠남과 회귀, 사물의 중심으로부터 언어가 탈출하고 돌아오는 원심력과 구심력의 긴장력에서 비롯되지 않았을 것인가? 이 긴장이 그를 한시도 시 혹은 언어의 영토에서 벗어나지 못하게 했던 것이 아닌가?

『거울 속의 천사』에는 이런 구절들이 있다. 시인이란 말에 꼬리를 살짝 묶어 얼른 알아채지 못하게 한다는 것.(「시인」) 그것이 3할이든 7할이든 그 비율이 무슨 상관인가?(「시인」) 그러나 어디 말의 꼬리에는 눈이 없겠는가? 거울이 시인을 보고 있기 때문이다. 시인의 언어는 거울의 언어에 구속되어 있다. 거울의 언어는 천사의 언어이다. 천사에 대한 김춘수의 집요한 관심은 유년의 추억과 독서체험에 관련되어 있다. 그가 본 천사는 통영 교회당 천정에 붙은 성서화 속의 천사이며, 릴케의 시집 특히 「사랑하는 나의 하느님의 이야기」에서 읽은 천사이다. 특히 레온 세스토프가 말한 ‘천사는 전신이 눈으로 돼 있다’라는 구절은 김춘수에게 평생 풀어야 할 화두가 된다. ‘내 속에도 천사가 있다. 그가 나를 보고 있다. 그에게 보이고 있는 괴로움으로부터 나는 벗어나지 못하고 있다’고 쓴다(꽃과 여우, 민음사, 1997).

인간과 천사의 대립은 김춘수에게는 본질적인 것이다. 천사의 언어는 완전한 언어, 찬미하는 언어이다. 천사는 언어의 다양하고 제한되지 않는 본질을 통해 그 스스로 자족적이며 완결한 세계의 상징이다. 그래서 천사의 언어에 비춰진 그의 언어는 고통 바로 그것이다. 천사는 흔적을 남기지 않는다. 시인은 흔적을 남긴다. 그가 아무리 언어의 투명성에 가까이 가고자 해도 시인의 말은 어줍어서 의미를 남긴다(「어눌」). 거울에 대한 시인의 강박관념은 오래되고 집요하다(「거울」). 인간 그 자체는 존재의 상실을 상징한다. 반면, 자신에게서 흘러나간 아름다움을 다시 퍼 담는 존재인 천사는 나르시스의 자기 충족감으로 빛나고 의미의 투명함으로 가득찬 존재이다. 천사는 '세계 내면 공간'의 신화적인 상징으로 외부 세계의 내면과 인간 영혼의 내면 사이에 존재하는 모든 구별과 대립이 지양된 세계를 이른다(김재혁, 예술의 여정을 떠나는 수도사, 책세상, 1997). 김춘수의 허무주의가 어디서 비롯되었는가를 엿볼 수 있는 대목이다. 김춘수가 얼마나 오랫동안 이 이미지와 언어적 표현 간의 관계, 실재와 재현, 기호와 의미, 상징과 세계 사이에서 고심했는가 하는 흔적들을 알 수 있다. 반복적인 어구와 이미지 차용, 묘사적 이미지에서 서술적 이미지로의 접근, 무의미 시의 탐구, 산문시의 접근 등은 말과 표현 사이에서, 불명확한 의미의 경계와 모호한 시적 언어의 본질 사이에서 갈등한 그의 내면의 총화일 것이며 수십년 동안 언어를 연단한 그의 이력일 것이다. 그래서 김춘수는 장인이다.

언어만이 유일하게 시간의 게걸스런 흐름에 저항한다. 불명료성, 불명확함 등을 특징으로 하는 시의 언어는 겉으로는 낡고 빈약해 보인다. 그러나 그 불명료성은 제한되고 도구화 되지 않는 해석의 지평을 열어준다. 세익스피어의 말처럼, 매일 새로운 태양이 낡아지고 새롭게 떠오르듯 말(언어)은 낡고 혁신된다. 그래서 언어는 제 스스로 불멸성을 지닌다.(쌍 롱시, 도와 로고스, 백승도 외 역, 1996) 시의 언어를 통해 인간은 이 시간의 흐름에 저항한다. 찰나적인 순간의 경험 속에 내던져진 인간은 언어를 통해 쇠락과 죽음으로부터 끌어 올려진다. 시는 언어를 통해 인간의 삶에 영원성을 부여해 준다. 김춘수가 릴케를 사숙하고 찬미한 것은 너무나 인간적인 일이 아니었을 것인가?

5. 옹알이 하는 신화가 혹은 시인

김춘수 시의 방법은 반복이다. 순간적인 기억의 찰나 찰나를 이어 붙이기도 하고 구절을 이어 붙이기도 한다. 그의 시에 통영 시절의 유년기 체험이 얼마나 뿌리깊고 지속적인가를 생각해 보면 수긍할 수 있는 대목이다. 『처용단장』 시편에서 익히 보아왔던 이 반복과 차용은 『들림, 도스토예프스키』와 최근 『거울 속의 천사』에 이르기까지 폭넓고 깊숙하게 걸쳐져 있다. 이들 시집의 시편들은 추억과 기억의 재생과 반복의 거대한 미로 속에서 탄생한다. 그것들은 앞선 시편들과 그리고 바로 그 시집 자체 내의 시편 각각에서 시구들을 서로 주고 받는 형식으로 이루어진다. 그의 시는 그의 시 세계의 우주에서 울리는 다성악적인 대화이다. '김춘수'를 혼성모방과 패러디, 차용의 방법으로 읽는 연구가 많은 이유는 이 때문인 듯하다.

김춘수 시는 반복의 거대한 도서관인 셈이다. 내리는 눈, 호주 선교사, 죽두화, 꽁지가 하얀 새, 해안선을 걸어오는 한 사나이, 눈 속에 익는 겨울 열매 등의 낯익은 이미지들, 울어다오, 앉아다오, 어디있는가 등의 주술적인 구문의 반복 등은 김춘수를 읽는 독자들에게는 너무나 익숙하다. 인간의 불완전성은 순간적인 기억의 재생 속에서, 반복의 형식 속에서 간단없이 이어진다. 생은 반복의 형식 속에서 영원성으로 끌어올려진다. 그리고 천사와의 대립과 그 지양을 통해 인간은 순간적인 생의 추억과 유한성으로부터 벗어난다. 김춘수의 시의 반복, 차용, 패러디는 결국 신화 시대 구비전승자의 반복과 창조에 버금가는 행위가 된다.

김춘수에게 시는 언어의 신화 바로 그것이며 시인 자신은 바로 그 신화의 전승자인 것이다. 구어적 진술의 전승자가 아니라 글로 씌어진 신화의 전승자이다. 그의 시들은 기억과 반복을 통한 다양한 이미지의 변주를 보여준다. 구조화된 것(골격)과 개연적인 것(덧붙여진 것) 사이의 반복과 창조가 신화의 이본을 낳듯(레비스트로스, 『신화학』) 김춘수의 시는 신화의 이본처럼 존재한다. 김춘수의 시를 읽는 독자들은 반복된 것과 새로워진 것 사이에서 그 밀도있는 언어의 긴장과 감응력을 경험한다. 다만 김춘수 시는 이미 그의 시를 알고 있는 기억의 공유자들에게만 전승되고 개척된다는 점에서 지적이고 현대적이다. 반복과 차이를 내포한 지속의 글쓰기는 침묵하지 않기 위한 글쓰기며 이는 독자들의 수용과정에서 비로소 완결된다.

신화 시대 구어적 생산물은 청자의 기억을 전제하지 않으면 '마치 발언된 적조차 없었다는 듯' 망각과 소멸 속으로 빠져든다. 전승자는 반복을 통해 이 소멸의 공포로부터 벗어난다. 김춘수는 언어의 집요한 탐구를 통해 거울 속 천사의 시선으로부터 벗어난다. 끝없는 반복과 이미지의 변주로 그는 언어의 무상성을 통과해 간다. 그의 시쓰기의 불편함은 독자에게도 전이된다. 그는 읽고 감동하는 즐거움을 요구하는 것이 아니라 '완성되고 결정적이고 불변인 책'의 거울을 든 독자이기를 요구한다. 마르셀 티티엔의 말처럼, 김춘수는 단순히 들은 이야기를 책으로 옮기는 **헤로도투스**보다는 '개념적이고 명확히 보게끔 해주는' 글쓰기를 강조한 **투키티데스**에 가깝다(마르셀 티티엔, 신화학의 창조, 이끌리오, 2001). 독자에게 미리 지적 무장을 할 것을 요구한다는 점에서 그는 시인 투키티데스이다. 패러디나 혼성모방은 독자가 그 텍스트를 미리 알고 있다는 전제하에서, 독자의 독서 체험과 지력을 전제한 상태에서 그 기능이 발휘된다는 점에서 그러하다.

인간의 기억력은 약하고 언어는 말의 수다스런 즐거움이라는 유혹에 노출되어 있다. 김춘수는 결정적인 인간의 약점을 알고 그 약점을 통해 천사의 목소리에 다가가고자 한다. 김춘수의 뮤즈는 분명 언어의 가장 초기적인 형식, 신화 시대 반복의 옹아리를 말하는 백발 노인의 천사일 것이다. 가장 신화적인 방법으로 이 난감하게 늙고 낡아버린 시의 현대 성을 혁신하고자 한다는 점에서 그러하다.

박수근, 현대성에서 영원성으로

1. '형상'에 대한 내적 접근의 필요성

박수근(1914-1965) 그림의 인물들은 거의 하나같이 쪼그려 앉아 있다. 「노상」「빨래터」「시장」「휴식」「대화」「과일파는 소녀」 등 어떤 그림을 선택해도 그의 인물들의 주된 포즈는 '쪼그려 앉음'이라는 '형상'의 공통성을 보인다. 이 쪼그려 앉은 육체의 이미지는 우리에게 이미 지나가 버린 시간들에 대한 추억과, 우리가 갖지 못해 불행했던, 그리고 우리가 잊어버린 것에 대한 회한과 안타까움을 전해주고 있다. 그리고 경험적으로는 우리 역사에서 굴곡진 삶의 부조리함과 불편함을 그대로 재현해 낸 것처럼 보이기도 한다. 그러나 기실 이것은 일면적인 인상에 지나지 않는다. 195, 60년대적인 삶이란 이제 우리에게 다시는 돌이키고 싶지 않은 삶, 그러나 향수 어린 추억이라는 시간 속에서만 불러낼 만한, 그러한 시간의 연대기에 지나지 않는다. 물질적인 혜택으로부터의 철저한 고립, 가난, 삶의 고달픔, 생존의 절박함에 덧붙여진 다가오는 시간에 대한 불안, 그리고 전쟁으로 인한 실향과 죽음은 이 시대를 떠올릴 때마다 우리가 필연적으로 맞게 되는 우울한 인상의 전경화이다. 이 '쪼그려 앉음'이란 형상은 그래서 거대한 우울의 메타포를 거느리고 있는 것이다.

박수근의 그림은 이 같은 시대적 현실이 만들어낸 예술적 형상물 곧 현실 재현, 현실 반영물의 일종이다. 그러나 단순히 195,60년대 신산한 삶의 반영이라고 말하는 것은 불충분하다. 이는 그의 그림이 당대적 의미를 뛰어 넘어 현재에 이르기까지 절절한 울림을 주는 이유가 무엇인지 온전히 말해주지 않는다. 그리고 그의 그림이 한국인의 심성을 건너뛰어 이른바 서구의 미술 애호가들에게조차 그 보편적 울림을 감당해 내고 있는 이유도 마찬가지로 설명해주지 않는다. 〈박수근 전〉과 연이은 〈박수근 판화와 드로잉전〉의 기획 전시는 박수근에 대한 현재적 조명의 필요성을 말해 주고 있다.

본고는 박수근 그림에 대한 기존의 평가들, 실증적인 접근과 미술사적인 접근, 회고에 근거한 다양한 평가들을 바탕으로 그의 그림의 주된 형상인 '쪼그려 앉은 육체'와 '나목'이 갖는 내적 의미들을 다양한 시선으로 조명해 보고자 씌어졌다. 박수근 그림을 내재적으로 접근함으로써 역사주의적, 미술사적인 접근을 넘어서서 미학적인 차원으로까지 확대할 수 있고, 그의 그림이 갖는 내적이고 인식론적인 가치들을 더욱 가깝게 조명할 수 있으리라 판단하기 때문이다. 이에 따라 이 글은 다음과 같은 차례로 기술될 것이다. 2절은 이 두 형상이 갖는 개괄적 의미, 3절은 '쪼그려 앉음'의 시간성과 근원성의 문제, 4절은 '나목'의 자기재현적 현실 반영성의 의미, 5절은 결론적인 성격의 글로서 현대성과 영원성의 맥락에 대한 검토로 이어진다.

2. 쪼그려 앉음과 나목의 형상

'쪼그려 앉은 육체'는 몇 가지 의문을 연이어 불러 일으킨다. '쪼그려 앉음'이란 무엇을 의미하고 있는 것일까. 그리고 그 육체가 아주 정형화된 구도와 단순한 선들에 의해 구조화 되어 있음은 무엇을 의미하는 것일까. 그리고 이와 같은 형태의 육체가 박수근의 그림에서 반복적으로 재생산되고 있음은 또한 무엇을 의미하는 것일까. 박수근 그림에서 뿜어 나오는 그 희뿌옇고 단조로운 색감들은 어떤 깊숙하고 그윽한 지점으로 우리를 이끌어 가고 있다. 박수근의 그림들이 우리를 데려가는 곳은 바로 그 '영원성의 시간'이다.

「여인들」 「세 여인」 「노상」 「시장」 등의 그림을 보자. 평론가들은, 삶의 모든 수고로움을 다 짊어지고 생계를 꾸려나가는 이 여인들은 195,60년대 소외된 군상들을 표상한다고 말해왔다. 쪼그려 앉은 여인들의 삶은 불편하기 그지없다. 시장의 여인들은 물건을 팔기 위해 쪼그려 앉아 있지는 않다. 여인들은 저마다 등을 돌리고 있고 시선은 땅을 향한 채 고립된 형상을 취하거나 서로 비켜 있다. 그들의 시선이 어느 곳을 향해 있는지를 주목해야 한다. 그들의 시선은 대상 곧 타자를 향해 있지 않다. 그들은 아래를 보고 있지만 그것은 땅을 보기 위해서가 아니라 자기 존재의 깊은 심연을 보기 위한 것이다. 자기 실존의 확인을 위해서는 우리는 고독한 존재성 그 밑바닥으로 내려가야 한다. 그의 그림이 깊고 절절한 사색적 울림을 울리고 있는 이유는 이 사색적 존재가 펼치는 깊고 깊은 심연의 드라마 때문이다. 그래서 '쪼그려 앉음'의 형상은 1950년대 삶의 불편함과 가난하고 신산한 삶을 짊어졌던 여인들의 운명을 '의미'하는 것이기보다는 본질적으로는 형상 그 자체의 언어를 표상한다. 이 때 '형상'은 그 자체가 독자적으로 살아 움직이는 '언어'가 된다.

'쪼그려 앉음'이란 미정형의 자세이며 미완성의 행위이며 동작 이전의 준비 상태이다. 그것은 완성된 동작이 아니므로 현재 진행형의 것이자 미래의 것이다. 그의 그림의 인물들은 과거의 시간을 반추하기 위해 있거나 추억에 잠기기 위하여 존재해 있다기보다 다가올 시간을 향해 자세를 낮추고 있다. 그래서 '쪼그려 앉음'의 형상이 가난하고 불행하기 그지없는 삶의 반영이며, 어떤 결핍과 빈곤의 의미론적 기호라고 말하는 것은 일면적 진실에 지나지 않는 것이 된다.

쪼그려 앉은 인물들은 그의 그림에서 아주 보편적인 것이다. 들뢰즈(G.Deleuze)는 밖으로 튀어나오거나 육체의 꾸물거림을 통해 생성하는 육체의 이미지를 보여준 베이컨(Francis Bacon)의 그림들에 대해 말한다. 튕겨나오는 육체는 시간의 찰나성과 순간성을 그 자체로 역류하려는 도전과 모험을 강렬하게 환기시킨다. 반면에 박수근의 형상들은 그것 자체로 정지되거나 고정되어 있으며 두꺼운 마티에르에 포위되어 있는 육체의 이미지를 담고 있다. 박수근의 정지된 육체들은 그 스스로 찰나적인 이 현세의 시간을 견뎌내며 정지된 순간 속에서 영원성을 낚아채고 있다. 이 차이는 서구적인 형이상학과 동양적 사유의 인식론적 층위에서 지배되고 있지만 그것은 그의 그림의 화법 자체의 차이이기도 할 것이다.

보다 깊숙한 논의를 위해서 그의 그림의 주된 형상의 하나인 '나목'의 이미지를 떠올려 보아야 한다. 시선을 돌려 그림 바깥으로 나가보자. 박완서 소설 「나목」은 박완서가 6.25 직후 미군 부대 PX 초상화 가게에서 일할 때 만난 박수근을 모델로 한 장편이다. 박완서는 이 때의 인상을 박수근 회고록 속에서 기록하기도 하는데, '나목'의 이미지에 대한 작가의 인상이 얼마나 강렬했는가 하는 것은 주인공 경아가 박수근을 모델로 한 인물인 옥희도의 집에 가서 처음 접하게 되는 '나목'의 이미지들에서 단적으로 드러난다. 그것은 휘황하다 못해 장엄하기까지 하다. 이것은 '고목'이 어떻게 '나목'이 되는가 하는 문제와 관련이 있다. 이 강렬함은 박수근 그림의 실제의 화면 구도와 형상을 떠올리지 않고서는 결코 감득되지 못한다. 우리는 주인공 경아가 받은 '나목'의 충격적인 인상에서 박수근 그림이 갖는 내밀한 형상의 언어들을 목격하게 된다.

'고목'은 흑백의 농담으로 모자이크처럼 처리한 오돌토돌한 화면 전체의 질감이 주는 인상 속에서 괴물처럼 부유한다. 작가 박완서는 그것을 한발에 고사한 나무라고 말한다. 꽃도 잎도 열매도 없는 이 '고목'의 이미지들은 '죽어있는 육체'의 메타포이다. 그런데 주인공은 한발에 고사해버린 이 죽어있는 나무의 육체에서 한 순간 '섬뜩한 광휘'를 보게 되는 것이다. 이 인상적인 소설 속의 한 대목은 박수근 그림의 인물들이 쪼그려 앉아서 다가올 시간을 예감하고 있는 육체의 언어와 경건하면서 힘있게 만나고 있다. '고목'에서 '나목'으로 순식간에 전이되어버리는 이 나무의 역설적 이미지는 박수근의 그림이 주는 어떤 신비주의적 요소와 관계를 맺고 있다.

박수근이 그리고 있는 나무의 형상법은 이른바 동양의 '해조묘(蟹爪描)' 방식이라든가 서양의 치픈데일양식(Chippendale)과 같은 전통 방식과는 거의 상관이 없다. 사람의 육체 모양 비틀리고 왜곡된 나무의 모습에서 특유의 운동감과 음산한 분위기를 묘파해 내는 이 양식은 차갑고 냉정한 화면의 분위기와 어울려 과거의 지나간 시간들을 작가의 상념 속에 불어넣는다. 이 고전적인 수법은 나무들이 서로 몸을 뒤엉키고 덩어리지게 함으로써 화면의 비대칭적인 균형을 이루어낸다(벤자민 로울랜드, 『동서미술론』). 그러나 박수근 그림은 이 유령 같은 이미지를 풍기는 음산한 숲도, 덩어리져 엉켜있는 나무들의 균형잡힌 자세도 보여주지 않는다. 뒤틀려있지만 결코 덩어리 채로 몸을 기대고 있지도 않고, 음산하고 낯선 숲의 정경도 보여주지 않는다.

대신, 바로 그 '한발에 고사한' 건조성을 보여준다. 이 건조성은 질감의 우둘투둘한 회백색의 마티에르로부터 왔겠지만, 본질적으로 이 건조성은 불모성의 육체에 대한 은유라는 점을 망각해서는 안된다. 나목의 형상이 주는 생명력과 불모성의 이 모순어법이 '나목'의 형상의 강렬함의 원인이다. 서양 회화의 전통적 방식이 주는 신비주의적인 요소는 인위적으로 묘사해내는 나무의 뒤엉킴과 숲의 이미지가 갖는 불가시성, 모호성에서 비롯되지만 박수근 그림의 나무에서 느껴지는 신비주의적 요소는 '나목'의 형상이 불러 일으키는 실존적인 차원의 그것이다.

  박수근의 그림의 나무들은 운동성이 없다. '쪼그려 앉은' 인물들의 육
체가 그러하듯 나무는 정지되어 있는 시간을 그대로 살고 있다. 이 나무
는 죽어버린 무기물의 등걸, 곧 '고목'이 아니라 '나목'의 시간을 사는
것이다. 생동감 있는 형상으로 나무와 나무가 서로를 또아리 틀며 엉켜
있지 않음에도 불구하고 그의 그림은 강한 생명력을 부여받고 있다. '나
목'의 시간이란 영원한 생명을 향해 단지 한 순간을 정지해 있는 찰나적
인 순간을 의미한다. 박수근의 그림에서 '나목'의 형상들이 주는 신비감
은 바로 이 '영원성'의 메타포로부터 비롯된다. 그림의 형상이 갖는 비
운동성, 건조성은 영원성의 다른 이름인 것이다. 찰나적인 시간을 견뎌
내는 것, 황무지 같은 이 현실적 삶을 견뎌내는 것이란 영원성의 시간을
사는 길밖에 없지 않은가.

  그의 그림은 언뜻 보면 평면적이다. 그 자체로 살아 움직이면서 화면
을 가로지르는 역동적 형상들의 움직임을 거의 볼 수 없다. 박수근 그림
의 대부분 형상들은 건조하고 무덤덤한 마띠에르에 포위되어 한 순간도
자유롭지 못할 듯이 거친 질료 속에 갇혀있다. 육체가 꿈틀대듯 움직이
면서, 살아서 금방 화폭 밖으로 튀어나올 것 같은 순간은 거의 존재하지
않는다. 오직 그 형상들은 화면에 부조된 채 고정되어 있다. 원근법조차
무시된 그의 그림의 형상들은 얼마나 전근대적인 방식으로 처리되어 있
는가. 그러나 이 고정된 인물의 육체, 한 순간 정지되어 있는 듯한 이 육
체들은 다음 순간 조소의 육체처럼 입체적이고 다면체적인 조형성을 지
니게 된다. 두껍고 거친 평면성을 지닌 마띠에르는 역설적이게도 부조되
어 있는 듯한 조형성, 다차원적인 입체성을 지닌다.

  박수근의 그림에서 고정된 채 움직임이 없을 것 같이 표현된 이 형상
은 죽은, 정지한, 영원히 과거의 시간에 못박힌 육체가 아니다. 화가는
찰나이고 현세적인 인간의 시간, 순간적인 시간을 단숨에 낚아 채어 그
고정되고 한정된 육체에 영원성을 부여한다. 이 형상들의 평면성과 고정

성은 사실은 초시간적인 것이어서 그것들은 순식간에 불멸의 육체를 연
다. 그것은 195,60년대 박수근이 살던 연대기적이고 물리적인 시간을
뛰어넘어 지금 우리에게로, 이 현재의 시간대로 미끌어져 내린다. 향토
적이고 소박한 정서를 한국적으로 잘 표현했다는 평가를 완전히 긍정할
수 없는 이유가 여기에 있다. 그의 그림은 강력한 모더니즘과 작가 정신
의 소산이다. 외국에서 가장 한국적인 작가로 박수근이 평가받는 이유는
단지 그의 그림에서 묘파된 소재 때문은 아니다. 그림의 형상들이 가지
는 탈시간적이고 탈공간적인 속성에서 비롯된다. 그 감응력은 인간의 보
편적 영혼을 훑고 지나가는 형상의 언어에서 오고 그것은 그의 그림의
조형성과 인물의 구도에서 직접화된다. 그의 그림들은 영원성이라는 화
두를 처음부터 밀고 들어가 인간 운명과 맞대면한 한 예술가가 뿜어내고
있는 예술적 고투를 보여준다.

3. 소수성의 육체, 세계의 외디푸스화에 대한 중층적 구조

박수근의 인물들은 대개가 여자이며 그들은 앞을 바라보거나 정면을
투시하는 대신 측면과 후면을 향하고 있으며 그들의 고개는 숙여져 있
다. 이 '숙여진 고개'는 '쪼그려 앉은' 육체의 언어처럼 은유적인 것이
다. 숙여진 고개, 측면이나 아래로 향해 있는 시선은 좌절된 욕망이며 순
치되고 중화된 욕망의 언어이다. 그것은 추억의 시간 속에서 존재한다.
박수근의 그림에서 1950년대와 1960년대의 가난한 민중들의 삶을 환기
하게 되는 것, 선풍적인 인기를 모으며 과거 못살던 시대의 향수를 부추
기던 '엄마 살던 시간'의 대중화된 이미지를 겹쳐 떠올리는 것은 이 숙
여진 고개와, 정면을 향해 있지 않고 '다른 곳'을 향해 있는 시선 때문이
다.

그러나 이 이미지를 과거에 대한 향수로 읽는 것은 단편적이다. '향

수'란 일반적으로 달콤한 추억의 한 파편화된 관능성을 제공해 준다. 과거의 이미지 속에서는 시간을 초극하기보다는 그 속에서 자기를 잃어버리게 되기 때문이다. 1930년대 조선주의 예술논쟁에서 보여준 많은 담론들이 회고조의 감상성에 머무르거나 일본 식민주의에 쉽게 동화되어 버리는 한 동기가 되고 있음을 생각해보면 이 회고조의 감상주의가 갖는 위험성은 예견된다. 감상주의는 때로 얼마나 위험한가. 그것은 형상의 건조성이 갖는 자기 절제에 미치지 못한다. 앞에서 이미 제기한 박수근 그림의 건조성과 투박함과 단순성의 가치는 다시 강조해도 지나치지 않다.

그럼, 박수근의 이 '숙여진 고개'와 '비켜난 시선'의 독특한 이미지들은 무엇을 말하는가. 저 다른 곳을 향해 있는 시선은 '동경'의 그것이다. 이 동경의 시선은 사회적인 것이기도 하고 존재론적인 것이기도 하다. 숙여진 고개는 좌절된 욕망의 언어이며 그것은 세계의 외디푸스화에 대한 끔직한 자기 재현이다(G. 들뢰즈, 『앙띠외디푸스』). 근대화라는 거대한 억압의 이미지, 박수근 개인에게서 떠올리는 독학도로서의 고독과 소외, 전쟁으로 인한 실향 등 등의 정치적인 메타포는 이 거대화한 외디푸스', 억압이라는 이름의 아버지로부터 비롯된 좌절된 욕망의 징표로 이해할 수 있을 것이다.

인물들이 배치된 구도가 수평적이거나 서로 시선을 외면하고 있는 것은 195,60년대 근대화 과정에서 빚어진 소외의 현상을 은유한 것이라는 지적은 분명 우리의 역사적인 경험과 박수근의 그림이 분리될 수 없음을 의미한다. 박수근의 그림은 우리에게 경험으로 내재된 이 시대의 숱한 사회적 현상들을 떠올리게 만든다. 근대화와 이농, 실업, 가난, 소외 등으로 환기되는 이 시대의 이미지들 속에서 박수근의 「노상」(1962), 「시장의 여인들」(1963), 「노상풍경」(1962), 「할아버지와 손자」(1964)들은 사회적 상상력을 충분히 부여받고 있다. 반면, 「여인과 소녀들」(1960년대), 「그림 그리는 소녀들」(1960년대), 「대화」(1963), 「시장의 여인들」(1962) 등이 '소외의 극복' 임이 새삼 대조적으로 강조되고 있음은 시대적 반영과는 또 다른 이미지가 그의 그림 속에서 읽힌다는 말이 된다. '모노톤의 회백색 화면이 청교도적 절제와 상실을 드러냈다면 빨간색과 노란색의 가미는 향유와 희망을 암시한다. 수평구도가 소통불가능성을 도출했다면 원형구도는 만남과 포옹의 기능을 수행한다' 는 평가(김현숙, 「소외의 미학—박수근 작품 세계의 기조」)는 그의 그림이 갖는 근대 비판적 성격을 조명한 것이다.

그러나 여기서 박수근의 그림에 본질적으로 접근하기 위해서는 일순간 그 '근대성'과 '근대성의 여러 파편화되고 굴절된 욕망과 이미지' 들을 잊어버려야만 할 것이다. 대신 우리는 그의 인물들 대부분이 여성이며 어머니이며 소녀이며 노인인 것에 주목해야 할 것이다. 이들은 모두 '여성들', 곧 은유적 의미로 '소수성'minority의 존재들이다.(G. Deleuze and F. Guattari, *A Thousand Plateaus*) 이들은 남성적인 권력적 육체를 소유하지 않은 이른바 여성적인 것의 육체, 곧 소수로서의 육체를 지니고 있다. 그것은 남성들의 권력적이고 풍만하게 길러진 육체와 어떻게 다른가. 박수근의 여성들은 자신들의 좌절과 시대의 아픔을 반영하는 육체의 형상을 재현해 내고 있다기보다 그 육체가 바로 소수의 존재로서의 실존성을 표상해 낸다. 그의 그림이 무엇을 반영하는 것에 앞서 그것 자체로 기호적 표상임을 보여주는 것이다. 여성의 육체란 억압된 육체이며 숙여진 시선이며 정면으로 비껴나 있는 육체인 까닭이다.

그의 그림에서 단순화된 구도와 단일한 색채로 구성된 화면 배합은 철저하게 전략적인 것이며 도전적인 것이다. 그가 남긴 짧은 기록들은 그가 얼마나 자기 그림의 형상과 매재에 대해 숙고했는가 하는 것들을 보여준다. 단순하게 묘사된 육체의 선들은 둥글게 강조되어 있거나 우둘투둘한 형상으로 재현되어 있다. 그 단순하게 조명된 선들은 둥그스럼하고 완만하게 경사져 있다. 그것은 여성의 육체에 대한 깊숙한 숙고를 보여준다. 박수근이 서양화 기법을 익히던 습작 시절의 그림에서 루오의 영향이 감지되는 것이 결코 우연이 아닌 것이다. 루오의 그림은 동양화적 묵필 기법과 같은 양식을 보여준다. 그것은 철학적이고 명상적이며 그만큼 동양적인 풍모를 띤다. 늙고 둥근 육체는 명상적이고 관조적인 삶에 대한 철학이며 서정이며 시다. 박수근 그림의 인물들은 한결같이 여성적이다는 말은 그가 대부분 여인상을 그렸다는 것을 의미하지는 않는다. 노인, 소녀, 아이들은 모두 작고 비권력적인 여성의 육체를 가진다. 여성 육체는 우리를 자궁처럼 둘러싸고 있는 우주에 대한 하나의 메타포이다. 작고 부피가 없는 육체를 만들기 위해 우리는 쪼그려 앉는다. 이 형상은 여성의 둥글고 완만한 육체의 은유이다. 박수근의 여성들은 이 범신론적인 시선 안에서 유한한 인간의 언어를 감싸고 있다. 그것은 나무의 이미지가 그러한 것처럼 종교적이고 명상적이다. 이는 '바깥'의 언어가 아닌 '내면'의 언어이다. 박수근의 그림은 이 우주적이고 내면적인 깊이에서 한 꺼풀 벗겨지고 다듬어져서 내밀하게 스며든 감정의 소용돌이를 만들어낸다. 박수근 그림의 형상은 그의 그림의 은유적 의미와 깊숙하게 겹쳐진다.

따라서 박수근은 우리 미술사에서 여성의 육체를 인식론적으로 접근해 간 한 희귀한 예에 속한다. 박수근 그림에서 여성들의 둥글고 완만한 육체를 다시 떠 올려보자. 그의 언어는 영원성과 모성적인 시간의 언어이며 자궁의 언어이다. 여성의 시간은 찰나적인 것이 아니라 근원적이며 원초적인 시간이다. 우리는 이를 영원성의 욕망이라 부른다. 그 영원성의 욕망 안에는 세계의 외디푸스화로 좌절된 한 시대의 얼굴(195,60년대 삶)과 개인적인 삶(독학과 가난)의 억압이 중층화 되어 있다. 그것은 이 여성적이고 원형적인 둥근 육체의 언어와 미묘하게 결합되어 깊은 울림을 낳는다. 박수근의 그림이 강렬한 느낌을 전해주고 있는 또 다른 이유이다.

4. 조형적 독자성과 자기 회귀적 주제

박수근의 여인들은 곁에 나무를 거느린다. 거느린다기보다는 단지 곁에 두고 있다.「귀로」「나무」「나무와 두 여인」. 그런데 그 나무들은 여성들의 육체와 수평적으로 혹은 단일한 공간에 거리를 두고 배치되어 있다(「나무와 두 여인」「고목과 여인」). 나무 그늘 아래 인물이 놓여있을 때도 흔히 그러하듯 나무가 여인을 감싸고 있다기보다는 나무와 여인은 서로 떨어져 소원한 인간의 시간을 흘려보내는 것처럼 보인다(「나무밑」「길」). 왜 나무는 인간을 감싸고 있거나 그늘을 만들어 인간을 보호하지 않는 것일까.

나무가 곧 인간이기 때문이다. 나무는 인간화된 나무이며 인간 바로 그것의 은유이다. '인격화된 나무'는 박수근의 '나무'가 꼭 인간의 육체를 조형적으로 재구성해 놓은 것처럼 보이는 이유가 된다. '나무' 형상이 '박수근'이라는 글자 한 획 한 획을 그대로 옮겨 놓은 것이라는 주장은 이 인간의 육체를 나무가 그대로 재현하고 있다는 의미와도 통한다. '나무'의 도상은 인간의 내면을 상징적으로 재현한 것이다. 동양이나 서양 공히 '나무'를 인간의 운명을 표상하거나 인간 육체의 닮은 꼴로 의미화한다. 나무는 전체 풍경화의 한 부분 속에서 인간을 둘러싸고 있는 전경이나 후경의 일부를 이루는 경우가 대부분이다. 이 때 나무는 우화로, 혹은 알레고리로 조명되고 해석된다. 그러나 박수근의 나무들은 결코 풍경화의 그것으로 기능하지 않는다. 그것은 그 자체로 인간의 육체이며 언어이다. 박수근의 나무들은 인간의 등신대로서 스스로 그 육체를 보존하고 있다.

박수근의 그림에서 나무들은 '나목'의 이미지를 띠고 있다고 앞에서 말했다. 나목은 고목과 달리 죽음이 아닌 재생의 의미를 가진다. 기독교적 개념 속에서 나목은 봄, 부활, 생명 등의 의미를 내포한 것이며, 동양에서는 자연, 본원, 근원, 생명력을 상징하는 것이다. 또 노장사상에서는 천연 그대로, 본연, 본성 등의 의미로 이해된다. 그의 그림의 대부부의 인물들은 고독하고 외롭고 소외되어 있는 듯한 이미지를 보여주면서도 따뜻하고 훈훈한 인간적인 감정의 메아리들을 곳곳에 장전해 두고 있다. 그것은 나목의 이미지에서 생성, 생명, 근원의 회귀와 같은 이미지들을 읽을 수 있기 때문이다.

그의 그림에서 나무는 인간과 함께, 때로는 인간과 따로 존재한다. 나무는 인간과 함께 수평적인 구도 속에 존재해 있지만 적막하고 쓸쓸하게 인간을 등대하고 있다. 전경이나 후경으로 존재하는 나무가 아니며 인간의 등신대로서 존재하는 것이다. 원근법이나 투시법이 철저하게 배제되어 있다면 그것은 이미 풍경으로서의 나무를 포기한 것이라 할 수 있을 것이다. 외경스러움의 대상이면서 장엄한 존재로서의 자연의 무변광대하고 영웅적이며 초월적인 모습을 재현하고 있는 서양화 양식의 나무와 숲의 이미지를 박수근의 그림에서는 쉽게 떠올릴 수 없다. 지극히 탈속적이며 정적인 세계를 표상하면서, 혹은 은둔과 도의 성취를 의미하는 주자학적 이념의 공간으로서의 산수화를 떠올릴 수도 없다. 또한 박수근의 나무에서는 이교도적이고 낭만적이며 밀교적 세계로서의 자연의 모습도 읽을 수 없다. 그의 나무는 수 많은 풍경화와 산수화 속에서 표현되고 있는 나무의 이미지와 '조금만' 비슷하고 '철저하게' 단절되어 있다. 이 나무의 이미지 속에서 우리는 인간 박수근의 독창성과 개성을 읽어낸다. 그것은 동양적이고 명상적이면서 또 철저히 종교적이고 형이상학적이다.

나무에서 우리는 종교적으로 삶을 접근해 들어가는 박수근의 얼굴을 보고 다른 한편으로는 그 종교적인 묵상 속에서 범속함으로서의 삶을 철저하게 고립시키고 자신을 성찰하고 내면화한 박수근을 만나게 되는 것이다. 나무의 이미지가 지극히 모던하면서도 관조적이고, 역동적이면서도 정적인 이유를 우리는 여기서 읽을 수 있다. 그의 나무는 뒤틀려있는 듯하면서도 곧게 뻗어 있고, 정적이고 정지돼 있는 순간, 한 찰나 속에 던져져 있는 듯하면서도 내적인 생명력을 지닌 채 숨을 쉬고 있다. 역동적이면서 휘몰아치는 열정적인 운동감을 지니지도 않고, 음산하고 적막하거나 밀교적이지도 않다. 종교적인 경건함을 지니고 있으면서도 그것은 오히려 무겁기보다는 단순하다. 그는 이념으로서의 나무가 아니라 정신으로서의, 자신의 내면의 나무를 그리고 있다. 1950년대적인 삶을 코드화하면서 자신의 언어로 '나무'를 내면화한다. 이것은 '나무'가 현실 반영적이면서 자기반영적인 미적 자의식의 소산임을 말해준다. 박수근이 모더니즘적인 미적 자의식 속에서 리얼리즘적인 현실 반영성을 형상적으로 부여한 작가라는 평가는 여기서 비롯된다.

많은 사상가들과 몽상가들은 나무는 꿈꾸는 것이라고 상상력을 부여해 왔다. **프로이트**는 나무를 오르는 꿈에서 성적인 메시지를 보았지만 그것은 종교적인 정화, 풍부하게 고양된 영혼의 자기 내적인 울림을 의미하는 것이었다. 그리스 신화의 다프네처럼 나무로 변하는 꿈은 대체로 자연과의 합일의 이미지로 볼 수도 있고 운동성의 상실을 의미하기도 한다. 트리스탄과 이졸데의 신화에서 두 연인은 오직 죽은 뒤에야 하나가 된다. 그들은 죽어서 나무가 된다. 그들의 무덤에서 나무들이 자라나 서로 뒤엉켜 그 가지들이 서로 떼놓을 수 없게 되어서야 진정 하나가 된다. 나무는 뒤틀리기도 하고 고통받기도 하며 열정에 사로잡히기도 한다.

이 다양한 나무의 이미지는 인간 내성의 여러 정서적 울림을 충실하게 대변하면서 근원적인 질료로서의 속성을 지닌다. 나무는 불, 물, 공기, 대지, 공기의 이미지와 동일한 상상력과 역동성을 부여받는다. 나무는 대지에 뿌리 내리고 있어 생명력을 의미하며 수직적으로는 상승하는 운동성을 보인다. 나무는 수많은 열매를 맺기 위하여 꿈꾸는 것이 아니라 올곧게 수직적으로 균형을 찾으려 애쓴다. 이 점에서 나무는 실존적인 삶의 메타포를 거느린다. 프란시스 잠은 나무에서 한 시인의 삶의 고투 과정을 그대로 읽어 나간다. '어려움을 겪으면서도 올곧게 서려는 그런 삶은 바로 빛을 찾는 삶이다'고 쓰면서 **바슐라르**는 거기서 물질적 상상력이 던지는 어떤 지향성을 발견해 내고자 했다(G. 바슐라르, 『공기와 꿈』). 그것은 동경, 불멸의 지향성이다. 동양에서 나무가 중요한 근본 원소로 생각된 것은 이 생명력의 상징으로서의 원초적이고 근본적인 속성 때문이었을 것이다. 나무는 헐벗고 메말라 있으되 영웅적인 인간의 모습을 하고 있다. 스토아 시대 맹렬하게 자기의 삶의 끝을 향해 돌진하는 노예 철학자, 에픽테토스는 자신이 가진 근본적 유한성과 한계를 절감하고 삶의 극한을 향해 줄달음친다. 우리는 왜소한 인간이 극한을 초극하기 위해 달려나가는 이 영웅적인 모습 속에서 인간의 실존적인 운명을 본다.

박수근의 나무들은 헐벗고 있지만 어떤 하나의 가지도 서로 엉켜 몸을 기대거나 의지하지 않는다. 단지 혼자 고독하게 허공을 향해 뻗어 있다. 나무는, 잎을 모두 떨군 채 가녀린 가지들을 거느리고 불모의 들판에 인간과 함께, 인간과 수평적으로, 적막하게 서 있다. 그것은 새의 비상처럼 화려하지도 않고 놀랍고 숨결 찬 입김으로 대지를 후끈하게 달아오르게 하지도 않는다. 나무는 적막과 고독 속에서 홀로 꿈꾸고 홀로 바람을 맞는다. 그것은 화가의 개인적인 불행에서 오는 어둠을 의미하는 듯하고 동굴처럼 거대한 인간의 본원적인 심연을 닮아있기도 하다. 인간은 불행 속에서도 삶을 동경한다. 나무는 홀로 고독하지만 불멸을 욕망한다. 이 삶의 불멸에 대한 동경이 없다면 인간은 얼마나 고독할 것인가. 박수근의 나무에서 우리는 철저히 자기의식화된 언어들을 읽는다. 박수근 그림의 '조형적 독자성'을 말하는 것은 다른 한편으로 보면 이 형상의 독자성을 의미한다고 말할 수 있는 것이다. '나무'는 박수근이 기법적으로 도달해 간 조형성을 지닌 두꺼운 마티에르처럼 근원적이고 자기 회귀적인 주제subject matter가 된다.

5. 빈약한 오브제, 현대성으로부터 영원성으로

박수근은 정물화에서도 가지가 다 잘려져 나간 고목의 그루터기를 그리고 있다. 정물화의 대상들은 탐스럽게 꽃 핀 다발의 꽃송이가 아니며, 풍성하게 농익은 육체를 자랑하는 과일 등속이 아니다. 「석류」「감」「과일쟁반」「굴비」「화구」에서 보이는 그 빈약한 물질성을 우리는 주목해 볼 필요가 있다.

연대 미상인 「북어」를 들여다 보자. 북어 두 마리는 완전히 건조되어 생명력을 상실한 존재로 놓여 있다. 이 건조하고 메마른 물질성은 우리가 이미 앞에서 보았던 두껍게 칠해진 회백색의 마티에르와 가지가 다 잘려져 나간 나목의 이미지는 상통하는 점이 있다. 유채색의 이 정물화는 색감이 있음에도 불구하고 여전히 뒤틀려 있는 고목의 이미지를 반추하고 있다. 「북어」는 결핍되고 메마른 육체의 은유이다. 그것은 나무 한 그루 곁에 거느리지 않고 들판에 홀로 서 있는 인간의 육체, 고독한 현대인의 신화적인 이미지와 조우한다. 「북어」 정물화는 복숭아, 굴비, 감 등의 색감을 사용한 다른 정물화나 과일쟁반, 연필 한 두 자루와 물감 몇 가지로 이루어져 있는 화구를 그린 정물화가 지니고 있는 단순하고 왜소한 이미지들과 쉽게 대응되고, 단순화한 실루엣과 평면적인 구도로 이루어진 '나목'의 이미지와 조응한다. 왜소하리만치 빈약하고 단순하며 결핍된 이 무기물들의 이미지는 생명력을 상실한 채 철저하게 죽어있다. 이 죽어있는 물질성은 전근대적인 삶의 은유이면서 이른바 현대성의 신화로부터는 철저하게 단절되어 있다. 이것은 자본주의적인 상품성의 신화로부터 멀리 떨어져 있다는 의미도 된다. 이 대목에서 우리는 현재에 부활하고 있는 박수근 신화의 동기를 유추할 수 있다.

박수근의 그림들이 보여주는 이 빈약하고 메마른 육체는 '근원의 회귀'라는 인간 실존의 모티프와 긴밀하게 연결되어 있다. 박수근의 그림은 모성적이고 근원적인 우주의 재현이다. 부재와 결핍의 육체성은 현대성의 대립적 이미지다. 이 결핍된 육체성과 단순 회백색의 색감은 풍만한 육체와 화려한 색감과 넘쳐나는 재화로 상징되는 자본주의의 상품성의 신화를 부정하는 듯 보인다. 그것은 일회성을 지닌 소비 사회의 속성들을 거부하고 생명의 순환과 근원으로 돌아가고자 한다.

현대인은 물질의 신화를 거부할 수 없다. 질이 양적인 가치에 의해 전화되어버리고 일상적인 삶의 모든 것이 상업화, 상품화, 통속화되어버린 세계에서 사람들은 이 풍요로운 물질적 삶에 대해 피로함을 느낀다. 모든 안료의 기름기를 다 제거하고 난 뒤에 남겨진 뭉퉁거려진 질료로 칠해진 나무와 쟁반에 건조하게 놓여진 오이 두 개와 토마토 두 개의 이 빈약하고 미미한 물질성은 현대성을 거슬러 올라가면서 화가의 정신의 견고한 자기 성채가 된다. 이 같은 '비물질성의 물질성'과 형상들에서 느껴지는 이 엄숙하고 탈속적인 색채는 청교도적인 종교성의 내면으로부터 온다. 그의 그림의 빈약한 물질성은 종교적 삶의 엄숙함에 근접해 있다. '빈약함'은, 자본주의적 욕망의 통어되지 않는 속도감과 넘쳐나는 허구적 풍요로움과 상품성이 지닌 가짜 신화의 이미지에 대한 반어이다. '빈약함'의 그 실재적 형상들은 여기서 현대성의 참된 리얼리티를 획득한다.

그래서 박수근 그림의 빈약한 육체성은 하나의 정신성으로 끌어올려진다. 이 빈약한 이미지들은 물질성 앞에 노출된 우리 현대인의 심성을 위무한다. 정지되어 있는 듯한 형상들의 비운동성에서 우리는 죽어버린 과거의 시간과 추억을 회상하기보다는 현재적 시간을 본다. 비운동성의 형상들은 한 순간 정지되어 있음으로 해서 영원성을 부여받는다. 박수근의 시간성은 그래서 과거가 아니라 현재이다. 밀레니엄의 화려한 조명탄이 폭주하는 현재의 시간에서 우리는 역설적으로 저 메마르고 건조하며 빈약한 육체의 형상성을 욕망한다. 그래서 박수근 회화의 가치는 과거적이고 회고적인 시간성 속에 존재하는 것이 아니라 현재적이면서 미래적인, 바로 초시간적인 것에 속해 있다고 말할 수 있는 것이다.

파편화 된 육체의 거울 읽기

내가 나를 따라다니고, 나에게 답하고, 나를 반영하며, 나를 반사한다.
그리고 거울들 속에서 끝없이 전율한다.

—폴 발레리, Monsieur Teste—

1. 흑염소의 행렬이 이른 곳

한 아름다운 영혼이 '있었다'. 이건 분명히 과거형으로 말해야 한다. 그는 과거 저 너머의 아득한 심연으로 사라져 버렸는가. 그 영혼의 희망, 분노, 동경, 사랑, 그가 이루고자 이름 붙였던 모든 일들이 이 과거의 주술에 갇혀 빠져나오지 못하고 있는가. 그 영혼은 이제 파편화하고 소멸되었는가. 이 주술의 그물에서 결코 그를 건져내지 못한 채, 우리는 과거라는 기억의 편린을 찾아 꿰어 맞춰보거나 겨우 회고나 추모의 서사시를 읊어낼 수 있을 뿐인가. 모든 가는 자들은 길에 흔적을 남긴다. 이 영혼이 지나온 길의 시작은 이러하다.

황지우는 1970년대와 1980년대의 혼돈의 역사, 그 한가운데 서 있었다. 때로는 그 '말할 수 없음'의 현실 한가운데를 겨냥해 화살을 쏘아보기도 하고, 가족과 노모를 데리고 이 강산을 떠나보고자 하기도 했으며, 권력의 어둡고 습기찬 밀실에 갇혀서 현실과 꿈의 등가죽과 배 위를 거닐면서, 좀처럼 잡혀들지 않는 유토피아를 향해 시적 알레고리를 그려보기도 했었다. 그 알레고리의 사슬은 1990년대 들어서면서도 그를 여전히 포박하고 있었는데, 흑염소가 자기 가족들을 이끌고 갈대밭으로 들어가는 시적 이미지는, 단순하면서도 복합적인, 그러면서도 잘 요해되지 않은 무거움으로 그려지고 있다. '그 흑염소 가족은 역광을 받아 갈대밭으로 들어간다'. 이 이미지는 단순하지 않다. 그것은 몇 가지 화두를 던지고 있다. 흑염소 한 마리가 있다. 그는 제 새끼들을 이끌고 있다. 그리고 같이 갈대밭으로 들어간다. 여기서 그려지고 있는 광경은 눈부시다 못해 경이롭다. 그들은 소멸 직전의 열정으로 있는 힘을 다해 타오르는 노을의 눈부신 역광을 받아 갈대밭으로 들어간다. 그러나 그 역광은 빛이라기 보다는 선(線)의 이미지를 보여주고 있다. 그들의 움직임은 그래서 동적인 것이기 보다는 선으로 연결된 이미지의 포물선 같은, 느리고 정적인 느낌을 준다. 이 이미지는 인상파풍의 한 폭의 그림 속에서 환상적으로 재현되어 있다. 현실적인 풍경이기보다는 액자 속의 풍경, 신비주의적인 풍경화의 한 단면을 보는 듯한 느낌도 있다.

그런데 흑염소들이 걸어 들어간 갈대밭은 과연 무엇일까. 그것은 그들의 집일까. 사토(死土)일까. 영혼의 갈망과 동경과 좌절과 분노, 방황과 희망이 함께 하던 7,80년대의 공간처럼 유목민의 그것인가, 아니면 정착민의 정주지인가. 이것이 중요하다. 그 영혼이 시적 언어로 토로한 대로 그것이 '훈김이 서린 집'인지 찢어진 서까래, 뜯긴 문풍지, 박살난 장독대가 그대로 놓여있는 '빈집'인지 아직 확실치 않다. 이 내성적이고 사색적이며 현실의 어두움과 환멸스러움에 절망하고 분노한 이 영혼이 간 곳은 어디인지, 다시 한 번 들여다 보자. 흑염소 가족이 들어간 집이 훈김이 서린 집인지, 그렇지 않고 빈집인지. 전자라면 이제 우리는 정주민으로서 안착한 그의 안정을 축복해야 하리라. 따뜻한 훈김이 서린 그의 집의 전경을 복고풍의 그림을 보듯 상상하고 즐길 수 있으리라. 후자라면, 문제는 바로 이것인데, 모든 이념들이 무장 해제하고 손을 털고 있는 마당에 그는 아직도 유목민으로 떠돌고 있단 말인가. 이것을 우리는 물어야만 하는 것이다. 아름답고 순수하기 이를 데 없던 '여성적' 재야들이 남성적 권력으로 단단해진 자신의 근육질을 자랑하며 권좌에 등극하고 이 1990년대 중반기를 유토피아의 성역으로 호언하고 있는 이 무대에서 말이다.

「살찐 소파에 대한 일기」는 여기서부터다. 그가 제 새끼들을 거느리고 갈대밭으로 들어가는 여기 이곳부터다. 「살찐 소파에 대한 일기」는 떠돌던 유목민적 영혼이 집안으로 들어오면서 시작된다. 시의 언어가 연극의 언어인 제의적 방식으로 옮겨오면서 시작되는 셈이다. 이제 우리는 하룻동안의 일과를 통해 '그'를 만나 볼 것이다.

그런데 이상한 것은, 아이들과 노모가 보이지 않는다는 점이다. 아내만이 존재한다. 그 아내도 그러나 정말 자신의 아내인지, 그가 옛날 만났던 숱한 여자들인지, 마네킹처럼 그의 정신을 혼동시키는 사물 혹은 기호인지 아무것도 말해주지 않는다. 이것이 의미하는 바는 무엇일까. 우리는 이런 물음을 안고 여기 '살찐 소파'가 펼쳐져 있는 연극의 무대 속으로 걸어 들어간다.

2. 권태, '나/그/그녀'의 기호 읽기

무대 위에 설정된 '나'의 일상의 거주 공간은 캄캄하고 폐쇄된 공간이다. 이 곳은 현실의 공간이기보다는 현실을 넘어선 공간으로서 무대 위의 공간, 즉 기호화된 현실이다. 무대 위에 다시 무대 위의 공간이 설정되어 있는 셈이다. 무대 위의 공간이 현실의 공간으로 인식되지 않고 기호적인 공간으로 설정되었다는 것은 이 연극이 리얼리즘 독법으로 읽혀지기를 거부하고 있음을 말해준다. 이 공간에서는 쉽게 현실과, 현실 이전 혹은 이후가 구분되지 않는다. 그 경계 없음이 주는 의아함은 '나'의 얼굴이 '그'로, '그녀'로 시종일관 착종된 상태로 나타나는 것과 무관치 않다. 이것은 관객과의 '거리두기'를 통해 주제를 전달하고자 하는 이 극 본래의 취지와 정확히 대응된다. 따라서 TV나 괘종시계가 단순히 무대 배경이 아님은 자명하다. 무대 여기 저기서 여러 혼돈된 이미지를 만들어내며 칙칙대고 있는 TV는 '나'의 머리 속 풍경과도 흡사하다. 소란, 소음과 같은 무질서의 현실은 착종된 인간인 '나', '그', '그녀'의 변용된 기호적 현실이기도 하다. 신경질적인 괘종시계의 규칙적인 똑딱거림도 시간의 연속적 흐름을 알려주기 위한 기능적 목적을 가지지 않는다. 이 극이 하룻동안의 일이라는 점을 알려주기 위해 시간의 경과를 표시한다든가 하는 것은 여기서 중요치 않다. 그것은 '나'의 강박적 신경증의 징후를 드러내 주는 심리적이고 기호적인 장치이다.

'나'가 이 거대한 침묵의 공간에서 하는 일이란 오직 권태를 즐기는 일 뿐이다. '나'의 움직임은 가장 기본적인 일상의 동작을 되풀이하는 것 정도이다. '완만하게 무의미하게 막연하게 맥없이' 앉았다 일어섰다 하는 행위가 그것이다. 권태의 한가운데는 살찐 소파의 거대한 육체만이 도드라져 나와 있다. '살찐 소파'는 단백질로 풍만해진 일상의 안락함과 나른함이며 그로테스크한 육체 이미지의 반죽 그 자체이다. 세상과의 교통이 완전히 두절된 채 퇴행적 유아기적 상태에 떨어진 '나'는 풍만한 비계 덩어리의 일상에서 빠져나오지 못하고 있는 것이다.

그러나 환상 속에서 이루어지는 '그'와의 만남은 소파의 육체에서 그가 몸을 빼내는 계기가 된다. 즉 이 극에서 절대적 위치를 차지하는 '소파'는 그 거대한 육체 속에 권태로 얼룩진 나의 퇴행이 숨차게 반복되는 곳이면서 '나'의 동일성이 '그'와 '그녀' 앞에서 폐쇄되고 무너지는 장소이다. '나'는 치매증 환자처럼, 강박 신경증 환자처럼, 소리지르며 절규하고 끊임없이 자신인 '나'에 대해, 지나온 흔적에 대해 묻고 또 묻는다. 그때, 무대 위에서 보여주는 현실과 환상의 교차는 무대 밖의 현실과 환상으로 미끌어진다. 현실과 그것의 모사인 연극이란 무엇인가. 거울처럼 현실을 그대로 보여준다고 해서 그것이 현실의 실재에 가장 잘 부합하는가. 여기서 우리는 이런 의문의 길 위에 서게 된다. 현실과 환상, '나'와 '그/그녀'의 혼란은 관객의 이성을 가로지르면서 길을 잃게 한다. 이 착종 속에서 관객은 누가 배우이고 누가 관객인지, 내가 연극 속에 있는지, 밖에 있는지 당황스럽다. 점차 배우의 얼굴을 벗겨 보아야 할 듯한 충동에 빠져 든다.

이 혼돈의 중심에 있는, '나, 그, 그녀'는 이 극이 존재하기 위한 세 명의 인물 아니 세 개의 기호이다. 그러나 이 기호들은 결코 의지와 욕망의 지향점을 가진 완전한 영혼이나 주체는 아니며 그저 사물적 기호에 속할 뿐이다. 파편화한 육체의 편린들인 셈이다. 이 기호적 대상들을 통해 '완전한 주체/ 고유한 자기 이름이 부여된 인격'을 읽으려는 욕망은 무모하다. 그 아름답고 내성적인 영혼이 어떻게 파편적인 기호의 대상으로 변용되었는가 이것이 문제의 핵을 뚫는 「살찐 소파에 대한 일기」 읽기의 정확한 독법인 것이다.

'나'의 모습은 아내가 외출한 뒤부터 돌아올 때 까지의 긴 하루를 현실과 환상의 엇갈리는 영사막을 통해 '보여진다'. '나'가 있다. 나는 고독하고 세상으로부터 단절되어 있다. 그는 일상의 공간 안에 놓여 있지만 세상과의 의사 소통의 부재로 철저하게 일상성 밖에 버려진다. 그는 권태로움의 주박 속에서 일상의 시간을 죽여간다. 이 권태는 어디서부터 오는가. 그리고 그의 퇴행적 언사와 행동은 어디서부터 비롯되는가.

'나'는 이 적막한 침묵의 공간에서 현실의 실재와 함축을 직접 해독해 내지 못한다. 아내와 엄마의 품 속에 안겨있는 어린아이의 육체와 언어를 가진 탓이다. '나'의 의지와 욕망은 아내의 의지와 욕망에 종속되어 있으며 아내는 내 욕망의 거울이다. 아내가 없는 한 '나' 자신은 있을 수 없다. 아내라는 거울에 반사된 욕망만이 존재하는, 철저히 아내에 의지된 기호인 것이다. '나'의 실재가 뚜렷이 드러나지 않는 한 현실과 환상의 구분 자체도 이미 무의미해졌다. '나'는 세계라는 이 거대한 욕망의 그물 속에 갇힌 짐승처럼 울부짖다가 아주 착한 어린아이가 되었다가 때로는 식물 인간처럼 아무런 의지도 작동시키고자 하지 않는 '무'라는 욕망의 기계이다.

'나'는 광기와 정신분열이라는 혼돈된 사유의 그물 속에 던져져 있다. 가끔은 독백으로, 가끔은 '나'의 또 다른 욕망인 '그/그녀'의 입을 통해 현재와 과거의 흔적들을 그려낸다. 나의 시선 속에 있는 '그녀/아내'는 따라서 '나'의 타자인 셈이다. 이 타자가 이 극에서 작동하는 기능은 다각적이며 교묘하다. 그리고 이것은 이 극 중에서 가장 중심적인 역할을 하고 있기도 하다. '그녀'는 처음에는 아내였다가 나중에는 창녀로, 안기부 요원으로, 더 나중에는 마네킹의 가짜 이미지들과 혼합되고 반죽된다. 처음에는 뚜렷한 실체였던 것이 형체도 없이 허물어진다. 처음에는 동일성의 욕망이 나중에는 타자성의 욕망이 작동되고 있는 것이다. 아내 앞에서는 '나'의 퇴행적 의식만이 두드러지고 그 이외의 착종된 이미지들 앞에서는 시간의 흐름이 개입되면서 한 '주체'로서의 '나'가 작동되고 있다. '그녀'는 '나'의 과거와 현재가, 그리고 '나'의 기호가 존재하기 위한 기호이다.

한편 '그'는 누구인가. '나'의 주변에서 어슬렁거리며 '나'의 이 무의지하고 박약한 심성을 조롱하고 비웃으며 그의 곁을 떠나지 않는 '그'란 무엇인가. '나'란 기호가 자신의 정체성을 의심할 때마다 나타나서 '나'를 혼란에 빠뜨리는 이 기묘한 존재인 '그'란 무엇인가. 거울을 들여다보면서 '나'는 '그'를 인식한다. '너는 누구냐?' 물을 때마다 '그'는 '너'가 아니고 '내'가 누구임을 물어야 한다고 말한다.

> 나 : (거울 속의 그를 보며)너는 누구냐?(그가 깜짝 놀란다. 들켰으니까) 너는 누구냐? (다시 이제는 거울 밖의 그를 보며)너는 누구냐?
>
> 그 : 나는 글쎄.
>
> 나 : 누구냐?
>
> 그 : 나는, 너다.

   문학으로 돌아가다

나 : 나?

그 : 너!

나 : (그에게)너는 뭘하고 있는 거지?

그 : 나는 너라니까. 그러니 너는 뭘하고 있는 거지?라고 묻지마. 나
　　는 뭘하고 있는 거지?라고 묻든지.

나 : 아무튼 뭘하고 있는 거지?

그 : 나는 너를 보고 있어.

나 : 나를 네가? 그런데 너는 나라면서 왜 나를 너라고 부르지?

그 : 난 상관없어. 나는 너니까. 그런데 너는 뭘하고 있는 거지?

　‘그’는 ‘나’의 거울상 단계the mirror stage에 있는 기호이며, ‘그
녀’와 마찬가지로 ‘나’와 동일시되었다가도 멀어지는 ‘거리두기’에 의
해 육체의 허물을 벗고 속살(본래)의 의미를 드러내는 기호로 작동한다.
혼란과 광기에 휩싸인 ‘나’의 광기 저편의 계곡, 이성의 나라에 속해 있
는 말하자면 나의 타락적 존재이다. 그는 ‘나’의 현재를 있게 하는 동시
에 ‘나’의 먼 기억을, 과거를 회상시켜 이 ‘아름다운 영혼’이 어떻게 하
나의 기호로 그저 미끌어지고 있는지를 알려주는 정보를 쥐고 있다. 따
라서 이 기호들의 존재와 사라짐, 혼동과 무질서는 이 극의 가장 핵심적
인 요소이면서 극 전개의 역동성과 관객의 흥미에 관건이 되는 부분이라
할 수 있다.

　그러나 다시 한번 들여다 보자. 이 혼란과 착종과 무질서의 세계를. 이
이성의 영점 지대, 아무런 욕망도 의지도 없는 이 적막하고 차가운 영도
의 공간에 놓여있는 ‘나’와, 나의 거울상 단계의 기호인 ‘그’, 그리고 나
의 타자라고 할 수 있는 ‘그녀’(이 자체도 착종되지만). 이 세 개의 기호
가 교차되면서 가로지르는 무대 위의 공간은 그러나 결코 무질서로 이름
할 수 없는 ‘틈’을 내재하고 있다. 이 틈을 읽지 못하면 이 극의 독법은
정말 혼란에 빠져든다. 시쳇말로, 요즘 유행하는 ‘주체의 해체’, 해체주

의의 연극적 변용이군!의 넋두리를 결코 피해갈 방도가 없기 때문이다. 그들 기호가 보여주는 이 착란, 이 어이없음의 한숨 뒤에, 숨겨진 세상 읽기를 이 극은 요구하고 있다. 이 불가해함이 함축하고 있는 역사의 진실, 그 진실의 현현을 이 극은 의도하고 있는 것처럼 보이기 때문이다. 분열증의 징후를 보이는 '나'의 무시간성이 타자의 거울을 통해 엄연하게 역사의 시간으로 옮겨와 알레고리화 하는 부분은 그래서 흥미로운 것이다. 197,80년대의 삶의 징후들로 옮겨오는 대목은 도드라지지 않으면서도 분명한 메시지를 전달한다. 시류에 잘 맞게 구성된 해체주의 연극, '나'의 해체라고 손뼉칠 수 없게 하는 이 극의 알리바이이다.

'세상은 우리가 보지 않는 곳에서 우리를 보고 있다.' 이 연극은 무대 위의 이 기호들이 보여주고 있는 현실의 어지러운 모사를 통해 우리가 무엇인가에 의해 '보여지고' 있다는 사실을 보여준다. '이 보여짐'의 의미를 해독해 내지 않고서는 이 무대 앞에 앉아있는 일이란 권태로울 뿐이다.

3. 파편화된 육체와 '보여짐'의 세계

'나'의 모습을 비틀어보자. 그 비틈의 틈새에서 '나'의 원래의 얼굴이 드러날지도 모르는 것이다. '나'의 이 퇴행적인 모습, 소파나 아내의 욕망이 아니라면 아무것도 아닌, 아무것일 수도 없는 이 욕망의 투명함, 욕망의 영도 저 심연을 더듬어 보아야 한다. '나'는 거세되어 있다. '나'의 거세는 무대 전면과 후면의 여러 이미지들에 둘러싸여서 그 의미를 더한다. 축축 늘어지고 그로테스크한 거세됨의 이미지들은 금새라도 날아와 '나'를 삼킬듯이 웅크리고 있다. 그 이미지들은 무대의 조명을 받아 자신을 이루고 있는 이미지의 선을 와해시키면서, 스스로를 소멸시키면서 둥둥 떠다닌다. 달리의 「기억의 고집」이 보여주는 그 그로테스크함, 히

에로니무스 보슈의 그 잔혹하고 뒤틀린, 파편화된 육체의 이미지들을 떠올려 보라. 이 이미지들이 보여주는 것은 거세의 순간이며 얼그러진 형상성의 얼굴이다. 아무것도 형상하지 않으면서도 무엇인가를 말하는 듯한 이 모호함은 '나'의 욕망의 소멸과 거세의 순간을 상징적으로 보여준다. 이 거세되고 파편화된 육체의 이미지는 조명을 따라서 그리고 무대 위에 놓여진 TV의 영상 위에서 공포스럽게 움직인다. 뒤틀릴대로 뒤틀리고 왜곡된 '나'의 육체의 소멸이 왜 피할 수 없는 것인지를 우리는 물을 수밖에 없는 것이다. 우리가 그 왜곡된 이미지의 처음을 찾아 이 연극의 여로를 따라가 보아야 하는 것은 그래서 필연적이다.

연극은 연극이며 상상력의 소산일 뿐인가. 연극은 무대 위의 공간이며 우리가 사는 이 공간만이 실재의 그것이며 리얼리티인가. 이 땅위의 '현실'만이 그래서 진실이며 이것만이 실재인가. 우리의 시선 속에 얽혀들지 않으면서도 무엇인가를 보여주는 것, 이를 환상, 몽상이라고 말해도 무방하다. 그저 놓인 사물 혹은 기호가 우리의 시선을 비껴가며 우리 자신을 응시하는 것, 이것을 이성이 벌리는 '틈'이라고 말하자. 실재라든가 진실은 현실의 공간 그 너머에 존재한다. 따라서 '허구'는 진실을 보여주는 틈이다. '가짜'임을 알기 때문에 쉽게 그에 동화되거나 동일시하지 않고 거리를 두는 것. 진짜와 가짜가 벌이는 유희의 틈새를 통해 무엇인가를 캐내고자 하는 인간 욕망의 끈질긴 뿌리, 이 거리두기는 자기 성찰의 바로미터이다. 허구라는 것, 가짜라는 것, 그래서 이미지는 인간의 삶보다 더 진실하다는 것을 간파한 사람은 바르트였다. 이 가짜 현실, 이미지의 '안'을 추적해 보자.

'가짜' 가죽 소파가 놓여져 있는 공간은 모든 것이 허구화되어 있다. 가짜 가죽 소파는, 지금 보여주는 현실이 허구라는 사실을 알려주는 단적인 기호이다. 허구적 이미지는 이 연극 전체의 구성에 극적인 효과를 갖게 한다. '비누 거품'처럼 부드러운 이 소파는 금새 부풀었다 꺼져 버리면서 '허구/허무함의 실체'라는 것과 중첩된 이미지를 공유한다. 가짜 이미지를 만들어 주는 영상 매체인 TV, 폼으로 갖다 놓은 칼 마르크스의 자본론. '나'의 이성적 자아인 '그'는 말한다. '나'를 둘러싸고 있는 이 공간은 입센의 가정 비극과 같은 냄새를 풍기는 연극의 공간이지 실제의 공간은 아니라고 말이다. 여기서 연극 속의 허구는 정점에 달한다. 왜 지금 보여 주고 있는 연극이 진실이라고 말하지 않고 가짜라고 말하는가. '진실'이라고 '말'하는 권력적 언술들에 우리는 너무 지쳤다. 진실을 까뒤집어 보는 것, 말의 이면을 들춰 보는 것, 그래서 가짜라고 말할 수 있다는 것은 중요하다. 가짜, 이미지, 허구를 통해서 진실에 이를 수 있다는 것은 놀라운 '진실'이다. 따라서 거울 앞에 선다는 것은 얼마나 위험한 일일 것인가. 이제 현실/연극/연극 속의 허구, 이 경계는 쉽게 구분되지도, 아군과 적군으로 편을 나눌 수도 없게 되었다. 이것은 '나'와 '그'의 실체 지우기, 기호의 혼돈, 허구적 실체들의 겹쳐보이기이다.

　허구적 이미지가 보여주는 강렬한 메시지는 '선'에 대한 '나'의 환청과 착시에서 찾을 수 있다. 선이란 무엇인가. 이는 의식의 사물화와 이미지의 허구성을 내포하는 의미이다. '나'의 방은 폐쇄된다. 그것은 '그'만의 방이다. 아내에 의지한 욕망만이 존재하는 곳이다. 그것은 점차 자신을 가두는 울타리로 변해 자신을 구속한다. 그는 그 선들에 응고된다. 소외된 의식은 광기적 상태로 그를 내몬다. 광기는 또 다른 소외이다. 광기는 점차 응고되어 사물의 상태로 의식을 사물화시킨다. 그는 그 사물들에 둘러싸인다. 사물들이 둘러싸고 있는 그 선들에 그는 질식할 것 같다.

　　나 : 아주 옛날에 얻어맞은 자리가 욱신욱신해.
　　　(정말 아픈 표정)눈을 뜰 수도 감을 수도 없어, 자꾸 뭐가 보이고 뭔가가 나타나.

그녀 : 뭐가?

나 : 눈뜨면 모든 사물을 거두고 있는 윤곽.

　보이는 것마다 너무너무 선명하고 모든 게 선으로 보여 귀찮아 죽
　겠어.

　난초를 유지시켜주는 선, 과일이 공간을 잡아먹고 남긴 선, 창가의
　팬지꽃이 바람에 흔들리면서 다른 풍경과 구별되는 그것의 선, 버스 차
　장이 실루엣을 만드는 여자의 이마, 콧등, 볼에 그어지는 빛의 선.

　허구화한 이미지로 그를 사로잡고 있는 물체들의 그로테스크함은 이
중적 의미를 갖는다. 내면의 육체가 보이지 않고 선만으로 물체들이 유
지되어 있다는 환상 때문에 '나'의 고통은 극도에 달하며 그래서 '나'는
더욱 아내의 품으로 소파의 품으로 파고든다. 선!, 선!, 선!…… 이런 선에
대한 환상은 그의 주변을 둘러싸고 있는 물질 혹은 실체가 허구임을, 그
것이 이미지화되어 있음을 보여준다. 이 허구적 이미지는 실체의 파악
불가능성을 보여주지만(어느 것이 진짜인지 알 수 없으므로), 한편으로
는 시간의 적층이, 역사라는 것의 거대한 이름이, 권력의 비계덩어리가
허구임을, 동시에 그것의 허물어질 수 있는 허약한 것임을 보여주는 기
호이기도 한 것이다.

　이 허구적 이미지는 아메바처럼 자신의 형상을 이리저리 바꾸면서
'나'의 주변을 서성이기도 하고 강박증적 신경증으로 '나'를 괴롭히기
도 한다. 그는 흡사 자신의 몸의 일부가 떨어져 나가는 환상에 사로잡히
기도 하는데, 그에게 눈을 감자마자 나타나는 육체의 일그러진 형상은
이를 말해준다. 파편화된 육체의 이미지는 거세된 '나'의 심리적 억압을
의미하면서 연극의 배경을 압도하고 있는, 축 늘어진 것의, 그로테스크
한 이미지들이 주는 공포와 견줄 만하다. '나'의 내면은 광기로 끓고 있
다. 그 광기는 두개골의 한 쪽 눈에서 흐르는 피의 이미지로, 물끓는 소
리의 광폭적인 환청으로, 복사기에서 흘리는 눈물과 아이의 강그러지는

울음소리에서 정점에 달한다. 떨어져 나간 손목과, 견딜 수 없는, 숨막히는 듯한 상황은 '광기'의 공포에 효과적으로 기능한다. 이 견딜 수 없음, 숨막힘의 정체는 무엇인가. 그것은 기다림이다. '나'는 기다리고 있는 것이다. 이 기다림의 정체를 알아보자.

4. 기다림의 정체, 산경의 알레고리

'나'는 '피아니스트가 될 뻔한' 아내가 렛슨 나가기 전 자신을 점검해주고 돌보아 줄 때 유아적인 행복감에 젖는다. 그 때부터 아내가 돌아오기까지 그는 혼자 이 권태로운 낮시간을 '견디며/죽이며' 지낸다. '하루 동안의 일기'라는 것은 표면적인 의미이다. 이 연극은 순차적인 시간의 서술구조를 가지고 있지 않으므로 시간의 흐름은 의미가 없다. '시계'의 기능이 이 연극이 하루 동안의 이야기임을 기술적으로 보여주는 데 있다기보다 '나'의 신경증적 강박관념을 알려주는 물질적 도구라는 것이 더 중요하다는 점은 이미 앞에서 지적한 바와 같다. 그런데 이 '하루 동안' 무슨 일이 일어났는가. 물리적인 하루는 '나'의 착란된 의식 속에 우리 197,80년대를 의미하는 역사적 시간과 중첩된다. 이 연극이 시간의 흐름, 곧 역사가 개입되어 있는 경우는 수유리에서 무등산에 이르는, 197,80년대가 알레고리화된 우리 현대사를 읊을 때뿐이다.

여기서 '나'는 '그/그녀'를 만나 과거로 돌아가고 과거의 사건들에 편입된다. 역사가 현재화하는 순간이다. 그 때 일상과 역사는 만나 긴장하고 파열한다. 그 이전에는 버릇처럼, 습관처럼 권태에 둘러싸여 축축 늘어져 있던 일상의 사물들이 갑자기 끓어오른다. 나는 폭발적인 혼돈과 광기에 휩싸인다. 일상이 역사와 부딪치는 순간은 이처럼 고통스럽다. 이 시간 속에 '나'는 그간 만났던 많은 사람들, 사건들을 기억의 이 편으로 몰고오며 '나'의 과거를 현재 속에서 되새김한다. 이 순간에 '나'는

'그'와 '아내'와 겹쳐읽기의 기호 속에 놓이는 것이다. 그것은 '나'가 거세되기 이전의, 현실의 그림자를 들여다 보는 것으로 시작된다. 소파의 비계살에 파묻혀 있던 '나'는 '그'의 출현으로 인해 감추어진 채 억압되어 있던 무의식의 심연에서 고통스럽던 과거의 기억들을 반추해 내게 된다. 권태롭기만 하던 공간은 이제 숨막힘의 공간으로 변모한다. 그는 답답하다. 죽을 것 같다. 지금까지 지내왔던 따뜻한 봄의 밤풍경은 그럼 착각이었는가. 숨막히는 부재의 공간으로, 무엇인가를 기다리지 않으면 안되는 공간으로 바뀌어진 것이다.

'기다림'은 이 극에서 핵심적 요소 중의 하나이다. 그 알 수 없는 기다림은 '나'의 삶을 지치고 녹슬게 한 것이었으면서 '나'를 살게 만드는 것이기도 하다. 자유, 평화, 민주, 숨결 더운 사랑, 이것들은 얼마나 '나'를 기다리게 했던 단어인가. 그러나 그 낱말은 이제 너무 늙었다. 대신 이제 그에게는 이런 기다림이 있다. 렛슨 간 아내에 대한 기다림? 운주사에 배가 도착했다는 기별? 이 숨막힘의 공간에 처한 '나'를 구제해 줄 무엇인가가 나타날 것이라는 기대? 그 기다리는 것이 무엇인지도 모르는 기다림?, 아니면 기다리는 척함의 기다림? 이 기다림 속에는 과거와 현재와 미래가 존재한다. 시간의 이러한 연속적 흐름이 그를 고통스럽게 하는 셈이다. 시간의 흐름이 있다는 것은 삶의 흔적이 존재한다는 것이다. 지나온 삶의 흔적이 고통스럽다는 것이다. 마르크시즘, 소비에트, 안기부, 이데올로기, 이런 흔적이 현재화하는 것이다.

'나'는 한때 안기부에서 무엇인지 모르지만 '당해' 본 경험을 갖고 있으며 지금도 '스프레이로 뿌린' 붉은 공기의 혐의를 지니고 있다. 시간의 흐름이 개입되어 있는 대목에서는 '나' 혹은 '그'는 어느덧 한 역사적 개인이 되는 것이다. '나'는 도트 프린터가 뽑아가는 기억의 파편 저 너머에서 과거의 행적을 읽어 내려간다. 난잡한 여성 편력, 돈과 관련된 비리, 고문자에게 살려달라고 빌던 치욕스런 기억, 기억하고 싶지 않은 기억. '나'의 이 기억의 파편에 하나의 물결선으로 감추어져 놓여있는 것은 소비에트의 무너짐이다. 이 그림자에 걸쳐진 양 기억이 그의 기다림을 녹슬게 하고 '나'의 뇌파에 도트 프린트의 환청을 달게 한 것이다.

지금껏 지나온 삶은 그래서 이미 '베렸'다. 지나온 삶은 흔적도 지워버리고 싶다. 아니, 아예 지나가기 전에 흔적부터 지워버려야 한다. 그러나 그 흔적 지우기는 가능한가. '그'가 있는 한 '그녀'가 존재하는 한 그것은 불가하다. '나'의 고통도 그래서 끝이 날 듯싶지 않다. 이 고통의 면죄부를 쥐고 있는 자는 없는가.

이 숨막히는 듯한 일상, 무엇인가 부재한 공간에서 '나'를 끌어올려주거나 '나'를 구해줄 수 있는 것이란 기실 '나'의 지나온 길의 흔적을 다시 살펴보는 것, 다시 말하면 역사 속의 '나'를 성찰하는 것이다. 그의 지나온 길의 흔적이란 TV 화면에 헛것처럼 깔려 있었다. 이 알레고리는 이 연극의 전개에 있어 가장 빛나는 부분이면서 주제 그 자체를 알레고리화한 것이기도 하다. 그것은 남산에서, 상계산으로, 수유산으로, 도봉산으로, 소요산으로, 숭이산으로, 인왕산으로, 저 무등산까지 ……. 여러 명산으로 옮겨가며 읊는 이 산경 읽기는 우리 현대사, 197,80년대의 역사 읽기의 그것에 다름 아니다. 그 현대사 속에서 10.26, 12.12, 광주, 서울의 낮과 밤의 어두움, 현대사에 나타난 인물들, 미군 문제, 통일 문제 등의 의미를 겹쳐 읽어야 한다고 새삼 말하는 것은 여기서 무의미하리라. 지나온 길의 흔적은 '나'를 아프게 하지만 '나'는 그 아픔 속으로 다시 들어가고자 한다. 자신의 기다림의 실체는 무엇인지, '나'의 지나온 길의 흔적을 더듬어보지 않고서는, 다시 말하면 역사의 시간 속으로 들어가 역사의 환부를 건드리지 않고서는 알 수 없는 노릇인 것이다. 지나온 삶의 흔적을 더듬어 고통을 스스로 껴안을 수 있어야만 '나'는 성인이며 주체이며 온전한 육체를 가질 수 있는 것이다. 역사는 '나'에게 권력적 아버지처럼 놓여있어 역사가 사라진다는 것은 '나'가 거세되었

　문학으로 돌아가다

음을, 현재 일상의 퇴행 의식과 유아적 행동이 왜 피할 수 없는 것인지를 알려준다.

일상과 역사의 부딪힘, 광란과 폭력의 무대 뒤에는 부숴진 마네킹의 조각들과 적막감만 흐른다. '나' 앞에 서 있는 '그'와 '그녀'를 향해 '헛것이야'를 외치는 '나'의 울부짖음, 헛살았다는 깨달음은, 그래서 단순치 않다. 이 헛것의 이미지, 결코 '나'를 놓아주지 않는 이 그림자는 시간의 유령들이다. 흔적을 더듬어 봄으로써 삶을 되물릴 수 있다면 그렇게 해야 한다.

역사는 다시 저 일상의 무대 밖으로 빠져 나가고 '나'는 다시 어린아이가 된다. 나는 여전히 권태에 쌓여있으며 아내의 귀가를 기다리고 아내에게 투정을 부린다.

> 그 : (관객에게)나는 오늘, 밥 먹고 TV 보고 잤습니다. 자기 전에 아내가 이닦고 자라고 해서 이빨도 닦았습니다. 화장실 앞에서 전 해군참모총장처럼 포즈를 취했더니 아내가 쓸쓸하게 웃었다는 것도 적어야 겠습니다.
> 아, 참, 오늘 날씨는 대체로 맑았고 서울과 중부 지방 낮 28도 였습니다.

'나'를 둘러싸고 있는 '그'는 말한다. 이 끝나지 않은 권태의 쇠사슬에 묶여있는 '나'의 현재 모습이란 격조 그것에 다름 아니며 세상은 그저 일상의 거품처럼 허우적대며 지나간다고 말이다. 그래서 권태의 하품 속에 일상의 시침과 분침을 갉아먹고 있는 이 공기족의 텔레비전에선 뇌물 혐의로 구속된 해군참모총장의 얼굴이 크게 클로즈 업 된다. 일상의 이 쪽에서는 이제 아무런 현실의 혼돈도 죄의식도 필요치 않다. 어떤 모델이 검은 라이방 안경을 쓰고 포즈를 취하면 그 때 '나'는 일순간의 권태를 씻는다. 오직 일상을 희화화하는 방식이 필요할 뿐임을 '나'는 말하고 있는 것이다. 그러나 이것 뿐인가.

이 연극 속 일상의 무대 밖에서는 어떤가. 이 하나의 화두를 위해서 우리는 너무 멀리 우회해 왔다. 그러나 이 우회, 197,80년대 시간의 알레고리를 더듬지 않고서는 이 화두에 이를 수 없었다.

> 나 : 지금 옥수수 밭에 바람 지나가는 소리, 들리지?
> 　　　저 15층 아래 강으로 나는 가고 있어.
> 　　　밤에는 강이 긴 비닐 띠처럼 스스로 광채를 낸다는 걸 이제야 알
> 　　　겠어!
> 　그녀가 소리나는 쪽을 바라보고
> 　그 : (관객들을 보고 웃으며)가련한 공기족들이여, 안녕, 빠이빠이!

이 허구와 퇴행의 '나'의 목소리가 정말 보여주고자 하는 무대 밖의 '나'는 무엇인가. 이것이 이 연극이 끝까지 감추고자 한 것, 그러면서 보여주고자 한 것이 아닐까. 그것은 '나/그/그녀'의 기다림의 실체가 놓여 있는 곳이며 기다림에 지쳐 녹슬던 '나/그 /그녀'가 이제는 직접 그쪽으로(지금 공기족관의 시계가 가리키는 것과 다른 방향에 있는 삶) 가고자 하는 욕망의 무늬이자 메아리 그것이다. 옥수수 밭에 바람 지나가는 소리에 눈을 뜨고, 강이 스스로 광채를 내며 흐르는 곳, 그곳은 소파의 일상 속에 무위로 갇혀있던 '나'의 욕망이 스스로 광채를 내며 온전한 육체로 재건된 삶의 욕망을 준비하는 곳이다. 그러면서 가련한 공기족관을 뚫고 나오는 육체의 일어서기가 행해지는 곳이며, 아름다운 영혼의 마음의 무늬가 그려지는 곳이다. 이것이 핵심이리라. 이것이 그가 무대 위에서 손을 흔들며 소멸하는 의미일 것이다. 허구의 소멸과 주체의 생성. 허구를 통해 실재를 보여주는 것.

5. '너/나' 는 누구인가

'나' 는 이렇게 사라진다. 무대 이 쪽에서 저 쪽으로 단지 사라질 뿐이다. '나' 는 사라지면서 우리 공기족의 가엾음을 조롱한다. '나' 가 보여준 광기와 이성의 혼란은 우리 자신의 욕망을 읽는 타자이며 거울이며 변증법이다. 현재 서울 우리 공기족의 무대는 어떤가. 누구도 이제 1980년대식 세계를 읽는 독법에 관심을 기울이는 사람은 없다. 살찐 소파의 유령이 우리의 주변을 맴돌고 있을 뿐이다. 희화화된 진실과 저속한 웃음과 삼류 대중소설과 값싼 지식인의 자족적인 현실주의와 자기비하와 현학으로 위장한 복사품이 판을 치고 있는 이 때, 과연 '너' 는 누구인가. 아니 '나' 는 누구인가를 묻는 이 연극적 방식이 과연 무엇을 의미하는지를 물어보지 않으면 안된다.

'너는 누구냐' 라는 타자의 물음을 통해서 우리는 이제 '나' 는 누구냐를 물어야 한다. '나' 의 정체성의 위기에 처해서 우리는 묻는다. 이 삶의 무대가 아니 연극의 공간이 과연 현실인가. 이 펄펄 끓는 광기의 바다와 차가운 일상의 공간 사이에서, 광기와 이성의 경계선에서, 그 경계선의 허물어짐을 온몸으로 느끼며 우리는 이제 물어야 한다. 이 연극은 끝나지 않는다. '너/나' 는 누구냐. 타자의 욕망을 통해서 '나' 를 읽어내는 것, 그것은 우리 1990년대식 질문의 방식이며 광기의 이면에 감추어진 진리를 읽어내는 방식이다. 그래서 이제, '너는 무엇을 하고 있는가?' 가 아니라 '나는 무엇을 하고 있는가?' 를 물어야 한다. 버지니아울프는 '나/우리' 의 현실, 기억 이 편으로 넘어오면서 말한다. 그가 글을 쓰기 위해 자료를 뒤지고 무엇인가를 찾아 헤매일 때 '오델로' 나 그런 것에 관심을 기울이는 사람은 이제 하나도 없노라고. 그저 런던 시내의 기계적인 일상의 돌아감, 순환만이 존재해 있을 뿐이었다고. 사람들은 기계적인 패턴을 좇아 겨우 그런 것들을 하나 만들기 위해 일상의 앞뒤에 갇혀 있었노라고 말이다. 그러나 그는 차가운 이성과 뜨거운 광기의 틈새가 그리 넓지 않은 것 같았노라고 덧붙이면서 그 둘 사이, 곧 정신의 정상과 비정상성—광기의 이중성을 밝혀보고 싶었노라고 고백한다. 그의 소설의 혼란함, 무질서함은 그의 그런 글쓰기의 한 방식이었던 것이다. 갇힌 이성의 세계에서 빠져나오고자 하는 자유의 갈망이 그의 글쓰기의 본질이었음을 그는 「나만의 방」에서 고백조로, 환청처럼 읊어내고 있었다.

육체의 허물어짐이라는 주제를 '해체주의만이 이제 존재한다. 역사란 이제 없다'라고 읽는 얼치기 해체주의자의 자기변명을 말하고자 한 것이 아니다. 왜 육체는 허물어지며 광기와 착란이 우리 육체의 찢어진 틈을 비집고 들어오는가. 그래서 왜 우리는 '해체'를 말하지 않으면 안 되는가. 결국 이는 육체(주체)는 만들어 간다는 것, 라깡식으로 말하면, 욕망의 환유과정이 아닐까. 해체주의자의 수장 격인 데리다가 천박한 해체주의자의 앙상한 뼈만 남은 해골을 손가락질하며 이제 아프리카의 기아 문제로 눈을 돌려야 한다고 말했을 때 문제는 여기에 있는 것이 아닐까. 역사, 윤리를 기존의 권력적 담론들과 다르게 말하기, 이것이 그가 평생을 바쳐온 해체=정의라는 텍스트 읽기의 자장력일 것이다.

우리는 이 연극에서 '너'와 '나'의 착종과 혼란의 그 이면을 들여다보지 않으면 안 된다. 섣불리 역사 의식과 문명의 위기를 대중의 기호에 맞춰 '재미있게/천박하게' 그려내는 것은 그야말로 통속성의 다른 이름이거나 그것의 '동종교배'와 별반 다르지 않다. '나/그/그녀'의 경계선 지우기란 소설 양식에서가 아니라 인물이 우리 앞에서 혼돈되는 상황을 생생하게 있는 상태 그대로 보여주는 연극 양식 속에서 선명하게 표출될 수밖에 없다. '나/그/그녀'의 혼란된 기호 속에서 관객의 극중 인물에 대한 동일시를 거부하고 소격 효과를 작동시키면서 이 현실적 실체로부터 소외된 기호적 허상들의 의미를 되묻게 하는 것이다.

'나/그/그녀'가 이리 저리 옮겨다니고 중복되면서 변용되는 방식들은,

소파의 비계살처럼 비만해 있던 일상이 허물어지면서 역사가 들어오고 고통이 시작되고 하는 것과 미묘하게 엇갈리면서 겹쳐진다. 사물의 온전한 형태를 이루는 선의 견고함은 여러 이미지로, 허상으로 꿈틀대면서 자신을 허물기도 하고 다시 형체를 세우기도 한다. '선'의 아메바성은 선 안과 선 밖의 경계선을 허문다. 가끔은 공포에 질리게도 하고 가벼운 웃음에 숨통을 틔우게도 하면서 연극은 무대 밖의 현실과 무대 위의 현실을 미끌어져 들어간다. 마치 허상과 실체가 현란한 지적 게임을 벌이듯이 말이다. 이 연극은 말하자면 '무엇인가를 보여준다'. 그러나 이 보여줌은 우리에게 우리 자신의 '보여짐'이라는 문제를 중첩적으로 깔고 있다. 우리 일상의 이 근거 없음과 권태와 무위의 상태가 지금도 무엇인가에 의해 노출되어 있음을 보여주고, 우리 자신의 반성적 일상을 일깨우고 있는 것이다. 이 연극은 아무 것도 말하지 않으면서 많은 것이 '말해진다'. '나'의 주체가 무엇인지를 묻지 않고 '나'의 허물어짐을 통해 이를 보여준다. 이는 우리 자신의 일상이 이 연극을 통해 '보여지고' 있음을 말해주는 것이기도 하다.

 이 극의 장점은, 주체의 소멸이나 관계의 파국 등 붕괴의 아름다움을 종결의 미학으로 가지는 극의 문법을 따르지 않는다는 점일 것이다. 이는 다른 말로 하면 '이념의 와해' 이후의 시간을 허무주의로 곧 바로 연결시키지 않았다는 말이기도 하다. '나'는 묻는다. 역사라는 이름을 걸고 권력의 희생양이 되어 '사형장으로 갈 것인가, 정신병동으로 갈 것인가.'라고 말이다. 그러나 다른 하나의 핵심적인 방법이 있다. 곧 자기 죽음의 형식, 주체의 소멸이 다른 한 가지 방법인데, 이는 다시 지나온 길의 흔적을 밟아 보는 것이다. 이 연극에서 과거의 흔적 밟기란 '그녀'의 바깥으로 걸어나오는 것, 극 밖으로, 살찐 소파의 품으로 부터 벗어나 무대 밖의 공간으로 걸어나오는 방식이다. 헛것의 이미지는 이 밖으로 걸어나옴의 끝을 위해 끊임없이 '나'의 기호와 '그'의 기호를 역전시키고

'그녀'를 여러 이미지들로 착종시킨다. '그녀'의 욕망을 부추기고 '나'의 퇴행을 보여준다.(이 극의 원래 텍스트인 황지우 시의 안과 밖의 변증법은 그래서 흥미롭다. 그 안과 밖의 경계선 허물기의 세계를 이 연극에서는 기호의 착종을 통해 보여주고 있다. 우리는 우리도 모르는 새에 이 연극의 의도에 자연스럽게 합류된다. 시의 연극적 변용 과정은 그래서 흥미롭다.)

굴원의 초사를 숨죽여 읽거나 초사에 밤을 새워 주석을 달던 시대도, 마르크스를 읽으면서 참을 수 없는 무거움의 시간을 견뎌내던 시대도 지나갔다. 아니 지나갔다고 말한다. 우리는 이제 그 긴장의 시간들을 한줄기 지나간 소나기의 얼룩처럼, 옛날 힘들었던 기억의 한 사금파리로 겨우 가지고 있을 뿐이다. 그 긴장감의 사라짐은 이제 폐허로 남아있는 저 서가의 한 귀퉁이에 먼지를 뒤집어쓰고 있는 마르크스의 자본론 세권이 말없이 보여주고 있다. 그 때 우리는 세계를 읽었다. 그러나 우리가 읽는 세계만 보였을 뿐 세계가 우리를 읽는 모습은 보여지지 않았다. 우리와 세계는 동일시되었던 것이다. 우리는 그 때 너무 젊었고 이성적이었다. 그래서 고통스러웠다. '어서 늙고 병들어야지', 연극 속의 '나'의 과거의 독백은 그 때 세계의 중심에 서 있던 영혼의 세계 읽기의 뒷면에 울리는 음성이었다. 이제 세계는 우리로부터 저만큼 떨어져 있고, 우리의 의지와 별로 상관이 없이 모양도 없이 그저 그렇게 '되어 있는' 물체처럼 보인다. 그리고 우리는 권태의 늪에 빠져서 허우적댄다.

그러나 저 누더기 산의 정상에서 소리치며 울부짖는 광인이 있다. 산경을 외며 인왕산에서 무등산을 오가는 그는 시대의 예언자인가, 과거의 회한에 몸부림치는 찢어진 육체의 현현인가. '나'는 광인이 되었다. '광인은 무대 위에서 가면을 벗겨내고 배우의 진짜 얼굴을 알아내고자 하므로 무대 위에서 쫓겨난다'. 이것은 모호한 양가성의 담론이다. 어디가 무대인가. 무대는 이 연극 위의 현실을 말하는가. 아니면 무대 아래의 우리가 살고 있는 이 현실을 이르는가. 광기의 틈을 통해서 우리는 '보여지는' 우리를 본다. 파편화된 육체의 찢어진 틈을 통해 세계를 읽고 있는 우리의 모습과 허물어진 세계에 깔려 있는 우리의 우울한 내면을 보는 것이다. '그/그녀'는 '나'의 거울 이미지이며 거울의 헛된 영상은 그것이 헛됨이 아니라 이 '시대의 기슭'에 놓여 있는 숱한 '나'의 진짜 얼굴인 것이다.

시의 연극적 제의는 흥미롭기도 하고 위험하기도 한 것 같다. 시의 내면적 기호를 연출자가 제대로 읽어내야 한다는 점에서 그러하다. '나'가 극으로 들어가는 방식, '나'가 극에서 나오는 방식은 이처럼 독특한 풍경을 이루었다. 연극은 극 중에서 관객으로 하여금 우리가 지금껏 보았던 극, 혹은 우리가 지금 안주해 있는 공간이 공기족관의 나른한 봄밤의 풍경이 아닌가를, 우리가 살아가고 있는 이 무대가 착각같은 아름다움만 남겨주고 있지 않은가를 되묻게 한다. 이는 처음에 제기했던 한 영혼이 걸어 들어간 곳이 빈집인지, 훈김이 서린 집인지에 대한 질문과 동일선상에 있다. 그러나 그 답은 여기서 주어지지 않는다. 이미 주어질 필요가 없어졌기 때문이다.

이 연극은 우리 이성의 차가움 아래를 슬쩍 한번 버팅기고 가 버린다. '나'는 지금껏 연극 속의 인물로 아니 기호로 살았던 셈이다. 이제 '나'가 다시 현실, 세상 밖으로 나와 길을 걸어가는 모습은 어떠한지 거기에 우리는 주목할 수밖에 없다. 이 연극 마지막에 보여주는 이미지들, 거미여인의 키스, 차가운 살갗의 감촉이 보여주는 것, 이성의 틈새, 흔들림 — 암전, 그것을 말이다.

저물면서 빛나는 것과 저문 뒤 빛나는 것

1. 이미지의 깨달음 혹은 깨달음의 이미지

황지우의 조각 「해인(海印)」은 하나의 시선을 담고 있다. 그 조상(彫像) 앞에 선 사람은 묘한 감흥과 신비에서 물러나기 어렵다. 그것은 달마조사의 시선이 어디로 향하는가 하는 질문과 관련이 있다. 자기 내면에로 향하는가 그렇지 않고 시선 바깥에의 것, 그가 바라보고 있는 것의 바깥쪽으로 향하는가 하는 물음이 그것이다. 이 물음은 내게는 이렇게 들린다. 그의 시선은 내면의 고독과 존재의 쓸쓸함으로 응축되는가 아니면 그 응축된 힘을 뚫고 외면적 에너지로 발산되는가 하는 것으로. 이 물음은, 달마조사의 시선을 바라보고 있는 관객의 존재론적 물음이기도 하며, 또 어줍잖은 문학비평가인 주제에 월권을 행사하는 글쓰기를 하고 있는 지금 필자의 현실적인 물음과도 관련되어 있다. 비문학적으로 말할 것인가, 비미술적(미술에 대한 비전문가적 입장)으로 말할 것인가라는 문제 말이다. 그의 조각으로 그의 시를 말하면 이건 비문학적이지만 어느 정도 봐 줄만한 글이 될 것이다. 역으로 시를 통해 조각을 말하고자 한다면 이 글은 분명히 얼치기 인상주의적 단견이나 비전문적인 글쓰기가 될 것이다. 그러나 어느 쪽을 택하든 이 경우에 필자의 '한계'를 벗어나지 못할 것이라는 점은 이미 명백하다. 그의 시든 조각이든 이미 예술가적 감수성으로 말한다면 필자의 위치는 황지우라는 글쓰기의 대상이 있는 자리의 한참 저 아래 존재할 것이기 때문이다.

  글이든 조각이든 비평이든 이 모든 것들에 대한 글은 지식이 아니라
어떤 차원의 존재론적 고뇌이며 인식이라고 생각해버리기로 한다. 보들
레르의 드라크로아, 장 주네의 자코메티, 푸코의 마그리트와 벨라스케
스, 쥘리아 크리스테바의 지오토, 바슐라르의 모네와 샤갈 등과 같은 대
가 대 대가들의 만남과 영혼의 교류가 거대한 환영이 되어 필자의 욕망
을 자극한다. 필자는 그들의 글에 욕망을 투사하고 이 황지우 론의 알리
바이를 만든다. 시인, 화가, 조각가, 소설가 등의 이름을 지우고 그 자리
에 작가를 들어 앉힌다. 푸코 식으로 말하면, 고유명사와 작가성
authorship의 관계를 전제하겠다는 것이다. '황지우' 는 자의적으로 존
재하지만, 특히 '시인' '황지우' 는 고유한 패러텍스트로서의 기능에 한
몫하지만 이 기능을 지워버리자. 그 자리에 '작가' 를 놓자. 그러나 그
'작가' 는 창조적 전권을 가진 강력한 주체가 아니라 그냥 제작자쯤으로
그 권력을 박탈하자. 그러고 나서는 '작가' 라는 이름까지도 지워버리자.
문학, 미술, 음악 뭐 이런 특권적인 권력의 경계를 지워버리면 영혼은 자
유로와지고 예술적 상상력은 상승한다. 학문 상호간에 교환되어야 하는
것 혹은 예술 전반에 바뀌어야 하는 것은, 분야와 대상만이 아니라 인식
이며 사유이며 그 깊이이다. 이 글은 이 자리에서 시작된다.

  황지우는 『조각시집』에서 언어 바깥에서 사유한다고 고집하고 있다.
그의 조각의 시선들이 왜 안을 향하지 않고(시인은 자신의 내면을 들여
다보는 자가 아니었는가) 밖으로 향해 있는가. 그러나 바깥의 시선은 또
얼마나 측정되기 어려운가. 이 같은 의문들은 이 글을 시작하면서 본인
이 지운 황지우의 이름 언저리에 놓여있다. 지워도 흔적은 남는다. 그는
안에서 바깥으로 나가려 하고 필자는 그의 육체 안으로 파고들고자 한
다. 그것은 섬뜩하리만치 필사적이다. 「zero로 들어가는 저울」은 이 글
쓰기에 대한 일종의 알레고리로 보인다. 그의 최근 시는 '이미지적' 이

다. 이미지가 없는 시가 어디 있는가라는 물음은 우문이다. 지금 이미지의 즉물성에 대해 말하고자 하는 것이 아니다. 그에게 이미지는 일종의 깨달음의 차원이며 세상에 던져 둔 화두와 같다. 그는 언어 혹은 존재의 바깥에서 '이미지의 깨달음'을 보여주고자, 아니 얻고자 하고, 독자는 그의 몸 언어 혹은 시의 안에서 '깨달음의 이미지'를 찾아내고자 한다. 그것은 독자쪽에서 보면 백전백패이다. 그는 영원성으로 흐르고자 하는데 독자는 그를 시간성 속에 붙잡아 두고자 하기 때문이다.

대상을 바라보는 자는 자신의 역사성을 소멸시키고 과거로부터 현재에 이르는 불연속적인 시간의 긴장 속으로 들어가야 한다. 독자로서는 시간의 고뇌에 대한 그의 정열적 항의에 이르지 못한다. 그래서 '이미지의 깨달음'을 간취하지 못하는 독자의 패배는 필연적이다. 그는 지금 여기에 존재하지 않으며 이 시간 속에 머무르지 않는다. 이것이 시인인 그를 조각가이게 또 다른 그 무엇인가로 '되게'becoming한 것이리라. 이미지의 깨달음이란 베이컨의 그림에서처럼 순간 순간 투영되는 이미지, 형상을 통해 인간 본질을 드러내는 것을 이른다. 이는 그가 어떻게 일상적 생의 반열에서 좌절하고 자아의 유동성에 절망하여 이미지의 영속성을 통해 깨달음에 이르게 되었는가를 말해주고 있다. 황지우라는 이름을 지우고 단지 시인 혹은 조각가의 실존으로 들여다 보자. 그의 조각은 시인 황지우도, 조각가 황지우도 지우고 있다. 이것이 바로 「해인」의 달마조사의 시선, 존재론적인 제로로 향하는 시선이다. 이는 영도의 시선, 무의 공간에 위치하고자 하는 시인의 시선이며 그것이 열반의 바다를 일컫는 '해인'의 세계인 것이다.

2. 시간에 대한 고뇌

그의 시에는 두 개의 교차된 계기들이 존재한다. 하나는 서사이며 하나는 이미지이다. 서사는 말 그대로 시의 내용 즉 이야기를 말한다. 그의 시에는 이야기가 있다. 그의 이야기는 개인의 일상적 삶의 문맥에서부터 역사적인 혹은 사회 현실적인 삶의 맥락에 이르기까지 중층적이며 또한 구체적이다. 기존의 시집 가운데서 아무렇게나(무작의적으로) 뽑아도 그 시는 이야기를 담고 있다. 그의 이야기는 반복적이며 일상적인 삶의 질서를 따라 충실하게 전개된다. 폭력과 공포와 절망이 교차하는 순간에도 시간에 대한 복종은 차라리 자연스럽고 인간적이다. 그래서 황지우의 시적 서사는 서정적이며 감동적으로 읽힌다.

가족사적 눈물겨움의 아름다움을 보여주는 「沿革」이나, 「대답없는 날들을 위하여」, 「만수산 드렁칡」 연작시 등에도 두드러지게 드러나는 것은 폭력적 세계에 대한 내면적 고뇌의 서정성이다. 예컨대 『새들도 세상을 뜨는구나』에 실린 대부분의 시들에서 서사의 틀을 제거한다는 것은 생각조차 하기 어렵다. 한편, 이미지 쪽은 어떤가. 그의 시의 뛰어난 점이 시각적 이미지의 표출이라고 평가하는 세간의 언급들을 필자는 부정하지 않는다. 사실 그의 시가 따뜻하게 읽히는 이유는 이미지의 서정성 때문이다. '손 안에서 타오르는 호박등'(「호박燈」)의 이미지는 단순한 시적 감성에 의해 포착된 것이 아니다. 어린 시절 반딧불을 잡던 손/암 병동에 누운 친구의 손/병원문을 나서서 성냥개비에 불을 붙이는 손/ 불을 감싼 내 손이 상처를 감싸안는 환한 호박등으로 변용되는 이 이미지는 얼마나 아름다운가. 시간적 질서에 의해 자연스럽게 변용된 이미지가 전체 시편을 포괄하고 있다. 내러티브와 이미지의 행복한 결합이 그를 시인으로 만든 한 요소일 것이다.

그런데 최근의 그의 시들은 내러티브는 많이 희미해져 있고 그보다는 이미지가 선명하게 드러나는 경우가 많다. 그의 시에 서사가 차츰 제거되고 이미지가 중심에 들어서는 것은 엄밀한 대응 관계를 이룬다. 그가 조각으로 시적 영감을 옮겨가는 것과도 이는 무관하지 않은 듯 보인다.

　문학으로 돌아가다

삶은 진부하거나 지루하며 인간의 생 자체는 부유한다. 문명의 피로한 징후들은 시시각각 나약한 인간을 모래시계처럼 부서뜨린다.(「膜」) 한편으로는 일상성과 현대성의 양가적 욕망의 충돌로 다른 한편으로는 한 시대를 마감한 역사적 무게의 억압으로 그의 존재는 부식하고 있다.(「여행」) 그는 삶의 지속에 대한 욕망과 죽음 충동의 긴장에서 쉽게 놓여나지 못한다.(「이 세상의 고요」) 그는 근원적이고 시원적인 것을 향해 욕망의 지느러미를 내민다. 찰나를 붙잡자 일상은 정지되고 이제 일상성은 어떤 내용을 알 수 없는 의미심장함이 되는데 그것은 마치 신비한 막처럼 솟아오른다. 그때 이미지가 살아난다. 인간 삶의 숙명성이나 허무 같은 것들, 필연적인 것들은 우연적인 것으로 바뀐다. 삶은 마치 주사위 던지기 같다. 순간이 영원이 되고, 영원이 순간이 되며, 필연성과 우연성은 서로 교차한다. 이미지는 이 양 교차선의 소실점에서 포착된 것이다. 정지된 삶의 한 단면을 움켜쥘 때 이미지는 날아가지 않고 대상에 꽉 달라붙는다. 황지우는 정지된 순간에 하나의 화두를 던져놓는데 그가 이번 조각 시집에서 보여준 여러 이미지들이 바로 이것이다.

「나비」는 그 포착의 순간을 드러낸다는 점에서 이미지에 대한 그의 무의식적 욕망의 표출이다. 이미지는 보이는 것이 아니라 읽히는 것이다. 그래서 이미지는 구체적이기보다는 내밀하며 근원적이고 실존적이며 본질적이다. 아니 이렇게 말해야 한다. 이미지에는 '안'이 있다고 말이다. 조상에서 빚어놓은 이미지를 보고 시에서 이미지의 '안'을 들여다보거나, 그 역도 괜찮다는 점을 그는 이번 조각시집에서 보여주고자 한 것이 아닐까. 시간과 무시간, 인간적인 것과 영원적인 것 사이에서 그의 욕망은 갈등한다. 조각의 시선이 안에서 바깥으로 그리고 다시 바깥의 그 무형적인 것에로 일탈되어 있음은 이를 말한다. 그래서 그는 결코 '고향'에 돌아가지 못한다. '고향'은 그의 표현대로 하면, 근원이자 한계이며 결코 이르지 못하는 유토피아이다. 단지 근원으로 돌아가고자 하는 자의 욕망의 구심력을 충동시키는 영원의 모성이다. 그는 그 돌아감의 과정에 있으며 아니 정확하게는 돌아가고자 함의 욕망, 끝없이 움직이고 흔들리는 욕망의 언저리에 있다. 그래서 그는 시의 가장 위험한 길로 빠지지 않는다. 알레고리에서 빠지기 쉬운 초월이나 시 이전의 시 혹은 언어를 초월한 경지에 있는 선시로 나아가지 않는다. 그리고 신비주의나 언어의 물질적 쾌락성에 쉽게 탐닉하지 못한다. 그는 이미지의 절제를 통해 이미지의 깨달음에 이른다. 그래서 그는 가장 먼저 깨달음의 벼랑에 오르는 자이며 가장 늦게 깨닫는 자이다.

이미지는 가볍게 날아가 버리지 않는다. '가볍게/무겁게' 내려 앉는다.

> 황지우 : 요즘 내 시가 이미지로 읽혀서 걱정이야!
> 관객 : 이미지가 나쁜 건가요?
> 황지우 : 시는 깨달음이거든.
> 관객 : ?....?
> 황지우 : .....

관객은 그가 이미지에 대해 편견을 갖고 있거나 아니면 동어반복을 하고 있다고 생각한다. 이미지는 깨달음인데. 적어도 그 자신에 관한 한. 그러므로 '이미지로 읽히는' 시에 대한 그의 근심은 기우일지 모른다.그가 계속해서 언어 바깥에서 사유하는 한.

3. 이미지의 실존

주체는 대상에 시선을 부여한다. 그러나 대상은 주체가 부여한 시선에서 자꾸만 달아나려 한다. 「해인」에서 달마조사는 섬을 지고 떠 내려온 게를 바라보고 있지 않으며, 「老詩人, 처녀들 앞에서 벌겋게 웃다」의 웃음은 그 조상의 시선을 바라보고 있는 관객을 향해 바라보며 웃지 않는다. 「수족관 앞에서의 반가사유」는 그 존재의 근원인 모성의 바다를 향해 사유하지 않는다. 시선은 늘 비껴간다. 주체가 안을 향하고자 하면 대상은 바깥으로 달아나려 한다. 이는 역설적이다. 거기서 주체는 비스듬히 지워진다. 대신 그 자리에 들어 앉는 것은 이미지의 세계이다. 그의 조각의 시선은 독자와 작가의 관계, 의사 소통의 관계, 콘텍스트의 지위를 말해준다. 독자는 작가가 지시한 것이 아닌 다른 무엇을 읽어내야 한다. 조상의 비껴난 시선은 그가 지고 온 섬에 정착하지 못하듯 영원히 노스텔지어적인 조건에 얽매여 있는 인간의 시선이다. 인간은 결국 고향에 돌아가지 못한다. 단지 고향을 향해 가는 길 위에 놓여 있을 수 밖에 없다. 사실 고향에 이르는 길이란 얼마나 지난한가. 범인(凡人)들이 성자와 짐승이 한 곳에 머무는 진리(「노스텔지아」)를 어떻게 쉽게 터득하겠는가. 그 길 위에 있는 자의 존재론적 고뇌가 조상의 '시선'이 말하고자 하는 것이며 황지우가 밝혀놓은 '시적 조각론'의 핵심이다.

  1) 나의 욕망은 덧없음과 가련한 것에 대한 동경, 영원성에 대한 동경으로 뻗쳐있다.
  2) 조각의 존재론은 '부재의 현존'이다.

꽉찬 덩어리의 중대한 결핍을 그는 조각의 시성(poetry)이라고 말한다. 그래서 조각의 시선은 시적 언어가 그러한 것처럼 직접적 언표로서의 기능을 비껴간다. 시적 이미지가 되살아나는 곳은 여기이다. 조각의 시선이 머문 자리에 시의 이미지가 들어선다. 조각가와 시인이 사라진 공간은 이미지의 집이다. 그 이미지의 '집'은 어떠한가. 폐허같은 곳(「뼈아픈 후회」)이다. 그것은 대체로 다음과 같다. 1)흰 물새가 나는 검게 썩어간 강에는 덧없는 순간을 정지시킨 후의 의미심장한 메시지가 흐른다. 2)영구차가 들어가는 따뜻한 봄 산은 무한하고 고요한 세상에 대한 깨달음, 삶을 정지시켰을 때 얻는 깨달음이 존재한다. 3)막-不在를 알리는 자동 응답기에는 현대성과 일상성의 문명의 피로한 징후들이 놓여 있으나 4)노을로 연금한 /내려 앉은 허공의 끔찍히도 아름다운 세상의 풍경(「등 뒤에서 노리고 있는 것」)이 자리한다. 이처럼 그가 그려내는 '집' 의 이미지에는 근원적인 것과 순간적인 것, 시간과 무시간성, 영속성과 비영속성의 사이에서 고뇌하는 자의 '깨달음' 의 세계가 펼쳐져 있다.

이미지의 깨달음은 우리를 그 보이지 않은 칼날로 상처입히고 찌른다. 이미지는 지시하는 것이 아니라 읽는 것이다. 보여지는 것이 아니라 읽히는 것이다. 그 보이지 않음, 부재의 현존을 알지 못한다면 이미지는 존재하지 않는다. **바르트**는 자아는 흩어지나 이미지는 영속한다라고 말한다. 바르트의 이미지론은 이미지의 실존성, 인간 삶의 실존성, 예술과 인간의 실존성을 환기시킨다. 바르트가 사진론에서 강조하고 있는 스투디움(studium)과 푼크툼(punctum)의 구분은 시간성에 대한 담론이며 고정된 시선과 비껴간 시선, 필연과 우연의 가지치기이다. 물질적이며 덧없고 찰라적인 것에서 영원성을 찾으려는 바르트의 실존적 고뇌를 이제야 겨우 알 것도 같다. 그가 후기 들어 즐거움의 글쓰기에 대해 강조하던 이유, 더 나아가서는 결국 동양적인 신비주의나 선적 경지에 몰입하던 내적 욕망의 근원들은 황지우의 조각시집을 읽으면 이해할 수 있다.

이미지는 인간의 삶과 죽음을 대변한다. 그 때 예술이 존재한다. 황지우의 조각은 시를 포용하려 하고, 시는 그 포용의 사슬에서 자꾸 벗어나려 한다. 아니 시가 조각의 육체 문자들을 설명하고자 하면 조각 덩어리는 금새 딱딱하고 물질적인 것으로 굳어버리려 한다. 조각의 언어는 함축적이고자 하고 시적 언어는 그럴수록 설명적이 되고자 한다. 조각 언어는 숱한 기호적 의미를 거느린다. 우리가 하나의 육체에 대한 재현이라고 생각했던 조각은 연속 사진의 한 순간에 불과하다. 그런데 시와 조각은 아예 따로 떨어져 있으면 그것들은 아무런 기호적 의미를 갖지 못한다. 그저 사물로 놓일 뿐이다. 시와 조각은 서로의 바깥에서 서로를 감싼다. 작가 황지우는 이것의 알리바이를 위해 여러 장치를 가했지만 그 장치조차 이제 자신의 알리바이를 위반한다. 시로써 조각의 육체 언어를 이해하거나 혹은 조각으로써 시를 이해하고자 하는 독자의 시도는 처음에 생각했던 것처럼 무모한 것이었던 셈이다. 조상들의 시선이 그러한 것처럼 독자의 언어는 황지우 언어의 지시 체계에서 저만큼 멀리 빠져 달아난다. 시와 조각의 언어에서 발사되는 이미지가 서로서로 꼬리를 물고 소용돌이치는 현란함이 독자의 이성을 마비시킨 탓이다. 아니면 그것들이 언어 바깥에서 언어를 위반하는 그 황홀함 때문이다.

4. 이미지, 즙같은 서정성

이미지는 무겁다. 조상의 시선이 비껴가고 있는 것은 자아의 죽음을 의미한다. 시간성의 본질은 죽음이다. '소파에 푹 파묻혀 있다'고 시를 썼을 때 그가 죽음에 붙들려 있는 것이 아닌가 문득 생각이 들기도 했다. 그는 가까스로 시간에 저항하며 삶을 지탱시켜가고 있는 듯 보였다. 이후 권태와 무기력, 죽음 충동은 촉각의 에로티즘에 의해 생성적 힘으로 자리하면서 그를 긴 잠에서 깨어나게 한 것으로 생각된다. 그것은 실존적 죽음에 대한 인식으로부터 비롯된다. 육체의 물질적 확실성과 그 유한성은 육체에 대한 본원적인 순수성에 눈뜨게 한다. 따라서 그에게 조각의 물질적 확실성, 촉각이 주는 명랑함은 물질의 안정감, 확실성의 쾌감과 같은 미적인 즐거움에서 오는 것이기 보다는 근원에 대한 탐구, 형이상학적인 모색의 즐거움에서 오는 것이었다. 그것은 이 '보여지는' 세계가 일종의 환영에 불과하다는 것, 우리가 누리는 현실 세계에 대한 무의식적 저항을 의미한다. '膜'으로 둘러쳐진 이 세상의 거짓 고요에 그가 전율하며 환영의 이미지를 포착하는 것은 당연한 것으로 보인다. 보

들리야르는, 죽음 충동, 시간에 대한 저항은 사물을 움켜잡아 쥐려는 욕
구 자체가 형이상학적인 질문으로 전이되지 않으면 생겨나기 어렵다고
말한다. 촉각의 확실성이라는 믿음은 결국 시간에 대한 고뇌라는 황지우
의 형이상학적인 질문의 연장선상에 있음을 알 수 있다. 그의 시적 이미
저리에 무수히 흩어져 있는 과거의 기억들, 웅크려 있고, 엉크러져 풀리
지 않는 여러 환상적 이미지들(그에게 환영, 환청은 매우 두드러지는 모
티브들이다)의 근저에는 이 같은 시간에 대한 고뇌가 들어있다. 형이상
학적 죽음에 대한 질문은 그에게는 근원적인 것이며 본질적인 것이다.
그가 근원을 움켜잡고자 할 때 실재는 흔적도 없이 사라지고 시간의 연
속적 계기들은 사방으로 흩어져버린다. 이미지는 무거우나 자아는 시시
각각 흩어진다. 이미지는 그 사라짐의 근저에서 솟아오른다. 소멸되는
것들은 역설적 생명력을 지닌다. 그의 시적 정열은 그가 촉각의 환영을
깨닫자마자 솟아난다. 시적 조각의 욕망은 저물면서 빛나는 바다, 소멸
하면서 생성하는 내면의 바다이다. 그 내면을 「저물면서 빛나는 바다1」
의 반가사유상의 미소가 보여주고 있다.

　조상들은 대부분 잘려 있고 뒤틀려 있고 웅크려 있다. 그 웅크림을, 시
간에 대한 인간의 고뇌이며 근원성에 대한 끊임없는 질문이며 회의라고
말하면 이미 진부하다. 육체의 형상을 뒤틀리게 하는 것은 다소 상투적
이다. 조금만 뒤틀어도 대상은 고뇌의 포즈를 취한다. 그러나 상투적일
때 대상은 친근해진다. 황지우는 시선의 비껴감을 통해 상투성을 벗어나
면서 대상을 자유롭게 풀어 놓는다. 조각의 맞은 편에서 그의 시는 깨달
음의 언어를 보여준다. 따라서 조각시집 『저물면서 빛나는 바다』는 그의
시적 이미지론이면서 조각에 대한 그의 미학론이며 삶에 대한 인간적인
고뇌의 흔적이다. 그것은 우리 삶의 보편적 명제를 꿰뚫는다. 모든 것은
폐허라는 것, 그러나 '폐허'는 생성하는 것의 원천이며 그래서 영속한다
는 것이다. 무너진 앙코르와뜨의 유적 위로 솟아나는 잡초의 생명력처럼

그러하다는 것이다. 우리의 삶은 주체를 가둔 박물관의 금빛 장식에서가 아니라 박물관 바깥의 아니 지워진 주체의 바깥으로 파편화된 이미지의 영속성 위에서 존재한다. 그의 표현대로 하자면 '사막위에 솟아난 유적 같은 것'이다. 모래 바람에 의해 소실되어가면서 생성하는 지평선을 응시하는 자의 시선, 그것이 바로 저물면서 빛나는 모든 존재들의 의미이다. 이것들이 이번 시집에서 이미지의 '푼크툼'으로 우리가 입은 견고한 상처이다.

그의 조각 작업은 일상적 삶의 죽음 충동에서 벗어나는 계기가 되었을 것이다. 그가 이미지로 빠져든 것 또한 그러한 연유일 것이다. 이번 조각 시집의 표제로 사용된 시편을 인용할 필요를 여기서 느낀다.

> 물기남은 바닷가에/긴 다리로 서 있는 물새 그림자,/모든 것을 잃어버린 사람처럼 서서/멍하니 바라보네/저물면서 더욱 빛나는 저녁바다를//
>
> 「저물면서 빛나는 바다」

'물새'의 시선은 근원을 향한, 돌아갈 수 없는 고향을 향한 동경이 담겨있다. 물새의 자리는 주체와 대상, 자아와 이미지가 한데 뒤엉켜 있는 양성성의 자리이며, 그 경계마저 허물어져버려 알 수 없는 한 마리 투구게의 자리이다. 「해인」의 자리는 그가 떠난 그 곳이며 그가 되돌아온 곳이다. 또한 이 글의 시작이며 마지막이다. 그러나 출발선과 종착점이 결코 동일하지 않은 바로 그 자리의 세계이며 '가벼운/무거운' 자아와 이미지가, 그리고 조각과 시가 한 몸으로 만나는 자리이다. 그가 걱정할 것은 이미지가 아니라, 그리고 동양적 신비주의로의 탐닉이 아니라 장 주네의 표현처럼, '물가를 저버리고 찾아드는' 고독하고 메마른 내면으로의 도피라고 생각되었다. '안'과 '밖'은 그에게는 이웃언어이며 그의 시는 언제나 이 양가적 욕망에서 번득인다. 집 안에서 해탈하기를. 그러나 '안'도 이미 '밖'이며 '밖'은 곧 '안'인 것을. 그는 영원한 정신의 방랑자 아닌가. 그는 '집안'에 있되 결코 그 '집'에 이르지 못한다. 그러나 '집밖'에 있되 결코 '집'을 떠나지 못한다. 그의 노스탤지어는 운명적이다. 그래서 그는 우리 시대 정신의 망명객이다.

그는 이번 조각전을 통해 오래고 긴 여행에서 돌아온 듯 보인다. 독자는 이제 그에 대한 기우를 덮어도 되지 않을까 한다. 죽음충동이 불연속적인 인간 삶의 강렬한 충동으로부터 비롯된다는 것은 너무 진부한 담론이다. 그의 조각에서 대상이 드러내는 이미지는 메마르고 건조하며 곁가지를 다 치고 잘라버린 앙상한 것이다. 그 물기 한 방울 없음과 무의 여백은 순수성의 근원이며 대상의 존재론적 시원이다. 그 물기 없음은 시에서 즙같은 것으로 남아 조상의 '결핍'을 감싼다. 시는 서정적 양식이라는 본질론적 위치로부터 쉽사리 벗어나지 못한다. 시의 이미지는 '물기남은' 바닷가에 있다. '즙같은 서정성'이 그의 시와 조각을 오래 존재하게 할 것이다. 그의 조각 시집의 제목, '저물면서 빛나는 바다'는 '저문 뒤 빛나는 바다'가 아닌 것이다.

작품 한 점을 주겠으니 골라보라는 자코메티의 제의에 장 주네는 망설이며 괄호를 친다. 그는 여기에다 '죽을 때까지도 끝나지 않을 오랜 망설임 끝에'라고 주를 달고 자기 머리를 그린 조그만 초상화를 선택한다.그리고 선문답같은 그들의 대화.
주네:당신의 조상 한 점을 집에 갖고 있으려면 마음을 차분히 해야할 것 같아요.
자코메티:왜 그렇게 생각하죠?
주네:(망설임 끝에)당신 작품을 들여놓으면 아마 방이 사원(寺院)이 되어버릴 것 같거든요.
자코메티:그걸 좋게 생각하오?

주네:그러면 당신은?

....

둘다 서로 당황하면서, 망설이면서---

사실, 주네는 자코메티의 청동상의 어깨에 손을 갖다 대면서 황홀한 행복감에 젖어든다. 그는 "(그 행복감을) 차마 어떻게 묘사할 수가 없다. 손가락을 일단 청동상에 갖다 대기만 하면, 강한 누군가가 부드럽게 안심시키며 손가락들을 이끌어간다"라고 쓰고 있다. 주네의 이 강렬한 희열을 황지우의 조각상에 투사하기를 기대하면서 이 짧은 단상을 마무리하고자 한다.

문학은 어디서 왔는가

근대성의 개념과 주도

우리 시 읽기의 주제학과 계몽주의의 깊은 주름

방법으로서의 '이상'과 「날개」의 연구 방법

은빛 거미의 욕망과 천의 육체

교사의 얼굴을 벗는 어떤 방법

근대성의 개념과 구도

1. 계몽과 내면의 대항적 담론

1920년 전후로 나타난 문학 담론들은 지금 보아도 무척 낯설고 전시대에 비해 단절적이다. '3대 동인지 시대'로 지칭되는 1920년대 전후 몇 년간 우리 문단에서 씌어지고 논의되었던 문학 담론의 맥락들은 단순히 서구 상징주의 문학의 수입과 모방, 일본식 고백체 소설의 변용, 낭만주의와 데카당스 사조의 전면적 확장으로 이해하기에는 그 장면이 너무 휘황한 것이다. 개화기를 거치고 최남선, 이광수를 지나면서 본격화되었던 당대의 계몽주의적 담론과 1920년대의 일견 퇴폐적이고 데카당스한 담론들의 거리는 너무 먼 듯한 느낌을 주는 것이다. 1920년 전후의 '데카당스' 문학 담론에 비해 계몽주의 담론이 비교 우위의 위치에서 긍정적인 가치평가를 얻게 된 이유는, '근대'를 수용하는 과정에서 벌어지는 복잡한 국면과 관계 있을 것이다. '근대'의 개념은 상대적으로 계몽적이고 교훈적인 문학에 대한 가치를 강조함으로써 문학의 근대성 문제를 굴절시키는 계기가 되기도 했다.

'의미'가 결여된 채 백가쟁명 식으로 수입된 서양 문예 사조가 '사이비 근대'와 '유행적 분위기'를 산출하는 사정은 일본도 우리와 다를 바 없었다. 그들에게 근대주의는 '당원 마르크시스트, 비당원마르크시스트, 실존주의자, 크리스챤, 프로이트주의자, 프래그마티스트, 예술지상주의자, 고전주의자, 전위파, 리얼리스트, 로만티스트, 상징주의자' 등 다양한 사상경향을 포괄하는 개념이었다.(柳父章, 1997) '근대란 기능이 아니라 효과'라는 말은 이 근대적 분위기에 친숙함으로써 얻게 된 유행 성 민감성의 지적 분위기를 지칭한 것이었다. '근대'는 명치유신 이후 끊임없이 '유행'과 '비판'의 지적 충돌을 일으켰다. '탈아론', '근대의 초극' 같은 담론들도 같은 맥락에서 이해될 수 있다. '혼란, 지옥 그 자 체'이자 '대단히 훌륭한 것'으로 상반되게 비쳐진 '근대'가 '말에 의한 인간의 지배'를 상징한다는 한 학자의 말은 '근대'의 복잡 다기함 바로 그 자체를 지적한 것이다.

1920년 전후의 우리 문학 담론의 현장을 점검해 보아도 이 상반된 '근 대'의 개념이 복잡하게 얽혀 있음을 확인할 수 있다. 따라서 우리는 근 대성의 장 혹은 '판'(지형) 위에 근대성의 차이나는 개념항(근대성의 구 체적인 세부 맥락)을 설정할 필요가 있다. 근대성의 개념을 혼동한 것은 이 두 항을 착종시킨 데서 비롯한다. 또한 역사적인 맥락이나 철학적인 맥락과 문학 담론의 차이를 유보시킨 채 논의를 진행시킨 것도 근대성의 개념을 복잡하게 만든 한 가지 이유이다. '근대성'에 관한 한, 문학과 타 분야와의 상호 소통성은 그야말로 '과유불급'의 수준이었다. 지나치게 사회 역사학계의 시각에 문학 담론을 조율함으로써 근대성의 문제를 거 대담론화 하는 데 관심을 쏟았다. 문학 담론의 근대성 맥락을 검토하는 데 있어서도 지나치게 어떤 특정한 개념, 예컨대 계몽의 역사철학적 범 주의 틀 안에서 보려는 시도가 지배적이었던 것이다.

1920년대의 다양한 문학 담론 또한 당대에 있어 근대성의 지평 내에 서 정치하고 역동적으로 서로를 길항하며 펼쳐지게 된다. 근대적 글쓰기 는 거의 동일한 기대 지평과 경험 내에서 어떤 권력적 중심을 형성하면 서 동시적으로 수행되고 있다. 이를 어떤 문학사가는 서양 몇 세기에 걸 쳐 일어난 문예사조가 몇 년내로 다 유입되었다고 술회하기도 했다. 신기콤플렉스 취미나 무분별한 서양 문예의 난만한 수입이라는 맥락에서 계몽적 담론을 제외한 모든 근대적 담론들은 비판의 대상이 되었다. 그러나 그것은 비판의 차원이 아니라 '다른 계몽'이라는 맥락에서 이해되어야 한다. 그래서 근대 문학의 차이 나는 장면들은 근대성의 맥락에서 어떻게 이해할 것인가의 논의가 우선적으로 수행되어야 한다. 우리 문학의 근대성 문제가 단지 모더니즘의 이데올로기를 추출해 내는 동기화로서 혹은 '리얼리즘/모더니즘'의 규범화되고 추상화한 논의의 확대 재생산을 위한 매개로서 이해되어서는 곤란하다. 또한 시, 소설 및 당대 비평의 근대적 성격을 일본적인 어떤 것에서 추체험된 것으로 이해하는, 이른바 '오리지널리티로서의 일본'이라는 근대의 원본성에 관한 논의도 다른 맥락에서 검토해 보아야 한다.

2. 근대성 논의의 층위

'근대성' 개념은 아주 다양하고 복합적이다.

이광수의 '근대성'이란 '계몽성'이며 '서구화=근대화' 혹은 '개화'라는 의미의 내포를 가진 것이다. 이 점에서 신소설, 애국계몽기 소설 및 이광수 소설 등은 근대적 주체 및 자아의 각성이라는 서구 근대성의 철학적 틀 안에서 분석될 개연성이 있다. 그러나 이광수의 계몽을 '뒤집고' 있는 1920년대 염상섭의 소설을 비롯한 일련의 '일본 근대 문학 제도에 의해 씌어진' 텍스트인 '내면 고백체 소설'들은 그 자체로 '내면' '주체'가 펼치는 드라마이며 미적 근대성의 한 상징이 된다. 그것은 소설이라는 형식이 안고 있는 본질적 특성과 가치를 자각하게 되는 계기를 이룬다는 점에서 역사 철학적 맥락에서 논의되고 있는 근대성 담론과 달리 미학적 차원의 근대성에 대한 논의를 가능하게 한다.

1930년대 문학에서 성성하게 논의되는 모더니티와 근대성 문제에 대한 편견과 오해는 사실은 '모더니티'(세련됨) 자체를 '근대성'으로 오해하는 데서 비롯한다. 모더니티=근대성이라는 차원에서 이상(李箱) 소설을 분석하는 경우, 모더니티는 기교적, 형식적 차원의 소설 방법의 일종이라는 평면적인 논의로 전락하고 만다. 이상 소설의 근대성은 근대화=자본주의화라는 근대성 경험의 질적 맥락에서 이해되어야 한다. 그것은 이광수 소설이 가지는 물질적인 차원의 근대성=계몽성의 차원을 비껴가고 있다. 1930년대의 물적 차원의 근대성이 문화적 프로젝트로 이행되는 과정은 자본주의적 발전 개념과 문화적 자아 발전 개념의 등가성을 지반으로 하고 있다.

1960년대 이후 논의된 리얼리즘 소설과 근대성 담론의 문제는 우리 문학사 특히 소설사에서 근대성과 탈근대성의 문제를 민족문학이라는 담론의 차원에서 재생산시키고 있다. 이 때 근대성, 탈근대성, 모더니티, 현대주의, 포스트모더니즘, 포스트모더니티 등은 민족문학의 장에서 변별적 차이를 드러낸다.

1980년대 '마르크시즘의 종언'은 우리에게 적어도 근대성에 관한 성찰적 접근을 더욱 용이하게 했다. 1992, 3년 경의 각 계간지가 마련한 '근대성' 특집은 이 같은 시대적 분위기를 민감하게 드러낸다. 포스트모더니즘과 탈근대성에 관한 다양한 논의의 문을 열게 했고 그에 따른 소설적 성과들이 줄을 이었다. 그러나 그 논의는 '근대성의 디즈니랜드'를 방불케 하면서 그 자체가 모호하고 공소하게 되어 버린 감이 있다. 하나의 매개항이 빠져 버렸기 때문이다.

예컨대 '주체의 해체'를 말할 때에도 왜 회의하는가 하는 고민이 우리에게는 없다. 한때 프랑스 내의 극좌파 그룹 '사회주의냐 야만이냐'의 의투사였고 5월혁명의 선도자였던 료따르는 1970년대에 지스까르 데스땡의 보수적 이데올로기에 동의하면서, 미테랑 정권 하에서 기성 문화의 수호자 역할을 했다. 이는 그의 '모스트모던한 상황' 선언의 배경과 그 내적 개연성을 생각하게 한다. 지나치게 혁명의 개념으로 오염된 '근대성' 대신에 그는 '탈근대성'을 주장했다. 여기에는 프랑스 좌파 지식인들의 역사 철학적이고 실존적 조건들이 놓여 있음을 부정할 수 없다. 그들에게 있어 1968년 5월 혁명의 좌절은 주체와 마르크시즘의 신화에 대한 붕괴와 환멸을 의미하는 것이었다. 이런 기본적인 이해를 바탕으로 하지 않고 '이론'만 수입되는 것은 '이론'의 유행성 질병을 낳을 위험이 있다.

그러나 그것은 또 한편으로는 근대성 논의가 실제적이고 구체적이면서 명징한 갈래로 체계를 잡아가야 함을 역설적으로 보여주게 된다. 그리고 '근대' 혹은 '근대성'이라는 기호의 계보학적 층위를 꼼꼼히 따져보아야 할 필요성을 제기한다. 더 이상 사회학계나 역사학계, 철학계 등에서 논의되고 있는 근대성 논의의 후미를 허겁지겁 좇아가거나 외래 사조나 사상의 수입 첨병의 대리인으로서 문학 담론이 왜곡되어서는 안된다는 점을 상기시켜주었다. '근대성'은 우리 소설의 구체적 성과물을 두고 근대성의 여러 맥락들이 상호 소통적으로 혹은 대항적으로 길항하는 가운데 도출될 수 있는 문학 담론의 '실세'로 자리매김해야 할 개념이며 범주인 것이다.

3. 근대, 근대성, 모더니티의 상호 맥락

'근대성' 혹은 '모더니티'의 개념을 규정하는 데는 몇 차례의 복잡한 절차와 과정을 거쳐야 한다. 모더니즘의 미학적 특성 혹은 더 좁혀 말해서 1930년대 시도되었던 실험 소설의 기술적 장치로 인식하는 차원을 넘어서야 한다. 이것이 언어 기원의 맥락에서, 역사철학적 맥락에서, 자본주의 경제 발전의 단계에서, 서구화의 진행 단계에서 드러나는 어떤 현상과 본질을 함의한다면 단지 문학 차원에서 논의될 것도 아니고 미학적 차원의 담론이 안고 있는 문제만도 아니다. 이는 곧 계몽사상으로서의 역사철학적 문제설정이기도 하며 문화적 예술적 프로젝트일 수도 있다. 또한 자본주의 세계 체제의 경제적 헤게모니에 대응하는 정치경제적 이데올로기일 수도 있다. 이만치 '모더니티'의 주제는 다양하고 이질적이며 분산되어 있어서 어느 하나로 일관성 있게 해명할 수 있는 틀은 쉽게 도출되지 않는다.

문학과 그 주변, 동양과 서양, 주체와 타자, 인간과 인간 혹은 집단의 관계에 관한 문제라면 '근대성'이란 연대기적인 개념이 아니라 질적인 개념이 된다. 특히 이 같은 주체와 타자가 벌이는 권력적 힘의 대결 속에 놓여있던 우리 문학은 근대성 논의의 자장 내에서 결코 자유로울 수 없다. 특히 식민지 경험을 통해 근대를 매개한 동아시아국가에서 이 문제는 아주 복잡하고 미묘한 그림을 그린다.

'근대성'의 개념적 정의에 관한 혼란의 근본 원인은 일반적으로 영어 'modernity'를 번역하는 가운데서 얻어진 원어와 매개어 사이의 의사소통의 결여에서 오는 것으로 이해된다. '근대성'이냐 '현대성'이냐, 이를 한국어로 어떻게 옮길 것인가 하는 고민은 자주 목격된다. 이는 우리뿐 아니라 비 영어권 국가인 독일이나 일본에서도 그대로 이행되고 있는 어려움이다. 이는 언어 기호의 차이에서 오는 것이기도 하고 각 개별 국가의 '근대'의 역사적 기점을 설정하는 데 따른 불가피성 때문이기도 하다. '근대'는 'modern'과는 구별되어야 하고(번역상 문제), '근대'는 '표면적 의미'(시대구분)와 '이면적 의미'(역사철학적 문제, 비서구권 국가의 실존 문제)가 있다는 식의 논의(柳父章)는 우리나라를 비롯한 일본 등의 비서구권 국가가 '근대'를 이해한다는 것이 얼마나 지난한 상황에 처하는가를 보여준다.

일반적으로 '근대성'이라 번역하는 경우는, 근대의 역사 철학적 맥락을 고려하면서 이를 성찰적인 자세에서 근대 자체의 이데올로기를 탐색한다는 의미로 이해될 때이다. 이는 근대성의 개념이 연대기적이거나 양

적인 개념이 아니라 성찰적이고 질적인 변화를 수반한 개념임을 의미한
다. 이 때 '현대성'으로 번역할 경우에도 그 질적 범주를 의미하는 한에
서 '근대성'과 동일한 맥락을 갖는다.

자본주의의 발전 이데올로기와 관련을 맺는 개념인 '근대성/현대성'
은 앞의 경우와는 다소 다른 차원에서 이해된다. 자본주의화와 도시화의
정도, 자본주의적 생산력의 증대와 도시적 삶의 전반적인 확장 등의 변
화를 의미하는 차원에 놓인 '현대적/근대적' 삶의 경험으로서의 '현대
성'의 개념은 르페브르가 말하는 자본주의적 '일상성'의 개념과 대응적
위치에 놓인다. 그러나 이 '현대성'의 개념은 '현대주의' 그 자체와는
엄격히 구별된다. 현대주의가 근대주의와 같은 맥락에서 '근대/현대'에
대한 열광이나 적극적 수용을 의미한다면, 그것은 앞선 시기의 개화주의
와도 상통하는 개념이고 1960년대 이후 경제개발 드라이브 정책과 같은
양적 맥락에서 이해할 수 있다.

'현대성'은 또한 '당대적'이라는 의미로 동시대성을 말하는 경우도
있지만 대체로는 '미학적 현대성'으로 연결해서 사용하는 경우가 많다.
즉 '근대성'은 그것이 개화기의 계몽성이든 서구적 사유의 재현이나 미
학적 모방을 의미하든간에 '근대'의 내포적 맥락들을 탐색한다(성찰한
다)는 의미로 쓰인다. 그런데 '현대성'은 '현대화' 혹은 '세련됨'의 의
미로 이해되는 경우도 있다. 보들레르 시의 '근대성'은 보들레르 시에
나타난 근대성의 역사철학적 의미 맥락을 탐색한다는 의미지만 이를
'현대성'이라고 번역한다면 그것이 얼마나 세련되었는가, 현대적으로
보이는가 하는, 곧 댄디즘과 같은 미학적 감수성을 의미하는 것으로 이
해되기도 한다. 백낙청은 근대주의가 '근대성'이라는 의미의 포괄적 개
념으로 이해할 수 있다면 미적 모더니티의 현대주의는 보들레르적 감수
성을 의미하는 댄디즘의 의미에 가까운 것으로 보고 포괄적 '근대주의'
와 미적 '현대주의'를 구분하고 있다.(백낙청, 1993) 즉 전자가 계몽 이

성에 의거한 인간의 성숙과 탈신화화를 의미하는 근대성의 자아 해방과 계몽의 프로젝트를 의미하는 것이라면 후자는 예술에 국한된 영역 예컨대 우리 1930년대 모더니티 같은 현대주의의 개념으로 적시할 수 있다는 것이다. 이에 따라 '근대성'은 긍정/부정의 변증법적 개념이지만, '모더니티'는 현대주의로 포괄되는 부정개념이 되고, '포스트모더니티/포스트모더니즘'은 모더니티/모더니즘의 연속이 된다.

'포스트모더니티/포스트모더니즘'의 개념 구분과 번역어 선택은 더 복잡하다. 'post'의 의미를 '탈'로 이해할 것인가 '이후'로 이해할 것인가, 또 '포스트모더니즘'을 '탈 근대주의', '탈현대주의', '탈근대주의' 가운데 어떻게 옮길 것인가 하는 어려움이 따른다. 그래서 원어 그대로 '포스트모더니티/포스트모더니즘'으로 표기하는 경향이 일반적이다. 더욱 문제가 되는 것은 번역어를 선택하는 것이 단순히 언어를 직선적으로 옮겨내는 차원에 있지 않다는 데 있다. 료따르의 거대서사의 해체와 재현 불가능성, 무한한 언어게임의 유희, 배리(paralogy)의 개념은 포스트모던 자체를 모던의 연속 선상에 놓은 것으로 이해되는데, 그러나 그것은 탈계몽이라는 차원에서는 현저하게 탈근대지향적이다. 그에 의하면 모던 다음에 포스트 모던이 오는 것이 아니고 모던은 포스트모던 뒤에야 온다.(Lyotard, 1984) 무역사적 무시간적 모더니티 개념은 혁명적 시간의식을 전도시켜 버리고 단절을 영구 지속의 무책임한 드라마로 만들어 근대성의 긴장을 놓아버린다. 여기서 모더니티(근대성) 개념은 무화될 처지에 있게 된다. 근대성과 모더니즘 혹은 모더니티를 분별해서 사용할 때 번역어의 한계가 어느 정도 해소될 수 있다.

볼프강 벨슈는 근대성의 지속과 반지속, 모더니즘의 지속과 반지속의 여러 범주를 설정한다. 탈근대주의 혹은 포스트모더니즘에 대한 오해를 수정하고 이를 개념화하는 데 몇 가지 유익한 점을 제시해 준다. 예컨대 포스트모더니즘은 모더니즘의 지속이기는 하지만 근대의 지속은 아니

다. 즉 탈근대 지향적이다. 이 같은 벨슈의 입장은 료따르가 다소 무장해
제한 듯 말한 '포스트모더니즘은 모더니즘의 선행단계'라는 주장을 그
대로 재연하는 것처럼 들리기도 한다. 이 '근대'와 '모더니즘'의 구분은
들뢰즈가 말한 '구도와 개념'의 차이로 이해할 수 있다. 포스트모더니즘
은 구도(판) 자체를 완전히 뒤바꿔버린다. 재현의 불가능성, 주체의 해
체, 근대의 신비화와 주술성의 완전 해체라는 점에서 이는 '판'의 완전
한 전복을 의미하지만 그 판 위에서 펼쳐지는 개념적 내용들은 동질적이
다. 즉 모더니즘의 지속일 뿐이다.

벨슈의 견해를 따른다면 포스트모더니즘은 판이 완전히 바뀌었다는
의미에서 '탈근대'이다. 그러나 그 개념적 그림들이 동일하다는 점에서
'탈모더니즘'은 아니다. 그래서 료따르를 비판하는 좌파 근대성 논자들
은 포스트모더니즘이 새로운 개념들을 정립하지도 못한 채 허구성과
'신기성의 디즈니랜드'를 만들고 있다고 비판한다. 주체의 해체는 엄밀
성의 해체이자 학적 개념의 완전한 무장 해제를 말하는 것이 되었다는
것이다. 우리 사회의 일각에서 제기된 포스트모더니즘과 패러디, 패스티
쉬, 표절, 모방, 수용의 여러 개념들이 공소하고 핵심이 없는 논의로 전
락한 것에 대한 비판적 시각이 내재되어 있음을 알 수 있다.

'근대성'이 이데올로기적인 의미든 기술 방법상의 문제든지 간에 적
어도 그것이 초월적 범주로 이해되지 않으려면, '근대성'의 몇 가지 틀
을 설정하여 그것의 이론적 맥락을 구체적인 텍스트와 상관지어 보다 세
밀하게 살펴보아야 할 필요가 있다.

4. 계몽과 근대성

계몽주의 시대의 근대성 문제는 계몽주의 그 자체만 지나치게 조명된
감이 있다는 점에서 반성적으로 접근해야 한다. 이광수의 소설에서 근대

성은 분명 역사철학적 근대성 논의의 맥락에서 이해해야 할 부분이 존재
한다. 개화=근대라는 도식에서 보듯 근대성은 서구화 곧 개화의 차원에
서 논의되어야 할 범주이다. 이 시대의 계몽주의는 처음으로 서양의 합
리성과 이성적 계몽이 본질주의화하는 계기를 마련하게 된다. 개화기를
기점으로 개인 주체의 자각, 자유 평등 사상의 유입과 같은 주체 중심의
근대적 사고체계가 형성된다. 그것이 구체적으로 어떤 양상으로 드러나
는지는 텍스트 분석을 통해 밝혀야 한다.

　이광수는 당대에 유행처럼 번지던 퇴폐적 경향에 대해 우려를 표명하
면서 계몽주의의 반격을 시도한다.

> 　所謂 最少抵抗을 골라 나가는 生活이오 내 意志力으로 開拓하랴는 기
> 개가 보이지를 아니함니다. 意志力, 克己, 奮鬪, 力行, 高尙한 人格, 信
> 義等의 德目은 文士에게는 아모相關도 업는 것갓치 생각하시는 모양이
> 외다.
> 　아아 아직 발아기에 있는 우리 文壇에는 「데카단스」의 亡國情調가 風
> 靡하야 마치 阿片 모양으로 毒酒모양으로 靑年文士自身과 밋 純潔한 그
> 네의 讀者인 靑年男女의 精神을 迷惑함니다. 이것은 眞實로 不健全한
> 日本文壇의 傳統을 밧은 結果외다. 사랑하는 讀者여 나로 하여곰 文士
> 와 德性과의 關係를 暫間말케하시오
>
> (「文士와 修養」, 창조, 1921.1)

문사 곧 인격자이며 학적 지식인이라는 전통적 문사 개념에 의거해 있
었고 문사는 사상가이자 교육자의 입장에 서 있어야 한다는 이광수의 입
장은 「무정」을 비롯한 그의 계몽주의 소설의 한편을 지배하는 사고인데,
이는 문학이 민족과 역사를 구원할 수 있다는 절대적 가치 개념으로 내
면화된 것이다. 학교를 졸업하지 말 것, 연애를 담(談)할 것, 붉은 술에
탐닉할 것, 의관을 야릇하게 할 것, 신경쇄약증 빈혈성 용모를 가질 것

등의 '데카당스'의 세부 목록들이 결핵균, 매독균과 같은 차원의 적대적 문학의 메타포로 상징되고 있다는 점은 흥미로운 사항이다. 김동인에게 진정한 글쟁이의 모양새나 태도로 이해되었던 '데카당스'가 이광수에게는 망국의 정조라고 염의를 품게 했던 것이다. 그러나 김동인의 「마음이 옅은자여」에서 보듯 성격 파산자형 인물이나 퇴폐적 정서 못지 않게 이광수의 소설에도 퇴폐주의 일파인 우울과 고민이 나타나 있다. 이광수, 전영택, 김동인, 염상섭 등은 성격파산, 연애생활, 공상생활로 표현되는 '퇴폐적' 문학 경향을 부분적으로 공유하고 있었다.

시인이기에 앞서 비평가로 활동했던 **오상순**은 「時代苦와 그 犧牲」(『폐허』, 창간호)에서 퇴폐, 고민, 불안 등의 추상적 개념으로 '시대고'를 말하고 있지만 계몽적인 건강성이 엿보인다. 이 건강성은 같은 지면에 실린 염상섭의 「폐허에 서서」에서도 동일하게 목격된다. 즉 이 시대의 '폐허, 퇴폐, 불안, 병, 죽음, 육체, 영혼' 등의 기호적 표상들이 실제로는 실재적인 병, 죽음, 퇴폐의 징후들을 드러내기보다는 계몽의 차원에서 시도된 측면이 있다는 점을 설명해 준다.

염상섭의 '초기 3부작'의 내면 고백체적 성격을 미적 근대성의 맥락에서 주목한 연구들이 많이 있는데, 염상섭은 이미 『폐허』 창간호에서 이렇게 말하고 있다.

一雨 一芽의 싸듯한 봄바람이, 復活의頌榮을 밧드는 初春의 날, 느진 아침이엿슴니다.

아담, 이브의머리속에智의이삭이, 북도든 쌔로부터, 입에물엇든「재갈」의자족 스러저가고, 쌔를 싸라 등에 흐르는, ?道德의「＊＊」＊＊＊＊＊＊＊＊한무리倍達의子孫들은, 지난밤雲霧에쌔여險한뫼에놉히올나, 서로 시고울며날새이던괴롬과 슬픔, 다- 이저버리고, 오즉가슴을압搾하는듯한, 初戀에마음조리는少女가, 歡喜와希望에타나, 그러나孤獨과 不滿을呼訴하는듯한, 애처러운한숨을고요히쉬이며, 默默히東으로東으

로, 가벼우나느린步調로거러나갑니다.---(중략) 그러나彼等은理智에
만살랴고는안이함니다. 「荒野」에彭湃한過去의光煕와, 眼前에展開한甦
生의金波가, 眞理의神香을彼等의靈魂에ㅅ붐어너흘際, 그무리는그것에
만족지안슴니다. 그歡樂과感激을가슴에품고悶死함으로만은, 決코滿足
지안슴니다.

「廢墟에 서서」, 폐허, 1920.7)

『폐허』의 서문격인 염상섭의 글은 개화기 계몽주의 문체에서 그렇게
멀리 벗어나 있는 것은 아니다. 한자어와 한글 어휘가 혼재되어 있고 관
념적인 성격이 짙다. 그러나 개화기 문체에 비해 뚜렷하게 달라져 있는
것은 주관적이고 내면적인 문체적 특성을 보인다는 점이다.

이 글의 특색을 규정하는 것은 영성의 성소적 의미화로서 내면성을 규
정했다는 데 있다. 내면이 성소로서 규정된다는 것, 그리고 그것이 삶의
영원성과 생명성을 향해 있다는 것, 이는 미가 곧 진리라는 문학에 대한
미적 인식을 드러낸 것이다. 황무지에 서 있다는 인식만큼 내면을 가열
하게 충동시키는 경우는 없다. 메마르고 황량하고 거칠은 황무지의 숨결
이 '의로운 생명'의 '떡닙'으로 솟아나리라는 것, 이것이 사소한 우정이
나 불순한 순간적 충동에서 기인하는 것이 아니라 지순지고한 영혼의 순
례이며 영원성을 띤 시간의 맥락 속에 있다는 주장이야말로 개화기 시대
의 개인 혹은 주체의 발견이 내면의 육체성을 안고 자라났음을 의미하는
것이다. 이 같은 그의 입장은 「개성과 예술」(개벽, 1922.4)에서도 거의
일관성 있게 전개되고, 「암야」의 주인공이 주장하는 관념적 예술관이자
인간론에서 변용되어 나타난다. 그의 소설이 일본 근대문학 제도에 의해
씌어진 중성적 차원의 텍스트인지 일본 사소설의 왜곡된 자연주의 경향
의 모방인지는 필자로서는 언뜻 판별하기 어렵다. 그러나 염상섭의 글이
갖는 내면적 성격의 근대성은 독특한 차원에 있다.

1920년대 상징주의, 낭만주의 시에서 흔히 발견되는 퇴폐적이고 데카 당한 육체의 풍경들도 사실은 이 같은 영적 내면이 그것과 어떤 지점에 서 조우한 것으로 보아야 할 것이다. 분명히 자각되지는 않은 채 몽롱한 도취의 상태로 내면에 습합되는 탓에, 육체와 영혼의 이원성에 대한 자 각을 보여주거나 영적 구원의 형이상학적 사유의 냄새를 풍기지는 않는 다. 말하자면 상징주의 시의 수용과정에서 상징주의(보들레르, 베를렌 느)를 베끼되 그것은 보들레르나 베를렌느의 사유에 근접해 있지는 않 다. 그렇다고 보들레르니 베를렌느에 비해 '결여'나 '하등'의 의미를 지 니는 것은 아니다. 내면의 죽음과 허무와 퇴폐와 불행이 다소 과장된 측 면이 없지 않지만, 내면을 드러내는 것 자체가 미적 근대성의 맥락에서 이해되어야 하는 것이다. 모든 것은 꿈이며 그것이, 동굴, 죽음 안에 있 다는 이상화의 경구(「나의 침실로」)는 미가 곧 진리이며 영원성이라는 미적 인식을 보여준 것이다. 이는 이광수의 계몽에서 미와 학적 인식이 분리되지 않은 채 결합해 버린, 선이 곧 '미/진리'라는 인식에서 많이 비 껴나 있다. 20세기 전후 근대 소설에 나타난 내면성은 근대적 계몽성을 그 한 축으로 하고 있다는 점에서 죽음과 허무의 내면은 사실은 이광수 의 계몽을 다르게 말한 것에 지나지 않으며 오히려 우리 근대문학의 미 적 근대성을 이해하는 데 한 가지 준거가 된다. 이들 상반된 문학 경향들 은 미적 인식의 상대성을 가운데 두고 들여다 보아야 할 개념이지 이데 올로기로 규정되는 개념이 아니다.

한 연구에 의하면 우리가 서양 근대성을 보편성이라는 절대적 가치 체 계에 놓고 여기에 우리 정신을 아날로지화 하는 계기는, 주체와 주변(타 자, 곧 주체가 아닌 것)으로 모든 사물을 대립시키는 이분법적 관점의 수 용에 있다. 영혼과 물질, 정신과 육체의 이분법적 사고는 인간과 인간 이 외의 타자(자연 등)로, 인간 내부의 이원적 구조로, 인간과 집단 내부의 이분법적 사고로 확대되고 우리의 국권이 위기 상황으로 내다를수록 집단내부의 이분법이란 관점으로 강화된다.(장성만, 1993) 서양 근대성은 개화기 이후 1920년대까지도 본질주의적인 것으로서 모더니티를 수용하는 입장에서 적극적으로 탐색된다. 청과 한이라는 두 민족간의 권력 분점 현상을 목도하게 되는 중국과, 천황제라는 초유의 권력적 통제 기구를 통해 근대의 분열을 통제하고자 했던 일본과는 달리 집단적 이념세력(개화파, 척사파 등)에 의해 강력하게 주도된 한국에서의 근대화는 개인 내면의 문제보다는 권력 유지와 타자적 세력에 대한 권력 통제의 측면이 강했다. 그 결과 근대성은 강력한 이념이 되어 동아시아적 가치에 대한 부정적 인식과 서구 근대적 가치에 대한 긍정적이고 맹목적인 수용을 낳았다. 이것은 역설적으로 모더니티 수용의 적극성을 비판의 대상으로 놓게 되는 계기가 되기도 한다. 우리가 흥미롭게 검토해야 할 것은 이분법적 사유가 문학 텍스트에서 어떻게 본질주의화 하는가 하는 부분인데, 여기에 '퇴폐성'과 '고백적 내면'이 문제될 수 있는 것이다.

우리 근대 문학의 개척자들은 이광수와 또 다른 지점에서 인간의 육체와 영혼을 인식한 자들이다. 그것은 일본에 있어 기독교의 수용에서 비롯되는 죄의식, 육체의 구원과 영혼의 갈망과 같은 '전도된 내면'을 드러내는 방식과 동일하지는 않은 듯 생각된다. 내면의 세부 목록들이 필요로 하는 제도적 의장들을 만들어냄으로써 내면을 생겨나게 했다는 발상과도 다른 의미를 포함하고 있다.(柄谷行人, 1997)

서구적 근대성의 맥락들을 수용하는 과정에서 자연스럽게 터득한 이분법적 사유 구조가 우리 근대 문학의 질적 진전을 가능하게 했던 것이다. 이는 개인 내부의 문제뿐만 아니라 집단 내부의 문제로 이행하면서 자아와 타자의 경계들을 점차 인식하게 되는 계기가 된다. 박종화, 이상화, 박영희, 염상섭 등 초창기 '퇴폐적 문학 행위'를 했던 작가들이 경향 문학계열이나 역사물의 형태로 혹은 리얼리즘 경향으로 이행해가는 사실은 이 '내면의 포착'이라는 문제가 '근대성'의 어떤 확장과 관련있음을 보여준다.

5. 일상성과 근대성

1930년대로 들어서면 우리의 삶 자체가 근대적 경험의 전반적인 확장 속에 놓이게 되면서 문화적 프로젝트의 문제로 이행된다. 이때 근대성은 일상성을 의미한다. 자본주의 발전 이데올로기가 문화적 발전의 동질적 상응을 낳는다는 측면에서 '근대성'은 '근/현대주의'가 내포한 부정적인 인식을 '발전'이라는 확장된 범주를 통해 벗어던지게 된다.(M. Berman, 1994) 1930년대 우리 문학의 난숙은 바로 일상성의 차원에서 진행되는 모더니티의 적극적인 수용이다. 이를 '근대성의 경험'이라는 총체적인 언어로 규정할 수 있을 터이다. 근대성의 경험을 내면화하는 것이 바로 당대적 근대성 기획의 본질이다. 이 같은 입장에서 효과적으로 해독되는 텍스트는 이상(李箱)의 텍스트이다. 문학 텍스트에서 일상성의 계보학적 층위를 탐색함으로써 근대성을 정초하는 작업은, 근대성에 〈관한〉 혹은 근대성 〈그 자체〉의 이데올로기를 선험적으로 규정하는 것과는 다르다.

1930년대 자본주의의 경험은 일상성의 차원에서 파노라마처럼 펼쳐진다. 일상성과 근대성은 동전의 양면이다. 1930년대 문학을 일상성 개념과 '산책자' 모티프를 중심으로 논하는 방식은 이 같은 입장에서 가능하다. 모더니즘을 도시 체험의 문학 양식이라고 할 때 1930년대 소비도시화된 경성에서의 일상 생활 세계의 체험은 근대(성) 경험의 최대치를 의미한다. 백화점, 쇼윈도우, 다방, 모던걸, 카페여급 등의 일상적 풍경과 대상들은 1930년대 문학의 주체이자 대상이 된다. 산책자의 고유한 내면적 시선으로 포착된 일상의 풍경은 근대에 대한 태도를 규정지으며 그것은 곧 근대성에 대한 인식론적 사유를 담게 된다. 푸코가 말한 '고결한 목적'이란 근대성을 포착하는 시인의 내면적이고 인식론적인 시선을 의미한다. 1930년대 근대성은 김기림, 이상, 박태원 등 수많은 산책자들의 산책의 텍스트 속에서 펼쳐져 있다. 그들은 유사 산책자(pseudo flâneur)가 아닌 진정한 산책자(flâneur)로서의 산책을 보여준다. 이들의 인식은 공통적으로 '제작성'과 인공미를 기반으로 한 자본주의의 미학에 닿아있다. 이상에게 '백화점', '인공낙원', '모던 여성'은 근대성의 매개 개념이다. 이렇듯 1930년대 문학에서 근대성은 '작은' 범주인 '일상성'을 통해 분석되어야 한다.

근대성 기획은 일반적으로 물질적 기계적 세계의 가능성을 믿는 미래주의적 세계관과, 합리화 과정에서 드러나는 삶의 왜소화에 주목하는 비극적 세계관, 이 양극적 특성을 동시에 갖는다고 말한다. 이는 '인공낙원'과 '철의 조롱'으로 비유된 바 있다. 1930년대 근대성 경험으로 정초한 근대성의 문제는 작가의 근대에 대한 태도 여하에 따라 그것의 미묘한 계보학적 차이들을 부정할 수 없게 만든다. 이것의 차이를 따져보고 그것을 보다 큰 틀 속에서 정지하는 작업이 1930년대 문학에 나타난 근대성의 맥락을 파악하는 기반이 된다. 이런 연후에 이른바 '근대성' 〈그 자체〉의 이데올로기를 탐색하는 작업이 자연스럽게 이어질 수 있다.

그러면 이상 텍스트가 그렇게 전폭적이고도 혁명적으로 생산될 수 있었던 이유는 무엇일까. 시점·아이러니·알레고리 등과 같은 특정 개념 분석에 의해 작가를 신비화하는, 모더니즘에 〈관한〉 이데올로기적 관점을 지향하는 대신 최근 소개된 한 이론과 그 이론에 대한 비판적 논점을 소개함으로써 하나의 대안을 제시해 보자.

버만은 그것을 자본주의적 경제 발전의 모델이 자아 발전이라는 생성적이고 역동적인 힘으로 전이될 수 있었던 아방가르드 미학의 본질에서 찾고 있다. 그에게 근대성은 선험적으로 주어진 가치 규범이나 추상적 체계가 아니라 자본주의적 경험 양식 바로 그 자체라는 점에서 근대화의 산물이자 근대화에 대항하는 질적 범주가 된다. 근대성은 모더니즘과 근대화, 문화적 비전과 역사적 경험적 사회화 과정이 서로 길항하는 가운데 작동된다. 끊임없이 대기 속에 스스로를 소멸시켜버리는 자본주의 체제는 그 자체로 생성적 역동성을 갖는다. 이 같은 자본주의 발전 모델은 아방가르드 미학의 혁명적 성격에서도 그대로 재연된다. 이상의 텍스트에서 우리는 충동적이고 낯선 이미지들과 알레고리를 대면하게 된다. 이는 세계 인식의 비유기성을 말하며 그것은 세계를 미학적으로 혁명화하는 모더니즘 미학의 특징이 된다. 이 같은 모더니즘 미학의 전위성은 현재 남미나 제 3세계 국가의 문학에서 가능성으로 남아있다.

그러나 이것이 정말 가능한 것일까. 아직도 20세기 초의 아방가르드 미학의 혁명적 잠재력이 그대로 잔존해 있고 그 점에서 모더니즘 미학의 근대성은 가치있는 것일까. 엔더슨은 이 같은 버만의 논의를 '탈근대성'의 입장에서 반박하고 있다.(엔더슨, 1993) 엔더슨은 모든 인간을 근대화의 주체이자 객체로 만듦으로써, 세계 자체의 변화를 그 자신의 것으로 만든다는 버만의 이상주의적 유토피아적 관점을 비판한다. 즉 모더니즘의 역사적 공간적 차별성을 무화시키고, 근대주의와 전근대주의, 모더니즘과 리얼리즘 등의 질적 차이를 소거시킴으로써 지나치게 포괄적이 된다는 것이다. 버만이 말하는 모더니즘의 자기 갱신은 결코 이루어지지 않으며 근대성의 모순을 타파할 수 있는 것은 오직 근대성을 철폐하는 길뿐이다. 엔더슨은, 버만이 모더니즘의 '혁명'의 개념을 잘못 차용하고 있다며 그 맹점을 지적한다. '지속적이고 부단한 자기 혁신적인' 모더니즘은 자본주의의 역사적 시간을 무한히 반복되는 동질적인 시간으로 상정함으로써 '다른 시간'과 '다른 장소'라는 국면의 차이를 무화시킨다는 것이다. 그것은 모더니즘의 이상적인 자기 갱신을 의미할 뿐이라는 것이다. 이 점은 마르크스가 말한 '혁명' 개념과도 대척적인 차원에 있다.

엔더슨은 그 유명한 '종합국면'이라는 틀을 제기하면서 '차이 나는' 역사적 공간적 개념을 복원한다. 20세기초의 아방가르드 운동이 혁명적 전위적 역할을 할 수 있었던 것은, 다음의 세 가지 차원이 종합적으로 작동한 결과라는 것이다. 먼저 봉건적 귀족적 잔재가 아직도 사회 전반에 희미하게 남아있는 역사적 문화적 경험 및 지배, 과학 기술의 혁명적 발전으로 인한 미래 사회에 대한 긍정적 낙관적 사회 분위기, 그리고 혁명이 도래했다는 사회의 전반적 예견. 이 세 국면이 동시에 도래함으로써 아방가르드와 같은 모더니즘 미학이 꽃을 피우기 시작했다는 것이다. 엔더슨은 이 종합국면이 제 1차 세계대전 이후로 쇠퇴 일로를 거듭했음을 상기시키면서 현재 그 가능성을 라틴 아메리카와 같은 봉건적 유제가 남아있는 제 3세계에서 찾고 있다. 엔더슨이 말한 제 3세계에서의 모더니즘의 재생이 가능할 것인가는 의문이다. 서구적 시각의 편중성은 언제나 문제가 된다. 또한 제 3세계에서의 모더니티의 혁명은 그 나라가 가지고 있는 사적 특수성과 현단계적 세계 질서의 추세로 보아서 가망성이 없는 듯 생각된다.

버만이 말한 긍정과 부정, 행복과 재앙, 희망과 절망의 근대성의 이중적 경험은 그 자체로 보아 모더니즘의 자기 창조력의 역설적 근원이라는 점에서는 의심할 바 없다. 이상 문학이 지니는 근대성의 드라마는 이것의 생성적인 빛이 아니겠는가. IMF 상황을 겪은 우리의 처지를 생각하면 근대성에 대한 다양하고 구체적인 반응은 우리 시대에도 여전히 의미있는 실존적 조건이다. '일상성'의 작은 개념을 통해 근대성에 다가가는 방식은 환원론적 이데올로기가 미치지 못하는 곳에서 의미있는 역할을 한다.

6. 근대성, 리얼리즘, 민족문학

‘근대성’ 문제를 앞절의 경우와는 달리 ‘모더니즘’이 아니라 ‘리얼리즘’의 관점에서 접근하면 민족문학, 리얼리즘문학, 근대성의 상호 관계가 드러난다. 민족문학과 근대성의 문제는 근대문학 기점을 설정하는 논의의 연장선상에 있다. 근대성과 민족문학, 리얼리즘 문학을 하나의 지형 위에 놓고 보면 근대성과 탈근대성은 상호 길항하는 개념이 된다. 그래서 민족문학의 ‘탈근대성’은 료따르 등이 제기한 포스트모더니즘의 ‘탈근대적인’ 국면을 종합한 것이라는 지적도 있다. 백낙청은 1960년대 이후 민족문학과 민중문학, 민족문학과 리얼리즘 문학이라는 거대담론을 통해 이 문제에 접근해 왔다.

민족문학적 입장에서 엔더슨의 버만 비판은 의미있지만 엔더슨이 가지고 있는 서구 역사의 맥락에서 모더니즘을 보려는 태도는 문제적인 것으로 지적된다. 오히려 대안은 모더니즘이 아닌 리얼리즘의 끈질긴 탐구에서 찾아야 한다는 것이다. 백낙청의 경우, 근대는 서양인이 비서양인에 대해 강제적이고 피동적으로 규정한 것이라는 점에서 부정된다. 그는 엔더슨이 말한 근대성의 철폐 주장에 전적으로 공감하면서도 근대성의 제3세계적 맥락을 모색하고 이를 ‘민족문학’이라는 관점에서 수용한다. 즉 “자기네 역사 속에 축적된 근대적이면서도 진정으로 탈근대지향적인 문화전통을 찾아내어 전지구적 연대에 활용하면서 동시에 근대 철폐 작업에 효과적으로 참여하는 것”이 근대를 사는 올바른 길이라는 것이다. 그에게 근대(성)은 일단은 탈근대(성)이지만 논의과정에서 ‘근대/근대성’은 착종되거나 긍정 부정의 모호한 의미로 이해된다.(근대성의 이중적 의미를 전제하지 않은 채 사용되는 탓에 가끔은 오해도 불러 일으킨다) 근대문학의 시점이 어떻든 일제 침략기와 상응하는 위치에 있다면 그것은 민족문학이 되며 근대 철폐에 강조점이 주어져있어야 하므로 당연히 리얼리즘 문학이 된다. 따라서 이 등식과 대응하는 문학 성과물, 곧 '구체적 물건'은 제한적일 수밖에 없는데, 홍명희와 한용운, 고은 등으로 이어지는 문학텍스트가 의미있는 민족 문학 텍스트가 된다. 그에게 모더니즘적 문학 텍스트들은 거의 부정이 된다. 모더니즘적 징후를 안고 있으면서도 근대 극복의 징후가 포착되는 김수영의 시나, 정지용의「향수」와 같은, 전근대적 삶과 내밀하게 통풍하고 있는 것만이 의미있는 텍스트가 된다.

홍명희의『임꺽정』은 민중적 역사관에 서서 반봉건적 신분질서를 부정하는 사실주의 역사소설로서 이광수, 김동인, 박종화가 보여준 역사소설과는 그 질을 달리한다. 그러나 많은 연구자들에 의해 지적되었듯, 신분질서의 비판이 동일하게 임꺽정 일당들에게는 적용되지 않은 채 그들 자신들도 오히려 위계질서적이고 폐쇄적 신분구조 속에 갇히게 된다는 점이나 인정과 의리같은 전근대적인 인정주의에서 민중적 관점이 제시되고 있다는 것은 이 소설의 엄연한 한계이다. 백낙청의 민족문학, 민중문학의 근거가 다소 인정주의에 기초하고 있는 것은 아닌가 하는 의문은 김수영에 대한 평가에서도 확인된다. (백낙청, 1985) 김수영 시의 난해성이 궁극적으로는 민중을 향해 있다는 점 때문에 평가될 수 있다는 입장은 '임꺽정'을 평가하는 대목에서도 드러난다. '민중의식'을 소박하게 드러낸 정도가 민족문학인가라는 비판도 이와 관련이 있다.

근대문학을 '실재'가 아니라 '이상'이며 '존재'가 아니라 '당위'의 차원에 놓게 되면 이론상 지나치게 제한적이어서 우리 근대문학의 많은 텍스트들은 '민족문학' 주변에 사장된 채 놓이게 된다. 그의 민족문학과 근대성은 문학 분야와 사회학, 역사학 등의 다른 분야에서의 근대성 연구와 상호 소통하면서 이루어지지만 그러하기 때문에 미학적인 차원의 논의는 성숙되기 어렵고, 역사적, 윤리적 차원이 이를 대신하게 된다. 근대성의 요소를 적극적으로 검토하는 가운데 반외세정신을 수용한 민족

문학만이 민족문학으로서의 근대문학이 된다. 한용운이나 홍명희의 문학이 그러하고 이광수나 김기림은 그러하지 않다고 말할 때 '근대성'은 그가 차이를 명시적으로 언급한 '근대주의'와 '현대주의'라는 개념과 분리되지 않는다. 미학적 차원의 '근대주의'를 수용하되, 모더니티 일방의 김기림 같은 '현대주의'로서가 아니며 민족문학과 리얼리즘의 차원에서 행해지는 '근대주의'로서 수용해야 한다는 것이다. 반봉건을 추동하는 힘으로서의 근대성과 반외세정신을 구극하는 것으로서의 탈근대성이 그가 주장하는 근대성의 핵심 요소이다. 그렇다면 민족문학은 새삼 근대성이나 탈근대성의 맥락으로 이해할 필요 없이 근대성의 범주 속에 세부적인 사항들을 끼워 넣어도 충분할 듯하다.

백낙청은 여기서 1930년대 국민문학파와 같은 류의 보수적 이데올로기와 민중문학 진영의 급격한 진보주의 이데올로기를 겨냥할 필요가 있었을 것이다. 탈근대성을 전통사상 탐구와 관련시킨다는 점은 긍정적인 가치 부여를 해야 할 듯하다. 근대의 체험에 충실하면서 그것의 극복으로서의 리얼리즘을 의미하는 것이 민족문학이라면 그 때 정신적 지향은 바로 '우리 것'에 대한 진지한 접근이다. '우리 것'은 탈서구화의 맥락에서, 그리고 반봉건의 맥락에서 검토되어야 하는 것이므로 그 정신적 지향은 불교, 도교 등의 전통사상과 증산도, 동학 등의 민중적 사상 탐구로 이어진다. 이는 자칫하면 소재주의적 차원으로 떨어질 우려가 있을 뿐 아니라 '과거'의 향수를 반추할 뿐이어서 보수적 이데올로기로 변질될 가능성이 있다. 이것이 마치 탈근대의 대안인양 제시될 수 있음을 우리는 현금 '고구려'를 소재로 한 국수주의적인 주장을 담은 소설의 유행에서도 쉽게 확인될 수 있다. 엄밀한 학문적 검증을 거치지 않은 채 소재주의의 차원에서 행해지는 동양 정신과 전통 사상의 탐구는 비교적이고 보수적 이데올로기에 의해 오염될 소지가 있다.

민족문학의 성격을 근대성의 맥락에서 탐구하고 근대극복의 대안적

사상을 동학, 증산교 등의 전통 사상에서 찾는다는 점에서 탈근대성의
논의는 한층 한국적 실감(역사적 시간적 무차별성과 서구 본질주의의 극
복)을 얻어가게 된다. '근대성' 논의가 단지 '모더니즘' 의 텍스트 내에
서만 전개될 수 없으며, 이것이 진보적 진영 내의 리얼리즘 논의를 보충
하고 심화하면서 폭넓게 진행 될 때 그 의미를 찾을 수 있는 것이다.

　하나의 대안을 찾는다는 점에서는 루카치의 진정한 후계자이면서도
'프로이트' 와 '마르크스' 를 동시에 읽는 제임슨의 논의는 참고할 만하
다. 그의 이론은 우리가 흔히 읽었던 모더니즘의 텍스트들을 현실 반영
성의 맥락 속에 위치시킬 뿐 아니라 이른바 리얼리즘의 텍스트 읽기도
다른 차원에서 행해져야 함을 암시하고 있다.(F. Jameson, 1981) 모더
니즘이 리얼리즘의 재약호화라고 말하는 그의 분석 태도는 '리얼리즘/
모더니즘' 의 텍스트가 복잡한 해석학적 과정을 필연적으로 거쳐야 함을
말해준다.

7. 근대성 논의의 질적 진전을 기대하며

　이론이나 사조의 수입은 언제나 일방적이다. 그간 근대성 연구 또한
일방적인 차원에서 전개되었다. '근대' 가 '지옥' 으로 '혼란' 으로 이해
되었다는 사실은 그것을 고찰의 대상으로 놓는 '근대성' 의 파악 또한 이
중 '혼란' 의 난장 속에 있음을 자명하게 보여준다. '리얼리즘/모더니즘'
이분법은 우리에게 익숙한 문학 연구 방법이다. 다만 이것이 지나치게
이데올로기적인 것으로 포장되어 이해되는 측면 때문에 '근대성' 은 '근
대주의' 나 '모더니티' 라는 특정 우파적 개념으로 인식되곤 했다.

　비슷한 맥락에서 '현실' 이라는 개념도 지금까지 단 한가지 추상적 차
원에서 해독되는 것이다. 포괄적으로 그것은 자본주의적 내적 모순이라
든가, 계급적 민족적 '현실' 이다. '당대의 현실을 반영한다' 고 말할 때

우리에게 그 '현실'은 추상적으로 내면화하고 그래서 자명한 것처럼 각인된다. 거기에는 항상 '화석화 된 의미로서의' '현실'과 '근대성'의 문제가 놓여 있었다.

따라서 '어떤 현실'인가 하는 '현실'의 지평을 역사적인, 미학적인, 실존적인 차원에서 꼼꼼히 들여다봄으로써 '현실'의 구체적 내용을 파악하고 그럼으로써 의미있는 '근대성'의 맥락들을 도출해 낼 필요가 있다. '근대성'은 미학적이고 문화적인 맥락과 사회 역사학계의 구체적 학적 성과들, 서구 근대성의 역사 철학적 맥락과 우리의 근대화 과정에서 드러난 주체 발견의 드라마 등 그 차이나는 의미 맥락 속에서 검토되어야 한다. 그럴 때만이 소설의 내질이 안고 있는 의미들을 훨씬 풍부하게 도출해 낼 수 있을 것이다.

참고 문헌

김윤식 정호웅, 『한국소설사』(예하, 1993)

백낙청, 『민족문학과 세계문학』(창작과 비평사,1985)

백낙청 외, 『한국 근대 사회의 형성과 근대성 문제』(발제 및 토론, 1993)

장성만 외, 「특집 모더니티란 무엇인가」(『세계의 문학』, 1993 · 가을)

조남현, 『우리 소설의 판과 틀』(서울대 출판부, 1991)

柄谷行人,박유하 옮김, 『일본 근대문학의 기원』(민음사, 1996)

柳父章, 『飜譯語成立過程』(岩波新書, 1997)

P.Anderson, 김영희 외 옮김, 「근대성과 혁명」(『창작과 비평』, 1993 · 여름)

M.Berman, 윤호병 외 옮김, 『현대성의 경험』(현대미학사, 1993)

F. Jameson, *The Political Unconsciousness*(Methuen. 1981)

J. Lyotard, *The Postmadern Condition*(Manchester, 1984)

우리 시 읽기의 주제학과 계몽주의의 깊은 주름

1. 주제학 논의의 현재적 지평

최근 발간된 잡지들, 주로 시전문지들이 나와 있는 시내의 서점가를 둘러보자. 진열대에 올라와 있는 서적들에서 눈에 띄게 두드러지는 특징을 하나 발견할 수 있다. 미시학의 세계라 불릴 만한 소주제를 다룬 전문 서적 출판이 붐을 이루고 있고 그것이 독자들의 끈질긴 관심을 끌고 있다는 점이다. 그 장정의 고급스러움과 화려함은 작고 미세한 세계의 비의스러움을 한층 치장하고 있는 듯하다. 개론식 역사서를 읽은 경험이 대부분인 우리 세대로서는 독일사, 프랑스사, 이탈리아사 등의 개별 국가의 역사서가 그토록 아름다운 장정을 하고 대중의 손길을 기다리고 있다는 것이 놀랍기만 하다. 이슬람사, 티벳사 같은 이른바 제 3세계의 역사서가 이들과 나란히 놓여 있는 것도 흥미롭다.

『거울을 통해 본 유럽 역사』는 서구 유럽의 권력적 역사 서술에 대한 반성과 비판을 담고 있어 흥미롭다. 이 책을 읽다 보면 유럽과 비유럽, '문명과 야만'이라는 오래되고 화석화된 거울은 깨어진다. 그 문제 의식은 이제는 낯익은 것이 되기는 하지만 그것이 유럽통사를 읽는 한 방식으로 채용되고 있는 것은 의외이다. 작고 작은 세상들의 세계에 대한 탐색은 하나의 원류에서 갈라져 나온 무수한 잔가지들로 인해 이젠 휴식이 없는 듯하다. 하나의 생명체에서 갈라져 나오고 뿌리내린 생물 다양성의 흔적 만큼이나 세상은 이제 미물들의 세계이다.

현재 우리 시의 주류적 관심과 지적 담론의 중심이 어디에 있는가를 알아보려면 시의 최전선을 이끌고 있는 시전문지들을 살펴보아야 할 것이다. 발길은 자연히 우리 시잡지들이 펼쳐져 있는 잡지 진열대로 향하게 된다. 시전문지가 최근 다루고 있는 기획 특집과 현장 비평의 주제학은 현재 우리 시문학의 위상과 미래적 지형도를 압축적으로 제시하고 있다고 볼 수 있다. 손에 잡히는 대로 살펴보자. 『시안』(여름호)은 '한국 현대시에 나타난 에로티시즘'을 기획 특집으로 싣고 있다. 『신생』(여름호)은 '전통 시학의 재인식'이라는 기획 특집을, 가을호는 '시와 공간'이라는 주제 아래 생명시, 생태공간, 공생체 이념에 대한 평자들의 글을 실었다. 『시와 사상』(가을호)은 '해외시 산책'에서 독일 생태시의 다양한 성격을 보여주는 글을 싣고 있다. 특별히 기획 특집을 마련하지 않은 시 전문 잡지들의 계간, 월평란의 글들도 대체로는 여성적 글쓰기(강응식, 「사랑의 윤리와 여성적 글쓰기의 전통」, 『현대시』, 8월호), 신체 혹은 몸(「몸, 그 존재론적 의미」, 『시와 시학』, 여름호/김수림, 「진열된 신체」, 『현대시』, 8월호), 자연, 생명 의식(윤호병, 「자연중심의 사상:삼라만상의 말과 말 사이에서」, 『현대시학』, 8월호) 등의 주제학적 비평들이다. 1990년대의 주류 담론이었던 여성주의, 신체-몸, 그리고 환경문제의 연장선상에서 생태주의가 여전히 큰 흐름을 주도하고 있다. 이것과 일정한 관련이 있는 '동양시학' 혹은 '서정시학' 등 시학 자체의 본질과 장르 회귀 문제도 중요하게 거론되고 있다. 시전문지의 기획 특집이 대부분 생명, 여성, 동양시학, 전통시학 등의 큰 주제학으로 한정되어 있음을 볼 때 시 영토의 축소라는 혐의를 벗기 어렵다. 이 같은 원인이 어디에 있는가.

'역사의 종말'로 이해되는 1990년대 이후 급류를 타고 돌출한 논의들

은 작은 것, 미세한 것에 대한 관심, 일상적인 것에 대한 관심이었다. 그
논의의 와중에서, 일상시, 도시시, 키취시, 패러디 시 등 주제와 방법과
장르종이 착종된 논의들이 제기되고, 여성주의, 신비주의, 생태주의 등
의 이데올로기적 규정을 전제로 한 시적 주제들이 중요하게 취급되었다.
작고 미세한 것의 관심은 주제학적 차원에서 많은 논의들이 제기될 수
있는 가능성을 보여주기는 했지만, 그것이 다양하고 깊은 논의를 열어가
는 데는 부족한 점이 많았다. 우리 시학의 전통 자체가 '외부세계에 대
한 혼의 확산'을 의미하는 '정신의 시'로서의 전통에 깊숙하게 기대어
있고, 거시적인 이념이나 외국 이론에 비평의 많은 부분을 빚지고 있는
탓에 우리 시 자체의 내질을 탐구하는 구체성을 띤 논의들이 부족한 편
이었다. 그러니 시 각편의 작은 주제학과 계보학에 대한 논의는 낯선 작
업일 수밖에 없었다. 특히 1990년대 이후 포스트 모더니즘으로 특징지
워진 외국이론의 수용은 그 이론을 우리 시의 구조나 주제를 잘 살피기
위한 도구로 사용하기보다는 오히려 그 이론의 현현을 위한 우리 시의
희생제의를 필요로 했던 탓에 일종의 조급증을 갖게 했다. 이는 시 비평
에서의 깊고 다양한 주제학적 천착을 더디게 만들었다. 외국이론과 새로
운 지식을 급속하게 수용해야 하는 내면적 속도감이 이 '이론과 경험'의
행복한 해후를 불가능하게 했던 것이다.

이 작고 작은 세계는 사실은 시인보다는 독자이면서 해석자인 비평가
가 더 큰 관심을 가져야 하는 것으로, 당연히 비평가의 세심한 글읽기의
능력이 요구된다. 시의 담론을 거시적인 층위에서 이해할 것인가, 아니
면 미시적인 층위에서 이해할 것인가는 주제학의 몫이며 그것은 당대의
비평적 지평 속에서 비평가의 임무로 남겨진다. 글읽기의 방법 속에서
'숲과 나무'의 비유는 여전히 갈등과 상호 모순의 상태로 존재해 있는

---

1) 이재선 편, 『문학 주제학이란 무엇인가』(민음사, 1996) 참조.

것이다. 특히 우리 시읽기에서 주제학적 접근은 그다지 활성화 되어 있지 않다. 한 선학의 주제학 편저에 제시되어 있는 우리 문학의 주제학적 접근과 관련된 서지를 참고해 보자.1) 예컨대, 소설 분야에서는 '날개' 의 상징성, '결핵' 모티프, '동굴' 모티프 등의 계보학적 분석이 흥미롭게 다루어지고 있는데 비해 시에서의 주제학적 접근은 다분히 소재주의적인 방향으로 흘러가 버린 감이 없지 않다. 특히 당대 비평에서 주제학적인 접근을 통해 시 분석을 깊이있게 행한 글을 찾기란 쉽지 않다.

1990년대 비평의 전회를 주장한 당시 한 평론가가 제기한 문제점은 시학 논의의 중요한 출발점이었음에도 불구하고 그 논의가 확산되지 않은 감이 있다. 그는 그간 우리 비평이 이데올로기 비판과 정치 경제학 주의에 환원되었음을 비판하면서 '글쓰기의 실존' 이 무엇인지를 숙고할 때라고 언급했던 것이다.2) 여기서 저자는 '작은세계에 대한 미시적 접근' 으로 요약될 수 있는 이 같은 접근법은 주제학의 점근선에 맞춰진 것이었다. '감옥' 과 '구멍' 과 같은 단일 테마론이나 '나' 에 대한 시인의 자기 동일성의 시선과 그 차이를 문제삼는 비평적 논의가 구체성을 띠었다는 점에서 흥미로운 관점을 제공해 주었다.

2. 시 읽기, 배치와 해석의 기술

따라서 주제학적 접근이 가능해지려면 먼저, 시읽기의 폭넓은 경험이 수반되어야 하고, 그것을 우리 시사의 다양한 지층에 재배치할 수 있는 지식의 습득과 구조화에 대한 지적인 성찰이 수반되어야 한다. 해석은 일종의 구조화이며 배치이다. 어떤 인식의 실증적인 토대를 형성하는 질

---

2) 신범순, 「문학비평의 모더니즘적 전회를 위하여」, 『글쓰기의 최저낙원』(문학과 지성사, 1993), 34면.
3) 미셸 푸코, 『말과 사물』, 이광래 역(민음사, 1993), 18-19면.

서가 어떻게 조직되고 배치되었는가를 고찰하는 것은 사상사나 학문의 역사에만 속하지 않는다. 그것은 어떤 토대 위에서 인식과 이론이 가능하게 되었는가를 재발견하는 탐구, 이른바 고고학의 역사를 이룬다.[3] 지식의 공간 내에서 경험의 다양한 형태를 배치하는 것과 시 분석 방법은 깊은 관련이 있고 그 점에서 주제학 설정에 있어 고고학적 접근은 의미가 있다. 그리고 주제학은 소재, 테마, 이미지, 모티프 론에서부터 비교 문학적 방법에 이르기까지 전 영역에 걸쳐 탐구되어야 한다.

따라서 오늘날 우리 시의 주제학 비판은 시 읽기에 대한 비판, 곧 시 분석과 해석의 틀에 대한 비판으로 좁혀야 할 것 같다. '주제학'에 관한 의미있는 논문을 쓴 토마세프스키는 주제학의 문제들이 문학적인 관심과 일반 문화적 관심의 결합이며, 이를 시사적인 것이라 설명한다. 그런데, 이것의 실제적인 테마는 현대성의 표현에서 나아가 인류 보편적인 문제, 사랑과 죽음과 같은 문제로 확장될 때 흥미로운 것이 된다.[4] 즉 시사성은 독자가 품은 시류의 흥미와는 다르다. 주제학은 작가 개인의 테마, 표현 방법, 기술에 대한 관심을 의미하는 것뿐 아니라 독자(비평가)의 역할을 어떻게 상정하는가 하는 문제를 의미한다. 이 말은 작품 읽기가 당대의 주류 담론에 종속될 때 그 작품의 생명력이 축소될 수 있음을 보여주는 것이라 하겠다.

꼽추, 장애인, 불구자 등 소외된 사람들을 시의 소재로 즐겨 택한 **김기택**이 한 대담에서 밝힌 '곤란'은 우리 시 주제학 논의의 저점을 건드리고 있는 것으로 보인다. 그의 시의 주된 소재가 주변인, 소외된 것들이라는 점은 비평가들에게 그의 시를 '민중시'로 읽게 하는 요인이 된다. 이 읽기의 편향성은 소재가 곧 바로 테마론의 중심이 되는 데서 비롯한다.

---

4) 보리스 토마세프스키, 「테마론」, 『러시아현대비평이론』, 조주관 역(민음사, 1993), 149-151면.

시를 통해 '읽기의 대상'이 되는 시인이 직면하는 '곤란'은 여기서 시작된다. 김기택의 시는 시인의 생각과는 달리 대체로 민중시의 관점에서 이해되고 또 그렇게 읽힌다는 것이다. 김기택은, 자신의 시가 사회적인 차원에서 보자면 예의 '민중시'가 될 수 있지만, 존재론적인 차원에서 보자면 '나의 이야기'가 된다고 말한다.[5] 그는 '나의 확대', '확대된 나'의 존재로서 그 주변인들의 불우를 보고 있다는 것이다. 그러기에 그 것은 불우가 아니라 나의 '확장되고 심화된 몸'의 공간이 된다. 즉 '상처'의 발생론적인 배경을 보기보다는 상처의 치유 과정을 보라는 주문 인데, 이것은 우리 시 논의의 틀이 왜 일견 편향된 관점에서 재반복되는 가를 보여주는 한 예다. '민중시'가 주된 흐름인 시대에 이 같은 시읽기 의 새로운 눈을 기대하는 것은 어렵다. 「예프게닌 오네긴」의 한 구절처 럼 '독자는 시인과 친구처럼 헤어지면서' 텍스트를 자기의 세계 속으로 끌어 들이고 거기서 작지만 그 무엇인가를 발견해 내야 한다. 이 같은 시 읽기의 진보적인 관점은 새로운 호기심과 기술을 찾아내야 하는 작가에 게뿐 아니라 텍스트를 읽어내는 독자, 비평가에게도 요구된다. 그렇지 않고 시읽기가 편향성을 갖게 될 때 결국 한 사람의 독자도 존재하지 않 을 수도 있는 존재론적인 무의 공간으로 남겨지는 불행을 시가 스스로 감내해야 하는 상황이 벌어질지도 모른다.

주제학적 접근이 제기하는 중요한 논의 중의 하나는 비교문학적 접근 이다. 이 비교문학적 접근은 한편으로는 단일한 테마에 대한 시인의 계 보학을 작성하는 것을 의미하며 다른 하나는 말 그대로의 본원적인 비교 문학적 고찰이다. 후자의 경우, 이는 특징적으로 외국문학과 우리문학과 의 비교연구가 불가피하게 놓여있는 만큼 이중 언어 사용 능력과 외국 문학의 이론과 실제에 대한 폭넓은 식견과 현장감각을 필요로 한다. 이

---

5) 초청대담, 어느 회사원의 시선, 계간 포에지 2000 · 가을, 124면.

점에서 '주제학 비판'의 논의에서는 제외해도 되겠다. 그러나 전자의 경우, 이것은 많은 가능성과 과제를 남기고 있다.

주제학적 접근이 다양성을 띠지 못한 이유는 아마도 그것이 단순한 소재주의적 발상을 의미하는 것으로 오해되어 '미래가 없는 연구 영역'으로 남겨진 때문이다. 그리고 실제 비평에서 뚜렷한 성과를 내지 못한 데도 그 원인이 있는 것 같다. 르네 웰렉은 그의 저서 『문학의 이론』에서 이와 같은 주제학적 접근이 자칫 실제적인 논리나 변증법을 갖지 못함으로써 비평적인 문제를 제출하지 못하고 따라서 가장 비문학사적인 것이 된다고 비판한 바 있다.[6] 이는 기호 혹은 취향의 문제로 범위를 단순화하는 접근이 문제가 될 때일 것이다. 소재주의는 개개의 작품 속에서 전통과 전통의 변화를 현현하는 것으로 스스로를 재생할 때 '죽기만을 기다리는' 불치의 질환[7]에서 벗어난다. 따라서 공통된 주제(소재)를 추출하는 단순한 접근에서 벗어나 '사랑, 죽음'과 같은 인간 실존의 근원성을 따지는 방식으로 주제학 논의는 심화되어야 한다. 그리고 결핵, 나비, 산, 바다 등과 같은 여러 시에 나타난 공통된 소재(주제)들을 이미지나 메타포의 계보학 선상에 재배치 하는 것도 의미있는 접근법이 된다.[8] 방디껨은 이 방식이 문학사가의 입장에서 유효하다고 말하고, 이 같은 주제나 유형이 어떻게 지속, 변형되어 전승되었으며 영향을 끼쳐왔는가를 탐구하는 것이 중요하다고 지적한다.[9]

김현의 '꽃' 이미지의 계보학적 분석(「꽃의 이미지 분석」, 1965)이나 광물 이미지에 대한 분석(「녹슴과 끌어당김」, 1980) 등은 주제학 비평의

---

6) 르네 웰릭 외, 문학의 이론, 백철, 김병철 역(신구문화사, 1982), 360면.
7) 위의 책, 40면.
8) 소재, 주제, 모티프, 이미지 등의 차이에 관해서는, 테오도르 지올코우스키, 「이미지, 모티프, 주제 그리고 상징」, 이재선 편, 앞의 책, 175-190 참조.
9) 이혜순, 비교문학 1(과학정보사, 1986), 126면.

좋은 예에 속한다. 이 같은 주제학적 접근은 분명 소재나 제재 중심의 단순한 나열과 분류법이 아니라는 점이 인식되어야 한다. 그것은 보다 높은 차원의 배치, 곧 정신적 구조나 상징의 내재적 특징을 밝히는 분석이어야 할 것이다. 예컨대 '꽃'에 대한 시사적 관심은 김춘수가 그의 유명한 시 「꽃」에서 인식론적 지평을 열어보인 이후로 숱한 '베껴쓰기'와 패러디를 통해 '심화와 확대'를 이루어 내었다. 그것은 언어에 대한 시인의 순도 높은 감수성을 길러내어 이승훈, 이수익 등 1960년대 시인들에게 '꽃'을 주제로 한 하나의 메타시론을 열어가게 했다. 1980년대 이후로는 이 꽃의 이미지는 패러디의 대상이 되어 오규원에게는 '나와 너의 관계짓기'라는 상징이 되기도 했으며(「꽃의 패러디」), 사랑의 교환가치를 문제삼은 장경린에게는 '현대성의 중요한 지표'(「김춘수의 꽃」)가 되기도 했다. 이 '꽃'의 계보학을 살피는 것은 그것 자체로 살아있는 현대시학을 구성하는 하나의 방법이자 신화이기도 하다. 그 신화를 건설하고 허무는 것은 전적으로 비평가의 해석학적 지평 위에서 가능해진다. 결국 주제학적 접근은 우리 시의 현장 비평에서의 깊이있는 분석과 해석을 위해서뿐 아니라 시사적 흐름 속에서 반드시 천착되어야 할 과제가 된다는 점을 인식해야 한다.

3. 거대담론과 계몽주의의 주름

이 같은 다양한 논의들이 잠복되어 있음에도 불구하고 우리 시 연구는 여전히 이데올로기적인 비판과 정치 경제학적 환원주의가 중심이 되고 있다. 문학 '바깥'의 담론들을 중심으로 문학의 '안'을 접근해 오는 방법들이 주류를 이루고 있는 셈이다. 우리 시의 주제학적 접근이 다양하게 이루어지기 위해서는 문학 주제학과 관련된 독서 체험이 광범위하게 이루어져야 한다. 예컨대, 테마론을 기획하면서 '에로티즘'으로 결정화하기보다는 에로티즘에서 갈라져 나온 작은 테마들을 보살피는 것이 필요하다. '상징' '이미지' 등에 관한 다양한 독서 체험이 그 바탕이 될 것이다. 꿈과 환상, 현실과 이상이라는 거대 주제를 아우르는 미시적이고 분류학적인 테마 선정도 이로써 가능해진다.

이상(李箱)의 시에 있어서 꿈과 환상의 주제 아래 다양하게 걸쳐져 있는 작은 테마들을 추출하면 '꽃, 골목길, 공포, 죽음, 천사, 결핵' 등의 이미지 혹은 모티프들의 분석이 가능하다. 그것은 단일 작가론을 위한 테마가 되기도 하지만 주제학의 큰 흐름 속에서 현재 시인들에게까지 관통하는 하나의 분류 체계로 설정될 수도 있다. 본인은 최근 몇 편의 월평을 쓰면서 우리 시에 뿌리 깊게 내재한 '달'의 회임이미지와 문학 절대주의, 언어절대주의의 관계를 고찰하는 주제학을 세워본 바 있다. '달의 회임 이미지'가 곧 바로 여성주의적 관점으로 해명될 수 있는 것은 아니다. 계보학적으로는 박영희의 「월광으로 짠 병실」에 선조적으로 놓여있는 만큼 본질적인 상징의 틀 속에서 이해되고 해명되어야 할 문제이다. 최근 몇 편의 주목할 만한 시를 발표하고 있는 문정희나, 이수명, 허수경의 시들은 이제 더 이상 '진부한' 여성주의의 관점으로 해명될 수는 없다. 그것은 '사회 비평적' 분석의 틀에 기대기보다는 상징의 차원에서 더 깊이 논의될 수 있는 것들이다. 또한 가장 많이 시도되고 있는 분석 중의 하나인 '거울' 이미지는 이상, 서정주, 그리고 최근 여성 시인들에 이르기까지 그 시를 해명하는 주된 분석 틀이다. 이 같은 이미지의 계보학은 비평가의 새로운 시선 속에서 지속성을 얻는다. 현재 우리 문학의 외피와 내피를 보충하고 확장하기 위해서 이는 긴요한 일이다.

현재 우리 시의 주제학적 비평에서 가장 큰 비중을 차지하고 있는 '자연, 환경, 생태' 논의는 주로 계몽주의적 관점에서 행해진다. 무엇보다도 주제학 논의의 다양성을 위해서는 이 계몽주의 읽기의 틀을 벗어날 필요가 있다. 모든 시가 교훈과 계몽적 가치를 재생산하기 위해 씌어지지는 않는다. 그런데도 우리의 시학적 관점은 많은 부분 계몽주의의 '깊은 주름' 속에서 보호받고 있다. '현대인의 소외, 문명비판'의 관점은 아주 오래되고 진부한 시 읽기의 하나가 되었다. 소박한 반영론의 입장에서도 현대시가 '현대성'의 여러 징후를 띠는 것은 필연적이다. 따라서 이 같은 '현대성'의 반영을 확인하기보다는 현대성에서 갈라지고 비틀어져 나온 주름 하나 하나의 날을 보살피는 것이 더 필요한 작업이라 생각된다. '생태주의'는 현재 정치 사회 경제 사상의 전반을 부정하는 '포괄적 비전 제시'라는 입장으로 인해 생태학적 현실을 외면하는 이른바 반동적 경향으로 가고 있다는 지적도 있다.[10] 시 비평이 동양적 신비주의, 에코 파시즘적 경향 등의 '환경주의 이데올로기'에 의해 주도되고, 그것의 개인적 특성으로 지적되는 허무주의 논의가 시 비평의 깊은 심연을 만들고 있다. 익히 알려진 박남수의 「새」나 김광섭의 「성북동 비둘기」등이 점차 생태주의적 이념을 강화하는 방향에서 이해되고 있는 점은 안도보다는 우려에 가깝게 한다.

생태, 생명, 생 같은 주제들이 새삼 서정시학의 새로운 주제들은 아니다. 이하석의 광물질적 이미지에 대해 글을 쓴 김현의 비평적 관점과 최근 논의되는 관점들의 차이는 미세하지만 중요하다고 판단된다. 김현은 이하석의 부패적 상상력[11]에 주목하고 그것을 고통스럽게 인식하는 독자와 시인의 실존에 무게를 두고 있음에 비해, 최근 논자들은 생태학적 상상력이라는 거시적인 주제에 환원시킨다. 이 차이가 이하석 시의 시대적 변화를 의미하는 것으로 읽어버리면 그만 족할 수도 있다. 김현은 부패의 상상력을 통해서 광물질 주변에 존재하는 '풀'들의 세계로 관심을 확장한다. 풀의 동적인 여성성과 고적하고 적막한 인간 실존의 무게를

---

10) 구승회, 「생태공간과 공생체 이념」, 『신생』, 2001년 · 가을, 182면.
11) 김현, 「녹슴과 끌어당김」, 『젊은 시인들의 상상세계』(문학과 지성사, 1984), 51면.

평행추 위에 올려 놓는다. 그 결과 녹슨 광물질들의 아름다움과 인간의 실존적인 삶의 내력들에 대한 깊이있는 분석에 다다른다. 이에 반해 생태주의로 환원된 이하석의 시는 문명과 자연, 죽음과 신생의 이항대립적인 관계로 이해되고 만다. 문학 바깥의 수다한 논의들이 문학 분석의 틀을 단순화시키고 있다. 이 비평적 담론의 차이는 분명 비평가 개인의 능력을 넘어서서 존재하고 있는 듯하다. 우리 시대의 주류가 되어 버린 환경 이데올로기가 반문명의 파시즘적 신화를 이루어 가고 있는 상태에서 우리 시의 목소리는 그것에 함몰될 가능성이 크다. 그것은 다양하고 깊이있는 분석의 가능성을 뒤로하고 시 담론의 다양한 층위를 축소시키는 위험성을 내재한다.

동양시학이나 서정시학의 회귀를 강조하는 관점도 미시적인 차원에서 재점검할 필요가 있다. 현대시학과 전통적 자연시, 혹은 동양시학의 접점을 모색하려는 시도가 '반근대주의를 통한 근대 초극'이라는 입장에서 논의될 만한 가치가 있다 해도 그것이 이데올로기화하는 순간 해석이나 분석의 차원은 거두절미되거나 자칫 형식주의적인 방법의 절충으로 귀결될 가능성이 크다.

현재 우리 시 읽기는 대체로 생태, 환경, 자연, 여성, 몸, 동양, 신비, 허무 등의 주제학 속에서 이루어진다. 이 방법은 낯익고 편안하지만 지루하고 권태롭다. **진이정**이 남긴 유작시 「제로야 제로야 뭐하니」의 한 구절을 인용하고 글을 맺자.

진이정은, '읽기의 대상'으로서의 시인의 '곤란'을 말한다. 그는 그의 시가 하나의 거대한 틀(이념)로 환원되어 읽히기보다는 차라리 해석의 0도 지대에서 투명한 결정의 상태로 남겨지는 것을 요구하는 듯하다. "제단전은 블랙홀처럼 고요해요 단단해요 그럼 저는/제 식으로 세겠어요 카운트 업,/하겠다구요 하낫 둘 셋 넷........./0?!"라고 시인은 썼다. 랭보처럼 자신에 대한 모욕과 자기 기만으로 가득찬 그의 시에서 '공(空)'의

지대는 어떤 관용적인 시 읽기도 거부한 '0'의 지대, 시 읽기의 '영도'
지역이다. 낯익은 거대 주제의 깃발 아래 줄 서서 따뜻하게 위로받기보
다는 차라리 이 같이 고독한 얼음 상태가 낫지 않을까?

방법으로서의 '이상'과 「날개」의 연구 방법

1. 방법론으로서의 이상

시간을 견뎌내는 텍스트란 무엇일까. 이상 소설의 연구사를 써야 한다는 강박관념을 앞에 두고 품어 보는 의문에는 이상 텍스트에 대한 논자의 당혹감이 우선적으로 가로 놓여 있다. 최재서는 이상의 죽음은 미완이며 작품 자체도 미완이라는 투로 말한 바 있다. 이 '미완의 텍스트'라는 관점은, 능동적 독자 참여 비평이나 모든 작품은 해석되지 않은 채 남아있는 부분이 있다는 바르트를 비롯한 텍스트론자들의 주장을 뒷받침하기 위한 것이 아니라, 문학사와 관련된 문제로 이해해야 할 듯하다. 방법론에 관한 한 이상의 텍스트만큼 적절하고 유효하게 그것을 소화해 낼 수 있는 대상이란 없다. 수사적으로 말하면, 이상의 텍스트는 보이면서 보이지 않는 텍스트이며 보이지 않으면서 보이는 것을 전제로 한 텍스트이다. 수사적인 측면에 주목하거나 전기적인 측면에 주목하거나 그어느 것도 이상의 텍스트는 명료하게 그 실체를 드러내지 않는다. 이상 텍스트 연구가 이상 연구를 위해서인지, 방법론의 실험을 위해서인지 구분하기 힘든 것도 이 같은 이상 문학의 미완적 성격에 기인한다. 이상 연구만큼 많이 연구되어 온 것은 없다든가, 이상 텍스트는 어디에 갖다 걸어도 다 적용된다는 '무국적성의 자질'을 검토하는 것은 이 미완적인 텍스트의 성격을 해명하는 동시에 우리 현대문학 방법사를 검토하는 길 양쪽에 다 해당된다. 이것이 이상 문학이 시간에 스러지면서도 시간에 저항하는 한 요인이다.

리얼리즘 문제가 당대 초미의 관심사였던 1930년대에도 이상의 「날개」는 문제였으며, 1950년대 '황무지'의 지적 영토에 있었던 이어령의 화전민 의식의 밑자리에도 이상의 '날개'가 있었다. 뿐인가. 정신분석학이 한창 소개되던 1970년대 문학 연구자들에게 이상은 더할 데 없이 적절한 정신분석학적 대상이었다. 이상의 기이한 습속과 비밀스런 글쓰기 행위들이 프로이트의 가설을 그대로 완벽하게 증명해 내는 것으로 보였다. 너도 나도 이상의 '성적 퇴행'과 '성적 이상성'에 달라 붙었다. 그리고 1990년대, 이상은 기호론 혹은 기호분석론의 바람을 타고 다시 문학 연구자들의 관심 영역 안으로 들어왔다. 야콥슨으로부터 라깡을 거쳐 크리스테바에 이르기까지, '현상 텍스트'로부터 '발생 텍스트'까지 아우르는 기호 분석의 대상으로 이상의 '날개'는 종횡무진 이 방법론 사이를 활강하고 있다. 말하자면 이상의 텍스트는 당대의 가장 민감한 '방법론'의 성감대를 건드릴 수 있는 대상인 셈이다.

이상 연구사를 개별하면 정교한 이해의 부족을 여전히 목격하게 되는데 그럼에도 불구하고 이상 연구가 활성화되는 것은 바람직한 것으로 생각된다. 기호론이 보편적인 것, 언어 현상의 표층, 심층 구조를 문제삼은 것인 만큼 이상에 대한 연구는 한국 문학 연구의 국지적인 특수성에서 벗어나 문학의 보편적 이해에 다가갈 수 있는 길을 마련해 줄 수 있다.

이상 소설에 대한 지금까지의 연구 성과와 그 문제점 및 전망을 중심으로 한 논의가 이 글의 주제이다. 사실 이상에게 시, 소설, 수필과 같은 장르적 경계선을 규정짓는 것은 의미가 없다. 논의의 편의상 이상 소설 연구가 그간 진행되어 온 방향과 그것의 당대적 의미 및 문제점을 살펴보기로 하겠다.

2. 리얼리즘론에서 구조주의 방법까지

이상 소설에 대한 연구는 주로 「날개」를 중심으로 진행되었다. 「날개」는 이상의 소설 중 서사구조에 가장 충실한 편이다. 특히 마지막 부분 '날자'에 대한 의미를 해명하는 것이 이 소설 독법의 가장 핵심적인 부분이 되었고 따라서 많은 연구가 이 대목을 중심으로 행해지기도 하였다.

이상의 소설은 처녀작 「12월 12일」 포함한 「지도의 암실」(1932.4), 「휴업과 사정」(1931.4),「지주회시」(1936.7)와 같은 본격적인 기호분석을 필요로 하는 텍스트와, 「날개」(1936.9),「종생기」(1937.5) 계열 그리고 앞의 양 경향을 동시에 보여주는 「동해」(1936.10), 「봉별기」(1936.12), 「환시기」(1938.6) 「실화」(1939.3) 등과 같은 텍스트로 나눌 수 있는데, 이 중 기존의 소설문법을 가장 충실하게 따르고 있는 것이 「날개」인 것이다. 부분적으로, 「지주회시」(임종국, 「이상의 소설이 지니는 현실성」), 「실화」(이어령, 「이상의 소설과 기교」), 「12월 12일」(이어령, 「이상 문학의 출발점」)에 대한 평가가 있으나 본격적인 것은 아니며 시론격으로 씌어지거나 「날개」와 비교 분석하는 차원에서 씌어진 것이 많다.

「날개」에 대한 당대적 평가로는, '날개 논의'의 불을 당긴 **최재서의** 「리아리즘의 확대와 심화」(『조선일보』, 1936.11.31-12.7), 「고 이상의 예술」(『문학과 지성』, 1937.6)이 있었고, 김문집의 「「날개」의 시학적 재비판」(『문예가』 1집, 1937.2)은 최재서의 글에 대한 비판으로 씌어진 글이다. 그 후 1950년대 이르러 이상 연구는 임종국의 이상 전집 간행을 계기로 본격화되었다.

먼저, 최재서의 「리아리즘의 확대와 심화」는 그가 주장했던 풍자문학론과 지성론의 연장선상에서 씌어진 것으로, 현대 정신의 증세를 작가의 고유한 개성을 통해 드러냈다는 점에서 「날개」를 고평한 글이다. 이 같은 최재서의 논리를 처음 뒤엎은 사람은 김문집이다. **김문집**은 농촌 소설과 봉건적 소설 풍토가 지배적인 주류문단에서 자본주의 말기의 도회의 이면을 비극화한 애처로운 작품이라 그 의미를 규정하고, 이 같은 「날개」식의 작품은 신심리주의가 성한 일본 신인 문학 작품에서는 '여름 맥고모자 같이 흔한 것'으로 평가절하했다. **임화**는 「날개」가 소설 답지도 않고 기법상으로 난점을 가지고 있음에도 독자들에게 감명을 준 것은 내면 세계에 대한 탐구 때문이라 분석하고는, 이 내면이 바로 불안 문학의 한 계보에 속한다는 것, 당대 지식인의 무기력한 심리를 대변한 것으로 해석했다. 도착된 세계의 재현, 물구나무선 채 바라본 현실의 재현은 임화에게는 건강한 현실 재현의 수단으로 인식되지는 않았으나 통속성이나 복고주의로 떨어지는 소설보다는 일층 윗길에 속하는 것으로 생각되었다. 이는 현대 소설의 성격에 대한 임화의 완고함을 새삼 반증하는 것이었다. 이 같은 당대적 평가는 「날개」의 '새로움'에 대한 문학사적 가치 평가의 의미를 지니면서, 심리주의가 현실을 반영해 내는가 아니면 병적인 불안문학의 사조를 반영한 극히 개인적 문학 행위일 뿐인가 하는 '리얼리즘-모더니즘' 논의의 연장선상에서 행해진 것이었다.

　이상을 처음으로 본격적으로 다루기 된 계기는 아무래도 한국전쟁 이후이다. 전쟁을 겪은 뒤 정신적 폐허의 영토에서 이상은 황무지 정신을 대변하는 존재로 인식되었다. 전례없던 수사적 필치와 언어 감각을 동원해 이상론을 펼쳤던 이어령은 고석규와 더불어 1950년대 이상 연구를 대표하게 된다. 전후 세대의 세대론적 의식을 여기서 읽을 수 있는데, 이는 '전통파'에 대한 신인들의 항거이면서 서구 문학을 보편적 사유의 대상으로 인식했던 이 세대의 문학적 자의식을 반영한 것이다. 서구적 이성으로 무장한 이어령의 전통론이 갖는 파괴력을 생각해보라. (「토인과 생맥주」, 「신인론」)수사와 외래어로 점철된 이들 논문은 전후 이상론의 한 특징이 된다. 이어령의 「순수의식의 뇌성과 그 파벽」(문리대 학보,

1955.9)은 전후세대 이상론의 정점에 속한다. 그는 이상 문학을 의식과 일상의 분리, 현실에의 재귀적 욕망의 표출, 일상성의 내면으로의 흡수, 일상성에 대한 저항 등 네 가지 유형으로 나눈다. 「날개」는 제 2유형인 '재귀형'에 속하게 된다. 「날개」의 마지막 부분이 항상 논의의 핵심이 되는 만큼, 그는 이 부분을 '현실 재귀의 욕망을 상징하는 '날개'의 재생'이라 보았다. 「날개」의 마지막 부분, 곧 일상성의 회복을 의미하는 '날개의 재생'이 이상의 전반적인 글쓰기 과정에서 긍정적으로 전화되었는가 하는 의문에는 항상 부정적인 견해가 도출될 수밖에 없다. 그러나 인상비평이 아닌 객관적이고 분석적인 시각에서 이상 텍스트를 다루었다는 점에서 의미있는 「날개」의 연구에 속한다.

이상 연구는 **임종국**의 『이상 전집』 발간이 큰 기폭제가 되었다. 그는 이상 전집 뒤에 부록으로 붙인 평문에서 「날개」를 부분적으로 다루고 있다. 이 글은 물론 그가 이미 앞서 쓴 「이상론─근대적 자아의 절망과 항거」(『고대문화』 1집, 1955.12)의 일부를 수정 보완한 것이다. 여기서 그는 이상 문학의 본질을 망각, 무관심, 게으름, 초탈(허탈), 황홀이라 지적하면서 등장 인물의 대립적 관계를 흥미롭게 지적하고 있다.

> 상의 소설은 원칙적으로 사생활에 즉한 것들이지만, 강력한 감시작용의 결과 중요 등장인물인 〈나〉와 〈안해〉 혹은 그에 대치되는 인물─는 자연인인 동시에 내부적 의식과 외부적 현실의 양계기가 된다는 것이다. 이와 같이 그의 소설이 전통적인 요소를 결하는 반면, 이중의 기능을 가지는 두인물의 대립적 관계에서 구성 묘사되고 있다는 것이 그것이 가지는 기교상의 특이성이라는 것이다.(273면)

임종국의 이상 연구는 이상 문학의 본질이 심리 묘사나 현대인의 파편화된 의식을 문제삼은 데 있다는 1930년대의 평가의 수준을 뛰어넘는다. '나'와 '안해'라는 두 인물이 사실은 '관계'와 관련된다고 보고 이를 의식과 현실의 혼동된 관계를 의미하는 것이라고 본다. 내·외적 현실의 양계기를 의미하는 등장 인물은 사실 작가의 '시선'에 속하는데, 이는 이상 문학에 있어 복합적인 성격을 가지고 있는 것이다. 단지 의식과 현실이라는 이중적 관계로 한정짓기는 하지만 '관계의 현실'을 문제삼았다는 데 후일 '타자성의 문제'가 이상 연구에서 본격화되는 계기가 된다. '사생활에 즉한 것'이라는 평가가 이상의 모델 소설적 성격을 중시하는 경향으로, 혹은 일본의 사소설적인 의미로 이해하고자 한 연구 경향과 관련된다면, 이 '인물의 이중적 기능'성은 기호 분석론에 근거해 이상 소설을 해명할 수 있는 중요한 요인이 된다. 전기 연구와 수사학적 연구가 넘어서야 할 부분이 이 관계 분석에 근거해 있기 때문이다.

이처럼 1950년대에 이상 문학이 새삼 중요한 의미를 띠게 된 이유는 '세기의 암야를 지각하는 의식'과 관계가 있다. '절대자의 폐허에서 발생하는 모든 속도적 사건—절망, 부정, 불안, 허무, 자의식 과잉, 데카단, 저항 등 일체의 정신사적 경향(임종국, 265면)'을 이상 문학은 거울처럼 반영하고 있었던 것이다. 이상의 거울은 바로 폐허 위에 선 자신들의 초상이었다. 임종국과 이어령, **고석규**가 동시에 이상을 등에 업고 나온 이유는 이 의식 상의 제로지대, 폐허의 영토 위에 그들이 서 있었기 때문이다. 세대론이 이상을 매개로 한 '동화 메카니즘'의 형태로 나타난 것이다. 임종국은 이후 「지주회시」와 「날개」를 중심으로 이상 소설의 '현실성'에 대해 논의하기도 하는데 이 '현실성'이란 현실 재현성이나 현실 반영성이 아니라 실제 모델인 작가 이상의 삶에 얼마 만큼 그의 소설이 부합하느냐를 물은 것이니 만큼 본격적인 평론에 속한다고 보기는 어렵다.

정명환의 「부정과 생성」(『한국인과 문학사상』, 1968)은 1960년대에 이상을 다룬 본격적 평론에 속한다. 이 논문은 임종국을 비롯한 앞선 논자들의 논지를 바탕으로 하면서도 프랑스 문학을 비평의 근간으로 삼았다는 점에서 특징적이다. 이상 문학을 동시대적인 것과 문학사적인 차원에서 동시에 고려해야 한다고 언명한 이 야심만만한 논문은 이상 문학에 대한 해체적 글쓰기를 시도하고 있다. 그의 논점은 단 하나로 요약되는데, 이상 문학에서 보여주는 현실 및 자아 부정은 긍정적인 생성에로 나아가지 못함으로써 과도한 센티멘탈리즘 혹은 자기 파괴로 떨어져 버렸다는 주장이다. '게으름, 심심풀이'는 주체가 자신에게 던져진 운명에 대결하는 자유의 구성 요소임을 지적하고 있는데, 이는 이 논문이 한편으로는 실존적 정신분석학적 입장에서 씌어진 것임을 증명한다. 즉 이상이 운명에 저항하며 자신의 실존을 생성적 입장으로 전화하지 못한 채 존재 부정의 차원에서 머물고 말았다는 것이다. 정명환의 논리에는 대타적인 것으로서 프랑스 문학이 놓여있어서 근거와 엄밀성이라는 점에 있어서는 힘을 주기도 하지만, 중심(프랑스 문학)에 대한 주변에 이상이 놓여있는 만큼 이상 문학 그 자체가 모순적인 것으로, 결함으로 존재할 수밖에 없다. 「날개」는 그래서 발자크나 보들레르, 레리스의 경우와 비교하면 질적 발전없는 자기 파괴의 몸부림에 지나지 않는다.

　　풀레에 따르면 〈날다〉는 말은 결국 〈絕對의 硏究〉를 위해서 인간의 현실적 조건을 넘어서려는 움직임인 것을 우리는 이 글(조르쥬 풀레의 「내적 거리」:인용자)에서 알 수가 있다. 그것은 폐쇄적이며 얽매여 있는 개아로부터 벗어나 우주의 비밀을 찾아 내고 그것과 동시에 탄생하는 것을 자아의 기능으로 삼으려는 형이상학적인 움직임이다. 그것은 또한 불교의 절대무에 대한 절대유의 세계의 구성이라고도 볼 수 있으리라. 그렇다면 비록 발자크뿐만 아니라 플라톤에 이르기까지 서구의 문학정신의 가장 중요한 한 표현을 이루어 온 이러한 욕구가 箱에게 있어서도 〈날다〉라는 말에 깃들어있는 것일까?(『이상』, 문학과 지성사, 90면)

이 물음에 대한 정명환의 대답은 부정적이다. 일상적 현실을 넘어서서

절대를 찾으려는 충동이 지속적인 기도로 나타나지 않는다는 것, 이상에
게 〈난다〉는 것은 미래에 대한 투기가 아니라 다분히 과거에 대한 향수
라는 것, 따라서 미분화되고 무규정적인 대지와의 관계로부터의 탈출 의
식만이 존재할 뿐이라는 것이다. 당연히 논자는 '동심, 야심, 희망이 서
양의 허다한 시인의 경우처럼 사고와 경험의 지향점을 베풀어 주는 구체
적 내용을 지닌 것이었다면'이라는 아쉬움을 토로한다. 신의 개념이 절
대적으로 자리한 서양의 정신사를 이해하지 못하는 한, 외국 문학과 우
리 문학을 비교하는 논법은 객관적이라 보기 어렵다. 이 논문도 바로 그
러한 약점을 지니고 있다. 이 주장의 근거에는 항상 '중심', '보편'으로
서의 서구적인 것, 프랑스 문학이 존재한다. 이상 문학을 프랑스 문학의
원근법으로 재단한다는 것은 어쩌면 실존주의의 강력한 세례를 받은 세
대들, 1950년대 이후 등장한 논자들의 실존적 풍경과 관계 있을 것이다.
원전을 읽을 수 있는 능력과, 그것을 우리 말로 정확하게 풀어낼 수 있는
능력.

　그러나, 이 논문은 「종생기」와 「날개」의 텍스트 상호간의 소통 관계를
문제삼음으로써 이상 소설 연구의 한 전기를 마련하게 된다. 아내와 나
의 관계를 문제삼으면서, 「날개」가 타자의 작용을 겪는 입장에서 씌어진
것인데 반해 「종생기」는 날개와 반대로 타자에 작용을 가할 때의 대타관
계의 실험이라는 것이다. 이는 바로 '태도'의 문제로 이어진다. 이 논의
는 시선의 문제, '타자성' 문제의 중심 논의를 이룬다. 이 시선의 문제를
파악하는 것이 이상 문학의 비밀을 푸는 한 계기가 된다는 점은 최근의
여러 논의에서 확인되고 있다. 정신분석학적 방법의 일면성을 '시선'의
시각은 상당 부분 해소해 준다. 오디푸스 삼각형의 '신성가족' 모델은
최근의 여러 논자들에 의해 전복되고 있다. (들뢰즈, 『앙띠 외디푸스』)

　1970년대 이상의 「날개」 연구는 정신분석학적 방법에 의지한 바 크
다. 인상주의적인 접근이나 전기적 연구의 사사로움과 단편성을 해소하

는데 무엇보다 중요한 것은 과학적 연구 방법이다. 문학 연구가 과학적인가에 대한 야콥슨의 유명한 논구가 있지만, 문학 연구가 과학적 근거 위에서 행해져야 한다는 것은 1960년대 신비평의 내재적 비평 경향과 분리될 수 없는 듯하다. 정신분석학은 일종의 고증비평이라는 점에서 과학적 근거를 가진다. 작가의 무의식을 탐구해 낸다든가, 문학이 어떤 '환상'을 표현한다면 정신분석학은 문학에서 그 가장 적확한 실례를 얻게 된다든가 하는 것은 정신분석학이 할 수 있는 최대의 가능성이다.

정귀영의 「이상의 「날개」」(『현대문학』, 1979.7)는 「날개」를 당대의 전형적인 정신분석학 방법으로 적용한 사례이다. 그는 프로이트 원전에 기대어 「날개」의 많은 모티프들을 성도착증, 마조히즘, 대상성색욕이상성, 심리적 호메오스타시, 방어, 투사와 같은 개념으로 이해한다. 이는 '날개' 분석이기보다는 정신분열증 '환자' 이상에 대한 분석인데, 텍스트와 작가를 분리해 놓지 않은 점, 정신 분열 분석이 '성적 퇴행'이라는 차원에서 분석된다는 점에서 약점을 안고 있다. 분석의 방법이 병리학적 대상으로서의 '나'(이상)의 이상 행위 분석에 치중되어 있어 엄격히 「날개」 분석이라고 볼 수 없는 형편이다. 이 정신분열분석이 의미를 띠기 위해서는 텍스트 분석을 통해 작가의 글쓰기의 내적 충동의 의미를 밝혀 내야 할 것이다. 정신분석학이 '성적 퇴행의 쓰레기통을 뒤지는 것'은 아니기 때문이다. 존재론적인 차원에서의 글쓰기로 접근되지 않은 병리학적 작가 연구가 정신 분석학 연구가 되지 못함은 필지의 사실이다. 이 논문의 결론은 그래서 어정쩡하다. 내객이 있는 방을 통과해야만 자신의 방으로 들어갈 수있다는 대목을, 내집은 조국이며 내객은 침략자다는 식의 민족비극적 상황의 상징이라는 비약적인 결론으로 도출하기도 하고, 「날개」의 마지막 부분이 현대 문명 대부분이 갖는 마조히즘적 욕망이라는 것으로 일반화되기도 한다.

「날개」 분석은 아니지만, 조두영의 「이상 초기 작품의 정신 분석」은

「12월 12일」을 분석한 것인데 1970년대 정신분석학의 조명 아래 행해졌던 이상론이다. 그의 관심은 「이상의 인간사와 정신분석」에서 다시 재개되는데, 이 논문은 정신분석학을 '성적인 퇴행'으로 폐쇄시키는 일면성은 극복하고 있지만 이것은 이상에 대한 정신분석적 연구이지 엄격한 이상 소설 연구는 아니다. 이상의 실제 인생과 그것이 「12월12일」에서 굴절되어 재현되는 양상을 검토한 것이어서 '인간 이상 연구'에 더 가깝다. 이상 문학을 정신분석학적 방법으로 연구하는 것은 매력이 있다. 그럼에도 불구하고 단편성을 지닐 수밖에 없던 것은 프로이트 원전의 정확한 해석과 수용이 미비했기 때문이기도 한다. 이는 최근에 프로이트 전집이 다시 번역되고 프로이트를 재해석하고 있는 라깡과 들뢰즈 같은 논자들의 견해가 수용되면서, '보충된 프로이트' 논의 속에서 새롭게 전개되고 있다.

이승훈의 「날개의 시간 연구」는 구조분석적 방법으로 「날개」를 평가한 경우이다. 내재적 분석인 만큼 섣부르게 '식민지 지식인의 절망' 같은 결론을 도출하는 위험은 넘어서고 있다. 그는 최재서와 정명환의 상반된 입장을 검토한 뒤, 서사적 시간 구조에 초점을 맞추어 「날개」의 시간은 순간적 시간이라는 것, 역사적 시간인 수평적 시간에 대한 불신을 보인다는 것, 세기말적인 것과 20세기적인 것 사이의 부조화를 미묘하게 내포한 것이라고 본다. 이 시간 개념은 사실은 「날개」가 존재론적인 비약과 상승으로 발전하지 않는다는 정명환의 '부정과 생성'이라는 논법을 변용한 것과 거의 다르지 않다. '현재의 수용과 거부'를, '황홀과 공포의 동시성의 체험'으로 번역한다거나, 보들레르의 '도취와 책임'의 테마로 이해하는 것이 그 반증이다. 정명환이 견지하는 실존적 정신분석적 입장을 '시간'으로 번역한 것이 이 논문의 진의이다. 좌절된 초월, 암시적 상상력의 결핍, 인간 조건의 성찰에 대한 인식 결함 등을 「날개」가 안고 있는 문제점으로 보고 있는 이유도 여기에 있다. 평자에게 '시간'

은 실존 의식의 '의식'과 관계 깊은 말이다. '소설 구조가 환기하는 시간 문제가 자신의 논의에서 불충분'함을 고백하는 이유도 비교적 분명하다. 이 논문이 의도한 시간은, 현재의 시간을 자아와 대상과의 관계에서 어떻게 지양하는가의 문제로 설정된 '시간'이다. 그 현재적 시간이 바로 실존적 시간인 것이다.

이상의 논의에서 알 수 있는 바와 같이 이상 소설 연구는 대부분 「날개」를 중심으로 진행되어 왔다. 작품의 주제를 파악하려는 노력에서부터, 텍스트 현상의 문제, 텍스트 발생의 문제까지 이것이 아우르는 방법론상의 영역은 광범위하다. 초기에는 이상의 작품이 무엇을 의미하는가 (씨니피에) 하는 문제로 집중되었고, 그 뒤 이상 텍스트의 언어 실험에 주목하면서부터는 씨니피앙과 씨니피에의 관계를 집중적으로 조명하기 시작했다. 현상 텍스트 연구는 텍스트 기호 놀이의 양상을 살피는 이른바 수사학적 탐구에 관련된다. 반면 발생 텍스트는 텍스트 생산의 '현실'을 문제 삼는다. 언어 충동과 실험적 글쓰기나 존재론적 문제가 중시된다. 그러나 수사학적 탐구도 기호분석도 이상 문학을 해명하는 데는 완전하지 않다. 여기에 착안해 전기 분석으로 돌아와 이상 문학을 원점에서 해석하고자 한 논자가 김윤식이다.

3. 1990년대 이상 소설 연구의 한 방향

이상 연구가 이상 '소설' 연구가 아닌 이상의 '글쓰기' 연구라는 점은 우리 시대 이상을 이해하는 방식의 일단을 표출한 것이다. 소설, 시, 수필이라는 고전적인 장르 개념으로 이상을 해석하는 것이 아니라 이상을 기호론적인 차원에서 보겠다는 연구자의 태도를 담고 있다는 말이다.

1990년대 들어 이상 연구에 가장 심혈을 기울이고 있는 김윤식에게 이상은 그의 '전공 과목'인 한국 근대문학의 근대성 문제에 접지되어 있다. 그는 1980년대에 집중적으로 실증적 사실을 바탕한 작가의 전기 연구에 몰두한 바가 있고 『이광수와 그의 시대』, 『김동인 연구』, 『안수길 연구』, 『염상섭 연구』, 『임화 연구』와 같은 역작들을 내놓은 바 있다. 이상 연구도 그 연장선상에 존재하지만 이상의 경우는 앞선 작가들의 전기보다 훨씬 복잡한 사정을 띠고 있다는 데 문제성이 있다. 그것은 이상이 내건 비밀스런 언어 놀이, 기호 놀이였던 것이다. 이 '언어 기호'가 갖는 복잡하고 다층적인 면모가 김윤식의 시선을 이상에게 붙들어 매고 있었던 것으로 보인다. 근대성 문제를 해명하는 데 '언어' 문제는 매우 중요한 의미를 띠기 때문이다. 이상의 분열된 무의식적 상상 세계가 미학적 현대성의 급진적 형태를 보여준다는 점은, 문학사적인 문제의 해명뿐 아니라 인간 무의식의 내적 충동의 근거로서 언어의 영역을 이해하는 데 있어서도 중요하다. 이어령은 이를 '지금 현존하는 어느 작가보다도 도리어 20년전의 '상'으로부터 더 참신하고 친근한 호흡을 느낀다'고 밝힌 바 있다.

김윤식이 이상 텍스트에 대한 관심을 본격적으로 표명한 것은 「이상론의 행방」(심상, 1975.3)이다. 이 문건은 그 동안 이상 연구가 어떤 모양새로 진행되었으며 당시까지 이상 연구의 수준이 어느 정도인가를 명료하게 알려주고 있다. 그는 최재서와, 임종국, 김춘수, 정명환의 이상 연구의 논리와 문제점을 적시한 다음, 이상 연구의 방향이 모더니티 지향성과 전통 지향성 가운데 하나를 선택하는 것과 같은 단견으로 속단할 수 없는 보다 보편적인 이해의 기반 위에서 설정되어야 함을 역설하고 있다. 이 논문은 구체적인 이상의 소설을 다룬 것은 아니다. 다만 이상 문학 검토에 있어 '장르별 이동 속에'(상호텍스트성) 그의 정신사적 궤적이 드러날 수 있다는 점을 거울 이미지를 통해 시사함으로써 그 이후 이상 문학을 '텍스트'의 차원에서 바라 볼 수 있는 한 가능성을 열어 두었다.

　1980년대에 들어 그는 두 권의 이상 연구서를 내 놓았다. 『이상연구』(문학사상사, 1987) 및 『이상 문학연구』(문학과 비평사, 1988). 1987년에 나온 『이상 연구』에서 가장 중점적인 것은 「종생기」 주석이다. 종생기가 새삼 연구자의 관심의 영역으로 떠오른 것은 무엇일까. 하나는 「날개」와의 형식적인 상동 관계이며 다른 하나는 그가 누누이 강조하고 있는 이상 언어 놀이의 비밀이 '종생기' 라는 바둑판에 펼쳐져 있다는 점이다. 이상 소설 연구가 주로 「날개」를 중심으로 진행되어 왔다는 것은 이미 앞에서 말한 바 그대로이다. 김윤식이 이상을 연구하면서 「종생기」에 관심을 기울이고 있는 것은 방법론적인 연구 방향과 관계가 있다. 그것은 기호론이다. 그는 이상 텍스트의 중심에 놓여있는 것이 「공포의 기록」 군이라 보고 이를 4가지 계열로 나누고 있다.

　　가) 공포의 기록(서장) (1935.8.2) 일문으로 쓴 것
　　나) 공포의 성채(1935.8.3) 일문으로 쓴 것
　　다) 불행한 계승(1935.) 일문으로 쓴 것
　　라) 공포의 기록(1937.4) 한글로 쓴 것

　가)에서 라)에 이르는 텍스트의 연쇄를 주목하면서 그는 가), 나), 다)가 원초적 심층적 상황에 가깝다면, 라)는 표층적 상황에 접근된 것으로 보면서 이상의 공포의 근원을 추적하고자 한다. 그가 텍스트를 4가지 계열로 나누고 이를 표층적 텍스트(phenotext), 심층적 텍스트(genotext)로 규정하는 것은 크리스테바의 '업젝션 이론'을 원용한 것이다. 그의 '주석달기' 는 이 변형된 텍스트를 통해 공포의 근원을 탐색하는 것과 같은 맥락을 지닌다. 그 맨 아랫자리에 「날개」가 있고 「종생기」가 있다. 그는 「날개」가 형식적인 측면에서의 유사성을, 「단발」이 내용상의 측면에서 유사성을 보인다고 말한다.(『이상연구』, 361면) 이는 이상 소설의 상

호텍스트성에 대한 관심을 보여준 것이다. 「날개」와 「종생기」, 「날개」와 「봉별기」, 「12월 12일」과 「종생기」 등 그가 이상 소설을 이해하는 방식은 이상 문학을 대칭적 성격으로 파악하는 것이다. 「날개」와 「종생기」는 심층적 텍스트가 표층화한 것인 만큼 소설적 요소를 많이 가지고 있는 편이다. 「날개」는 표층적 의미를 담고 있지만 「종생기」는 날개의 연장선상에 있으면서 수사학적인 언어 탐구를 가능하게 한다. '표층을 통해 심층으로' 나갈 수 있는 요소를 갖춘 텍스트라는 것이다. 「종생기」의 언어 주석에 매달리고 있는 이유도 전기 연구와 언어 연구를 동시에 아우르겠다는 의도와 관련있어 보인다.

김윤식이 처음 「종생기」에 관심을 가지게 된 것은 「종생기」 주석에 대한 몇 몇 성과와 크리스테바의 '대담무쌍한 업젝션이론' 때문이었다. 작가 전기 연구가 인간 연구의 한 방편으로 이해된다면 이는 엄밀히 말해 문학 연구라고 보기 어렵다. 그럴 경우 보다 확실한 텍스트 연구는 기호 연구밖에는 없다. 특히 그것이 이상의 글쓰기의 비밀을 상당한 부분 감지해 낼 수 있는 '공포'라는 본원적인 업젝션과 관계된다면 두말할 필요가 없다. 그는 이 '연구방향만은 정확하다'고 쓰기도 했다. 그런데 최근 논문(「이상 문학 연구의 어떤 방향성」, 『발견으로서의 한국현대문학사』, 1997)에서는 여전히 크리스테바에 기대고 있으면서도 입장을 조금 선회하고 있어서 주목된다. 이것은 크리스테바 이론의 한계가 이미 명료하게 판명된 서구 철학사의 자기 반성적 흐름과 관계 깊을 것이다. 크리스테바 이론이란 기호분석론을 생산시킨 몇몇 텍스트 이외에는 적용되기 곤란한 성격을 갖는다는 것, 과격한 실험적 성격을 보이는 텍스트 이외에는 적용하기 힘들다는 것, 그리고 그것이 갖는 가설적 성격이라든가, 기호 분석이 결국은 고전적인 풀이말 주석과 다를 바 없다든가 하는 한계와 관련이 있을 것이다.

업젝션 이론은 인간적 기호학의 모습을 띠고 있을 뿐 아니라 기호 발생의 탐구가 아닌 문학 발생의 근거를 탐구한다는 점에서 이상 텍스트 해석에 강력한 이론적 바탕을 제공하고 있다. 김윤식은, '쓰기 행위의 근원에 업젝션의 체험이 있다'는 구절을 '쓰기 행위의 근원에 공포 체험이 있다와 동격이다'고 쓰고 있는 것이다.(79면). 그가 '鳥瞰圖-鳥瞰圖, 童孩-童骸'의 기호 발생의 근거를 밝혀 내고, 「종생기」에서 '郤遺珊瑚'를 당나라 시인 최국보의 시구절 '遺却珊瑚鞭'으로 주석하고 있는 것은 단지 수사학적 차원에 있기보다는 이상의 텍스트 발생 근거를 죽음의 유혹과 그 공포로부터의 탈출 욕망에서 찾고자 하는 데 있다. 이상의 기호놀이는 패러디로 수사학으로 이상 텍스트 곳곳에 포진하고 있는 것이다.

흥미로운 것은, 그가 마지막에 이상의 불안이 아니라 연구자 자신의 불안을 문제삼고 있다는 점이다. 이상 연구의 불안을 이상 텍스트에서 오는 것과 연구자 스스로로부터 비롯된 것으로 설정하면서 이상 연구에 대한 한 방향성을 제시하고 있다. 후설의 초월과 내재의 개념을 들어, 이상의 전기 연구가 연구자의 의식속에 떠오르는 가의성을 잠재울 수 있는 확신의 영역 속에 있음을 강조하고 있는 것이다. '주석달기'가 갖는 한계성, 곧 텍스트 미비와 난해성, 이상이 사용한 기호의 다양성 때문에 이상 연구는 완벽에 이를 수 없다. 그 같은 가의성을 잠재울 수 있는 것은 연구자 자신의 직관적 경험 곧 느낌의 절대적 확신뿐이다. 실존주의자들이 강조한 신비한 신체적 직관으로 그가 들어가는 것은 어쩌면 당연해 보이기도 한다. 그가 품고 있는 가의성은 두 가지인데 하나는 다소 지적 유행으로 느껴지기도 하는 크리스테바 이론에 대한 '가의성'이며 다른 하나는 미완성인 채 남는 이상 텍스트 및 문학 연구 자체의 본질과 관련되어 있다. 또한 기호분석론의 초월적 성격 곧 그것이 마지막으로 가는 귀결점인 '연구자 자신의 거울 들여다 보기'와 관련 있는 대목이기도 하다.

김윤식은 이상 연구의 방향성을 텍스트 연구와 문학 연구의 갈림길을 인식하는 것에 두었다. 이상의 글쓰기를 통해 인간의 기호 생산 능력이나 과정을 밝히고자 하든가, 아니면 이상이라는 한 개인의 글쓰기의 근거를 밝힘으로써 이상 문학의 복합성(의미층)을 드러내든가 하는 양갈래가 있다는 것이다. 이는 역할 분담이 다른 영역이지만 이를 자각하는 행위야말로 이상 문학 연구에 도움이 된다는 것이다. 이는 이상 글쓰기의 장르별 이동과 이상 텍스트의 난삽하고 복잡한 기호 놀이의 과정을 밝히는 것인 동시에 그것의 발생 근거인 공포로부터의 탈출이나 죽음에의 유혹과 같은 근거와 전략의 관계를 밝히는 것과 같다. 이는 수사학과 정신분석학을 결합하는 것이며 사회학적인 의미를 동시적으로 근거지우는 것과도 관계된다. 여기서 그는 텍스트 연구자에서 문학 연구자로 넘어간다. 주석달기와 기호 놀이의 실상을 밝히는 일이 전자에 근거한다면 후자의 경우는 크리스테바의 업젝션 이론을 원용한 공포 체험의 근원을 전기적 사실과 관련짓는 일이다. 이상 텍스트의 미완적 성격은 연구자의 직관적 확신에 의해 그 미완을 뛰어넘는다. 그는 기호론이 갖는 초월성을 전기적 연구의 명징성으로 뛰어넘고 그것을 직관으로 확정짓는다. 여기서 '이상 연구'는 다시 엄밀한 과학적 연구 방법을 전복시켜버린다.

이상 연구사는 바로 문학 연구 방법론의 역사와 같이 간다. 이상을 자신의 글쓰기의 매개항으로 삼든, 현실을 초월하는 방어기제로 삼든, 이상 문학의 불안과 미완성은 이상 연구 방법 속에 고스란히 되돌려진다.

4. 이상 소설 연구의 전망

'이상론'은 끊임없이 씌어졌고 앞으로도 그러할 것이다. 지적인 유행에서든 세대론적인 감각에 의해서든 문학사적인 필연성에 의해서든 당대적 문학의 지형도는 많은 부분 이상 연구의 방향성과 관계되어 있다. 이상의 텍스트를 거치지 않은 채 문학 연구에 다가가기란 거의 불가능한 것으로 생각된다. 이유는 이미 앞에서 언급한 많은 연구가 실증적으로 제시해 주고 있는 그대로이다.

지금까지 이상 연구는 이상 죽음 직후 추모의 의미에서 행해졌고, 새 자료가 발굴되었을 때나 몇 번의 문학지 특집호의 주제로 등장하면서 중간 점검이 이루어지기도 했다. (문학사상, 1974.4월호 특집, 김윤식의 「이상론의 행방」(심상,1975.3), 최동호의 「날개론의 방향」(한국문학, 1983.11). 그리고 올해 이상 60주기를 맞아 이상 문학에 대한 재조명이 이루어지고 있다.

이상 소설에 관한 한 초기 소설과 후기 소설에 대한 텍스트 내적 소통성에 대한 이해가 거의 전무한 실정이며, 기호론이 성하게 된 1990년대 이후는 기호적인 접근을 명료하게 해주는, 즉 난해성을 띤 시에 그 관심이 집중되면서 이상 소설에 대한 내재적 접근을 본격화하는 것을 방해하고 있다. 문학사회학적 입장은 '식민지 지배하 지식인의 좌절' 이라는 통상적인 의미에서 그다지 나아가지 못하고 있다. 식민지 근대화론이 역사학계에서나 사회학계에서 새롭게 제기되고 있는 현시점에서 문학사회학적인 관점에서 이상 소설을 보는 시각도 보다 심층적 접근을 요구한다.

「날개」나 「종생기」에 대한 새로운 접근뿐 아니라, 다른 난해한 텍스트에 대한 연구도 다른 인접 장르와의 내적인 상호연관성 위에서 본격화되어야 한다. 「지도의 암실」, 「휴업과 사정」 등 난해한 것으로 알려진 초기소설은 분명 근대성의 문제를 짙게 풍기고 있다. 이 소설은 현상 텍스트적 의미의 기호 놀이가 행해진 것뿐 아니라 '근대성/일상성' 문제가 기호적인 수준에서 펼쳐져 있다. 「날개」나 「종생기」가 비교적 표층적 의미를 담고 있다고 평가된 점은, 문학사회학적인 입장과 기호 분석적 입장이 서로 소통되지 못한 데 그 원인이 있다. 이는 이상 소설 전반을 정합적으로 이해하는 데 걸림돌이 된다. 전기 비평이 다시 본격화 되고 그 전기비평을 건너뛸 수 있는 기호론적인 심층 수사학이 동원된다면 이상 소설의 많은 부분은 해명될 듯싶다. 이른바 텍스트 연구와 문학 연구가 분리된 채로, 동시적인 접근이 가능할 때, 즉 이 방법론상의 모순어법이 현실화될 때, 이상 소설의 심층 구조는 더욱 깊이 있게 조명될 것으로 생각된다.

은빛 거미의 욕망과 천의 육체

불행은 나의 신이었다. 나는 항상 열등 민족에 속해 있었다.
나는 영원히 열등 민족에 속해 있다. 나는 서쪽 해변가에 있다.
이제 나는 저주 받았다. 나는 짐승이다. 나는 흑인이다.

―랭보, 지옥에서 보낸 한 철―

1. 마릴린, 그 천의 육체를 가진 여성

앤디워홀의 '마릴린 먼로'는 우리와는 다른 시간과 다른 역사에 속한다. 마릴린 먼로의 육체는 앤디워홀에게 와서 다른 육체, 다른 여성이 된다. 앤디는 화려한 반복과 색조의 변화를 통해 온갖 거울상의 이미지들을 만들어낸다. 그가 만들어낸 '마릴린 먼로'는 미세한 차이에 의해 새로운 육체, 다른 시간으로의 출구를 열어간다. '마릴린 몬로'는 마릴린 몬로가 되었다가 다시 지워지고 지워진 바로 그 자리에서 다른 육체로 태어난다. 그 '차이 나는' 육체들은 하나의 모험이며 여성 주체에 대한 새로운 개념들이다. 다시 만들어지는 여성의 육체는 무엇을 할 수 있는가. 여성의 육체는 '어떤' 재현을 통해 드러날 수 있는가. '마릴린 먼로'의 육체가 이제 상품 경제의 신화 속에, 대량 소비 사회의 품안으로 들어왔다. 고로 모더니즘 예술이란 부르조아 사회의 예술적 양식이다'라고 지금 말하려는 것이 아니다. 팝아트라는 대중예술이 예술의 존재 영역을 침범하면서 혁명적이고 가치 전복적인 힘을 지니게 되었노라고 말하려는 것도 아니다.

앤디워홀은 마릴린 먼로의 육체에 '찢김'의 선과 색채를 부여한다. 이 '찢김'은 매우 중요한 문제이다. 이는 죽음과 탄생이라는 인간 운명에 내재된 허무함, 비장함을 보여주는 것뿐 아니라, 끝없이 지워지면서 만들어지는 주체의 생성을 말해준다. 여성의 육체는 왜 '찢김'의 환상 없이는 재현되지 않는지, 이를 말하고자 한다. '찢김'의 환영은 라깡이 말한 '거울 들여다보기'이다. 그 거울은 자기 동일성의 환영을 부수어버린다. 찢기지 않으면 여성의 육체는 없다. 남성에게 반사되는 여성, 남성'의' 여성이 있을 뿐이기 때문이다. 그래서 여성의 육체를 들여다 본다는 것은 육체의 절멸과 생성이라는 긴 고통의 시간을 필요로 한다.

오늘날 왜 페미니즘이 그토록 문제적인가는 여기에 있다. 서구에서 페미니즘 문학은 현재 거의 정점에 이른 듯하다. 그것은 흑인을 비롯한 소수 집단에 대한 새로운 시각과 밀접한 관련이 있다. 기존 사회로부터 억압당하고 지배당한 '소수'minority로서의 여성과 흑인은 그래서 동일한 기호이며 육체이다. 그들은 이렇게 말해져야 한다고 말한다. '나는 흑인이 아니다. 나는 거기에 없고, 그녀가 아니다'가 아니라 '나는 그녀는 아니지만 그녀일 수 있다'고 말해야 한다라고. 즉 타자에 대한 비동일시의 맥락이 아니라 타자적 차이에 대한 인식 곧 타자적 존재의 가능성에 대한 인식이 뒤따라야 한다는 것이다.

현재 우리 문단의 여성 작가들에 있어 관심의 많은 부분은 '여성/남성', '억압/투쟁'이라는 페미니즘적 시각에 바쳐져 있는 듯이 보인다. 그들은 1980년대 대학을 다니면서 한국 사회의 모순 구조에 눈뜨고 '운동권'에 몸담은 경험을 가진 세대이다. 그들의 관심이 차별적 구조의 필연적 산물인 여성 문제로 귀결되고 있음은 어쩌면 당연한 것이다.그런데 이 시점에서 이들 여성 작가들의 몫은 무엇인가를 새삼 질문하지 않을 수 없다. 여성 작가들은 권위적 기존 질서에 대항하면서 여성주의가 이제 당신네들의 문학적 권위에 필적할 만한 위치를 지니게 되었노라고 목소리를 높인다.

이 때 우리는, 여성 작가들이 지금까지 경험적 억압 혹은 정서상의 억압이라는 문제에 너무 집착해 왔다는 느낌을 지워버릴 수 없다. 여성 작가들의 '한풀이식' 글쓰기는 생활상의 억압, 고질적인 사회 관습으로부터의 배제에 대한 울분, 이런 것들로 가득 채워져 있다. 문제는 이 같은 '한풀이'가 소비사회의 상업주의적 시각과 미묘하게 맞물려 있는 경우다. 여성의 육체는 이천만 여성들의 울분을 업고 사회를 향해 칼을 들었다가 출판시장의 매혹적인 구멍으로 들어간다. 여성 육체를, 아니 여성 문제를 '문제삼았다'는 것만으로도 우리의 책시장은 돈이 되는 경지에 이르렀다. 여성문제가 상품화된 것이다. 여성 문제는 상업 광고의 엄청난 블랙 홀 속으로 빨려들어가 침묵 속에 내버려 진다. 우리는 광고 카피가 전해주는 '문제 의식'만으로도 여성의 심리적인 억압을 해소했다고 자위한다. 그런데 그것뿐이다.

또 다른 한쪽에서는 마치 여성 문제가 생물학적인 성의 차별성에 기인하는 듯 주장하고 있다. 세계는 성(性)이 모든 것의 중심이며 세계의 중심에는 성이 놓여 있다. 이 세상 여성의 이상 심리는 여성의 성적 억압과 관련되고 그에 따라 주변의 사물은 성기와 성적 상징이라는 이름으로, 억압의 표지라는 이름으로 짝을 이룬다. 신현림은 '프로이트식으로 남성의 상징이라 하지 마시라, 성욕도 잡숫지 마시길'이라고 '간곡하게' 말한다. 여성 작가와 성문제를 직접적으로 관련시키는 것 자체가 이제 시인 스스로에게 하나의 억압적 체계로 다가왔음을 잘 보여주는 대목이다.

A.S 바이어트는 그의 책 『소유』에서 레오노라 스턴같은 페미니스트들에게 비판적인 시선을 던지고 있다. 그들의 믿음은 이 세상의 모든 사물이 여성의 성기와 관련되어 있다는 것이다. 이 세상의 모든 구멍과 구멍들이 여성의 자궁과 연결되어 있고, 온통 여성의 성기에 둘러싸여 꼼짝달싹도 못하고 헉헉대고 있는 형국인 것이다. 그래서 여성 문제는 바로 생물학적 성의 '우/열'에 관계되고 만다. 여성 문제는 생물학적인 성의 차이에서 비롯되고 그것이 심각한 여성 문제의 본질인 듯이 오해되고 있

는 것이다. 말하자면, '여성 문제 어디에도 여성 문제는 없다.' 본질은 저만치 비껴나가고 '껍데기' 만 요란스레 떠들어댄다. 우리가 권위, 질서를 깨부수고자 할 때 쉽게 본질주의를 놓쳐버리는 것처럼. '광장주의' 가 될 때 여성문제는 사회학이 되거나 생물학이 된다. 여성주의는 이제 '광장주의' 의 소란으로부터 차츰 내면으로 시선을 돌리거나 직관적 이해가 필요로 한 시점에 이르렀으며 그것이 아니면 침묵해야 하는 시점에 이르렀다.

'페미니즘' 이라는 이름을 걸고 나온 모든 것에서 생물학적인 성의 열세의 지형이 어떠한지를 알아내려고 애를 쓰는 순간, '열(劣)' 이라는 것 또한 남성중심적 담론이 만들어 놓은 꼭두각시적 말의 유희인 것을 망각한다. 영화 「델마와 루이스」에서 우리는 심각하게 '페미니즘' 을 논하지만 거기서 우리가 기껏 눈여겨 보는 것은 섹스 행위에 있어 여성의 '우' 를 발견하는 일이다. 여기에는 전제가 필요하다. 지금껏 섹스는 남성의 쾌락을 위한 전유물로 여겨졌고 항용 그렇듯이 남성의 눈에 비친, 쾌락의 수단으로서의 여성이 취급되어 왔다는 사실이 그것이다. 그런데 이 영화에서 통상적인 문법을 뒤엎어버림으로써 여성의 남성에 대한 '통렬한 복수극' 이 되었다는 것이다. 물론 사실일 것이다. 아니면 이런 장면, 쉽게 놓쳐버릴 수도 있는 이 같은 장면, 그 '미미한' 부분(감독이 페미니즘적 시각에서 이런 식의 정사 장면을 의도한 것이고, 하여 영화사에 길이 남는 의미 있는 장면이 된다 하더라도)에서조차 페미니즘적 시각을 찾지 않으면 안되는 어떤 절박한 상황에 여성 문제가 처해 있다고 말할 수도 있다. 이는 역설적으로 오늘날의 여성 문제를 조명해 준다고 볼 수도 있다. 그러나 본질은 다른 데 있지 않을까. 여성의 성적 억압을 주된 테마로 삼고 그것을 여성 문제로 풀어보겠다는 생각은 소박한 사고에 지나지 않으며 예술성이란 이름으로 포장한 흥행성을 노린 작품들과 그렇게 멀리 있지 않다. 여성 문제가 오로지 성문제, 섹스 문제에 바쳐진 페미니즘 담론은 이제 그만 논의되어도 좋지 않을까.

우리는 그 영화에서 뭔가 다른 점을 보았어야 했을 것이다. 거기서는 경찰과 제도라는 '국가장치'의 일상적 지배를 읽어내어야 했을 것이다. '여성/남성'의 생물학적인 구분을 뛰어넘는 바로 그 관점이 필요한 것이다. 권력의 다수인 '남성'과 소수인 '여성', 지금까지 이항대립적 체계로 굳어져 왔던 '남성/여성'이 아닌 '이 세상의 모든 아침과 저녁'을 지배하고 있는 다수의 권력체계인 '남성적인 것'에 대한 '여성적인 것', '포용력과 모성적인 것'을 옆에 거느린 '여성적인 것'의 체계를 탐구해내야만 한다. '원한'이 아닌 '생성', 이것을 말하고자 하는 것이다. 들뢰즈(G.Deleuze)는 그래서 '동물되기, 여성되기, 사물되기' 이런 것들을 모두 한 곳, '소수'로서의 지형 위에다 펼쳐 놓았는지도 모르겠다.

이 '생성'의 문제를 가장 잘 보여주는 것은 버지니아 울프의 『올란도』이다. 플라톤의 아리스토파네스의 양성성에 관한 이야기가 그 기원이 되는 『올란도』는 찢겨진 육체의 새로운 생성을 보여주는 텍스트이다. 울프의 소설을 토대로 셀리포터가 감독한 영화 『올란도』는 환상적이고 그로테스크한 영상 기법을 동원하면서 '남성의 여성 된다는 것'이 무엇인지, 여성의 육체가 된다는 것이 무엇인지를 흥미롭게 그려내고 있다. 일천육백년 경의 한 귀족 남자가 사백 년의 시간대를 넘어 여성으로 되는 것, 이는 동화나 요술이 아니며 더 더욱 환상만은 아니다. 그것은 재현적 글쓰기의 리얼리티를 담는다. 죽음에서 탄생에 이르는 이 영화 속의 시간은 그래서 생성의 언어, 생성의 육체가 만들어지는 장엄함을 전략적으로 보여준다.

버지니아 울프의 글들이 페미니즘적 글쓰기의 정수로 평가되는 것은, 그가 여성 억압의 역사와 해방의 이데올로기를 강조해서이기보다는 글쓰기의 낯섬, 즉 이성의 벽에 대한 자각, 인물의 정체성 혼란, 문체의 새로움이라는 새로운 글쓰기의 지평에 존재해 있기 때문이다. 따라서 그의

『자기만의 방』을 폐쇄적 독법으로 읽는 것은 일면적이다. 초라하고 따분한 분위기 속에서 진행되는 휜엄에서의 정찬과, 화려한 후식과 영롱한 취기가 발하는 옥스브릿지의 오찬, 이 선명한 대립은 결국 여성이 글을 쓴다는 것이 이미 물질적 사회적 조건에서부터 차단당하고 있음을 보여준다. 바이어트 역시 『소유』에서, '대체로 글도 잘 못 쓰고 그렇다고 글을 쓰려고 시도마저 하지 않는 것으로 여겨지는 여성들이 뭔가를 이루어낼 때면 사람들은 그 여성을 무슨 괴물이나 변덕스런 존재로 생각하니 말이다'라고 말했던 것도 비슷한 맥락에서 읽혀진다. 여성들이 남성들의 사고에 촛불이나 비추어주는 –그저 순결의 성배나 들고 있는– 그런 존재로 여겨지던 때에 여성이 글을 쓴다는 것은 마치 혼자 힘으로 엮어서 짜야하는 은빛 실 더미를 밀고가는 거미의 운명과도 같은 것이었다. 그런데 울프는, 물질적 궁핍감과 억압적 차별 구조의 사회에서 여성 작가의 역할을 다른 차원으로 끌어올리고 있다. '옥스브릿지/휜엄'의 '남성/여성' 대립구도는 마지막 장에 오면 양성합일적androgynous 정신의 필요성을 주장하면서 그 대립을 전복시킨다. 새로운 육체의 글쓰기의 전략을 말하고 있는 것이다.

현재 문제되는 페미니즘은 여성 작가들만의 몫이 아니라 새로운 글쓰기의 지평이라는 점에서 글쓰기의 원점이다. 여성의 물질적 역사적 사회적 억압만이 중요한 것은 아니다. 여성과 여성, 여성과 남성, 여성과 사회의 모든 관계들에 대한 글쓰기가 중요한 것이다. 즉 여성적 글쓰기는 다성악적인 견지에서 시도되어야 하고 평가되어야 한다. '누가' 보다는 '어떻게' 페미니즘을 말해야 하는가 하는 문제 말이다. 그래서 페미니즘 소설로 평가되는 우리 소설은 이 논의의 처음으로 끌어들여야 할 것이다.

2. 사랑과 칼날? 이것 아니면 저것

'남성/여성'은 적인가 동지인가. 그들은 서로 '적으로서 동침'하는가. 그들의 동침은 적과의 그것인가. **김인숙**의 소설 「칼날과 사랑」은 페미니즘 문학의 위상을 단적으로 말해준 것으로 보인다. 여기서 여성과 남성은 서로의 적이다. '사랑과 칼'이라는 이항대립적 기호가 보여주듯이 남성과 여성은 여기서 '칼' 아니면 '사랑'이라는 양자택일적 질문의 대상으로 존재한다.

> 그렇다면 내 칼날은 무엇일까. 나는 절대로 참지 않고 나는 어떤 일에도 타협하지 않는다. 그것은 내가 갖고 있는 부부관계의 철칙과 같은 것이었다. 나는 매순간 날카롭게 군다고 자부하면서도 그러나 인생 전체가 온통 무뎌빠진 것같은 느낌을 버릴 수가 없었다. 이모가 그렇게 함으로써 얻은 것이 아무 것도 없는 것처럼 내 인생도 마찬가지가 아닌가. 나는 도무지 무엇을 위해 사는 것인지를 알 수가 없었다.

나(미경)에게 있어, 사랑은 희미한 사진 속의 기억으로만 남아 있다. 그는 이젠 오로지 남편과의 이 기나 긴 싸움에서 결단코 물러나지 않겠다는 다짐을 되풀이한다. 집안에서 할머니대로부터 혹은 그 이전의 할머니, 그 그 이전의 할머니 세대로부터 끊임없이 전승되어온 '한'의 내리물림을 지켜보고 자란 '나'의 자의식은 끝간 데가 없다. 급기야 '나'는 왜 사는지 그 의미조차 알 수 없는 지경까지 이르렀다. 남편으로부터, 사회가 요구하는 질서로부터 점점 벗어나면서 여성과 남성, 여성과 사회와의 관계는 무너지기 시작한다. 한이 재생될수록 관계들은 점점 파산할 지경에 이른다. '여성은 끊임없이 사회로부터 기존의 질서로부터 억압당하고 배제당한다'는 것은 이제 일상적인 담론이 되었다. 이 소설 속에 등장하는 여성들은 사회적 심리적 '한'의 재생산 구조에서 그다지 벗어나지 못한다. 지적이고 자기 정체성이 강한 '나'도 그 이전 여성들의 심리 상태와 별로 달라보이지 않는다. 선조적 시간대에 있는 앞선 여성들의 한은 자신에게 그대로 답습되고 그는 그 한을 고스란히 물려받는다. 다른 점이 있다면 선조들은 그 한을 묵묵히 감수해 내었다면 자신은 그 억압과 뒤틀림을 자각하고 그것을 거부하려는 몸짓을 보여주고자 한다는 점이다.

남성은 사랑이라는 환영의 대상이었다가 금새 여성의 칼날을 받아야 할 적으로 바뀐다. 사랑은 그저 소녀적 꿈으로 남고 '헤어지지 못해서' 그는 '적'과 산다. 이것은 뒤집어보면 남편의 입장에서도 마찬가지 논리적 정당성을 획득한다. 그들은 서로 상충되는 갈등과 모순 속에 뒤엉켜 있다. 이런 논리라면 남편은 결코 '나'와 한자리에 머물 수 없다. 그는 여성에게 조상들이 했던 그대로 억압적 구조를 강요할 것이기 때문이다. 종희 이모의 '일거 항복'에 실망한 '나'의 투쟁 결의는 결말 부분에 와서 더욱 공고해진다. 그러나 이것이 진정한 결말인지 '여성 해방'을 위한 진정한 가능성인지, 우리는 질문해 보아야 한다. 짐작컨대 주인공, 미경은 어머니가, 종희 이모가 내리물림한 그 여성적 억압 구조, 한의 응어리를 그대로 확대 재생산해 나가거나, 그렇지 않으면 그는 집 밖으로 뛰쳐 나가야 할 것이다. 사랑이라는 허울 좋은 이름으로 가족의 울타리 안에 남을 경우의 결과는 자명한 것이다. 종희 이모처럼 15년 혹은 그 이상 갈아 둔 칼날은 이미 무뎌져서 종이 칼날과 같은 것이 돼버렸다. 그 무뎌져 버린 칼날을 접고 가족이라는 울타리 속에 숨는 일, 그것은 신경 쇠약과 일종의 정신병 환자로 나머지 일생을 살아가야 하는 큰 희생을 치루어야 가능하다. 자기를 망각하고 기존의 가부장적 질서의 한 모퉁이에 자기를 방치하고서야 가능한 그러한 것이다. 그렇지 않고 칼날을 선택하는 경우, 가족이라는 이름에 칼날을 들이대어야 한다. 이는 그동안 보전해 둔 가정의 울타리를 한꺼번에 와해시키는 일이다. 「칼날과 사랑」은

이 어느 것에 대한 가능성도 명백히 밝혀놓지 않았지만 이 둘 중 그 어느
것도 여성의 인간으로서의 행복을 보장해주지 않으리라는 점은 분명해
보인다. 칼날은 무뎌지고 사랑은 환영으로만 남았다. 헤어지지 못해서
겨우 유지해가는 결혼과 가족 제도, 적응과 인내만을 강요하는 사랑, 추
상적 기호일 뿐인 사랑, 결혼했기 때문에 같이 '살아지는' 그런 사랑, 또
는 부부관계. 이 같은 사랑, 이 무뎌빠진 사랑에 대한 반론으로서 '칼날'
은 정당한 것인가.

　　내가 남편과의 어떤 사소한 다툼에도 징그러울 정도로 도전적인 자세
　　를 취하는 것은 내 성격의 탓도 있겠지만 보다 결정적인 것은 그런 편견
　　들에 대항하기 위해서일지도 모른다.

문제는 남편과의 그것에서 기인하기보다는 무형의 가부장적 가족 제
도에 있다는 것이다. 그러나 이 소설은 여전히 '칼날과 사랑' 중 어느 하
나를 선택하라고 강요하는 듯이 보인다. 이는 '배제'를 말하는 것이다.
'남성/여성'의 대립적 구도를 만들어 두고, 지금까지 남성적 가치질서가
강요한 바 그대로를 강요하는 것과 같다. 작가는, 남성 혹은 남편을 여성
의 적으로 그리는 것을 필연적이라고 말하고 싶은 듯하다. 마지막 장면
에서 남편이 자동차를 가속하면서 콧노래를 부르고 내가 투쟁 결의를 다
지는 것은 오히려 희화적이다. 그 '노래'가 '칼날'과 '사랑'이라는 화두
를 던진 오늘날 여성주의 문학에 대한 송가인지 그것을 위한 만가인지
알 수 없다. '칼날과 사랑', 이것이 진정 함께 가는 길은 없는가. 여성은
자기 혼자서 그 길을 갈 수 있는가.

3. 무소의 뿔, 혼자서 갈 수 있는가

여성 작가들은 여전히 '베껴쓰기'를 하고 있다. 그들은 자신의 경험

을, 그 경험을 공유한 동료작가들의 글쓰기를 다시 베껴쓰고 있다. 이 말
은 오늘날 여성 문단이 처한 현실의 심각성을 말해준다고 볼 수 있지만,
한편으로는 여성 작가들의 문제 의식이 거의 동일한 수준에 머물고 있다
는 말이기도 하다. 그들의 한은 끓어 넘치고 넘쳐서 한의 대하를 이룬다.
남성으로부터 받은 피해 의식은 '모계 사회 이후 몇만년대를 통해 축적
된' 여성 작가들만의 '노하우'로서 막대한 것이다. **공지영**은 『무소의 뿔
처럼 혼자서 가라』에서 자기와 비슷한 연배의 세 여성, 의식 있고 자기
정체성이 뚜렷했던 세 여성들의 모습을 통해, 그 한이 어떻게 강을 이루
고 대하가 되었는지를 보여준다. 대학 시절 저마다의 유토피아를 꿈꾸었
던 이 여성들이 20대 초반에 대학 캠퍼스의 하늘 위에 그렸던 그림들은
얼마나 무모했던 사상누각이었던가.

31살의 세 여성이 있다. 그들은 대학 시절, 그래도 희망이 있던 시절을
함께 보내고 각자 선택한 남자와 결혼을 한다. 그 선택은 그들에게 무엇
을 남겼는가. 한마디로 말하면 상처 투성이의 세월이며 울분이며 분노고
좌절이며 절망이다. 혹은 죽음이다. 영혼과 육체 둘 다 정말 죽었거나 죽
은 듯이 살아간다. 그들 말대로 그들은 총명했으며 좋은 대학을 나오고
전도 유망한 여자들이었다. 무엇이 그들을 그토록 절망에 빠트렸는가.
이 물음에 대한 답이 오늘날 한국 사회가 안고 있는 여성 문제의 현실이
라고 작가는 답하고 있는지도 모른다. 적어도 그 엄연한 현실을 보여주
기 위해 이 소설을 썼노라고 말하는 듯이 느껴지기도 한다.

> 그가 커피가 먹고 싶으면 나는 그의 커피가 되고 그가 배가 고프면 난
> 그의 밥상이 되었다고…… 그런데 이제 그가 나보고 책좀 읽어, 하자
> 나는 드디어 멍청이가 되어버린거야!

'아내' 혹은 '여성'은 그냥 아내이며 여성이 아니라, '다른 그 무엇의'

라는 수식어가 붙는, 그것도 바로 '남편의' 혹은 '남성의 무엇 무엇' 으로만 존재한다. 남편의 커피, 남편의 밥상, 이것처럼 말이다. '……의' 라는 이 수식어에 아내는 절망한다. 그래서 이 소설은 오늘날 여성으로서 한국적 현실을 살아가는 독자들을 정말 눈물겹도록 만드는 그 무엇이 있다. 혜완이라든가, 영선이라든가, 경혜라든가 하는 세 등장 인물의 이름표에 자신의 이름을 써 놓아도 거의 어긋나지 않는 사실을 발견하기 때문이다. 여성 독자들의 '심금을', 그렇다, 심금을 울리기에 충분히 많은 요소를 이 소설은 가지고 있는 것이다. 그러나 이것이 '여성주의 소설' 의 문제점이기도 하다. 과도한 감정주의의 강물을 씻어내지 않으면 우리는 여성주의에 대한 냉정한 시선을 가질 수 없다. 마지막 책장을 덮고 감정의 카타르시스를 경험하는 차원에 이 소설이 존재한다면 여성주의를 말할 필요성은 거의 존재하지 않는 것 아닌가.

TV의 아침 연속극에는 이미 한 맺힌 여자들과 한을 대물림하는 여자들, 같은 여자이면서도 자기 며느리에게 그 한을 소나기 퍼붓듯 들이붓는 얼마나 많은 시어머니가 있는가. 우리는 거기서 '내 일이구나' 하는 생각에 가슴을 저렸던 기억을 갖고 있다. 그 뿐인가. 소설 속의 영선과 박 감독, 경혜와 의사 남편, 장이라는 소설가들과 마찬가지로 드라마 속의 모든 남자들은 그저 그렇게 늙어버린 아내에 만족하지 못하고 바람을 피우고, 모든 여자들은 그런 남편과의 잠자리를 갖지 못해 불행해 한다. 잠자리 때문에 불행한 것이라니. 소설이란 이 같은 일상적인 보고서 수준이 아니라 뭔가 다른 것에 그 몫이 주어져 있는 것은 아닐까.

이 소설은 다들 자신의 길이 최선은 아니지만 차선이 되었다고 생각하고 그렇게 살려다 절망하는 인간의 이야기에 초점이 맞춰져야 할 듯하다. 그 여자들에게 희망은 있는가. 없다. 뒤틀림의 세상에서 분노로 자신의 육체가 얼어붙어버린 혜완의 입장에서라면 이 셋의 앞길은 여전히 암흑천지이다. 그 암흑의 끝에서 작가는 무엇인가 '틈' 을 내보인다. 그 틈

을 통해 들어오는 빛이 이 소설의 진정한 의미이며 여성주의 문학의 한
가능성은 아닐까. 문선우의 입을 통해 작가는 말한다.

니가 언젠가 말했지, 우리의 어머니들은 딸들에게는 어머니같은 사람
은 되지 말아라 하고 가르치고, 아들들에게는 어머니같은 여자를 얻어
라 가르쳤다고. 우리 세대들은 그런 딸들과 아들들이 만나 갈등하는 세
대라고. 그래 그말은 공감해--나 역시 남자야--이 말은 나 역시 이십
년 동안 그리고 그 이후에도 사회에 뿌리 박힌 통념을 혼자서만 거부하
지 못했던 한 인간이라는 뜻이야.(…) 넌 여자들의 아픈 삶에 대해 나에
게 누누이 역설했고 우리들의 몸에 밴 봉건성에 대해 성토했지만 넌 한
가지는 간과했어. 그건 바로 그런 점이야. 그렇게 불완전한 여자와 남
자가 만나서 애쓰지 않으면 문제는 남을 수밖에 없다는 거(--)넌 그걸
잊었었어.(--)넌 남자가 홀연히 여성 해방의 깃발을 들고서 나타나주
기를 바랐던 거야.--그게 너의 함정이었어--그건 신데렐라의 왕자님
이 유리 구두 대신 깃발을 들고 나타나는 것과 다르지 않아.

문선우는 분명히 말한다. 여성주의는 여성 혼자서 갈 수 있는가에 대
한 대답을. 불완전한 남자와 여자가 만나서 애쓰지 않으면 안된다는 것.
그렇지 않으면 그것은 불가능하다고 말한다. 아무튼 이 소설 제목이 내
재한 의미와 소설의 내용은 보기에 따라서는 상충한다.

4. 破愛, 금간 육체, 찢겨진 남성, 그리고 꽃이 된다는 것

현재 여성이 안고 있는 여러 억압적이고 절망적인 현실의 고통 분담은
또 다시 이 세상의 절반이며 그 억압받는 여성의 상대자인 남성에게 돌
아간다. 우리는 억압받는 여성의 현실에서 '억압하는' 남성이 아니라 동
시에 '억압받는' 남성의 현실을 '겹쳐읽기'로 본다. 「칼날과 사랑」에서
는 도전적이고 끝없이 피해 의식에 젖어있는 아내에 대해 눈치보기에 급

급한 남편이 있고, 『무소의 뿔처럼 혼자서 가라』에서는 여성 차별적인
이 현실을 뚫고 나가야 한다는 강박 관념에 시달리는 혜완을 이해하지
못해 (아이의 죽음은 이혼을 위해 깔아 둔 기술적인 장치 아니겠는가?)
이혼하는 남편, 경환이 있다. 어쨌거나 자라면서는 '아들'이라는 단 한
가지 이유만으로 사회의 모든 혜택과 기득권을 갖게 된 '남성'으로서의
남성과, 모든 권력에서 소외당하고 지금껏 불평등의 위치에서 한번도 자
유롭지 못했으므로 그 질곡을 벗어나야한다는 의식에 눈떠 있는 '여성'
으로서의 아내를 둔, 그러면서도 이러한 차별적인 사회 구조 속에서 자
신도 아내와 꼭같이 소외된 인격으로서의 고통을 겪는 '여성으로서의
남성' 사이에서 그들은 갈등한다.

 적어도 그들은 작가의 말대로 하면 '희망이 있던 시기'를 한번 거쳐
지나 왔으며 어느 정도는 우리 사회의 모순적이고 불평등한 구조에 눈뜨
고 그 어두운 면을 타파하고자 몸을 던진 경험을 산 세대이기 때문이다.
그들은 그들 아버지 세대가 물려준 가부장적 권위, '남성적인 것'에 대
해 육체적으로 정신적으로도 그렇게 편하게만 받아들일 수 없는 '그 무
엇'을 가지고 있는 셈이다. '그 무엇'은 매우 중요한 문제이다. 일상에서
는 여전히 집안일을 여성에게 전가시키는 관습에 익숙해 있고, 어쩌다
한번 해 준 설거지로 의식있는 남편의 모든 임무를 다한 것처럼 으스대
고, 아내를 자신의 소유물로 삼아야 한다는 전통적 가치관에 익숙하면서
도 적어도 머리속에서는 그런 일상적 관습에 대해 꺼림칙한 마음을 가누
지 못하는 세대인 것이다. 그들은 말하자면 '남성으로서의 남성'과 '여
성으로서의 남성'이라는 불분명한 의식의 자기 정체성 속에 놓여있는
것이다. 재혼한 경환의 모습은, 예컨대 일주일에 세번은 아이를 보고 아
내를 대학원에 보내고 집안일을 하는, 어느 정도는 자발적인, 페미니즘
의식의 소유자임을 보여준다. 그런 면에서 그들은 적어도 '여성적인 남
성', 중성적인 인물임에 틀림없다. 그 남편들은 '가부장적 권위와 페미

니즘 사이에서' 갈등하는 세대의 초상인 셈이다.

현재 페미니즘 소설들은 대체로 억압된 여성의 모습에 주목하되 남편들의 '여성성'에 대해서는 거의 관심을 기울이지 않는다. 여성들에 의해 '보여지는' 남편이 아니라 '가부장제'와 '페미니즘'의 미묘하고 위험한 외줄타기에서 방황하고 있는 남편들의 얼굴을 그려내는 것에 무관심하다는 것이다. 페미니즘에 반사된 남성들의 얼굴을 드러내 보여야 한다는 것이다. '여성'으로서의 얼굴을 가진 '남성'의 얼굴을 조명하는 작업이 필요하다는 것이다. 김인숙의 소설이나 공지영의 소설에서도 그런 남편의 얼굴은 별로 관심의 대상이 되지 않은 듯 보인다. 분노에 찬 아내의 얼굴에 비친 남편이 그려지고 있을 뿐이다.

이런 관점에 서면 김소진의 소설 「破愛」가 보여주는 '나'의 모습은 흥미롭지 않을 수 없다. 「파애」는 금간 항아리에 관한 이야기지만 현재 우리 여성주의 문학이 나가야 할 길을 제시한다는 점에서는 알레고리적이다.

'나'는 아내의 처녀성을 의심하고 그 의심 때문에 결코 행복한 신혼을 꿈꿀 수 없다. 아내에 대한 의심은 자기 스스로 만들어 낸 가상이며 허구이다. 그는 그것을 진짜로 믿고 싶어하고 진짜라고 확신하기 시작한다. 그의 욕망 저 밑바탕에 꿈틀거리는 '의심'은 자기 스스로 만들어 낸 허구적 존재이지만 실제로는 지금까지 남성 지배의 의식 구조가 만들어낸 '순결 이데올로기'라는 거대한 가공의 괴물이다. 그 괴물은 '나'의 의식과 무의식을 온통 들끓게 하면서 '나'를 지배한다. 남성 스스로가 자신을 지탱하고 있는 이데올로기, 그 권력 체계에 의해 스스로 갇힌 형국이다. 깨어진 항아리는 깨어진 사랑이며 전복된 관계이다. 순결 이데올로기에 눈멀어 깨어진 사랑, '파애'는 깨어진 남성의 육체이면서 깨어진 꿈을 통해 부활하는 여성의 육체이다. 이 깨어짐, 찢김 없이는 여성의 육체는 없다. 누가 마릴린 먼로의 육체를 다시 만들어 갈 것인가. 이 점에서 「파애」는 분명 문제적이다.

　그러한 고통의 회로에서 그네를 탈출시켜 준 사람은 바로 남편이었
다. 멍하니 앉아서 항아리 속으로 빨려만 드는 그네의 눈길을 안타깝게
바라보던 남편은 어느날 꽉 막힌 항아리의 밑바닥에 조그만 구멍을 뚫
고는 그 안에 흙을 채우고 꽃을 옮겨 심음으로써 그 첫 항아리를 화분으
로 탈바꿈시킨 것이다. 그 첫 항아리에서 이윽고 활짝 핀 꽃봉오리를
바라보던 딸은 이루 말할 수 없는 환희를 느끼며 자신도 모르게 마당에
꼿꼿한 자세로 서서 참았던 오줌보를 열어준다. 그 때 대문 밖에서는
어미의 부음을 알리는 전보를 가진 오토바이 소리가 요란하게 들린다.

　파애는 순결 이데올로기의 억압적 기호이자 아내의 처녀성에 대한 의
심을 증폭시키는 억압된 '나'를 상징하는 이중적 의미의 표상물인 것이
다. 이로 인한 아내와 나와의 갈등이 마지막에 해소되는 대목은 의미심
장하다. (여기서 작가의 의도가 너무 깊게 반영되었다고 비판하는 것은
다른 문제이다.) 그것은 항아리 밑바닥에 조그만 '구멍'을 내는 것이다.
균열되지 않으면, 틈이 없으면 새로운 육체는 만들어지지 않는다. '구
멍'으로 인해 항아리는 꽃이 되고 새로운 육체가 된다. '활짝 핀 꽃봉오
리'는 여성의 새로운 육체이며 그 순결 이데올로기에 의해 억압적 삶을
살아온 어미의 육체에 대한 별사이다. 아니 여성 육체의 글쓰기의 새로
운 시작이다. '금이 간 항아리는 늘 불안하다'라고 '나'는 말한다. 그것
은 왜곡된 사랑의 균열의 시작이며 찢겨진 육체를 새로 만들어야 하는
어떤 모험이 기다리기 때문이다. '구멍'을 내는 것은 아내 자신의 손에
서가 아니라 남편에 의해서이다. 그럼으로써 양자의 고통은 종말을 고한
다. 순결 이데올로기에 고통당하고 억압당하는 것은, 여성뿐 아니라 남
성 자신이기도 한 까닭이다. 남성에 의해 만들어 둔 메타포가 세상을 지
배하며 남성의 목을 쥔 것이다.
　파라텍스트가 주는 정보에 의해 우리는 여성 작가를 인지한다. 그가
전해주는 이 천만 여성들의 고통에 찬 메시지를 보며 눈물 흘리고 감동

은빛 거미의 욕망과 천의 육체　155

할 마음의 준비를 하게 된다. 여성주의는 으레 여성의 전유물이므로. 그러나 그것뿐이다. 여성주의적 글쓰기의 많은 부분은, '여성 혼자만의 문제가 아닌 여성주의'라는 이 '상식'을 건드리지 못했다. 경험의 절박성 때문이다. 너무 가까이 있은 탓이다. '님의 향기와 얼골'에 귀먹고 눈 멀기 때문이다. 여성에게는 '여성주의가 없다'. 남성 작가가 쓴 이 소설에서 우리는 여성주의의 가능성을 발견한다. 「파애」는, 남성의 '여성적인 것'에 대한 공유 의식이 없다면 여성주의적 시각은 단선적이고 일면적이라는 점을 보여준다. 이는 지금까지 배제적이고 야만적인 남성중심의 차별주의적 역사가 보여준 교훈 그대로이다. '배제'는 '배제'를 낳는다. '남성/여성'의 대립구도를 고발하는 여성주의 문학이 안고 있는 시각은 결국 뒤집어보면 '여성/남성'의 구도 바로 그것일 수 있다. 여성작가가 쓴 많은 소설들이 피해 입은 여성, 이른바 가정 생활과 사회 생활을 공유하지 못하고 가정을 탈출해버린(이런 비유가 가능하다면), 여성으로 그려지고 있음은 주목할 만하다. 가정과 사회(자신의 일) 둘 중 양자택일을 강요받는 여성, 그래서 경혜처럼 아무 생각없이 가정에 안주해 철저히 속물로 살아갈 결심을 하는 여성과, 혜완처럼 가정을 '버리고' 이혼한 여성, 그 이후에야 비로소 자신의 일을 선택한 여성, 이 둘도 아니면 결국 죽음을 선택할 수밖에 없는 여성으로 설정되고 있음을 눈여겨 볼 필요가 있다. 사회와의 긍정적인 관계를 유지하는 여성형이 설정되지 못하는 이유를 이제 생각해야 한다.

5. 글쓰기의 관능, 혹은 매혹

여성은 여성의 육체를 가졌다는 점에서 남성과는 다른 시간과 역사에 속해 있다. 경험을 글로 쓰는 것, 경험을 사실적으로 그대로 보여주는 것, 물론 필요하다. 지금까지 언급되었던 많은 페미니즘적 소설은 그런 점에서 의미가 있다. 이젠 그 단계를 넘어서야 할 때가 되었다. 여성의 육체는, 다시 한번 말하건대, 여성적인 것을 쓰기에 가장 적합하도록 만들어져 왔다. 그들은 인류가 생긴 이래로 억압받고 차별받아 왔으며 그 억압의 표지는 어머니, 그 어머니의 어머니, 또 그 어머니의 어머니로부터 수없이 물려받은 것이었고 그것은 그들의 피와 뼈와 살에 축적되었다. 여성의 육체에는 여성과 여성, 여성과 남성, 그리고 여성과 어머니의 관계 등에 대한 숱한 표지가 가로 놓여있다. 여성의 욕망을 가로지르는 고통스런 경험, 가난, 육체에 대한 학대, 남성과의 분리, 거부 등 한국적인 현실 속에서의 '딸' 혹은 '여성'으로서의 육체에 대한 경험이 여성들의 육체 속에는 들어 있다. 사회 심리적 억압의 문제가 콜레스테롤처럼 근육과 피에 쌓여 있다면, 이를 글쓰기의 어려움 그 재현의 억압이라는 문제로 표지를 바꿔야 한다. 이는 여성주의 문학만이 갖는 문제가 아니다. 이는 글쓰기의 문제, 재현의 문제에 대한 보편적인 질문으로 주어진다는 점에서 '지금, 여기'의 문제와 맞물린다. 이는 문학의 아방가르드에 속한다. 현재 '남은 문제는 페미니즘이다'라고 할 때 바로 그 문제 말이다. '여성/남성', '남성/여성'의 대립은 의미가 없다고 말해진다. 오직 '생성'이 문제이다. 그것은 권력적 힘이다. 되고자 하는 것의 의지이다. 이는 바로 지금까지 쌓아올린 남성들의 건축물, 글쓰기의 '남성적' 형식들에 대한 그야말로 '통렬한 복수극'이면서 새로운 신화적 건축물이 될 것이다. 그래서 우리는 여성적 글쓰기가 문화적 · 문학적 도전이라고 말했으며 모더니즘의 기획만큼이나 중요한 담론에 속한다고 말해왔던 것이다.

　형체를 만들지 않으면서 파도처럼 울렁이며 너울거리며 뒤섞이며, 생생하게 살아서 우리 육체 안으로 밀려드는 다음의 글은 여성적 글쓰기에 대한 하나의 은유이다.

태양은 아직 떠오르지 않았다. 잔주름을 접으며 다가온 잔잔한 물결
이 해면에 퍼져갈 뿐이었다. 물론 바다와 하늘의 구별은 없었다. 어둠
속에서 하늘이 밝아감에 따라 바다와 하늘을 가르는 선명한 선 하나가
점점 짙어갔다. 잿빛 바다에 몇 줄기 큰 파도가 솟아올랐다. 그리곤 끊
임없이 잇따라 넘실거리며 다가왔다.

(버지니아 울프, 『파도』)

바다는 여성들의 공간이며 우주이다. 바다에 서지 않고 여성의 육체를
보기란 거의 불가능하다. 바다와 하늘을 가르면서 큰 파도로 변해가는
선명한 선 하나, 그것은 물보라를 일으키면서 여러가지 것들을 뒤섞고
그를 바라보는 인간의 시선조차 반죽해 버린다. 울프의 이 소설에는 파
도처럼 모든 인물은 반죽되며 그들은 자신의 정체성을 말하지 않는다.
누가 누구이며 무엇을 말하는지 보여주는 대신 이상한 혼합 속에서 무엇
인가 꿈틀거리는 욕망이 있다. 자신의 영토를 고집하지 않고 열어놓으면
서 무형의 여러 육체를 만드는 이 꿈틀거림, 이는 '배제'의 영토와 가장
먼 거리에 있는 낯선 언어들이다.

우리의 맨살을 이리저리 내갈기면서 육체를 뒤섞고 반죽해버리는 이
정체모를 꿈틀거림의 언어인 파도는 마지막까지 죽음을 넘어서면서 다
른 연속의 빛으로 통과해 들어간다. 연약하고 부드러운 공간, 여성의 육
체처럼 촉촉한 습기로 무엇인가를 만드는 꿈틀거림의 이미지, 이것이 바
로 여성의 바다, 여성의 육체이다. 고대 신화에 나오는 여성들만의 물의
도시 '이즈'는 바로 이 같은 습하면서 낯설게 우리를 매혹시키는 여성
육체의 새로운 글쓰기에 대한 메타포 아닐까. 여성 작가 특유의 직관이
라는 것이 바로 이 맥락 속에 들어 있다.

해변에 부숴지면서 유형 무형의 영토를 만들어 가는 것, 그 생성과 지
움은 쾌락의 한 순간이다. 그 거대한 우주인 파도의 육체가 보여주는 것

은 바로 여성적 글쓰기의 본질, 여성 육체가 이루어 나가는 글쓰기의 관능성이며 매혹이다. 여성적 글쓰기는 남성을 즐겁게 해주는, 주어진 텅 빈 욕망의 관능성이 아니라 비검열된 관능성, 아직껏 보지 못했던 글쓰기의 관능성을 통해 보여져야 한다.

앤디워홀의 마릴린 먼로는 우리에게 이 억압된 육체의 모습은 고통스런 것이 아니라 새로운 것, 관능적인 것임을 보여주었다. 글쓰기의 매혹은 누천년 이어 온 가부장 사회에서의 한풀이식 담론에서가 아니라 지금까지 없었던 새로운 방식 속에서 시도될 때만이 가능하다. 여성적 글쓰기는 남성적 텍스트의 바깥에 위치해 있는 것이며 자신의 영토를 주장하지 않는 부드러운 아메바 성의 무형의 공간에 속한 것이다. 그런 점에서 여성적 글쓰기는 미래의 것이며, 또 다른 시작의 '처음'이며, 새 밀레니엄에 도전하는 글쓰기의 모험이 된다.

교사의 얼굴을 벗는 어떤 방법

1. 박노해에서 이예린까지

1990년대 중반기를 넘어서는 이 시점에서 '80년대'를 말한다는 것은 아주 어정쩡하거나 적절하지 않다. 그것은 몇 가지 점에서 그러하다. 무엇보다 아직은 '80년대'를 말할 시기가 아니라는 것. 1980년대를 마감한 지 10년도 안되는 시점에서 1980년대를 말한다는 것은 회고나 감정적 차원의 담론이 되기 십상이다. 비판 정신의 토대 위에서 그 시대를 규정하기 힘들다는 뜻이다. 이는 '1980년대의 주체들'이 아직은 시간의 완급을 조절할 능력을 갖추지 못하고 있음을 뜻한다. 특히 그 시대를 이른바 '온몸'으로 밀고 나간 자들, 그 시대를 직접성의 차원에서 경험한 세대에게, 반성적 사유 구조 속에서 혹은 비판적 성찰의 관점에서 그 시대가 인식되기는 어렵다. 자신을 성찰하기 위하여 시대의 거울을 사용하기보다는 오히려 과장된 포즈나 자기 현시에다 거울의 초점을 맞추어버리기 쉽다는 뜻이다.

아니면 오직 침묵만이 존재할 뿐이다. 살아있는 부정정신의 이데올로그들은 견인주의자가 되거나 점차 허무주의의 늪에 빠져 있거나 그렇지 않으면 아예 신보수주의자의 얼굴로 자기 얼굴의 메이크업을 감행한다. 1990년대의 메이크업이란 이런 것이다. 어느 것이 진짜인가. 자신의 맨얼굴은 무엇인가. 자신도 알기 어려운 것이다.

적극적으로 실존의 삶을 구축해 갔다고 생각한 자들이 자기의 시대를 살아있는 것으로, 살아있는 언어로 기술하는 것, 즉 공적인 담론으로 만드는 것은 대가가 아니라면 거의 불가능하다. 순전히 아마추어리즘에 떨어지기 십상이기 때문이다.

얼마 전 한 외신은 아주 재미있는 소식을 전해주었다. 프랑스 전후의 실존주의 시대를 온몸으로 살았던 보봐르는 최근에야 그 시대를 조망한 책을 출간했다는 것. 그의 영원한 연인이었던 사르트르와, 사르트르의 영원한 라이벌이자 그들의 지적 동료였던 까뮈와의 관계에 대해 아주 조심스럽게 언급하고 있다는 것. 사르트르와 까뮈의 실존적 내면의 쟁투에 대해 보봐르만큼 아는 이가 있을 것인가마는 그녀는 대가다운 시각으로 그들의 인간적 관계, 세계관의 차이에 대한 미묘한 갈등, 지적 의사 소통 등 그 때의 풍경을 그려내고 있다는 것이다.

우리에게로 눈을 돌려 보자. 195,60년대 한국의 지식인들은 실존주의의 한국적 토양에서 서구 인식론을 배웠고 그 시대를 '사르트르와 자기'와의 관계로 이해하고자 했다. 독서 지식이 경험적 차원의 실감으로 놓인 시대, 그 시대는 바로 사르트르의 시대이자 '자기만의 시대'였다. 그들은, 우스갯 소리로, '실존주의 책으로 밥을 먹고 실존주의 책으로 베개를 삼았다'고 말한다. 그들은 말하자면 '실존주의의 일상적 총체화'를 경험한 세대였다. 그 세대를 살았던 한 대가급 평론가는 '사르트르와 우리 시대'라는 글을 통해 그 시대의 내면 풍경을 보여주기도 했다. '나의 시대'가 아니라 '우리시대'가 문제의 핵심이 아닐까. 즉 '나'의 경험을 '우리'의 경험으로 환치할 수 있는 감각이 시간의 완급을 조절할 수 있는 대가풍의 글쓰기가 아닌가 하는 것이다. 여기까지 이르는 데는 적어도 한 세대, 30년이라는 시간적 간격이 필요했다. 한 시대를 거리를 두고 객관화시키고, 한 시대의 의미를 담지해 낼 수 있기 위해서라면 말이다. 더욱이 그 시대를 온몸으로 살았던 사람들에게는 더 더욱 그러한 것이다. 이 점에서 나는 1980년대 세대의 문학에 대해 논할 자격과 능력이 결여되었으며, 나 자신 이른바 '1980년대 세대'이므로 이 시점에서 그것을 논하기에는 더 더욱 부적절한 것이다.

그럼에도 나는 왜 이 글을 쓰는가. 나는 사실 1980년대를 말하고자 함이 아니라 '지금 현재'에 대해 말하고자 하는 것이다. 현재 우리 문학의 '안'을 들여다보기 위한 전사의 의미로서 1980년대를 말하고자 하는 것이다.

도대체 '1980년대'란 무엇인가. 이 물음에 답하기 위해 1980년대를 대표할 작가란 과연 누구인가를 먼저 따져보아야 한다. 그것은 두말할 나위 없이 박노해이다. 아니 '박노해 현상'이다. 박노해가 아니라 '박노해 현상'이라는 것만큼 1980년대를 잘 설명할 수 있는 길은 없다. 그것은 개인의 이름이 아니라 역사의 이름이며, 민중의 이름이다. '우리'의 이름으로, 익명의 이름으로 개인이 존재한다는 것 자체는, 실상 1980년대가 끝나고 그 어느 누구도 1980년대를 책임지지 않아도 되는 가면이기도 했다. 아무튼 박노해라는 이름은 그가 '박기평'이라는 실존 인물임이 드러나고 수감된 이후 세인의 관심 밖으로 밀려났다. 그동안 우리 모두 그를 잊고 있었다.

1990년대의 문학의 광장은 너무 다양하고 다양하다 못해 혼란해서 그를 생각해 낼 겨를이 없는 것이다. 컴퓨터 문학의 전반적 확산은 문단의 아마추어들을 대량 생산해 내고 있고 그들은 문학의 변경 지대에서 중심으로 관통해 들어오면서 문학의 게릴라전을 펼치고 있다. 영화의 사전 검열이라는 제도적 장치가 풀리면서 '외설적 예술' 혹은 '예술적 외설'의 차이는 무화되어 버리고, 외설의 무제한적 허용은 성 담론에 있어 자유의 르네상스를 맞은 듯한 기분이 들게 한다. 어떤 기성작가는 이 기회를 놓치지 않고 포르노그라피 소설을 양산하고 있다. 순수 예술 작품과 대중적인 것의 경계를 가르는 기준도, 그것을 가를 필요도 없다는 이른

바 포스트모더니즘 담론의 상대적 가치에 대한 논의는 무언가 알맹이가
빠져있는 듯이 보인다. 뿐인가.

　일간지들은 인터넷을 통해 문학의 전반적 흐름을 읽지 않으면 한국 문
학의 밑은 다 드러난다, 국지적 한국 문학만으로는 이제 살아남기 어렵
다고 강조하면서 기존의 수공업적 문학 생산을 해 오는 기성 작가와 문
인들을 두렵게 한다. 금서 베스트셀러 시대가 거하고, 대중적 베스트 셀
러의 반열에 오르지 않으면 이제 작가들도 살기 어렵게 되었다는 묵시록
적 예견이 난무하다. 이른바 새로운 문학의 유통 구조는 대중의 수용 능
력을 사전에 고려하지 않으면 작가로서 살길이 어렵다는 자각을 심기에
이르렀다. 이른바 텍스트 생산의 수용미학이 아주 엉뚱하게도 이 상업적
출판 시스템의 거대한 블랙홀로 흡입되기에 이른 것이다. 문학적 완성
도를 따지지 않는 숱한 역사소설, 사이버 소설, 통신 문학, 에로티즘 소
설 등등 전문 문인에 의하지 않고서도 출판 시장은 아주 다양한 양상으
로 팽창해 나가고 있다. 19세기 이후 문학의 개념에 근거한 고전적 문학
독법을 필요로 하지 않는, 새로운 문학의 흐름들이 분명 대세를 이루면
서 1990년대를 채워나가고 있는 것이다. 이는 분명 1990년대 문학의 새
로운 영토이자 지형학이라 할 만하다.

　그럼 1980년대 세대의 작가들은 무엇을 하고 있는가. 먼저 1980년대
작가를 어떻게 규정해야 하는지부터 문제가 된다. 생물학적 나이를 고려
하더라도, 그리고 가장 1980년대적인 주제를 다룬 작가를 고려하더라도
그것을 뚜렷하게 확정하기 어렵다. 또한 1980년대에 글을 썼던 작가라
고 말하기에도 미진한 감이 있다. 이는 세대론적인 성격을 논하기에 앞
서 1980년대적 담론의 하부 구조를 뚫고 들어가야 하는 공시적 관점을
필요로 한다. 경계가 뚜렷한 것은 아니지만 어떤 공유된 특성을 아우르
고 있는 작가를 1980년대 작가로 상정해 보자. 조금 더 가까이 접근하기
위하여 1980년대에 글을 썼던 작가들을 살펴보기로 하자. 오래된 잡지

를 들어 1980년대 작가들을 찾아본다.

문예중앙 1988년 여름 호의 창간 10주년 기념 특집은 '지난 10년의 작가와 작품'을 기획으로 싣고 있다. 작가와 작품이 반드시 일치하는 것은 아니지만 대체로 소설가로는 조정래, 황석영, 이문열, 임철우, 양귀자 등이, 시인으로는 박노해, 이성복, 황지우, 고은, 김지하 등이 거론되어 있다. 대체로 당시 대작이나 베스트셀러 시집을 낸 사람들의 이름이 주로 거론된 것을 알 수 있다. 이 자료는 간행 잡지의 성격이 반영된 것 뿐 아니라, 평론가들에 의해 추천된 자료라는 점에서 평론가들의 이데올로기적 편향성을 드러내고 있음도 부인할 수 없다. 그러나 이른바 '1980년대의 글쓰기'와는 다른 차원에서 글을 썼던 작가들이 눈에 띄는 점은 주목할 만하다.

'민중의 시대'와 '광주'로 의미화되는 1980년대지만 정작 이것의 '의미화 실천'은 미비한 것이다. 1980년대 세대의 문학을 엄격하게 규정하기 어려운 이유가 아닌가 한다. 임철우를 제외하면 특별히 1980년대적 필연성을 보여주는 작가를 찾기 어렵다. 오히려 1970년대 작가라고 할 황석영이 눈에 띈다는 것이 더 흥미롭다. 민중의 이상적 유토피아가 그려진 『장길산』의 1980년대적 의미가 유효했기 때문일 것이다. 1980년대가 시의 시대로 규정되는 만큼 당대적 문제를 제기했던 시인들과 시가 잘 결합되어 있는 것도 볼 수 있다. 일원론적이고 폐쇄적인 시적 언어는 사회 변화의 과정 속에서 행해지는 엄청난 시적 긴장을 시가 가진 단일성으로 말미암아 밀도있게 전달할 수 있다. 시의 역사적 의미를 되물을 수 있는 순간은 바로 이 단일성의 주술성 때문이다. 그러나 이들 1980년대 시인들은 현재 1980년대로부터 추방당한 듯이 보인다. 젊고 패기만만하던 계몽주의자들이 부른던 노래는 저 서가 한 구석에 먼지를 뒤집어쓴 채 놓여있다. 그들이 계몽주의자의 가면을 벗고 맨얼굴을 드러냈을 때 그들은 이미 노인이 되어 있었던 것이다.

'박노해'라는 이름은 그래서 우리를 새삼 1980년대로 이끌고 있다. 박노해가 현재 수감되어 있다는 사실은 1980년대가 아직 반성되지 않았음을, 아직 정리의 시간을 필요로 함을 반증하고 있다.

최근 한 월간지와의 인터뷰에 실린 박노해의 모습은 1980년대의 한 시대를 풍미했던 혁명가의 얼굴과는 달라져 있다. 그는 이제 사십줄에 들어 선 평범한 중년이 되어 있는 것이다. 분노에 이글거리는 눈과 단단한 이마에서 오는 강철같은 의지는 세상을 달관한 견자의 얼굴로 바뀌었다고 기자는 전하고 있다. 물론 박노해의 육필이 아니고 기자에 의해 한 번 걸러진 간접화된 목소리이긴 하지만 말이다.

그는 여기서 두 가지 주목할 만한 발언을 했다. 하나는 자신이 그 나이가 되어서도 자식 하나 없다는 것, 다른 하나는 자신은 이예린의 「늘 지금처럼」을 아주 좋아한다는 것. 이 노래가 지금의 시대 정신인 '변화'를 아주 잘 보여주기 때문이라는 것이다. 다소는 과장된 듯한, 다소는 돈키호테적인 우스꽝스러움이 있지만 아무튼 그는 '시대 정신'을 말하고 있었던 것이다. 자신은 시대 정신을 구현하기 위해 1980년대를 살았고 지금도 그러하다는 것, 그런 점에서 그는 지금도 혁명가라는 것. 그러나 마르크스적 의미에서의 혁명가는 아니라는 것이다. 그가 성찰하는 1980년대란 이상과 현실의 엄격한 분리, 이상을 위해 현실을 뛰어넘는 것으로 요약되어 있고 그것이 1980년대식의 당위성이라고 생각하는 듯하다. 말하자면 이제서야 그는 현실과 이상의 정합적 관계에 대해 생각하게 되었다는, 이른바 무장 해제의 발언을 하고 있는 것이다. 우리는 여기서 그의 진지하고도 솔직한 모습을 읽게 되는데 사십이라는 그의 생물학적 나이를 염두에 두어서가 아니라 그의 『노동의 새벽』에 드러난 그의 인간성과 1980년대의 계몽주의의 맨 얼굴을 겹쳐 읽을 수 있기 때문이다.

『노동의 새벽』이란 우리 민중사의 노동의 새벽을 연 것뿐 아니라 1980년대라는 우리 시대를 연, 혁명적인 문학사적 사건이다. 1980년대는 바로 이 『노동의 새벽』으로부터 말해야 하는 것이다.

2. 1980년대식 담론의 저 아랫자리

『노동의 새벽』은 우리 문학의 1980년대를 명료하고도 간결하게 보여주는 시집이다. 이 시집은 민중의 시대로 일컬어지는 바로 그 민중의 정서와 민중이 처한 현실을 잘 묘사해 낸 것으로 평가 받고 있다. 민중 의식의 전면적 확산과 마르크스주의적 세계관으로 무장된 지식인의 현실변혁 노력의 총체적 상징으로 규정되는 1980년대의 현실에서 『노동의 새벽』은 당대의 인식론적 지평을 예각적으로 드러내고 있다.

속옷 빨래를 하면서/나는 부끄러움의 가슴을 친다//똑같이 공장에서 돌아와 자정이 넘도록/설겆이에 방청소에 고추장단지 뚜껑까지 /마무리하는 아내에게/나는 그저 밥달라 물달라 옷달라 시켰었다//동료들과 노조일을 하고부터/거만하고 전제적인 기업주의 짓거리가/대접받는 남편의 이름으로/아내에게 자행되고 있음을 아프게 직시한다//명령하는 남자, 순종하는 여자라고 /세상이 가르쳐 준 대로/아내를 야금야금 갉아먹으면서/나는 성실한 모범근로자였었다//노조를 만들면서/저들의 칭찬과 모범표창이/고양이 꼬리에 매단 방울소리임을,/근로자를 가족처럼 사랑하는 보살핌이/허울좋은 솜사탕임을 똑똑히 깨달았다//편리한 이론과 절대적 권위와 상식으로 포장된/몸서리쳐지는 이윤추구처럼/나 역시 아내를 착취하고 /가정의 독재자가 되었었다//투쟁이 깊어 갈수록 실천 속에서/나는 저들의 찌꺼기를 배설해 낸다/노동자는 이윤 낳는 기계가 아닌 것처럼/아내는 나의 몸종이 아니고/평등하게 사랑하는 친구이며 부부라는 것을/우리의 모든 관계는 신뢰와 존중과/민주주의적이어야 한다는 것을//잔업 끝내고 돌아올 아내를 기다리며/이불홑청을 꿰매면서/아픈 각성의 바늘을 찌른다.

「이불 홑청을 꿰매면서」(『노동의 새벽』, 실천문학사, 1984)

위의 시에서 화자의 목소리는 사실 노동자의 목소리 배면에 교향악적으로 울리는 계몽주의자의 목소리이다. 계몽주의자는 바로 민중의 교사이다. 그 목소리는 영웅적인 울림을 갖고 있다. 시적 언어는 본질적으로 단일하고 미분화된 순수한 언어이다. 그것이 혼란한 사회 속에서 터져나올 때는 교향악적 다성의 울림을 갖는다. 이 영웅적 교사의 목소리가 감동을 주는 이유이다. 그런데 교사의 계몽하기는 회의하기, 속죄하기, 부끄러워하기와 동렬에 놓여 있다. 노동자 농민의 관계뿐 아니라 부부 관계에서의 평등에 대해 이 영웅적 교사는 자신의 행위를 통해 반추한다. 속죄하면서 가르치고 있는 것이다. 시대의 새벽을 알리는 교사의 위치에 있되, 회의와 부끄러움을 원죄처럼 가지고 있는 것. 이것이 1980년대의 문학의 얼굴이다.

그러나 아직도 이 시를 팽팽한 긴장의 열도로, 충만한 민중의 에너르기를 분출하는 활화산과 같은 감각으로 읽는 사람은 거의 없다. 현재의 시점에서 다시 읽어보는 이 시에는 아주 짙은 서정성이 깔려 있다. 1980년대에 우리는 이 서정성을 보지 못했다. 그 대신 이념과 관념과 당위를 읽었다. 아마 그 시대의 거의 모든 사람들이 그러했을 것이다. 민중 생활의 구체적 모습이 아니라 민중으로 의미화되는 그 역사적 당위성을 읽었던 것이다. '서정성'을 '계몽성'으로 치환해서 읽어 내는 감각이 1980년대적인 것이다. 과학주의적 합리주의, 계몽 정신으로 무장된 이 세대의 정신적 지형과는 달리 우리 문학의 현실은 그 밑바닥에 이 같은 내밀한 서정성을 깔고 있었던 것이다. 이 같은 서정성이 지배하는 세계는 우리가 논리적으로 인식하고 있는 1980년대와는 아주 동떨어져 있는 것처럼 보인다.

여기에는 사회 과학자들에 의해 지적된 몇 가지 유보 조항이 존재한다. 이론적 인식이 현실 사회주의의 인식을 압도하고 있었던 것이나 이데올로기적인 것, 상부구조적인 것 등을 경제 구조의 차원에서만 이해하려 한 것 등을 지적할 수 있다. 무엇보다 마르크스주의의 오독을 지적할 수 있을 것이다. 자본론조차 번역되지 않은 상태에서 야음을 틈타 그리고 '지하'에서 읽은 마르크시즘은 오히려 마르크스주의 자체를 신비하고 내밀한 것으로 만들었다는 것이다. 이는 민중을 이상화, 추상화해 한국적 현실과는 동떨어진 마르크스적 노동자의 인물을 전형으로 내세운 당시의 '민중 소설'들이 잘 보여주는 바이다. 온몸으로 1980년대를 체험한 작가들이 1980년대의 진정한 의미를 천착한 소설을 쉽게 쓸 수 없는 이유도 바로 여기에 있다.

레이몬드 윌리암스가 지적하듯, 이론과 달리 실천은 항상 어렵고 불균등하다. 이 말은 이데올로기와 창조적 실천 사이의 괴리를 말함에 앞서 마르크시즘 이론의 문학 텍스트적 재현 가능성에 대한 불균등으로 이해해야 한다. 한 작가의 의식 내에서 마르크스주의의 보편성이 특수성과의 변증법적 과정을 거쳐 문학작품의 실천으로 이어지는 길은 어렵기도 하거니와 이른바 '자기 창조'의 단계까지 이르는 데는 더 더욱 작가만의 좁은 오솔길을 걸어가야 하기 때문이다. 마르크스주의의 투철한 인식에 비해 문학적 실천의 어려움이 바로 여기에 있는 것이다.

이 같은 1980년대의 작가들의 경직된 상상력 자체는 실은 작가에게서보다는 그 시대의 지도적 비평의 위치에 서 있던 비평가들에게 그 책임의 일단이 있다. 그들은 이른바 작가들에 대한 지도적 위치에서 그 시대의 비평적 입지점을 견지해 나가고자 했다. 그러나 그들은 대다수 사회과학적 인식론을 그대로 문학으로 전이시키는 오류를 범했을 뿐 아니라 실천 비평의 대상이 된 텍스트와 그들 목적론적 정향성 사이에서 존재하는 차이와 문제의 본질을 분명하게 인식하지 못함으로써 한계를 내보였다. 그 때 제기되었던 '민족문학 주체 논쟁'은 이 같은 사정을 잘 보여준다. 민족문학 논쟁은 문학의 예술사회학적 의미망들을 제도권 문학 논의 안으로 끌고 들어 온 긍정적 의미를 인정하더라도 실은 그것은 문학 논의 그 자체를 위한 것이기보다는 문학의 권력적 편가르기였다는 혐의에서 벗어나지 못한다. 민족문학주체 논쟁은 그 이후로 여러가지 분파를 낳게 되는데 이 과정에서 문학권 내의 분파주의 혹은 영토 확장하기가 본격화된 것이다. 1970년대의 '창비'와 '문지'로 이분되던 문학적 이데올로기 양상은 1980년대 들어 다양하고 복잡하게 편재되었을 뿐 아니라 문학권 내의 동종 번식이라는 부정적 기능들을 쉽게 떠안게 된 것이다. 이 같은 징후적 편가르기는 이후 1990년대에 들어 와서는 아주 특이한 모습으로 변질되기에 이른다.

즉 1990년대의 문학적 분파주의, 섹트주의는 그 전처럼 이데올로기적 차별성을 전제로 한 것이기보다는 적어도 문학 동인지적 성격을 벗어나지 못한 상태에서, 오히려 '3대 동인지'가 존재하던 1920년대 초보다 후퇴하고 있다는 인상을 지우기 어렵다. 예컨대 1990년대식 분파주의는 문학 전문가들이라고 자처하는 사람들끼리 잡지를 하나씩 두고 '자기만의 위안'에 머무르는 특이한 현상을 보이고 있다는 점이다. '우리들의 축제'를 위해 존재했던 1980년대의 모습과 이는 얼마나 다른가. 이제 문학이 1980년대식 계몽주의적, 예언자적 목소리를 낼 수 있는 그리고 그것이 먹혀 들어가는 시대는 지났다.

잡지들은 거의 이제 문학주의로 되돌아간다고 말하고 있다. 그러나 우리는 어떤 문학 잡지를 통해서라도 중복된 기획 특집과 똑같은 목소리의 필자와 그들에 의해 습관적으로 제기된 문제점과, 평균화된 목소리를 듣는다. 비슷한 문제 의식과 핵심 없는 논의들의 중복은 '차이'에 대한 논의의 재음미를 요구하기보다는 폭식된 담론들로 인해 거식증을 앓게 할 뿐이다. 문학이 재미없다는 소리는 이제 일상적 담론이 되었다. 그것을 심각하게 여기는 사람들도 없는 것 같다. 동인지적 성격의 문학 잡지들을 껴안고 있는 일군의 편집 동인 혹은 편집 책임자들도 최근 문학의 현재적 의미와 미래의 전망에 대해 고민하고 있는 듯 보이지만 그들에게

독자 대중은 너무 멀리 있다. '문학의 진정성'을 독자들이 간과하고 있
는 것이 그들은 서러울 뿐이다.

문학은 타 문화 장르에 비해 점점 협소한 공간으로 옮겨가고 있는 것
이다. 문학의 존재론적 의의에 대해 심각하게 고뇌하는 모습도 찾기 어
렵다. 이런 현상을 보노라면, 문학의 편가르기에 편승하기보다는 그 중
심으로부터 벗어나는 길이 더 문학의 중심에 가까이 갈 수 있는 길이 아
닐까 하는 생각이 든다. 문학이라는 어떤 순금 부분이 있다면 바로 그 지
대를 직접 관통해 나가는 것이다. 이제는 긴장의 열도도 담론의 차이도
느낄 수 없는 두터운 문학 잡지가 아니라 얇지만 긴장력있는 '타블로이
드판'의 동인지가 오히려 필요하지 않겠는가. 오이겐자부로의 전언처럼
말이다. 인터넷을 몰라 문학의 소멸에 이르는 것이 아니라 '한정된 영토
서로 차지하기' 혹은 '적당히 갈라놓고 편안히 눈감고 지내기' 게임에
문학이 소멸하는 것이 아닌가 우려가 되는 것이다.

3. 1980년대를 말하는 어떤 방법

오히려 1980년대 문학의 존재론적 의의에 대해 고민한 작가들은
1980년대의 작가가 아니라 기존 작가, 이미 1980년대 이전에 등단했거
나 글을 썼던 기성 작가들이다. 1990년대의 벽두에서 1980년대를 반성
적으로 읽어내고 있는 작가는 적어도 필자가 보기에는 최인훈이다. 그는
1980년대에 주로 등단한, 이른바 1960년대에 나서 1970년대에 유신의
한국적 민주주의의 덕목을 외웠고, 그리고 광주 문제를 자기 존재의 실
존의 거울로 삼아 1980년대를 밀고 나간 이른바 1980년대 학번의 젊은
작가들과는 아주 먼 거리에 있다. 이들 1980년대 작가군이 1990년대에
들어서 가장 먼저 한 일은 이른바 '후일담 소설' 류나 '사랑론'을 가장한
연애소설을 쓰는 것이었다.

그런데 문제는 사랑에 관한 얘기를 쓴다는 것이 아니라(사랑의 영원성
은 예술의 영원한 주제이므로 연애소설은 소설가의 본질적 글쓰기에 속
한다.) 연애소설을 쓰면서 거기에 매개항으로 운동권 문제를 다룬다는
점이다. 1990년대 운동권 후일담은 오히려 1980년대에 대한 그들 인식
수준의 층위를 그대로 드러내는 것으로 보인다. 그것은 '부정의 시대에
서 성찰의 시대'(송호근)로 넘어오는 문법의 결여와 관계있는 듯 보인
다. '운동권'이었다는 이유만으로 순결성이 담보될 수 없다. 진정 1980
년대 문학 세대가 있다면, 그들에게 진정 필요한 것은 '성찰'을 온몸으
로 밀고 나가는 것이다. 이것이 아니라면, 글쓰기를 통해 작가의 존재론
적 문제를 제기한 이청준, 최수철, 이인성 등의 작가들이 나로서는 더욱
중요하게 보이는 것이다.

1980년대는 역사가 영웅적 계몽주의자의 얼굴을 요구했던 시대이다.
그러나 이데올로기의 차별성과 그것의 가열성이 자동 거세되고 난 현
재 출판업자와 일군의 작가들은 세속적인 관계를 맺기 시작하였다. 이른
바 '비 민중파'와 '비 순수파'의 경계선은 뭉뚱거려지면서 오직 베스트
셀러의 한 정향점을 목표로 그들은 손을 잡는다. 이는, 문학이 재미없는
시대에 문학이 살아남는 길이라고 믿는, 그리고 문학의 계몽적 효용성을
아직도 어느 선까지는 발휘할 수 있다고 믿는 이 시대의 처세술이다. 블
랑쇼의 희망처럼, '푸른꽃'을 지키고자 하는 노발리스를 우리가 기대하
는 것도 시대착오적이지만 그래도 문학인과 광고인을 구별하기 힘들게
하는 현재의 상황들을 수용하기가 힘든 것은 분명한 사실이다. 문학은
상업성을 지향해야 한다. 고도의 기획되고 전략화된 장치 속에서 문학의
자율성을 전제한 상업적 전략은 당연히 필요하다. 자본주의 사회의 문학
의 자율성과 기능성은 상호 길항적이기 때문이다.

출판사가 표방하는 이념과 작가의 이데올로기적 정합성이 출판의 기
준이 되던 시대는 이미 지나갔다. 상업적 전략이 맞아 떨어지면 1980년

대에는 눈길조차 주지 않던 자들도 서로 손을 잡는다. 어떤 시인들은 출판사의 기획 의도에 맞게 현대의 종말론적 사고와 허무 의식을 대중적으로 잘 그려내 베스트셀러 시집의 주인공이 되기도 한다. 이 순발력도 없다면 시인은 이제 살아남기 힘들게 되었다. 즉 이도 저도 아닌 경우, 이 땅을 떠나는 길밖에 없는 것이다. 이 유목의 길을 시인 허수경은 잘 보여주었다.

1980년대는 누구나 '변화'를 말했다. '변화'의 기호적 의미 양상은 다르지만, 1990년대도 누구나 '변화'를 말했고 '변화'에 대해 말하고 있다. 박노해는 이예린이 노래하는 '변화'의 시대 정신이 아름답다고 했다. 그렇다. 변화는 아름답다. 그러나 그 변화의 아름다움을 포착하되 부단히 대중의 기호(嗜好)를 단절하고자 하는 욕망의 제어에 의해 문학은 지켜진다. 이를 망각할 때 '문학'은 존립하지 않는다. 마네의 '올랭피아'는 아름답다. 그것은 자본주의의 도래와 예술 가치의 변화를 주목하고 있기 때문이다. 예술의 자율성을 얻되 예술의 대 사회적 기능의 변화를 감지할 수 있는 감각이 필요한 것이다. 자본주의 시대 예술의 존재영역의 협소화를 몸소 체험한, 그러하기 때문에 오히려 예술 그 자체가 지고한 가치가 되는 세계, 그는 이 변화된 세계의 기대 지평과 새로운 경험 공간의 창출을 '올랭피아'를 통해 보여주고자 한 것 아닐까.

요즘 1980년대에 씌어진 평문들을 읽다보면 맥이 빠진다. 내면적 열기가 식어버린 탓도 있지만 그들이 열정적으로 토로하는 마르크시즘 이론의 논리적 정합성에 비해 사회 변화에 대한 사려깊은 전망이 부족하기 때문이다. 민중 문학의 전면적 확산을 기대한다거나 그럴 것이라고 희망 섞인 전망을 하는 평론가들이 1987,8년에 쓴 글들에서는 세계 변화에 대한 그들의 맹목이 느껴진다. 엄정한 현실에 대한 '눈'보다는 당위에 대한 집착 때문일 것이다. 박노해 식으로 말하자면, 단일 코드에서 다양한 코드, 이름 붙일 수 없을 정도의 혼종의 코드로 우리 사회가 변화할 것이라는 점을 누가 알기나 했겠는가. 국민 대다수가 자신을 중산층이라고 생각하는 시대에 자신을 민중에 속한다고 말할 수 있는 자가 얼마나 될 것인가. 민중 곧 소외 계층이 소멸된 것이 아니라 의식이 소멸된 것이다. 사회 전반적인 의식의 무장 해제가 이렇게 급격하게 진전될 줄은 거의 생각지 못했던 것이 아닌가. 작가든 평론가든 그들은 한결같이 조건의 변화와 문학의 사회적 본질에 대한 물음을 계속하고 있었지만 정작 그 변화의 '당위'가 아니라 변화 자체의 '맨 얼굴'에는 일찍이 주목하지 못했던 것이다. 이 같은 시야의 협소함이 최근 문학 공간의 협소화를 부채질한 것이 아닐까. 변화에 대응해 나갈 내재적 힘을 잃은 것이다.

1980년대 문학을 말한다는 것은 다시 한 번 말하거니와 나에게는 어림도 없는 것이다. 앞에서 말했듯 이는 대가들이나 하는 것이기 때문이다. 그럼에도 불구하고 나는 1980년대에 대해 말하였다. OECD 가입이 확정되어 선진국민으로의 존재 이전에의 기대감이 높아지고 있는 이 시점에서, 국민소득 만여불의 시점에서, 서구적인 것의 동시적 체험이 가능한 그래서 마이클 잭슨이 올림픽 경기장에서 공연을 한 이 시점에서 문학의 존재 가능성을 말하라고 하는 것은 거의 자동기술적으로 나오는 '이랬으면 좋겠다'는 시대착오적인 문학 애호가의 희망 사항에 지나지 않을지 모른다.

체험의 거대화는 글쓰기의 욕망도 거세시켜 버린다. 그것이 시간의 완급을 조절하지 못할 경우는 더 더욱 그러하다. 운명처럼 찾아 온 해방의 감격에 몸을 떤 해방공간의 문학이 그러했고, 6.25를 겪은 1950년대 문학이 그러했듯 말이다. 우리 1980년대 문학도 이 범주에서 벗어날 수 없다면, 이제 1980년대에 대한 진지한 성찰만이 1980년대 문학을 정리 할 수 있을 뿐이다. 정보화 전략과 국제적 경쟁 속에서 한국에서의 마르크시즘의 이론적 혁신이 가능한지 아직 알 길이 없다. 마르크시즘으로 밥을 먹고 베개를 삼았던 1980년대 세대들에게 이 문제에 대한 진지한 접

근은 아직도 유효하다고 생각한다. 현재 문학의 존재론적 의의에 대한
반성적 성찰 못지 않게 1980년대를 정리하는 데는 아직은 시간을 필요
로 하는 듯 보인다. 민중의 교사였던 박노해가 아직 갇혀있지 않은가.

문학은 어디로 가고 있는가

21세기 문학의 몸 혹은 최후의 인간

모더니즘 세계의 이상과 시의 우울

1990년대 시의 여백 혹은 비판

일상성의 감옥에서 환타지의 세계로

21세기 문학의 몸 혹은 최후의 인간

인간 – 기계의 몸으로부터

지난 세기에 세상을 떠난 **보르헤스**는 미래의 가상 인류에 대해 그들도 형편없는 족속일 것이라는 투로 이렇게 썼다. "이 인간들, 그들도 우리 못지 않게 의지와 온정과 부주의 투성이리라. 그들은 일체의 공간 밖에 일체의 공간 없이 존재할 것이다." 보르헤스의 이 말은 우리에게 언뜻 사이보그나 사이버네틱스의 인간, 사이버 공간 위에서 움직이는 수많은 가상 인류들의 도래를 예견하고 있는 것처럼 생각된다.

21세기를 맞으면서 가장 놀랍고 두려운 것은 인간이 인간을 만든다는 사실을 확인하게 될 것이라는 예감이다. 연초에 이미 과학자들은 빠르면 3년 내에 인간 유전자 정보 지도 곧 지놈(genome)이 완전히 해독되어 유전적 질병이나 불치병의 원인과 그 해결책이 제시될 것이다고 호언장담했다. 그러나 유전자 정보를 통해 단순히 질병을 치유하는 정도가 아닌 인간을 인공적으로 '제작하는' 시기가 도래한 것인지도 모르겠다. 인간공학은, 기술을 인간 몸의 외화나 연장이라고 보았던 원시시대부터 19세기 과학기술에 이르는 긴 역사를 완전히 뒤바꿔놓았다. 이는 인간-기술의 피드백 이론 곧 인간의 몸과 기술이 상호 결합되는 단계에서 한 차원을 뛰어넘은 것이라 한다. 로봇형 인간인 아톰, 인간-기계의 하이브리드인 매트릭스, 완벽한 인조인간인 『블레이드 런너』의 로이와 같은 위대한 기술적 생산물로서의 인간들은 이미 인간 몸의 각 부분을 모방하거나 육체의 한계를 대신하는 차원을 넘어선다. 이 새로운 인간형은 역설적이게도 '인간의 몸보다 더 인간다운' 복제인간의 모델로 설정되어 있다. 인간의 두뇌에 대한 연구는 동물과 달리 인간만이 거의 유일하게 간직하고 있다는 영혼이나 기억의 기능까지 완벽하게 갖춘 복제인간의 탄생을 가능하게 하고 있다.

이 경이롭고도 섬뜩한 기술의 혁신은 이미 우리가 SF 문학, 영화들에서 한 세기 전부터도 보아왔던 것인데, 이것이 단지 인간 상상력의 획기적인 돌출이나 은유의 문제만은 아닌 것이다. 시각이나 촉각을 통한 직접적 소통 행위만이 '존재'를 증명할 수 있는 시기는 지나갔다는 과학자들의 설명은 경악할 만하다. 몸을 통한 직접적 인간 소통 행위인 성행위마저 사이버 인간이 대신할 것이라는 예견은 이미 현실화된 듯 보인다. 몸의 시원과 존재론적 근거, 그 역할과 이해의 층위는 이처럼 혁신적인 변화의 단계에 와 있다. 이것은 분명 문학의 존재 이유나 정의를 설명하는 데 있어서도 심각한 도전을 던지면서 문학의 기존 개념들을 전복할 것이다.

이는 우리에게 두 가지 문제를 생각하게 하는데, 하나는 '인간'에 대한 형이상학적 탐구의 필요성, 그리고 다른 하나는 문학의 존재 양식에 관한 것이다. 이 둘은 동떨어진 질문인 듯이 생각되지만 사실은 매우 밀착되어 있다는 것을 이해해야만 한다. 문학이란 무엇인가에 대한 물음은 사실 따지고 보면 인간이란 무엇인가에 대한 재정의에 다름 아니기 때문이다. '인간보다 더욱 인간다운 인간'의 창조라는 복제인간의 공식은 지금까지 문학 개념 바로 그것이면서 문학의 존재 이유기도 했던 그 '인간-문학'을 전도시키게 될 것이다. 그것은 인간에 대한 철학적 재정의의 필요성과 윤리관의 정립을 요구하고 있다.

'몸'에 대한 철학적 서지를 작성해 보면 '몸'에 대한 사유의 혁신이 어떻게 지속되고 문학에 투영되었는가를 확인할 수 있다. 몸에 대한 철학적 담화는 범법적이고 전복적인 것이다. 이 서지는 비코, 니체, 메를로퐁티, 바흐찐, 푸코, 들뢰즈 등으로부터 무한히 작성될 수 있다. 데카르트의 정신과 로고스 중심의 철학에 대해 심각한 도전을 던지며 몸의 사회적 정치적 관계를 강조했던 비코의 몸 중심의 철학 체계는, 니체의 '감성의 지휘자'로서의 몸이라는 역설적이고 도전적인 인간형, 메를로퐁티의 살, 감성 중심의 실존철학의 인간형, 바흐찐의 사육제적 육체를 가진 민중적 인간형 등을 거쳐 푸코, 들뢰즈에 이르고 있다. 특히 들뢰즈는 정신분열증적이고 유동하는 욕망의 인간형을 '기관 없는 신체(body without organs)'라 부르고 기계-인간의 분절적 단계에 대한 철학적 탐구를 보여준다.

　이 몸중심의 철학적인 담론이 문학 연구나 비평에 상당한 기여를 했고 유아론적이며 거대담론에 기댄 기존 논의들을 전도시키고 있는 것도 사실이다. 이 '몸'에 대한 비평의 계보학은 문학 연구에 대한 하나의 미시적인 시각을 제공해 줄 수 있을 것으로 기대되지만 아직 그 연구가 본격적이지는 않다. 최근 '몸'에 대한 관심은 포스트모더니즘 혹은 후기 구조주의가 몰고 온 '타자철학'에 대한 관심과 결부되고 특히 '타자'로서의 여성의 육체를 규정하는 페미니즘 이론에 결정적인 영향을 끼쳤다. 우리 문학 연구의 풍토도 이에 빚지고 있다. 이 문학이란 무엇인가에 대한 물음은, 보르헤스의 어법대로 하면 미래의 현실론, 곧 '최후의 현실'이란 무엇인가에 대한 고전적인 형식의 리얼리즘론의 성격을 띠고 있다. 그렇다면 '새로운 문학'의 미래는 우리 20세기 문학사에서 '몸'에 대한 작가의 인식론적인 관점을 검토함으로써 그 예측이 가능해질 것이다. 아래에 기술할 나도향에서 윤대녕에 이르는 기존의 글쓰기의 개념은 20세기적 '몸'을 인식한 작가들부터 적출된 결과물이다. 왜 몸에 대한 사유가 이처럼 문학의 개념, 문학의 존재이유나 작가의 개념, 문학의 생산에

서 소비에 이르는 네트워크까지 변화시키느냐 하는 것은 한 세기 동안의
우리 문학의 역사가 그대로 보여주고 있는 것이다.

근대적 문학 예술 개념의 몸

1920년대를 전후로 나타난 많은 연애소설은 분명 통속적인 내용을 담
은 듯하면서도 거기에는 재미있는 '문학-은유' 들이 나타나고 있다. 이
당시 쏟아져들어 온 기독교의 가치와 서구 연애관은 문학 담당자들에게
자유연애에 대한 환상과 욕망을 불태우게 한다. 이것이 소설 양식에 대
한 탐구와 맞물려 특징적이고 가치있는 담론으로 의미화된다는 점은 주
목해야 한다. 특히 당대 낭만주의 소설가로 이름을 날린 나도향의 소설
들에서도 이 같은 기독교적 '몸-문학' 의 개념은 잘 나타난다. 이미 개화
기시대부터 선각자들에게 나타나기 시작하던 영혼(정신)/육체에 대한
이분법적 인식은 이 시기 소설 텍스트의 중요한 테마가 된다. 육체와 영
혼(정신) 이원론을 바탕으로 하면서도 정신과 혼이 같은 지층(유사 개념)
에서 결합된 영(영혼)-정신은 육체에 대해 우월한 위치에 존재한다. 이
'영-정신 우월론' 은 사실은 문학 예술의 근대적 개념에 대한 투철한 의
지이며 근대 예술의 계몽적 효과에 대한 명백한 의무감을 표상한다. 창
조, 폐허, 백조 등의 동인지 시대 작품들의 많은 테마들은 사실은 이것의
변주이다. 이를 단순히 낭만주의, 퇴폐주의로 이해할 수 없다는 점은 이
당시의 소설들에 '몸' 에 대한 새로운 인식론적인 발견이 내재되어 있기
때문이다.

『백조』 창간호에 실린 **나도향**의 「젊은이의 시절」이나 노자영의 「표박」
과 같은 소설에서는 이 이상화되고 절대적으로 가치평가된 예술(문학)
개념이 나타난다. 여기서 여성의 순결한 육체는 종교적으로 순결한 영
(혼)의 개념과 밀접하게 관련되어 있다. '문학' 은 '백합-장미-천사-예

술' 등으로 기호화하면서 탐미적 미의식의 절대적 가치를 내포한다.

「젊은이의 시절」에서 자연의 미묘한 소리에도 한 없는 감화를 받는 미소년, 조철하의 들끓는 오뇌와 감상적 내면들은 분명히 예술에 대한 자기 의식화된 관념을 보여준다. 조철하는 자신이 왜 고통스럽고 예민한 인간인지에 대한 인식을 가진 인간형, 곧 성숙한 한 남성이기보다는 예술의 화신(化神)으로 설정되어 있는 관념형 인물이다. 그가 거의 유일하게 자신의 육체를 세계(자연, 타자)에 투사하는 경우는 바로 예술혼(미약한 형태의 예술정신)이라는 절대적 가치에 종속시키거나 그것에 반사될 때뿐이다. '나의 가슴 속에 감초인 령혼과 그것의 지배를 밧는 이 나의 육체'(『백조』창간호, 25면), '모든 열정의 뭉키인 의식'(28면) 등은 분명 육체보다 영(혼)이 우월하다는 서구 형이상학의 바탕 위에 있다. 자신의 육체가 겪고 있는 고통이나 번민을 '미-영혼'의 세계가 해소해 줄 것이다는 독백 속엔 예술 속에 자신의 육체를 순사시키는 당대의 사회적 함의가 담겨 있다. 추, 악으로 의미되는 외부 세계에 대한 육체의 반응이 예민하고 권태로우면서도 수동적인 것은 그들의 예술에 대한 절대적 신념과 이상화의 대가였다. 이 당시의 소설에서 나타나는 낭만적 연애관이나 순결한 여성(처녀)의 이미지들은 실재로서의 그것이기보다는 예술의 은유이며, 예술이라는 영적 가치를 극도로 절상시키기 위한 가치평가적 의미를 띤다. 순결한 여성 육체는 바로 절대적인 예술 혼의 투사에 다름 아니다.

그래서 여성은 항상 광채를 거느린 순결한 여성일 수밖에 없다. 여성은 절대적 위엄을 거느린 '여신'의 환영으로 주인공을 오뇌에 빠트린다. 일종의 마조히즘적 여성 숭배(천사이며 마녀인 여성)는 이 시기 많은 텍스트들에서 그대로 투영되어 있다. '예술을 맛보려는 사람은 처녀가 사랑을 맛보려는 것이나 맛을 아는 것과 같다'는 독백은 예술(사랑)에 대한 헌신의 위험성을 의미하며, '예술은 이 세상 모든 것으로부터 떠나가는 것이며 그것을 뛰어넘는 것, 예술이란 숭엄하고 순결한 것이다'(35면)와 같은 문맥은 서구 기독교의 형이상학이 오랫동안 구축해 온 예술 절대주의의 관념과 다르지 않다. 이 거대한 '예술-여성 신'의 위엄 앞에서 주인공은 눈물을 흘린다. 여성이 누님, 어머니와 같은 전외디푸스적 단계에 머물러 있는 이자(二者) 관계의 한 축임을 이해한다면 이 사실은 보다 명확해 진다. 조철하가 음악에 대해, 누님에 대해 생각할 때 항상 비애와 절대적 헌신의 상호 모순된 감정의 절정에 다다르는 사실은 우연적이지 않다. 예술이나 여성은 동성애적 관계에 머물러 있는 동일화한 자아 혹은 나르시즘적 자아이다. 누님과 어머니는 이 음악가 지망생 조철하의 '부드러운 햇솜같은 여성의 후원자'가 된다. 너무나 가까이 있지만 범접할 수도, 감촉할 수도 없는 것, 이 같은 절대성의 차원에 놓여있는 육체이므로 여성의 육체는 순결할 수 있다.

경애를 육욕의 대상으로 이해하는 영빈이 극한의 부랑자, 가짜 예술가로 지칭되는 것은 육체가 혼의 대립 속에, 육욕이나 가(假)예술이 참예술-순결의 대립 속에 있기 때문이다. 육체가 순결한 이유는 혼이 순결한 때문이며 그 혼은 예술적 감성이나 예술 영(혼)을 의미할 때만이다. 서구식 이항 대립체계의 상징물인 육체-영혼의 분리, 영(혼)에 종속된 육체로서의 여성은, 문학-예술의 상징성을 띠고 있음으로 해서 죄악이나 거짓, 오악과는 대립된 순결, 천사, 절대적 어머니와 같은 표상적 기호가 된다. 예술 혼을 위반하거나 세속적 욕망, 정욕의 대상으로서 여성이 놓일 때 그 육체는 더렵혀진다. 문학 예술에 대한 절대적인 헌사 아래에서 영(혼)에 종속된 육체는 그것의 절대적 의미를 강화한다.

이 같은 '여성 육체-순결성'의 세계는 근대적 주체로서의 내면 형성을 문학 예술의 근본적인 계단으로 인식하던 당대의 계몽주의적인 문학 예술관과 뚜렷하게 겹쳐진다. 그들에게 세계(타자, 대상)는 가짜 · 비예술이며 자아는 사랑 · 음악(예술) · 참진리이다. 자아와 세계는 여기서 적

대한다. 소설 속의 예술가들에게 예술은 실재하는 것이 아닌 환상의 드라마이다. '말하기 어려운 환상, 넘칠듯한 이상 뿐인 삶'이 그들이 생각하는 예술의 세계이다. 세계에 대해 적극적으로 반응하기보다는 수동적으로 몸의 비애와 오뇌를 드러낸다. 그것이 그들의 예술 영(혼)을 지배한다. 그것은 그 자체로 비극적 드라마-우리가 감상적 낭만주의 성향이라고 불렀던-를 이룬다. 1920년대 동인지 시대를 중심으로 나타나는 순결한 여성, 여신(女神)으로서의 여성의 육체는 예술이라는 관념의 육체이다. 순결한 여성은 문학 혹은 예술 지망생의 나르시즘적 육체이다. 예술·혼·영원성이라는 절대적 가치를 선언한 당대 작가들의 인식 속에서 비극적 드라마는 하나의 전형으로 자리잡는다. 이 등식이 깨어지는 것은 아마도 1930년대 **이상**이 맞닥뜨린 근대성의 육체, '창부-성모'의 양가적 특성을 공유한 '여성-예술가'의 이미지 속에서일 것이다.

몸 혹은 독화, 분열된 자의식의 공간

　　나는 未滿 十四쩍에 水彩畵를 그렸다. 水彩畵와 破瓜. 보아라 木箸같이 야윈 팔목에서는 三冬에도 김이 무럭무럭 난다. 김나는 팔목과 잔털나 스르르한 賣春하면서 자라나는 蛔蟲같이 魅惑的인 살결. 사팔 뜨기와 내 흰자위 없는 짝짝이 눈.玉簪花 속에서 나오는 奇術 같은 昔日의 化粧과 化粧 全廢. 이에 對抗하는 내 自轉車 탈 줄 모르는 아슬아슬한 天禀. 다홍댕기에 不義와 不義를 放任하는 束手無策의 倦怠(「終生記」 中에서)

　　위에서 '파과(破瓜)'란 '과'를 해자한 것, 두 개의 8 곧 16을 의미하며 이는 16세의 여성을 의미한다고 주석자는 달고 있다. 매춘부의 이미지, 불구, 절름발이, 화장이 갖는 가상·허위의 이미지 속에서 불안·공포의 아슬아슬한 권태와 방임된 육체의 위험이 나르시즘적인 시선 속에서 팽창하는 듯이 느껴진다. 이 초현실주의적 광기의 황홀경 속에서 이상은 근대적 육체에 대한 메타포를 그린다. 모던보이와 모던걸의 육체는 근대적 세계의 은유이다. 그것을 들여다보는 이중화된 시선은 하나는 관찰자적인 것이지만 다른 하나는 관찰의 대상이 되고 있는 육체 그 자신의 것, 곧 대상이 근대적 주체가 되는 이중적 시선이기도 하다. 근대의 세계란 시각이 절대적인 위치를 차지하는 것이며 그것은 주체와 대상(육체)의 이중화된 시선 속에 명백히 존재한다.

이상은 근대적 육체를 단적으로 '毒花의 콕 찌르는 말'이라 표현한다. 독화로서의 육체는 그가 고민하고 돌파해 나간 근대세계의 삶의 문제에 대한 의문이자 20세기 근대적 문학에 대한 인식론적인 개념과 은밀하게 겹쳐진다. 그는 근대적 삶이 약속하는 혹은 배반하는 유토피아의 기획 속에 스스로의 육체를 절멸하고 그 육체를 유희적 글쓰기로 대체하면서 몸 자체를 글쓰기의 주체로 놓아버린다. 근대적 육체에는 몽환적, 동물적 이미지가 투사되어 있다. 19세기적인 정조관념을 대변하는 구시대적인 육체의 가치에 대한 전복적 욕망은 그것으로부터 일탈하지 못하는 위선적인 자의식에 투사돼 심각한 모순과 갈등을 야기한다. 근대적 육체는 존재 그 자체만으로도 근대적 주체의 혼란과 갈등을 의미하는 것이다. 이것은 「환시기」, 「단발」, 「동해」 등의 많은 텍스트에서 반복적으로 변주된다.

20세기적 가치를 정조의 가치에 대한 인식의 전도로 해석하면서 이상은 자신의 육체와 그것이 타자화된 여성의 육체를 놀려본다. 그래서 탕진한 육체는 그의 탕진한 언어가 된다. '신선한 도덕을 기대하면서 내 구태의연하다고 할 만도 한 실록을 버리겠노라. 내 부족하나마 노력에 의하여 획득해야 할 것은 내가 탈피할 수 있을 만한 지식의 購買다'와 같이 당당한 근대적 자아는 초현실주의적 글쓰기의 양식 속에서 난해와 아이러니로 폭파되고 근대 육체의 견고한 성채는 흔들린다. 그는 '瘠身, 두뇌에 무게가 있다, 그것이 귀하가 나를 겁낼 이유다'라고 당당하게 쓴다.(「童骸」) '무릎이 귀를 넘는 해골, 허수아비, 절름발이'와 같은 '불구의 육체'를 표상하는 기호체계들로 그는 근대적 육체의 미로를 만들어 둔다. 그는 자신의 육체를 굴려보면서 글쓰기의 형식과 근대성의 이러저러한 상징을 만들어 낸다. 자결, 자객, 폐결핵, 창부와 같은 근대적 육체의 이미지들과 상징들은 그의 글을 대하면 언제나 떠올려지는 것들이다. 육체에 대한 은유적 이미저리들은 그의 텍스트의 비밀을 푸는 해결의 열쇠가 된다.

근대의 세계, 혹은 모더니즘의 세계란 인위적이고 조작적인 공간과, 시간의 공간화를 의미하는 환유구조 혹은 병치적 진술구조로 드러난다. 이상의 글쓰기는 시각과 촉각이 자본주의적 욕망의 저층에서 범람하는 근대의 세계이다. 그는 기존의 가치로 무장된 '19세기식' 육체나 고결한 것으로서의 인간의 육체를 철저히 거부하고 세련된 도회의 공간에서 이리저리 굴러 다니는 여성 육체를 발견해 내었다. 그는 근대 세계에서 소외당하고 찢겨나가는 육체, 돈과 명예, 권력의 장에서 철저히 좌절한 근대 지식인의 운명을 창부와 같은 여성 육체의 반면 거울 속에 투사시킴으로써 완벽하게 분열된 근대인의 초상을 조각해 낸다. 그의 시가 시간의 공간화라는 병치 기법의 완벽한 형태를 구현하고 있다면 그의 산문적 글쓰기는 근대적 인간 육체의 완벽한 조감도가 된다. 그는 1920년대 작가들처럼 '순결한 혼-순결한 육체'의 등식을 결단코 거부하면서 이 순결한 육체의 아이러니와 모순과 역설을 투시해 들어간다. 그리고 추하고 낡고 명백히 부정적인 것의 반대적 의미를 덧씌운다. 그는 자신의 정조관을 비웃고 20세기적인 인간형으로서의 위선을 풍자한다. 그리고 명백히 갈라지고 차이 나는 이 '순결함/추함'의 대립을 넘어서 버린다. 여기에 이상의 위대한 근대적 육체관이 존재한다. '창부로서의 성모상'으로 요약되는 여성 육체의 이미지는 바로 이 근대적 가치의 모호성이며 이중성이다. 그는 근대적 여성인 이른바 '모던 걸'의 육체에 대한 형이상학적인 인식론을 하나 준비하고 있었던 것이다.

여성 육체는 그에게 깊고 강렬한 매혹을 던지면서 한편으로는 경멸의 최후 대상이 된다. 그러나 그는 이 명백히 갈라지고 차이 나는 것들에 대한 분명한 태도를 결국 보여주지 못한다. 그리고 이 갈등하는 운명을 그대로 지고 갈 수도 없었다. 근대적 육체에 대한 인식은 그가 살았던 근대 세계의 갈등과 이중성을 내포한 것이면서도 본질적으로는 모더니즘적 글쓰기의 운명을 그대로 간직하고 있는 것이기도 했다. '오크재로 만든 포도송이 같은 손자들과 같은 알라모드를 구가하는 현재형의 인간'이 되고 싶었다는 독백은 이상의 불멸의 글쓰기에 대한 동경을 보여주는 것에 다름 아니었다. 그 최후의 유작이 바로 「종생기」였다. 정희의 육체는 너절함, 추함, 박해자로서의 그것이면서 매혹적이고 지극히 숭모적인 동경의 대상이다. 이는 불멸과 영원성에 대한 알레고리적 성격을 가진다. 그것은 또한 근대세계의 무너진 윤리와 19세기식 자연적 육체를 뛰어넘는 새로운 공간과 시간의 질서에 대한 암시가 된다. 우리가 '근대란 이중성이다'고 했을 때 이상이 그리고 있는 모던 걸의 육체는 이 양가적인 특성들을 공유하고 있고 그것은 그가 꿈꾸었던 '최저낙원'의 밑그림 속에서 불멸의 메타포로 제시된다. 그래서 이상이 그리고 있는 '몸'은 毒-花(독이면서 꽃인 이중성)의 강렬한 메타포 속에 이 세기에도 여전히 살아있다.

밀실-글쓰기의 알레고리, 피의자로서의 몸

이청준에게 육체는 육체 그것이기보다는 글쓰기로 통칭되는 관념적 성채로서의 '몸'이다. 그의 몸은 형체를 띠고 있기보다는 탐구의 대상으로서의 글쓰기의 범주를 지칭하는 것이다. 그는 몸 그 자체를 탐구하기보다는, 광기나 정신병과 같은 종류의 자기 분열증적인 몸의 형체를 띤 글쓰기 혹은 작가의 문제를 제시한다. 그에게 몸의 탐구는 바로 글쓰기의 정치성, 글쓰기의 정체성과 관련된, 몸-정치의 에둘러가기이다.

이청준은 「밀실을 찾아서」에서 창조의 주체자로서 작가의 존엄성과 자유의 꿈에 대해서 말하고 있다. 그는 소설을 밀실에서의 글쓰기로 규정하면서 '몸-밀실' 이라는 등식을 보여준다. 「씌어지지 않는 자서전」「전짓불 아래서의 방백」「황홀한 실종」「벌레 이야기」「소문의 벽」 등은 계속적으로 몸과 권력, 이데올로기, 글쓰기와 작가 문제를 변주하고 있다. 이청준이 말하는 '밀실' 은 개인 내적인 창조성이 보장된 자유로운 공간을 의미하는 것이지 낭만적인 꿈, 동경의 안락처로서의 그것이거나 사적이고 비밀스런 곳이라는 의미로서는 결단코 아니다. 그리고 조지 오웰의 소설 속에 등장하는 완전히 정보가 독점되고 통제되는 그런 위협적인 통제 공간을 의미하지도 않는다. 그가 말한 밀실은 바로 글쓰기의 문제, 작가의 존재, 글쓰기의 운명을 상징한다. 이청준의 소설에서 '몸-밀실' 의 공간은 철저하게 자의식적이면서 철저하게 자기 대상적인 성격을 지닌다.

이 같은 문제가 예컨대 「소문의 벽」에서는 글쓰기와 정신분열증의 문제로 심화되어 있다. 광인 박준은 글쓰기가 어떻게 권력체제와 이데올로기에 저항하고 그것을 뛰어넘는 기제가 되는가하는 문제, 그리고 작가란 왜 공포의 전짓불 앞에서 자기 진술을 해야만 하는 피의자의 처지에 빠지게 되는가를 예리하게 보여준다.

얼굴없는 고문관인 독자와의 추리 게임에서 자기를 지키기 위해 박준은 피의자가 되기를 주저하지 않는다. 박준의 광기는 넘쳐나는 자기 진술에 대한 욕망의 이면이다. 그러나 고문관의 강요가 실제적인 억압과 이데올로기적인 무기로 무장되어 나타날 때 작가의 자기 진술은 철저하게 기만당하거나 실종된다. 작가가 받는 억압이란 하나는 지배집

단의 이해관계에 얽힌 것이며 다른 하나는 문단적 권력에 의한 자기검
열의 문제이다. 즉 시대적 양심을 요구하는 편집자의 강요나 일방적으
로 문학 개념을 설정하고 강요하는 것은 이 내밀한 자기만의 공간을 철
저하게 파괴시킨다. 그 때 작가의 반체제와 반권력의 욕망은 광기라는
일탈을 선택한다. 박준은 처음에는 자기진술을 끊임없이 감추기 위해
미친 척하지만, 실제의 권력과 억압이 자기 육체를 강탈하자 진짜 미치
광이가 되어버렸던 것이다.

  일방적으로 강요당하는 '전짓불의 경험'은 정치적인 메타포를 가진
'육체'의 경험이다. 글쓰기의 가장 원초적인 경험은 이 전짓불을 쥔 얼
굴없는 고문관으로부터 받은 공포와 불안의 경험이며, 그것으로부터의
끊임없는 탈주의 과정이다. 작가-광인의 육체가 권력적 독서행위 곧 독
자들의 비평적 행위로부터 권력적 체제, 이데올로기의 문제로 알레고리
될 때, 그것은 정치적인 의미로 확장된다. 육체 자체가 하나의 정치적인
메타포로 제시된 것은 분명히 거대담론과 리얼리즘 문학의 큰 틀 속에서
억눌렸던 이청준의 작가로서의 잠재된 욕망 때문일 것이다. 그러나 이청
준은 여전히 글쓰기의 문제를 실존적이고 개인 내적인 '자유'를 관통하
는 것에 붙들어 맨다. '자유'가 정치적인 메타포를 띨 때조차 광장이 아
닌 밀실이라는 개인 육체의 내밀한 공간을 인정하고 허용하는 한도 내에
서 구현되는 것이라는 점을 강조한다. 이것 역시 하나의 정치적인 함의
를 안고 있다는 점은 명백하다. 문학을 장엄함으로, 그것의 창조적 주체
자인 작가를 엄숙한 존재로 이해한 것은 아마 20세기 문학의 가장 중요
한 본질일 것이다. 그러나 이 '장엄함-엄숙함'으로서의 문학의 몸과
'밀실'의 개념은 글쓰기의 민주화로 통칭되는 사이버 문학의 전반적 확
산에 의해 급격히 소멸하고 있다.

난장이의 몸과 기계-동물의 근친성

'행복동 난장이' 가족의 육체는 인간의 그것인가 동물의 그것인가. 조세희가 특이하고도 섬뜩하게 보여주었던 「난장이가 쏘아올린 작은 공」 연작은 1970년대 우리 소설의 기념비적인 위치를 차지한다. 누군가 조세희의 난장이에는 1970년대를 폭파시켜 버리고도 남을 폭약이 장전돼 있었다고 썼다. 그런데 그 폭약은 어디서 왔을까. 현실 묘사의 세세함, 문체의 '스타카토식' 강건함일까.

중요한 것은 작가가 왜 '난장이'의 육체를 그리고 있는가 하는 문제로 생각된다. 이것이 거대 산업사회에서 소외당하고 억압당한 민중의 얼굴, 곧 은유의 차원이라고 말하는 것은 선명치 못하다. 난장이의 육체가 가지는 놀라운 인식적 에너지를 주목해 보라. 1980년대 영웅의 육체를 가졌던 그 혁명의 전사들에 비해 난장이의 육체는 얼마나 왜소하고 보잘 것 없는가. 인간이 '난장이-동물'이 되는 이 기묘한 피드백 속에서 조세희의 난장이는 강렬한 에너지를 보전한다. '난장이-동물'의 육체는 근대화-산업화 시대의 모순을 한순간에 폭파시키면서 그 광포한 정치적인 에너지를 발산해 낸다. 칼갈기, 채권매매하기, 고층건물 유리 닦기, 펌프 설치하기, 수도 고치기 등 평생 다섯 가지 일밖에 할 줄 몰랐던 난장이 가장과 그의 가족은 이질적 집단 거주지 속에서 '보호' 아닌 '동물'로서의 감시를 받는 것에 불과한 삶을 산다. 격리된 공장 생활, 철저하게 분업화 된 작업 구조는 기계-동물의 육체를 기꺼이 혹사시킨다. 30분으로 허용된 점심시간은 10분은 식사, 20분은 죽어라고 공차기를 해야하는 기묘한 육체의 순사로 채워진다. 이 기형성, 동물성, 기계적 반복성은 난장이 가족들이 전시된 '동물'들에 다름 아님을 보여준다. 탁한 공기와 소음, 발육 부진의 육체, 생각하지 않는 삶, 야간 잔업, 부당한 해고, 공장 폐쇄에 대한 공포 위협 등은 난장이-동물들의 일상이 된다.

그러나 이 행복동 난장이 가족의 육체는 동물로서의 육체의 한없는 탈주를 감행할 수 있었고 1970년대 혁명의 도화선을 마련할 수 있었다. 영희의 손에 들려진 줄 끊어진 기타와 작은 팬지꽃 두 송이는 절망과 추락 속에 꽃 핀 암화(暗花)와 같다.

난장이 가장이 거의 유일하게 거는 기대란 달에 가서 천문대 일을 보는 것이다. '끔찍함/찬란함'의 역설은 유토피아의 기대를 지속시키면서 그것을 연장한다. 난장이 가족의 어두운 내면이 유토피아적 혁명성을 내재하는 순간은 바로 여기이다. 이 육체는 1970년대를 지나 1980년대 사회를 향해 거대한 욕망의 에너지를 강렬하게 분출시키는 이른바 '탈주선'(the line of flight)이 된다. 난장이의 육체는 비권력적 '소수의 육체'가 갖는 반외디푸스적 정치성이다. 이는 그들을 내몰고 억눌렀던 거대한 국가 권력 혹은 자본주의 사회 체제의 다수적 육체(거인의 육체)를 전복시켜버린다. 신장 백 십칠 센티미터, 체중 32킬로그람의 무게를 지닌 이 왜소하기 그지없는 난장이의 육체는 '장전된 폭약'이었다. 난장이의 육체는 단순하고 강렬한 조세희의 문체가 갖는 격발성과 함께 혁명적이고 몽환적인 알레고리를 담당해내었다.

'사람들은 난장이의 신체가 늙는다는 것을 인지하지 못했다. 난장이 가장의 육체의 변화를 알려고 하지 않았다. 그것이 난장이를 비애로 내몰았다'고 작가가 말하는 것은 한갓 '민중의 고통'을 의미하는 수사에 머무를 수 없다. 난장이 육체의 기형성, 비정상성은 동물의 육체가 갖는 현실 탈주성 바로 그것이다. '역사의 종말'을 선언한 지금, 이 난장이의 육체는 산업화 시대(아날로그 방식의 제조업)의 마지막 인간 육체의 모습으로 기억될 것이다.

제 3의 자연, 여성 육체의 몸

몸의 정치학에 대한 근본적인 패러다임의 혁신은 페미니즘에서 왔다. 1980년대에 전반적인 확산을 보여주었던 여성 육체에 대한 글쓰기는 몇 가지 차원에서 다양한 형태로 표출된다. 가부장적 글쓰기로 지칭되는 주체론, 자아론, 이성 중심주의에 대한 전반적 전도라는 점에서 여성적 글쓰기는 하나의 뚜렷한 맥을 이루었다. 강경애, 박화성, 최정희 등이 1930년대 문단에서 실천적으로 보여주었던 여성적 글쓰기는 195·60년대를 거치고 1980년대 민주화 운동에 접근돼 마르크시즘적인 시각을 얻어 확대된다. '소외되고 착취당한 여성 육체'의 정치성은 여성 작가들의 광범위한 관심을 얻는다. 이는 박완서, 이경자 같은 중견급의 작가들에서부터 공지영, 김인숙 등의 젊은 작가들에 이르기까지, 뚜렷한 성과를 올렸다.

이 전략적이고 공격적인 여성 육체에 대한 관점은 조금씩 그 범주를 넓히고 본질을 확대해 가면서 '글쓰기의 문제'라는 보편주의적인 관점으로 옮아가게 되고 '육체가 글을 쓴다'는 깊이있는 해석을 낳았다. 여성 작가들은 환경문제, 모성문제, 핵문제 등 우리가 맞닥뜨리지 않으면 안 되는, 바로 사르트르가 언급한 이 세계의 '전체성'과 관련된 문제들을 본질적으로 천착하게 된다. 여성 육체의 모성성, 정감, 인정, 인간애, 작고 작은 권력, 근원, 원천, 전기적(電氣的) 성질 등과 관련을 맺으면서 여성 육체 특유의 장점들을 인식하기 시작한다. '이론'(theoria)에 대립한 '감성'(aisthesis)의 담화가 여기서 미학적인 정당성을 얻는다.

예컨대 **오정희**의 소설(『불의 강』)에서 보여주는 그 초현실주의적이고 시적인 맥락들, 감성적이고 무의식적이며 혼몽하고 내밀한 인간 육체의 저쪽에서 틈입해 들어오는 이미지들은 여성 육체가 쓴 글쓰기의 전범으로 이해되기도 했다. 짤막한 단편, 「직녀」의 마지막 장면들은 기존 소설론의 틀로서는 용이하게 설명되지 않는 문제적인 대목(시적 언어의 형식)으로 지적되기도 했다. 1990년대 이후 여성 작가들이 문단 내에서 강력한 영토를 마련할 수 있었던 것은 포스트모더니즘의 이론적 담론이 활성화되었던 것도 한 원인이 되었다.

여성적 글쓰기의 문제는 그것의 몽환성, 초현실주의적, 생명적 발상 때문에 여전히 21세기적인 삶의 네트워크 속에서 의미있는 글쓰기의 형태로 지속될 것이다. 사이버네틱스의 삶이 21세기 인간의 본질적인 삶의 형태가 되고 사이버 스페이스의 글쓰기가 여성 육체의 글쓰기와 본질적으로 합치된다는 점에서 그러하다. 특히 사이버네틱스의 인간-기계의 결합 혹은 대체는 출산의 대체, 가사 노동으로부터의 해방 등 여성에게 말 그대로의 해방과 주체적 삶의 계기를 열어 줄 것으로 기대된다. 미래학자들은 여성의 존재론적 사회적 지위가 크게 혁신될 것으로 전망하기도 한다. 그러므로 21세기에도 여전히 생명과 인간에 대한 본질적인 물음은 계속될 것으로 보인다. 모성적인 세계가 가장 기계적인(남성적인) 세계와 어떻게 합치되는가에 대한 의문을 불식시키기 위해서는 그 권력적인 글쓰기의 장을 스스로 해체하는 여성작가들의 자기 혁신이 필요할 것이다. 들뢰즈(G.Deleuze)가 말한 바로 그 '기계-인간'의 상호소통성에 대한 인식론적 전환이 필요한 것이다. '제2의 성'은 여성 육체를 정치화 시킨 것이지만 '기계-여성'의 새로운 육체는 '제3의 육체'로 기억될 것이다.

영원회귀와 우연성의 몸

윤대녕 소설의 육체는 분명 영원회귀적이고 니체적인 사유를 그 바탕으로 하고 있다. 1990년대의 시작을 알린 「은어 낚시 통신」의 그 희귀하고 경이로운 문체와 인식론은 한동안 우리 문학을 분명 다른 각도에서 조명하게 만들었다. 그가 그렸던 '인간 몸-은어-소'의 육체의 변신은 은유의 형식이기보다는 인식론으로 이것이 마르크시즘적 역사론의 종말을 뒤로하고 나온 것이라는 점에서 주목되었다. 윤대녕이 그리는 육체는 자본주의 체계에 종속된 단선적이고 수동적이며 원한의식에 갇힌 육체의 한계를 지우고 있다. 그의 소설은 혼곤하고 몽상적이며 찰나찰나적인 시간의 단절을 어떤 지속적인 시간의 개념과 인식론 위에 펼쳐 놓은 것이어서 서구식 소설 문법으로는 잘 감득되지 않는 면이 있다. 그의 소설 속의 육체는 바로 그 선(禪)적이고 명상적인 세계 속에 존재하는 것이기도 하다. 윤대녕은 우리가 겪었던 이 현대의 비참, 피로, 모험의 시간들을 저 고대의 전설과 원환적인 삶의 비밀 속으로 밀어 넣는다.

　우리의 육체는 우리 자신의 것이기도 하고 전생의 몸이기도 하며, 나이면서 나가 아니기도 하다. 현실의 육체와 몽상의 육체는 겹치다가 엇갈리고 다시 맺는 인연의 긴 사슬 속에 존재한다. 금영의 육체는 그녀의 것이기도 하고 그녀 어머니의 것이기도 하고 나의 것이기도 하며 소의 그것이기도 한, 바로 인연론과 영원회귀의 시간 속에 놓여있다.(「소는 여관으로 들어온다 가끔」) 윤대녕이 그려낸 육체는 미래나 과거의 것이 아니라 이 찰나적인 현재의 시간 시간들을 분절해 냄으로써 영원성에 다가간다. 오직 현재의 시간, 시간만을 사는 동물적인 시간 의식과 이 분절된 현재의 지속은 닮았다. 이는 장자의 알레고리, 베르그송의 철학, 불교의 인연설과 니체의 영원회귀의 시간의식을 절묘하게 결합했던 서정주 시에서 익히 보아왔던 것이다. 윤대녕이 그리고 있는 인간의 육체는 이 비참함과 피로로 얼룩져 있는 근대세계의 최후와 결별하는, 그리고 21세기의 새로운 육체에 바쳐진 희생제의로 읽어야 할 것이다. 그의 소설은 밀교적인 방식으로, 가장 반근대적인 방식으로 근대세계의 해체를 암시한다. 그래서 윤대녕의 소설은 역사의 시간에 속해 있으면서도 다음 세기의 육체(사이버 스페이스의 가상 육체)의 형상을 예견하는 것이 되었다.

최후일 수 없는 최후의 몸

보르헤스는 「최후일 수 없는 최후의 현실론」의 한 단장에서 인간의 몸 그리고 인간 삼라만상의 지각의 형식에 관해 기록하고 있다. 인간이 식물이나 동물과 달리 위대할 수 있었던 요인은 무엇인가. 부동하면서 정적인 삶을 유지하고 에너지를 모으고 사는 식물이나, 공간을 축적하며 동적으로 자유로운 삶을 누리는 동물에 비해, 인간은 이 양자를 균형있게 취하면서 시간을 축적한다는 것이다. 시간의 축적이란 체험의 축적으로, 문화적인 진보가 가능한 인간은 고도의 자의식과 체험의 깊이를 소유할 수 있다. 그러나 물질주의는 인간을 공간의 노예로서, 명백하고 가시적인 욕망의 소유물로 전락시키는 결과를 빚게 되며 그로부터 철저히 '공간을 축적하는 삶'을 강요받게 된다. 20세기의 역사, 근대의 역사란 바로 이 물질 축적의 역사, 다시 말하면 영토의 정복, 공간의 절대적 가치를 창출하는 역사에 다름 아니다. 그것의 지각적 통합이 바로 시각 중심의 문화 시스템이 된다. 모더니즘이란 바로 이 공간 위에 자기 의식을 펼쳐놓는 것, 즉 시간의 공간화 혹은 병치 구조의 발견을 의미한다. 이상의 문학에서 주로 보는 것과 같은 길고 난해한 진술 구조를 떠올려보면 쉽게 이해될 것이다. 체험의 영역을 철저하게 공간화, 시각화하고 모든 시간이 공간의 드라마로 재현될 때 인간은 보이지 않으면 믿지 않게 된다. 찰나적 시간에 맞서서 인간의 유한성을 초극하려는 인간의 의지는 철저하게 시간 의식 속에서 조직되지만 자본주의 세계 속에서 인간의 그러한 내적 의지는 쉽게 망각되어 버린다.

그러나 이제 새로운 21세기의 신화 속에서 '인간-기계'의 사이버네틱스인 '600만불 사나이'는 실현되며 '인조인간 로이'는 환영이 아닌 '실재'가 된다. 오늘 아침에도 신문은 체세포 복제 원숭이의 사진을 실었고 인간 복제의 윤리성을 경고하는 종교학자의 사설을 내보냈다. 21세기 인류란 인간을 오직 신의 창조물로 보는 인식의 해체, 인간 몸의 유한성에 대한 근본적인 혁신, 영생의 가능성에 대한 의미있는 도전, 사이버네틱스 몸의 보편화 등의 인식을 통해 구체화될 것이다. 사고나 재해로 인한 육체적 불구 등은 별 문제가 되지 않는 '기술 만복래'의 신화가 우리 앞에 기다리고 있고, 인조인간에 대한 공상은 점차 현실화되고 있다. 상상 속의 '유령'(600만불 사나이)은 이제 '실재'인 것이다.

칸트는 우리의 모든 지각 형태가 모두 공간을 필요로 하지는 않는다고 말했다. 사이버 공간의 확대는 비공간, 공간을 필요로 하지 않는 삶의 체험의 축적을 의미한다. 시각이나 촉각과 같이 구체적인 공간을 지각하는 형태와는 달리 청각이나 후각은 공간이라는 세계를 필요로 하지 않는다. 냄새나 소리는 앞뒤, 좌우가 없는 것이다. 이 말 끝에 우리는 몇 편의 주석을 붙일 수 있다.

쇼펜하우어는 의지와 표상으로서의 세계에 대해 말하면서 음악은 우주 그 자체만큼 의지의 직접적 구현이라고 썼다. 세계는 음악을 통해서만 존재한다는 니체의 단언이나, 모든 시는 음악을 지향한다는 로맹롤랑의 말이나, 모든 시를 음악처럼 만들고자 했던 상징주의자들의 피나는 노력을 생각하게도 된다. 우리는 '보지 않고 듣는다'는 페미니즘 이론의 'jouissance'(쾌락: '의미를 듣는다')를 떠올리기도 한다. 앞에서 윤대녕의 방식이나 페미니즘 담론이 여전히 의미있으면서도 혁신적인 방식으로 존재할 것이라고 말한 것은 이 때문이다. 공간 없이 시간(체험) 축적이 가능하다는 것은 인간의 몸 가운데 공간을 필요로 하지 않는 지각 형식의 중요성과 그것의 전반적 확대를 의미하며 이 '몸'에 대한 새로운 발견은 문학의 변화를 이끌 것이다. 공간을 필요로 하지 않는 감각이 중요한 지각의 형태가 되는 예술 매체가 등장하는 것이다. 디지털 기술이 이렇게 급속도로 확장되는 것은 상상의 세계가 단지 의식으로 인지되고 정신적인 차원에서만 이해되는 형태에서 점차 지각화, 물질화되고 있음을 의미한다. 무질서하고 균질적이지 않으며 시간의 극한 극한을 쪼개어 내는 디지털 방식의 유사성과 이 비공간의 지각 형식은 상응한다. 이 기술을 통해 우리의 상상이 이제는 가상 공간에서 실재처럼 '보여진다'. 보이는 것과 보이지 않는 것의 무화, 가시성-감촉성(시각- 촉각)의 절대적 권위에 대한 전도 등은 몸에 대한 철학적 담화가 일상적인 차원에서 구체화되고 삶의 깊숙 깊숙한 곳까지 그 촉수를 뻗음으로써 자명한 것이 됨을 증거한 것이다. 디지털 시대의 예언자(Visionary), 네그로폰테는 '디지털이다'(Being Digital)고 단언해버렸다. 영적인 세계, 보이지 않는 비공간성이 '실재'로 가시화됨으로써 정신-물질이 이원적 상태가 아닌 모종의 연속성을 띠고 있음이 증거되고 '몸 철학'은 그 근거를 명확히 할 것이다.

몸, 지각의 주된 형식이 비공간화된다면 리얼리즘(현실재현성)의 인식에도 변화를 미칠 것인데, 문학은 탈시각적이고 비공간적인 상상력에 많은 부분 의존하게 될 것이다. 이 사이버네틱스의 육체는 인간-동물-신화적 세계의 완벽한 상호소통성 위에 존재한다. 이 기묘한 형상은 우리가 이미 고대 중국의 수호지나 산해경 혹은 보르헤스가 수집한 『기이한 동물들의 상상세계』에서 익히 보아왔고 신화적인 동물의 형상을 통해서 혹은 '인간-신'의 이미지 속에서 자주 접했던 것이다. 이 상상의 육체는 그래서 21세기적인 육체이지만 그것은 원환적으로 인간 존재의 시원성에 근접한다. 우리는 다시 고대의 육체에 대한 신화적인 상상력이 단지 은유가 아니라 현실이며 실재인 세계와 마주하게 되는 셈이다. 자연적인 삶의 형태로 돌아가고자 하는 시민운동이 서구 선진국에서 전개되고 있는 것도 마찬가지 징후로 보인다. 새로운 세계는 기술문명의 차원에서는 첨단의 삶을 구가하지만 그 근본적인 토대는 땅과 새, 자연의 범신론적

인 우주관에 바탕한 삶이 될 것이다. 기계와 자연의 공존은 문학의 개념
에도 상당한 혁신을 가져다 줄 것이다.

　21세기 신인류가 맞이하는 문학은 시원적인 단계에서 비롯된 것이라
는 점에서 역설적이다. 초현실주의적 상상력의 세계, 보르헤스적 세계,
음악적 세계인 남미 문학과 그것의 본류인 동양사상이 새롭게 주목되는
것도 같은 이유이다. '사실주의'는, 가시성을 의미하는 차원에서 나아가
영적인 것, 인간의 혼과 관련되고 공간을 상상의 체험 속에서 재조직한
것, 즉 인간이 가장 영적으로 고양된 상태의 체험을 의미하는 것으로 그
주류적 의미를 전이시키게 된다. 지금처럼 '마술적 사실주의', '환상적
사실주의'가 '특이한' 형식이 아닌, 주류적 양식이 될 것이다. 이 초현실
주의 세계는 보쉬의 그림에서 보았듯 이미 중세에도 존재했고 20세기에
도 존재했던 것인 만큼 새롭지 않다. 다만 그것이 재현해 놓은 세계는 분
명 다를 것이다. 정치적인 알레고리를 띠거나 추악하고 비루한 인간의
현실을 비추기보다는 설명되지 않고 비가시적인 영성과 관계 있으면서
도 기술적인 방법이나 매체의 혁신 속에서 '물질적인 것'으로 가시화될
것이다. 문학은 현실 재현의 맥락을 '보이는 것의 반영'이라는 점을 떠
나 고양된 인간 영혼의 확장과 그것의 물질적 재현에 더 깊은 관심을 보
이게 되는 것이다. 디지털이라는 기술 자체가 하나의 예술의 장르가 되
면서 이 문제를 주도적으로 풀어갈지 모른다. 사진기의 발명이 예술(미
술)을 대체한 것이 아니라 그 자체로 독자적인 미학의 세계를 열어갔듯
이 말이다. 민족 문학이나 모국어 개념은 이 확장된 영역 속에서 소멸할
것이다. 문학의 생산 · 소비 · 유통의 기존 방식은 그 세력이 약화될 것이
고　자국문학과 타국문학의 구별, 표현 수단으로서의 언어의 국적은 중
심에 놓이지 않는다. 국경도 없고 공간도 없으며 모국어의 개념을 떠난
네티즌의 세계를 우리는 지금도 보고 있지 않은가.

　그러나 현재 통신문학 혹은 사이버 문학이라는 이름으로 부르는 문학

의 형식들 중 '환상문학'과 같은 범주들은 여전히 기존 문학의 장르적 명칭을 사용하면서도 기존 문학의 '깊이'에 이르지 못한 한계와 미미함을 어떻게 극복할 것인가가 문제가 된다. 체험의 축적은 시간의 축적이며 사유의 깊이란 여기서 비롯된다. 유목 네티즌들이 어떻게 정보의 95%에 달하는 쓰레기성 가짜 정보를 제거하거나 거부할 수 있는가 하는 것은 인간의 자정 능력과 고도의 자율성과 관련해서 탐구할 문제이다. '문학' 개념은 그동안 많은 변화와 일탈을 보여왔고 이번 세기 이후에도 여전히 그 일탈을 가속화할 것이다. 어느 시대에나 근본적인 것은 '수단'이나 '방식'보다는 '깊이'의 문제였다. 문학은 이 낯선 인간의 육체에 대한 계보학적, 상상적인 이미저리를 제공하고 해석하는 규준을 여전히 제시할 수 있을 것이다. 그러므로 문학은 그 협소한 영역으로도 중요한 의미를 담당하게 되는 것이다.

촉각·시각이 아무 문제가 되지 않는 시대에도 여전히 인간은 꿈꿀 것이다. 미워하고 사랑하며 질투와 동경과 아집과 오만을 버리지 못할 것이다. 그리고 더 나은 세계, '지금과 다른 세계'에 대한 모험은 계속될 것이다. 유토피아의 세계에 대한 지향을 버리지 못한다면 아마도 문학은 다른 형식을 빌어서라도 존재할 수밖에 없다. 대신 불멸·동경 등의 문법은 기존의 인간관에 의해서가 아니라 신인류의 육체에 걸맞는 형태로 혁신되어 있을 것이다.

인조인간의 무자비한 살상력, 인간과 인간 아닌 것의 모호한 구별, 인간과 동일시하고자 하는 인조 인간의 '인간적인' 고뇌, 인조 인간과 인간 간의 사랑·추억·동경의 문제는 어쩌면 지금 우리가 예견치 못하는 사이에도 가속의 엑셀레이트를 밟고 새로운 '인간'의 개념들을 만들어내고 있는지 모른다. 그곳에 '문학―인간의 몸'에 대한 기원을 탐색하고 한 세기 전 혹은 그 이전의 '문학―몸'에 대한 계보학적 백과사전을 펼쳐야 하는 신인류의 운명이 놓여있다. 따라서 지금의 '문학―몸'의 탐구는

문학의 현재적 조명을 위해서도 중요하며 '전혀 새로운 세계'라는 그 디
지털 시대의 '인간-몸'의 운명을 위해서도 필요한 것이 된다.

　지금껏 문학의 존재 이유란 작은 영토 속에서 소외된 육체를 재현하는
그것에 지나지 않았다. 보르헤스는, 이 20세기적이면서 초시간적인 육
체의 지속과 '현실'의 반복적이고 회귀적인 성격을 말하기 위해 '최후일
수 없는 최후의 현실'론이라는 말의 꼬리표를 달았던 것이다.

모더니즘 세계의 이상과 시의 우울

1.

'근대시에 나타난 기술과 시의 문제'라는 편집자가 준 제목은 '시와 기술'이라는 문제의 몇 가지 층을 분절해야 할 필요성을 제기한다. 기술의 세계가 시에 나타난다거나 기술과 관련된 용어가 시의 언어로 쓰인다거나 하는 문제로 논의를 한정시키는 것은 문제를 단순화하는 것이다. 여기서 '기술'은 우리 시에 있어 '서정시'적 풍토를 변이시킨 어떤 환경적 요인을 말하는 듯하다. '기술'이라는 개념은 주로 '근대성'의 문제에 포괄되는, 근대화·도시화 등의 사회경제사적 측면뿐 아니라 과학적 태도와 방법, 합리주의 사유 구조와 같은 인식론적인 측면을 말하는 것인데, 이것이 우리 근대시에 인간관의 변화, 시의 개념, 형식적 의미론적 변화를 어떻게 이끌고 있는지가 문제인 것이다.

1930년대 모더니즘 시의 근대성 문제는 아마 이 주제에 적합한 논의가 될 것이다. 그런데 이 주제에 대해서 환원론적인 시각을 갖게 되면 그 자체로서는 이미 결론을 전제하고 있다는 점에서 논의의 필요성이 약화된다. 시와 과학을 이원론적인 대립 속에 놓고 결론을 유도하는 것은 아주 '전통적인/일반화된' 논의 방식이다. 그러나 시와 과학은 그 자체로는 대립하고 있지 않으며 특히 우리 근대시는 이 서구 문명의 세속화·근대화·과학적 사유의 도입과 깊숙하게 관련을 맺고 있는 까닭에 '과

학·기술·도시'와 같은 새로운 근대 세계의 환경적 요인은 결코 부정
될 수 없다. 모더니즘적 세계 혹은 모더니즘적 서정을 부정하는 것이 전
통적 서정의 복귀로 바로 이어질 수는 없는 것이다. 그것은 하나의 '위
험스런 의도'를 전제한 것이라는 점에서 근대시 논의 자체를 불가하게
만들어버린다. 이런 '위험스런 의도'를 우리가 충분히 배제할 수 있다면
그 다음에 남는 것은 무엇인가. 그것은 모더니즘 담론을 가능하게 만든
것, 모더니즘 담론의 층위들을 분석하고 당대적 담론의 중심적인 논제들
을 추적함으로써 우리 근대시 형성과정의 지형도를 그리는 것이다.

근대성의 화두가 처음으로 본격화되는것은 1930년대이다. 이 문제는
당대적 담론의 중심 문제가 되었고 모더니즘 시론은 이 같은 환경 속에
서 태동한 것이었다. 현재도 이 과학적 세계는 시(문학)의 미래를 예측하
는 가장 중요한 환경적 요인이 되고 있다. 2천년대의 시(문학)의 존재론
과 그 중심 화두는 디지털 혁명과 관련되어 있고 이 혁명적인 기술의 세
계를 우리가 어떻게 관통해 들어가는가 하는 것에서 시의 미래를 가늠할
수 있을 것이다.

근대 세계 이후 시가 과학과 맺는 관계는 직접적이어서 피할 수 있는
문제가 아니다. 어떤 경우든 시의 이상은 '내부세계와 외부세계'의 결합
에 있다는 점에서 현대시는 자신의 '외부'인 과학적 세계로부터 분리될
수 없는 것이다. 20세기초의 아방가르드운동은 이 과학적 세계를 정치
적 미학적으로 끌어올렸던 운동이다. 이제 21세기는 컴퓨터가 우리의 외
부 세계를 지배하는 차원을 넘어 내부세계인 정서적, 혼(영성)의 차원까
지 깊숙하게 침투해 들어오고 있다. 그러나 컴퓨터가 시에 적대적으로
기능하는가 하는 것은 섣불리 판단할 수 없다. 시가 기술에 환원된다 해
도 오히려 그것은 우리가 시의 본질과 한계, 미래적 전망에 대해 성찰하
는 계기를 얻게 된다는 점에서 시와 기술을 적대적으로 놓고 생각할 필
요는 없을 것이다.(미하일 함부르거, 『현대시의 변증법』, 지식사업사,

1993.) 표현주의자들을 비롯해 문법과 수사학을 파괴했던 전위 시인들
은 이 외부적 세계, 과학적 세계를 완전히 대상화시켜 시 양식에 과학 기
술의 형식들을 겹쳐놓음으로써 시의 형식적 변화를 유도했다. 그들이 즐
겨 사용했던 소격화(alienation effect)의 방식은 시의 형식을 파괴하면
서 시에 인간적 감정과 동기들을 제거했다. 그들은 파괴되고 일탈된 세
계를 극적으로 보여줌으로써 인간이 '과학의 유령'과 마주서게 된 사실
을 환기시켰다. 시의 형식 해체는 시를 감정과 한탄의 세계에서 벗어나
건조하고 메마른 금속성의 광택으로 빛나게 했다. 감정주의로부터 한 걸
음 물러섬으로써 과학기술시대 인간의 운명을 재현해내었던 것이다. 이
같은 '언어적 유희'가 자기 모멸과 니힐리즘에 이르게 한다고 해도 과학
기술을 시에 전적으로 부정적이거나 위협적인 요소로 이해할 수 없는 것
이다. 오히려 문제는, 이 과학 기술의 발전이 문화의 세속화와 연결돼 시
인으로 하여금 시의 본질인 '내부와 외부를 연결하는' 임무를 소홀하게
하거나 부차적으로 만들게 하는 것이다. 시인들을 오직 상품이나 오락이
나 흥행사들에 둘러싼 부류로 전락시키는 자본주의의 체제와 제도에 대
해 시인 스스로 자기 모멸을 느끼지 못한다는 것, 이것이 문제일 뿐이다.
오히려 근대시의 질서는 외부세계에 대한 시인의 자기 내적인 절박감과
긴장감에서 새롭게 형성되어 왔다.

　따라서 본고는, 과학기술이 근대시에 끼친 부정적 영향을 지적하는 데
지면을 할애하지 않는다. 1930년대 김기림의 모더니즘 세계관을 중심으
로 과학, 근대주의, 기술적 가치에 대한 담론이 우리 근대시사에서 조율
되는 상황과 그것이 시에 어떤 정서와 형식적 변화를 이끌게 되는가를
검토하는 지점에서 이 글을 끝맺을 것이다.

2.

　20세기 초두에 우리 지식인들을 황홀한 동경의 늪으로 몰아놓은 것은 무엇보다 근대적 세계의 인간과 풍물들이었다. 근대적 세계의 삶의 한 단면 단면이 호기심의 대상이자 자신이 추구하고 만들어 가야 할 이상적 그 무엇이었다. 현재 우리가 바라보는 '과학 기술'에 대한 시각과는 다르다는 것을 알 수 있다. 즉 근대세계의 이상과 동경의 층위는 기술, 과학, 서구적 사유의 문제를 이해할 때 아주 중요한 규준점을 제시한다. 이 규준점을 어디에 두는가 하는 것은 우리 근대시의 평가와 직접적으로 관련된다. 우리 근대시에 있어 과학 기술에 대한 동경과 그것의 시적 영향을 일률적으로 부정하거나 긍정할 수 없는 이유이다. 1930년대의 그것과 1960년대의 그것, 1990년대의 그것, 현재의 그것은 담론의 성격 자체가 상이한 것이다.

　근대에 대한 지식이 그 자체로 절대적 권력이 되고 계몽의 주체가 되는 경우는 개화기 이후 당분간 지속된다. 그것이 성찰의 대상이 되기 시작하는 1930년대에도 그 흐름은 강력하고 절박한 것이었다. 20세기 초두의 근대(화)는 일종의 '시대정신'이었다.

　박영희를 비롯한 20세기 초 서구 근대시의 개념을 받아들였던 시인들에게 그들이 청소년기를 통과하면서 읽었던 매혹적인 독서물은 근대적 세계를 그린 풍물기였다. 『청춘』, 『소년』과 같은 잡지는 그들 지식의 성채가 되었고 그들은 이를 바탕으로 근대시 운동을 펼쳐나가게 된다. 당시 최남선이 발행했던 『청춘』지에서 가장 인기를 끌었던 시리즈는 바로 이 동경 기행문이었다. 우리 문학에서 근대의 담론이 모호하고 미흡한 채로 떠오르는 계기가 이 같은 '동경기행문'에서 시작되었던 것이다. '동경'은 그들의 근대적 이상이었으며, 근대 체험을 현실화할 수 있었던 유일한 도시였다. 『청춘』, 『소년』 잡지는 그 통로였다. 이광수가 발표했던 「동경서 경성까지」(청춘 9호, 1917.6)와 같은 글은 당대 청소년들의 시선을 한곳으로 집중시키는 에너르기 구실을 했는데, 이로써 그들은 미성년이 가지는 미분화되고 모호한 욕망을 강렬하게 근대시의 에너지로 저장시킬 수 있었다.

이 일상적 근대의 풍경이 근대 지식인들을 가격하고 있는 점은 자못 충격적이다. 동생에게 쓰는 편지 형식으로 된 이 글에서 인상적인 것은 기차 여행지의 풍경인데, 이 시기만 해도 기차 선로를 따라 펼쳐져 있는 근대 산업화의 현장, 방적 공장의 풍경은 조선 지식인들에게는 열망 그 자체였다고 해도 과언이 아닐 것이다. 이 풍경을 접하고 느낀 일신 일신을 독자들에게 전하는 춘원의 열정에서 그의 근대 세계에 대한 동경은 의심의 여지가 없음을 알 수 있다. 석탄 기차는 연신 새카만 연기를 내뿜고 객차 안은 매캐하고 답답한 연기 때문에 숨을 쉴 수 없을 지경이다. 게다가 연이어 터널이 나타나는 바람에 그 답답함은 공포와 전율로 변한다. 이는 초기 산업혁명 시대 영국 웨일즈 지방의 풍경을 상기시키지만 춘원과 같이 근대의 세계를 황홀하게 바라보고 그것을 조선 근대화의 표본으로 인식했던 선각자들에게는 '좋은 시절, 생명을 마음껏 누릴 수 있는 세계'로 이해되었을 따름이다. '연기 곧 생명'으로 이해되는 근대(화)의 위력은 '공해 곧 죽음'으로 이해되는 현재의 관점에서 보면 그 자체로 아이러닉하다. 춘원은 직물공장인 '부사방적회사(富士紡績會社)'의 거대한 건물 외관에 혀를 내둘렀고, '어서 한강 가에도 이러한 것이 섰으면 좋겠다'는 열망에 불탄다. 이로부터 근대는 목표이자 근대 정신 그 자체로 기능한다.

이 같은 근대 산업세계에 대한 동경은 그 뒤 20년도 채 안가 무너지게 된다. **오장환** 같은 1930년대 후반기 경향적 시선을 가지고 있던 신진 시인들에게 이 공장 굴뚝과 매캐한 연기는 자본주의의 거대한 악의 구렁텅이로 인식된다. 산업화된 도시에서 뿜어져 나오는 연기는 죽음의 연기였

다. 오장환은 '도시는 화장터'라는 등식으로 근대의 동경을 부수어버린
다.(오장환, 「首府」) 하지만 춘원은 山北驛, 御殿場驛의 근대적인 시설을
참 좋은 경치로, '꼭 너에게 보여주고 싶은 경치'라 인식한다. 춘원이 이
를 조선의 세기의 프로젝트로 이해한 흔적은 역력하다. 그가 동생에게
보내는 편지의 형식을 띠고 있는 점을 생각하면 이 같은 근대의 세계는
다음 세대가 반드시 이루어나가야 할 낙원의 그것이었음에 의심의 여지
가 없다.

이 같은 근대세계의 기획이, 관념의 대상으로, 이웃 나라의 근대 기획
의 틀로서, 동경의 형식으로 존재하던 단계를 떠나, 구체적으로 일상생
활의 구석구석까지 침투하면서 인식상의 중요한 변화를 가져오는 시기
는 1930년대이다. 전근대적인 조선 사회에서 근대 문명의 수용은 선택
이 아니라 원칙이다. 근대는 부정하기 위해서가 아니라 수용하기 위해서
성찰된다. 1930년대 지식인들은 근대적 지식이나 담론을 어떤 방법적인
틀 속에서 수용하고 비판하면서 담론의 질서를 만들어간다. 1930년대
모더니즘 시의 근대성 담론은 여기서 싹튼다. 김기림은 이를 인문학적이
고 지적인 담론의 틀 속에서, 문화 담론의 형태로 요약한다. 그것을 문학
적 담론으로 구체화한 것이 그의 모더니즘 시론이다. 근대문명을 마주한
근대적 인간의 얼굴을 그는 근(현)대시의 운명을 통해 보고자 한다.

김기림이 파악한 근대시 형성을 추동한 환경적 요인은 이런 것이다.
과학문명의 급속한 발전으로 인한 생활감정의 변화, 과학사상이 야기한
시의 위기, 신의 소멸과 시의 해부의사로 변신한 과학적 방법 및 분석,
나체로 선 시의 운명, 시에 있어 새로운 양식 출현의 필요성, 시와 산문
과의 엄격한 구분을 위한 시 독자적 길의 모색, 기존 가치의 부정과 인간
성의 상실로 인한 현대문명의 병적 징후.(김기림, 「감상에의 반역」) 이
같은 환경적 요인 속에서 시가 기교적으로 혁신되고 방법적으로 모색되
는 것은 필연적이며 근대시 형식의 파괴는 인식과 분석의 과정이며 해체

의 과정인 것이다. 김기림은 이를 시의 '순수화' 과정이라고 말하고 있다. 그가 1930년대에 범박하게 이해한 '기교'란 이처럼 1930년대 세계의 근대성의 문제와 비껴갈 수 없는 것이었다. 그는 모더니즘의 기교란 일종의 시대정신 속에서 연소되는 것으로 보았다. 이는 인간과 기술의 결합, 모더니즘과 사회성의 종합, 고전주의와 낭만주의의 결합, 휴머니즘과 지성의 결합, 근대정신과 동양정신의 조화, 기교와 내용의 변증법적 통합 등의 실천적 과정을 필요로 한다. 이들은 다 같이 근대세계와 시가 조화되는 '전체로서의 시'에 귀속되는 범주이다.

　과학적 가치가 곧 시적 가치로 등식화되는 당대의 시적 담론은 그래서 바로 근대시의 근대적 성격이 무엇인가 하는 담론을 만들어 낸다. 근대적 방법 및 태도는 근대시의 근대성 문제의 가장 중요한 유전인자가 된다. 이 문제에 관한 한 김기림은 인식론적인 혁신성을 보인다. 김기림은 근대세계의 과학적 태도와 방법의 문제는 근대시가 반드시 갖추어야 할 인식과 방법의 문제와 관통하고 있다고 보았다. 시인에게 필요한 것은 낭만적 서정이 아니라 과학적 사고, 이성, 지성이 된다. 근대시의 운명은 근대가 맞닥뜨린 제반 문제에 대해 비판적이고 이성적인 시선을 가지지 않을 수 없도록 돼 있다. 근대시는 현대 문명이 이루어 낸 물질적 가시적 성과를 문명비판이라는 관점에서 비판해야 한다는 점에서 개인의 정서를 노래할 뿐인 '근대 이전'의 시와는 구별된다. 지성, 풍자, 아이러니는 그것의 중요한 방법이다. 이것이 센티멘탈로맨티시즘 비판의 골자가 된다. 시는 언어의 건축이다. 어디까지든지 정확하게 계산되어 설계되고 구상되어야 한다는 시 제작설은 그의 시론의 가장 중요한 핵심이 된다. 근대시란 형식적 통제가 가해지고 지성적으로 건축된 기교로서의 시다. 이 지성으로 계획되고 통제된 시인의 언어는 넘쳐나는 감정을 비만하게 노래하는 무계획적, 무질서적, 감정적인 전근대적인 시와는 양립될 수 없는 것이다.

　　그러나 김기림의 '기교' 중심 시론을 제대로 이해하기 위해서는 그것이 역사적 변화 과정을 겪으면서 특유의 '보충' 논리를 낳고 있음을 이해해야 한다.(졸저, 『한국 모더니즘 문학의 근대성과 일상성』, 다운샘, 1997.) 그의 모더니즘 시론을 '기교 중심주의'로 오해하는 것은 이를 고려하지 않은 탓이다. 특히 1934,5년경의 시론들은 시의 기술적(기교적) 편향성을 비판한 것들이 대부분인데, 그는 그 이전까지 부정했던 센티멘탈리즘을 시 내부 문제로 끌어들이면서 문학적 감격과 인간적 감격의 종합을 강조한다. 이를 그는 문학적 혁명정신이라고 부른다. 다른 말로 '전위에 대한 정열'이라 부른 이것은 시인의 근대 세계에 대한 대응적 역할을 강조한것이 핵심이다.(「오전의 시론」, 조선일보, 1935.10.1-4.) 현대문명과 기술적 진보는 그 자체로 부정될 차원은 아니며 오히려 근대시는 과학적 방법 및 태도를 적극적으로 수용해야 한다. 문제는 그것이 가져오는 인간성 상실의 측면인데, 근대시는 이 문제를 바로 인간주의적인 관점으로 접근할 수 있어야 한다는 것이다. 과학적 방법·태도는 근대시의 기술적 기교적 문제 곧 방법론적 문제이며, 인간성 상실은 시인이 인간주의적인 시선 속에서 해결해야 하고 해결할 수 있는 문제이다. 이렇듯 과학적 방법 및 태도는 '근대시' 입론의 가장 중요한 바탕이 되었다. 이 방법론적, 정신적 문제가 우리 시에 도입됨으로써 우리 근대시의 서정은 확대되고 그 주변을 넓히게 되었다.

　　인간성 상실·문명 비판의 문제는 문화사적 입장에서 비판 담론의 형태로 재인식된다. 김기림이 인식하고 있던 근대성의 문제가 새로운 국면으로 제시되는 것은 「東洋에 관한 斷章」(문장, 1941.4), 「문화의 운명」(문예, 1950.3)과 같은 글에서이다. 「동양에 관한 단장」은 일본 대동아 공영체제의 이데올로기적 바탕이 되었던 '동양체제론'과 관계가 있는 듯 보이고 동양정신의 모색이라는 발언은 체제적, 권력적 징후를 보이면서도 그 위험을 아슬아슬하게 비껴나가는 듯 보인다. 김기림의 근대주의에 대한 입장은 여기서도 여전히 유효한 상태로 유지되고 있다. 그는 근대문학사를 서구 르네상스의 부활과 모방, 그것의 인간적 가치를 찾는데서 의미를 두고자 한다. 근대문명이 피로와 노쇠현상으로 말기 현상을 보이는 것에 대해서도 그것을 완전히 폐기처분할 대상으로 생각하지는 않는다. 원시숭배, 소아동경, 퇴행의식을 보이는 것은 인공적인 자본주의 문명에 대한 항의가 숨어있는 것으로 볼 수도 있다. 하지만 그 회귀를 유일한 근본 대책으로 볼 수는 없다는 것이다. 대신 그는 동양적 가치의 발견을 주장한다. 동양의 '복귀'가 아닌 '발견'을 그는 동양정신의 새로운 입지로 올려 놓았다. 동양의 발견은 서양기술의 합리성, 이론성, 이성중심주의를 보충하고 종합하는 구도 속에서 자신의 운명을 맞는다는 것이다. 이 같은 '동도서기'의 문명론은 개화기부터 현재까지도, 한국뿐 아니라 중국에서까지도 여전히 문제거리로 대두되는 사항인데(백원담 편역, 『인문학의 위기』, 푸른 숲, 1999.), 김기림은 그 특유의 '보충'의 논리로 문제의 소지를 막아낸다. 이 같은 문명적 위기를 해소하기 위해 그는 고대와 중세의 인간정신으로 되돌아갈 것을 주장한다. 문학 예술은 자본주의 뒷동네 장르들이기에 그 역할을 맡을 수 있다고 단언한다. '동양문화와 서양문화의 결혼'과 같은 문화 논리가 가능하기 위해서는 여기에 이르는 다양한 매개항들은 점검해야 함에도 불구하고 그것들을 내버려둔 채 김기림은 서양 방법, 동양 정신이라는 보충 논리를 강조하게 된다. 1930년대 김기림에게 나타난 기술과 시의 문제는 일제말기의 '대동아공영권' 같은 강압정책의 배경 속에 있었던 탓인지 이렇듯 상당히 혼란스럽다.

3.

김기림은 근대세계에 대한 움직일 수 없는 확신을 품었다기보다는 일종의 환영을 본 것에 불과한 것인지 모른다. 그의 발밑을 움직이는 우울은 시인으로서 그가 그렸던 근대세계의 우울한 밑그림이 된다. 그는 가두에서, 백화점의 진열대에서, 거리의 여성들에게서 근대의 환영을 본다.(「도시풍경」, 조선일보, 1931.2.21-24.) 근대의 환영은 플라톤주의자였던 그의 유토피아적 열망을 가속화시키고 그 우울의 한 꺼풀을 벗겨내 속에 든 내질의 진정성을 판단하지 못하게 가로막는다. 그는 자신이 왜 우울한지, 그렇게도 부정했던 센티멘탈리즘이 그 음울한 정서를 왜 덮어 씌워버리는지 알려고 하지 않았다. 그 점에서 그는 어쩌면 이상(李箱)보다 열렬히 그 근대세계를 헤쳐나오려 하고 있었는지 모른다.

1920년대 **박영희**는 '완전한 문학'에 대한 욕망을 달의 환영 속에서 투사시키면서 근대시적 세계를 만들어 간다. '달빛'은 에로틱한 내밀함을 내뿜으면서 형이상학적 관념성을 만들어내었다. 그것으로 근대 초기 시의 임무는 충족될 수 있었다. 1930년대에 오면 그 근대세계는 일상성의 체계 안으로 들어와 많은 부분 경성 시가지에 재현됨으로써 현실화된다. 일상성 속에 깊숙하게 뿌리내린 근대성의 세계가 시인, 지식인, 모던걸 등에게서 뿐 아니라 근대의 뒷골목을 차지하고 있었던 도시 빈민, 매춘부 등의 육체에 각인된다. 이 '몸들'은 근대성의 화신(化身)이다. 이상의 자기파멸적 언어나 아니러니, 유희적 언어 의식은 근대 세계에 대한 몸의 항어이다.

그래서 1930년대 시에서 우울은 그 자체로 하나의 아우라를 만든다. 1930년대 시의 서정은 더 이상 자신의 혼을 증명하거나 본원적 세계로서의 자연을 읊는 차원을 벗어난다. 그들은 근대적 세계, 인공 자연으로서의 세계, 제 2의 자연을 읊는다. 그 곳에 모더니즘의 서정이 존재하며 김광균과 같은 '도시파들', 이상의 '자멸파들', 정지용의 '노장파들'이 자리해 있는 것이다. 그들에게 근대 세계는 자신의 내부를 규정하는 타자이다. 진정으로 그 타자를 들여다볼 수 없었기에 그들의 시에는 자신이 미처 방어하지 못하는 사이에 형성된 깊은 우울이 있다. 김광균의 무채색의 도시와 퇴락한 근대의 풍경이나 정지용의 후기시까지 깊게 드러나는 우울과 고독은 모더니즘 시가 '서정'을 단적으로 배제한 것으로 볼수 없게 만든다. 김기림조차 그가 부정했던 바로 그 센티멘탈리즘을 자신의 시에서 반복적으로 재현하게 되는 것이다.

김기림이 극단적으로 부정한 것은 '센티멘탈 로맨티시즘'이었지만 실제 그의 시는 이 세계로부터 거의 벗어나지 못한다. 이상은 근대세계 안으로 내던져진 근대인의 이중성, 모순, 갈등을 '독화'나 '최저낙원'으로 알레고리한다. 그러나 김기림은 그 자신이 뿌리깊게 간직하고 있던 플라톤주의자적 기질로 인해 그 갈등을 한 층 접고 내재화시켜 버린다. 그래서 갈등은 표면화되지 못한 채 그의 근대는 이상적, 낙관적 전망으로 흥성거린다. 역설적이게도 그것이 시의 깊은 심연에서 근대적 우울을 만들어 낸다. 시론과는 달리 그의 시는 우울에 젖어 있고 근대의 이중성에 갇혀 고민하는 갈등의 수사학이 존재하게 되는 것이다. 그의 시는 1930년대 근대가 주는 우울과 내면의 고독 속에 쌓여진 지적 아우라를 스스로 내뿜는다. 그는 시론을 통해서만 근대시의 방향에 대해 논리적으로 말할수 있었다. 그가 밝히고 있는 「나의 서울 설계도」(民聲, 1949.4)는 근대세계에 대한 유토피아적 환영의 산물이다. 김기림은 월미도에서 자동차를 타고 단숨에 서울역까지 입성하는 속도의 에로티시즘에 열광하면서 근대성의 야심찬 기획을 세우지만 정작 그의 시는 뿌리깊은 감상주의와 근원을 알 수 없는 우울한 정서로부터 벗어날 수 없었다.

시인으로서의 김기림은 그다지 의미있는 평가를 받지 못한다. 시적 완결성의 결여와 모방적 성격, 센티멘탈리즘이 그의 시에 두드러지게 나타난다는 점 때문이다. 이 같은 아이러니는 시인으로서의 그의 재능의 미미함을 의미하기보다는 그가 논리적으로 파악한 근대적 형식과 방법을 시에 완고하게 적용한 데서 비롯되었을 것이다.

'우울' 자체는 근대성의 형식이라는 점에서 피할 수 없는 것이며 식민지의 정서적 토대 위에서 깊게 뿌리 내리고 있었다. 그의 정신은 전망을 향해 내달릴 수 없었다. 식민지 자본주의 '체제'에 대한 비판적 담론을 그로서는 제기하기 어려웠을 것이다. 김기림은 언론에 관계하면서 해외의 정치·사회적 동향을 파악했던 지식인이었고 잭 런던의 공상적 사회주의에 관심이 있었으며 이여성 등 좌파적 성향의 지식인들과도 유연하면서도 포용적인 관계를 가지고 있었다. 그러니 만큼 근대성의 문제를 전적으로 낙관적이고 맹목적인 기대감 속에서 이해했으리라고는 말하기 어렵다. 이것이 시의 우울을 만든 두 번째 동기이다.

김기림이 주장하는 과학주의적 태도 및 방법은 시의 형식적(언어적) 가치를 인지하게 했고, 환유적 이미저리를 우리 시에 도입하는 계기로 작용한다. 김기림의 과학적이고 분석적인 근대시의 옹호는 전통적 서정시적 개념으로부터 분리된, 단절적인 근대시의 개념 위에서만 평가할 수 있다. 시와 시론의 상호모순이 근대성에 대한 김기림의 한계를 결정짓는 규범으로 자리할 수는 없다. 근대적 세계에 대한 동경, 과학적 합리주의에 대한 그의 맹목을 탓하기보다는 우리 시의 새로운 영토를 만들고자 했던 김기림의 인식론적인 지층의 성격을 이해해야 한다. 그가 이상을 우리 시대 최후의 모더니스트로 명명한 것은 우리 근대시가 전통 서정성과 유기적 언어 중심의 고정된 틀에서 한 겹 벗어나게 되고, 인식론적이고 지적인 시의 갱도속에서 시인이 언어를 채굴하는 방법을 스스로 자각하게 됨을 말하고자 한 것이다. 언어와 인식의 층위가 밀도있고 긴박하게 접합되어갔던 우리 근대시의 역사를 떠 올려보면, 김기림의 역할은 상당한 평가를 받을 수 밖에 없다. 언어를 그 자체로 분리해 하나의 대상으로 놓는 것, 곧 시의 언어를 지적이고 분석적으로 이해하고자 하는 태도는 1930년대를 거쳐 1950년대 이후 우리 시의 뚜렷한 하나의 방향성이 된다.

4.

  과학 기술 문명은 '자연'에 대한 새로운 인식과 시의 양식적 변화를 이끈다. '도시'는 제 2의 자연으로서 기계 문명과 한순간 화해하면서 삶의 기술적인 양식을 요구한다. 근대의 시인들은 도시에서 치열하게 상상력의 연금술을 단련한다. 우리에게 있어서도 '도시시'의 출현은 1930년대 자본주의화의 토대 위에서 가능해진다. 1930년대 '도시시'는 이전 시와의 인식론적 단절과 정신상의 변화를 보이는 데서 그 의미를 찾아야 할 것이다. 김기림, 정지용, 이상의 경우에 이 현상은 뚜렷한 것이다.

  '야만의 도시'와 '이상적 도시'는 근대성의 문제에 있어 중요한 인식론적 범주이며, 이것의 갈등과 충돌은 근대성의 양가적 특성을 표상한다. 주의해야 할 것은 이 '도시시'의 개념이 시의 소재 자체를 도시적인 것 속에서 찾았다거나 도시(화)와 관련되는 언어를 시에 사용했다든가 하는, 단순한 '취향'을 의미하지는 않는다는 데 있다. 김광균의 시를 이해하는 데 중요한 인식소가 되는 것은, 그를 떠올릴 때면 수식어처럼 따라붙는 '회화적 이미저리'나 '이미지즘 시풍'이 아니다. 그 이전의 시와는 단절하고 있는 시적 개념의 범주들이다. **김광균**이 말하는 '지등'과 '전등', '여마(驢馬)'와 '자동차'의 차이는 '전근대성/근대성'을 구별하는 차이 기호이다.(김광균, 「서정시의 문제」, 인문평론, 1940.2) 시의 소재 차이가 전근대시/근대시를 규정짓는 것이 아니라 인식론적이고 개념적인 차이가 근대시의 여부를 결정짓는다는 것이다. 즉 '도시시'가 성립될 수 있는 것은 시적 범주와 인식이 그 이전과 차이를 보인다는 데 있다. 김광균의 도시적 서정시는 전통적 서정시의 맥을 뛰어넘으면서 현대시의 표정을 하나 만들어낸다. 그의 시에도 여전히 근대 도시의 우울과 센티멘탈은 주된 정조를 이룬다. 김광균은 이 도시적 서정을 통해 1930년대 후반기의 방향성 상실의 문제를 제기하게 되는데, 이는 임화로서도 이것에 관한 한 1930년대 후반기에 '신인아닌 신인'으로 그를 평가하지 않을 수 없게 만든 요인이다.

이상은 극도로 뒤틀리고 그로테스크한 도시와 창부의 이미지 속에서 '성모'를 찾고자 함으로써 근대성의 양가성을 관통해버린다. 그의 명민함이 글쓰기의 저주스런 운명을 재촉하게 한다. 그의 인식은 김기림이 세워 놓았던 플라톤주의자적 시각으로부터도 비껴가지만, 체제나 자본주의의 문제를 비판적으로 조율하지도 않는다. 김기림이 인문학적인 시선으로 '기술'의 한계를 보충하고자 한 데 비해서 시인이자 글쟁이였던 그는 시인의 저주스런 운명 속에서 '불멸의 글쓰기'라는 극한으로 달려간다.

김기림, 이상, 김광균 등이 모종의 우울과 가치의 혼돈 속에서 그려낸 도시의 이미지들은 오장환 등의 시인들에게 오면 극도의 부정적인 시선 속에서 체제의 문제로 인식된다. 방적 공장의 연기를 근대화의 징표로 인지하고 동경하기에 이미 서양의 근대는 수많은 모순과 갈등을 제기하면서 황혼기에 들어서 있었고 근대성의 비관적인 담론들이 독서물을 통해 조선에 전해졌다. 스펭글러, 조지 오웰, 잭 런던, 실존주의 같은 근대 세계에 대한 비판적 성찰을 담은 담론들이 바로 그 근대 세계로부터 전해졌던 것이다. 오장환은 도시 자체를 인공낙원의 이상화된 시선 속으로 붙잡아 둘 수 없었다. 도시는 오직 '야만의 도시'이다. 그는 과학 기술의 진보와 서구식 자본주의가 만들어 둔 도시의 어둡고 컴컴한 저 뒷골목을 훑어내고 시궁창과 오물 투성이와 낡아빠진 인생들이 득시글거리는 공간으로 도시를 그려놓는다. 이 같은 부정적인 도시의 이미지는 이미 우리 시에 과학 기술적 가치에 대한 유토피아 지향성이 부정되고 있음을 말해준다. 이 도시시는 그 이후 근대시의 뚜렷한 하위개념으로 자리하면서 변화에 변화를 거듭하게 된다.

1950년대 전쟁의 참화는 바로 과학 기술문명의 참화이면서 근대적 세계 자체가 갖는 절망의 보고서이다. 박인환은 폐허의 도시에서 페시미즘과 허무주의의 깊은 심연을 그려낸다. 그가 그린 '상실'의 테마들은 인간주의적 시선 없이는 이해되지 않는다. 전쟁은 실존주의 테마가 우리 시에 도래할 수밖에 없는 환경적 요인을 만들어주고 있었던 것이다.

근대 세계의 경험이란 결국 우리 시의 새로운 서정을 만들어 내는 계기가 되기도 하지만 역설적으로 그것은 일종의 매너리즘으로 작용하기도 한다. 서정주는 이 위험성을 해방 이후 실존주의나 지적 모더니즘파들과의 논쟁 속에서 가시화한다.(서정주, 한국의 현대시, 일지사, 1982.) 설화, 전통, 영원회귀, 풍류, 니체적 사유로의 복귀는 이것들과의 질적 차별성을 내보이면서 근대적 세계에 대항하는 시적 실천을 보여준다. 198·90년대로 올수록 서정성의 상실과 그 대가로 세워진 경박함, 비속함의 언어는 현대시의 본질인 것처럼 오해된다. 이는 근대의 각박함과 세속화의 반증으로 이해할 수도 있지만, 도시적 서정 자체를 깊이 있게 탐색하기보다는 그 자체로 매너리즘화된 것이 중요한 이유일 수 있다. 이것은, 반서정성, 해체성, 일탈, 키취성의 범람과 혼종이 현대 도시시의 본질인 것처럼 오해하게 만든 이유가 되었다.

5.

'시와 기술'의 문제를 전통적 가치와 모더니즘적 가치, 전통 서정과 탈서정 등의 대립적 개념으로 환원시키는 것은 문제의 본질을 벗어난다. 근대성이 갖는 내재적 의미항들을 설명하고 분석하면서 비판적 담론으로 그것을 조명해야만 근대성 담론의 한가운데를 관통할 수 있다. 모더니즘적 가치는 인간적 가치와 시적 가치의 조화 속에서 쌍생적으로 싹트고 성장한다.

사변적이면서 전위적인 시적 태도를 보여주면서 시적 언어의 혁신 속에서 자기를 이해하고자 했던 **김수영**은 1960년대에 들어 '모더니티/전통', '참여/순수'의 개념을 뒤집어버리고 시 자체의 장르적 혁신과 새로운 시적 서정을 생성시키고자 한다. 그의 논점은 이분법적 사유를 넘어서고 있는데 김수영은 다층화된 인식의 범주들을 시 속에서 구현하고자 애썼다. 실제로 그의 시를 '모더니즘/참여'의 문맥으로 읽게 되면 많은 의미있는 주제들을 놓치게 된다. 그는 시 자체가 갖는 순수/참여의 변증법적인 생성을 욕망했다. 그가 하이데거를 빌어 '대지의 은폐와 세계의 개진'이라는 시의 변증법을 생각했던 것도 같은 맥락이다. 그는 파시즘적 세계관과 시적 인식의 절대화를 경계한다. 1960년대 경제 개발이 우리 시의 현장에 끼친 해독은 자유당 시절 이승만 정권이 저지른 해악보다 더한 것이라고 그는 갈파한다.(「詩여, 침을 뱉어라」, 전집, 민음사, 1993.) 그의 날카로운 지적은 지금도 되새길 만한 것이다. 이항대립적 논리의 확산, 이른바 주류 담론이 흑백논리로 재생산되는 현실, 시인들의 닫힌 세계 인식, 모든 문제를 일원적 가치로 환원하는 근대 절대주의 입장을 그는 경계한다. 이는 시의 서정성 자체를 말살하고 시단을 순수-참여의 헤게모니 쟁투의 전투장으로 전락시켰던 것에 대한 비판의 의미를 담고 있는 듯 보인다.

　김수영은, 거리에서 술을 마셔도 예전처럼 '양아치 같은' 시인 하나 발견할 수 없다고 근대화가 시에 끼치는 맹독성을 경고하고 있다. 근대화의 해독은 시적 서정 자체를 잘 포장된 기성품으로 전락시켰다. 1960년대 근대화의 암울한 풍경 속에서 김수영은 시적 서정의 상실을 정신의 상실로 이해하고 있었다. 시는 점차 혁신적인 자기 언어를 잃고 '순수화' 되거나 자기 성찰의 기능을 잃어버리고 있었고 그에 대한 비판이 필요했다. '근대'의 기획은 김기림이 인식하고 파악했던 그것으로부터 훨씬 멀리 벗어난 상태에서 1960년대 우리 문단을 지배하고 있었던 것이다. 1960년대 우리 시의 뚜렷한 특징 중의 하나는 언어에 대한 관심이다. 언어의 탐구는 과학적 분석적 방법론의 탐구이다. 그것은 서정의 문제가 아니라 인식과 해석의 문제이다. 이는 형식주의나 분석주의 방법의 영향과도 분리할 수 없다. 이로부터 반서정성 자체가 현대시의 본질적 속성인 것처럼 오해되기도 한다. 서구적 감수성으로 무장한 시인들이 1960년대 이후 시단의 한 주류가 되었고, 이는 1990년대 이후 키취적 감수성, 만화적 상상력을 가진 시인들, 사이버 매체에 친숙한 시인들의 등장 속에서 더욱 광범위한 세력으로 자리잡는다.

김수영이 지적한 것은 시인의 인간주의적인 열정의 소멸이었다. 그것은 시대정신의 담지자로서, 시대의 맨 앞을 가고자 하는 견자로서의 시인의 소멸을 의미한다. 김수영의 불온성은 바로 시적인 가치를 인간적인 가치와 조화시키는 것의 문제에서 날카롭게 빛난다. 그는 당대 이데올로기적 지배와 그것에 구속된 우리 시의 한 표정을 말하고자 했다. 그것은 근대라는 권력적 힘의 절대화가 현대시에 어떤 영향을 끼치는지를 분명하게 말하고자 의도된 것이다. 1960년대 근대화란 바로 매끈함, 획일화, 통제, 구속, 가속화, 속도 등 '과부화된 근대'의 의미로 떠올려지는 것들인데, 이것이 시에 가한 압력은 아마도 자유에 대한 파시즘적 봉쇄였을 것이며 전위적인 시 정신에 대한 중압집권화된 권력적 제어장치였을 것이다. 1960년대 이후 순수시파적 시적 감수성과 언어에 대한 자의식을 가진 시인들의 대거 등장은 언어의 분석적 인식을 의미하기도 하지만, 근대화의 권력적 통제의 산물, 곧 언어적 자의식 없이는 그 통제를 헤쳐나갈 수 없었던 시대의 한계일 수도 있는 것이다. 이 '근대화 권력'은 1970년대 이후 불어닥친 리얼리즘 시의 복원, 농촌시, 민중시 등의 폭풍 같은 시의 에너지를 한순간 억눌러 둔 것에 지나지 않게 된다.

6.

과학 기술의 진보와 그것에 대응하는 이성적 합리적 사유와 언어 인식이 곧 반 서정이나 반시를 의미하지는 않는다. 우리가 항상 오해하고 있는 것은 기술과 인간의 대립적 구도가 1930년대 모더니즘으로부터 왔다거나, 그것의 혐의를 김기림에게서 찾고자 하는 것이다. 김기림의 목소리는 1990년대 신세대론의 일종인, 우리는 사이버 세대라고 외치는 목소리와는 그 자체로 성격을 달리한다. 사이버 세대들은 과학적 진보주의의 반인간적인 측면이나 '과학적 인간형'에 대한 의식적인 각성을 하지 않았다. 그러나 1930년대의 '과학적 심성'은 그것 자체가 하나의 시대정신이었다. 과학적 진보주의가 우리 시에서 처음으로 '낭만적 서정성'의 완고한 성채를 무너뜨리고 견고하고 견인주의적인 지적 내면을 만들어 간 것은 중요한 기여이다. '과학적 인간과 시'에 대한 인식론적 요구가 1930년대 시대정신이며 시적 전위였다면 이것은 한순간 우리 시가 과학적 세계 및 방법과 행복하게 조우했음을 의미한다. 그러나 198 · 90년대의 '근대주의/반근대주의'는 사변적인 담론으로 떨어짐으로써, 후기산업화 시대 과학 기술주의가 시의 정서를 황무지 위에 올려 놓게 했다는 혐의를 더욱 짙게 만들었다.

20세기 과학적 세계에 대한 낙관적 전망은 미래파의 격렬하고 열정적인 형식과 수사학의 파괴 속에 이해되기도 했다. 기관차, 전쟁, 무기, 남성적 힘에 대한 찬양은 20세기 초의 인류가 기대해마지 않았던 과학적 가치의 절대화였고 그것은 시 형식과 내용의 양 측면에서 파괴적인 힘을 발산하면서 아방가르드 미학의 중심이 되었다. 그 전망은 얼마 지나지 않아 환멸과 우려로 바뀌었지만 그 미학적 전위의 에너지가 소멸된 것은 아니었다. 그들은 과학적 진보의 눈부신 광휘로부터 전위의 내적 에너지를 충전받았던 것이다. 그 전위가 역사적 아방가르드화되면서도 뒤 이어

나타난 아방가르드의 근거가 되고 있었기 때문이다.

과학적 인간과 시적 인간의 관계는 이번 세기에서 더욱 중요한 화두가 될 것이다. 현재 바이오닉스, 사이버네틱스와 같은 인간-기계의 몸의 결합은 과학적 가치와 시적 가치에 대한 유례없는 의문과 관심을 던지고 있다. 디지털 혁명 시대에 시적 가치는 이 과학 혁명의 현실과 한순간도 분리될 수 없다. 문제는 미래주의적인 파시즘적 경도가 아닌 냉철하고 지성적이며 분석적인 시인의 태도가 요구된다는 것이다. 그것은 시인에게 과학정신이 필요하다는 의미라기보다는 과학의 진보에 대한 냉정한 '가치판단'이 필요하다는 의미이다. 그러나 그것에 대한 시적 대항은 반드시 '과학적일' 이유는 없다. 21세기 문학에서 영성·혼·환상 등의 '반과학적인 대항 형식'이 부상하고 있는 것은 그래서 역설적이다. 인간은 더 더욱 종교나 신비를 믿지 않을 것이지만 그들은 더욱 종교적이 되거나 시적으로 되고 싶어 한다. 이 말은 반과학적인 것(시적 가치)의 과학적 세계와의 새로운 지양을 의미하는 것이 아닌가 한다.

과학이나 기술이 시를 위협하지는 않는다. 오직 조잡하고 경박한 시만이 시의 운명을 좌우한다. '야만의 도시'에서 '이상의 도시'를 꿈꿀수 있었던 이상(李箱)의 시적 욕망은 아마도 과학주의가 시에 부여한 해택 속에서만 이해되고 평가될 수 있을 것이다. 형식적 전위나 난해성, 파격 등의 양식 파괴는 이제 '전위'의 의미를 띠기 어렵다. 그것은 컴퓨터같은 더 놀랍고 정교한 기술적 장치를 통해 이룰 수 있다. 문학은 한편으로는 인식이어서 과학에 대한 앙가주망적 인식은 그 자체로 과학적 방법과 모순되지 않는다. 서구 근대화 과정에서 불확신이나 회의는 과학주의에 대응한 지식인들의 정신의 대응물이었지만, 1930년대 시인들이 보여준 과학적 방법에 대한 관심, 형식적 파괴, 근대적 서정의 확산 등은 점차 서구 문명의 전시장이 되어가는 조선 내에서 근대시를 통해 과학적 세계(근대성의 세계)를 정립하고 그를 넘어서고자 했던 논리적 대응물이다.

그들은, 근대성이 절대적인 시대정신으로 존재했던 시대에 과학적 가치
와 인간적 가치를 모더니즘의 세계관으로 조화시키면서, 시적 가치를 인
식하고자 했던 것이다.

1990년대 시의 여백 혹은 비판

1. 세기말 혹은 시의 무용성

1990년대의 문학 공간을 조망하는 참고문헌들은 너무나 많고 많아서 거기다 새로운 끼워넣기를 할 필요를 별로 느끼지 않는다. 필자 역시 이미 몇 편의 글을 통해 참고문헌의 부피를 늘이는 데 일조했던 것이다. 일종의 도덕률적인 의무감 속에서 우리는 1990년대와 1980년대를 강박적으로 구별짓고자 했던 것같다. 1990년대 시의 새로움을 말한 그 숱한 담론들을 들여다 보는 일은 그것만으로도 이미 낡은 형태의 세계에 속해 있다.

누구나 심취해 있었던 1990년대 시가 세운 '새로움'의 빛나는 공훈 목록을 보자. ①서정성으로의 복귀-언제 시가 서정성을 띠지 않았던 때가 있었는가. 문제는 서정의 '내용'이다. ②일상성의 복원- 1990년대 시의 혁혁한 전공처럼 기억되던 그 일상성은 이미 오염되었다. ③페미니즘 시의 활성화- 투쟁적 가치로서 아니면 대중적 상품으로서? 페미니즘은 이제 상품성의 의미로 '전략' 아닌 '전락' 되었다. ④대중매체에 길들여진 신세대 시인들의 글쓰기-영화, 광고 등 대중문화에 대한 관심이 신세대 시인의 전공 품목이 되어버린 지는 오래다.

그러나 그것이 어떻단 말인가. '미학적 의사소통의 학문류' (들뢰즈)들이 주인인 체하며 문학 아니 문화의 전 장을 활보하고 있다. 무엇이 변화되었단 말인가.

필자는 1990년대 시의 '새로운' 공간들로 설정해 둔 그 세목들에 '흠집'을 내어 본다. 이 글은 따라서 1990년대 시의 '낡은' 비판이다.

누군가는 잔치는 끝났다,고 했고 또 누군가는 세기말 블루스,라고 했으며 또 누군가는 이제 소멸에 대해 말하겠다,고 했고 이제는 재즈적 시다,라고도 했다. 끝, 세기말, 데카당, 소멸, 즉흥, 일탈 등의 단어들은 우울하고 비장한 죽음의 냄새와 함께 책임지지 않아도 좋을 '자유' '허무'와 같은 뉘앙스를 풍긴다. 그 냄새와 이미지들은 '블루스'의 장중한 리듬을 타고 우리의 사유를 타고 내린다. 그 리듬은 우리의 혼몽한 의식에 유령처럼 달라붙은 채 허약해진 육체와 내면을 지배하려고 덤빈다. 비극적 포즈를 취한 이러한 단어들은 이제 너무 자연스러운 것이 되어서 비극은 그 자체로 지워졌다. 비극은 누구나 공유하는 것, 다시 말하면 비극은 '민주화, 일반화' 되었다. 1990년대의 시는 이 '종말의식'과 '비극적' 카테고리라는 한편에 자기의 생존을 걸고, 다른 한편에 문화 상품의 화려한 옷을 입고 균형을 유지하려 애쓴다. 그러나 그 '끝'의 세목들을 살펴보면 세기말, 죽음, 일탈의 언어들이 세기말적 사유의 인식론에서부터 비롯된 것이기보다는 다분히 포즈적인 것임을 어렵지 않게 확인하게 된다.

다른 쪽으로 눈을 돌려보자. 시인은 예술가의 계보에 속하거나 견자의 계보에 속한다는 '계보의 지형학'은 1990년대를 설명하기에는 시대착오적이다. 누구나 다 시인이 될 수 있다. 백화점 문화 센터 시 창작 교실은 삶의 여유를 찾겠다는 '아줌마들'로 붐비고, 그들은 얼마간의 수련 끝에 시인이 된다. '시인 자격 파괴'이다. 필자는 아직도 '문청기질'을 가진 사람들이 있다는 그것만으로도 경이를 느낀다. 하지만 아직도 시 장르에 대해 오해하고 있는 사람들이 있다. 누구나 다 시인이라는 것은 시의 무용론과 통한다. 누구나 다 시인은 될 수 있다. 그러나 어떤 사람들만 '시인'이다. 시는 쉬운 장르가 아니라 깊숙이 들여다 보아야 하는 장르인 것이다. 시인은 많으나, 우리 시의 깊이가 부재하다고 말하는 것이 무리가 아니다.

2. 오염된 일상성

1990년대 시적 담론의 맨 아랫자리에는 중심(주체 담론)의 소멸, 거대 담론의 붕괴, '작은 것'에 대한 관심 등이 놓여있다. 이를 탈모더니즘, 탈근대성과 같은 철학사조로 설명하든, 다원주의, 일상성이라는 개념 틀로 설명하든 그것은 중요하지 않을 수 있다. 이것의 역사 철학적, 문화적 맥락을 말한다는 것은 진부한 것이다. 1990년대 들어 이 같은 변화를 몸소 떠안고 간 시인들은 이른바 '신세대 시인'들이었다. 그 신세대 시인들은 바로 1960년대에 출생한 또래의 연배들이었다. 이 연대가 시작되었을 때 문단에는 이들 '젊은 신세대 시인'들만 존재하는 것처럼 보였다. 필자의 시인 목록에는 아직도 김소월, 정지용이 속해 있으며, 김춘수와 서정주와 같은 원로들과 그 이후의 중견의 시인들의 이름이 들어 있지만 대부분은 그들을 잊고 있는 듯하다. 아무튼 당시 이들 신세대 시인들이 새롭다고 내놓은 품목 중 가장 혁혁한 전시품인 '일상성'을 들여다 보자.

비바 70미터 두루마리 휴지를 손에 들고/허술히 굴러가는 휴지의 몸통과 아무 저항 없이 풀리고 찢기는/휴지의 살집이 가진 단순성에 대해 생각해 본다/말면 말리고 풀면 풀리는 헐값의 생/때로 생활이 단조롭고 지루한 누군가의 눈이/이 두루마리 휴지가 가진 흔치 않은 미덕을 발견한다면/이리저리 굴리고 다시 말면서 당분간의 재미거리로 삼을 수도 있으리라//그러나 어이 없어라/버려지는 휴지의 볼품없는 몸통을 보라/그토록 그를 애달프게 했던 살집이 결국은 그의 것도 아니

(이선영, 「휴지 같은 이 인생」)

　다림질하기와 공원 산책하기, 비누곽 들여다보기, 지나가는 장의차 구경하기, 귤을 까먹다 자신의 아랫배를 훔쳐보기. 시적 대상을 현저하게 일상의 그물 안에서 포착하기를 즐기는 **이선영**이 그려내는 일상성은 1980년대의 '민주화의 거리'에서 시적 대상을 찾아내었던 것과는 분명 다른 것이다. 그 일상성은 바로 골방의 것이며 몽상의 것이다. 그는 자신의 육체를 탐색하고 자신의 육체가 만들어 가는 이미지들을 일상적인 사물과 관련시킨다. 자신의 주위에 널려 있는 '휴지'를 통해 휴지같이 버려진 자신의 육체 혹은 삶을 유추해 내는 이러한 발상법은 '일상성'에 대한 관심의 가장 전형적인 예가 될 것이다. 그것은 1990년대 삶의 징후를 설명해 준다는 점에서 새로움을 띠었다. 그러나 다시 한 번 들여다 보자. 그래서 어쨌단 말인가. 그들의 몽상은 권태와 게으름, 골방에 갇혀 있음으로 해서 생기는 '자연발생적인' 것이었을지 모른다. '거리'에서 갑작스런 '방안'으로의 삶의 좌표의 이동은 무기력과 절망과 혼돈을 낳았다. 일상성은 표피적으로 그의 삶을 지배하게 된다. 왜 그러한가를 말하기도 전에 그들은 일상의 외피에 지배당하게 된 것이다. '죽음'에 대한 몽상으로 옮아가는 것은 그래서 너무나 자연스럽다. 이들 젊은 시인들의 시에 '죽음'의 이미지가 계속 변주되는 것은 이 때문이다.

　나는 본다 들여다 볼 수 없이 깊은 연못을, 노파들이 오래된 도시의 주름 속에서 느릿느릿 새어 나오는 광경을…… 살아있는 건 무채색의 어둠뿐이라는 듯이 끔찍하게 늙은 검은 얼굴들을 보았다 죽은 나무와 밑동에 돋아나는 버섯과 잎 끝에 떨어질 듯 말 듯 매달린 물방울의, 그 휘황한 불꽃의 주인인 그녀들을……

(박형준, 「공원에서 쉬다1」)

  박형준이 포착하는 일상성과 그것의 서정성은 방위병이 부르는 군가 소리, 저물녘 옥수수 밭에서 어슬렁 거리는 늙은 개의 그림자, 고목처럼 고사된 추억의 옹이들에서 비롯된 것이었다. 추억의 옹이는 도시의 미로가 주는 혼몽함과 알 수 없는 어두움에서 오는 듯하지만 그 어두움의 실체를 우리는 뚜렷이 알 수는 없다. 그가 그려내는 일상성은 죽음의 일상성이다. 달걀 껍질을 까는 노인, 추억을 안고 사는 과부들, 죽은 나무들과 그 흔적들, 잎 끝에 위험하게 매달린 물방울들. 이 작은 세목들이 빚어내는 아우라는 금새 비극적 냄새를 풍기면서 시적 대상들을 압도해 버린다. 어둡고 축축하고 어떤 알 수 없는 비극과 몽롱함만이 시 전체를 지배하고 있다. 몽상은 시적 대상을 회화적으로 끌고 가면서 그 이전에는 볼 수 없었던 이미지들을 한 장의 그림 속에다 올려 놓지만 이미지의 형이상학은 결여되어 있는 듯 보인다. 이것이 그들 몽상의 실체인 것이다. 자신을 그들 스스로는 '가슴에 새를 품고 사는 몽상가'(「몽상가」)로 규정하고 있지만 그 새는 가슴을 한번 열어보자 마자 현실의 벽에 부딪혀 죽어버리는 유리 조각같은 허상에 지나지 않는다. 아니면 '저 강물 속으로 사라지고 마는' 소멸될 운명에 처한 것이다. 이들 시에 나타나는 농후한 서정성은 바로 소멸하는 것, 애상적인 것, 퇴락하는 일상적인 것에 바치는 비가풍의 그것이다. 단지 낭만주의의 화려한 옷은 걸치지 않았다는 것, 1990년대라는 시대적 함의를 유추할 수 있다는 데서 그 비가의 내역들의 차이를 확인할 수는 있다.

  그들의 일상성은 그 일상의 사물들에 끈질기게 달라붙어, 그리고 그 사물들의 비극적 정황들로부터 튕겨 나오는 역동성 다시 말하면 그 일상을 되받아 치고 나오는 힘이 부재한다. 일상성이 표층적이고 단층적인 것, 파편적인 것, 삶의 그저 그렇고 그런 것, 잡다한 일들에 대한 후기라면 거론할 의의가 없을 것이다. 가투가 벌어지는 거리에서, 자신의 신념을 얽어 맨 감옥에서 시를 읊는 것과는 달리 골방(혹은 공원에서 게으른 산책자가 됨)에서 제 육체를 들여다보고 몽상하는 자신을 그려보거나 공원에서 게으른 산책자가 되는 것이 일상성의 그림이라면 그것은 1930년대 이상이 먼저 시도했던 것이다. 이상의 시는 육체의 훼손과 시적 글쓰기의 생성이라는 갈 데까지 간 자의 행위라는 점에서 그것은 일상성의 저 깊은 지점까지를 훑어낸 것이 된다. 이 점에서 1990년대의 일상성은 새롭지 않은 새로움이며 1990년대 시의 새로운 징후를 보여주는 징후학의 수준에서 더 나가지 못하는 것이다. '일상성'의 추구가 아니라 '일상'으로의 함몰이라는 위험을 스스로 내장한 것이다.

3.영웅본색 세대?

1990년대 시의 새로움을 가장 명시적으로 드러내 주는 것은 대중문화체험의 시적 글쓰기이다. 영화 애기는 우리 시대 언어의 기본 양념이다. 영화 담론은 하루를 멀다 하고 우리 식탁을 오르내린다. 어떤 작가는, '나는 영웅본색 세대다'라고 말한다. 세대를 나누는 기준이, 파리의 지붕 밑 세대, 미워도 다시 한번 세대, 겨울 여자 세대, 취권 세대, 쥐라기공원 세대, 중경삼림 세대, 등으로 바뀐다고 생각해 보라. 재미있지 않은가. 어떻든 영화는 우리 세대의 존재론적 지위를 결정하고 있다. 요즘 어떤 시인의 시집을 들추더라도 그들의 시적 이미지는 많은 부분 영화를 비롯한 대중문화에서 빌어 온 것이 많다. 유하는 이 점에서 앞서 있는 시인으로 평가받아 왔다.

그러나 나는 이 시점에서는 그에게 키취세대, 세운상가를 방황하던 불량끼있는(반항적인) 1980년대 세대의 옷을 입히는 것을 거부한다. 대중문화 체험을 통한 사유와 반성은 이제 너무 길들여 졌다. 그의 시가 '압구정동 존재로서 자신을 바라보고 반성한다'는 식의 평가는 자가당착적이다. 그는 '압구정성'의 가면을 벗겨내는 데 열심인, 그러면서 키취적

욕망에 '들떠있는' 세대의 전형적 얼굴을 가진 시인도 아니며 그럴 필요
도 없다. 오히려 그에게는 계몽주의적 서정성의 얼굴을 간직한 1980년
대적 시인의 이름이 어울린다. 우리는 가장 1980년대적인 시인으로 평
가받는 박노해에게서 이미 그것을 발견했었다. 1990년대 시는 1980년
대 시가 견지하고 있던 영웅적 교사의 목소리에서 서정성으로 무게중심
을 옮겨앉은 것뿐이다.

　'하나대'는 압구정성의 반성적 혹은 대립적 이미지이기보다는 유하
시의 근원이다. 고향으로 돌아가는 것, 실존의 원천으로 돌아가는 것. 만
약 1990년대 서정을 이야기해야 한다면 바로 이것이어야 하지 않을까.
'죽음'의 몽롱한 아우라가 아니라 구체적인 것이 서정성의 본질이다. 할
머니의 죽음, 유년의 추억을 불러내 올 수 없음, 시간의 무상성과 같은
비극적 체험인 것이다. 그에게 압구정동의 화려한 물신의 미소를 발견하
든, 아니면 재즈같이 날아오르는 그의 일탈적 시적 성향을 말하든 간에
그는 '서정시인'인 것이다. '무림시편'의 기발한 시적 발상과 '압구정동
시편'의 여러 판타스마고리아적 이미지 차용 같은 것은 그의 시적 재능
에 속한다. '현대성/일상성' 혹은 키취적 이미지는 일종의 징후 드러내
기에 불과하다. 그의 시의 본령은 재주(재즈)를 밑천으로 한 서정성(나
비)의 세계이다. 따라서 압구정동 시편의 징후성을 제외하면 그의 시의
독특함은 '깊은 서정성'이라고 보아야 할 것이다. 「재즈처럼 나비처럼」
같은 시는 말할 것도 없고 시집 『바람부는 날이면 압구정동에 가야한다』
뒷부분에 실린 시들이 이 시인의 시인적 자질을 잘 보여 주는 듯하다.

　　삶은 왜 이리 온통 눈앞을 가로 막는 눈발의 숨가쁨인지/나무들은 세
　월을 먹은 만큼 허허로이 등을 굽히고/살아 묵묵했던 것들만. 이따금
　메마른 솔방울처럼 툭 떨어져내려/둥글게 낮아져가는구나 겨울 왕재산
　/그 옛날 온갖 삶의 두런거림을 송장빛으로 내장한 채/칡순의 혀뿌리처

럼 깊어가는 흙의 침묵이여/무시로 닥치는 낯익은 죽음들의 등어리를
휘어놓은 듯,/저 밑 아득히 웅크린 생의 한 구석대기를/얼마나 더 눈보
라 눈보라로 떠밀어/무덤산을 넓히겠느냐
(유하, 「왕재산, 눈내리는 무덤가에 앉아」)

그는 왕재산 앞에서 추억의 문풍지를 울린다. 그것은 시간을 되돌리지
못하는 자의 비애이다. 왕재산은 낮고 낮아져 시인의 가슴에 무덤을 만
든다. 인간은 그 무덤 밑 한 켠에 생의 둥지를 틀고 있다. 낯익은 자의 죽
음들이 찾아 오고 비로소 그는 겸허하게 자연의 순환적 질서를 눈에 넣
게 되는 것이다. 죽음은 '책' 속에서 얻어지는 것이 아니다. 또한 '풍경'
을 통해서 이차적으로 획득되는 것이 아니다. 죽음은 타자로서 '저기'
놓여있는 것이 아니라 자신의 시간 속에, 자신의 삶 속에 이미 존재해 있
다. 그는 산꿩의 늙음과 칡뿌리의 고독과 흙의 침묵 속에서 죽음을 배우
고 자신의 '속' 으로 들여 앉힌다. 시의 완연한 서정성은 이 때문이 아닐
까.

4. 꿈꾸는 레스보스들

'죽음' 의 몽롱한 그림자를 일순간에 파기해 버리고 몽상의 골방을 뛰
쳐 나온 것은 여성시인들이다. 그들에게 페미니즘의 원광을 씌워주는 것
은 당연해 보인다. **신현림**은 골방에서 몽상하지 않는다. 거리로 뛰쳐 나
옴으로써 일상의 흐느적거리는 그물들을 일순간에 주파해 버린다. 그의
열정은 '징후의 시학' 을 위반한다.

불타는 구두, 그 열정을 던져라/지루한 몸은 후회의 쓸개즙을 토하고
/ 나날은 잉어떼가 춤추는 강을 부르고/세상을 더럽히는 차들이 구름이
되도록/드럼을 쳐라 슬픈 드럼을 쳐라//여자인 것이 싫은 오늘, 부엌과

/우아한 옷이 귀찮고 몸도 귀찮았다/사랑이 텅 빈 추억의 골방은 비에 젖는다/비오고 허기지면 푸근할 내 사내 체온 속으로/가뭇없이 꺼지고 싶다는 공상뿐인 내가 싫다// …… 인간이라는 입장권을 가졌으니 지루한 제복을 넘어/닫힌 책 같은 도시와 사람 사이에서/그 모든 것 사이에서/응시하고 고뇌하고 꿈꾸며 전투적으로 치열하렵니다

(신현림, 「불타는 구두를 던져라」)

그가 자신의 일상과 육체를 옥죄이는 구두를 벗어던지고 거리로 나서는 모습은 거의 전투에 가깝다. 그의 존재론적 층위는 '타오르는 생의 지루함'(이선영)이 아니라 '불타는 구두(주파력)'에 있다. 그의 열정은 뇌관이 장전된 포탄의 그것에 가깝다. 구두가 빨간 물고기로, 싸늘한 눈보라로 충동되는 과정은 역동적이고 생기가 있다. 그래서 권태롭지 않고 몽롱하지 않다. 그것은 유연하게 일상의 사물들을 미끌어져 내려간다. 페미니즘을 말해야 한다면 바로 여기서부터일 것이다. 그의 응시와 고뇌는 레스보스로서의 육체를 들여다 봄으로써 가능하다. 그가 사진 작업과 시작업을 병행하고 있음은 이를 잘 설명해 준다.

이 같은 레스보스들의 자기 선언은 1990년대 시의 주요한 흐름이다. 중견 시인들과는 달리 이들 젊은 시인들의 페미니즘은 타자적 위치에 있는 여성의 자기 항변으로서의 고백이나 숙명적 한계를 지닌 존재로 자신을 규정하지 않다는 데 중요한 특징이 있다. 그들이 벗어 던진 구두에는 여성들의 원한 의식이나, 일상의 정지된 삶을 사는 여성으로서의 자기 체념이 배어있지 않다. 그들의 맨발은 그래서 전투적이다. 전투적이라는 말은 역동적이고 생성적이며 경쾌함이 있다는 뜻이다.

신현림의 이 같은 여성 육체에 대한 인식론적 관점은 허수경의 시에서 보이는 '그늘을 드리운' 모성성의 끈질긴 육체의 무늬들을 생각나게 한다. 허수경은 '내 속에 들어있는 청년'과 악수를 함으로써 시간의 한계

를 뛰어넘는다. 그의 여성성은 모성성이 지워지듯 존재해 있는, 다시 말하면 '여성성/모성성'이 겹쳐져 있는 바로 그 '흔적'의 자리에서 시작된다. 그래서 여성 육체의 그늘은 따뜻하다. 페미니즘 시가 1990년대 시의 주요한 흐름을 이어주고 있다면 바로 이 점일 것이다.

고정희나 김혜순, 최승자 등의 중견 시인들에게서 볼 수 없었던 인식들을 그들은 펼쳐 보인다. 중견 시인들이 페미니즘의 깃발을 올렸다면 젊은 시인들은 내렸다. 대신 그들은 자세와 목소리를 낮추고 그 영토를 넓혔다. '늙음'의 페미니즘 시학을 펼쳐보이는 이들 '젊은' 시인들에게서 페미니즘의 영토는 더 확장되어 있다. 그래서 페미니즘은 역설적이다.

그러나 이들 젊은 시인들에게 있어서도 여성 육체의 내밀한 경험들에 대한 통찰은 서투르거나 결여 상태이다. 허수경의 경우, 정지된 시간의 복원 욕망과 모성성의 현실화된 욕망들이 고고학이라는 저 초월적 시간에 대한 탐색과, 성의 탈성화(desexualize) 혹은 성의 초월에 의한 모성적 끌어안음이라는 문제로 그의 소설에서 재현되기도 한다. 하지만 그 '여성성/모성성'의 신비를 끌어모으는 것은 아직 시에서는 가능태로 나타나 있지 않다. 일상성에 대한 신비주의적 탐색이나 '일상성/근대성'의 인식론적 접근이 결여된 것과 마찬가지로 페미니즘 시학이 독자적으로 전개된 것으로 보이지는 않는다. 신현림의 최근 시집은 가능성의 확장이기보다는 세기말의 리듬을 등에 업은 채 자신의 존재 영역을 잠식해버린 여성 시인의 비련의 장엄미사이다.

5. 생태학적 상상력의 복원

페미니즘이 권력 역학적인 담론의 일종이 아니라 21세기를 전망하는 도덕적 비전과 관련된다면 우리는 당연히 생명사상을 말해야 한다. 왜

'여성성'인가하는 것은, 왜 핵무기인가, 왜 일원론인가, 왜 주체만의 사유인가, 왜 다수의 영토인가, 왜 공해인가를 묻는 것과 같다. 녹색 사상, 생명 사상은 21세기를 여는 가장 중요한 담론 중의 하나가 되었다. 김지하의 '중심의 괴로움'은 이것에 대한 해답이기보다는 질문이다.

> 봄에/가만 보니/꽃대가 흔들린다//흙밑으로부터/밀고 올라오던 치열한/중심의 힘//꽃피어/퍼지려/사방으로 흩어지려//괴롭다/흔들린다//나도 흔들린다//내일/시골 가/가/비우리라 비우리라
>
> (김지하, 「중심의 괴로움」)

왜 중심이 괴로운가를 새삼 물을 필요는 없다. 생명사상의 원조격인 **김지하**의 '중심의 괴로움'은 사실은 초월 사상 혹은 범신론적인 우주관과 연결되어 있다. 그의 생명사상은 분명 비문학적인 것이다. 생명사상의 1990년대적 재현은 가까이는 여성적 세계관, 멀리는 세계의 그림을 다시 읽고 짜는 방법과 관련되어야 한다.

> 내 몸엔 탐진강이 흐르고 있으며/북한산과 용두봉이 둥지를 틀고 있다/나는 이미 한강의 일부이며 그 강은/나의 일부이다 나는 매일/이 땅의 산과 강으로 호흡한다/누구도 나의 미래를 커닝할 수 없고/살아 있다는 것으로 나는 얼마나/위대한가
>
> (이대흠, 「눈물 속에는 고래가 산다」)

나는 그 다른 무엇도 아니고 바로 탐진강이며 북한산이며 한강이다. 육체의 안은 바깥(자연)이며 바깥은 안(주체)이다. 육체 안에, 한강과 북한산이 존재하며 나는 그 강과 산의 일부이다. 주체와 타자의 경계를 지워버리기. 이 내면적 깊이를 읽지 않고는 생태학적 사유에 이를 수 없다. **이대흠**이 그려가는 새로운 세계에 대한 통찰은, 현대 문명의 위기를 진

단하고 비극적 전망에 빠져있던 최승호의 최근의 행로와는 다소 다른 것이다. 김지하가 저 알 수 없는 생명사상의 비의로 옮아앉은 것과 거의 동시에 최승호는 얼음의 책 속으로 숨어들었다. ‘눈사람’은 선(禪)적인 세계이다. 정호승의 눈사람에서 우리는 1980년대 민중의 얼굴, 누더기를 걸친 예수의 눈물을 보았다. 1990년대 최승호의 눈사람은 새삼 시가 무엇인가라는 물음을 포함한 존재론적 질문을 알레고리한 것이다. 그의 시는 알레고리를 넘어 점점 언어 초월의 경지로 들어서 있는 것처럼 보인다. 선시는 언어 이전의 단계이므로 ‘시가 아니다’. 그는 시의 해체적 형식이라고 말하고 있지만 ‘시’를 놓아버릴 위험을 내장한 형식들이다. 그가 『여백』이라는 시집을 낸 것은 당연하지 않은가. 내용은 다를지라도 김지하의 그것과 맥락은 같다. 시의 육체가 유체된 형태라는 점에서 말이다.

반면에 이대흠은 자신의 육체를 ‘탈현실’ 하지 않고 제 몸 안에다 한강을 부려 놓고 있다. 그래서 그의 시는 김수영의 시민적 발상에 다가서고 새로운 문명의 그림을 다시 그리는 페미니즘적 전망과 연결된다. 이 차이를 세대론적인 것인가 아닌가 하는 관점에서, 혹은 시 장르의 본질과 존재론적인 질문과의 연장 선상에서 검토할 필요가 있다. 들뢰즈의 말처럼 ‘시는 젊은이가 하는 운동 경기’이기 때문이다. 이대흠은 그런 점에서 새로운 시인에 속한다. 1990년대 들어서 신세대 논의를 등에 업고 나온 시인들과 이대흠은 그만큼의 정도로만 떨어져 있는 듯이 보인다. 그에게는 몽롱함의 일반화된 비극이나 세기말적 데카당 의식이 없다. 그의 시는 건강하다. 기어코 그는 딛고 선 세계를 읽어내려 애쓴다. 그의 시는 농밀한 서정성 대신 알레고리적 건조성이 있다. 언어들이 내밀하기보다는 명시적이며 파편적이다. 그럼에도 조악한 산문성으로 떨어지지 않는 것은 상상력의 끈을 붙잡고 있기 때문이다. 그렇지 않다면 눈물 속에 어떻게 고래가 살겠는가. 그가 자신의 ‘몸안에 있는 길’들을 지워버리지 않고 그 길에 길들여지지 않는 한에서 시는 새롭거나 건강하다.

6. 1990년대 시의 여백

1990년대와 그 이후의 문학적 담론 가운데 가장 중요한 것들은 근대성, 페미니즘, 생명(녹색)사상 등이라고 많은 사람들은 전망하고 있다. 이 세 가지 범주들은 사실은 서로를 이어주는 연결고리를 갖고 있다. 앞에서 이미 제기했듯 1990년대 우리 시는 이 세 가지 지층에 뿌리 내리기였다.

그러나 근대성의 문제는, 근대성과 일상성의 접경 지대에 대한 고찰을 결여함으로써 근대성 기획의 미시적인 전망들을 보여주지 못하였다. '키취—속물성'이 숭고함의 지위로 옮아 앉는 것에 대해 그들은 눈을 주었지만 그들은 그 대중 문화적 시뮬라크르에 그대로 노출되었다. 일상성을 그리되 일상성이 어떻게 '자동화' 되어 '자연' 과 같은 것으로 자신의 내부에 스미는지 그 연유를 그들은 알려고 하지 않았다. 페미니즘의 시인들은 자신의 육체적 체험들을 계속해서 시적으로 변주해가지 못하고 있다. 여성시인들이 그리는 열정의 파노라마는 좀 더 육체의 안을 더듬어야 할 것이다. 그것은 생명사상을 자신의 태(胎)로 길러 내는 것이다. 이러한 비전은 결국 다음 세대의 시적 전망과 연계될 수밖에 없다.

본고는 이 같은 점을 염두에 두고 최근의 시적 경향에 대해서는 별반 언급하지 않았다. 그들의 시를 검토하는 것은 더 긴 시간을 필요로 하기 때문이다. 아직 21세기가 시작되려면 몇 년이 남았다. 1990년대 시의 나머지 여백에다 어떤 그림을 그려야 할 것인가가 다음 문제인 것이다.

일상성의 감옥에서 환타지의 세계로

작은 것의 엄청남. 나는 그런 것들을 사랑하다 망할 수 있을까.
나는 그런 것들을 열심으로 즐거워 하다가 취해버릴 수 있을까.

– 박용하, 「대관령의 자작 나무는 괜찮은 듯이 서 있다」 중에서–

1. 영화관에서의 죽음

시인 **기형도**의 죽음은 우리 시의 한 징후를 말하고 있다. 그가 가투가 벌어지는 거리에서, 감옥에서 죽지 않고 영화관에서 죽었다는 것이 바로 그것이다. 영화관에서의 죽음, 그것은 일상성의 신화가 시작되었음을 말한다. 일상성의 신화는 거대담론의 신화가 빛을 잃은 바로 그 자리에서 시작한다.

일상성의 신화는 이제 역사의 거대한 소용돌이 속에 몸을 도사리고 있지 않고 삶의 작고 미세한 부분에 산포돼 있다. 예컨대 그것은 우리가 거처하는 빈 방에, 도시의 공원에, 여성 육체에, 저 압구정동에 있다. 그런가 하면 우리가 갖기를 열망해 마지 않는 빨간 스포츠카에도 있다. 일상성은 우리가 땅을 딛고 사는 바로 지금, 이 지상에 존재하는 바로 그것이지만 그 이면에는 현대성이라든가 합리성이라든가 하는 것들을 같이 거느리고 있다. 일상성은 현대성의 이면이며 현대성과 일상성은 '두장접이 그림'(H. 르페브르)이다. 현대 도시 생활을 향유하는 우리에게 이 일상성의 불가사리는 끈적끈적하게 달라붙어 있다. 땅의 밑을 파고 들어가 보면 지하 도시가 있고 위를 올려다 보면 낭만의 우주가 있다. 자동차의 '아래'에는 현대적 기술이라든가 자동차 법규라든가 하는 일상성을 떠받치고 있는 규칙이 존재하며 '위'에는 유혈이 낭자한 아스팔트, 자동차 사고, 죽음, 재난과 같은, 보이지 않는 일상의 모험도 있다. 그뿐인가. 사회 경제적 지위, 신분 등급, 계층적 관계를 결정짓는 기호가 숨어 있다. 자동차에 대한 욕망은 기호를 소유하고 싶어하는 욕망이며 일상의 전면적 체계를 결정짓는 총체적 물체를 갖기를 열망하는 것이다. 즉 자동차가 구조화하고 정복하는 것은 바로 우리 삶의 일상성이다. 말하자면 일상성은 우리가 사는 도시 중심 혹은 어느 구석에나 존재하면서 우리의 총체적 욕망을 지배한다.

일상성은 1990년대 들어서서 젊은 시인들을 매혹시켰다. 사실 그들은 일상성의 내밀한 깊이를 탐색하기보다는 일상성에 함몰되어 있었다. 그들이 노래하는 일상성은 어쩌면 1980년대 거대 담론의 붕괴로 인해 생겨난 허무주의인지도 모른다. 일상성의 의미들을 짚어내는 젊은 시인들의 시를 부정적으로 바라보는 일련의 관점들은 이 같은 1990년대 식의 패배주의를 부정하고자 하는 것처럼 보인다. 일상시를 '표층시'로 규정하는 것도 '일상성'을 충분히 담아내지 못했음을 말한 것이 아니겠는가.

그러나 일상성을 보다 냉철하고, 분석적으로 바라본다면 일상성은 부정의 대상이 아닌 탐구의 대상이 된다. '일상시'라는 말에는 이를 우리 삶의 트리비얼한 것, 속물적인 것을 노래한 것이라는 가치평가가 개재되어 있다. 한데, '일상성'의 의미를 트리비얼(trivial)한 것으로 규정하고 나면 '일상시'란 논의의 가치를 갖기 어렵다. 새삼 1990년대에 논의될 이유가 없는 것이다. 언제 반복적이고 주기적인 일상이 없던 때가 있었는가. 아침에 밥 먹고 밭에 나가 김을 매고 다시 저녁을 먹고 그렇게 하루를 사는 것이 일상적인 것이며 봄, 여름, 가을, 겨울의 사 계절은 언제나 순환하고 있다. 그러나 우리는 이를 노래한 것을 일상시라 하지 않으며 일상성의 문제를 건드렸다고 말하지 않는다. 냉전 구도가 와해되던 1990년대에 이 일상성의 문제가 다시 제기되었음을 주목할 필요가 있다. 일상성은 역사 철학적 문제이다. 일상성은 소재 차원이 아닌 '일상성/현대성'을 인식하는 태도의 문제이다. 일상성은 현대성이 만들어 둔 간교하고 기계적인 체계들을 인지하게 하는 근거가 된다. '의미있는 사소함'이 일상성의 세계이다. 일상성은 현대가 준 소외로부터 눈 뜨게 하고 거대 담론이 그간 얽어 매둔 우연과 작은 역사에 그 존재 근거를 조건 지운다. 니체와 벤야민이 꿈꾸었던 거대함에 가려진 작은 세계의 진실이 바로 그것이다. 인간은 자기보다 큰 머리를 가진 기형적 인간을 꿈꾸기보다 인간적 가슴과 머리를 가진 작은 인간이 되고자 한다. 역사 속의 개인과 그의 윤리적 실존 못지 않게 한 개인의 사소함의 실존도 중요하다. 이 '작은 인간'에 대한 관심이 바로 일상성의 관심이다. 일상성의 신화가 만들어 내는 의미 기호는 무엇인가. 그것은 권태이며, 허무이고, 소멸이며, 여성성이며, 죽음이며 이를 넘어서고자 하는 생성적인 욕망이다. 일상성은 따뜻함과 차가움, 탐닉과 분석을 동시에 요구한다.

1990년대 시인들은 도시의 한가운데서 게으른 산책자가 되거나 빈 방에 갇혀 일상성을 꿈꾼다. 그들이 꿈꾼다기보다는 일상성이 그들을 꿈꾸게 한다. 그들은 빈방에 갇혀 세계와 몽상한다. 그러나 권태, 허무, 죽음 등 일상성의 영원히 반복되는 주제를 분석적으로 파악하려는 태도는 희박해 보인다.

2. 먼지의 세대 혹은 가벼움에 대한 몽상

박용하는 이 같은 시대적 변화를 먼저 읽어 내고 자신을 작고 작은, 혹은 먼지와 같은 것이라 인식한다. 언어를 망친 세대의 가계도에서 자신의 세대를 맨 아래 쪽에 위치시킨다. 그는 자신을 고통스럽게 반성하는 자의식이 없다. 그는 좋았던 것에 대한 향수로 자신들을 포장하기를 거부하고 난폭하게 자신들의 세대를 규정한다. 그는 미래와 희망을 동일선상에 놓지 않는다. 그것이 파멸에 가까운 매력을 풍긴다. 이 같은 시적

인식은 1980년대 시인이 보여주던 영웅적인 면모와는 다른 것이다. 1980년대의 시인이 역사의 주인이라면 1990년대 시인은 시대의 후방에 서 있는 '야전의식이라곤 개똥도 없는 피라미 송충이 같은 것'이다.

> 비는 내리지 않을 비를 뿌리듯 내린다/깊이 없이 나무잎은 떨어져 일 년을 헛산다/우리들이 서 있는 한 지점으로부터/너무나 먼 곳에서 바람은 폭풍을 먹고 와 우리들을 더 먼 세계로 날려보낼 것이다/ 그래, 우리는 먼지로부터 태어나 먼지로 사라질 세대/악마의 수레바퀴들, 그 바퀴들의 회오리, 流謫과 홍수/이제 생은 후회되지 않고 망해버릴 뿐이다
>
> (박용하 「춘천 悲歌 1」)

자신들을 가리켜 '먼지로부터 먼지로 사라질 세대'라고 인식하는 박용하에게 생이란 '망해가는 것'이다. 역사의 거대한 소용돌이 속에서 그 세계를 개혁하거나 변화시키고자 주체적 의지에 불타던 개인은 이제 세계로부터 밀려나 저 광활한 우주 속으로 한 점 먼지가 되어 사라질 찰나에 있다. 계속 죽어갈 뿐인 이 세대에게 있어 현실은 그들을 내팽개 쳐 더 이상 좋은 세상에서 살지 못하게 한다. 그들은 의지할 데를 잃었다. 아니 그들은 이제 역사의 주인으로서, 세계를 그들 자신이 져야 할 짐으로 생각하지 않는다. 선배 시인 황지우가 자신을 역사와 세계를 떠맡고 가야 할 낙타로, 이 땅 덩어리에 대한 환멸 때문에 출가하려다가도 결국은 주저 앉고 마는, 출가와 귀소의 양 경계에서 서성이는 '새'로 그리고 있었다면 박용하에게는 그 같은 무거운 짐이 지워져 있지 않은 것이다.

> 살아있는 것들은 괴롭지만/그 괴로움을 알아서 더 괴롭지만/괴로움을 푸르게 푸르게 氣化할 때/새는 포탄보다 한껏 난다/민주니 정의니 성스러움이니/아무리 떠들고 변명해 봐야/빤히 보이는 너그들 그 수작 위로/광란의 도가니 위로/적어도, 적어도 새는/나를 일 미리 들어 올리

며/생을 솟구친다

(박용하, 「새의 높이를 찾아서」)

　박용하의 새는 가볍다. 그러나 그 가벼움은 섣부른 경박함과는 다른 것이다. 새는 역사의 환란을 다 겪고 온, '저 진흙탕을 개발새발 헤엄쳐 온' 세대의 새에 속한다. 그 새는 중력의 무거움을 져 나르는 것이 아니라 그 무거움을 가볍게 가볍게 변용시켜 푸르게 나는 새이다. 그것은 자기를 단 '일 미리' 솟구치게 하는 아주 사소한 일에 속하지만 간단치 않은 것이다. 이 '나를 일미리 밀어 올리는' 작업은, 거대 담론을 삶의 철학으로 삼아 세계의 주인으로서 내가 존재하는 것임을 부정하는 것이다. 역사의 뒤에 밀쳐져 있던 자신을 '앞에' 내세워 말하는 것은, 개인의 사소함이나 작은 사건들을 인식의 한가운데 놓는다는 의미이다. 민주, 정의, 성스러움과 같은 무거운 담론의 골짜기로부터 솟아 오르는 새이기에, 새의 푸르름은 무거움의 가벼움이지 가벼움의 가벼움은 아닌 것이다.

　1990년대 시인들이 이제 감히 숨통을 내놓고 쉬는 곳은 일상성의 작은 세계이다. 그들은 삶의 가벼움과 우연성에 대해 이야기한다. 그들은 빈방에 갇혀 지낸다. 그들은 다 같이 죽음에 대해 몽상한다. 젊은 시인들에게 죽음이라는, 나이에 걸맞지 않는 이미지가 나타나는 것도 바로 그러한 이유이다.

　졸다 눈 뜬 창 밖에 장의차가 지나간다 느리게/버스 안은 살아있는 사람들로 가득차다 귀찮은 물건이라는 듯 몸을 늘어뜨린/사람들은 손에 하나씩 젖은 손수건을 쥐고 있다/장의차는 아직 폐쇄되지 않았었다! / 그렇다 잊었던 기억은 불쑥 때 없이 떠 오른다

(이선영, 「한 여름 오후를 장의차가 지나간다」)

버스는 가스 레인지 위의 주전차처럼 끓는데/컵 같은 방에 따르어지
기까지/졸음은 끊임없이 그를 방문하고/--육체는 비록 변방으로 쉴 곳
을 찾아가나/생활은 온전히 시내에 있음을 상기하듯/…… 사내가 서 있
는 줄은 빠져나갈 수 없는 殉葬의 행렬처럼 불빛에 강조된다

(박형준, 「시외버스 정거장」)

이들 젊은 시인들이 몽상의 골방에서 바라 본 세계의 중심에는 죽음이
가로 놓여 있다. 죽음은 일상의 곳곳에 바리케이트를 치고 있다. 가로수
의 잎에서,생선 행상의 이마에서, 만원 버스의 사람들에서 그들은 죽음
의 밀교적인 냄새를 맡는다. 이 세계는 이미 기형도가 선지적으로 그려
낸 세계이기도 하지만 젊은 시인들도 이 일상이 거느린 죽음의 세계에
깊숙이 침잠해 있다. 그들은 자신을 서랍 속에 있는 타고난 제빛을 잃어
가는 귤(이선영)이나, 묘지의 밤을 지키는 달팽이와 같은 몽상가(박형준)
로 인식한다. 그들의 골방은 폐쇄되어 있다. '죽음' 의 몽상은 제 육신의
살을 비집고 들어오는 좀벌레 같은 것이어서 자기 육체의 소멸이나 탕진
에 이르게 한다. 그래서 1930년대 이상의 몽상이나, 물질적 상상력으로
아주 내밀하게 사물의 틈을 파고 드는 바슐라르적 몽상일 때, 몽상의 진
가를 발휘한다. 그러나 젊은 시인들의 몽상은 다분히 관습적이어서 자칫
비극적 아우라의 흉내를 풍기거나 따분함의 권태를 표피적으로 드러낼
위험을 내재하고 있다. '죽음' 을 드러내는 표정이 다소 관습적으로 느껴
지는 것은 아마도 이런 이유 때문이리라.

문제는 그들 관심이 이제 역사나 삶의 '생성' 이 아니라 '소멸' 이라는
데 있다. 박형준은 그래서 이제 소멸에 대해 이야기한다고 선언한다.

그러나 나는 이제 소멸에 대해 이야기 하련다/ 허름한 가슴의 세간살
이를 꺼내어 이제 저문 강물에 다 떠나보내련다/순한 개가 나의 육신을
남겨놓고 눈 속에 넣고 간/ 나를, 수천만 개의 반짝이는 눈동자에 담고

있는/멀리 키큰 옥수수밭이 서서히 눈꺼풀을 내릴 때

(박형준,「나는 이제 소멸에 대해 이야기 하련다」)

일상의 긴 천은 휘장처럼 시인을 둘러싸고 있다. 그들은 일상성 속에서 작은 서정을 만들어 낸다. 그가 뽑아 낸 서정은 영화관에서, 옥수수밭에서, 시내 공원의 낮은 벤취에서, 방위병이 부르는 군가 소리에서 미세하게 간취된 것이지만, 그 서정은 지극히 비극적이다. 그는 일상성 속에 깊숙이 파묻혀 있는 까닭에 일상성을 정확히 벗겨내지는 못한다. 말하자면 '일상성에 빠지지 않고 일상성을 해독하는 방법'에는 무지한 것이다. 그는 일상성의 신화를 벗겨낸다거나 일상성에 대한 날카로운 통찰력을 보여주는 대신 일상성 자체에 탐닉해 있다.

이 같이 일상성을 담아내는 방식은 견자로서의 시인을 요구해 온 우리 시의 풍토에서는 멀리 있는 것이다. 개화기 시 이후 우리 시가 길어 온 길을 되짚어 보라. 카프시, 역사주의 시, 참여시, 민중시 등등. 개인보다 역사, 일상보다는 그 너머의 것에 대한 환각이 우리 시의 중심을 차지해 온 역사 말이다. 일상시를 '표층시'와 동일한 의미로 두는 것도 우리 시의 계몽주의적 문맥에서 비롯된 것이다. 일상시가 대상의 본질을 깊숙하게 훑어내리기 보다는 사물이나 생의 표피적인 부분만을 건드리는 것, 역사에서 비껴선 것이라는 차원에서는 '일상시'를 논하기 어렵다. 하지만 일상의 작은 서정들을 소중하게 담아내고 있다는 점에서만은 논의의 '안' 으로 끌고 들어 올 필요는 있다.

3. 게으른 산책자

도시의 일상은 매혹적이다. 거리에는 이미지의 세계와 실재의 세계가 혼재돼 있고, 죽음 의식을 모험삼아 치루어보는 서바이벌 게임이 존재하

고, 작품의 세계와 상품의 세계가 혼동돼 있는 소비의 천국이 펼쳐져 있
다. 유하는 이 소비 사회에서 현대성과 일상성이 기묘하게 겹쳐진 그림
을 들여다 보는 안목을 지녔다. 그는 우리가 이른바 '키취'라고 부르는
바로 그 천박함의 세계에 대한 장엄하고도 희극적인 서사시를 그려내었
다. 그는 세속 도시에서의 흉물스러운 가짜들과 유행의 천박함과 광고와
매스미디어가 만들어 내는 거짓 욕망의 가면들을 벗겨내 보인다. 이것은
그가 게으른 산책자이기 때문에 가능하다. 게으름 속에서 그는 푸코가
말한 '고결한 목적'을 위해 눈을 두리번거린다.

> 그러나 보라 맛의 덫에 빠진 노자의 후예들이/햄버거에 맞들려 황황
> 히 몰려가는 모습을/압구정성, 그 온갖 구매욕의 슈퍼마켓이 헉헉 내뿜
> 는/현란한 바람의 향기가 온 천지로 휘몰아치며/온갖 잔잔했던 것들을
> 숨가쁘게 풍차 돌리는구나
>
> (유하,「바람부는 날이면 압구정동에 가야한다」9」)

'게으름의 찬양'이라는 부제가 붙은 이 시는 일상 속에 놓여진 산책자
의 존재 의의를 말해준다. 그의 게으름은 천성적이거나 기질적인 것이
아니고 '압구정성'이라는 '현대성/일상성'을 탐색하기 위한 산책자의
필요조건이다. 골방에 갇혀있던 몽상가는 거리에서 어슬렁거리며 산책
자가 된다. 그러나 그의 게으름은 현대성에 대한 하나의 비판이 된다. 숨
가쁘게 풍차도는 압구정동에서 시인은 느림의 자세로 서 있다. 산책을
위한 조건은 그 자체가 이제 현대성에 대한 비판적 행위가 된다. 그는
'압구정성'의 가면들을 벗겨낸다. 압구정성이란 광고의 세계, 가짜, 이
미지의 세계, 모조의 세계, 상품의 세계가 갖는 현대적 삶의 일상성이다.

> 시집 가는 날 식장의 신부치고 안 이뻐 보이는 신부는 없다/-남편 사
> 랑은 가끔 확인해 봐야 해요/그러나 확인이 안 되는 세상, 구중 궁궐 면

사포를 씌우고 신부 화장을 /시켜 놓고는 미인이여 후다닥 통과 통과,
어 뭐가 똥이고 뭐가 오줌이랑가/감동이 메아리치는 작품은 정작 미아
리로 보내고/엉덩이에 뿔난 작품의 뿔에 화려한 화환을 걸어주는 세상/
뭐가 진실이냐?

(유하, 「수제비의 미학, 최진실 論」)

유하는 압구정동이라는 우리 사회의 가장 전형적인 소비 천국의 공간
에서 그가 산책자로서의 시선을 견지함으로써 그 환란의 세계를 그려낼
수 있었다. 그러나 유하가 그려내는 키취적 일상성의 세계는 다분히 풍
자적이거나 희화적이어서 소비 사회의 계급적 욕망의 분석이나 가짜와
진실의 경계가 허물어짐으로써 낳게 되는 차이 표시적 기능의 긍정과 부
정에 대해서는 보여주지 않는다. 키취적 사물에 대한 그의 인식은 상당
히 비판적이지만 그것이 한편으로는 대중의 계급적 원망(願望)의 표시임
을 알려고 하지 않는 것이다. 뿐만 아니라 그것이 현대성의 어떤 지점에
서 습합되어 있는지도 거의 말하지 않는다. 키취적 욕망에 들떠 있는 익
명의 군중들을 통해 현대성의 불모성을 그려내는 데 치중한 듯 보인다.
'압구정동'이라는 이 세속 공간을 '하나대'라는 성스러운 공간과 이분
법적으로 분리시키고자 하는 것도 이 같은 인식에서 비롯되는 것으로 보
인다. 키취는 현대성의 미의식에 대한 새로운 카테고리와 관련된다. 유
하가 그려내는 키취적 일상성은 현대적인 것의 등줄기에 밀착되어 들어
붙어있음에도 그 이중성의 무늬를 미세하게 파악하지는 못한다. 그는 키
취를 통해 도시적 서정의 아우라를 생성시키는 데는 실패한다.

4. 자기 육체를 들여다 보는 레스보스

일상성의 문제를 전면에서 건드린 시인은 아마도 이선영일 것이다. 이
점에서 이선영은 주목할 만한 시인이다. 그의 삶의 공간은 방이며, 그가

노래하는 것은 자신의 육체, 60회 정기권, 지갑, 서랍, 비누갑, 치약, 수
저와 같은 일상적 사물이며 관습적 세계이다. 그의 세계는 자신의 책상
위에서 열리고 닫힌다. 즉 그의 책상이 바로 세계인 것이다.

> 내 젊음의 거의 모든 시간이 이 책상 앞에 바쳐졌다 이 책상은/내 생
> 이 차지한 실제 면적이다.…… 나는 책상 앞에서 나이를 먹으며 잘게
> 잘게 부서져 갈 것이다
>
> (이선영, 「책상 위로 고개를 박다」)

이선영은 자신의 일상적 삶을 고통스런 것으로 인식하지만 그로부터
벗어나오지 못한다. 그는 일상성 속에 갇혀 있을 뿐 아니라 그로부터 소
외되어 있다. 그러나 그는 그 소외가 무엇으로부터 비롯되었는지를 알려
고 하지 않는다. 세상이 나를 홀대했다고, 그래서 자신은 흠집투성이가
되었다고 탄식한다. 일상은 그가 어떤 적극적인 의지로 헤쳐나갈 대상이
아니라 단지 그를 얽어매는 족쇄 같은 것이다. 일상은 원망의 대상이다.
그에게는 출구가 보이지 않는다. 육체에 있어서도 마찬가지이다. 그의
아랫배는 배설을 하지 못해 오랫동안 체증이 와 있다.

> 나는 먹기에 급급해서 미처 배설하는 일에 관해서는 생각지 못했다/
> 제 때 배설해 버려야 했던 것들을 나의 아랫배는 오래 버리지 못해으므
> 로/한번 담은 것을 순순히 꺼내 놓을 줄 모르는 나쁜 근성을 익혔다
>
> (이선영, 「나의 아랫배 이야기」)

일상이 따분하거나 권태롭거나 고통스럽다면 그것으로부터 벗어나야
한다. 그러나 이선영에게는 더 이상의 진전은 없다. 그는 자신의 삶은 잘
못되었다고 말한다. 지금 '잘못된 길'에 들어서 있지만 되돌릴 수 없는
것이다. 출구가 봉쇄되었기 때문이다. 단지, 여기까지 오는 데 많은 신발

을 버려야 했듯, 다시 이 길을 빠져나가기 위해서도 많은 잘못된 신발을 갈아 신고 버릴 수밖에 없다고 말한다. 이선영은 일상성 속에 갇혀 있는 소외된 자의 얼굴을 그리고 있다.

그럼 일상을 벗어던지는 길은 없는가. 일상을 살되 그 따분한 일상의 밀림을 헤쳐나가는 방법이 있다. 그것은 구두를 벗어던지는 길이다. 구두를 벗어던지고 그 다른 무엇으로 일상에 주술을 걸어보는 것이다. 그때 일상은 환타지를 만들어 낸다. 구두는 철로변의 빨간 물고기로, 빛고운 물고기로, 희망으로 살아 퍼득인다. 일상은 찬연하게 빛나면서 절망을 희망으로 전이시킨다. 신현림은 구두의 환타지를 보여준다. 그가 구두를 내던지는 모습은 극적이면서 장엄한 아름다움이 있다.

신현림은, 먼저, 구두를 여성적인 것의 육체와 관련시킨다.

불타는 구두, 그 열정을 던져라/지루한 몸은 후회의 쓸개즙을 토하고 /나날은 잉어떼가 춤추는 강을 부르고/ 세상을 더럽히는 차들이 구름이 되도록/드럼을 쳐라 슬픈 드럼을 쳐라…… 닫힌 책 같은 도시와 사람 사이에서 / 그 모든 것 사이에서 /응시하고 고뇌하고 꿈꾸며 전투적으로 치열하렵니다

(신현림, 「지루한 세상에 불타는 구두를 던져라」)

구두란 무엇인가. 삶을, 자신의 육체(발)를 싣고 가는 것 아닌가. 자기의 발은 그러나 기형이다. 그것은 1)여성으로서 겪는 사회적 구속을 의미하기도 하고 2)빵을 벌어야 하는 일상의 구속을 의미하기도 한다. 그러나 3)일과 사랑을 찾아가는 희망의 그것이기도 하다. 즉 이 여성 시인에게 있어 구두는 일상이자 삶이며, 절망이자 희망의 웅덩이이다. 1)이었을 때 구두는 전투적으로 벗어던져야 할 대상이며, 2)일 때 구두는 까맣게 타버린 빵이 되고 3)일 때는 온 열정을 다해 맹목적으로 불타오르는 '욕망의 전조등'이 되기도 한다. 어떤 경우든 이 시인은 '구두'를 자

신의 육체에 딱 들어붙어 있는 욕망의 변신체처럼 인식함으로써 일상적
인 것과 자신의 관계를 생성적인 것으로 특징지운다. 그래서 신현림에게
는 일상의 비가적 서정이나 묵시론적인 죽음의 예감이나, 젊은데 늙은
체 하는 기교가 없다. 그것이 그의 시를 힘있게 한다. 이선영이 헌구두를
보며 탄식할 때 그는 구두를 벗어 던진다. 고요하게 불타는 구두, 태양을
향해 날아 오르는 구두는 일상에서 솟구치는 시인의 생명 의지 아닐까.
마찬가지로 신현림은 페미니즘적인 시각을 보이면서도 사회가 나를 얽
어맨다, 나는 타인에 의해 구속었다는 인식보다는 자기가 만든 내부의
육체의 감옥에 대해 말함으로써 여성 육체의 환란스러움을 실존적 의미
로 끌어올린다. 자유를 억압하는 타자는 바로 자신의 욕망인 것이다.

> 나도 내 몸에 꼭 맞는 유치장을 갖고 있다/붉은 병을/프로이트 식으
> 로남성의 상징이라하지 마시길/제발 성욕도 잡숫지 마시길/어떻게 내
> 가 여자만인가/당신의 곧고 환한 마음을 들여다 보는/등잔이면 안되는
> 가/이 눈 이 얼굴 이 가슴이 트럼펫/제대로 되먹은 인간이고 싶은 고뇌
> 를 블고 있다/--홀연히 사라질 나는 공중에 불타는 구름 막대기
>
> (신현림, 「bottle woman」)

육체의 감옥은 자신의 내부에 있음을 신현림은 인식한다. 그의 레스보
스는 사회적이라기보다 실존적이며 본질적이다. 그래서 신현림의 시는
오히려 장전된 총탄처럼 폭파적이고 강력하며 그래서 여성성의 마력적
인 힘을 갖고 있는 것처럼 보인다. 르네 마그리트가 그린, 병속에 든 여
성의 눈은 성적인 것, 생물학적 차이로서 여성의 육체를 보는 것이기보
다는 인간으로서의 고뇌를 들여다 보는 눈이다. 그래서 신현림의 이 시
에서 여성성은 주체적이면서 결단력이 있다. 여성 육체에 대한 냉철하고
분석적인 시각은 다소 결여되어 있다 해도 그가 여성의 육체를 인식하는
대목에는 다른 여성 시인과는 다른 점이 있다. 시인은 지상을 떠날 때 열

정적으로 구두를 벗어 던져 희망의 울타리를 마련한다. 그는 다른 젊은 시인들처럼 삶의 우울이나 죽음의 비감을 말함으로써 삶과 죽음의 비빔밥을 만들지 않는다. 일상의 따분함을 말하되 그 따분함을 열정으로 빛나게 함으로써 삶의 희망을 생성시킨다. 그래서 그의 일상은 잔인하면서도 아름답다. 그는 열정적인 게으름으로 일상성을 주조해낸다. 그 점에서 일상시의 '저 편'에 대한 가능성을 예고한다.

이상에서 살펴 본 바와 같이 1990년대 들어 일기 시작한 일상시의 흐름은 우리 시의 중요한 변화를 예고한 것이었다. 자기 주변의 작고 사소한 진실에 눈뜸으로서 실존에 눈을 돌리게 된 것이다. 자기의 '안'을 들여다 보게 된 것이다. 일상적인 서정, 죽음에 대한 관심, 여성 육체에 대한 인식 등은 이 같은 시의 새로운 흐름 때문에 가능하게 된 것이었다. 그러나 많은 시인들이 보다 저 깊숙한 일상성에 대한 관심으로 나아가지 못하고 '표층적이고 파편적인' 일상적 삶의 훑어내리기에 치중함으로써 그것의 의미있는 성과들을 많이 감쇄시켰다. 일상성은 사회의 구조적인 모습을 인식하는 것과 관련되는 것이지 파편적이고 단순한 삶의 가닥 가닥들을 그대로 내버려두는 것을 의미하지 않는다. 다시 말하거니와, 여성 육체가 소외되었다는 인식에서 나아가 그것을 우리 사회의 구조적인 측면까지 파 들어가는 분석적 능력이 필요한 것이다.

일상성은 우리가 계단을 다 올라왔다고 생각했을 때 제 몸을 숨기는 저 인도 전설 속의 동물 아 바오 아 쿠(보르헤스, 『상상동물 이야기』, 까치글방, 1994)처럼, 그 맨 꼭대기에서 다시 허물어지는 바로 우리 삶의 완성되지 않는 그림자이다. 그 점에서 우리 '일상시'는 처음부터 그 가능성과 한계를 동시에 짊어지고 있었던 것으로 평가할 수 있을 것이다

우리 시대의 작가들은 누구인가

수사 동경 그리고 에세이

따뜻한 가족주의자가 이른 길

화두, 20세기 문학의 마지막 물음

일상적 영웅들의 행복과 불행

주체 드러내기와 타자 배제하기

이미지, 비약의 모험, 자기 소멸의 꿈

여성 산책자들의 시선과 풍경의 사유

그라디바, 불멸의 산책자

수사, 동경 그리고 에세이

―이어령 론

1. 전후 세대와 에세이 정신

1950년대 전후세대의 비평적 감수성을 이해하는 데 있어 중심에 있는 것은 무엇일까. 이상(李箱), 보편 이성, 언어 감각, 사유의 공백 지대, 황무지 의식. 이런 것들을 놓는다면, 한쪽에 이어령이 있고 다른 한쪽에 고석규가 있다고 말하는 것은 너무 지나친 견해일까. 외래어와 수사법으로 표상되는 이 세대의 문학적 자의식을 말하지 않고 1950년대 문학 비평을 말한다는 것은 거의 불가능하다. 고석규는 김재섭과 공동으로 엮은 사화집에서 기존의 규범과 가치관을 침몰시키고자 하는 의도를 다음과 같이 적어 놓았다.

> 모든 인간 조건이 패배하고 남은 위기 의식의 무서운 隙間에 우리는 새로운 교량을 놓으려 한다. 그것은 모든 육체자들이 집결하여 이루워 놓은 막다른 層壁保壘를 와해하여 우리 앞에 새롭다는 것이 무엇으로 증명되는가를 증언하려는 것이다.
>
> (『超克』 후기)

이 짧은 글 속에는 전후 세대들의 실존적 풍경이 그대로 나타나 있다. 모든 조건이 무로 되돌려진 폐허의 영토, 의식상의 제로 지대가 전후 세대가 존재해 있던 자리였다. 기존의 어떤 것도 인정할 수 없었던 그들은 인식론상의 단절을 공공연히 공표하고 나섰다. 고석규는 이를 여백의 존재성이라 불렀고 이어령은 화전민 의식이라 이름지었다. 그들은 화전민 지역에서 새로운 글쓰기를 시도해야 한다고 부르짖었다. 그것은 그들로서는 '눈물의 작업이며 불의 투쟁' 일 만큼 장엄하고 성스러운 것이었다.

> 그것은 이 황야 위에 불을 지르고 기름지게 밭과 밭을 갈아야 하는 야생의 작업이다. 한 손으로 불어 오는 바람을 막고 또 한 손으로는 모래의 沙汰를 멎게 하는 눈물의 투쟁이다. 그리하여 우리는 火田民이다. 우리들의 어린 곡물의 싹을 위하여 잡초와 불순물을 제거하는 그러한 불의 작업으로써 출발하는 火田民이다.
>
> (『저항의 문학』, 15면)

지금 읽어도 여전히 새롭고 신선한 감을 불러 일으키는 이 글은 전후 세대의 글쓰기가 그 이전과는 현저히 다른 양상 속에 놓여있음을 반증한다. 그들이 새롭다고 내건 항목의 한 켠에 바로 수사학과 에세이가 존재했다. 이를 제쳐두고 어떻게 이어령 비평이 갖는 파괴력을 감지할 수 있을 것인가. 전후 실존주의의 강력한 세례를 등에 업은 그들 사유의 중심에는 서구적 보편 이성에 대한 확신과 믿음이 존재했으며 에세이적 형식의 글쓰기를 가능하게 했던 한국어에 대한 언어적 감수성이 있었다. 이어령은 이를 무기로 전후 구세대들, 문협 정통파들의 '토인적' 인상비평 기질을 통렬히 비판할 수 있었다. 김동리와 서정주와 조연현 등의 기성 문인들을 '신라인'으로, '우상'으로 비판할 수 있었던 것이다.

이어령 에세이가 갖는 강렬함은 '우상파괴적' 공격성에서 비롯된다. 이는 『저항의 문학』 전 권을 통해 일목요연하게 나타난다. 「토인과 생맥주」에서 그는 조연현과 김우종의 전통론에 대한 오해를 단 한 단어 '희극'으로 요약해버리고, 용어상의 오해와 인식상의 오류를 구체적으로 지적해 낸다. 전통주의와 로칼리즘 혹은 프로방시얼리즘을 혼동하는 조연현의 「민족적 특성과 인류적 보편성」의 논리를 그는 반박한다. 전통은 배뱅이 굿이나 색동저고리와 같은 단지 한국적 토착성이나 지역성을 의미하지 않는다는 것이다. 이 논문의 특이성은 조연현의 오류나 이어령의 날카로운 논변보다는 이 같은 조연현의 담론을 '로제스타 톤의 금석문보다 알기 어렵다' 는 투로 말하는 이어령 식 필치의 세참에서 찾아야 한다. 엘리어트의 초개성적 보편성으로서의 전통에 대한 이어령의 이해가 얼마만한 깊이에 있었는가 하는 것은 더 들여다 보아야 할 문제이지만, 그가 조연현을 공격하는 담론의 수사적인 방식은 분명 문제적인 것이었다. 이어령의 수사적 형식의 논변은 하도 강렬한 것이어서 조연현은 어느새 생리적 토착주의자이며 개화하기 이전의 식인종과 같은 처지에 떨어진다. 조연현은 미망에 휩싸인 토착적 생리주의자이며 이어령 자신은 식인주의자인 조연현을 개화시키는 '교사' 인 것이다.

이 영웅적 언사와 단언적 문장이 이어령 초기 비평이 갖는 공격적 힘이며 비평의 중심이었다. 이 중심에 맞설 수 있는 것은 필력과 수사와 깊이를 동시에 가진 것이어야 했지만 1950년대 사유의 전반적인 상황을 추정해 보건대 그것은 거의 불가능했다. 논리와 언변과 지성과 언어를 동시에 무장한 이 돈키호테적 인물 앞에 전통파나 기성세대 그 누구도 나설 수 없었던 것이다. 그의 글쓰기는 그 정도로 새로운 것이었다. 그의 비평이 갖는 파괴력은 엘리어트의 전통론에 기댄 덕이기보다 수사적 언어 감각 때문이었던 것이다. 비유를 통해 본질에 다가가기. 그것은 '화전민 지역', '불과 반역' '토인과 생맥주' '벽화와 경마' 같은 제목에서 이미 감지할 수 있다. 에세이스트로서의 그의 성공은 언어 감각과 고도의 지적 사유가 빚어낸 합작품이며, 보편 이성을 확신했던 전후 세대의 세대론적 감각 때문이기도 했다. 세대론의 얼굴을 하고 이어령 비평이 등장했지만 사실은 1950년대 단절론의 시대적 정합성과 이어령식 글쓰기가 행복하게 조우한 결과였다.

이후 그의 글쓰기의 행적은 바로 이 언어 감각과 지성주의의 양 축의 변용 과정이다. 맨 처음은 서구적 지성으로 무장한 비평적 에세이의 형태로, 두번째는 수사학적인 언어 감각을 보여주는 문학 에세이, 그리고 세번째는 문화론의 형태를 띤 에세이로 나타난다.

2. 장르적인 것과 언어적인 것

이어령 비평은 1950년대 들어서 비로소 비평의 에세이적 성격을 논할 수 있는 토대를 마련한 것이다. 이어령 글쓰기의 에세이적 성격을 논의하기 위해서는 문학사적 이해를 필요로 한다. 에세이(수필)의 성격에 관한 논의는 1930년대에 잡지가 널리 창간되고 여성 문인들의 활동이 활발해지면서 이들에 대한 신변잡기적인 관심사가 대두하는 것과 일치한다. 이 같은 저널리즘의 필요성과 김진섭, 이은상, 모윤숙 등의 수필이 문단적 호응을 불러 일으키자 수필은 1930년대 비평가들의 관심의 대상으로 떠오르게 된다. 그 동안 본격적인 문학의 한 장르로서보다는 쉬운 형식, 일상사의 사소함을 다루는 것, 잡문류로 인식되었던 수필에 대해 장르론적 성격을 본격적으로 부여하고자 한 자는 임화(「수필론」, 1938.6)이며, 수필의 문체적 성격을 규명하고자 한 자는 김기림(「수필, 불안, 카톨리시즘」, 1933.9)이다.

이른바 무성격, 사소한 일상의 세계를 다루는 것으로 이해되었던 수필 곧 에세이의 성격을 임화는 '문학과 논문적 서술의 중간 단계'라 보았다. '수필은 가장 비시적인, 가장 산문적인 예술'이라는 말은 수필의 어중간한 장르적 성격을 말한 것이다. 수필은 사소한 일상사적 체험을 통해 영원한 것(동경)을 표현한다는 점에서 가장 어려운 글쓰기며 따라서 수필을 쓰는 것은 '곤란한 사업'일 수밖에 없다. 에세이를 시, 소설, 희곡과 같이 하나의 장르적 성격을 갖는다고 보는 것은 에세이가 잘 씌어진 글로서 예술에 접근한다는 의미로서, 이른바 수필의 시적인 성격을 말하고자 하는 것이다. 반면, 논문적 서술이라는 것은 수필의 과학적 체계적 글쓰기로서의 성격을 의미한 것이다. 그러나 임화는 탈규범의 자유로운 형식이라는 점에서 예술을 벗어나고(장르를 벗어나고), 개념이나 논리적 조작의 기술성을 지양한다는 점에서 논문과는 결별한다고 주장하면서 수필은 존재가능한 미래적인 장르라고 규정한다. 에세이가 구조(장르적 성격)로서, 체계(학문적 성격)로서 양 부분을 동시에 뛰어넘을 수 있는 것은 바로 이 무규정성에서 오는 인간적 진실의 포착 때문인데 이를 임화는 '사소한 것'에서 비롯되어 교양으로 전이된 '수필의 모랄리티'라 불렀다. 임화는 삶의 체험에서 오는 직접성을 초극할 수 있는 길을 이 모랄리티에서 찾고 있다.

현실과 작가의 사상을 매개하는 것은 개성이며 모랄리티이다. 순문학적 수필이 사상의 결핍으로, 경향 수필이 사물을 보는 명철한 시각의 결핍으로 지적되는 것은 이 사상과 현실이 조화롭게 결합되지 못했음을 말한 것이다. 그것은 작가 개인에게 육화되어 나타나는 교양의 미성숙(개성, 모랄리티)과 직접적으로 관련된다. 임화에게 수필의 현대성에 대한 고찰이 가능했던 것은 소설의 현대적 성격을 고찰했던 것과 같은 층위에 있다. 본격소설론, 모랄론을 통해 소설의 장르적 성격을 고구해 보고자 한 것과 같은 맥락에 놓이는 것이다. 임화가 수필에 미래적 문학의 가능성을 둔 것은, 문학사를 통해 일제 말기를 주파해 가고자 했던 것과 마찬가지로 일종의 유토피아적 비전과 관련있는 문제로 보인다.

김기림은 자신이 이미 근대성의 중요한 담론을 제기한 많은 문제적인 에세이를 발표한 바 있었고(졸고, 「김기림 수필에 나타난 일상성」) 에세이에 관한 식견을 가지고 있었으므로 당대 에세이의 유행에 대해 긍정적인 입장에서 수용하고 있다. 조선일보 기자로서 신문 지상에 많은 수필을 게재한 이유도 이것과 관련되어 있을 것이다. 김기림의 경우, 에세이의 성격을 '문장'의 특징에서 찾았다는 데에 그 의미를 지적할 수 있다. 김기림에게 수필은 무엇보다 어떻게 말하는가 하는 방법의 문제이며 스타일의 문제가 된다. 작가의 개성적 스타일 곧 문체가 가장 두드러지게 드러날 수 있는 것이 수필이다. 김기림이 수필을 규정하면서 문체에 그 중요성을 둔 것은 풍자와 윗트를 기반으로 한 현대시의 개성적 성격을 논의했던 것과 그 맥을 같이 한다. 현대 문명을 바라보는 작가의 개성적 시각이 유머와 윗트와 아이러니와 패러독스를 생성시킬 때 수필은 시대적인 예술로 상승된다. 사소한 일상적 사건을 통해 찌르는 듯한 아이러니를 생성시키는 것이 수필의 존재론적 지위를 확고하게 하는 것이다. 김기림은 수필적 문체에 관한 논의가 가능하기 위해서는 문장에 대한 관심과 언어에 대한 새로운 용의가 있어야 한다고 보았다. 그것은 언어의 혁명에 의해 가능해지는데, 그것은 다른 언어를 수입함으로써 가능하다고 보고 외국문학 연구자의 임무를 기대하고 있다. 이 '수입 언어'란 바로 해외문학파들의 언어 곧 영어와 불어 등의 구미어였으며 보편적 이성과 사유를 가능하게 하는 언어적 감각을 의미하는 것이다. 보편 이성에 의한 사물의 본질을 포착하는 데 수필의 아이러니와 공격성이 존재한다면 그것은 '수입 언어'에 대한 감각이 비교적 날카로와진 1950년대에야 비로소 가능했던 것이다.

영어와 기타 외국어와, 일본어와 한국어를 동시에 구사할 수 있었던 세대. 김기림의 수사로서의 에세이의 가능성은 1950년대에 현실화되는 것이다. 이어령 에세이의 찌르는 듯한 아이러니와 공격성과 수사법은 이어령이 습득했던 문장 수업과 언어 감각으로 가능했다. 1921년, 1926년생인 김수영, 박인환에게 한국어는 생소한 것이었다. 한문과 일본어 감각에 비해 현저히 모자랐던 이들의 한국어에 대한 감각과 비교해 보면 1934년생인 이어령이 가질 수 있었던 언어 감각은 분명 행운이었다.

그의 비교 문화론은 한편으로는 언어 비교론, 곧 기호론이다. 박인환

의 시에서 한자어의 남발과 사변성이 그의 시를 얼마나 비시적으로 만
드는지는 이미 여러 논자에 의해 지적되었다. 얄밉다, 야속하다, 섭섭하
다, 방정맞다, 쉼표, 숨표, 마침표, 다슬기, 망초꽃, 메꽃 등과 같은 우
리말을 실감있게 쓰지 못한다고 고백하고 있는 김수영의 내면에서도 한
국어에 대한 컴플렉스는 쉽게 감지된다. 김수영은 보편적 언어미를 통
해 시적인 상상력의 극치에 이를 수 있는 것은 언어(한국어)를 실감있게
쓸 수 있는 데서 비롯된다고 생각했을 정도로 한국어를 능숙하게 구사
할 수 있는 언어 감각에 대한 선망이 있었다. (「가장 아름다운 우리말
열개」, 전집, 민음사, 281면) 박인환, 김수영이 일제시대 조선어를 사용
할 수있는 환경이 자유롭지 못했던 시대를 살았던 반면 이어령은 해방
이후에 우리말을 공적으로 습득할 수 있던 기간이 있었다. 그것이 문체
의 화려함으로, 언어의 공격성으로, 사유의 자유로움으로 나타났던 것
이다. 이것이 1950년대 이어령 에세이가 신선함으로 다가올 수 있었던
연유일 것이다.

3. 에세이의 본질과 '빛' 으로서의 유럽

에세이를 한 편의 '잘 씌어진 글' 로서 이해하면 이 때 에세이는 문학
예술의 위치에 올라선다. 그러나 이것은 에세이의 본질에 대해 대체로
알려주지 않는다. 이 같은 에세이의 성격은 에세이의 장르론적 성격을
모호하게 한다. 그것은 예술과 과학 사이에서, 시와 산문 사이에서 에세
이의 어중간한 위치를 규정짓게 한다. **루카치**는 에세이의 이 같은 모호
성을 운명과 형식의 관점에서 풀어 나간다.

에세이는 삶의 직접적인 체험을 질서화하는 글쓰기이다. 보편적인 것
과 개별적인 것 사이의 이원성, 이미지(이데아,상)와 체험의 직접성(의
미)의 간극을 에세이스트는 글쓰기의 행위를 통해 운명적으로 뛰어넘는

다. 에세이스트가 이 직접성을 건너뛸 수 있는 것은 바로 영혼의 내면 깊숙이 닿아있는 삶의 근원적 동경을 자각하는 순간이다. 그 물음은 해답을 요구하는 것이기보다 거듭 반복해서 물어야 할 길 위의 의문에 지나지 않는다. 그것이 에세이스트의 운명이다.

에세이는 책을 매개로 한 글쓰기 곧 비평적 에세이와 이미지(삶의 근원성 혹은 이데아)에 관한 글쓰기 혹은 그 같은 것에 대한 이해를 돕기 위한 글쓰기로 이해되지만(루카치, 『영혼과 형식』, 심설당), 위대한 에세이스트에게는 문학이나 예술을 매개로 하는가 아닌가는 별로 중요하지 않다. 그의 눈은 삶 그 자체를 향해 있다. 무에서 어떤 것을 끌어내는 것이 아니라 이미 생생하게 살아있던 것을 끄집어 내어 다시 배열하고 정리함으로써 그것에 대한 본질을 찾아낸다. 에세이스트의 글이 사소한 것을 취하면서 신비한 감동을 주는 이유는 이 때문이다. 에세이의 일회성은 형식의 새로움이며 이 형식은 에세이스트의 영혼과 운명과 관련된다. 그 운명이 바로 루카치가 파악한 동경의 형식인 것이다.

> 아직도 찾아져야 할 가치의 체계 속에서는 우리가 언급하는 동경이란 충족될 수도 있고, 그럼으로써 지양될 수도 있지만 다른 한편 그러한 동경은 실현을 바라는 그 어떤 것 이상의 것, 다시 말해 가치와 그 자체의 존재를 지니는 영혼이기 때문이다. 동경은 또한 삶의 전체에 대해 취하는 근원적이고 심오한 태도이자 체험 가능성의 더 이상 지양될 수 없는 궁극적 범주이다. 그러한 동경은 그러니까 자신을 지양하게 될 실현뿐 아니라 자신을 영원한 가치로 구제하고 구원하는 형식을 필요로 한다.

(루카치, 『영혼과 형식』 심설당, 32면)

에세이의 궁극적 가치는 자신의 영혼을 지양하고 구원하는 형식으로 존재할 때이다. 에세이는 삶의 체험과 태도보다 윗길에 있는 궁극적 범주로서 동경의 형식을 필요로 한다. 에세이스트에게 생기는 아니러니는 인생의 궁극적 문제를 말하는 데도 그것이 사소한 것임을, 비본질적이며 장식에 관해 말하는 것처럼 말하는 데서 생겨난다. 에세이와 삶이 내적으로 본질상 가까운 것임을 고통스럽게 느끼면 느낄수록 아이러니는 깊어진다. 즉 에세이는 '타자'를 빙자해 자기 자신 혹은 인간 삶의 궁극적 문제에 대해 말하는 형식인 것이다.

소설이나 시가 어떤 규범(구조)을 통해 삶의 진실을 포착하고자 한다면, 에세이 형식은 아무 매개물 없이 직접 현실과 사상을 조화시킨다. 삶과 글쓰기에 대한 아이러니가 깊어지는 데서, 삶의 본질에 다가가고자 하는 에세이스트의 동경의 향수는 깊어진다. 시적인 산문으로서, 예술과 학문(논문)의 장르적 혼재에 놓인 에세이는 단 한가지 계기에 의해 스스로를 지양하게 된다. 이성의 통일에 의해 모든 양식의 근원적인 통일을 꾀하는 것으로서 에세이 장르는 가치를 인정받게 된다. 임화는 이를 미래에 존재 가능한 장르라고 불렀던 것이다.

1950년대 전례없는 수사적 필치와 언어 감각으로 무장한 이어령에게 에세이는 일종의 동경의 형식이었다. 그 곳엔 한국적 토양에서 서구적 지성을 사유의 중심에 둔 자가 갖는 존재론적인 풍경이 놓여 있다. 이어령의 비평적 에세이의 수사와 공격성이 다소 비장함을 띠고 있는 이유이다. 그의 에세이적 비평은 보편적 삶의 이해에 다가가는 것이며 한국 문학의 국지성을 벗어나는 길이었다. 전후 세대가 이상에 매달린 것은 이상 문학이 갖는 의외성, 언어 기호의 투명성에 근거해 문학 이해의 보편성에 다가가고자 하는 욕망 때문이었다. 이상의 문학을 정신분석학으로, 해체론으로, 기호론과 기호 분석론으로 읽어내었던 문학사적 유산은 이를 보여준 것이다.

외국 문학이론을 적용할 대상으로 이상이 맨 앞에 있었던 것이다. 이어령을 비롯한 전후 세대는 이상을 매개로 사유의 보편성에 다가가고자 했다. 이항대립 체계를 통해 사물을 인지하고 사유를 전개하는 것은 단지 인상적이고 주관적인 비평에 그친 기성 세대의 '미몽'에서 벗어나는 길이었다. 근거, 이성, 보편 사유에 빗대어 한국적인 것, 특수한 것, 모태적인 것이 존재했다. 이어령의 에세이적 글쓰기는 후일 동양과 서양에 대해 차이 나는 인식을 근거로 한 문화 비교론으로 계속된다.『흙 속에 저 바람 속에』,『축소지향의 일본인』같은 공전의 베스트셀러를 기록한 에세이들은 바로 이 이항대립적 사고 체계에 의해 가능했다. 그는 보편적인 것으로서의 유럽 문화에 그의 인식의 닻을 내렸고 그 다음은 문학 행위의 원체험과 같은 것으로서의 고향 의식에 그의 사유의 중심을 옮겨 놓게 된다. 그것은 곧 한국적인 것의 원형 탐구로 나아가게 된다.(『신한 국인』 등). 이것이 그가 1960년대 이후 진행해 온 에세이적 글쓰기의 진의이다.

　삶의 직접적 체험으로서의 글쓰기의 맨 처음에 놓인 것은 그가 유럽 문명과 문화를 탐구하고 쓴『바람이 불어 오는 곳』이다. 유럽 문화 및 문명에 대한 그의 매력이 얼마 만한 것인지는 이 유럽 여행기 한 권이 명료하게 보여준다. 그에게 서구 유럽과 유럽 문명 그 자체는 하나의 '빛'이다. 유럽 문명이 모태로 하는 희랍 문명은 '빛의 다발' 바로 그것이다.

　　희랍은 거기 있었다. 눈부신 일광 속에, 새파란 에게 해의 빛깔 속에 아테네는 거기 그렇게 서 있었다. 역사가 오랜 고도에는 고본상의 냄새 같은 것이 있다. 혹은 볕이 안드는 박물관의 회랑처럼 침울하고 슬픈 그늘이 있다. 로마가 그렇고 런던이 그렇고 파리까지가 그런 것이다.

　　　　　　　　　　　　　　　　　　　　　　　(『바람이 불어 오는 곳』, 57면)

'희랍은 거기있었다'로 시작하는 이 단언적 담론은 그의 유럽 문화에 대한 인식을 투명하게 담고 있다. 이어령 문장의 힘은 단언이며 그것이 수사적 언어의 강렬함을 등에 업고 온다는 점은 이미 앞에서 말한 대로

다. 우상파괴론, 화전민 의식의 표방이 단지 세대론의 입장만을 담은 것
이었다면 그렇게 강렬한 흡인력을 가지지 못했을 것이다. 그것이 가능했
던 것은 단언적 문장의 직접성과 수사적 언어의 간접성이 교묘하게 결합
한 문체의 아우라에서 비롯된 것이다. 이 같은 문장 구사 방식은 이 유럽
여행기의 서두에도 나타나 있다.

그의 사유의 중심은 바로 희랍적인 것에 근거해 있으며 그것은 고전주
의 인문주의적 교양이다. 물리적이인 공간으로서도 정신적인(사대주의
적인) 것으로서도 아닌 보편적 지성으로서의 유럽이 그가 경탄해 마지
않는 유럽이었다. '거기 있었다'는 이 확언이 그의 유럽 문화에 대한 모
든 태도를 잘 보여준다. 오랜 역사적 정통성에서 오는 고전주의적 냄새
곧 '고본상의 냄새'를 풍기는 유럽에 그가 심취하는 것은 너무나 당연하
다. 그가 보편주의자로서 힘을 얻는 것은 희랍 문화의 빛에 자신을 노출
시킴으로써이다. '유럽은 빛이 있다. 그리스는 빛의 입구이다'. 그리스
란 유럽 문명의 시작이며 역사 바로 그 자체가 아닌가.

희랍 문명에 대한 그의 찬탄이 어느 정도인가는 문장 곳곳에 흩어져
있는 황홀한 수사 속에 그대로 드러난다. 리카페토스의 암산을 온통 대
리석처럼 비추고 있는 저 태양은 분명히 '신화 그대로 아폴로의 금마차'
인 것이다. 이 같은 찬사는 대립쌍으로 존재해 있는 아시아 문화 특히 한
국 문화에 대한 그의 신경질적인 반응과 관련이 있다. 그것은 처음에는
분노로, 다음에는 연민으로 자리잡는다. 희랍은 우리처럼 가난하지만 밝
고 터키의 압제와 침략의 불안에 시달려 왔으면서도 한국과는 달리 이지
러진데 없이 건강하다. 그들이 가진 빛이란 무엇인가. 고전주의 문명이
며 인문주의적 정통성이었을 것이다. 희랍 문명의 눈부신 역사와 축적된
문화의 역량이 이제 근대화의 길로 들어선 변방의 한국인 이어령을 절망
케 했을 것이다. 터키를 포함한 아시아 여러 나라들에 대해 갖는 자괴감
은 이 '빛'이 없다는 것에 대한 부끄러움이며 한탄이다. 고전주의, 휴머

니즘, 서구 지성사를 꿰뚫는 그의 사유의 지향점의 근원은 바로 희랍적
인 것에 있었고 그는 이를 보편적 지성이라 생각했다. 그가 희랍 문화의
입구에서 느낀 비애는 '빛' 앞에 선 자의 부끄러움이며 '토인' 들의 삶에
내던져진 존재의 비극이었다.

이 운명의 벗어남을 형식화한 것이 그의 에세이이며 수사이다. 수사를
통해 비애를 벗어나기, 곧 수사를 통해 서구적 지성과 문화에 다가가기
가 바로 그의 에세이적 글쓰기의 원형인 것이다. 그것이 '토인들' 이 쓰
는 글과 자신의 글을 차이 나게 만들었던 것이다. 그가 한국을 포함한 아
시아 각국들에 대해 참을 수 없는 부끄러움과 위축감을 느끼는 것은 이
인문주의와 고전주의 문화의 '결여' 에 있다. 결여에 대한, 비극적 비애
에 대한 내적 고찰을 하는 대신 그는 '바바로이' 인 자신의 운명을 수락
한다. 바바로이 ! 유럽 문명의 중심지에 선 이 왜소한 변방인의 내면을
짐작하기란 어렵지 않다.

동양과 서양이 혼재된 터키는 그의 이상향이었지만 그것은 관념상에
서만 그러하다. 종교 생활과 미적 생활이 혼연 일치된 이스탐불의 이상
향은 다 어디가고 거기에는 가난과 소란과 무지가 뒤엉킨 비극의 거리가
존재해 있다. 이 같은 비극적 국면은 유럽적이지 않은 것, 더 정확하게
말하면 희랍적이지 않은 데 기인했을 것이다. 동양과 서양은 가치 개념
이 되며 동양은 서양을 기준으로 '결여' 의 위치에 있게 된다. 그가 내면
적으로 아시아에 대해 종언을 고하는 것은 너무나 당연하다. 그가 진정
보고 싶은 것은 바로 그 희랍의 빛, 이성의 빛이 존재하는 조화와 질서의
고전적 미가 존재하는 희랍 문화이다. 우리와 같이 가난한 민족에게도
희랍의 빛은 존재한다. '빛' 은 이어령에게는 수사적인 차원에서 낭만주
의이며 사유의 차원에서 고전주의로 자리잡는다.

4. 흔적으로서의 문화

한국을 비롯한 동양이 비극과 무지와 가난과 혼란스러움으로 인식되는 이어령의 사유는 어디에서 비롯되는가. 서구 문화에 직접 노출된 전후 세대 변방의 지식인에게 서양은 초극의 대상이 아니라 모방과 동경의 대상이었을 것이다. 이를 두고, 서양이 위생적이며 선진적인 것이 될 수 있었던 그 밑자리를 왜 보지 못하는가 하는 질책도 가능할 것이며, 인식상의 제국주의를 비판할 수도 있을 것이다. 서구적 지성의 눈으로 본 동양관 곧 오리엔탈리즘에 물든 지식인임을 부정할 수 없노라고. 그럴 수도 있을 것이다. 이어령의 인식은 자신의 제국주의적 사고와 제국주의적 속성을 알지 못한 서구 사대주의의 부산물이라기보다는 인문주의자 이어령의 본래적 모습에서 비롯된다. 그의 서구 중심적 사고 혹은 ‘서구 곧 보편’이 이후 이어령이 그 반대편에서 견지해가는 한국적인 것의 양가적 반응이었음을 확인하기란 어렵지 않다. 서구는 그가 탐구해 가는 한국적인 것, 원형적인 것의 이면이었다.

문명 비교론이나 동·서양의 차이를 탐구해 가는 것은 기호론적이다. 기호론이란 무엇인가. 그것은 대체하기이다. ‘토착적인 것과 외래적인 것의 분할 혹은 양두마차’가 그가 문화를 보는 시각이다.

> 우리는 주변을 보면 모든 것이 양분되어 있음을 알 수 있다. 버선 옆에는 양말이 있고 한복 곁에는 양복이 있다. 「한옥과 양옥」 「한식과 양식」 「한약과 양약」 「국악과 양악」----심지어 그릇 하나에도 「바가지」와 「양재기」의 양파로 분리되어 있는 것이 우리들의 생활이다. 집에서는 장판장에 앉아있고 학교나 직장에 가면 서양식으로 의자 생활을 한다. 모든 것이 이렇게 토착적인 것과 외래적인 것으로 분할된 양두마차에 타고 우리의 생활은 달리고 있는 것이다.
>
> (『나를 찾는 술래잡기』, 394면)

이항대립적 사고 체계, 사물의 양가성의 인식은 언어 기호에 대한 '차이'의 인식이다. 그는 이를 기호(흔적)를 통해 문화의 구조를 밝히는 것이라 주장한다. 기호는, '달빛'과 '고추장' 같은 것에서부터, '정에 젖는다'와 같은 말 문화뿐 아니라 13의 숫자, 바느질하기, 벼농사와 같은 일상적 문화적 관습에 이르기까지 우리 삶의 전반에 걸쳐 언어로 표면화된 것(흔적)들이다. 이 모든 언어적 구조물들을 기호로 파악하고 그 기호를 통해 그는 동·서양 문화의 맥을 추정해 낸다. '업기'와 '포옹하기'의 일상적 관습을 통해, 수직적, 수평적 문화의 차이나, 밀착과 분리의 문화의 흔적을 밝혀내는 것이다. '화투'와 '트럼프'에서 자연과 인간, 동양과 서양을 해석해 내는 것도 마찬가지이다. 우리 일상적 삶의 관습에 근거해 문화의 이원성을 밝혀내는 것이 그가 문화를 읽는 시각이다. 언어는 기표로, 문화 구조는 기의가 되는 것이다. 은연 중에 무릎을 '탁 치게' 만드는 장기가 그에게는 있다. 그의 문화론적 에세이가 독자의 반응을 얻을 수 있었던 것은 그의 통찰력과 식견을 바탕으로 한 번득이는 위트와 아이러니와 단언적 문장의 힘이었다. 거기에 그의 언어적 감각과 수사학이 득의의 역할을 했음은 두말할 필요가 없다. 대립 체계 속에 언어(기호)를 놓는 방식이 그의 주장의 정당성을 강화하는 역할을 하고 있음도 부정할 수 없다.

이항 대립의 체계에 놓인 문명론과 문화론의 결말은 자명해진다. '흙의 문명'과 '돌의 문명'으로 동·서양 문명의 차이를 진단하고자 하는 시각도 마찬가지 결론에 도달한다. 아크로폴리스의 대리석 조각에서 그는 천년 혹은 수천년을 견뎌내는 돌의 문명을 본다. 그에 반해 흙과 나무로 겨우 100년을 지탱해 내는 우리의 흙의 문명은 애초에 그 비극성을 안고 있었다는 것이다. 흙의 문명은 세월과 더불어 스러지는 인간의 비극적 운명을 상징한 것이며, 돌의 문명은 시간의 흐름을 견고하게 견뎌내면서 혼의 영원성을 상징하는 것이다. 사소하고 일상적인 어떤 상황이나 사물의 국면을 통해 문명을 진단하고 문화의 본질을 파악하는 것은 그의 재주와 박학다식함의 결과였다. 그러나 그의 논리는 일종의 결정론이 안고 있는 위험을 그대로 내장하고 있다. 단 한가지 국면이나 관습적 차이를 통해 문명의 차이와 깊이를 결정하고자 하는 시각은 일면적일 뿐 아니라 위험하다. 그는 이항 대립 체계로 동양과 서양을 내다본다. 하나와 그 대립쌍. 그것은 단일선상에서 즉각적으로 비교된다. 매개항이 존재하지 않는다. 매개항이 생략된 이 직선적인 비교의 방식은 뒤에 그가 한국적인 것의 원형 탐구로 나아갈 때도 마찬가지다. '서양'에 동양을 대체한 것이 다를 뿐이다. 문제는 문화론이 가치평가적 의미를 띨 때이다. 문화론이 구조를 밝히는 것에 머무르지 않고 가치 지향을 보일 때 그는 기호분석론자나 보편주의자로서의 얼굴을 벗는다. 「동아시아 시대는 오는가」가 권력적 담론이 될 때 그것은 유럽 문화에 대한 한 없는 동경이 의미하는 것보다 사실은 더 위험한 것이다.

두 항 사이에서 '차이'를 인식하고 그것을 문화론적인 관점에서 해석하는 재기발랄함은 그가 다작의 에세이를 쓸 수 있는 힘이 되었다. 그의 재주는, 바느질과 빨래와 같은 여성적 문화에서 '물'과 '불'의 대립, '남성적 힘'과 '여성적 부드러움', 'M과 P'의 원초적인 음운의 대립 등을 찾아내는 데서도 확인된다. '요리술'은 이 물과 불의 화해와 결합을 암시하는 것이라 이해한다. 그는 기호의 차이에서 오는 무수한 대립을 조화와 갈등이라는 양 계기로 이해한다. 그리고 모든 갈등이 해소되고 정화되는 것으로 이를 끌고 간다. 닫힌 것과 열린 것, 영혼과 육체, 개인과 집단, 안과 밖, 소비와 생산, 있는 것과 없는 것, 생과 죽음 등 그가 파악하는 모든 사물은 그것과 그 대립쌍으로 이루어져 있고 그 대립은 단선적인 결합에 의해 바로 대립을 벗고 조화와 평화의 아름다움으로 자리잡는다. 주변의 대립적이고 공격성을 띠는 사물의 정황은 금새 힘을 잃고 조화의 공간 안으로 들어가 버린다. 갈등이나 대립이 무화되어 버릴 때 언어는 일종의 초월이 된다. 그의 에세이는 그가 항상 주장하는 정화의 언어 위에 놓이게 된다. 이 조화의 언어가 가장 화려하고 강렬하게 표출된 것이 바로 『말』이다.

5. 침묵의 언어와 수사의 바다

197,80년대 청소년기를 보내며 문학을 꿈꾸었던 사람들에게 이어령은 이미 하나의 신화적 존재였다. 그 때 『문학사상』에 실렸던 이어령의 권두 에세이는 당대 문학 소년 소녀들의 '가슴'을 울리다 못해 '영혼'을 울렸었다. 『말』이 주는 매력은 어디에 있을까. 그것은 수사학적 아름다움이다. '잘 씌어진 글'로서 『저항의 문학』이 비평적 에세이에 접근했다면, 『말』은 시적인 것에 육박하고 있다. '말'의 수사학은 서구의 신화를 비롯해 온갖 지식으로 무장한 그의 해박함에서 온다. 수사는 일종의 메타포 곧 은유이다. 희랍신화는 은유의 매체로서 이어령 에세이를 점유한다. 『말』은 '주지'는 없고 '매체'만 있는 글쓰기로 보이지만, 이어령 문학관을 단적으로 드러낸 경우에 속한다. 그는 '말'에서 시인의 언어에 대해 말하고 있다.

그가 말하는 시인의 언어는 사실은 자신의 문학관을 상징적으로 해석해 놓은 것이다. 여기서 '시적'이라는 것은 이른바 순문학적 의미의 문학을 말한 것이지 시와 소설을 구분하는 장르론적 성격의 것이 아니다. 이른바 사르트르가 문학과 시를 구분했을 때의 산문적이지 않은 것, 타인과 사회에 앙가제(engagé) 하지 않는, 순문학적인 것으로서의 '시'(타인과 사회와 현실에 대해 참여적일 수밖에 없는 산문이 아니라)를 의미한다. 그가 말하는 시인의 언어는 바로 문학의 언어이며 문학하는 자세이다.

수다스러운 지상의 언어가 아니라, 지적도처럼 등기된 그런 언어가
아니라, 잔칫집에서 만난 사람들처럼 의미가 없이 서로 인사를 나누는
그런 언어가 아니라, 은행 창구에서 돈을 헤며 이야기하는 그런 언어가
아니라, 앵무새 같은 언어가 아니라--

(『말』, 37면)

시는 시장의 언어가 아니라 침묵의 언어이다. 지표의 언어가 아니라
바닷속의 조류로 흐르는 언어이다. 그는 시란 페르시아의 왕 크세록세스
의 군대와 권세로도 어쩔 수 없는 내적 생명의 언어라고 말한다. 그 언어
는 모든 것을 넘어선, 대지를 넘어선 곳에 존재하는 이상향의 언어다. 만
질 수 없는 것, 실재하지 않아서 좋은 것, 먼 곳에 있기에 더 더욱 간절한
그런 낭만적인 관념 안에 존재하는 언어. 이것이 그가 말하는 시적인 언
어, 사변의 언어이다. '수인의 언어' '유형지의 언어'라고 말할 때 그 낭
만성을 생각해보라.(『유형지의 아침』) 시인은 그래서 석유파동을 걱정하
는 자가 아닌 지성의 결핍과 언어의 고갈을 걱정하는 자이다. 그에게
'시'나 '시인의 언어'는 그래서 당대적인 현실을 뛰어넘어 스스로 초월
한다. 그에게 문학은 '꽃'의 수사학이다.

그가 말한 문화의 은유로서의 꽃은 사실은 문학의 은유로서의 꽃이며
모든 글쓰기의 은유로서의 꽃이다. 은유는 창조의 언어가 아니라 정화의
언어이다. 변혁의 언어가 아니라 지속의 언어이다. 꽃은 창조가 아니라
정화의 의미로서만 존재한다. 꽃이 열매를 맺기 위한 과정으로서 존재하
는 것이 아닌 개화 그 자체를 현시하는 그것으로서 의미를 가진다고 강
조한다. 꽃의 개화 과정 속에서 열매는 단지 보상일 따름이다. 꽃 그자체
만으로서의 가치가 그에게는 시의 언어이며 문학의 언어인 셈이다. 비생
명적인 것에 대한 저항, 자기 표현을 위해 밝은 색채와 유현한 향취를 갖
는 자세, 단지 그것으로서의 의미를 그는 꽃의 꽃다운 가치라고 보았다.

'열매를 소중히 생각하는 시대'의 언어는 효용론적이고 기능적인 언어의 가치를 중시하는 문학의 언어이며 이는 '꽃'의 꽃다운 가치를 현시하는 '순문학적인 태도'와는 대립되는 것이다. 즉 『말』은 그의 문학관을 수사학으로 옮겨놓은 에세이가 된다. 1960년대 불온시 논쟁이나 순수 참여 논쟁에서 취했던 그의 태도는 이 『말』 전편의 언어관에 그대로 투영되어 있다. 이 같은 탐미적 사변적 언어관이 에세이 정신의 전반을 지배하고 있다. 그의 에세이가 갈등보다는 유려한 아름다움과 현란한 수사적 몽상을 거느리고 있는 이유가 바로 이것이다. 이 긴장 없는 언어 곧 수사적 언어의 화려함과 힘은 그의 문장력에서 오지 언어가 내재한 현실 긴장력에서 오지는 않는다. 이어령 에세이가 현실과 언어 사이에 내재한 긴장력을 보여주는 김수영 산문과의 차이를 내포하고 있는 이유를 짐작할 수 있다.

이는 김수영과의 논쟁 시 「오늘의 한국 문화를 위협하는 것」에서 그가 견지했던 '정치적 자유가 응전력과 창조력의 고갈'을 더욱 불러일으킨다고 말한 논지와 이어져 있다. 질서에 대한 무질서, 정상이나 규범보다는 혼돈의 사유에 접해 있었던 김수영에 비해 이어령의 '위대한 질서'는 사실은 지성의 통제에 의해 보장된 질서를 의미했으며 그것에 의한 자유였던 것이다. 자유당 정권 시의 혼돈을 군사 정권 이후의 통제된 질서보다 의미있는 것으로 규정했던 김수영에 비해 위대한 질서를 주장했던 이어령의 완고함은 순문학적 인식으로부터 온 것이면서 사실은 고전주의 인문주의적 사유에서 비롯되었던 것이다. 그의 이성 혹은 지성은 인문주의적 교양을 의미하며 현실과 사상은 그것으로부터 이미 선험적으로 분리된 상태로 존재한다. 그에게 현실은 희랍 신화나 고전주의 정신에서 오지 현실 그것으로부터는 오지 않는다. 그것이 문학이며 시인의 언어이다. 『말』은 자신의 문학관을 수사, 은유를 통해 총체화한 것이다.

   문학으로 돌아가다

6. 이어령 에세이가 남긴 것

이어령은 자신의 글쓰기를 '나를 찾기 위한 숨박꼭질'이라 불렀다. 1950년대 화전민 의식의 주창자로서 전후 세대의 정체성을 탐구하고자 한 것에서부터, 보편 이성의 근거로서 희랍 문화 찾기로, 한국 문화와 민족적 특성을 고구하고자 한 원형 탐구에 이르기까지, 그의 에세이는 그의 말대로 '나'를 찾기 위한 긴 여정이었을지 모른다. 그의 에세이는 이 점에서 에세이적 글쓰기의 본질적 운명인 '동경'에 닿아있다.

서양에서 동양으로, 다시 한국으로 관심이 전이되는 과정은 이어령에게는 필연적이었을 것이다. 그가 '세계적인 것'으로서의 한국적 전통을 찾고자 시도한 것은 희랍 문화의 근원 찾기와 다를 것이 없었다. '동아시아 시대'를 내다보는 그의 시각은 그가 유럽을 보았을 때 그러했던 것처럼 단호하다. 그의 사유는 한 극단에서 다른 극단으로 어떤 회의나 주저 없이 옮아간다.

오늘날은 문명의 긴장과 그 억압을 풀 수 있는 자가 승자가 된다는 것을. 긴장을 풀지 못하는 자가 패자가 되는 풀이 문화의 시대가 큰소리칠 때가 왔다는 것이다. 지금 세계적으로 3차 산업이 총애를 받고 있는데, 그것이 바로 풀이의 문화가 아닌가! 이익으로 사는 시대가 아니라 흥과 신명으로 살아가는 시대가 오리라. 서구 문화에는 이 전통이 없지만 우리에겐 1천년, 2천년의 뿌리 깊은 역사가 있다.

그는 우리의 푸닥거리 문화를 창조적이고 긍정적인, 신명과 창조의 원동력으로 이해한다. '빛'을 품고 사는 유럽인들은 기계 인형과 다를 바 없는 인간으로 전락하는 대신 유교 문화에 뿌리 박은 동아시아인들, 한국인들은 미래적 가능성을 운명적으로 부여받은 민족이 된다. 빛은 유럽에서 동아시아로, 한국으로 연착륙해서 온다. '어글리코리안의 대반전'

이다. 이것이 한국 문화에 대한 그의 관심의 실체다. '보편적인 것으로서의 한국적인 것'의 선이 어디까지 그어질 수 있는가는 더 두고 볼 일이다. 보편주의자로서의 언어 감각과 사유가 그를 협소한 전통주의자로 떨어지지 않게 했을 것이다. 해박한 지식과 수사와 언어 감각은 그의 보편 이성을 유지시켜주는 바탕이 되었음은 앞에서도 확인되었다.

앞에서 이미 이어령의 동아시아적인 것, 한국적인 것은 그러나 위험한 담론일 수 있다고 지적했다. 그것은 보편주의자로서의 균형 감각을 확보하고 있을 때만이 건전한 것이 되며 그렇지 않고 지역적인 것, 국지적인 것에 대한 관심으로 함몰된다면 한갓 국수주의적 패권주의적 사고와 다를 바 없기 때문이다. 그것은 그가 '전통론'에서 조연현과 김우종과 기성 세대들을 공격한 바로 그 지역주의에 대한 반론을 스스로 뒤집는 결과가 된다. 아시아적인 것, 한국적인 것을 탐구한다는 것, 균형 감각을 잃지 않고 그것을 논한다는 것은 이렇듯 불안한 것이기도 했다.

이어령 에세이의 본령은 『저항의 문학』이며 또 하나는 『말』이다. 이어령 에세이의 성격을 논할 수 있는 것은 여기까지이다. 그 다음은 에세이의 본질과 성격을 논하는 이 글에서는 벗어나며 달리 문학적 차원에서 논할 성격도 아니다. 이 말은 이어령 에세이가 미완적 성격으로 남아 있다는 의미와 통한다. 수사와 공격성에서 이어령 에세이는 더 나아가지 않은 듯 보인다. 그것이 그의 에세이를 문화 탐구, 민족적 원형 탐구로 나가게 하고 기호 체계 분석이나 구조 분석의 차원에서 머물게 했을 것이다. 원형 탐구란 민속학이나 인류학과 더 가까이 있기 때문이다.

이어령 에세이를 보며 청소년기에 문학 수업을 받았고 언어 감각을 익혔던 우리 세대의 한계는 '이어령적인 것'에도 근접하지 못했고 그로부터 더 나아가지도 못했다는 데 있다. 우리 세대의 비평 언어가 진중한 언어적 무게(사상)를 갖지도 못하고 그렇다고 문장에 대한 진지한 탐구도 하지 못한 어정쩡함으로 나타나는 데서 자명해진다. 그것이 1980년대라는 시대적 한계와 관련있다고 하더라도 면책의 이유가 되는 것은 아니다.

이어령의 에세이적 글쓰기는 비평의 에세이적 성격과 본질에 대해 무관심한 우리 시대 비평에 대한 하나의 문제제기로 생각된다. 이어령 에세이는 그런 점에서 여전히 가능성으로, 동경으로 남아 있는 글쓰기이다. 수사와 사상을 동시에 아우르는 것, 현실의 아이러니를 운명적 형식으로 끌어올리는 것의 과제를 그의 에세이는 부여하고 있다. 임화가 교양의 모랄리티에서, 루카치가 동경의 형식에서 찾았던 바로 그것이다.

따뜻한 가족주의자가 이른 길

-황지우론-

　황지우를 따라 그의 '집'으로 들어가는 길은 험난하고 고달프다. 그러나 우리는 그 길 위에서 이상하고 야릇한 흥분에 젖는다. 그것은 그가 집으로 가는 길에다 온통 언어의 미로를 만들어 둔 탓이다. 그의 언어는 그의 집으로 들어가는 '문'이다. 그의 언어는 직선으로 곧장 뻗어있는 듯하다가도 굴곡을 치며 길을 휘감는다. 그 언어는 양가성을 갖고 있어서 표지판이 일러준 대로 곧장 가다가는 그의 집에 이르지 못한다. 언어의 '속'을 들여다 보지 않으면 예서 길을 잃는다. 그의 길, 그의 언어는 의미의 '안'과 '밖'을 쉽게 넘나든다. 황지우의 표현대로, 시의 언어는 '종교성'을 지니고 있어서 언어의 안과 밖의 경계를 나눈다는 것은 가능하지 않다.

　언어의 종교성은 '문'의 종교성에 닿아있다. 그의 욕망은 양가성의 궤도 위에서 펼치지고 접힌다. 문은 그가 이 땅으로 들어오고 나가고 하는 것, 아니 결코 이 땅을 떠날 수 없는 욕망의 근원이다. 즉 이 땅을 떠날 수 있게 만드는 책략의 바탕이면서도 이 땅 안으로 들어오는 알리바이로 작용하는 것이다. 그의 교묘함은 그의 어수룩함과 통해 있다. 그의 욕망은 왜 항상 이 '땅'으로 향하는가. 그는 왜 '집'을 버리지 못하는가. 왜 그의 흑염소는 제 새끼들을 거느리고 갈대밭으로 향하는가. 집이란 왜 훈김으로 서 있는 것이어야 한다고 말하는가. 더 망한 이후에야 이르는 곳이 집이라고 하는가. 그는 우리에게 이같이 숱한 질문을 던진다. 언어의 미로를 탐색하지 않고서는 그의 집에 이를 수 없다. 그의 '집/땅'에 대한 욕망은 거의 모든 시기의 시에 걸쳐서 매우 완강하게 나타난다. '빈집'이라는 난폭한 삶의 현실이 '따뜻한 집'에 대한 유토피아적 욕망을 내재화시키고 있는 것이 아닌가 하는 점은 이 점에서 확실해 보인다.

그의 시에는 197,8,90년대의 현대사가 오롯이 집약되어 있다. 즉 '난폭한 삶이 지나' 간 흔적이 그의 집이며 그의 시인 것이다. 이는 그의 시가 세계와 교통하는 가운데서 씌어진 것임을 쉽게 간파할 수 있게 한다. 세계와의 교통을 가능케 하고 그것에 근본적인 동력을 제공해주는 것은 그가 가족주의자이기 때문이다. 아니 보다 정확하게 말하자면 그의 욕망의 근원에는 '가족과 따뜻한 집에 정착하고자 하는' 것이 존재한다. 이것이 바로 '집/땅'의 의미이다. 따뜻한 가족주의자로서의 삶을 살 수 없게 만드는 세계의 현실이 그가 어린 것들과 노모를 데리고 유배 떠나게 하고 그의 아우를 노동운동판으로 뛰어들지 않을 수 없게 한다. 그의 시는, 이 땅의 정주민으로서 살고자 하나 유목민이 아니면 살 수 없게 하는, 그러한 욕망의 좌절과 그 좌절을 가져다 준 세계에 대한 대응의 기록이다.

초기 시에서 드러난 세상의 푸르름에 대한 욕망, 곧 유토피아적 세계에 대한 욕망은 파격적인 실험시의 근본적 바탕이 되었다. 이 욕망은 '출가'와 '귀소'의 여러 변용된 시적 이미지를 생성시키면서, '낙타'와 '투구게'의 이미지를 낳았다. 그것은 1990년대 중반기에 들어서서 세상에 대한 자기환멸과 연결되면서 일견 냉소적인 담론으로 이어졌다. 그가 그려낸 흑염소의 이미지는 생명력 넘치는 동물적인 이미지로 읽혀지기보다는 세상의 모든 이치를 다 알고 난 도인의 선적인 풍모와 결합되어 있다. 그것은 현실적인 풍경이기보다는 액자 속의 풍경이며 이는 관찰자로서의 시인의 모습을 보여준다. 관찰자, 조망자로서의 시인의 모습은,

자신을 세계와 일체화시켜야 했던 시기로부터 현실을 다시 재해석하기 위한 자기 성찰의 시간으로 그가 옮겨오고 있음을 보여주는 것이다. 앞으로 그의 시적 지향이 어디로 향할지가 흥미롭다.

1. 늙은 시인, 젊은 시

황지우 시학은 '늙음'과 '젊음'이라는 시적 언어의 양가성에서 비롯한다. 이 말은, 삶의 대리체로서의 시쓰기가 이러한 시적 기호의 양가성 혹은 반대감정양립ambivalence과 선명한 대응관계를 이루고 있다는 의미이다. 이는 그가 그 언어의 주변을 서성거리면서, 경계를 넘나들면서, 시적 성취를 이루고 있다는 말과 통한다.

일찍이 그가 보여준 시적 파격성은 기존 언어의 의미 대열에 무장 해제한 채 동참하는 것이 아니라 언어의 흔적들을 따라 끝없이 그 언어의 씨니피에를 새롭게 찾아내는 것, 곧 '파괴를 양식화'하는 시적 욕망의 '파괴력/생성력'에 있었다. 따라서 황지우 시의 의미 계열은 기존의 그것과는 다른 자질들을 형성하고 있다. 문학사적인 용어로 하자면 '낯설게 하기'인 이 같은 방법은, 시적 새로움의 충격을 통해 현실적 삶의 모순에 대한 성찰과 변혁의 힘을 추구한다. 그것은 우리에게 '무감각한 시 읽기'의 반성적 성찰을 요구한다. 그의 시를 읽는다는 것은 곧 우리 삶을 반성하는 하나의 통로이기도 하다.

우리는 그의 시를 무신경하게 패러프레이즈하며 읽다가도 얼른 그와 같은 시 읽기를 반성한다. 그의 시는 곳곳에 '새로움'이라는 충격적 요소들의 벽을 세워두기 때문이다. 그러나 그 새로움은 기발함이나 엉뚱함을 예견케 하는 의외성으로 한바탕 웃음을 폭발시키는 희극적인 요소를 동반하기보다는 의미의 깊이를 언어 저 밑바탕에서 미세하게 작동시키는, 비장함을 동반한 새로움이다. 거기에는 우리 내면을 고통스럽게 들여다보게 하는 무거움이 가로 놓여있다. 그는 우리 의식과 무의식의 경계선을 넘나들 것을 요구한다. 그의 시는 현실의 재현적 모사, 그 너머에서 우리 무의식적 욕망의 뿌리를 캐낼 것을 요구한다. 그의 시는 처음에는 저 높은 위치에 '시처럼' 고고하게 놓여 있다가 우리의 일상 이 아래편으로 내려 앉는다. 그 내려 앉음의 위치 에너지의 변이가 그의 시의 깊이이자 힘이며 폭발력이다.

그의 많은 시편들에서 언어들은 사전적인 의미나 기존 담화 체계의 고정된 의미들을 '위반' 하면서 새롭게 의미확장을 가져온다. 이는 정착되지 못한 이른바 '유목의 언어' 이다. 전자를 그는 '늙은 낱말' 이라고 쓰고 그 앞에서 '기다리기만' 하는 삶은 녹슨다(*Ⅳ-16)라고 말한다. 그렇다면 '젊은' 언어도 있는가. 도대체 '늙은 낱말' 과 대립적 관계에 있는 '젊은 낱말' 이란 그에게 무엇인가.

예컨대, 그는 (늙어서) '잠들고 싶다' 라고 하다가도 얼른 자신의 이런 욕망을 경계하고 '최선을 다해서 늙어' 야 한다고 반성한다. 이 때 '늙는다' 는 것은 '젊다' 와 반대감정양립을 이루는 시적 기호이다. 즉 '늙다' 라는 기호는 그 이면에 '젊다' 의 내적 욕망을 동시에 포함한다. 이러한 양가적 감정은 '청춘이 싫다' 어서 늙고 (이 젊음의 병) '나아야지' 라는 팽팽한 긴장감과 피로감을 형성한다. 그의 시는 이 긴장감의 극적 파노라마이며 버텨내기이다. 그는 청춘의 이 화끈거리는 욕망이 무서운 것이 아니라, 세상의 이 모든 아침과 저녁을 관용해 버리는 욕망의 소멸이 무섭다. 늙음이나 늙음에 대한 자각은 생성의 욕망을 거세시켜 버리기 때문이다. 그것은 일상의 노인성 치매증이다.

> 나는 靑春이 싫다./터지지 않은 化膿이 확끈화끈 애린다./어서 늙고 병 나아야지.(Ⅲ-109)

‘늙음’과 ‘젊음’이란 그의 시학의 구성 원리가 교묘하게 숨겨진 시적 기호로서, 여기에는 왜 쓰는가, 무엇을 쓰는가뿐 아니라 어떻게 쓰는가의 비밀까지 내포돼 있다. 따라서 그것은 단순한 ‘기교’의 문제가 아니라 ‘정신’의 문제이며 이것이 그의 시학의 힘이자 시쓰기의 생성적 동력인 것이다.

2. 부재의 담론-집 밖에서의 세상 보기

그는 어느덧 중년의 나이에 접어들었으며, 그 나이에 맞게, 여러 시편들에서 선(禪)적인 경지를 보여주고 있다. 그러나 그 여행은 초월이나 해탈이기보다는 일종의 현실을 거꾸로 뒤집어보는 것, 그의 표현대로 하자면, ‘한 번쯤은 제 집을 바깥에서 바라보는 일’(Ⅳ-13)에 속한다. 가끔 반대로 뒤집어 볼 때 우리는 세상을 더욱 더 잘 볼 수 있지 않은가. 전도는 비정상이 아니라 생성을 가능하게 하는 일탈의 욕망이라는 점에서 정신의 아나키즘이다.

그래서 그는 자신의 늙음을 매우 철저하게 경계한다. 나이에 맞게 시도 차츰 늙어가야 한다는 초월이나 해탈의 경지를 꿈꾸는 대신, 시를 젊게 만들어야 한다는, 그래서 시인인 자신의 삶마저 젊어져야 한다는 인식을 드러낸다. 그것은 그의 시가 끊임없이 현실의 삶에 대한 긴장력을 풀지 않는 데서 단적으로 드러난다. 그것은 ‘중년이라는’ 자신의 나이에는 관습적으로 용서받는 삶에 대해 자기성찰을 결행함으로써 이루어진다.

젊음이 죄야. 젊은 놈들은 모두 용의자야.(Ⅲ-125)

‘젊은 놈’들은 현실의 모순이나 부조리, 곧 모든 파시즘적인 권력에 대한 '위반'을 감행한다. 그들은, 권력적 기호에서 보면 다 위험한 '용의자'들이다. '젊음'은 생물학적 나이의 관점에서 파악되기보다는 현실을 보는 그들의 시선이 젊다는 것, 곧 '정신의 젊음'이라는 관점에서 이해되는 인식론적 지평 위에 존재한다. 정신이 젊어있는 한 그들은 현실에 대한 위험한 발언을 포기하지 않을 것이다.

그래서 황지우는 현실의 방관자가 되고 싶은 것이 아니라 '용의자'가 되고 싶어한다. 그는 외치고 싶을지도 모른다. 나의 피에는 젊음의 매독이 들어있다라고. 이 매독균이 나를 '애리고 화끈' 거리게 하는 것이라고. 그의 이 젊음에 대한 긴장병은 예사롭지 않다. 그래서 '젊음'이라는 말의 속을 뒤집어 볼 필요가 생긴다. 이 '젊음'의 '속'인 '늙음'(늙다)의 의미는 그에게 어떻게 다가 오는 것일까. '늙음'이라는 언어의 기호에 얼마나 민감한지는 최근에 펴낸 시집의 시들을 찬찬히 읽어보면 금방 드러난다. 그것은 중년의 나이에 들어선 그가 자신을 바라보는 일과 관련되는 것으로 이는 자기성찰의 내적 기호에 속한다. 그는 '한장의 수의에 덮혀있는'(Ⅳ-41) 것이 아닌가 하는 것에서 부터 '靈前'(Ⅳ-30)같은 삶에 대한 자신의 초조감을 드러낸다. 그는 지금껏 세상에 겨우 겨우 '세들어 살았다.'(Ⅳ-35) 그는 이제 막 '막장을 관통한' 사람마냥 자신의 삶에 대해 안도하면서도, (차라리) 어서 '후련한 죽음이 왔으면 좋겠다'(Ⅳ-39)고 말한다. 문제는 그런데도 편안치 못하다는 데 있다. 그는 다시 고쳐서 말한다.

때로 죽음이 정화라는 걸/늙음도 하나의 가치라는 걸(「雪景」)

알게 되었노라고 말하고 '모든 길은 노인만이 안다'(Ⅳ-60)고 공언한다. 그는 중년의 나이에 노인이 되어버린 것이다. 이는 그를 그토록 '목마르게' 했던 부조리한 세계에 대한 항변이자 앞으로 더 '원거리(遠距

  문학으로 돌아가다

離)를 흘러가야' 할(Ⅳ-49) 삶에 대한 고달픔과도 연결된다. 이런 점에
서 그는 현실의 해탈을 꿈꾸고 있는 듯하지만 그는 결코 현실을 벗어나
지 못한다. '세상(밖)으로 나오'는 법을 알기 때문이다. 즉 '늙음'의 시
적 기호는 '젊음'의 대립적 욕망의 이면이며, 그가 현실로부터의 일탈과
회귀를 반복하는 무게중심이다. 그를 둘러싼 세계를 중심으로 한 원심력
과 구심력의 균형감각이 시학의 저 밑바닥에 위치한 '늙음'과 '젊음'의
시적 욕망이다. 그 기호는 은밀한 대립 속에 위치해 있지만 사실은 근친
적이다. 시적 기교의 교묘함은 따라서 인식의 성숙이자 어른스러움이다.
젊음은 늙음의 깊이 속에서 덩어리지고 반죽되어 그 얄팍한 인식의 때를
벗는다.
　따라서 그에게 풍자냐, 해탈이냐의 양자택일적 질문은 유효치 않다.
그는 둘 다를 꿈꾼다. 아니, 그의 시는 그 긴장 관계에서 출발한다. 이를
그는 '생(生)으로부터 그의 시의 욕망'에 이르는 하나의 가계(家系)라고
말하고 있다. 절망과 열망은 손을 맞잡고 있고, 욕망과 이성은 서로를 반
향하며 생에 이르고 있다. 그리고 그의 시는 이 모든 것의 혼합이며 반죽
이고, 절망으로부터의 탈출이자 생을 향한 욕지르기이다. 그만큼 그의
시는 실핏줄처럼 가느다랗지만 튼튼한 욕망의 계보를 이룬다.

　　나의 풍자는 절망으로부터 오고, 나의 절망은 열망으로부터 오고, 나
　의 열망은 욕망으로부터 오고, 나의 욕망은 生으로부터 온다. 이 生으
　로부터 理性에 이르는 가느다란 실핏줄이 내 詩의 家系다.(「그들은 결
　혼한 지 7년이 되며」)

　실험적인 시들이 풍자의 문턱에서 경박성으로 떨어지지 않고, '선시
적' 경향을 띠면서도 해탈이나 현실 초월로 함몰되지 않는 이유가 이제
조금 드러난 셈이다.

자신은 이제 '늙어버렸다'고 한탄하는 것은 자신이 세상을 '최선을 다해 살지' 않고 그냥 '녹슬어 기다리고만' 있는 것이 아닌가 하는 자기 반성 혹은 자기 부정 정신의 소산이자 시적 글쓰기의 근원적 욕망으로부터 나온 것이다. 이 같은 자기 반성은 '늙어가는 아내'에게 행하는 발언에서도 그대로 드러난다.

이제 내가 할 일은 아침 머리맡에 떨어진 그대 머리카락을/침묻힌 손으로 짚어내는 일이 아니라/그대와 더불어 최선을 다해 늙는 일이리라
(「늙어가는 아내에게」)

늙는 일이란 그냥 '온갖 경력의 주름을 늘이는 일'이 아니라 '최선을 다해서 늙는 것', 즉 '잘 늙는 것'이다. 그것은 자기 반성의 의미를 넘어서서 그가 바라보고 희망하는 세상에 대한 강력한 꿈을 내재하고 있다. '늙다'라고 말할 때 '젊음'에 대한 욕망을 동시에 지니고 있음은 지금까지 그의 시의 '실핏줄의 가계'가 일러준 바 그대로이다. 이는 곧 '두 언어의 경계선을 끊임없이 넘나들면서 시적 욕망을 부추기고 있다'는 이 글 처음의 가설을 입증한 것이다. 시인은 늙어도 그 시의 의미가 새롭게 빛날 때 그는 누구보다도 젊은 시인에 근접해 있다. 그래서 보들레르는 그 어떤 시인보다도 젊어있다고 야콥슨은 말했었다. 이 말에 동의한다면 황지우는 그래서 '늙어도' '젊은 시인'이다.

그는 한 시의 착어(着語)에서 '민주, 자유, 평화, 숨결더운 사랑'은 '늙은 낱말'이라 쓰고, 그 낱말들 앞에서 '기다리기만' 하는 삶은 초조하고 자신을 녹슬게 한다고 했다. 이 '부재의 담론'이 의미하는 바를 따라가 보자.

기다림이 없는 사랑이 있으랴. 희망이 있는 한, 내 가파른 삶이 무엇인가를 기다리게 한다. 민주, 자유, 평화, 숨결 더운 사랑. 이 늙은 낱말

들 앞에 기다리기만 하는 삶은 초조하다. 기다림은 삶을 녹슬게 한다.
두부장사의 핑경 소리가 요즘은 없어졌다. 타이탄 트럭에 채소를 싣고
온 사람이 핸드마이크로 아침부터 떠들어대는 소리를 나는 듣는다. 어
디선가 병원에서 또 아이가 하나 태어난 모양이다. 젖소가 제 꼭지로
그 아이를 키우리라. 너도 이 녹같은 기다림을 네 삶에 물들게 하리라.
(「너를 기다리는 동안」)

혼돈과 가혹함의 난장이었던 현실의 '벽'을 뚫고 나온 그가, 역사 속
에 서 있는 존재로서 가장 근원적인 질문으로 인식되었던 민주, 자유, 평
화, 숨결더운 사랑 등과 같은 단어들을 왜 '늙은 낱말'이라 말하고 있을
까. 그렇게 오랫동안 '대답없는 날들을'(Ⅰ-14) 참아왔음에도 불구하고
그의 꿈은 아직 이루어지지 않았다는 것일까. 그런 삶에 대한 희망은 영
원히 실현되지 않은 채로 '녹슬어만 가는' 것, 그래서 자신이 이젠 허무
주의자로 남게 되었다는 것일까. 두부장수의 핑경 소리에 눈을 뜨고, 모
든 어버이가 제 자식을 키우느라고 여념이 없는 이 일상의 근거없음과
안락함에, 모든 '빛나던' 기다림과 혁명의 언어들은 녹이 슨 채로 그 의
미를 잃었다는 것일까. 기다리기만 하는 삶을 청산하고 녹을 닦고 닦아
서, 그 언어의 의미가 투명하게 빛나도록, 그렇게 우리의 삶도 일구어 내
야한다는 것일까. 아니면 이 셋 다일까. 이러한 양가성의 의미를 띠는 언
어들은 시를 읽어나가는 작업의 곤혹스러움이자 흥미로움이다.

그는 '기다리고만' 있는 것이 아니라 서서히 '그(날들)'에게 다가간다.
'그 날들'의 의미가 어떤 것인지 지금으로서는 알 수 없는 노릇이나 그
낱말의 의미가 진정성으로 빛나지 않는 지금의 삶은 '녹슨' 삶이다. 언
어의 기표만 '허수아비'처럼 존재하는, 즉 그 낱말의 현실적 실체의 부
재는 오히려 우리 자신의 현존성을 인식시킨다. '부재가 우리를 있게 하
는 것'이다.(Ⅲ-17) 이 숨막힘, 녹같은 초조감이 그 부재하는 것의 진실

을 알게 하는 것이다. 부재란 '물 속에 머리를 붙들고 있' 듯 숨막힘과 산소 부족의 고통을 수반한다. 이 고통스러움이 오히려 그를 그토록 '늙은 낱말' 에 집착하게 하는 것인지 모른다. '부재' 는 우리에게 그것에 대한 강력한 꿈을 내재화하면서 우리 개체의 현존재적 의미를 묻게 한다. '녹슬지 않은 세상' 에 대한 꿈, 그것은 '해방의 징'(Ⅲ-131) 울리는 '젊은 세상' 아닌가.

녹이 벗겨진, 그래서 그 낱말의 본래의 의미가 새롭게 빛나는 세상은 '젊은' 세상이다. 때문에 그 세상이 '아주 먼 데' 있음에도 불구하고 그는 가고 있는 것이다. 그런 세상을 위하여 그는 오랫동안 시를 써 왔다. 그래서 그의 시쓰기는 언어의 '녹' 을 닦아내는 오래고 힘겨운 작업이다.

> 아주 먼 데서 나는 너에게 가고/아주 오랜 세월을 다하여 너는 지금 오고 있다/아주 먼 데서 지금도 천천히 오고 있는 너를/너를 기다리는 동안 그도 가고 있다.
>
> (「너를 기다리는 동안」)

아주 오랜 세월 동안의 기다림은 바로 오랜 동안 꾸어온 그의 꿈이다. 황지우는 자신을 가리켜 '낭만적 유토피아주의자' 라고 말한다. 낭만적이라거나 유토피아주의라고 말할 때의 그 언어가 갖는 기존의 이데올로기, 낭만성과 신비성 같은 화석화된 허망한 인식론은 일단 접어두자. 그러고 나면, 그 꿈이 이르는 길이 결코 용이하지도 가까이서 손짓하고 있지도 않다는 것이 드러날 것이다. 아주 오랜 세월에 걸쳐 '내' 가 가고 '너' 가 와서, 그리고 또 다른 나와 너인 '그' 도 함께 걸어가서, 그 어디선가에서 '우리' 로 만나야만 이루어지는 것이기 때문이다. 그것은 어떤 인간학에 뿌리박고 있다. 그의 이상주의는 도피가 아닌 변화에 대한 열망을 내포한 것이어서 단순치 않다. 그 욕망의 뿌리를 처음부터 다시 더

듣어보자.

3. 안과 밖의 경계선 허물기, 혹은 종교성의 문 넘나들기

그의 오랜 꿈은 등단했던 초기시에서부터 지속적으로 드러난 바 있다. 초기 시에서 자주 보여준 '푸르름에 대한 열망'은 '젊다'라는 언어에 대한 그의 내적 욕망과 등을 맞대고 있다. 초기 시들의 '푸른'이라는 형용사의 선택은 이와 관련이 있다.

그는 오랫동안 '대답없는 날'들로 인하여 '회의주의자'로 '혼수상태'(Ⅰ-15)의 세월 속에 들려 있었다. 그래서 그는 율도국을 꿈꾸었다. 그곳은 '만수산 드렁칡'이 '世世孫孫 짙푸른 넝쿨 내리고, 맑은 물줄기' 흐르는 곳으로, 그는 그곳으로 '어서 가라'고 절규한다. 그것은 '지가 깃든 수풀 밖으로 또 다른 숲이 있능가 없능가 의심'(Ⅰ-23)하는 강력한 '떠남'에 대한 욕망이다. 그러한 세상을 향한 외침은 너무나 절박한 까닭에 '목이 쉴' 지경이다. 그러나 그는 곧 '초토' 같은 이 땅으로 '입성'(Ⅰ-34)한다. 율도국을 향한 유랑은 실제로는 환청 속에나 가능한 일이기 때문이다. 그는 결코 현실을 벗어날 수 없다. 만주로 외몽고로 유랑걸식 떠나는 유이민 삶의 환각 끝에는 아내가 마당에서 흰 눈을 맞고 있다.(Ⅰ-18) 이 때 그는 얼른 '이 땅으로 입성'한다. 자신이 서 있는 땅의 문 안에서 몸 위에 닻을 내리는 것이다.(Ⅰ-41) 발을 딛고 서 있는 곳에서 세상을 보니 결국 '위로 받아야 할 사람은 오히려 문밖에 있는 당신들'(1-34)이다. 따라서 늙은 부모와 어린 것들과 아내를 데리고 만수산으로 떠나려 하던 그가 이 세상 안으로 다시 들어오는 것이다.

현실의 가혹함이나 피폐함에 뿌리내릴 수 없는 삶이란 유목민의 삶이며, 그들의 언어는 유목의 언어이다. 우리는 이 보헤미안들의 언어를 무의식적 욕망의 그물로 건져내 그 빛나는 의미를 내보여야 한다. 그들의

언어는 언어를 생산해 낸 현실이 강철같이 냉혹하면 할수록 그 의미가
더욱 투명하게 빛나는 법이다. 찬 겨울날 얼음이 깨지며 내는 파열음이
심장의 균열을 일으키는 듯한 느낌을 주던 일상의 경험은 이 같은 인식
론적 충격을 비유적으로 설명해 준다.

　끊임없이 유랑을 떠나다가도 다시 '현실'을 찾는 것은 그의 이상주의
와 현실주의의 넘나듦이다. 그 나들목에는 '문'이 존재한다. 문은 '종교
성'을 가지고 있다.

　　　이 문으로 들어가면 넓고 /이 문을 나오면 좁다/이 문에는 종교성이
　　　있다

(「이 문으로」)

　'문'은, 현실과 이상, 의식과 무의식의 경계를 지우면서 또 넘나든
다. 문에는 안과 밖의 경계를 가르는 '線'이 없다.(Ⅳ-90) 이런 경계선
허물기는 '박쥐'의 양면성을 통해서 두드러지게 나타난다. '자유'와
'외로움', '캄캄함'과 '환함'은 이미 대립적 언어가 아니다. 그것은
'캄캄한 날'과 '환한 밤', '편안한 더러움'의 옥시모론적 결합을 가능케
한다. 모순어법의 궁극적 지향점은 억압이 배제되고 이항대립이 해소
된 열린 상태의 해방구가 될 것인데, 이것은 녹슬지 않은 '젊은' 세상
을 향한 자유의 외침과 통한다. 있음으로서의 없음과 없음으로서의 있
음, '부재가 존재를 있게 한' 것이다. '내 안'에 '사랑하는 天敵'이 있기
까지 한다면야!

　　　그는 자유롭다:그는 외롭다.:캄캄한 날들과 환한 밤들 사이의 境界를
　　　그는 알기 때문에, 그 불가능성을 그는 넘나들기 때문에./나는 시궁창
　　　에 살고 있다. 이 편안한 더러움이여. 戰後에/ 태어난 후, 나는 아무것
　　　도 믿지 않았으며, 아무도 사랑해 본 적이 없다./아무것도, 아무도./사

랑하는 天敵:이상하다, 천적에게서 묘한 애정 같은 것이 생기는 것은,/
내 안에 利敵이 있기 때문이다. 나의 接線者여./-------/왔다리 갔
다리 하는 내 험악한 無意識의 요양소는 어디, 어디/식은 팥죽을 담은
내 염통이여./다른 것은 다 속여도 詩만은 못 속이겠다.

(「박쥐」)

이 세상의 '안'과 '밖'의 구별을 없애는, 즉 안과 밖의 교통을 가능하
게 하는 것은 세상을 향한 문의 개방성이다. 경계를 알기 때문에 그 불가
능성을 뛰어넘는 것, 이것이 바로 그의 시의 개방성이며 언어의 개방성
이다. 그리고 그의 시가 보여주는 욕망의 양가성이다. 그는 세상 밖으로,
혹은 안으로 가야겠다고 말하지만 그 안은 밖이고, 밖은 곧 안이다. 이
인식론의 지평 안에서 그가 저 세상 밖으로 아니 이 땅 밖으로 나가는 길
이란 영영 불가능할지 모른다. 이 '종교성'에 대한 '오만한' 깨달음 때
문에 그는 이 세상 '안'에 갇히게 된 것이며 난폭하고 비루한 이 삶의 터
전에서 살 수밖에 없게 된 것이다. 그래서 자유에 대한 끊임없는 욕망은
필연적일 수밖에 없으며 그의 시적 욕망이 존재론적 운명을 띨 수밖에
없는 이유도 여기에 있다. 열려 있어도 나가지 못하고 닫혀 있어도 열려
있는 것, 안과 밖, 종교성. 이는 그의 삶의 아이러니이자 시쓰기의 아이
러니이다.

안에서는 바깥만 보고 있었는데/안에는 또 안이 있었구나----/아무
리 멀리 밖으로 나가봐 , 거기에 또 바깥이 있지!

(「바다로 돌아가는 거북이」)

'문'은 그가 세상을 보는 눈이다. 이러한 '문'의 양면성은, '젊다'와
'늙다'의 시적 기호의 양가성과 연장선상에 있다. '문'은 그가 세상 밖
으로 나가고자 욕망할 때, 이 땅으로 향하도록 그 원심적 욕망을 잠재우

는 '종교성'을 가지고 있는 것이다. 문의 안과 밖이란 그 욕망의 방향이 어느 편에 서 있는가에 따라 그 안과 밖의 의미를 끊임없이 상호 교차시키거나 전도시킨다. 그럼으로써 우리 의식의 폐쇄성을 분쇄시키고 그 열림의 가능성을 바라보게 해 준다. 그것은 세상을 보는 눈을 다원화하고 분산시켜 우리 의식의 고정화를 경계한다.

> 바퀴벌레는 바퀴가 없다(Ⅱ-85)
> 바다 한 가운데는 바다가 없네(Ⅰ-33)
> 그대 몸 속 한가운데 내부가 있다고 생각하는가? 입에서 항문까지 그 꾸불구불한 길은 외부이다.----여기가 바로 바깥인데 왜 안나가지냐.--나는 이 무질서를 택했다.
>
> (시집, 『게눈 속의 연꽃』 표지 글)

언어는 욕망의 섬들을 떠다닌다. 그는 이를 '무질서'라고 말한다. 유목민의 삶이란 정착되지 않고 부유하는, 무질서의 공간, 불균질화된 삶의 일종이다. 이를 그는 다른 말로 '문 밖에서 세상을 보는 것'이라고도 하고 '안이 곧 밖이다'라고도 한다. 무질서의 소용돌이 속에서 시는 일탈의 담론이 된다. 몸으로 시를 쓴다는 것과, 몸으로 세계를 새롭게 해석하고 시의 새로운 방법론을 추구하는 것은 등가이다. 그래서 이것들은 그의 언어 지도에 같은 등고선 표시로 기호화되어 있다.

그의 시를 읽어나가는 작업은 하나의 '象徵圖'(Ⅱ-42)를 따라 그 상징의 숲에 숨겨진 기호의 내적 의미를 밝혀나가는 것이다. 그것은 언어의 표면적 의미 바깥의 섬으로 우리를 인도한다. '섬'의 토착 세력은 우리 유목민에게 복사꽃의 화려한 아름다움만을 보라고 강요한다. 그러나 그는,

어째서 아름다운 복사꽃 뒤쪽은/삶의 유혹인지(Ⅳ-94)

라고 복사꽃 이면에 감추어진 권력적 욕망들을 살펴보라고 유혹한다.
그는 복사꽃의 아름다움보다는 그 뒤 쪽의 세계를 보고싶다는 욕망이 더
욱 그를 매혹시킨다고 말한다. 이는, 지금껏 무신경하게 '그들' 욕망의
저울질에 따라 '착각 같은 아름다움' 만 본 것이 아닐까 라는 반성을 낳
는다.

이 스펀지 같은 봄밤/사람들은 세상에 와서 /한낱 착각 같은 /아름다
움을 보고 갈 뿐인가.(Ⅳ-53)

그의 시적 실험들은 기존의 언어에 고정적으로 주어진 의미들을 일탈
시키면서, 무신경한 우리의 일상을 발가벗기고 삶의 진실을 알고자 하는
욕망을 부추기는 것이었다. 그것은 불량끼 가득한 것이어서 불온하고 불
경할 정도이다. 그것은 권력적 기호들을 해체시키면서 정신의 자유로움
을 추구하는 글쓰기의 궁극적 욕망에 깊이 뿌리내려져 있다. '실험'은
'위반' 이자 '불온' 이다. '바퀴벌레는 바퀴가 없다', '쥐(붉은 글씨)를 잡
읍시다' (Ⅱ-45)와 같은 인식상의 충격, 도표나 그림을 사용한다거나 고
딕체와 영문자 등 글자체의 상이한 배열과 같은 여러 시적 방법론은 그
새로움으로 우리 무의식의 고착된 욕망들을 꿈틀거리게 만든다. 언어 속
에 감추어진 중앙집권화된 권력적 욕망의 덩어리와 그 실체를 충격적으
로 보여주고 있는 것이다.

4. '出家' 와 '歸巢' 의 모순된 욕망

우리는 대열을 이루며/한 세상 떼어 매고/이 세상 밖 어디론가 날아

갔으면/하는데 대한 사람 대한으로/길이보전하세로/각각 자기 자리에
앉는다/주저앉는다

(「새들도 세상을 뜨는구나」)

우리는 그 때 얼마나 이 세상을 뜨고 싶었는가. 저 대열을 이루며 날아
가는 을숙도의 철새들의 무리는 얼마나 비장한 아름다움으로 가슴을 꿈
틀거리게 만들었던가. 그 때 우리는 영화관의 화면 속으로 쉽게 빨려 들
어가서 나올 줄 몰랐다. 그 때 우리는 컬트 영화의 주인공처럼 화면의 현
실과 우리의 현실을 혼동했다. 우리는 저 을숙도의 새들과 동일시되었고
그 환각 속에 끔찍하고 몽환스런 자유를 맛보았다. 환각은 얼마나 에로
틱한가. 그러나 그것은 한순간의 위안에 불과했다. 화면이 바뀌면 허탈
한 마음으로 우리는 주저앉았다. 날아가기와 주저앉기, 우리는 그 때 이
사이에서 방황했다. 왜 그 때 우리는 날아가다가 다시 이 땅에 주저앉을
수밖에 없었는가.

황지우의 새는 출가하자마자 귀소의 날개짓을 퍼득거리고 있다. 그는
이 세상에 입성하자마자 새들이 그의 흉곽으로 들어와 날개짓는 소란한
소리'를 듣는다.(Ⅰ-27) 새의 날개짓은 시인이 외부, 자아 바깥을 인식
하는 소음이다. 떠들썩한 군중의 소란과 삶의 누추한 일상은 인간이 자
아의 유폐된 세계로부터 벗어나 밖을 인식하게 하는 음향의 축제와 같
다. 황지우의 새는 귀소본능을 갖고 있다.(Ⅰ-23) 즉 '歸巢하는 새'의
이미지는 그가 이 세상 안에서 살게 하는 것의 변용이다. 그에게 있어
'난다'와 '내려간다'는 동의어, '이웃언어'인 셈이다. '내려감으로 날고,
날아감으로써 내려가는 것'이다. '經典 여행'(Ⅳ-17)이 '山經을 덮으면
서'(Ⅳ-83)에서 완성되듯, '出家하는 새'(Ⅱ-132)는 곧 '歸巢하는 새'
(Ⅰ-23)이다. 그의 시에서의 '떠남'과 '돌아옴'은, 문의 '안'과 '밖'의

상호 교통으로 이루어지는 욕망의 변증법 속에 있다. 그는 문 밖에 서 있다가도 얼른 그 문의 방향을 자신에게로 향하게 함으로써 문의 안에 존재해 있다.

이 세상은 '초토' 같은 곳이고 그 곳에서 우리의 삶은 에프킬라의 향기 속에서 파리 목숨처럼 부지해 간다.(I-28) 하지만 시인의 시선은 체념과 허무의 경계선을 넘어간다. '몸'이 있기 때문이다. 몸으로 '닻을 내려 살아' 간다고 말할 때, 몸은 그의 시의 모든 것이자 이 땅의 모든 것이며 현실 긴장력의 무게중심이다. 그의 몸은 시의 비애를 생산한다. 비애가 어떻게 글쓰기로 전이되는지를, 육체가 무엇을 할 수 있는가 하는 것을 말이다. 육체는 비애를 생산하는 몸이자 정신이다.

'안'과 '밖'의 경계선 허물기는 부정성의 논리 속에서 긴밀하게 현실 모순의 시선을 띠고 시의 현실 긴장력의 힘을 돋운다. '떠남'은 이상적 유토피아주의자로서의 집요한 글쓰기의 욕망을 부추기고 그 꿈은 곧 '지금 이곳'에서 이루어야 할 꿈으로 인식된다. 현실의 고통은 항상 정신의 유목민을 만든다. 그는 유랑과 걸식으로 이 세상을 떼매고 돌아다니다가도 이 세상 '안'으로 입성한다. 율도국을 향한 떠남의 욕망이 현실적 고통과 정비례 관계를 이룬다면, 그 유랑 끝에 획득하는 자기 성찰의 목소리는 이 땅으로 입성해야 함의 당위성을 한층 밀도있게 인식시킨다. 그 꿈을 그는 이 세상 '안'에서 이루어야 한다고 인식하고 시적 글쓰기의 방법론적 성찰 속에서 이루어가는 것이다. '안'은 '밖'의 욕망을 낳고 '늙음'은 '젊음'의 욕망을 낳는다. 그것은 가역적이다. 이 세상의 문 '안'에서 살면서, 늙어가면서도 늙지 않는 자기 부정의 힘이 그가 이룬 시적 성취의 비밀이다.

시의 언어가 젊어야 한다는 생각은 그가 시도했던 시적 실험의 궤도를 따라가보면 자명해진다. '양식의 파괴' 혹은 '파괴를 양식화하는' 시적 실험은 1980년대적 삶의 징후였으며, 그 충격적 새로움이 우리에게 현실

의 모순된 삶을 바라보게 했던 것이다. 그러한 실험적 방식은 1990년대
에 들어서면서부터 하나의 전환점을 이루게 되는데, 용어상의 부정확성
이 있긴 하지만, 시가 일종의 '정신주의적' 징후를 드러낸다는 것이다.
이는 그의 시가 서서히 선적 경지를 드러낸다는 의미로 이해할 수 있다.

그런데 주목할 점은 그것이 '禪詩'적인 초월의 세계라기보다는 현실
적 삶의 여러 알레고리를 이루고 있다는 사실이다. 선적인 경향의 시들
이 쉽게 빠져드는 '신비화된 상징'의 위험을 건너뛸 수 있다면 그의 '선
시'들은 나름의 의미를 견지해 나갈 것이다. 그는 '선시'를 통해 세상으
로 나오는 道를 깨닫는다. '선시'들 또한 '젊음'과 '늙음'의 욕망의 양가
성에서 비롯되는 것이다. 사십 대에 겨우 들어선 황지우는 이 세상에서
'진흙같은 절망'(Ⅲ-25)을 이미 다 보아버렸다고 말한다. 그는, 세상의
모든 이치는 다 알아챈 노인처럼 보인다. 그러나 그 늙어버림에 대한 회
한이, 그것의 반성이, 시를 젊게 만든다.

「山經」의 시들은 그 놀라운 '현실'의 알레고리다. 남산에서 인왕산으
로, 그리고 무등산으로의 긴 여정이 남겨준 것은 그 방황의 오랜 고행 끝
에 얻은 道의 경지이다. 여행은 그에게 세상으로 나오는 법을 다시 깨닫
게 해 준다. '모든 길은 끝내는 집으로'(Ⅳ-12)향하므로. 그가 얻은 道
는, 아픈 세상 속으로 가서 아프자는 것, 즉 '진창 속에서 진창 속의 낙
원'(Ⅲ-128)으로 나오는 경지이다.

그러므로, 길 가는 이들이여/그대 비록 惡을 이기지 못하였으나 /藥
과 마음을 얻었으면 ,/아픈 세상으로 가서 아프자.

(「山經」)

세상은 아프다. 그래서 그는 '친구여 문병 와 다오'(Ⅰ-80)라고 소리치지
않았던가. 그러나 이제 욕망은 꿈이 지금 이루어지지 않는다고 해서 현실을

초월하는 것이 아니라 그 현실을 뒹굴면서, 그의 표현을 빌자면, '뻘밭의' 한 마리 게가 되어 세상을 사는 것이다. '아픈' 세상의 모든 고통과 자신의 몸이 하나가 되어 뒤엉켜있는 '투구 게' 처럼 현실과 뒹구는 것이다.

  운주사 다녀오는 저녁 /사람 발자국이 녹여 놓은, 질척거리는/대인동 사창가로 간다/흔적을 지우려는 발이/더 큰 흔적을 남겨놓을지라도/오늘밤 진흙이불을 덮고 /진흙덩이와 자고싶다

(「山經을 덮으면서」)

  경전 여행은 결국 '경전을 덮는 것' 으로, 그것을 통해 세상으로 나오는 것으로 완결되었다. 그는 '질척거림 속에서' 사람들의 흔적 위에 더 큰 흔적인 상처와 얼룩을 남겨놓을지라도 '세상 속' 에서 살아갈 것이라 말하고 있다.(「시의 얼룩」) 그의 세상살이는 그래서 결코 순탄치 않다. 순탄치 않음과 고통이 현실에서 뒤엉키게 하고 젊은 시를 쓰게 한다. 이념의 와해가 몰고 온 자기 방기와 경박한 허무주의가 만연한 1990년대에 어떻게 그의 시가 펼쳐질지 흥미롭다.

5. 변신의 길, 의혹의 길

  다음의 시를 살펴 보자. 시적 인식을 은밀하게 펼쳐보인 「의혹을 향하여」에서 그는 시 혹은 삶에 대한 '의혹에 찬' 많은 물음표를 보여주고 있다.

  ??????????⋯⋯⋯
  왜 그랬을까. 왜 그것이 낚시같이 보였을까. 왜 나는 그것이 시라고 생각했을까. 거꾸로 숙이고 있다가 문득 우리의 확신과 의혹을 낚아채는, 우리의 아가미를 여지없이 낚아채는, 그 이유를 나는 말 못한다.

(「의혹을 향하여」)

그는 시 혹은 삶에 대해 끝없는 의혹과 확신 속에서 시를 쓰고 있다고 말한다. '시인은 늙지 않으려면 빨리 죽어야한다'고 말할 때, 그것은 거꾸로 뒤집어보면, '살아있는 시인은 (조금씩) 늙어간다'(그 늙음을 경계해야 한다)라는 말과 같다. 그것은 시의 죽음뿐 아니라 시인으로서의 죽음까지를 의미한다. 따라서 그는 늙음의 문안으로 들어가기를 주저한다. 그는 의혹을 가지고 있기 때문이다. 이 의혹이 부정성 사유의 핵심이다. 그는 문전에서 그 문을 부정한다. 그 부정의 힘이 그를 살아있게 만든다. 이 문은 앞서 지적한 대로 '종교성'이 있으므로 이 문을 통해 그는 '유리 같은 세상' 안으로 들어선다. 현실 부정성은 시의 예언자적 힘을 긴밀하게 충동시킨다. 예언자로서의 시인은 '있어야 할' 세계에 대한 욕망을 낳는다. 그것은 모든 시 혹은 예술은 크든 작든 현실 해방을 예시(豫示)하는 방식으로 존재한다는 낭만주의적, 유토피아적 꿈과 관련된다. '다른 세계'에 대한 그리움은 '세계변화의 잠재력으로 작용한다'. 시에 있어 그리움이 드러나는 방식은 '변신'이다.

그는 늙었다고 말한다. 그래서 그는 경전 여행을 한다. 중년의 나이에 이미 '죽음의 가치'를 알았노라고 하고 경전 여행을 하는 노인이 된 것이다. 이러한 변신술은 일찍이 만 28세와 6개월에 무릎이 귀를 넘는 해골이 되었노라고 설파한 李箱. 원숭이로, 개로, 갑각류로 변신하는 카프카와의 닮은 점을 갖고 있다. 변신 모터프는, 통제된 현실의 벽들을 헤쳐나가는 하나의 탈출구이자 자유를 의미한다. 19세기와 20세기의 경계선에서 한 세기를 건너뛰고자 했던 李箱의 근대성을 향한 탈출, 카프카의 글쓰기 욕망의 한 장치로 구성되었던 변신술은 존재의 무한한 확장과 관련이 있다. 황지우는 변신을 통해 '이상적 자아의 해방된 '삶'을 꿈꾼다.

새는 냄새나는 /자기의 채취도 없다/울어도 눈물 한 방울 없고/영영
빈 몸으로 빈털터리로 빈 몸둥아리 하나로/그러나 막강한 風速을 거슬

　　문학으로 돌아가다

러 갈 줄 안다/生後의 거센 바람 속으로/갈망하며 꿈꾸는 눈으로 /바람
속 내일의 숲을 꿰뚫어본다

(「出家하는 새」)

낙타야, 나의, 낙타야 어서 온. 나를 태워다오./여기서부터 벼랑이야.
일생에 단 한 번만 건너는 것을 허용하는 강이야./희망이 우리를 건너
게 할 거야.希望이

(「구반포를 걸어가는 낙타」)

투구를 쓴 게가/바다로 가네//포크레인 같은 발로/걸어온 뻘밭//들고
나고 들고 나고/죽고 낳고 죽고 낳고//바다 한 가운데에는/바다가 없네
//사다리를 타는 게,/게座에 앉네

(「게 눈 속의 연꽃」)

그의 육체는 이제 새로, 낙타로, 게로 변용되는 일련의 과정을 거친다.
이들은 모두 순교자적이고 예언자적인 모습을 하고 있다. '빈 몸뚱아리
하나로 막강한 풍속을 거슬러 올라가 바람 속 내일의 숲을 갈망하며 꿈
꾸는' 출가하는 새, 절망스런 현실의 벼랑을 건너는 낙타, 바다 한 가운
데에 혼자 외로이 떠 있는 게의 이미지는, 모두 현실의 거센 바람을 헤치
고 내일의 세계를 꿈꾸는, 절박하지만 순결하고 성스러운 예지자의 모습
이다. 이는 '세계 변화를 꿈꾸는 남성적 낭만주의'와 관련되기도 하지만
그것보다는 그 세계를 두루 껴안는 여성적 건강함과 분리불가한 상태로
결합되어 있다. 그의 이상적 낭만주의는 도피적이거나 현실 초월적이지
않다. '나무'를 욕망할 때조차 그것이 식물적 상상력이 아닌 동물적인
역동성으로 의미화하는 것에서도 알 수 있다.

온 魂으로 애타면서 속으로 몸속으로 불타면서/버티면서 거부하면서
零下에서/

零上으로 零上 五度 零上 十三度 地上으로/밀고 간다, 막 밀고 올라
간다/온몸이 으스러지도록/으스러지도록 부르터지면서/터지면서 자기
의 뜨거운 혀로 싹을 내밀고/천천히, 서서히, 문득, 푸른 잎이 되고/푸
르른 사월 하늘 들이받으면서/나무는 자기의 온몸으로 나무가 된다/아
아, 마침내, 끝끝내/꽃피는 나무는 자기 몸으로/꽃피는 나무이다

(「겨울-나무로부터 봄-나무에로」)

'온 몸으로 시쓰기'는 '온 魂으로 애타면서 속으로 몸속으로 불타'는
열정이다. 이는 늙음과 젊음의 기묘한 대립을 낳고, 곧 체념과 희망을,
죽음과 일상의 경계를 허물어 뜨린다. '늙어서' 이 세상을 떠나야겠다는
욕망의 뿌리는 이 세상을 벗어나고자 하는 욕망을 낳지만 그는 이 순간
그 자리에 주저앉고 만다. 세상의 '밖'은 곧 '안'이기 때문이다. 이 오랜
긴장이 그로 하여금 시를 쓰게 만든다. 잠시 이 세상을 떠나야겠다고, 너
무 늙었다고 말하고 仙境의 노인처럼 경전 여행을 떠날 때조차 그의 시
는 현실적 긴장력이 느껴진다. 경전 여행은 진흙같은 세상에서 열반을
깨닫게 한다. '진흙' 속에서 '연꽃'을 보게 되는 것이다. '안'이 곧 '밖'
이며, 진흙은 곧 연꽃이다. 진흙같은 연꽃의 세상을 '투구 게'는 보고 있
는 것이다.

살아있는 것들의 더러움을 /자기 몸으로 걸르고 걸러

(「강」)

투구게가 본 연꽃 속의 세상은 어떤가. 그것은 하나의 타오르는 불 속
이다. 그곳은 고요하다. 그는 '傷한 촛불을 들고 그대 이슬 속으로 들어
가, 곤히, 잠들고 싶다.'고 말한다.(Ⅰ-17)) 그러나 곧 '속'은 '밖'이므로
그는 세상 밖으로 다시 '나오는' 것이며 '내 아픈 식구들아, 진흙 속에서
아프자'고 말하는 것이다.

세상을 '나온' 그에게 가장 큰 경이로움으로 다가 온 것은 '사람들'을 발견했다는 데 있다. 이를 그는 따뜻한 서정성으로 감싼다.

깊은 상처에 성냥개비를 그어 보이듯,/불을 감싼 내 손은 환한 호박 燈이었다.

(「호박燈)

상처를 감싸는 호박등의 이미지. 황지우 시의 실험적 기법에 오랫동안 익숙해진 뒤 우리는 이 시 앞에서 다시 멈칫한다. '말들이 그 자체로 또 표현하고자 하는 의미 밖에서 아름다움과 고유한 가치를 지니고 있을 때' 그는 어떤 시인보다 젊다. 본래적 서정성을 놓치지 않은 서정시는 아름답다. 그 서정성은 손길이 상처를 감싸듯 상처받은 사람들을 향해 있다. 그래서 '호박등'의 이미지는 금방 '흔들리는 호박잎'의 이미지로 변용돼 '사람들의 모습'을 비추며 그들을 감싸안는 것이다. 그는 '나, 이 세상에서 사람 만나고 왔네'(「다정한 말 한마디」)라고 말하고 이를 '다정한 말 한마디'라고 쓴다.

흔들리는 호박잎, 綠그늘 사이로/사람들이 보인다/흔들리는 호박잎, 綠그늘 사이로

(「몸부림」)

그의 시는 끝없이 시의 새로움을 추구하면서도 서정시적 아름다움을 잃지 않는다. 서정양식의 본질을 벗어나지 않으면서도 정신의 견고함을 유지하고 있는 듯 보인다. 그것은 곧 정신이냐, 혼이냐의 문제에 그가 긴장하고 있기 때문이다. 그 본원적 뿌리는 역시 시적 욕망의 '늙음'과 '젊음'의 긴장력에 있을 터이다. 시가 해탈의 문턱으로 넘어가는 것은 서정시가 인간 영혼의 편력과 관계있기 때문이다. 시인은 仙境의 노인

따뜻한 가족주의자가 이른 길   **297**

처럼 세상의 이치를 다 알았노라고 하고, 세상을 초월하거나, 자기 내적인 실존의 문제로 눈을 돌린다. 한편, 시가 정신의 문제로 넘어온다면 시는 현실과의 긴장 속에서 정신적 견고함을 유지하려 애쓸 것이다. 그때 시인은 예언자로서 면모를 갖는다. 유토피아주의자로서 시인은 현실 변혁의 의지를 견지한다. 시인은 '젊다'라고 자신을 인식하고 따라서 시도 젊어야 한다는 정신의 긴장력을 유지한다. 그러나 그 '젊음'의 강력한 입김을 현실에 부여하면 할수록 시의 힘에 비례해 깊이가 확보되기는 어렵다.

이런 점이 쉽사리 이른바 '정신주의' 시의 유형으로 그의 시를 묶기 곤란한 이유일 것이다. 황지우 시의 방법론은 이 둘을 한꺼번에 아우른다. 시인은 늙어가나 시는 늙지 않는다. 세상 밖에서 '사람들'을 발견하는 것이 가족주의자의 '면모다. 따라서 경전 여행을 해야겠다고 말하고 이제 세상 밖으로 '나가고' 싶다라고 말할 때조차 세상을 떠나지 못하고 도로 이 세상에 '내려앉는' 것이다. 경전 여행이 현실적 긴장력을 보여주는 것은 그만이 갈 수 있고 도달할 수 있는 지점이다. 여행은 시작하자 이미 끝난다. 그것은 항상 자신의 원래 서 있던 자리로 되돌아오는 원점 회귀형일 때만 의미가 있다. 그래서 그는 긴 여정을 통해 다시 현실의 문턱을 넘어온다.

나가서 더 망하면/다시 돌아오라고

(「빈집」)

망한 다음에, 아니 더 더욱 망한 다음에 이르는 길, 그것은 지나온 길에 대한 후회의 길인지 처음으로 돌아가서 다시 새롭게 시작해야 할 길인지 알 수 없다. 시인을 따라 그의 집 '안'으로 들어갔다고 생각하지만 그 순간 우리는 이미 그의 집 '밖'에 나와 있다. 아니면 우리 스스로 안과 밖을 혼동하고 있는지 모른다.

지금까지 지나온 글의 흔적을 지워버리고 글을 새롭게 다시 시작해야 할지, 아니면 후회를 안은 채 체념해야 할지 우리는 항상 글쓰기의 여로 혹은 독서 행위의 도중에서 머뭇거린다. 그래서 글쓰기와 글읽기는 우리의 삶을 닮았다.

황지우는 자꾸만 망하라고 한다. 더 망한 다음에 다시 들어오라고 말한다. 그는 항상 자기 자리에 '다시 돌아와', '사람들'과 함께 서 있다. 따뜻한 가족주의자가 이른 길이다. 시인은 '늙어도' 결코 늙지 않는다. 그래야 한다. 이것이 지금까지 그를 따라 그의 '집'으로 들어온 '흔적'이다. 그러면서 그는 '위반'에의 욕망을 은밀히 부추긴다.

세상은 그대가 본것, 그것만은 아녀/아, 그대 눈에 잠이 없다고 꿈이 없으리?

(「歲拜」)

*로마자 및 아라비아 숫자는 시집과 그 면수 표시임.
Ⅰ.새들도 세상을 뜨는구나, 문학과 지성사, 1990.
Ⅱ.겨울-나무로부터 봄-나무에로, 민음사, 1985.
Ⅲ.나는 너다, 풀빛, 1987.
Ⅳ.게 눈 속의 연꽃, 문학과 지성사, 1992.

화두, 20세기 문학의 마지막 물음

-최인훈의 『화두』론

1. 『화두』를 향한 세 가지 질문

소설은 '만남'의 책이다. 율리시즈가 사이렌과 만나고 한 소년이 박성운(조명희, 「낙동강」)과 만나고, 인간과 인간 혹은 인간과 세계가 만나서 이루는 하나의 이야기이다. 사이렌의 기이한 노래는 율리시즈를 유혹한다. 율리시즈는 노래가 시작되는 바로 '거기'에 도착했는가. 그의 항해는 원하는 바를 이루었는가.

신화는 몇 가지 가능성을 제기하고 있고, **블랑쇼**(Maurice Blanchot)는 이렇게 말하고 있다. 한 쪽에서는 여기가 바로 닻을 내려야 할 곳이라고 생각해 섣불리 배에서 내렸다. 다른 한 쪽은 아직 '그곳'이 아니거나 이미 지나쳐 왔다고 해서 다시 그 '너머'에의 욕구를 가지고 그곳을 향해 더 나아가야 했다. 그러나 그곳은 사막과 같은 곳이어서 침묵과 불모를 재현할 뿐이었다. 이 우화는, 노래가 시작되는 곳은 처음부터 하나의 무(無)이거나 아니면 항상 지나쳐버린 시간을 향한 욕망의 환유 형식이거나 둘 중 하나임을 말하는 것이다. 사이렌의 노래는 글쓰기란 어떤 부재를 향하여 가고 있는 여정의 기록물임을 알려주는 이야기라는 것이다. 그래서 이제 소설은 시작도 끝도 알 수 없는 미묘한 경계에 둘러싸여 있다.

한 소년이 있다. 그에게는 지울 수 없는 인상을 남긴 두 인물이 있다.

중학교 시절 그가 만난 인물은 지도원 선생이다. 지도원 선생은 자기비판을 강요하고 이데올로기적 철저함을 요구한다. 지도원 선생은 그에게는 도저히 넘을 수 없는 벽같은 존재이다. 지도원 선생은 고등학교 시절에 오면 다른 인물과 등을 맞댄다. 고등학교 작문 시간에 그는 또 다른 중요한 인물을 만난다. 그 인물은 성장기에 있던 이 소년에게 깊은 감동을 주었고 소년의 앞길에 지워지지 않는 지침을 주게 된다. 그런데 그 인물은 실재하는 인물이 아니다. 이 소년이 읽은 책 속의 인물, 조명희라는 작가가 쓴 명문으로 이름난 소설의 한 주인공이다. 여기서 소년의 일상은 소설의 일상과 교차한다. 소년 **최인훈**은 현실과 허구의 중간에 양다리 걸치게 된다. 이야기의 현실이 일상의 현실과 교차되는 순간인데 소년은 이 때 박성운과 만나기도 하며 조명희와 만나기도 한다.

소설 『화두』는 이 인물들과 소년의 만남을 중심으로 삶과 문학에 관한 여러 '화두'를 던지고 있다. 그런데 놀라운 것은 박성운은 이 소설이 끝나는 마지막 대목까지도 소년의 눈 앞에, 심지어 어른이 된 작가의 눈 앞에도 나타나지 않는다는 점이다. 박성운은 이 소설이 시작되면서 모습을 드러내는 듯하다 영원히 '저 너머'에 침묵해 있다. 소설적 언어의 생성과 침묵은 같이 간다. 박성운은 소설 『화두』의 '사이렌'이다. 박성운은 부재한다. 소설, 아니 문학은 부재한다. 소설이란 무엇인가. 문학이란 무엇인가. 『화두』를 둘러싼 많은 논의들, 장르 문제, 문학성 문제, 문학사적 의미망과 관련된 문제 등은 이에서 비롯되는 것처럼 보인다.

『화두』는 세 가지 질문을 동시에 던지고 있다. 『화두』를 과연 소설이라고 부를 수 있는가라는 장르 규정 문제. 소설이 아니라고 할 때, 그렇다면 무엇이라고 불러야 하는가라는 문제. 아니 이렇게 물어야 할 듯하다. 소설이란 무엇인가라는 보다 본질적인 질문을 제기해야 하는 것이다. '소설'이란 언술 속에 이미 '소설'은 부재하는지도 모른다. 그래서, 지금 우리 문학은 불안한가. 문학은 위기인가라는 의문은 연이어 제기되는 질문일 수밖에 없다. 두 번째, 문학의 불안이 존재의 불안이며 따라서 삶의 불안이라는 문제로 이어진다면 현재 삶의 가치평가와 그 방식은 어떠해야 하는가 하는 점이다. 이 말은 다소 윤리적인 담론을 밑바탕에 깔고 있는 것처럼 생각된다. 마르크스 이데올로기의 종언을 말하는 1990년대란 무엇인가, 그럼에도 지구상에서 최후로 남은 분단 국가, 한국에서 산다는 것은 무엇인가라는 문제가 그것이다. 이는 어떻게 '세계를 읽어야 하는가라는 문제와 관련된다. 세 번째는, 문학성 혹은 상업성이란 무엇인가라는 문제이다. 상업적 소설과 예술적 소설은 어떻게 다른가. 본격문학과 대중문학이란 무엇이며, 상업성과 예술성은 엄격히 구분되는가라는 질문이다. 문학을 전문적으로 연구하는 사람들도 '지겨워서, 어려워서' 등의 이유로 중간에 손을 놓아버린 경우가 허다한데도 불구하고 『화두』는 한 때 베스트셀러 대열에 오르는 기현상을 동반했다. 잘 팔리는 책은 상업적이고 질이 낮다라는 인식을 단번에 무너뜨려 버린 것이다. 이는 현금 문학의 존재 위치를 새삼 가늠케 한다는 점에서 매우 시사적이다. 『화두』를 간행한 출판사의 광고 능력을 기억하고 있는 평자로서는 이제 소비, 정보사회에서의 문학, 광고와 문학의 관계, 예술 혹은 문학의 자율성 문제를 분리해서 생각할 수 없음을 확인하게 된다. 이제 본격문학, 대중문학, 상업문학 등과 예술성, 상업성의 경계에 관한 새로운 논의가 필요한 것이다.

그런데 위의 세 가지 질문들은 후기 산업 사회의 문학의 운명이라는 문학의 존재론적 질문들과 연장선상에 있다. 최근에 『화두』를 둘러싼 문제 제기와 가치평가는 이 같은 시대적 징후들을 깔고 있다. 여기에는 긍정적인 가치평가와 부정적인 가치평가가 혼종되어 있고 문학의 중심 문제와 주변 문제, 그 평가 척도에 관한 다양한 견해들이 널려있다. 그만큼 이 소설이 던지는 '화두' 가 대수로운 것이 아님을 입증하고 있는 것이다. 세 번째 논의는 보다 본격적인 논의가 필요할 뿐 아니라 이 글의 성격과 조금 간격을 갖고 있는 것으로 판단돼 일단 뒤로 미루기로 하고, 앞의 두 문제를 중심으로 이 글을 진행시켜 나갈 것이다.

2. 도서관 환상, 책의 세계

'나'의 세계는 도서관으로 둘러싸인 세계이다. 이는 책 속의 현실이 실제의 현실보다 더 강렬한 힘을 지니고 인간의 사고를 지배한다는 최인훈의 문학 혹은 책에 대한 거의 맹목적인 믿음과 관련이 있다. 책은 '종교적인 경건성'을 가진다. 김현은, '책 속에서 그의 정신의 성감대를 자극시켜주는 것들을 어떻게 만나게 된 것인지는 그의 전기가 출간되지 않은 지금으로서는 밝히기 힘든 문제에 속한다'라고 전제하고 책을 통한 추상적 사고의 인과가 어떤 과정을 거치고 있는지를 분석한 바 있다. 그 의문이 『화두』를 통해서 이제 조금 해명이 되고 있는 것이다. 『화두』는 최인훈의 평생 동안 써왔던 저작들에 대한 일종의 '후일담 문학'에 속하는 책이기도 한 것이다. 말하자면 『화두』는 그의 일생의 저작의 밑바탕을 다시 한번 들춰 보임으로써 작품 이해에 도움이 될 전기적 사실을 보여주고 있다. 정신분석학적으로나 실증적 분석을 통해 작품을 이해하는 데에도 필수적인 텍스트가 될 가능성을 안고 있는 것이다.

책읽기를 통해서 시대와 사회를 읽는 최인훈 소설의 주인공은 이미 「광장」「회색인」「서유기」 등에 잘 드러나 있다. 「광장」의 이명준이나 「서유기」의 독고준은 이미 유년기적 동경의 세계에 머물러 있는 아이가 아니라 성인이라는 점에서 『화두』의 소년이 책과 세계에 대해 갖는 인식과는 질을 달리 한다. 이명준은 그가 속한 사회의 법과 금지체계가 어떻게 한 개인을 억압하고 규정하는지를 지적으로 인식한 상태이다. 반면 『화두』의 중학 소년이 책에 대해 지닌 생각은, 어머니의 모태에 둘러 싸인 존재가 갖는 거의 본능적인 사랑에 가깝다. 물론 변혁기 혼란과 갈등의 사회에서 절대적인 사회의 악에 노출되어 있는 소년의 모습이 그려지고 있더라도 말이다. 驛前 풍경을 비롯한 소련이 진주한 W시의 풍경이 그렇게 강한 구속력으로 그를 규정하지 않음은 이에서 말미암는다. 책 속의 현실과 밖의 현실이 마찰을 일으키기 시작하는 것은 지도원 선생과의 갈등이 있은 다음부터이다. 그는 책 밖의 현실, 금기시된 체계를 무너뜨리려 함으로써 그 사회로부터 마찰을 피할 수 없게 된다. 그가 사회적 인간으로서 성장하는 것은 기실 이때부터다. '사회가 개인을 어떻게 억압하며 사회의 모순을 개인은 어떤 식으로 체험하고 그 사회의 규범 체계에 계몽되는가'라는 인식에 소년은 조금씩 눈뜬다. 계몽당하지 않을 때 개인은 어떻게 소외되는가를 터득하게 되고 현실에 대해 불행을 느끼게 되는 것도 이때부터이다. 따라서 「서유기」에서 지도원 선생과 독고준의 대화 부분은, 『화두』의 중학 소년과 지도원 선생과의 대화 부분과 관련되어 있지만 독고준의 현실에 대한 강렬한 비판을 담고 있다는 점에서 『화두』와는 다르다. 독고준은 성장한 뒤의 작가의 생각을 드러내는 인물인데, 『화두』는 독고준의 상처의 동기가 유년기에 있었음을 암시하고 있다. 그의 소설의 여하한 내용들은 『화두』가 그 전말을 담고 있다고 볼 수 있다. 이미 말한 바와 같이 『화두』가 최인훈 저작들의 간텍스트적 성격을 가지고 있다는 것, 전기적, 정신분석학적 해명의 실마리를 갖고 있음을 다시 한번 확인할 수 있다.

프티 부르조아라는 이유 때문에 아버지의 직장과 삶의 터전을 버리고 W시로 이사온 소년에게, 현실적 삶의 세계와 책 속의 세계를 행복하게 결합시켜준 것은 책들 덕분이다. 은행 건물 같이 생긴 도서관에서 소년은 『쿼바디스』와 『죄와 벌』과 『니벨룽겐의 노래』, 『대위의 딸』, 『예프게닌 오네긴』을 읽고 『세계 동화 대전집』도 읽는다. 말의 힘만으로 올연히 존재하는 책의 세계, 그것은 현실 그것만큼의 무게를 갖거나 혹은 더 하중이 있는 세계이다. '나'는 거리 산보를 한다. 거리에는 포목점과 시장과 역전 풍경이 펼쳐지지만 '내'가 보는 것은 그러한 일상의 풍경이 아니라 책 속의 풍경이다. 거리 산보는 책과의 산보이며 거기엔 책 속의 현실과 밖의 현실이 이중인화되어 있다. 책 속의 인물은 현실의 인물보다 더 생생하게 살아 움직인다. 그는 이를 '책은 사람이고 사람은 책이다' 라는 명제로 표명한다.

> 도서관에서 나는 무엇인가가 되기 위해서 태어나 가고 있었다. 도서관은 큰 책이다. 너무 커서 들고 다닐 수 없기 때문에 한 곳에 놓아두고 있는 큰 책이다.---이 집은 아기집(胎)이다. 이 속에서 사람은 사람이 된다. 이 집과 열람자를 닮아서 이윽고 만들게 되는 것이 우주선과 그 안에 타고 있는 사람이다. 우주선과 타고 있는 사람은 열람실과 그 안에서 읽고 있는 사람이다.--- 책-도서관-우주선-지구기지-아기집(胎). 이들은 모두 같은 것들이다.(1권-45면)

인간은 책을 통하여 우주를 꿈꾼다. 어머니 배 속에서 열 달 동안 책을 읽은 인류는 그것이 모자라서 세상에 태어나고 어른이 된 후에도 〈의붓아기집〉인 책을 만든다. 그것이 바로 도서관이다. 인류는 그러고도 모자라서 더 큰 아기집인 우주선을 만들고 우주선을 타고 가면서 우주를 읽어나간다. 이것이 '책'에 대한 그의 생각이다. 한편, 책 밖의 세계란 그저 물건으로 놓여있는 세계일 뿐이다. 매한가지 물건의 세계인 현실은 그저 안개 방울같이 인간에게 우연히 부딪히는 것이다. 어떤 힘의 형세도 펼쳐보일 수 없이 그저 놓여있는 세계라는 것이 책에 기갈들린 아이의 눈으로 본 세계 현실이다. '밤낮 책만 보고 있기 때문에 물질의 세계라는 것이, 마치 안개가 낀 바깥으로 문을 열고 나가 사람이 부딪히는 느낌을 준 것이 아닌가 싶다' (1-19)라고 그는 쓰고 있다. 여기서는 의식이 절대치를 향하여 나아간다. 모든 것은 자신의 의식 내부에서 저울질 당한다. 바윗덩어리도 질량이 없는 '의식'에 지나지 않는다. 무질량의 세계, 의식 과잉의 세계에서 만나본 현실 속의 물건들은 책 속의 현실보다 압도적인 신기와 생소함과 경이를 가져다 준다. 심지어 말까지도 그러하다. 이렇게 보면 그에게 일상의 언어는 도무지 신기한것 투성이고 물건 같은 것이고 오히려 차라리 책 속의 언어, 소설 속의 언어만이 살아 움직인다. 책속의 인물들만이 살아있다. 예컨대 W시에서 쓰이던 사투리인 '미시리'도 아닌 게 아니라 그에게는 '물건다웠다'라고 할 정도이다.

그런데 책은 도서관에만 있지 않고 시장의 헌 책방에만 있지도 않다. 역 앞의 군중 대회에도 책은 있다. 역전에서 나는 『강철군화』의 주인공을 읽고, 『안나까레리나』의 주인공의 운명을 예견한다. 소련식 문화와 정치 체제가 유입되기 시작한 당시 북한 사회에서 가장 독특한 것은 바로 '보고 대회'였다. 거기에는 『강철군화』의 주인공이 군중에게 보고 대회를 하고 있다. 그는 10월 혁명과 국내 전쟁, 전후 건설 초기의 어려운 시대를 가장 앞장서서 살아온 인물이다. 그런데 공산주의자로서의 말년의 삶은 쓸쓸한 것이었다. 혁명은 성공했으나 그의 개인적 삶의 여정은 형편없이 초라해졌기 때문이다. 소년은 역 앞 광장에서 그 강철의 주인공을 만나지만 그 때까지는 그가 소설 속의 바로 그 인물이라고는 생각할 수 없다. 그보다는 책 속의 현실이 훨씬 소년 최인훈을 압도하고 있었기 때문이다. 소년은 거리의 인간과 책 속의 인간이 어떻게든 관련되어 있는 인물이라고 보지 못하고 책 속의 인물을 절대화시킨다. 그는 '책 속에 있는 사람을 굳이 책 밖의 사람들의 탁본(拓本)이라고 생각하지 못하고 다른 방식으로일망정 책 바깥 사람들에게 못지 않은 힘과 권리를 갖고 있다'(1-50)는 '책 환상'을 갖고 있는 것이다. 그의 머리 속에 심어진 책=사람이라는 등식은 일종의 '도서관 환상'이다. 러시아건 중국이건 조선이건 간에 영토를 초월하고 인종을 초월해서 책 속에 들어오면 모두 말나라 사람이 되고 말나라 시민이 되기 때문에 현실은 책 속의 세계를 베끼기 위하여 존재한다. 당시 현실의 원산은 바로 책 속의 현실일 뿐이다. 아버지의 계층적인 토대가 문제가 되고 자아비판회가 그를 불행하고 혼돈스럽게 하지만 그는 이 현실을 책 속의 현실로 치환하고 절대화시켜 고통을 견뎌낸다. 그는 책 속의 현실과 책 밖의 현실을 구분하지 '못하는' 차원이 아니라 '하지 않는'다. 이는 그가 아이이기 때문에 가능하다. 현실의 모순을 읽지 않아도 유년의 성채에서는 소외받지 않고 불행하지 않기 때문이다. '책을 읽는 동안에는 모르는 일까지 알게 되었고 옹이가 지고 매듭이 진 일도 저절로 풀려가고 있었던 것'이다.(1-48)

그가 말하는 '옹이가 진 일'이란 무엇인가. 그것은 중학교 시절의 자아비판회 사건이다. 그것은 그의 생애에 말할 수 없는 상처를 남긴 것으로 책 속의 환상과 거의 맞먹을 정도로 절대적인 것이 된다. 이는 책 속의 현실과 밖의 현실의 무게를 가늠할 수 있는 것이어서 주목된다. 이 지울 수 없는 기억은 그 후 조명희를 만나면서, 아니 '책' 속의 박성운을 만나면서 결과적으로 상쇄된다. 벽보의 주필로서 쓴, '운동장에 널려있는 바위덩어리가 어수선해 보였다'는 문장 하나 때문에 그는 당시 소련 사회에서 북조선 인민에게 절대적 영향력을 끼친 '자아비판회'라는 문화의 사슬에 걸린 것이다. 근로 인민의 행복과 희망찬 미래 건설의 현장에서 이런 까탈이 가능할 수 있는가라는 이유로 그는 자아비판회의에서 '자아가 해체되어' 버리는 경험을 하게 되는 것이다. 중학교 시절의 이 경험 때문에 그는 더욱 더 책에 빠져들게 된다. 이 어두운 기억을 한 순간에 역전시킨 것은 다름 아닌 책이었으며 도서관의 책읽기뿐이었던 것이다

당시 소련의 신탁 아래 있던 북한의 정치 체제에서 고등학교 교육의 많은 부분은 체제 교육과 이념 교육이었다. 그러나 소년에게는 그것이 바람이나 별빛 이상의 비물리적 의미(형이상학적 본질캐기)를 갖지 못한다. 오직 도서관에서의 책읽기, 도서관을 우주로 삼아 삶을 지탱해 나가

는 힘이 그에게는 있을 뿐이다. 그는 도서관에서도 '책 속의 세계'와 '현실의 세계'를 동시에 읽을 힘이 없다. 그는 책 속의 세계만을 읽으며 '책 속의 세계'에서만 삶을 산다. 책 속에서는 사소한 것이라고 해도 '현실의 세계'가 주는 물리적 힘에서 벗어날 수 있는 해방감을 준다.

> 이 도시에 와서 겪은 무거운 시름이 적어도 지금은 저만치 물러서 있었다. 그것들이 언젠가 다시 다가서더라도 그것과 맞서기 위해 전에 없던 힘이 자기에게 씌운 것처럼 느꼈다. 그것은 잘한 일을 잘했다고 유보없이 말해준 선생님의 선물이었다. 그 선물이 있게 해준 것은 「낙동강」이었다. 나는 이 소설 속의 인물들인 박성운과 로사가 실지로 만난 사람들처럼 느꼈다. 그들이 나를 해방해 주었다고 나는 생각하였다. 나는 그들에게 신세를 진 것이었다.(1-83)

작문 숙제인 「낙동강」의 독후감을 그는 자신의 언어로 소설적인 재구성을 한다. 작문 선생님은 '작문의 수준을 넘어 신진 작가의 소설'과 같다고 칭찬을 한다. 선생님의 이러한 선언은 '나'에게 말할 수 없는 감동과 희망을 낳게 한다. 그것은 소년에게 '현실'과 '책읽기'와 '글쓰기' 사이를 잇는 실핏줄이 생겨나는 것과 맞먹는 사건이다.(1-72) 이 한마디로 인해 '나'의 인생은 현저히 변화된다. 「낙동강」이라는 '책'은 미래의 그의 운명을 결정짓게 한다. 소설가가 되겠다는 것, 유례없는 명문을 쓰는 조명희 같은 작가가 되겠다는 결심이 그의 운명을 이끄는 것이다. '나'는 어른이 되고 유명한 소설가가 된 지금도 그 박성운을 잊지 못한다. 소설 속 인물이 『화두』라는 소설을 쓰게 하고 있는 것이다. 그리하여 평생 그의 작업은 이 **조명희**라는 인물, 아니 박성운을 만나는 일과 관련된다. 그것은 소설 마지막에 이르기까지 계속된다. 그러나 그들은 만나게 되는가. 결론부터 미리 말하면 그렇지 않다. 이 만나지 못한다는 것, 부재라는 것이 소설 『화두』의 문제점이자 소설의 화두인 것이다.

이념을 믿었고 혁명의 조국을 찾아 떠났던 '박성운/로사/조명희'라는
인물과 그 이념의 역사를 현실로 산 '나'가 결코 분리될 수 없음은 지극히
당연하다. 소련에서의 조명희의 흔적 찾기를 마지막으로 이 소설이 끝나
는 것도 이 때문이다. 소설 속 인물과 현실의 인물, 리얼리티와 허구가 어
떻게 구분된가? 결국 소년의 책읽기는 현실 읽기보다 더 본질적인 것이며
소설로 현실을 통합하는 절대의 세계로 자리하고 있는 것이다.

3. '현실'의 형식과 환상의 형식

그렇다면 그가 현실보다 더 본질적인 가치를 두고 있는 소설이란 무엇
인가. 그리고 소설을 쓴다는 것은 무엇인가라는 질문을 할 수밖에 없다.
이젠 책읽기가 아니라 소설 쓰기가 문제가 된다.

> 소설의 세계는 여전히 나에게는 〈현실의 거울〉이 아니라, 현실에서
> 왔거나 말거나 말의 힘만으로 홀연히 있게 되는 〈그 자신으로서의 현실
> 〉이었고 그렇게 길든 독서 방식은 여전히 나를 이끌었다.(1-65)

소설에 대한 인식의 저변을 이루는 것은, 소설이 현실에서 왔느냐 아
니냐, 현실을 베끼냐 아니냐 하는 데 있지 않다. 소설은 그 자체의 힘만
으로 고고하게 놓여있는 세계라는 것이 문제의 핵심이다. 그러나 그가
쓰는 소설은 실제로 소설을 위한 것이라기보다는 그냥 수식 없는 '글쓰
기'라는 것이 문제된다. 그것은 그가 「쿠오바디스」에서 읽은 노예 철학
자와 자신을 겹쳐 읽는 데서 드러난다. 노예냐 아니냐가 아니라 철학자
냐 아니냐가 문제라는 것, 일제 식민지라든가 해방이라든가 사회적 혼란
이라든가 하는 것이 문제가 아니라 소설이라는 것, 글쓰기라는 것, 관념
이라는 것이 문제라는 인식이 문제의 중심을 이루고 있다는 말이다. 철
학한다는 것의 절대성 만큼이나 소설쓴다는 것은 절대적이다. 노예 철학

자는 철학이라는 관념의 절대성을 찾았으나 그것이 허구임을 깨닫고 신으로 나아갔다. 노예 철학자의 신에 해당하는 것이 그에게는 소설쓰기이다. 절대를 찾아 떠나는 것, 그리고 거기에 매달리는 것, 그만큼 소설이라는 글쓰기는 절대성의 차원에 놓여있는 것이며 이것이 바로 그의 소설, 글쓰기의 시작이다. 「쿠오바디스」속의 노예 철학자. 신분은 노예면서, 어쨌든 〈철학자〉일 수도 있기는 있다는 이 모순. 소설 속의 인물은 바로 '나' 자신이 된다. 노예철학자에게 그리스 철학인 것이 '나'에게는 소설이라는 이름의 예술이다.

> 그의 그리스 철학은 하기는 소설처럼 허구는 아니라지만, 이데아는 우주의 〈실체〉이기는 하지만, 제3자로 보면 그것은 그리스 철학 안에서 정한 〈허구〉라는 점에서 〈소설〉이라는 허구에 해당한다.(1-332)

남이 보기에 철학이든 소설이든 그것이 허구라는 점에서는 어처구니 없는 일이다. 그런데도 그는 왜 이 허구에 그토록 매달리는가. '미국에 오기까지 내가 쓴 소설은 국민 전체가 통째로 갇힌 사회에서 환상에 휘말리지 않기 위해 힘껏 애써 보는 노력의 흔적' 이라는 표명을 인용할 필요없이 그것은 일종의 자기 확립의 방식이라는 점은 확연하다. 최인훈이, 이상이나 박태원, 이태준 같은 사람들에게 지식 종사자로서 전혀 이질감을 갖지 않는다는 것은 『구보씨의 일일』에서의 일종의 빙의(憑依) 형식으로 나타나게 된다. 지식인들이 자신의 생의 고민을 풀려고 했던 방황의 동질성이 그들의 육체에 자기를 의탁하는 방식으로 재현된 것이다.(2-206) 192,30년대 식민지 시대를 산 소설가들의 지적 방황과 인간적 고뇌를 '나' 자신의 육체에다 그대로 옮겨와 보겠다는 것이 선배 소설가들에 대한 '빙의'의 근본 동기이다. 그들이 못다한 방황과 고뇌를 자신의 육체 속에서 이루어 나가겠다는 것, 그들의 육체가 말살되었기 때문에 그들이 계속 지켜보지 못한 인생과 세월과 역사를 내 육체 속에다 다시 만들어 보겠다는 것, 식민지 지식인들의 '몸부림'을 나의 몸부림으로 동일화하고자 하는 것이 그가 '구보'를 통해 현실과 역사에 접근해 가고자 한 내적 욕망이다. 이는 막연하던 화두가 이제 조금씩 자리를 잡기 시작하면서 나타나게 된 내적 욕망의 실체이다. 여기서 우리는 소설이 현실의 형식들과 나란히 가고 있음을 주목할 필요가 있다. 이는 그가 '소년'으로서가 아니라 역사 속의 개인으로서, 윤리적인 인간으로서 존재한다는 증거이다. 읽기와는 달리 쓰기는 현저히 현실태와 관련되는 것이다.

> 소설이라는 표현 형식은 그 안에만 들어서면 읽고 있는 동안에는 - 세상과 자신이 하나인 상황이지만 읽고 있는 상태에서 빠져나오자마자, 의식은 여전히 더 정리되지도 않고, 세상이 더 알아지는 것도 아닌 그런 경험이었다. 아편을 하는 동안에는 세상이 내 것인데, 약 기운이 끊어지면 그뿐이고, 세상을 살기에는 그만큼 해쳐버린 몸과 마음을 남기는 것과 같았다.(2-100)

소설을 쓰면서 그는 이제 현실의 형식들에 대해서 고뇌하기 시작한다. 쓰기는 읽기보다 훨씬 본질적인 '화두'를 제기한다. 현실은 냉혹하게 자신의 삶을 내려다보고 있다. 현실이 '모순적'이라면 인간은 어떠한 방식으로든 반응해야 한다. 책읽기에 비해 소설 쓰기는 훨씬 현실적이다. 책 밖의, 소설 밖의 현실을 말하지 않으면 안되는 것이 소설 쓰기의 본질인 까닭이다. H읍에서 W시로, 남한으로 다시 미국으로 떠날 수밖에 없는 이 유목민적 현실이 그에게는 놓여있다. 그는 소설의 형식 실험에 매달리고 급기야는 소설을 그만두고 희곡에 매달린다. 희곡은 훨씬 이 현실을 잘 보여주는 것같고 소설보다 생생하게 인간적인 육체의 움직임을 볼 수 있게 해준다.

사실주의를 거부하는 것이 예술가로서는 이 세계에 대한 육체적 저항
과 맞먹는 본질적 저항처럼 느껴졌다. 세상도 아닌 것을 세상처럼 그려
서는 안 되지 않는가. 예술의 마지막 메시지는 그 형식이다.――현실의
어이없음에 맞먹는 표현형식을 실천하고 싶은 깊은 충동에 비하면 내가
막상 써낸 작품은 아직도 너무 이성의 눈치를 보고 있는 느낌이 언제나
들었다. 더 대담해지고 싶은 것, 더 파격이고 싶은 것, 그렇게 해서 현
실의 질감에 대해서 더 솔직히 반응하는 것이 정직한 표현.(1-340)

이 '어이없는', 모순된 현실에 저항하는 소설적 방법은 무엇인가. 현
실을 그대로 그려내는 것이 가능한가라는 질문으로 그의 사유는 이어진
다. 소설은 현실을 그대로 드러내지도 않고 드러내려고 하면 할수록 현
실과 멀어진다. 오히려 사실주의를 거부하는 것이 그에게는 소설쓰기의
본질처럼 느껴진다. 그는 환상의 형식을 통해 현실에 저항한다. 우리는
여기서 「가면고」, 「서유기」, 「크리스마스캐럴」 연작 등을 떠올리게 된
다. 보다 생생한 인간의 움직임을 복원해내기 위해 드디어 '희곡'이라는
형식으로 줄달음치는 과정도 보게 된다. (『화두』의 형식적인 낯설음이
어디서 기인하는지도 짐작할 수 있다.) 이 글쓰기의 고투 과정은, 소설의
형식적 탐구 과정인데, 그것은 삶의 문제와 연결된다. 그는 결국 미국 땅
까지 옮겨간다. 그의 글쓰기가 뿌리뽑힘 의식, 피난민 의식, 유목민 의식
등과 무관하지 않음을 알 수 있다. 그는 소설쓰기를 위해 현실을 떠돈다.
그가 잠깐 다니러 온 미국 땅에서 아버지는 말한다. 미국에 남으라는 것.
이는 그에게는 엄청난 화두이다. 아버지의 논리는 명료하다. H읍에서
W시로 거기서 남한으로 다시 미국으로 온 것은 자신들의 처지로 보아서
는 최선의 선택이었다는 것. 전쟁이 나면 남쪽으로 온 사람을 북쪽 군대
가 가만 두겠느냐, 우리 처지가 특별한 것이니 알아서 자기를 지켜야 한
다는 것이 아버지의 논리이다. 미국 온 많은 사람들이 이와 비슷한 동기
를 가진다는 것이다. 왜 이 20세기 후반에 한국인은 유목민으로 남의 땅

에서 떠돌아야 한단 말인가. 그런데 노예 철학자는 이데아의 세계가 결국 정신이 만들어 낸 허구임을 깨닫고 진정한 실체인 〈신〉앞으로 나가지만 '나' 에게는 그러한 믿음도 없다.

> 이런 근본적 문제에 아무 해결없이도 노예는 살아야 했고, 살아왔고, 이 고장에서 볼 일이 끝났으니 막 돌아갈 참이었다.(1-333)

화두는 여기서 끝나지 않는다. 한국으로 갈 것인가 여기에 남을 것인가라는 문제에 매달렸을 때 이는 소설이 문제가 아니라 바로 삶의 문제로 나아가기 때문이다.

그의 마지막 떠돎은 소련 붕괴 이후의 러시아를 여행하는 것이다. 그 여행의 가장 중요한 목적은 조명희의 흔적을 찾는 것이다. 그러나 조명희의 마지막 흔적을 찾기란 쉽지 않다. 피압박 민족의 해방 조국으로서 소련에서 조명희는 '적의 스파이'로 규정돼 그 대의의 이름으로 숙청당한다. 해방 조국의 한 변두리 도시 지하 감방에서 죽은 조명희의 묘지는 위치조차 알려지지 않았다. '나'에게 포석 조명희의 존재는 이성의 육화였고 심미적 아름다움을 통한 보편성의 화신이었다. 그런데 조명희가 죽었다. 어떤 흔적도 없이. 이는 낙동강의 심미적 울림과도 마르크스 저작의 투명성과도, 박성운이란 인물, 포석 자신의 정직성과도 어울리지 않는다. 포석의 죽음은 최인훈의 균형감각을 일거에 무너뜨리고 만다. 중학교의 자아비판의 밤과 고등학교의 작문 시간 사이에 유지되어 온 구도를 말이다. 고등학교 때 작문 시간의 한 단원에 대한 학습은 거의 반세기를 거쳐서야 비로소 끝난 것이다.

> 「낙동강」이란 〈명문〉만 있었을 뿐, 『자본론』이란 〈명문〉만 있었을 뿐, 그에 걸맞는 현실은 비슷한 것도 지구의 그 부분에는 없었다는 결론인가? 혁명 후 70년이 지난 오늘, 저 고르바초프라는 동무가 저렇게

횡설수설하는 것을 보면.(2-270)

이 소설은 소련이 붕괴된 시점에서 씌어져서 소련에서 그 혁명의 대의를 위해 죽은 조명희의 작품을 마지막으로 인용하면서 끝이 난다. 그것은 낙동강 칠백리 물굽이만큼 유장한 역사의 흐름을 담고 있다. 이 소설은 최인훈의 일생의 삶의 기록이다. 그는 이 소설을 통해 역사란 무엇인가, 그리고 소설적 글쓰기가 무엇인가라는 질문을 던진다. 이를 위해 조명희의 명문 「낙동강」과 박성운이 필요했던 것이다.

4.『화두』, 그 이후

'화두'는 중심의 부재라는 관념을 한가운데 깔고 있다. 중심이 있는 것이 아니라 중심에 대한 관념의 동경이 있을 뿐이다. 그렇다면 중심이 소멸된 것이 아니라 중심은 처음부터 부재한 것이다. 조명희가, 박성운이, 로사가, 저 북으로, 모스크바로 날아간 것은 관념에 대한 철저한 동경과 몰입이며 '사회주의 조국'이 부재하는 것을 확인하는 과정일 뿐이다.

사회주의 조국이 그들에게 '중심'을 찾아 주었는가. 한마디로 중심은 소멸되었거나 애초부터 없었다. 일제시대 조명희에게 중요했던 것은 관념으로서의 사회주의를 찾는 길이었다. 그들은 그 관념을 찾아 헤매었고 그래서 북으로 소련으로 갔다. 관념을 찾아 떠나는 사람은 중심을 찾아 떠다니는 사람이다. 어디 관념의 중심이 있겠는가. 관념적 사회주의의 행복한 만남이 어디에서 가능할 것인가. 그래서 조명희는 사회주의의 조국 소련에서 재판 한 번 받지 못하고 죽어갔다. 『화두』의 '나'가 원산으로 남으로 부산으로 다시 미국으로 다시 한국으로 건너오는 것은 중심을 잃어버린 자, 혹은 중심이라는 관념에 신들린 자의 중심찾기다. '나'의 방황은 그래서 필연적이다. 최인훈 역시 중심을 찾았는가. 그는 처음부터 관념주의자였다. 그의 온 육체를 싸고 있는 성스러운 책의 공간이 이를 말해준다. 그에게는 소련군 진주와 이 불안한 전쟁의 시말이 중요하지 않다. 그는 이 역사의 난바다에서 책을 읽는다. 소련군이 들어온 W시에는 책만이 널려있다. 군중대회가 열리는 광장에서도, 시장에서도, 아니 전쟁의 와중에서도 청계천 책방은 살아있다. 책은 그의 삶의 의미이며 전부이며 '꽃'이다. 그는 '꽃'을 찾아 길을 나섰고 그래서 하나의 소설이 씌어졌다. 이 소설이 조명희의 만남과 조명희의 부재, 아니 박성운의 만남과 박성운의 부재를 확인하는 대목에서 시작되고 끝나고 있음은 의미가 있다. 그는 소설을 쓰고자 한 것이 아니다. 소설은 그냥 상품시장에 내어 놓은 이름일 뿐이고, 사실은 스스로 이 관념의 흔적을 한 번 밟아 보고 싶었을 뿐이었다. 그가 책을 읽고 관념을 알기 시작했을 때부터, 즉 로마 시대의 노예 철학자에 대한 기묘하고 관능적인 정신적 충동을 느꼈을 때부터 그의 책읽기는 시작된다. 그가 책을 보면서 관념을 쌓았다는 것은 『화두』가 결코 성장 소설로 읽혀질 수 없는 것과도 같은 맥락이다. 중심의 소멸이 가속화되던 이 땅의 역사와 관련해서 상승작용을 했고, 그래서 이 소설은 드라마틱한 삶의 여정을 띠고 서사의 모습으로 나타났던 것이다. 그렇지 않다면 이 소설은 난해한 관념서나 철학서나 경구로 가득찬 단상들이었을 것임에 분명하다. 이 소설이 이야기 구조를 가지고 있음은 이와 같은 중심이 소멸한 시대의 역사를 그가 몸소 체험했기 때문일 수 있다.

문학의 장르와 사회가 상동성을 갖는다면 1990년대에 들어서 가장 적합한 소설 방식은 어떠해야 할까. 『화두』를 둘러싼 논의를 보면서 우리는 지금까지 지나치게 총체성이란 이름으로, 거대 담론의 틀에 우리 소설의 형식을 맞추고 형식적 완결성을 가늠해 오지 않았는가를 새삼 생각하게 된다. 『화두』는 탈중심화된 여러 사유들이 거푸집을 짜고 다시 덧씌워져 소설이라는 긴 이야기를 메우고 있다. 소설이라는 양식을 탈주하면서 가장 완고한 소설적 글쓰기를 보여주는 『화두』는 일종의 아이러니로 보인다. 탈주적 사유가 없다면 어떻게 중심을 다시 찾겠는가. 그를 유목민이라고 지적한 것은 이 점에서는 옳다. 최인훈은, 1960년대에는 그 어두움의 시대에 적합한 우화 혹은 패러디 양식을 통해 현실을 드러내었고 1990년대에는 탈중심화된 세계의 부재의 담론을 보여주고 있다.

따라서 관념적이라서, 문체가 난삽해서, 소설적 완결성에 못미쳐서, 관념적인 언어의 단상들이 두드러지게 눈에 띤다는 데서 『화두』의 한계를 지적하는 것은 적절하지 않다. 『화두』는 '소설'이라는 것에 대한 사유의 집적물이며 작은 우주이며 바로 그 '소설'에 대한 소설 (혹은 글쓰기)이다. 이 점을 놓쳐서는 안된다. 『화두』가 1990년대에 씌어질 수 밖에 없었다는 것이 이를 증명한다. 이데올로기의 소멸과 소설적 글쓰기의 불안이 맞물리면서 작가는 역사의 수레바퀴에 매달린다.

'한 권의 책은 하나의 장르에 속하지 않는다'는 저 서구 이론가들의 말을 상기하지 않더라도 『화두』는 하나의 장르에 속하지 않는다. 이 소설은 이야기 구조와 단상들과 시와 연극 대본과 경구들과 철학적 에세이와 그 이외의 많은 장르들이 착종되어 있다. 이 편재성은 장르의 문제를 야기시켰다. 우리가 소설인 것과 아닌 것, 시인 것과 아닌 것 등을 구별하는 것은 고전적 장르에 대한 인습적 사고다. 총체성의 관념에 익숙해온 탓이다. 이제 문학의 불안은 우리 시대의 소산이다. 그것은 새로운 소설적 가능성을 모색할 것을 요구하고 있다. 최인훈이 소련과 북한의 탄압을 피해, 그리고 유신 독재의 사슬을 피해 피난하는 삶을 살았다고 말하는 것은 부차적이다. 관념의 성채에서 그 관념에 뿌리내리려 했다는 점과, 사유를 통해 현실을 읽어내고 그 혼란과 모순을 책읽기의 즐거움을 통해 견뎌내고자 했던 것은 우리에게는 낯선 부분이다. 황야를 찾아 떠도는 이리처럼 끝없이 관념의 성채를 찾아 그는 떠돌 뿐이다. 문학은 부재하고 그래서 존재는 불안하다. 최인훈의 소설은 따라서 현재 제기되고 있는 문학의 본질, 문학의 위기, 존재의 위기, 글쓰기의 위기, 글쓰기의 불안에 대한 하나의 질문이며 해답이다. '화두'란 자신이 죽을 때까지 지고 가는 삶의 본질에 대한 의문이며 그래서 그것은 영원히 미해결로 남는다. 따라서 소설 쓰기는 아직 우리에게 미해결의 장으로 남아있고 그래서 글쓰기는 계속될 수밖에 없다. 그것이 설령 부재의 언어로 침묵하는 것일지라도.

그는 마지막으로 말한다. 무너진 소련에서 '그 사람들'을 만났다고.

> 떠나온 H. 떠나온 W. 나는 이 곳에 와서 반세기 너머 전에 구포역을 떠났던 사람들의 뒷소식조차 마침내 만날 수 있었다.(2-531)

반 세기 전에 구포역을 떠났던 사람의 뒷소식, 그것은 허망한 것이었다. 포석은 역사의 거대한 수레바퀴 아래서 비극적 운명을 맞았다. 당의 이름으로 포석을 처형한 도시, 모스크바의 아르바뜨 거리에는 온갖 군대 무기들이 생필품과 교환되거나 개조되어 팔리고 있다. 해체되고 있는 소련 사회와, 일제 시대 우리 젊은 혁명가들이 고향을 떠나 정열과 목숨을 불태우러 떠났던 반 세기 전의 사회주의 조국은 이제 아무런 상관관계도 없는 듯이 보인다. 그 한가운데에 어른이 된 '나'는 서 있다. 역사는 결국 아이러닉한 것이다.

그렇다면 그는 과연 일생 동안 헤맨 화두를 풀었는가. 이는 그가 책 속에서 혹은 책 밖의 현실에서 만났던 숱한 인물들과의 해후를 이루었는가에 대한 질문과 동시에 관련된다. 그는 끝내 낙동강의 작가 조명희를 만나지 못한다. 아니 조명희가 육화된 소설 속의 박성운을 만나지 못한다. 소설의 끝은 항상 '부재'이다. 그래서 소설은 항상 다시 시작한다. 다른 만남을 위해서 저 너머에의 욕구를 떨치지 못한 채로 말이다. 소설 『화두』는 마지막에 오면 '부재' 한다. 이는 비장한 허무주의를 낳는다. 그러나 이 허무주의를 의미있게 하는 것은, 그럼에도 계속『화두』는 미해결의 장으로 남아 있다는 데 있을 것이다. 여전히 소설이란 무엇인가, 세계화의 요란한 플래카드가 난무하는 속에서 세계의 변방, 한국인으로서 산다는 것, 중심의 정주민이 아닌 변방의 이방인으로 산다는 것은 무엇인가에 대한 질문을 그가 놓치지 않기 때문이다.

'소설' 그 이후는 어떻게 될 것인가. 통일이 우리 역사의 과제라면 통일 이후 소설 쓰기는, 소설 형식이란 어떠해야 하는가. 우리는 이 작가에게 남은 이 문제를 마지막 화두로 던지면서 글을 끝낼 수밖에 없다. 이 화두를 그가 일생 풀지 못했다는 점에서,『화두』를 끝내기도 전에 이미 그 같은 물음은 계속되고 있다고 보아도 좋다. 이 점이 최인훈이 앞으로 풀어나가야 할 글쓰기의 과제로 생각된다.

일상적 영웅들의 행복과 불행

―이선론

"현대 생활의 영웅주의는 우리를 에워싸고 또 억압한다." 서울의 가장 포스트모던한 동네에서 철마다 변해 가는 유행에 맞춰 옷을 사들이고 실내 장식을 바꾸며 행복과 안락의 미래를 추구하는 이 소시민적 일상인은 현대 생활의 영웅들이다. 그들에게 가장 적합한 주거 공간은 당연히 아파트이며 그 주위에는 거대한 백화점과 패스트푸드점과 빌딩들이 있다. 백화점의 구매력은 그들 행복의 표상이며 영웅으로서의 그의 면모를 확인시켜주는 패스포트이다. 일상인들은 이 증명서를 받지 못해 안달하고 불행해 하며 이를 부여받기 위해 급급해 한다. 이 증명서를 받지 못한 자들은 음험한 지하 세계로 숨어 들어간다. 도시의 범죄자들은 또 다른 현대의 영웅이 된다. 도시와 영웅, 백화점을 둘러싸고 일어난 최근의 여러 사건들과 그에 대한 지나친 저널리즘적 관심은 분명 르페브르가 말하는 '일상성의 외설'이다. 보들레르는 현대의 영웅주의를 '넥타이와 검은 에나멜 가죽부츠'라고 표현했다. 오늘과 같지 않은 내일, 올해와 같지 않은 내년의 생활을 위해 영웅들은 겁없이 질주한다. 작가 이선은 이 일상적 영웅이 되기 위해 질주하는 우리 자신들의 일상의 파헤쳐진 모습을 희화적이면서도 눈물겹고, 풍자적이면서도 진지하게 그려내고 있다.

서울에서 가장 행복한 사람들이 모여사는 아파트촌, 행촌마을이 있다.

'특별한 사람들이 특별한 동네를 이루고 사는' 이 동네에 한 가족이 이사를 온다. 그들은 오늘과는 다른 내일을 꿈꾸고 현대적 영웅으로의 진입을 기대하며 이 거대한 성에 입성하게 된다. 그런데 이들에게 무슨 일이 일어났는가. 행촌마을의 영웅들은 떡이 아니라 피자를 먹고 사과나 배가 아닌 자몽이나 바나나를 먹는 이른바 '저쪽 동네'와는 아주 수준이 다른 삶을 사는 사람들이다. 서울을 관통하는 한강은 그 수준을 가르는 심리적 사회적 경계, 곧 어마어마한 삶의 모습을 가르는 상징적인 경계가 되어버린지 오래다. '이쪽'으로의 진입은 모든 서울 사람들의 꿈이 되고 있다. 이 행촌으로 진입한 새로운 영웅 일가는 이쪽 동네와 '저쪽 동네'의 다른 점 때문에 웃지 못할 희비극을 연출한다. 그런데 그들에게 결정적으로 영웅의 표지를 획득할 수 있는 계기를 마련해 주는 것은 다름 아닌 '티타임'이다. 그것은 '보들레르의 넥타이'와 버금가는 것이다. 그들은 이 기존의 영웅들과 티타임을 가짐으로써 행촌 아파트의 행복한 일원, 곧 현대생활에 가장 적합한 영웅으로 존재 이전하는 것이다. 새로 이사온 '저쪽의' 이주자들이 티타임을 위하여 낮이고 밤이고 노심초사하는 것은 그래서 당연한 일이다.

이들이 티타임을 행복하게 맞이하게 되고 그것으로써 이 통과 의례를 무사히 치루어내는가 하는 것은 이 소설의 재미를 위해 중요한 문제이다. 행촌 아파트의 영웅들의 영웅의식이 이른바 만들어진 것이라는 것, 가상적인 것이라는 것, 그것은 조금만 들여다보아도 여지없이 허물어진다는 것 등이 이 소설의 재미를 더해준다. 그들도 저쪽 동네 사람들처럼 동치미를 마시고 떡을 손가락으로 집어먹는다는 것, 그들과 이들과의 경계를 가르는 저속함과 고상함이란 애초부터 없었다는 것 등을 작가는 보여주고 있다. 현대 생활의 행복이란 무엇인가. 말로써 만들어진 행촌(幸村)인가 아니면 은행나무가 있는 행촌(杏村)인가. 가짜 행복인가 진짜 행복인가. '幸'과 '杏'의 기호는 양가적이다.

흥 마을이라구? 마을이라면 우선 뒷산이 있고 앞 시내가 흘러야겠죠. 그리고 옹기종기 모여있는 처마 낮은 집들과 드문드문 보이는 토담과 텃밭을 앞세운 고샅도 있어야죠. 시내를 건너면 포플러나무를 양쪽으로 세우고 신작로가 늘어져야 하고, 마을 어귀엔 아름드리 느티나무가 서 있는 널찍한 공터도 있어야죠. 그리고 그 곳엔 사람들이 있어야 해요. 어디 그뿐인가요?

우물가에도, 밭이랑에도, 논두렁에도, 고샅에도, 마당에도 사람들이 있어야 한다구요, 결코 혼자가 아닌 사람들이 들어가고서야 마을이 되는 거라구요. 사람들 없이는 마을을 만들 수가 없거든요.

티타임 때문에 한바탕 홍역을 치룬 아내의 깨달음은 이 행촌 아파트가 결코 행복한 마을이 아니라는 것, 마을이란 오직 혼자가 아닌 사람들이 들어가고서야 마을이 된다는 것이다. 뒷산과 앞시내가 있고 토담이 있고 텃밭과 논두렁이 있는 그런 전원적인 시골 풍경은 여기서는 하나의 비유인데, 그것은 오히려 현대 생활의 목가적 풍경은 어떠해야 하는 가에 대한 당위성의 질문으로 읽힌다. 그것은 일종의 환영(幻影)이지만 현대생활의 영웅들의 가슴 속에 외롭게 떠 있는 마지막 섬이자 버릴 수 없는 꿈이다. 사람들과 더불어 하지 않고서는 행복할 수 없다는 점을 작가는 말하고자 한 것인데, 이 같은 입장은 「배꽃」에서도 동일하게 나타나 있다.

『행촌아파트』 연작이 서울 중산층의 일상의 단편적인 여러 모습들을 다소 희화적으로 그리고 있는 것에 비한다면 「배꽃」은 이들의 의식 한 가운데를 꿰뚫으며 지나가는 공동체의 따뜻함을 한 가닥 읽을 수 있는 작품이다. 이 영웅들이 왜 '저쪽' 사람들의 가난한 눈빛을 따뜻하게 품지 않으면 안되는가를 보여주기 때문이다. 『행촌』 연작보다 이 계층적 대립 구조는 훨씬 약화되어 있다. 예컨대 『행촌』 연작 중 한 편인 「두 켤레의 실내화」에서의 인위적인 계층간의 대립과 비교하면 분명하게 드러난다. 이 소설은 도배장이 지상호의 눈에 비친 신림동 아줌마의 꿈이 얼

마나 근거없고 불가능한지를 말하고 있다. 쑥맥같은 그녀를 통해 지상호
는 자신이 왜 '그녀처럼 세상을 천진스럽게 바라보던 시절을 뒤로하고
가진 자들에 대한 분노를 인내처럼 키워올 수밖에 없었는지를' 말한다.
서울 중산층들에게 있어 일상의 위안이란 보다 나은 현대 생활, 곧 오늘
같지 않은 내일을 위해 가구와 살림살이를 빈번이 갈아치우고 여름 휴가
를 통해 실내 벽 도배를 다른 모양과 다른 스타일로 바꾸는 것이다. 이것
이 지상호가 바라본 그들의 모습이다. 그들은 겨우 유행 갈이를 통해 정
신적 안정을 구할 뿐이다. 그들은 그러나 하층 계급 사람들, 곧 '저쪽'
사람들한테는 더할 나위없이 가혹하다. 타인에 대해서는 '배제의 욕망'
으로 일관한다. 지상호는 세상에 대해 '시작이 다르면 끝의 차이는 너무
나 엄청나다'라는 교훈 아닌 분노를 키운다. 그에 비해 쑥맹이기만 한
신림동 아줌마의 꿈, 언젠가는 몇발짝 만이라도 실내화를 끌고 다닐 수
있는 마루가 있는 집을 가질 수 있다는 희망은 그래서 그가 보기에는 터
무니 없고 허망한 것이다. 쓰레기 통에서 건져낸 겨울 실내화를 신고 한
증막 같은 아파트 안에서 몽유병 환자처럼 돌아다니는 여자를 그가 땀을
흘리며 바라보는 모습은 그래서 희화적이기보다는 진지하다. 희화적인
인물에 대한 진지한 관찰 때문에 계층간의 대립이라는 전형적 구도는 끝
부분에서 많이 약화된다.

「배꽃」에는 '여보쇼' 아줌마(박씨 아줌마)의 등장이 이 소설의 전개에
가장 핵심적인 역할을 한다. 이 소설에서 두드러지게 강조되고 있는 의
미는 배꽃 피는 날에 대한 향수이며 기대이다. 배꽃 피는 날들은 도시인
들이 갖는 유일한 낙관적인 전망이며 기대이다. 여보쇼 아줌마는 아들
둘 달랑 업고 상경한 뒤로 서울의 중심부에서 밀려나 저 강 건너쪽으로
다시 더 구석으로 끊임없이 밀려날 수밖에 없었던 이 시대 도시 빈민의
한 전형이다. 그녀가 오직 행복하게 더듬는 기억이란 배꽃 피던 시절에
대한 향수이다. 거기에는 남편과의 사랑의 기억과 어우러진 개인의 내밀

하고 달콤한 과거가 있다. 그녀가 그렇게도 바라 마지않는 배꽃은 '배꽃 겉은 딸네미'에 대한 기대로, 그것은 다시 순우 가슴의 신비로운 멍울로 아름답게 변용된다. 이 '배꽃겉은 딸네미'에 포원진 그녀의 눈에 '아파트고 소삥센따'가 들어올 리 없다. 오로지 과거에 그곳이 그랬던 것처럼 허연 배꽃만 보인다. 그래서 '그는 돈을 더 얹어준다는 파출부 자리도 마다하고 의료 보험 나오는 직장도 마다하고' 배꽃 피던 과거의 이 동네 를 떠나지 못하는 것이다.

그녀 앞에서는 대한민국 특별시의 특별구 중에서도 가장 포스트모던 한 거리의 다양한 빛깔들이 흑백의 명암일 뿐이었다. 내가 수시로 드나 드는 백화점도, 순우와 형우가 즐겨찾는 맥도널드 햄버거 가게도 갓 끓 인 원두커피의 맛을 즐길 수 있는 커피 전문점도, 논노 잡지의 화보 속 의 옷들로 디스플레이되어 있는 진열장들도, 그리고 그 모든 것을 디스 플레이해 주는 세련된 개성미의 젊은이들이 그녀 앞에서는 그나마 밝은 흰색이 아닌 어두운 검은 색인 것이었다.

그녀에게는 도시의 화려한 색채 감각이란 없다. 오로지 검은 색만이 존재한다. 이는 현대 영웅 생활의 이른바 '고통과 비탄의 상징'이 아니 고 무엇이겠는가. 현재는 재난이고 과거는 아름답다. 박씨 아줌마의 눈 을 통해 작가가 말하고자 한 것은 검은 색채로 대변되는 어둡고 축축한 이 현대 영웅주의자들의 도시 공간의 지하 세계적 암울함이며 우울한 욕 망의 파노라마이다. 그에 반해 배꽃 피는 시절은 다가올 가능성에 대한 기대이다. 막 물이 돋기 시작한 순우의 가슴 몽우리가 배꽃으로 환하게 피어오르는 환영은 이를 말해준다. 배꽃같은 딸을 낳아 평생 여기서 살 줄 알았던 자기들 꿈은 강 건너에서 버티고 있던 서울이 여기로 밀려들 자 산산조각난다. 그들이 이쁜 딸네미를 낳지 못했다는 것, 배밭이 사라 지기 시작했다는 것, 그것은 그들 삶의 고난의 시작이자 영원히 이 낯선 도시로부터의 배제이며 추방을 의미한다. 여보쇼 아줌마의 "옛날에"라는 과거적 언사를 통해서 순우 엄마가 느낀 첫 감정은 설명할 수 없는 '상실감'이다. 현대 도시인, 일상적 영웅들이 잃어버린, 결여된 혹은 상실된 그 무엇이다.

순우 엄마에게는 상실감의 회복이, 박씨 아줌마에게는 그 꿈의 현실화가 어떻게 가능해지는가. 이선의 장기인 마지막 반전을 보자. 여보쇼 아줌마는 자신의 몸에 돋기 시작한 유방암의 징후를 순우의 성징이 나타나는 것과 동일시한다. 이로써 행복한 한순간을 되찾기 시작했던 것이다. 작가는 순우 엄마의 환영을 통해 배꽃 피는 시절에 대한 기대를 비추고 있는데, 이 또한 '사람이 없는 마을이란 마을이 아니다' 라는 작가의 신념을 보여주는 것이라 할 수 있다. 작가 이선의 장점이란 앞에서 살펴 본 바와 마찬가지로 하나는 그가 가장 잘 아는 현대 도시인의 일상적인 모습을 그렸다는 것, 그래서 과장이나 무리가 없다는 점이며 다른 하나는 인물 묘사의 탁월함이다.

현대적 일상인의 거주 공간이 아파트라는 점을 고려한다면 그의 연작소설 『행촌아파트』가 쓰여진다는 것은 당연한 이치일지 모른다. 도시적 공간에서 일어나는 사건은 '중산층 허위 의식'이라는 관점에서, 혹은 기층 민중들의 삶의 피폐함과 고통을 중산층 생활 의식과 비교하는 관점에서 접근할 수도 있고 이를 계급 대립적인 측면에서 파악할 수도 있다. 중산층 허위 의식이나 이원적 계급 대립이 이선의 소설에서 연직 방향으로 극명하게 드러나고 있지는 않다. 그보다는 이들 인물들을 중심으로 한 파편적인 일상의 모습이 단편적으로 그려진다.

오늘날 중산층의 허위 의식을 문제삼는 것은 의미가 없을지도 모른다. 이제 고도로 자본주의화된 우리의 삶에서 허위 의식은 오직 중산층에게만 있는 욕망이 아니라 이 거대 소비 사회를 살아가는 그리고 영웅주의의 대열에 어떻게든 주체적으로 참여하고자 하는 모든 일상인들, 평균인

들의 균질화되고 평균화된 욕망이다. 우리 사회 구성인들 중 70%이상이
자신 스스로를 중산층이라고 내세우는 시대에 우리는 살고 있는 것이다.
  따라서 이선의 소설의 새로움은 기법이나 인물 묘사의 차원에 있다.
그리고 그의 소설의 특징은 대부분 마지막의 반전에 있다. 예기치 않은
인물의 행위나 엉뚱한 하나의 사건으로 소설은 끝을 맺는다. 인물의 마
지막 행위를 통해서 드러나는 따뜻한 인간애, 그것은 풍자에서 감동으
로, 희화에서 진지함으로 그의 소설을 이끈다. 그래서 독자는 감동한다.
그러나 현대 일상인들의 삶의 모습을 그린다고 할 때 그것이 다분히 세
태소설적 특징을 띠고 있다는 점에서 문제가 있다. 소설적 깊이의 결여,
이른바 일상성의 여러 미학적이고 인식론적인 깊이를 무디게 만드는 위
험을 그 자체 내에 안고 있는 것이다. 인물에 대한 애정이나 연민이 아니
라 소설적 깊이를 통한 감동을 불러오기 어려운 결함을 갖고 있다는 말
이다. 현대 일상 생활에 대한 직관과 성찰이 작가에게 요구된다.

주체 드러내기와 타자 배제하기

-서영은 론-

1.

　서영은이 자신을 드러내는 방식이란 무엇인가. 서영은 소설의 인물들에게는 결코 '타자'가 존재하지 않는다. 설령 존재한다 하더라도 그 의미는 극히 미미하다. '나'만이 두드러지게 표출되어 있고 그 '나'의 성채를 둘러싸고 있는 섬광은 너무나 휘황한 것이어서 감히 '타자'의 욕망이 끼어들 틈새가 없다. '나'에 대한 집착은, '단 한번의 희생으로 구원에 이르는 길'이자 '무엇인가를 끊임없이 거부함으로써 무엇인가를 긍정하는 것'이란 작가 의식 혹은 자기 삶의 태도와 관련되는 문제이다. 소설 속 주인공들의 '나'의 욕망은 바로 글쓰기를 통해 구원의 길에 이르겠다는 작가의 욕망에 다름 아니다.

　글쓰기는 서영은에게 구도의 길이며 종교적인 것과 통한다. 물질의 노예가 된 세상에서 의미있는 일이란 정신적인 순결성을 지켜나가는 것, 곧 '황금 깃털을 가꾸어나가는 것'이다. 이것이 그의 글쓰기의 주제이자 동력이다. 또한 그가 일관되게 추구해 온 소설의 주제들이다. 타락한 세상에서 이 같은 순결함을 지키는 길이란 여간 고단한 일이 아니다. 그는 고통의 사막 속으로 더 깊이 들어감으로써 이 타락한 세상의 속죄양이 된다. 이것이 존재와 삶에 대한 작가의 허무주의적인 시선을 반영하는 것인지 판단할 필요가 있다. 그는 '달팽이집에 칩거'함으로써 구원의 길에 이를 수 있다고 믿는 편이다. 따라서 그의 소설 속 주인공의 욕망은 타자의 욕망 속에 있지 않다. 오히려 자신의 욕망으로 타인의 욕망을 억압하거나 배제한다. 그래서 그의 소설의 주인공들은 건강하지 못하다. 고집스럽다. 이것이 그의 소설을 새롭게도 하고 진부하게 만들기도 한다.

2.

서영은 소설의 주인공은 하나의 환상, 다시 말하면 '상상계적 환상' 속에 갇혀 있는 인물이다. 그 환상은 주체와 대상, 순수한 '나'와 타락한 세계와의 대립으로 존재한다. '나'는 결코 세속화되고 타락한 세계에 적응하지 못하며 심지어 극심한 혐오를 품고 있다. 중편 「나의 미끄럼틀 그리고 오후」(「술레야 술레야」로 개명)나 「살과 뼈의 축제」 등의 주인공들이 모두 그러하다.

일상의 수레를 밀고 나가지 못하고 기괴한 행동으로 자신의 존재를 숨겨버리는 「나의 미끄럼틀 그리고 오후」의 혜미가 그러하고 '도무지 깜찍한 계산이나 일반적인 상식마저 모르는, 아니 무관심한' 수진이 그러하다. 그들은 하나같이 '세속적 삶과 그것에 길들여지지 않으려는 투혼과의 줄다리기'를 감행하거나 인간이 발판으로 삼고 있는 낯익은 세계, 처자가 있고 오락이 있고 소란스런 일상이 있는 세계를 거부함으로써 자신의 순결한 영혼을 지켜나간다고 믿는다. 이것이 성실성('남을 아프게 하지 않으려는 노력, 남에게 피해를 주지 않기 위해 자신의 체적을 최대한도로 작게 가지려는 노력')에서 기인하는지, 아니면 영혼의 오만함에서 비롯되는지('무슨 근거로 자신의 일에 충실해온 수천 凡人들의 자존심을 눈하나 까딱않고 짓밟을 수 있는지 의아해집니다')는 두고 볼 일이나 전자라면 이는 속죄의식이며 후자라면 과잉된 '나'의 자의식에서 비롯된 것임을 부정할 수 없다. 아무튼 이는 고통을 통해 영혼이 상승된다는 그의 소설 주제의 일관된 원칙을 보여주는 것이며 「먼 그대」에 이르는 긴 장정의 처음이다.

이 '순결한 영혼'이 일상의 세계에 머무는 유일한 길이란 '가면'을 쓰는 길밖에 없다. 그와 타자, 즉 세계는 투명한 이분법으로 존재하는 까닭이다. 가면을 택한다는 것은 자신의 욕망을 억누르고 일상을 받아들이는 일이다. 가면을 거부한다면, 그는 이 세계로부터 영원히 자신을 유폐시키든가 이 세계로부터 탈출함으로써 자신의 달팽이 집으로 칩거해야 한다. 그렇지 않다면 신이 되거나 구도자 곧 고통을 통해 구원에 이르는 고행의 길을 택해야만 한다. 그래서 혜미나 수진은 일상을 버리고 사랑을 버린다. 문자는 고통으로 구원에 이르는 길을 택한다.

예컨대 「살과 뼈의 축제」의 수진은 영민과의 결혼을 통해 얻게 될 지상의 행복— 결혼해서 아이를 낳고 세속적인 부를 추구하는 것 대신 그의 사랑을 거부하고 고통의 길로 들어선다. '남의 살을 느끼는 데 민감한 모양'이란 말은 다시 말하면 결코 남의 살을 받아들이지 않겠다는 진술과 통한다. 이것을 작가는 운명에 저항하는 길, 일상의 레지스탕스 운동이라 명명하고 있거니와 사실 여기까지 오면 소설의 서사 구조는 거의 파편화되기에 이른다. 타인의 시선이 없이 오직 자신의 세계에 대한 마조히즘적인 욕망만이 존재하기 때문이다. 그것은 고통이자 비애이며 환상인데, 세상으로부터 소외당했다 고통받았다라는 인식은 역으로 세상에 대한 자신의 공격 욕구 곧 사디즘적인 욕망에 다름 아닌 것이다. 자신의 비애는 그래서 타자의 비애와 관련되거나 적어도 동일한 무게를 지닌다는 인식에 이르지 못한다. 그래서 이 허무주의는 사적인 것으로 함몰된다. 그래서 「나의 미끄럼틀 그리고 오후」나 「살과 뼈의 축제」의 뒷 부분은 오히려 억지 스럽다. 오로지 '나'만이 우뚝 서 있는 형국이다. 주체가 있는 힘을 다해 거부하고자 하는 대상, 즉 세속적인 일상과 현실은 그가 진정으로 자신을 희생하고 자신을 포기할 때 그에게 다른 모습으로 되돌아 온다. 그것은 타자를 발견하는 길이다. 서영은 소설이 진정으로 가야하는 길이 바로 이것이라고 생각된다. 이 목적지를 향한 한 중간 지점에 있는 것이 「먼 그대」이다.

3.

「먼 그대」가 서영은에게 〈이상 문학상〉의 영예를 안겨준 작품임을 염두에 두지 않더라도 서영은 소설에서는 가장 주목할 만한 작품이다. '희생을 통해 구원에 이르는길', '고통의 사닥다리를 오르는 길' 이란 초기 소설의 주제가 어떻게 심화되고 발전되는지를 뚜렷하게 보여주기 때문에 더욱 그러하다.

세계는 사막이다. 열사와 동사와 갈증으로 상징되는 이 삭막하고 살인적인 유형의 땅을 건너기란 죽음에 이르는 것과 같다. 그럼에도 그 길을 스스로 선택해서 더욱 깊은 사막의 오지로 들어가는 유목민적 존재가 있다. 사십 고개를 바라보는 노처녀이며 H출판사 편집부원인 문자라는 여자이다. 문자는 볼품 없는 외모와 비정상적일 정도의 성실함과 어수룩함을 보여주는 인물로, 어떤 불평불만도 할 줄 모르는 탓에 주위 사람들로부터 소외당하는 인물이다. 기실 이러한 판단은 타인의 눈에 비친 문자의 모습일 뿐이고 실은 문자로서는 자신의 내면에 한 마리 낙타를 키운다는 고고한 자존심으로 뭉쳐져 있다.

타인으로부터 받는 멸시와 고통은 대단히 성스러운 길 위에 놓인 구도자의 고행이다. 타인들이 문자를 고통스럽게 할 때마다 문자의 내면에는 낙타가 건강한 갈기를 휘날리며 생명의 오아시스를 향해 불뚝 불뚝 일어선다. 그 고행의 길에 놓여있는 문자를 더욱 고통스럽게 구도의 길로 정진하게 하는 것은 한수의 존재이다. 한수는 문자로 하여금 미혼모가 되게 하고는 그 아이까지 빼앗아 갔으며 돈을 뜯거나 그녀를 인격적으로 괴롭힘으로써 문자를 고통의 정점에 서게 한다. 그러나 한수의 존재는 구체적 인물로서보다는 설명적이고 개념적인 인물로서만 그려지고 있다. 이 글의 서두에 서영은 소설의 타자란 미미하다고 했을 때 그 미미함의 정도가 바로 이 한수라는 존재에게서 확인된다. 여기서 '미미하다'고 하는 이유는 한수는 앞의 중편들의 인물에 비해 어느 정도 문자의 욕망을 저울질하는 타자로 존재하기는 하지만 그것이 주체와 바로 맞은 편에 서서 일대 일의 욕망을 펼쳐가기보다는 여전히 문자가 자신의 욕망을 드러내는 데 효과적인 역할을 담당하는 인물이라는 점에서 그러하다. 문자가 자신을 더욱 가혹하게 단련시켜 스스로 구원의 길에 도달하는 모습을 더욱 극적으로 보여주기 위해 설정해 놓은 가상적 인물에 속한다는 것이다. 한수는 다른 사람들(이모나 출판사 사람들 등)과 마찬가지로 사실은 문자와 가장 멀리 있다. 문자가 궁핍과 고통의 길에 서 있을 때, 그러면 더욱 그럴수록 한수의 몸에서는 기름이 번지르르하게 흐른다. '무디고 이기적인' 한수와 '금빛의 향기와 침묵의 노래'에 빛나는 문자는 선명한 대립을 이룬다.

> 한수는 그녀가 살코기를 집어줄 때마다 입을 딱 벌려 받아먹기만 할 뿐 자기도 그녀의 입에 그 고기를 먹여주려는 생각은 한번도 해 보지 않았다. 한수의 마음은 무디고 이기적이어서 온 방안에 금빛을 보지 못했고 가만히 있어도 그 침묵이 노래임을 알지 못했다. 심지어는 그녀의 몸을 만지면서도 잘 익은 과육에서 나는 것과 같은 향기가 자기 손가락에 묻어나는 것도 몰랐다.

문자의 욕망이 얼마나 강렬한가 다시 말해서 영혼이 얼마나 강렬한 생명력을 가지고 있는가 하는 것은, 타인의 눈에 형편없이 초라하고 불쌍하게 비친 자신을 문자 스스로는 결코 그렇게 생각하지 않다는 점에 있다. 그는 출판사 동료들과 사람들을 멋지게 속아넘김으로써 그들에게 복수한다. 타락한 너희들에 비해 나는 얼마나 순결한가 하는 것이 문자의 내적 욕망이다. 이렇듯 강렬한 내면은 그의 외관이 초라할수록 더욱 정열적으로 불타 오르게 된다. 그는 이를 '맘 속의 어떤 그윽하고 참된 상태' 혹은 '아주 높은 곳에 있는 어떤 존재와 겨루면서 몇 만리나 되는 고독의 길을 홀로 걸어오는 동안 생겨난 것'이라 고백하고 있다. 이는 신(神)의 길이지 범인(凡人)의 길은 아니다. 타자의 욕망이 끼어들 틈새가 없다는 것은 여기서도 확인된다.

그녀에게 주어진 이 무거운 짐을 얼마든지 지고 갈 수 있다는 것, 항시 세상에 대해 무릎을 꿇고 있다는 것은 곧 '낙타' 이미지로 나타나는데 그의 소설이 빛을 발하는 대목은 바로 이 부분이다. 그것은 비유적이면서도 알레고리적인데 「먼 그대」가 시적이면서도 삶에 대한 깊이 있는 질문을 던지는 것이 바로 이 낙타 이미지 때문이다.

사실 낙타 이미지는 서영은이 「살과 뼈의 축제」에서 잠깐 보여 준 '알 낳는 거북'의 자기희생 이미지와 상관되는 것이자 발전된 것인데 거북 이미지가 다소 즉자적이며 생래적인 것이이라면 낙타 이미지는 니체적인 것이며 철학적인 담론의 성격을 띠고 있다. 「살과 뼈의 축제」에서 그려진, 수십 시간에 걸쳐 수백 개의 알을 낳는 고통을 감내하는 거북의 모습은 의미도 환희도 없이 그저 막막하고 캄캄한 고통의 시간들을 견뎌내는 삶의 무위와 연결되어 있다. 수진은 그 거북의 성스러운 모습을 통해 자신의 자아와 삶의 무게를 확인하는 계기로 삼게 되는데, 그 확인이란 흔들리지 않는 자신의 정립이며 삶의 모험에의 정진이다. 그러나 그것은 일상을 받아들이는 것, 곧 삶을 타인과 나누는 것이 아니라 달팽이집으로 자신을 더욱 숨기는 것을 의미하는 것이다. 소설 구성력이나 서사의 측면에서 떨어진다는 것은 바로 이를 두고 말함이다. 유폐된 에고의 확인을 위해서 작가가 그렇게까지 멀리 갈 필요가 없었기 때문이다.

이에 비할 때, 낙타란 무엇인가. 자신의 에고를 확인하기 위해 억지로 가져온 상징물이 아니라 이 소설의 전체 주제를 비유적으로 단숨에 제시해주는 의미있는 기호이다. 낙타는 바로 문자이며 먼 그대이며 이 소설의 주제이며 심지어 작가의 분신이기조차 한 것이다.

한수는 그녀에게 천개의 흉터를 내었을 뿐, 그녀가 그 흉터를 스스로 딛고 일어선 지금에 이르러서 그는 이미 그녀의 맘속으로부터 지나가 버린 그 무엇이었다. 그가 무자비한 칼처럼 그녀에게 낸 상처 하나하나를 딛고 일어설 때 마다, 문자의 정신은 마치 짐을 얹고 또 얹고 그러는 동안 자기 속에서 그 짐을 이기는 영원한 힘을 이끌어 낸 불사의 낙타 같았다.

문자는 한 시도 쉬지 않고 고통의 사닥다리를 오른다. 타인이 그에게 주는 고통은 오히려 그녀를 더욱 향기롭게 하며 자신의 생명력을 고양시키는 촉진제가 된다. 문자의 마음 속에 자리를 틀고 있는 불사의 낙타는 그 고통을 통해 자신의 존재를 조금씩 연금시켜 모든 사물을 의미있게 하는데 그녀의 손길이 닿기만 해도 그 사물은 금빛 물이 들게 된다. 이런 시적인 비유를 쓰면서까지 왜 문자는 이 고통스런 형극에의 길을 계속 고집하고 있는가. 작가는 리비아의 전설을 예로 들면서 이 길을 '신의 길', '푸른 물길이 있는 길'이라 부르고 있다. 이는 바로 '푸른 꽃'의 세계에 대한 작가의 낭만적 동경이거나 신념에 해당하는지 모른다.

4.

왜 작가는 구도의 길을 택하는가. 문학을 한다는 것은 정신적인 구도의 작업이다라는 명제에 서영은의 신념은 닿아 있다. 「살과 뼈의 축제」나 「황금깃털」 등에서도 이 명제는 작중 인물의 입을 통해 계속 주장되고 있음을 볼 수 있다. 「황금깃털」에서 돋보기를 걸쳐야만 하는 나이에 겨우 교무주임으로 늙어가는 나의 삶은 송 선생의 삶에 비해 볼 때 형편 없이 초라하다. '나'의 꿈이란 오직 죽기 전에 시집을 한 권 낼 수 있을 까 하는 것인데, '나'의 현실과 이상 사이의 갈등도 실은 방법과 목적, 고귀한 삶과 세속적인 삶의 대립에서 비롯된 것이다. 딸의 혼사를 앞두 고 무능력하고 무기력한 아버지로 판명된 '나'의 고뇌는 결국 그가 평생 을 남몰래 지녀온 황금깃털- 외형적인 '나'와는 다른 내면에 도사린 한 다발의 빛과도 같은 자기 존재의 고귀한 근거-을 뽑아버릴 것인가 말 것 인가의 문제이다. 결론은 '그 어떤 아름다운 목적도 그 목적을 성취하기 위해 행한 방법의 치욕스러움을 상쇄하지 못한다' 라는 것이다. 작가는 '방법'을 택한 송 선생을 내세워 '목적'의 고귀함을 주장하는 '나'의 손 을 들어주고 있는데, 하루 동안 죽을 고비를 수십 번 넘기면서도 고래잡 기를 멈추지 않아야 한다는 것; 그것이 우리 삶의 진정한 치열성이자 고 귀한 가치임을 작가는 힘주어 말하고 있는 셈이다.

　작가의 이러한 신념이 일상적인 담론의 수준으로 옮겨진 경우를 우리 는 이상 문학상 수상 연설문에서 확인할 수 있다.

　　무명 띠로 머리를 졸라매고 밤을 세운 이튿날 아침, 산책 나가다보면 라켓을 든 산듯한 운동복 차림의 젊은 부부가 고급 승용차를 몰고오다 뒤에서 경적을 울려대기도 합니다. 그럴 때 저는 자신에게 가만히 물어 봅니다. 글을 쓴다는 것은 이다지도 외로운 일이구나, 새삼 깨닫게 됩 니다.…… 글을 쓰는 행위가 현실적으로 아무런 힘이 되지 않는다는 것 을 잘 알기 때문입니다. 그들의 글은 가족과 사회가 던진 질문에 대해 서 아무런 해답도 주지 못합니다.

　그럼에도 왜 작가는 글을 쓰는가. 거기에는 글 속에 현실적인 가치로 환원될 수 없는 어떤 진정한 가치, 현실 저 너머의 무엇, 신(神)이나 영원

같은 궁극적인 진실이 있기 때문이다. 일상의 소란스러움과 세속적인 가치와는 비교도 안 되는 그 무엇 때문에 작가는 글을 쓴다는 것, 그가 「나의 미끄럼틀 그리고 오후」에서 보여준 기묘한 속죄 의식과 「살과 뼈의 축제」에서 보여준 오만한 영혼의 울부짖음, 그리고 「먼 그대」에서 보여준 '내면의 낙타'는 실은 작가의 글쓰기에 대한 태도 혹은 삶에 대한 자신의 욕망을 말하고자 한 것이었음을 알 수 있다. 어쩌면 이는 일종의 낭만적 '문청 기질'에 속하는지 모른다. 그런 만큼 그 신념은 순수하고 아름답게 보인다. 소설 속의 세속적인 인물들과 비교하면 더욱 그렇다.

그러나 이 순수함이 튼튼한 서사적 육체를 얻어 소설의 어른스러움을 장차 견지해 나갈 수 있을까 하는 것은 의문이다. "그들은 자신의 삶을 보드라운 소파와 양탄자와 금칠을 한 벽난로와 비싼 그림과 쾌적한 침대 위에 세운다. 그런 뒤엔 그 물질로 해서 알게 된 쾌적한 맛에 길들여져 그들은 이내 물질의 노예가 된다. 그들의 갈망은 끝없이 쓰다듬는 손길에 의해서 잠을 잘 잔 말의 갈기와 같다. 하지만 내 정신의 갈기는 만족을 모르는 채 항시 세찬 바람에 펄럭이기를 갈망하다." 「먼 그대」의 문자의 독백은 위에서 언급한 수상 연설문과 얼마나 정확하게 들어맞고 있는가. 여기서 우리는 다시 '서영은이 자신을 드러내는 방식'이라는 맨 처음의 질문으로 되돌아 왔다. 지금까지 우리는 그 비밀을 엿본 셈이다. 작가의 자기 주체성 세우기, 글쓰기의 욕망의 지형도, 이를 해독하지 못하면 서영은의 '먼 그대'는 낯선 것일 수밖에 없다.

5.

일상의 궁핍과 물질적인 가치의 절대화 속에서 유난히 빛나는 정신적 가치의 고귀함이란 주제는 이미 가장 진부한 것이 되어 버렸는지 모른다. 1920년대 최서해 등 궁핍 모티프를 즐겨 소설화했던 작가들의 작품 속에서 이 주제는 자주 언급되어 왔다. 특히 예술가 소설의 경우 이 같은 주제는 매우 일반적인 것이다. 현진건의 「빈처」는 이 주제가 가장 명시적으로 표출된 경우로 생각된다. 그 이후로도 계속해서 이 같은 주제가 언급되어 왔음에도 서영은의 소설에서 그것이 새롭게 읽혀지는 이유는 예술가 소설의 형식을 빌지 않았다는 것, 작가의 얼굴을 숨기고 대신 강렬한 개성(욕망)을 지닌 인물(문자)을 내세우면서도 오히려 작가의 목소리를 교향악화시킨다는 것에 있다. 그리고 보다 본질적인 이유는 낙타 이미지의 소설적 형상화였다. 그 이미지는 매우 빛나는 것이다.

그러나 남은 문제는 여전히 있다. 소설 쓰기란 일상의 세계와 어떻게든 관련을 맺는 것일 수밖에 없는데, 서영은의 소설에는 일상의 때가 없거나 미미한 경우가 많다. 이는 '나'만의 욕망이 너무 강한 탓이며 '타자'의 욕망이 배제된 탓이다. '짐을 얹고 또 짐을 얹더라도 자기 속에서 그 짐을 이기겠다'는 그의 신념은 완강하고 고집스럽다. 사막을 건너는 낙타의 짐의 무게는 너무 무겁거나 너무 가벼워서도 안 된다. 그에게는 '예'만의 긍정 혹은 '아니오'만의 부정이 필요치 않다. 낙타의 삶은 무한한 자기 긍정의 삶이 되어서는 안되고 부정을 통한 삶의 생성일 때만이 의미가 있다. 자신만의 오아시스는 일상의 삶으로부터의 일종의 단절이며, 자기만의 위안이며 유폐이다. 니체의 '변용'의 개념과 들뢰즈의 이에 대한 해석은 여기서부터 시작한다.

서영은의 주체와 대상의 이분법, 무한한 자기 긍정과 그에 대응된 대상에 대한 무한한 부정의 교차점은 무엇인가. 이것이 중요하다. 부정을 통해 삶의 생성으로 나아가는 길이 소설쓰기가 아닐까. 짐작컨대, 그에게 소설가로서, 보다 가치있는 삶을 다루는 자로서 삶을 깊이 있게 들여다 보는 방식은 삶의 다양성을 끌어안는 방식이다. 다시 말해서 '주체의 파괴, 즉 여러 타자들이 있고 우리 자신도 그 타자들 중의 하나일 뿐'이라는 사실에 대한 인식이 필요한 것으로 생각된다. 이 점을 염두에 두고

서영은의 「먼 그대」 이후의 소설이 어떻게 발전되고 변용되는지를 읽는
다면 소설 읽기의 흥미는 배가 될 것이다. 작가로서의 미덕과 한계가 명
백하게 드러날 것이기 때문이다. 그리고 그가 과작인 이유도 조금 밝혀
질지 모르는 것이다.

이미지, 비약의 모험, 자기 소멸의 꿈

1. 이미지 – 비약의 꿈

이백과 두보가 살던 시대는 행복했다. 그들은 천하를 유랑했으며 그들의 정신을 지배한 유교란 그만큼 매우 낭만적인 것이기도 했다. 그들은 현실에 몸담고 싶은 욕망으로 권력을 지향하지만, 그들의 낭만주의에 비해서 견고하고 기민하게 움직이는 정치적 현실에 절망하고 결국은 유랑의 길 위에서 삶의 풍류를 즐겼다. 따라서 그들의 유랑은 고통스런 것이지 않았으며(유랑이기보다는 유람의 의미로) 오히려 자연에 동화되고자 하는 동양적인 자연 융화사상의 한 모습을 보여주는 것이기도 했다.

그들의 시는 그런 낭만주의의 소산이다. 그들의 낭만주의는 과장된 수사법의 한 전형을 이루기도 한다. 예컨대 6척 밖에 되지 않는 사원의 탑을 하늘을 넘나든다라는 식으로 표현하는 격이다. 그들의 담론은 허무주의의 극치를 보여주기도 하고 비일상적이고 일견 몽상적인 사유의 극단적인 담론의 형태로 나타나기도 한다. '몸 밖의 끝 있는 일 생각 말고 살아 생전 끝 있는 잔이나 비우자'는 시구는 환멸적 낭만주의의 내면을 드러내는 것 같기도 하고 달관적 삶의 자세를 보여주는 것 같기도 하다. 인생의 황혼기에 접어들어서는 신약과 불사약을 구하기 위해 연단술에 심취하기도 하는데, 그들의 세상에 대한 꿈은, 돌로 금을 만든다는 몽상, 단사의 제조 과정에서 드러나는 정교한 세정술, 신선이되고자 하는 환상

등과 어울려 연금술적이고 내밀한 시적 이미지와 언어를 만들어 내고 있었던 것이다. 그런 만큼 그들의 죽음도, 실제와는 달리, 너무나 비의적이고 비현실적인 신화로 채색된다. 이백 죽음의 실제의 원인은 늑막염이었다. 두보는 오랜 장마 기간 동안 섬에 유폐된 뒤 갑자기 먹은 술과 고기 때문에 독성이 번져 초라한 죽음을 맞았다. 그들의 죽음은 그들의 신화가 전해주는 비의적 특징과는 달리 이렇듯 비참한 것이었으며 현실적인 것이었다.

그럼에도 후세는 끊임없이 그들의 죽음을 신비화하고 낭만적으로 변용시킨다. 그 시대는 신비의 성채 속으로 사라지려 하고, 그들은 그 성의 주인으로 남게 되는 것이다. 후세인들은 그래서 그들, 그 성채의 주인들을 '시성' 혹은 '시선'이라 부르며 그들 삶의 신비를 한겹 더 드리워준다. 탈신비화되고 건조한 일상의 늪으로 떨어진 현대인의 내적인 욕망이 역으로 투사되면 될수록 그런 신비화 작업은 더 가속화될 것이다. 이 세기가 지나면 이 시대도 그런 신비의 고고학 책이 될지 또 누가 알겠는가.

루벤스의 그림이 있다. 루벤스는 오십이 넘은 나이에 18살의 아내와 결혼을 한다. 젊은 아내로 인해 그의 말년은 행복했다. 그는 그 아내를 위해 「모피를 걸친 헬레나 푸르망」이라는 아내의 초상화를 그렸다. 그 초상화의 특이점은 나체화가 아닌 데도 불구하고 나체화 이상의 관능성과 여체의 신비로움을 보여준다. 나체화에 대한 기존의 감상법으로는 그 내밀하고 미묘한 육체의 비밀을 밝혀내기 어렵다.

「모피를 걸친 헬레나 푸르망」은 비약 혹은 초월이 내재된 그림이다. 그림의 주인공은 나체 위에 긴 망토를 걸치고 있다. 망토의 안자락 속에는 어떤 비밀이 숨겨져 있는가. 그 그림을 보는 자들, 감상자들의 눈에 비약이 쉽사리 눈에 잡히지 않는 이유는 무엇인가. 회화가 점차 세속적으로 물들게 되면서 나체화의 관능성은 그림을 가진자― 그들은 대개 그림의 소유주가 될 상업 부르조아지들이겠지만―들의 시선에 맞춰 그려지게 된다. 그러므로 그림을 감상하는 자들, 상업 부르조아지들은 그림의 여주인공과 성적, 육체적 감정의 교류를 경험할 수 있게 된 것이다. 그림 속의 주인공은 누가 보든간에 그림을 보는 자의 애인이 되었고 정부가 되었다. 말하자면, 어떤 삶의 비밀도, 한 영혼의 내밀한 감정의 움직임도 숨겨져 있지 않은, 누구에게나 동일한 관능성을 드러내주는 것. 그러나 이런 감상법이 루벤스의 그림에는 통하지 않는다는 것이 푸르망의 외투 속에 감춰진 비밀이었던 것이다.

한 명민한 관찰자가 있었다. 그는 푸르망의 망토 끝자락에 담긴 삶의 비약, 루벤스만이 가지고 있는 삶의 비밀을 알아차리고 있다. 그는 루벤스와 푸르망의 개인적인 경험과 그들만의 감정의 교류를 망토 끝자락에 묻어나온 한 '틈'을 통해 밝혀낸다. 그녀는 나체로 서 있지 않다. 모피 망토는 약간 어깨에서 흘러내린 채 그녀를 감싸고 있다. 그녀는 똑바로 서 있지 않으며 모피 아래의 대퇴부와 허리 부분에는 9인치 정도의 오차가 있다. 중요한 것은 거기에는 화가의 주관적인 경험과 시간의 경험이 내포되어 있다는 것이다. 사진처럼 그 그림은 순간적인 시간 속에 정지되어 있는데, 여기에는 그녀가 나체가 된 순간과 외투를 걸친 순간 사이의 짧은 시간이 비약되어 있는 것이다. 그 비약은 루벤스만의 것이자 그만의 특수한 이미지로 남아있는 것이었다. 그 짧은 순간에 루벤스와 헬레망의 내밀한 성적 교감, 감정의 교류 등 모든 삶의 경험이 정지되어 있는 것이다.

시를 읽는 것은 어떤가. 하나의 이미지를 찾아 내고 그 시인만의 독특한 이미지 창조에 대한 비밀을 밝혀가는 것이다. 이백과 두보가 살았던 시대의 시, 그 시를 읽는 우리들은 그들의 현란한 수사법과 과장법, 끊임없이 자연에 동화되려는 웅혼한 기상이 담긴 서경적 이미지에 감탄하고 유랑의 궤적을 따라 한편의 평전을 구성하는 것만으로도 족하다.

그러나 지금의 시는 어떤가. 점점 삶은 힘들고 더욱이 좋은 시를 쓰기는 더 어려운 시대, 시를 읽는 것은 그래서 더욱 어렵고 그 시인의 마음의 움직임을 따라 읽는 것은 더 어렵다. 그 마음의 움직임이란 바로 시적 이미지의 내밀한 육성이다. 수사적으로 말하면, 그 이미지의 내밀한 육성을 알아차리는 것이 헬레나 푸르밍의 망토 끝자락을 잡는 일인 것이다.

니체가 시인을 조롱하기 위해서든 아니면 추켜세우기 위해서든 아무튼 그가 영원한 것은 비유라고 하고 시인을 정신의 자기 성찰자라고 말한 것은 놀랍다. 『짜라투스트라는 이렇게 말했다』의 한 대목은 이렇다. "내겐 정신은 다만 비유상으로만 정신일 뿐이며, 그리고 모든 불멸의 것- 그것 역시 하나의 비유일 뿐이다.(중략) 나는 정신의 참회자들이 나타나는 것을 보았다. 그 정신의 참회자들은 시인들로부터 자라나온 것이다." 정신이란 비유적인 것, 따라서 헛것일 따름이라는 것이 니체가 말하고자 한 요지가 아닐까. 그는 여기서 조금 비약해 들어간다. 비유 혹은 하나의 이미지를 붙잡는 것, 그것은 불멸에 대한 욕망이며 영원성에 대한 욕망이다. 불멸은 하나의 이미지이며 비유일 뿐이다. 우리를 살게도 하고 죽게도 하는 욕망의 근원이다. 우리 생은 너무 짧고 우리 삶은 너무 고달프다. 시인들이 사물을, 대상을, 삶의 모습들을 바라보는 눈에 기탁해 우리 삶을 진지하게 비춰보는 것이 메마른 삶을 지고 가는 오늘의 삶의 풍유일지도 모르는 것이다.

삶의 비약이 그림 속이나 시 속에서 드러난다는 것은 매우 흥미로운 사실이다. 예술 작품이란 자기를 비춰보는 거울이라는 것, 자기 복제라는 것은 예술 미학의 가장 근본적인 주제이다. 그림 속에 자신의 비밀을 감춰 둔 루벤스처럼, 심각하고 끔찍할 지경으로 훼손된 육체를 통해 자기 그림의 주제를 찾고, 그럼으로써 자신의 삶의 생명력을 충동해 간 멕시코의 뛰어난 초현실주의 화가 프리다 칼로가 그러하다. 글을 통해 인간을 안다는 것. 견자로서의 시인 랭보가 그러하고, 결국 그의 삶을 자살이라는 이름으로 무겁게 지고 간 실비아 플라스가 그러하다. 어디 그 뿐인가. 우리의 시인들, 박인환과 고석규와 윤동주가 그러하고 최근에 이르러서는 기형도와 고정희가 그러하지 아니한가. 삶의 비약이 내밀하고 신비스럽게 드러나는 것이 죽음일 수밖에 없다면, 젊은 나이에 죽은 이들의 시에는 이미 그런 자기 복제로서의 시, 자기 소멸에의 꿈과 상상력이 나타나 있는 것이다. 우리는 이들 시의 이미지가 드러나는 방식을 통해, 그들 자기 복제의 삶을 들여다 본다. 그들의 시를 읽는 것은 우리 삶을 비추어 주는 하나의 거울을 보고 있는 것과 같다. 그렇다면 저 멀리 우리 1950년대 삶을 비춰주는 거울로부터 현재까지의 거울을 찾아 여행을 떠나보자.

2. 고석규의 경우; 유폐를 찾아 떠난 당나귀

고석규는 1950년대의 평단에서 가장 특이한 존재로 알려져 있는 인물이다. 그가 윤동주, 김소월, 이상 등에 관해 논한 「시인의 역설」은 그 난해의 심연이 무척 깊은 비평문에 속한다. 이 글은 깊이와 문체 면에서도 뛰어난 것이지만 여기에 언급된 시인들이 대부분 요절했다는 데에도 주목된다. 고석규의 윤동주, 김소월, 이상 논의는 결국 자기 삶의 비약, 곧 죽음이 투사된 일종의 자기 소멸에의 상상력 때문이다.

특히 고석규의 시에는 이러한 자기 소멸에의 이미지가 매우 특징적으로 제시되어 있다. 산문에서는 그가 겪은 전쟁의 광포함에 대해서, 그 고통과 죽음의 시간들에 대해서 직접적인 언급을 한 적은 없다. 그러나 그의 시를 보면 사정은 매우 다르다. 그의 시에는 그로테스크 이미지와 공포와 절멸의 욕망이, 초현실주의적 경향의 광적이고 이질적인 여러 이미지들과 결합되어 있다. 「1950년대」와 「강」 등에는 이런 양 경향이 숱하게 널려 있다. 그런 식의 공포 체험은 후기로 갈수록 차폐된 자의식과 그것이 확장되어 나타나는 자기 소멸, 죽음에의 상상력이 두드러지는데 그 이미지들이야말로 전형적인 자기복제적인 글쓰기 방식을 의미하는 것이다. 결국 그가 쓴 윤동주, 김소월 등의 논의는 자기 자신의 내부로 향해 있었던 셈이다.

    불꽃을 흘리며 온다//나의 걸음은 피빛이 되어 /어디로 가는가//끝내 凍結된 나의 집은 /어찌하여 나의 어드메에도/보이지 않는가//가느다란 음성과 /그 소리하는 자유를 허락할 것인가//아로 새긴 눈과 눈의 이슬만을 /나는 믿어도 좋은가//바람 비 속에서도/아름다운 繡繪의 그림자 속에서도/우리는 어찌하여 /가는 약속을 어기지 못할까//불꽃을 흘리며//별없는 地平線 가으로/또 다시 너의 모두가 사라지는 동안//내 凍結에도 달빛이 왔으면/파아란 파아란 달빛이 왔으면//

「前夜」

죽음과 소멸에 대한 이미지를 담고 있는 이 시는 결국 자신의 죽음의 '전야'를 보여준다. 그의 시에는 거리를 헤매이는 자, 방황하는 자의 눈물과 고뇌가 담긴 이미지들이 매우 빈번히 드러난다. '눈을 뜨고 걸어도 나만이 어둡게 서서 가는 것'이었다(「거리와 나와 밤」), '숫한 의욕이 지금은 거리를 향하여 눈을 감습니다'(「자화상」)는 식의 진술이 그것이다. 추억은 날아오르지 못한 채 '속으로만 자라난 비밀'로 놓여있고, 현재는 '나비처럼 얼어서 죽어'가며, 미래는 어디로 가는지 알 수 없다. 이러한 단절의 시간, 부재의 시간들은 그를 '영원한 하직'으로 내몬다.(「映像」) 시간의 불가해성은 바로 강박증적 마조히즘의 변형이다. 이성적이고 냉철했던 자아(自我)는 필경 전쟁의 공포와 고통으로 인해 항상 '새로 쫓기며' 가는 듯한 강박관념에 시달린다. 위의 시에서 드러나듯 그 강박관념이 '동결'된 방의 이미지로 나타나는 것은 이렇듯 필연적일 수밖에 없다. 이 차폐된 자의식은 '유폐의 나귀'로 이미지화된다.

그의 맑은 幽閉를 찾아/내 당나귀는 갈갈이 마른/목을 떤다//

(「窈莫」 2)

　맑은 유폐, 그것은 건조하며 황량한 것이면서 내면의 비약을 담고 있는 것이다. 그렇지 않다면 '유폐'가 맑을 리가 없다. 유폐를 찾아 떠나는 당나귀의 이미지는 그가 자기 고난의 길 위에, 자기 소멸에의 길 속에 놓여있음을 정직하게 보여준다. 그것은 광대한 사막으로 내던져져, 등에 잔뜩 짐을 실은 채 사막 위에 쓰러진 낙타의 이미지를 연상시킨다. 유폐의 공간, '끝내' 동결된,(그는 '끝내'라는 단어를 쓰고 있다.) 성채에 갇혀 그 성채의 주인은 죽어가고 있다. 단지 자기 소멸에의 꿈을 반추하면서 말이다. 그가 '파아란 달빛이 왔으면' '파아란 파아란 달빛이 왔으면' 이라고 두 번씩이나 절규하고 있지만 그것은 자기 소멸의 시간을 재촉하는 레퀴엠으로 들릴 뿐이다. 외부 세계와 차단당한 채 죽어가는 사막의 길에서 꿈 꾸는 영원성에 대한 욕망이란 무엇일까. 그것이 바로 '맑은 유폐'가 담고 있는 기호적 의미이지 않을까. 비약에 대한 욕망이 없다면 죽기조차 가능하지 않다.

　고석규가 정신병을 앓았다는 주장도, 그가 광기에 가까운 글쓰기를 했다는 주장도 없다. 그러나 그의 시에 나타나는 여러 이미지들을 들여다 보면 그의 내면의 우울은 매우 심각한 정도였을 것이라는 추측을 가능케 한다. 거리를 헤매는 광인들의 이미지, 비스듬히 쓰러져 피로 화한 수액을 흘리는 나무들, 철문이 꼭꼭 닫혀 있는 정신병원과 거기에 흐드러지게 피어있는 빠알간 꽃, 고흐의 자살에서 본 응혈의 이미지 등은 극단적인 우울과 병적인 징후를 동시에 드러낸다. 그 우울이 그의 글쓰기의 내면적 파토스를 형성하는 힘이 되었을 것이다. 고흐에 투사된 내면의 광기는 죽음 충동을 낳고 그것은 비약의 욕망을 낳았다. 그것을 그는 '유폐'라고 썼고, '새로 쫓기는 차디찬 자아'라고 말했고 '동결된 방'의 이미지로 드러냈던 것이다. 그가 '갈갈이 마른 목을 떨며' 찾아간 곳은 그러므로 자기 삶의 비약이 내재된 길, 곧 죽음이었던 것이다. 거기에는 사방이 차폐된 빈방이 있었고 차디찬('얼어버린') 육체가 있었다. 그의 나귀는 그의 삶의 비밀이며, 글쓰기의 비밀이다.

우리가 삶과 죽음의 전면을 알 수 있겠는가. 그것은 신의 일이다. 우리는 고통에 찬 시인이 애써 이루어 놓은 이미지의 끝자락 하나를 붙잡고 그 비밀의 내력을 몽상할 뿐이다.

미래 부재와, 무언가에 쫓기는 듯한 불안한 자아와, 자기 육체의 소멸에 대한 고석규의 글쓰기를, 1990년대라는 시간과 공간으로 그대로 평행 이동한 곳에 기형도의 자기 소멸에의 상상력이 존재한다.

3. 기형도의 경우; 죽음의 빈집

> 내 얼굴이 한 폭 낯선 풍경화로 보이기/시작한 이후, 나는 主語를 잃고 헤매이는 /가지 잘린 늙은 나무가 되었다.//가끔씩 숨이 턱턱 막히는 어둠에 체해/반 토막 영혼을 뒤틀어 눈을 뜨면/잔인하게 죽어간 붉은 세월이 곱게 접혀 있는/단단한 몸통 위에,/사람아, 사람아 단풍든다./아아, 노랗게 단풍든다.
>
> (「病」)

자기 소멸의 시간을 재촉하는 것이 질병에 의한 것임은 상식적인 일이다. 기형도가 자기 육체를 그로테스크하게 그리면서, 거친 추억과 고통에 찬 현재를 겹쳐 놓은 다음 '병'이라는 표제를 붙이고 있음은 매우 인상적이다. 자신의 육체는 '주어를 읽고 헤매는 가지 잘린 나무'이며, '반 토막 영혼'이며, 그것은 '노랗게 단풍든' 몸뚱이로 소멸되어 간다. 현재는 숨이 턱턱 막히고 지옥같은 어둠에 취해 있다. 과거는 잔인한 붉은 세월로 접혀있다. 시간은 죽음의 경사진 터널을 달린다. 그는 죽음으로 가까이 가는 시간을 이렇게 섬뜩하게 밝혀놓았던 것이다.

그의 죽음은 그의 삶만큼이나 극적이다. 그것은 우리 시대 삶과 죽음을 담고 있는 명징한 이미지이기도 하다. 그의 시에는 진작부터 절망과 죽음의 그림자가 드리워져 있었다. 마주치는 공기 하나에도, 거리에 나뒹구는 낙엽 하나에도 죽음과 자기 소멸에의 꿈이 엉겨붙어 있다. 일상은 항시 어둡게 내면을 감싸는 죽음의 장례식이며, 들끓는 죽음의 집이었던 것이다. 죽은 자의 혀처럼 딱딱하게 굳어져 있는 검은 잎들, 차디찬 몸뚱아리로 머리 맡에 쓰러져 있는 술병들, 거리에 넘치는 망자의 혀 등은 모두 자기 소멸의 이미지를 드리우고 있는 것들이다.

그리고 그의 삶은 어떠했는가. 절망이 그의 삶의 전부였던 적이 있었다. '그 절망의 내용조차 잊어버린 지금 이젠 삶의 일부분도 알지 못하겠다'는 진술은 자기 고백이라기보다는 차라리 영원히 불가해한 삶에 주박당한 존재의 쓸쓸한 자기 암시 아닐까. 삶은 그가 잃은 사랑만큼이나 처절하고 힘겨운 노동이었다. 그래서 '나는 빈방에 갇혀서 운다'고 말하지 않는가. 놀라운 것은 누가 나를 빈방으로 몰아 낸 것이 아니라 '장님처럼' 더듬거리며 스스로 그 문을 '잠궜다'는 진술이다. 스스로 택한 자기 소멸에의 꿈, 자기 소멸의 상상력은 고석규의 울음과 방황과 빈방에 그대로 이어져 있는 셈이다. '그토록 좁은 곳에서'(「그집 앞」)도 결국 자신의 사랑, 삶의 시간, 삶의 존재 이유들을 잃어버리고만 것이다.

쉽게 조용해지는 나의 빈 손바닥 위에 가을은 /둥글고 단단한 공기를 쥐어줄 뿐/그리고 나는 잠깐 동안 그것을 만져볼 뿐이다/(중략) 한때 절망이 내 삶의 전부였던 적이 있었다/그 절망의 내용조차 잊어버린 지금 /나는 내 삶의 일부분도 알지 못한다/이미 대지의 맛에 익숙해진 나뭇

잎들은 /내 초라한 위기의 발목 근처로 어지럽게 떨어진다/오오, 그리
운 생각들이란 얼마나 죽음의 편에 서 있는가/그러나 내 사랑하는 시월
의 숲은 /아무런 잘못도 없다

(「10월」)

어둡고 침울하고 죽음의 예감에 둘러싸인 대기와, 캄캄하고 필연적인
힘들에게 쫓기는(고석규는 '새로 쫓기는 차다찬 자아' 라고 썼다) 삶의
면전에서 시인의 우울한 내면은 깊은 숲 속으로 들어간다. 이 시의 전체
적인 이미지는, 죽음의 예감과 그에 대한 수용의 자세를 보여준다. 유보
되기는 하지만 언제나 마지막을 준비하는 작은 이파리들, 검은 옷을 입
은 햇빛, 거친 젊은 날의 추억들, 딱딱한 빈병의 이미지는 그에게는 모두
그리운 생각과 기억들로 얽혀져 있는 것이며, 우두커니 자신을 쳐다보는
전신 거울이다. 그것은 과거(거친 추억)와 현재(나를 쳐다보는 것으로서
의 거울)는 있되 미래는 없는 그러한 단절된 시간의 이미지들이다. 미래
는 오직 죽음의 예감 속에 던져져 있을 뿐이다. 자기 소멸의 상상력 속에
서만 노출되어 있는 것이다.

자기 소멸의 상상력이 가장 리얼리티를 띠고 나타나는 경우는 고정희
의 경우일 것이다.

4. 고정희의 경우; 부재의 여백

고정희의 죽음은 오히려 신비화된 감이 있다. 신문에서 전해 준 공식
적인 사인(死因)은 지리산 계곡에서 급류에 휘말려 당한 실족사였다. 그
러나 혹자는 사고사를 가장한 자살이라고도 한다. 그것은 그가 죽기 직
전 써 두었다는 한편의 시 때문이다. 이 시는 유서같은 인상을 준다.

크고 넓은 세상에/객사인지 횡사인지 모른 한 독신자의 시신이 /기나

긴 사연의 흰 시트에 덮히고/내가 잠시도 잊어 본 적 없는 사람들이 달
려와/지상의 작별을 노래하는 모습이 보인다.

「독신자」

그는 죽음 직전의 글쓰기에서 이렇듯 자신의 죽음을 내다보고 있었다.
그러나 이 시가 그의 자살을 증거해주는 유서이든 그렇지 않든 그것이
무슨 상관인가. 이 시 또한 시인이 갖고 있는 내밀한 자기 마음의 움직임
을 보여주고 있을 뿐이다. 시인들은 예민하고 감각적이며 숱한 삶의 계
기들에서 비약을 꿈꾸는 자들이므로 죽음의 예감은 당연한 것인지 모른
다. 그 비약은 죽음의 문전에서 가장 빛을 발하는 법이다. 시인의 직관은
그래서 신의 예지에 접근해 있다. 시인이 갖는 '세 개의 눈'의 메타포는
신적인 인간, 신과 인간 사이에 놓인 예언자의 그것이기도 한 것이다.

고정희는 모든 사라지는 것들의 뒤에 남는 부재의 쓸쓸함에 대해, 그
무언의 여백에 대해 쓴 적이 있다. 그는 이를 '둥근 여백'이라 하고 그
여백 위에 '네가 앉아 있는' 모습으로 남고 싶다고 말한 적이 있다.(「모
든 사라지는 것들은 뒤에 여백을 남긴다」) 둥근 여백, 그것은 무덤의 이
미지로 내겐 읽힌다. 무덤의 여백, 그것은 죽음 뒤에 남겨진 삶의 채워지
지 않은, 불완전한 한 부분이다. 우리는 그 무덤 위에 앉아 그가 남긴 시
와 시 속의 이미지를 읽는다. 우리는 시의 이미지를 읽어내고 여백 위에
남겨 둔 시인의 삶의 비밀을 다시 채워 넣는다. 삶의 나머지를 우리가 다
시 채워넣는 것, 이를 고정희는 정확하게 예감하고 있었던 것이다.

죽음 직전에 씌어진 시가 아름답고 절실한 감동을 주는 이유는, 그런
경험의 한 순간, 곧 삶의 비약이 행해지는 극점을 시인이 예민하게 포착
한 데 있다. 그 한순간 만큼은 모든 사물이 신비하게도 움직임을 멈추면
서 시인의 솔직한 모습을 투사해 드러나게 할 것이다. 그 정직함의 아름
다움과 삶의 리얼리티가 절묘하게 조화된 시점이 여기이다. 자기 소멸의

상상력이란 상실되는 것, 비극적인 것의 아름다움과 같이 가는 것이다. 찬연하게 열정적으로 빛나다 스러지는 욕망의 둔덕에 글쓰기의 현실은 존재한다. 섬광 같은 찰라적 시간에 행해지는 자기 소멸의 글쓰기가 감동적이고 아름다운 이유란 이렇듯 자명한 것이다.

> 사십대 문턱에 들어서면/바라 볼 시간이 많지 않다는 것을 안다/기다릴 인연이 많지 않다는 것도 안다/아니, 와 있는 인연들을 조심스레 접어두고/보 속의 거울을 닦아야 한다//
>
> (「사십대」)

사십대에 들어선 그가 인생의 지도를 마감해야 한다고 말한 것은, 놀라운 자기소멸에의 꿈, 그것의 상상력이다. 그는 사십대에 삶을 마감하고 싶다는 자신의 소망을 보 속에서 꺼낸 거울로 이미지화하고 있다. 그는 겨우 사십대에, 자신에게 와 있는 인연들을 조심스럽게 접어두어야 한다고 하고, 오래 묻어두었던 거울을 꺼내 자신의 외로움과 슬픔을 닦고 있다. 「사십대」가 「독신자」보다 자기 소멸에의 상상력이 오히려 더욱 비약적인 이미지로 제시되어 있는 것이다. 「독신자」는 사십대의 삶을 마감해야 한다고 했던 그의 자기소멸에의 꿈이자 상상력이 자연스럽게 옮아간 마음의 움직임이 드러난 시다. 따라서 이 시편이 그의 죽음을 의도하고 썼든 그렇지 않든 그것은 크게 중요한 문제가 아닐 수도 있는 것이다. 우리는 단지 그 소멸에의 꿈이 삶의 비약으로 드러나는 한순간을 다시 한번 시인의 글쓰기에서, 그가 이루어 놓은 시적 이미지 속에서 경이롭게 확인하고 있을 뿐이다.

시적 이미지의 비밀이 놓여있는 길을 밝히는 탐조등을 따라 현재 젊은 시인의 시를 찾아가 보자.

5. 시의 길, 삶의 길

허수경은 그가 갈길을 이렇게 적어 놓았다. 그의 시집의 표제시이기도
한 '혼자 가는 먼집'은 삶의 비밀을 내포한 화두이며 명징한 시적 상상
력의 산물이다. 그가 밝혀놓은 '여관' 혹은 '여관의 불빛' 이라는 이미지
는 매우 흥미롭다.

> 한철 따숩게 쉬긴 그런대로 괜찮았으나 /몸은 쉬고 간다만 마음은?/
> 마음은 흐리고 간다만 몸은?/네 품의 꿈. 곧 시간이 되리니 그 품의 문
> 을/누군가 두드린다, 나갈 시간이 되었다고?/오오, 네 품에도 시간이
> 있어//한 날 낙낙할 때 같이 쓰던 수건이나 챙겨/어느 무덤들 곁에 버려
> 진 꿈길을 찾아/낙낙한 햇살 아래 꾸벅꾸벅 졸며 있으리라//
>
> （「쓸쓸한 여관방」)

많은 시가 사랑의 상실에 관련되는 것으로 읽히지만, 그 상실의 끝에
는 반드시 처연하지만은 않은, 다시 길을 떠나는 자의 어른스러움이 놓
여있다. 그래서 그 길에는 미지의 세계에 대한 삶의 모험이나 동경이 놓
여져 있다기보다는, '생은 그런 것이야' (c'est la vie!)(「서늘한 점심상」)
라는 존재의 밑바닥을 알아차린 노인의 마음의 무늬가 새겨져 있다. 언
제나 한때 낙낙하던 기억의 흔적들을 추스리고 떠나는 길은, 결국은 무
덤 곁으로 가는 길이다. 그는, '희희낙낙하다, 꾸벅꾸벅 꿈처럼 졸다보
면' 어느새 '품의 문'을 두드리는 죽음의 시간이 온다고 말한다. 그것은
나뿐 아니라 너에게도 있다는 것, 내가 사랑의 상실을 겪었으므로 탄식
하는 것이 아니라 본래적으로 우리 삶이 그렇다는 것, 이것이 그의 시가
보여주는 어른스러움이다. 그렇다고 보면, 그가 사랑의 상실에 대해 읊
는 많은 시적 이미지들은 얼마나 보편적이며 변증법적인가.

그가 가는 길에는 항상 불빛의 이미지가 놓여 있다. 그러나 그 불빛은

마을과 마을을 이어주는, 따뜻하기는 하되, 나 혼자 믿는, 고독한 불빛이다. 정호승 식의 저 멀리 집들에 켜 있는 '마을'의 불빛(「이별노래」)이 아니라 '여관'의 불빛이라는 것, 이것이 허수경만이 가지고 있는 독특한 불빛의 이미지다. 빛의 따뜻함은 지니고 있되 결코 포근하지만은 않은 여관의 불빛. 그것은 언제나 정주하지 못하고 혼자 떠도는 자의 삶의 고난함이 엉겨 붙어 있는 불빛이다. 시인은 상실과 고통의 이미지를 감정주의의 바다에 익사시키지 않는다. 단지 보여준다. 너무나 덤덤하고 그래서 황량하게 말이다. 그는 카프카적인 명제를 한국적으로 변용시킨 시를 쓰고 있다.

득도한 노인의 입으로 '삶은 희희낙낙하다 보면, 햇살 아래 졸다보면 무덤까지 간다'고 말할 때 조차 그에게는 죽음의 그림자는 보이지 않는다. 그에게는 아직 미래의 시간이 존재한다. 다만 떠돌 뿐이다. 여관의 불빛이기는 하지만 마을과 마을을 이어주는 불빛이 그에게는 존재한다. 사랑의 상실을 가져다 준 과거와, 그 기억을 안고 떠도는 현재와, 현재와 미래를 이어주는, 시간의 연속성이 존재한다. 그의 시에 자주 등장하는 '여관(의 불빛)' 이미지는 따라서 흥미로운 것인데, 이를 통해 보면 그는 아직 자신의 집을 갖지 않을 듯하다. "나는 집에 가선 안된다. 나는 이 세상 끝까지 갈 것이다"라고 한트케마냥 입을 다물고 있다. 그의 시의 비밀은 이 떠도는 자의 탈주적 생명력에 있다.

김중식은 어떤가. 그는 1980년대 우리 삶의 비밀이 내포된 낙타와 갈대의 특징적인 이미지를 보여준 바 있다. 그는 자신의 시쓰기의 비밀을 한곳에다 은밀하게 밝혀 놓았다. 그를 망친 것은 이미지 때문이라고.(「녹야원 근처」) 이 말은 자신이 정신의 나체주의자라는 진술(「호라지좆」)과 은밀하게 이어진다.

연인이 결혼식을 올리는 시간에/난 실패했다/진리의 마을에 와서/ 폐

병을 얻었지만/(중략)/속아주는 것이야말로 믿음일 줄을/그 때 처음 깨
달았다/

(「녹야원 근처」)

이 시는 사랑에 관한 그리고 시에 관한 담론을 동시에 보여준다. 대부
분의 시인들은 그들의 시론을 시를 통해 보여준다. 우리가 '메타시'라
부르는 것이다. 한 권의 시집에 속해 있는 시들 중 한 두 편은 '시'라는
제목이나 '시를 쓴다는 것' 등을 제목으로 단 것들이다. 거기에서 그들은
시쓰기와 사랑하기란 동일한 종류의 삶의 이면들이라고 말하고, 하나의
시적 이미지 속에 사랑한다는 것과 산다는 것의 의미를 동시에 드러내고
자 한다. 사랑이 삶과 분리될 수 없다면, 사랑의 상실에 대해 쓸 때도, 그
의 삶의 가장 중요한 부분인 시쓰는 것의 이미지가 한 지점으로 얽혀드
는 것은 자연스럽다. 김중식의 「녹야원 근처」를 그렇게 읽었다. 그는 사
랑의 상실을 숱하게 경험한, 다른 말로 하면, 시쓰는 일에 대한 회의와
희열을 동시에 체험한 몹시 심약한 사람임에 틀림 없다. 그의 삶은, 그래
서 그의 시쓰기는, 그런 실패의 연속이자 삶의 숱한 시작인 셈이다.

속아주는 것이 믿음이며, 그를 망친 것이 '이미지' 때문이라고 한 진
술이, 사랑의 환영(幻影)에 대한 것이든, 시에 대한 입장이든 일단 접어
두자. 그럼에도 그런 삶으로부터 그를 계속 놓여날 수 없게 하는 '헛것'
곧 시의 이미지에 대한 사유는 이렇게 이어진다. 다음 시의 '헛것'의 이
미지는 현란하며 비약적인 상승을 하고 있는 듯하다.

아직 떠나지 않은 새의 /彼岸을 노려보는 눈에는/발 밑의 벌레를 놓
치는 遠視의 배고픔 쫌/헛것이 보여도/현란한 飛翔만 보인다//

(「황금빛 모서리」)

이를 하나의 명제로 요약하면 '시란 헛것이다'라는 것이다. 이는 속아

주는 것이 믿음이며 그 때문에 자신이 망쳐졌다는 「녹야원 근처」의 진술과 동일하다. 이미지는 시인이 뼛속을 긁어낼 정도의 고난에 찬 의지의 대가이며 그가 떨어뜨린 황금빛의 금부스러기는 우리가 읽는 시의 이미지다. 그것이 황혼 무렵에 솟구친다는 것, 이를 간파했다는 것은 예민한 시인의 상상력이 이루어 놓은 산물이다.

그러므로 죽음 직전에 씌어진 자기 소멸에의 꿈이 내재된 시들은 아름다울 수밖에 없다. 그 아름다움은 우리에게 삶의 비약이 이루어 놓은 그 내밀한 틈을 엿보고자 하는 욕망을 충동시키면서, 시, 헛것, 삶의 유토피아에 대한 우리의 동경을 자연스럽게 투사시킨다. 그 꿈을 이 시인은 보여주고 있다.

이미지는 쉬임없이 분열하고 흩어지는 자아의 불안정함보다 안정되고 견고한 것이다. 이미지는 시인의 전기적 삶 그 자체보다 오히려 정직하고 진실된 면이 있다. 바르트가 그러한 이미지를 찾아 사진의 신비에 관한 글을 쓰고 있는 점은 흥미롭다. 사진찍힌 대상에서 우러나오는 이미지가 주는 독특한 충격과 그로 인한 불완전한 자아가 겪게 되는 경이와, 영혼의 한순간의 상처입힘을, 그는 푼크툼punctum이라 이름붙이고 있다. 우리가 시를 읽는 것, 시의 이미지를 찾아내는 일도 이런 것이다. 이미지를 통해 삶의 비약을 알아차리는 것, 삶에 쉽게 길들여지는 불완전한 우리의 육체를 훨씬 뛰어 넘어 존재하는 것, 그래서 김중식은 헛것만 보여도 자신은 찬란한 비상을 계속한다고 쓰고 있는 것이다.

시인은 이미지를 만들어내고 그 이미지의 비밀을 알아내기 위해 우리는 이미지 끝자락을 뒤진다. 마치 헬레나 푸르망의 망토 끝에서 루벤스의 삶의 비약을 찾아내듯 말이다. 정신의 나체주의자라고 김중식이 말할 때 그것은 삶 혹은 정신의 반성주의자가 행하는 정직한 내면 고백이다.

시인은 비유, 헛것, 이미지를 통해서 삶의 가치를 일깨울수 있는 자이다. 그것은 시인만이 갈 수 있는 길이다. 그렇다면 니체의 아포리즘은 궁

  문학으로 돌아가다

정적인 것으로 읽혀져야 하지 않을까. 우리가 시인의 시를 읽고 그들이 이미지로 덮어씌운 망토 자락의 끝을 좇아 그 비밀을 엿보려는 것, 그것은 오직 삶의 미미한 부분일 수 있다. 그러나 바로 이것이 우리 삶의 성찰을 가능케 한다. 그 코트 자락이 너무 길어 지루하게 이 글을 이끌고 온 건 아닌가 하는 또 다른 반성을 낳으면서 말이다.

여성 산책자들의 시선과 풍경의 사유

1. 걷기, 사유하기, 글쓰기

일상성의 담론이 소리 없이 퍼지는 가운데 우리 여성 시인들은 도시를 산책한다. 우리 사는 이 일상의 방 안은 이제 너무 따분해졌다. 겨우 소비사회의 징후나 말하고 전망의 결여나 말하는 이 시점에서 산책자들은 거리를 나선다. 여성 산책자들(flâneuse)은 걸으면서 사유하고 사유하면서 글을 쓴다. 그들의 산책로는 글쓰기의 공간이다. 그들의 시선에는 무엇이 떠오르며 그들의 걸음걸이에는 어떤 흔적이 남아 있는가. 왜 여성들은 산책자가 되는가. 그들의 구두는 어떤 상상력 속에 불타오르는가. 산책자의 꿈 속에서 시적 상상력의 연금술은 어떻게 은밀하고도 황홀하게 펼쳐지는가.

1930년대 김기림의 산책로에는 수많은 여성 특히 이른바 모던 걸들이 있었다. 그들은 아스팔트 위에 내리쬐는 복사열을 받으며 근대화되어가는 경성의 누런 먼지 속을 걷고 있었다. 뒤뚱거리며 하이힐을 신고 가는 모습과 기묘한 퍼머넌트 머리는 경성의 모더니티 바로 그것이었는데 김기림은 이 모던 걸들의 멍한 눈에서 근대의 이면을 보았다. 그는 이 여성들에게서 에로티즘의 발랄하고 농후한 물결과 함께 근대성의 우울하게 감아드는 어둠을 읽어갔다. 여성은 근대성의 지표 바로 그것이며 산책자 김기림의 관찰의 대상이자, 연민과 혐오의 대상이기도 했던 것이다. 오

늘날 그 산책자의 자리에는 관찰의 대상이기만 했던 여성 자신이 서 있
다. 그것도 가짜 산책자(pseudo-flâneurs), 사유하지 않는 단순한 통행
인(badaud étranger)이 아니라 진짜 산책자(flâneuse)로서 그들은 걷
는다. 그들 산책자에게 있어 가장 중요한 것은 시선이다. 시선에 들어오
는 풍경과 사물들은 그들 사유의 협곡 안으로 미끄러진다. 사유의 핵은
세계를 드러내는 어떤 표지이다. 여성 산책자의 존재는, 여성이 남성으
로부터 아니 남성 중심의 사회로부터 어떤 위치에 처해 있는가를 알 수
있게 하고 그로부터 그 사회 전체의 인식론적 구조를 들여다 볼 수 있게
한다. '여성'은 당대 사회를 들여다 보는 거울이 된다. 여성 산책자의 글
은 바로 사회 인식의 표지이다. 이 여성 산책자의 글을 통해 여성 자신의
자신에 대한 표지를 알 수 있다. 여성 산책자는 단순히 남성들의 관찰의
대상으로서가 아니라 자신을 스스로 들여다보는 자로서, 성찰하는 자로
서의 산책자로 존재한다. 그래서 여성 산책자들의 사유가 글쓰기로, 상
상력으로 변주되는 대목은 흥미롭지 않을 수 없다.

2. 불타는 구두의 고뇌

신현림의 저 불타오르는 구두를 보자. 그는 산책하다 돌연간 구두를
벗어던지고 저 지루한 세상의 따분함에 대해 말한다. 세상은 왜 따분한
가. 아직도 여성에게 성적 억압을 말하라 하고 프로이트 박사에게 복종
하라고 말한다는 것 때문에? 그는 이제 이러한 너저분해진 성적 담론들
이 지겹다. 그는 다른 것을 꿈꾼다. 다른 것을 좀 보아달라고 그는 말한
다. 상상력의 당돌함에는 전복의 힘이 있다.

그가 「bottle woman」에서 더 이상 나에게 프로이트 박사를 떠올리지
마시라고 말할 때 이는 무엇을 말하고자 하는 것인가. 이는 우리 여성 시
인들이 어떤 담론들에 억압당하고 사회적 문화적 관습에 묶여 있는지를

우회적으로 보여준다. 자신을 바라보고 있는 여러 시선들에 대해 그는 주목한다. 사회에 대해, 여성을 바라보고 있는 남성들에 대해, 그리고 그들을 다시 바라보는 자신의 시선에 대해 그는 말하고 있다. '그녀를 바라보고 있는 그'를 바라보고 있는 자신을 들여다보고 있다는 점에서 그는 여성 산책자 '플라니즈 flaneuse'이다. 'bottl woman'의 시선은 그래서 섬뜩하다.

> 나도 내 몸에 꼭 맞는 유치장을 갖고 있다/붉은 병을/프로이드 식으로 남성의 상징이라 하지 마시길/제발 성욕도 잡숫지 마시길/어떻게 내가 여자만인가/당신의 곧고 환한 마음을 들여다 보는 /등잔이면 안되는가/이 눈 이 얼굴 이 가슴의 트럼펫/제대로 되먹은 인간이고 싶은 고뇌를 불고 있다//

(「bottle woman」)

르네 마그리트의 동명 페인팅을 제목으로 한 위의 시는 몇 가지의 전제를 필요로 한다. 인간의 고뇌를 말하고자 했다는 것, 삶과 죽음의 문제 곧 존재의 소멸에 대한 환상적 이미지를 보여주고 있다는 것이다. 이는 신현림의 시 세계에 대해 본격적인 논의를 할 때 자세하게 검토되어야 할 부분이어서 여기서는 생략하기로 하자. 시인은 병 속에 든 여자의 성적 상징을 캐고자 하지 말라고 주문한다. 이는 다분히 풍자적인 요소를 담고 있다. 여성 시인들이 관습적으로 통상적으로 어떠한 담론들에 자기 검열당하고 거기에 종속되어 왔는가를 말해주는 것이다. 신현림의 이 시가 여성의 성적 억압을 보여주었다 아니다가 중요한 것이 아니라 그러한 문학적 담론이 이젠 여성 자신에게도 하나의 억압 체계로 굳어졌음을 보여준다는 점이 더욱 중요한 것이다.

이젠 여성적 글쓰기가 중요하다고 말하고 페미니즘의 담론에 대해 언급하고자 하는 것들 중 많은 부분들은 여성의 성적 억압이라는 주제에 치중되는 경향이 있다. 이는 유행처럼 인식되어 끌리셰의 수준까지 확대 혹은 축소되었다. 확대라는 것은 여성 문제가 기존의 담론공간에서 광범위하게 퍼져나갔다는 점과 페미니즘에 대한 인식의 폭이 사회 전반에 확대되었음을 의미한다. '축소'라는 것은 바로 그 점 때문에 여성 문제는 속은 채 파보기도 전에 겉만 화려하게 치장되어 버리고 본질은 제대로 언급되지 않았다는 사실을 말하고자 한 것이다. 문화 예술 전반에 여성 문제가 언급되었지만 많은 경우 여성 문제는 성적 억압이나 '결핍'의 문제와 연결되었다. 물론 여기서 여성의 전통적 문화적 관습적 억압을 문제 삼는 것의 중요성을 폄하하고자 하는 것은 아니다. 페미니즘 담론의 내적 의미를 파악하기도 전에 여성 문제는 성의 유행성 결막염처럼 상품 시장에 진열되어 소비 사회의 중요한 상품으로 빨려들어간다. 최근 몇 년 동안 나온 여성 문제와 관련된 문화 상품을 생각하면 이런 진단은 쉽게 인정될 것이다.

중요한 것은 **아도르노**가 언급했듯이 문화 상품이 나쁘다는 것이 아니라 그것들이 어떻게 지배적 담론 ─이것이 모더니즘의 담론이든 그 이외의 것이든 간에─ 과 교류하면서 상호간에 깊이와 넓이를 확대시키고 시대의 전략적 기획들에 참여하는가 하는 문제인 것이다. 즉 페미니즘 이론과 같은 주변적 담론 혹은 장르들이 어떻게 중심적 담론 혹은 장르들에 영향을 끼치면서 주변적인 것이 중심적인 것으로 그리고 그 반대적인 것으로 변용되는가 하는 점인 것이다. 쉽게 말하면 지금까지의 페미니즘 논의는 거개가 주변적인 것으로 여전히 고착되어 있고 주변적인 것으로서만 논의 가능성을 가지는 것으로 인식되고 언급되어 왔다는 점이다. 말하자면 여전히 특수한 것에, 우리 시대 여성들의 특수한 사회 역사적 배경이 그 담론의 중요한 바탕이 된 것처럼 인식되고 있는 것이다. 이는 곧 페미니즘이 한 '특수한' 양식으로 특수한 텍스트에 적용할 수 있는 이론으로 한정짓는 태도와 같다. 말할 것도 없이 신현림의 위 시는 이것에 대한 반성을 말하고자 하고, 그리고 자신의 시가 어떻게 읽혀지고 씌어져야 하는지를 말해주고 있다. 시집 앞 편에 실린 몇 편의 시에서 인간의 고뇌가 시인의 상상력의 물줄기로 비상하고 있다는 점에서 더욱 그러하다. 그는 '여성'이기보다는 실존적 '인간'인 점을 말하고자 한다.

붉은 병 속에 갇힌 여성, 그는 인간의 고뇌를 보고 있다. 병에 갇힌 자의 고뇌는 여성이라서가 아니라 인간으로서이다. 인간의 유한성에 대한 허무, 의미없음, 고뇌 이런 것들 때문이다. 병 속에 갇혀있는 존재에게서 우리는 그 고뇌의 내적 긴장의 극한과 곧 이어 벌어질 파열의 순간을 예감한다. 생과 사의 이원성에 짓눌린 인간의 마지막 선택은 파열하는 것, 엽총에 장전된 총알처럼 자신의 육체를 파열시켜 버리는 것이다. 이 허무하고 유한한 육체의 파열을 통해서 그는 꿈을 꾼다. 병의 마개를 뚫는 행위는 육체의 유한성을 뚫는 행위이다. 그것은 자유의 행위이다. 자유는 시인의 상상력의 연금술을 아름답게 풀어헤쳐 놓는다. 그는 '붉은 구두'를 신은 상상력의 연금술사이다.

잘 열리지도 않는 문을 계속 두드리는 사람들/소멸로 운반하는 전지
전능한 절망감을 넘어//

「우울한 스타킹」)

지상의 삶이란 불안하고 그것을 견뎌내는 인간의 노력은 차라리 '전지전능한' 절망에 가깝다. 장엄한 덧없음과 부서질 아름다움이 나약한 인간의 삶을 지배하는 지상에서 그는 차라리 소멸의 꿈을 선택한다. 그가 '구원의 귓구멍에 대고 고통의 나발을 불어' 제낄 때 그가 선택한 길은 떠나는 것, 걷는 것, 그리고 저 먼 곳을 향하여 비상하는 것이다. 이는 여성 산책자의 고유한 덕목이다. 이 때 그에게 중요한 것이 '구두'이다.

철길 따라 걸으면 몸속으로 빨간 물고기들이 날아와/바람이며 풀이

며 꽃이 내 살에 박혀와/철길 따라 걸으면 왠지 서러워서

(「철로변의 가을」)

이 시에서 중요한 이미지는 이 벗어 던진 구두이며, (빨간) 물고기이며 바다로 혹은 강으로 가는 시인의 내면적 시선의 울렁거림이다. 이 중 물고기와 바다는 필연적인 연상작용처럼 보이지만 구두와 이것의 관계는 쉽사리 잡히지 않는다. 이것이 오히려 이 시의 핵심이지 않을까. 이 연상작용의 불가함이 그의 시가 있게 하는 존재 근거인 것이다. 그의 맹목적인 고통과 삶의 지겨움과 상실의 상처와 존재의 처절함은 이 불가능에서 비롯한다.

윗 구절을 다시 산문적인 문장으로 번역하면 '그는 빨간 구두를 신고 길을 걷다 바다로 간다' 이다. SF 소설의 여로같은, 그의 산책로를 따라가 보자.

당신은 무어냐고 누가 묻는다면/나의 존재를 희망의 포로라 말하겠다/일과 사랑을 찾아 다니는 구두였다고//발은 수술대 위에 놓여있다 뒤틀린 뼈는 버려지고.추억의 불가사리처럼 피로감처럼/내 발에 다시 악착같이 달라붙은 구두/지상을 더없이 사랑하게 만드는 구두/지상을 떠날 때 해를 향해 날아갈 구두/잔인하고 아름다운/내 희망 한 켤레!!

(「검은 구두 한 켤레」)

이 때 구두는 이 지루하고 덧없는 세상에서 빠져나오고자 하는 여성 산책자의 필수불가결한 도구이며 일과 사랑을 찾아 떠나는 시인의 영혼이다. 그는 구두를 신고 길을 떠난다. 그러나 그에게 다가온 것은 상실이며 고통이고 삶의 지겨움이고 괴로움이며 사랑과 죽음 등과 같은 고난한 삶의 여로이다. 그 사이에 사랑하는 사람과의 헤어짐이 있었다. 이제 추억은 헤진 구두처럼 가을 길에 나부낀다. 그는 헤진 구두의 뒷굽에 찔려

서 고통의 객혈을 하고 밤하늘을 보며 땅에 쓰러져 눕는다.

> 눈물은 촛농처럼 뜨거워지고/피흘리며 나는 밤하늘에 쓰러져 눕는다
> /예정된 내 길을 가라 가서 기어이 우뚝 서라/찔러라 이별의 하이힐아
> 부다 나를 찢어가라
>
> 　　　　　　　　　　　　　　　　　　　　　　　　　　（「이별의 영상」）

구두는, 인생의 가장 긴요한 것이면서 그의 인생 그 자체이면서 그의
실패한 인생을 찢어발기는 것, 고통의 단말마적 신음소리이기도 하다.
그의 고통은 잔혹극을 보는 듯한 처절함을 깔고 있다. 끝간 데 까지 간
자의 동병상련이 거기에는 있다. 그의 상상력은 고통을 말할 때보다 더
잔혹하게 타오른다. 그 절망의 끝에서 그가 꿈 꾼 것은 '물고기'다. 이
지루한 세상에 던져진 구두는 빨간 물고기의 영상으로 살아나 바다를 향
해 질주하듯 날아 오른다.

> 바람은 내 얼굴의 화장을 지우며 가고/해진 구두는 빛고운 물고기가
> 되도록 강가에 놔두고/옷은 풀풀 풀어헤쳐 인간을 벗은 옷의 의미를 느
> 끼고/하늘하늘한 원피스만 입고 그리운 너에게로 가겠다/나와 흡사한
> 마음을 가진 너와 함께
>
> 　　　　　　　　　　　　　　　　　　　　　　　（「황혼제,望祭」）

'구두에 갇힌 발', 이것은 '병 속에 갇힌 여자', '수저 통의 포크', '거
울 속의 새 한 상자'이며 '문만 두드리는 사람'과 동일한 의미 계열에 있
다. 즉 닫힌 자의 고뇌 그것이다. '닫힌 책같은 도시와 사람 사이에서/그
모든 것에서' 그가 응시하며 고뇌하고 꿈꾸며 다시 전투적인 맹렬함으
로 생을 사랑할 수 있게 하는 것, 맹목적인 생의 열정을 불타올리게 하는
것은, 그가 저 구두를 신고 그 구두를 창공을 향하여 찢어발기며 자유로

운 영혼과의 상봉을 꿈꿀 때인 것이다. 구두는 그래서 자신의 육체이며 시이며 상상력이며 '익명의 불타버린 여자'이다.

빨간 바위 위에서 뛰어내리고자 하는 (그는 이를 '육체를 벗고 자유로운 영혼과의 상봉'이라고 부르고 있다) 맹목적인 생의 충동은 죽음의 충동이다. 이 때 그의 욕망은 부풀어 오르고 상상력의 단단한 지반을 쌓는 것이다. 시집 뒷 부분에 실려 있는 많은 시들은 그 연배의 젊은 시인, 작가들이 그러하듯 육중한 역사의 무게에 짓눌려 제 목소리를 제대로 내지 못하는 듯한 느낌을 준다. 굳이 가치평가를 하자면 시집 앞부분에 실려 있는, 고통스럽게 자기 노출을 하고 있는 시에 점수를 주고 싶다.

3. 흐느끼는 자의 육체와 어머니의 육체

세월의 지옥으로부터 꿈만 꾼 실속없는 인생아 열망의 病아 나를 끌고 다니다 너도 말랐구나 으스러지게 껴안아보자 뭐든 껴안을 때 천당이구나

（「철로변의 가을」）

신현림의 위 시는 어쩐지 허수경을 떠올리게 만드는 대목이 있다. 이제 젊은 시인들은 사랑의 상실을 직접적으로 혹은 노곤하게 말하지 않는다. 그들은 상실을 통해 죽음과 사랑의 등가성에 눈뜨고 인간의 내면적 고통의 지옥을 인식하면서 상상력의 저 바다를 향해 나아간다. 자신의 육체속에 헤진 구두의 이미지를 병치시키고 태양을 향해 구두를 쏘아 올린다. 이 같은 돌발적인 상상력은 난해하고 정열적인 영상을 만들어 낸다. 30을 갓 넘긴 여자가 인생의 모든 지옥과 천당을 알아내다니, 우리는 여기서 이미 늙어버린 시인 허수경의 목소리를 얻는다.

허수경은 도시의 밤과 낮을 온통 산책하다 이미 낮술에 취해 마음을

　문학으로 돌아가다

건들거린다. 그에게는 도시를 산책할 구두가 주어져 있지 않다. 맨발이
며 맨몸이다. 그가 '여기까지' 온 것은 세간의 바퀴지만 결국 자신의 그
림자가 자신을 놓아주지 않은 탓이다. 그는 벗은 발로 이 '무작정 상경
한 울음의 도시'에서 자신의 삶의 흔적이 지워지고 있음을 본다. 그는
사라지고 싶다. '청년과 함께 이 저녁 슬금슬금 산책이 오래 아프게 할
이 저녁'에 말이다. 그에게는 '어머니의 육체와 흐느끼는 자의 육체'가
동시에 들어있다. 이 미묘한 경계선은 그의 시를 농후하게 읽게 만든다.
이것이 한 편으로는 '대책없는 모성성'이란 이름으로, 한편으로는 '창녀
의식'으로 자리한다.

그것은 따뜻함을 가지고 있으면서도 우리를 숨막히게 한다. 억압과 자
유를 말하지 않아도 그의 시에는 도시의 여성 산책자가 갖는 환상적인
숨막힘의 분위기가 존재한다. 그는 쓸쓸한 여관방에서, 광화문의 밥집에
서, 도시의 쓸쓸한 밤거리에서 고통에 절은 자신의 육체를 본다. 그는 자
신을 들여다 보는 자기 내면의 시선을 갖고 있다. 산책자의 육체는 이제
너무 소진되어버렸고 도시의 어두움에 너무 깊이 젖어 들었다. '창녀 의
식'은 이 여성 산책자에게 매우 중요한 문제로 보인다. 그것은 '나 버려
진것 같아 나한테마저도---'라는 말없음의 긴 부호 속에 숨죽이듯 존
재해 있다. 버림 받았음, 고귀하지 않음, 고귀한 체하지 않음의 내면을
다 드러내 보이기란 고통스러움 만큼의 투명도를 가진다. 이 투명성의
내막은 허수경의 시의 턱턱 숨막힐 듯 넘어가는 육자배기식 남도 가락의
경지로 이끌어 간다. 이것의 다른 이름을 우리는 '한(恨)'이라 부르지만,
허수경 시에서는 그 한이 한 겹 포장되어 나타난다는 점에서 독특한 울
림을 준다.

사카린 같이 스며들던 상처야/蓮粉의 햇살아/연분홍 졸음 같은 낮술
마음 졸이던 소풍아/안타까움보다 더 광포한 세월아//순교의 순정아/

나 이제 시시껄렁으로 가려고 하네/시시껄렁이 나를 먹여살릴 때까지
(「봄날은 간다」)

허수경은 신현림처럼 맹목적인 생의 충동과 고통을 환상적인 상상력
으로 풀어내기보다는 고통을 고통스럽다라고 말한다. 그러나 그 고통을
시시껄렁하게 불량스럽게 노래한다는 점에서 낯설다.

그는 지난 시간을 연분홍 같던 시절이었다고 하고 사카린 같이 스며들
던 상처라고 말하면서 '그 시절'이 광포한 세월이라 주억거린다. 그 고
통의 깊이가 얼마나 치열했는지를 말하거나 그래서 극한적인 고통으로
몸이 열병을 앓고 있다고 말하기보다는 그저 인생이란 시시껄렁하다고
하고 순교의 순정 또한 우습다고 말하고 있다. 인생이 우습다니 시시껄
렁하다니! 그의 육체에는 나이의 과부하가 걸려 있다. 왜 이 시인은 이렇
게 빨리 나이를 먹어버렸을까. 그의 인생에 드리운 그림자는 왜 그렇게
무거운 것일까. 그는 불량한 육체를 건들건들 말한다는 점에서 랭보와
닮은 것 같지만 그의 어조는 너무 한국적이고 서정주식 절창을 이어받아
서 차라리 풍류적이기까지 하다. '70노인의 마음을 한 허수경'은 이를
두고 말한 것이 아닌가 한다.

> 반짝이는 거/반짝이면서 슬픈 거/헌 없이도 우는 거/인생을 너무 일
> 찍 누설하여 시시쿠나//그게 바로 창녀 아닌가, 제 갈길 너무 빤해 우
> 는 거

(「늙은 가수―뽕짝의 꿈」)

그는 인생을 너무 일찍 발설했다. 인생을 너무 빨리 알아버려 앞으로
갈 길도 다 알겠다고 말한다. 내 뒤의 인생이 어떠하리라는 것도 다 빤하
다고 말한다. 그의 시에는 인생을 다 안 자의 내면이 있다. 그런데 허수
경의 시가 감동적인 점은 그 한이 한스럽지 않아서 오히려 한이 된다는

점이다. 그는 이를 '반짝이면서 슬픈 것'이라 표현하고 있다. 이제 겨우
삼십을 넘은 여자의 인생에 대한 인식은 이처럼 너무 '늙어' 있다. 허수
경에게는 지난 그 시절이 아쉽다거나, 지나온 흔적이 수치스러워서 한스
러운 것은 아니다. 그저 인생은 그런 것이다라는, 늙은 창녀의 담배 연기
속에 인생을 날려버리는 듯한 재주가 그에게 있다.

  그에게는 '돌아오고 싶니 내 노래야/내 목젖이 꽃잎 열듯 발개지던 그
시절/노래야, 시간 있니? 다시 돌아 올 시간,' 그는 이렇게 노인처럼, 창
녀처럼 말하고는 어느 길모퉁이에 돌아서서 눈물을 흘린다. 그것이 허수
경의 시를 읽는 이를 눈물겹게 한다. 군중 앞에서 인생은 그런 것이야를
뽕짝부르듯 부르고 저 어둡고 습기찬 골목에서 정처없이 눈물짓는 것,
그 눈물은 무방비한 채 흘러내리는 카타르시스이다. 때로는 육자배기 가
락으로 때로는 흥얼거림으로 때로는 술에 취해서 걸어가는 율격이 그의
시에는 살아있다. 허수경의 시는 건들거리며 불량하게 읽어야 한다. 그
의 시가 이상하게 우리의 성정을 울리면서도 뭔가 해독이 되지 않은 상
태로 남는 것은 이 불량끼의 주술성 때문이다. 그의 말대로 그의 시는 거
의 매번 '건들거린다.'

> 헤이, 아가씨, 오늘 나랑 같이 갈까/고향 오래비처럼 안아줄께 꽃 한
> 송이/사 줄까 밥 한 끼 먹여줄까 겁내지마/그리고 제발 울지마
>
> 　　　　　　　　　　　　　　　　　　　　　　　　(「도시의 등불」)

> 넌 이미 봄을 살았더냐/다 받아내며 아픈 저 정처없는 건들거림//난
> 이미 불량해서 휘파람 휘익/까딱거리며 내 접면인 세계도 이미 불량해
> 서 휘이익
>
> 　　　　　　　　　　　　　　　　　　　　　　(「정처없는 건들거림이여」)

  '창녀 의식'이 근저해 있는 곳에는 도시에서의 이방인 의식이 깊숙이

스며있다. 도시로 오자마자 그가 부딪힌 것은 도시에 팔려 온 짐승의 울음이다. 새벽 야시장에서 국밥을 말아 먹던 그의 시야는 온통 흐려오고 그의 생애는 국밥처럼 퍽퍽하다. 이 도시를 '떠나도/떠날 수 없으리'라는 예감은 그를 저 짐승의 웅크림을 닮아가게 한다.

　　이봐요 아가씨/당신은 이 도시에서 몸부터 먼저 헐릴거야 끝내 마음은 가지고 다닐 수 없이 무거워 지겠지 벌써 저녁이 끔찍한가/아가씨 무표정과 동무할 수 있는 건 도시의 등불밖에 없어

(「표정1」)

몸부터 먼저 헐린 이 여성을 바라보는 남성과, 그를 다시 바라보는 여성, 그리고 그로부터 자신을 들여다보는 여성이 여기에 있다. 그들은 다 서로가 서로에 대한 연민을 갖고 있으며 서로가 서로를 바라봄으로써 자신을 들여다보는, 즉 거울 형상의 시선을 갖는다.

　　나무 아래 멈춰서서 바라보면 어느 새 제 속의 그대는 /청년이 되어 늙은 마음의 애달픈 물음 속으로 /들어와 황혼의 손으로 악수를 청하는데요/한 사람이 한 사랑을 스칠 때/한 사랑이 또, 한 사람을 흔들고 갈 때/터진 곳 꿰맨 자리가 아무리 순해도 속으로 상처는 해마다 겉잎과 속잎을 번갈아내며/ 우울한 나무 그늘이 될 만큼/깊이 아팠는데요

(「청년과 함께 이 저녁」)

이 세 갈래의 시선 사이에서 이 시인의 시선은 궁극적으로 자신을 향해 있다. 아무리 아프지 않다고 그가 건들거리며 말해도 실은 그는 너무 아프다. '터진 곳 꿰맨 자리가 아무리 순해도 속으로 상처나'기 때문이다. 그것은 해마다 겉잎과 속잎을 번갈아 가며 상처를 덧나게 한다. 이 상처는 깊디 깊다.

　　꽃을 잡고 우는 마음의 무덤아 몸의 무덤 옆에서/ 울 때 봄 같은 초경
의 계집애들이 천리향 속으로/ 들어와 이 처 저 처로 헤매인 마음이 되
어 /나부낀다,그렇구나! 그렇지만 아닐 수는 없을까./ (중략)/ 한날 낙낙
할 때 같이 쓰던 수건이나 챙겨/어느 무덤들 곁에 버려진 꿈처럼 길을
찾아/ 낙낙한 햇살 아래 꾸벅꾸벅 /졸며 있으리라/

(「쓸쓸한 여관방」)

　버림 받았다는 것, 남자에게서, 인생에게서 아니 세월의 무상한 흐름
속에서 이 버림 받았다는 인식은 도시의 뒷골목이나 도시의 등불 그리고
쓸쓸한 여관방에 흔적을 남기고 있다. 그곳은 이방인이 한철 따숩게 쉬
어가기는 그런대로 괜찮은 곳이지만 정착할 수는 없는 팍팍한 곳이다.
겨우 '울 수 없는 마음이 베개에 기대어 꿈을 꾸는' 그런 한순간의 안식
이 가능한 곳이다. 아픈 몸과 마음은 여전히 무덤이다. 그는 다시 수건을
챙겨 길을 떠난다. 버려진 또 다른 무덤들 곁의 '꿈처럼 버려진 길' 을 나
선다. 너무 억울하고 슬프고 고통스럽고 막막함을, '그저 그런 것이다'
의 '심심파적' 의 처연한 내면으로 그려낸다. 그 건들거림의 내공은 어디
에서 연유할까.

　허수경의 시가 서정주 이후의 남도 절창 가락을 이어받고 있다는 평가
는, 그의 시가 읽어야만 의미가 드러나는 '읽혀지는 시' 임을 말해 준 것
이다. 그의 표현처럼, 혼몽하게 건들거리며 읽어야 그의 시는 읽힌다. 그
를 따라 산책자가 되지 않으면 그 시의 '몸' 을 받을 수 없다. 산책은 사
유이며 글쓰기이며 그것은 곧 삶이다. 우리의 일상이다. 그의 시가 어려
운 이유는 짐작컨대 고통을 알레고리하기 때문이다. 이는 그가 동양의
경전이나 불경 등의 서적으로부터 인화된 그림을 그의 시의 밑바탕에 깔
고 있기 때문이다. 신현림과 달리 허수경의 시가 고통보다는 달관의 태
도를 드러내는 것은 이에서 비롯된다. 더불어 그의 시가 한층 늙어있다

여성 산책자들의 시선과 풍경의 사유　**371**

는 점도 여기서 비롯할 것이다. 그의 표현대로 하자면 '귀근일정(歸根日靜)의 고요한 통곡' 그것이 있기 때문이다.

이와 관련해 허수경에게서 가장 두드러지게 나타나는 이미지는 꽃, 나무 그늘, 무덤, 나비 등이다. 진경 산수화를 떠올리지 않더라도 이 사물들이 동양적 정신의 도구임을 우리는 쉽게 짐작할 수 있는데, '꽃을 잡고 우는 마음, 환한 노랑나비 달고/싸묵거리는 황소같이, 나의 달은 대가리마다 한 적막강산 희게 밥풀 꽃을 피우는 구나' 등은 그의 시에 흔하게 있는 표현이다. 다음 시는 그의 시의 이런 경향을 잘 나타내준다.

환멸아, 네가 내 몸을 빠져 나가 술을 사왔니?/아린 손가락 끝으로 개나리가 피는구나/나, 세간의 블록 담에 기대 존다//나, 술 마신다/이런 말을 듣는 이 없이 했었다./나 취했다, 에이 거지 같이//한 채의 묘옥과 한 칸의 누울 자리/비천함! 아가들은 거짓말같이 큰 운동화를 사신었도다//누군가 노래한다/날 데려가다오, 비빌 곳 없는 살 속에/해 저문 터진 자리마다 심란을 묻고/그럴 수 있을까, 날 데려가다오/내 얼굴은 나를 울게 한다/아팠겠구나, 에이, 거지 같이/나 말짱해, 세간의 블록담 위로/ 구름이 흩어진다 실밥같이 흩어진 /미싱 바늘같이 촘촘한/집집마다 걸어 놓은 홍등의 불빛, 누이여/ 어머니, /이 세간 혼몽에 잘 먹고 갑니다//

(「쉬고 있는 사람」)

그의 시에는 몸 속에 들어온 사물들이 깊게 자리한다. 가시들이 몸을 뚫고 들어와 혼곤한 잠을 깨운다. 살 속에 환한 배추꽃 무꽃, 몸 속에 들어 온 추억, 그것은 마음의 상처로 남는다. 그 상처는 늙은 상처며 환하게 마음의 병든 자리를 비춘다. 그의 산책로에는 병든 마음의 자국들이 환하게 깔려 있다. 그것은 아프지만 아프지 않고 환하지만 환하지 않다.

4. 아버지의 이름으로, 아버지라는 이름의 구덩이를 덮기

'인적 없는 골목길', 그 싸늘하고 어두운 피가 돌돌 흘러내리는 길의 막다른 끝에서 숨을 헐떡이는 한 여성 산책자가 있다. 김혜순에게 이 싸늘함, 우물같이 찬 골목길의 이미지는 매우 중요한 것으로 보인다. 허수경이 흐느끼는 자의 육체와 어머니의 육체를 동시에 가지고 있고, 신현림이 그 양가적 육체로부터 벗어나고자 상상력의 연금술을 부리고 있다면, 김혜순에게는 흐느끼는 자의 육체만이 존재한다. 허수경의 시가 말로 옮길 수 없는 감동으로 혹은 처절하게 혹은 따뜻하게 읽혀지고 신현림의 시가 그 상상력이 당돌하고 자유스러워 어쩐지 아직은 생소해 보인다면 김혜순의 시는 고통스럽게 읽힌다. 이 점에서 여성 시인들의 시에 어떤 세대론적인 의미가 깔려있는 것이 아닌가 생각해 볼 수 있다.

김혜순은 길 밖으로 나서서 산책자가 되기보다는 어둡고 음침한 블라인드가 쳐진 방안에서 몽상가가 된다. 그 몽상의 중심에는 '얼음같이 찬 길'이 놓여 있다. '골목길'은 폐쇄, 억압, 공포의 한 상징일 수 있는데, 이를 육체의 억압에 대한 여성적 글쓰기라고 말할 수도 있으리라. 그러나 이것은 너무 정격과 공식에 맞는 이야기이다. 오히려 김혜순은 이 길을 새로운 길, 배추 흰나비의 길, 아무것도 담아 놓지 않은 빈 길 등의 이미지로 변주해 낸다. 김혜순의 새로운 점은 여기서부터이다.

그가 어두운 방을 나오자마자 길은 따뜻하고 하얗게 펼쳐진다. 그에게는 몽상가의 억압을 말하는 것보다 산책자의 따스한 온기를 기대하는 것이 좋을 듯하다. 그는 억압의 구덩이를 파서 아버지의 이름을 묻고 희고 깨끗하고 따뜻한 길 위로 손을 내어밀고 있기 때문이다. 그의 시는 어둡다가 마지막에 밝고 따뜻한 것으로 반전된다. 그의 산책은 길 끝에서 따뜻한 봄볕을 쬐게 한다. 김혜순이 여전히 아버지의 억압에 대해 말하고 어머니가 부재하다는 사실을 노골적으로 말한다고 해도 특이하고 새롭게 읽히는 것은, 그가 무거운 아버지를 그 자신의 몸 안에 가지고 있다고 말하는 부분이다. 자신이 드디어 아버지의 무거운 육체를 갖게 되었다는 것이다. 이 말은 한 편으로는 여성주의가 그 자체로 하나의 무거운 육체로, 문화적 아버지로 자리를 잡았다는 것, 여성주의가 비대해진 영토를 갖게 되었다는 것으로 읽히기도 한다. 이는 여성주의 문학의 문학적 담론이 이젠 일상적인 것으로 너무 상품적인 것으로 굳어진 것이 아닌가 하는 자기 반성의 전략을 담고 있는 것으로 읽힌다.

> 애야/천년 묵은 여우는 백 사람을 잡아먹고/여자가 되고, 여자 시인인 나는/백명의 아버지를 잡아먹고/그만 아버지가 되었구나/(망측해라, 이제 얼굴에 수염까지 돋게 생겼구나)/백명의 아버지를 잡아먹고/그 허구의 이빨로 갈아놓은/문장의 칼을 높이 치켜들고/나 두리번 거릴때/ 저기서 문장의 사이로/나귀를 타고 걸어 오는 너의 모습//
>
> (「어쩌면 좋아, 이 무거운 아버지를」)

이와 같은 진술은 하나의 '아방가르드적인 담론' 으로 보인다. 이제 까지의 여성주의 담론은 자신이 뿌리를 묻고 있던 바로 그 밭에 약을 치고 나뭇단을 만들고 밑둥을 쳐서 제재소에 보내고 하면서 자신의 영토를 확장해 왔다. 그것은 너무 비대해서 아버지의 영토처럼, 큰 구두를 신고 다녀야 제 땅을 다 섭렵할 수 있을 정도가 되었다. 그는 이제 이 사실에 놀라서 몸을 떤다. 아버지를 살해하고 아버지의 이름으로 아버지를 탄핵했던 그 자신이 권력적인 얼굴을 한 아버지가 된 것이다. 아버지가 되어버린 망측한 시인 자신의 모습. 그래서 그는 제 시의 집을 이젠 무너뜨려야 할 때가 왔다고 말한다. 아버지의 가슴을 찌른 손으로 그는 자신의 몸을 부순다. 여성이 신고 있는 이 구두가 이제는 너무 자신의 발에 비해 크다. 그 큰 구두를 몸에 걸치고 다닌다는 것은 그래서 따분하다.

　　해 오르면 머리를 감는 여자/허벅지가 없는 그 여자가/머리칼 위로
모래를 한 바가지 퍼 들이붓고는/ 첨벙 모래 구덩이에 머리를 담그는구
나/발도 없는 여자가/모래강 위에서 머리를 절레절레 헹구고 있구나/가
슴도 없는 여자가/머리칼도 없는 여자가/오, 몸도 없는 여자가 머리를
감고 있구나/우리 가지도---오지도--말고--너는 거기--나는 여기/
무너진 나날의 메마른 머리칼이 부풀었다 펴졌다 이리 저리 뒤척인다/
해오를 때부터 해질 때까지/없는 허리를 한번도 펴지 않고 그 여자가
머리를 감는구나/모래강의 물살을 뒤적여 빗고 있구나

「타클라마칸」

　　이 시인에게는 오히려 허벅지 없음, 발 없음, 가슴 없음, 머리칼 없음
과 같은 몸없는 육체의 육체가 제격인 듯이 보인다. 여자 시인에게는 아
버지의 영토가 필요한 것이 아니라 그 영토의 저 변방에 머물러 있는 탈
중심의 육체와 탈 언어의 영토가 필요한 것이다. 그래서 여성 시인들의
중요한 문학적 담론은 저 '타클라마칸의 모래 언덕'의 쉬임없는 빗질이
필요한지 모른다.

　　건조하고 고독한 불모의 땅에서 머리를 헹구어 내는 작업은 환상적인
아름다움을 갖는다. 아버지의 영토에서 비만해진 육체의 풍요로움보다
이 불모의 땅에서 퍼 올리는 건조성의 모래 바람이 여성의 몸 없는 육체
를 더욱 부풀리면서 몽환적 상상력을 자극시킨다. 김혜순이 힘을 보여주
는 것은 이런 대목이다. 억업과 한의 메시지를 직접적으로 전달하던 지
난 연대의 페미니즘 담론과 차이를 보인다는 점에서 어떤 긍정적인 평가
를 갖게 한다. 그가 아버지의 육체에서, 또 다른 아버지인 자신의 몸에서
이 아버지를 빼내고 만든 다음의 시는 그래서 따뜻하다.

　　그러나 아버지, 그 황토흙일랑 그만/파내시고 내말 좀 들어보실래
요?/내 가슴 속 온갖 구멍 속의 아이들이/젖은 머리칼을 내어말리고 그

구멍 속으로/내 편지를 가득 실은 파발마가 달려가요/내 희디 흰 편지를 가득 싣고/적토마는 달려요/저기 보세요 누가 오고 이어요/큰 가방을 들었어요! 아버지/시집의 문을 닫고 마당으로 나가봐요! 우리/젖은 글씨를 햇살 나무에 매달아요//

(「희디 흰 편지지」)

적토마가 전해주는 큰 가방 안에는 무엇이 들어 있는가. 아버지의 시대에 그 가방은 아버지의 무거운 노래와 억압적인 권력의 이름이 들어 있었다. 이제 저 파발마가 전해주는 아름다운 노래는 무엇일까. 희디 흰 편지지는 아버지의 영토를 비워 내고 순결해진 빈 영토이다. 부재의 공간에다 그는 시의 노래를 채운다. 그는 시집 밖으로 나와 아버지 혹은 아버지의 육체가 돼버린 자신의 몸 위에 후두둑 떨어지는 햇살을 받고 있다. 햇살나무에 걸린 시인의 시는 바로 그를 감싸고 있는 시인 자신의 젖은 육체이다.

그 육체는 그래서 이제 환하다. 저 타클라마칸 건조한 모래 언덕에서 몸없는 육체를 헹구어내던 시인은 이제 아버지와 더불어 아버지의 영토를 허물고 거기다 무엇인가를 심는다. 그것은 부재로 놓여있다. 이 '희디흰 편지지'가 바로 이제 여성 시인들이 혹은 우리 시인들이 노래해야 할 공간이다. 비우면서 채우는 것, 영원한 부재를 꿈꾸는 것, 이는 역설의 미학이며 글쓰기의 존재론이다.

여성 시인들에게는 더 내밀하고 긴 자신의 산책로가 필요하다. '흰 편지지'를 메우기 위해서 우리 시인들은 더 멀리 걸어가고 더 많이 사유하고 더 깊은 글쓰기를 해야 할 것이다.

그라디바, 불멸의 산책자

1. 마음의 무덤에 나 벌초하러
치병과 환후는 따로인 것을 (「혼자 가는 먼집」)

폼페이는 폐허가 된 고대의 모래 도시이다. 폼페이가 시간의 옷을 벗고 문명 세계에 나신을 드러냈을 때 그곳으로부터 한 여인이 튀어 나왔다. 희랍의 처녀, 그라디바! 바티칸 박물관에 있는 그 부조는 금방이라도 살아 움직일 듯한 환상을 불러 일으킨다. 그녀는 꿈과 현실, 고대와 현대를 가로지르는 불멸의 산책자이다. 그녀의 맨발은 참혹하지만 생명력이 꿈틀거리며 그래서 에로틱하다. 독일 작가 얀센은 그라디바가 이끄는 환상 저편으로 날아가 잃어버린 사랑의 기억을 되살렸고, 프로이트는 그녀로부터 무의식의 발굴과 억압과 투사에 대한 영감을 얻었다. 그라디바는 이상화된 사랑, 이상화된 삶의 실체이며 우리를 이 진부한 삶으로부터 벗어나 불멸을 꿈꾸게 하는 영원성의 여신이다. 이 세상에 있기도 하고 없기도 한 것. 즉 허수경이 '이 세상에 있지만 이 세상에 없는 것'이라 부른 것이 이것이다. 허수경은 이 '있지만 없는 것'을 찾아 이곳 모래도시를 떠나 독일로 갔다. 그리고 소설을 썼다.

소설 『모래도시』는 고고학을 공부하는 이방인들의 질병같은 삶과 그 고통으로부터 벗어나고자 하는, '치병과 환후'의 쓸쓸한 이야기이다. 질병과 같은 삶의 고통은 치유될 수 있을까. 상처는 아물었을까. 치병과 환후의 여정이 바로 '다리 다섯을 가진 황소'를 찾아 가는 그들의 여행이 아니었을까. 그들의 고고학적 탐색은 그라디바를 발굴할 수 있게 할 것인가. 그들의 불우는 바로 이 지상에서 그라디바를 발굴하고자 함으로부터 비롯된 것이 아닐까.

그의 소설에는 어쩐지 그가 이전에 썼던 시에서 보여준 강렬한 삶의 냄새가 그대로 묻어있다. 그는 툭하면 떠나겠다고 말하고(「서늘한 점심상」), 자신을 유목중이라고 했는데(「여관의 불빛」), 이 소설은 그 떠남 이후의 실존적 풍경을 보여주고 있다. 말하자면 이 소설은 그의 시를 다시 쓴 것이며, 그의 시는 그의 소설의 밑바탕 노트가 되는 셈이다. 시를 소설로 가능하게 한 '변형생성문법'이 무엇인가를 자문해 보는 것은 아주 흥미롭다. 소설은 시를, 시는 소설을 다시 베끼고 반향한다. 그것은 교향악적인 화음을 이루고 있다. 그러니까 소설과 시를 같이 놓고 교차시켜 읽지 않으면 허수경의 소설을 제대로 이해하기란 불가능해 보인다.

2. 모든 노래하는 것들은 불우하고/또 좀 불우해서/ 불우의 지복을 누릴 터 (「불우한 악기」)

제물을 어깨에 메고 사원을 향해 떠나는 남자의 벽화가 그려진 그림엽서를 '나'는 본다. 그는 맨발이다. 그 남자는 쓸쓸한 저녁을 어딘가를 향해 떠나고 있다.(1:〈문학동네, 1995. 겨울〉- 397면) 그의 맨발과 쓸쓸한 어깨가 '나'를 옛날의 모래도시의 기억으로 이끈다. 그렇다면 '나'의 저녁은 어떠했는가.

세 끼의 밥과 주택부금, 삼십대로서의 밥벌이, 낡은 아파트, 먼지 덮힌 라면, 간고등어와 두부, 유효 날짜가 지나가 버린 아이스바 등의 일상적 기억은 한 줌 모래처럼 '팍팍함' 바로 그것이다. 이 같은 일상이 그의 저녁을 쓸쓸하게 한다. 그 실체 없는 모래 알갱이들은 바로 불우를 가르키는 기호들이다. 불행과 불안과 불면과 불우의 뒤엉킨 모래 구덩이는 일상적 삶을 '불'의 난마전으로 만든다.

일상적인 삶의 수고로움으로부터 벗어나는 길은 능터를 찾는 길이다. 능터란 과거의 기억들을 추억하는 곳, 시간의 저편에 서 있는 사람들의 영혼을 초혼하는 곳이다. 그곳에는 누가 있는가. 능지기가 있다. 그는 사나운 물결을 잠재우고, 폭풍을 가라 앉히며 '사무실로 가는 길도, 그 어디로 가는 길도 아닌' 길의 통로에서 일상의 시간을 벗겨낸다. 거기서 '나'는 위안을 얻는다. 그럼에도 모래 도시에서 일상을 세운다는 것의 허망함을 더 이상 견디기 어려울 때, '나'는 그곳보다 더 멀리 떠날 수밖에 없다. 아예 '나'는 모래도시를 떠난다. 허수경의 그라디바는 모래도시의 삶에 부대껴 신발의 모래를 떨어내야 하는 수고로움과 고달픔으로부터 벗어나고자 하는 욕망 안에 존재한다. 그는 모든 남자들에게 신발을 벗겨낸다. 신발 신는 것의 수고로움으로부터 자유롭고자 그는 신발을 벗긴다. 그 남자들은 허수경의 이상화 된 사랑, 곧 그라디바이며 그의 불우를 치유해 주는 이상적인 그 무엇이다. '시간 속의 남자'는 길 위에서 주저앉고 싶을 때 자신을 통과해 나와 자신의 앞에서 이야기를 하는 남자이다. 그러나 사실 그는 '남자'가 아닌 '그 무엇'이라 불러도 되는 것이다. 살아가는 것은 꿈과 같은 것이며, 현실과 환상은 그래서 분리되기 어렵다. 꿈은 사는 그곳에서 나오는 것인 탓이다. 그의 소설은 바로 이 '맨발'의 황홀경으로부터 시작된다.

3. 딸의 자궁으로 들어 와 한줌의 가엾은 풀무더기
　　가엾은 벌초가 되어 (「가을 벌초」)

허수경의 소설에 나오는 남자들은 성(sex)을 갖고 있지 않다. 남자들은 맨발이거나 봉두난발이다. 신화 속의 인물 혹은 비현실적인 인물, 환상적인 인물들이다. 그들은 고고학적 흔적으로만 존재하는, 즉 벽화 속에나 존재할 법한 인물이다. 그들은 시간의 산책자이며 일상을 견디게 하는 구원의 그라디바이다. 그런 인물이기에 현실 속에 존재할 때는 '나' 자신의 분신이라고 할 만큼 현실의 불우를 사는 인물들이다.

그 인물들은 '나'의 모성적인 끌어안음의 대상이다. '내가 아니라서 끝내 버릴 수도 없는, 무를 수도 없는'(「혼자 가는 먼집」) 그런 것. 그래서 참혹한 것이다. 왕릉에서 만난 능지기가 그러하고 '나'의 아버지가 그러하고 심지어 소매치기 청년마저 그러하다. '나'를 연인으로 안고 싶어하는 슈테판에게 나는 어머니의 가슴으로 그를 품는다.

작가가 그려 놓은 능지기와의 만남의 장면을 보면 이는 자명해진다. 그는 태풍 속에서 '나'에게 온다. 그는 맨발이며 봉두난발이다.(1-406) 맨발의 남자들은 이 지상을 떠났다가 긴 여행을 하고 돌아 온 것처럼 불쑥 나타나서는 곧 다시 사라진다. 그의 봉두난발은 잡으면 어디론가 훅, 달아나 버릴 것 같이 '비현실적인 것'이다.(1-407) 초로를 넘긴 듯한 그 남자의 얼굴은 웬일인지 사무치는 표정을 하고 있다. 그 사무침은 아주 위태로우면서도 '편안한', 자유로운, 탈속한 얼굴과 동일한 의미론적 맥락을 가진다.

아버지는 또 어떠한가. 그는 너무나 '고운 사람'(탈속적인)이어서 지상에서 가족을 돌보기에는 무능하고 그래서 (기능을 갖지 않음으로)너무나 아름답다.(1-414) 그는 난마 악수의 바둑판을 세판 구경했다가 시간을 잃어버리고 오도 가도 못하게 된 나무꾼이다. 그는 이 지상의 모래 도시에서 자신의 시간을 잃어버린다. 그가 시간을 잃어버린 사이 아내는 아흔이 되고 아들은 육순이 되었다. 바둑판이 벌어지고 있는 이 현실의 시간에 나무꾼이 정신을 빼앗기는 사이, 그의 아내는 나무꾼의 어머니가 되고 자기 아들은 아버지가 된 것이다. 이 시간이란 무엇인가. 이 세계는 육체의 가상적 모습이 일시에 스러지는 영원불변의, 초시간적 영성의 시간을 지닌다. 이 영원성을 찾아내기 위해 과거를 발굴하고 과거의 시간을 초혼해야 했던 것이다. 이것이 그가 모래도시를 떠나게 된 이유이며 떠나서 고고학에 몰두하게 된 이유이기도 하다. 그 봉두난발인, 맨발의 남자들은 이 모래도시에서 시간을 잃어버린 바로 '나'이며 '나'의 욕망이 만들어 낸 환상의 그라디바이다. 그래서 그 남자들은 성을 갖고 있지 않으며 영원성의 얼굴을 하고 있는 것이다.

난마가 달리고 피뻘 같은 바둑판이 벌어지는 지상의 시간은 그가 모래도시에서 시인으로서의 삶을 산 시간이다. 거기서 '나'는 일상적 시간의 흐름 속에 꼼짝없이 갇힌다. 자신을 찾는 일이란 무엇인가. 향초를 넣은 차를 따르면서 한가하게 바둑을 두는 시간에 대한 욕망과 동경이란 다른 말로 하면 영원성, 혹은 불멸에 대한 욕망에 다름 아니지 않은가. 시인으로서 그 잃어버린 시간은 바로 '시인이 되었다가' 길을 잃은 시간, 곧 시인의 존재론적 질문과 관련된다.

멋모르고 시인이 되었다가 오도가도 못하고 머뭇거리다가 시간이라는 흐름 속을 빠져나온 무책임한 시인처럼.(1-420)

그는 내가 길 위에서 주저 앉고 싶을 때 '내 속을 통과해 나와' 자신의 앞에서 이야기를 한다. 사실 '그 남자들'은 바로 '나' 자신이다. '나'는 바로 시간을 잃어버린 나무꾼이다. 시인인 '나'는 그 잃어버린 시간을 찾아 독일로 간 것이다. 허수경은 '새로운 문장을 찾아 가는 길'이라고 부른다.

4. 청년과 함께 이 저녁 슬금슬금 산책이
오래 아프게 할 이 저녁 (「청년과 함께 이 저녁」)

'나'는 '있지만 없는 것'을 찾아 독일로 향한다. 독일 M시에는 지상의 삶이 불우한 두 명의 남자와 한 여자가 기다리고 있다. 슈테판과 파델, 그리고 파델의 애인 클라우디아. 그들은 기숙사 방에 세들어 있지만 결국은 이 지상에서 ‘세들어 살고 있는 자들’이다. 아버지의 무능과 생계를 위해 모래 도시를 떠돌아야 하는 기억을 가진 ‘나’는 말할 것도 없고, 아버지의 이른 죽음과 어머니의 재혼으로 불행한 어린 시절을 보낸 슈테판은 그 불행의 기억을 떨쳐버리고자 별을 관측한다. 그것은 불행을 넘어서는 것, 즉 운명을 예측하고 싶은 자의 열망에서 비롯된다.

아랍인 파델은 이스라엘과의 끊임없는 전쟁과 마로니트와 슈히트 간의 내전에서 전쟁을 일상으로 경험하는 유년시절을 보낸다. 그들의 현실은 ‘집모양에는 관심이 없이 혈전이 벌어지는 싸움판의 바둑판 같은 것’이다. 그들의 세계는 말하자면 ‘벽보를 동화로 알고 자란 자’(1-440)의 것이다. 그들의 유년은 아름답지 않다. 은도끼, 금도끼가 있다고 믿는 자가 어느날 그것이 동화의 세계였음을 깨달았을 때의 때늦은 철들음은, 이미 권선징악의 교훈을 주는 아름다운 동화란 처음부터 없다고 믿는 자들의 확신에 찬 서글픔과는 차원이 다른 것이다. 현실에 대한 어떠한 낭만적 동경도 믿을 수 없는 자들의 세계가 바로 ‘벽보가 동화가 되는 세계’인 것이다. 뿐만 아니라 이들에게는 산타클로스가 없음을 알면서 있음을 믿는 체하는 요즘 아이들의 교활함은 더 더욱 없는 것이다. 오히려 이들의 동화는 전쟁이며 가난이며 폭력이며 소외이며 ‘일 분에 한번씩 살의를 느’(1-423)껴야 하는 그런 무시무시함과 참혹함의 난장 그것이다. 이들에게 ‘동화’란 바로 참혹한 ‘현실’ 그 자체가 된다. 동화를 동화로 보고 자란 자는 유년을 향수할 수 있으며, 그들의 철들음은 그래서 오히려 어른스럽다. 그들은 어른의 세계를 자연스럽게 받아들일 수 있다. 그러나 그렇지 않은 자, 나, 슈테판, 파델, 클리우디아의 선택이란 무엇인가. 그들은 과거를 향수할 수도, 때늦은 철들음을 가질 수도 없다. 그들은 애늙은이들이며 이미 현실의 환멸을 다 알아버린 노인들이다. 그들은 '그 현실을' 받아들이지 못한다. 아니 현실을 잘 살아 낼 수가 없다. 그들에게 가능한 것은 현실을, 이 지상의 삶을 떠나는 것이다. 아니면 아예 '탈 현실하는' 길이다. 이것이 그들의 떠남의 이유이며, 고고학을 통해 과거를 발굴하려는 욕망의 근원이다.

5. 나 어느 모퉁이에서 운다네/
나 버려진것 같아 나한테 마저도 (「늙은 가수」)

고고학은 그들을 구원해 줄 것인가. 적어도 '나'에게서만은 단연코 그렇지 않다. 왜냐하면, '나'는 과거의 시간과 현재의 시간을 구분해 낼 능력이 없는 것이다. 없다기보다는 오히려 구분하고자 하지 않기 때문에 그러한 것이다. 그래서 '나'는 쐐기판에 나온 고대의 흔적들에 대해 진혼도 분석도 할 수 없으며, 고대인의 현재도, 자신의 현존도 수긍하기 어렵다. 텍스트로서의 문헌학, 아카데미즘의 분석적 시각으로 결코 그는 텍스트를 해독해 낼 수가 없다. 문헌학자로서의 그의 삶은 실패하기 십상인 것이다. 텍스트를 분리하거나 자신의 속성으로 끌고 오는 것(1-430)은 불가능하다. 그는 대신 텍스트에 자신의 마음을 고백할 수 있을 뿐이다. 현재의 삶이 견디기 어려워 떠나 온 자에게는 문자의 세계도 불우할 따름이다.(1-429) 아카데미즘의 이름으로 그가 고고학을 하는 한 그는 실패한다. 텍스트에 마음을 고백하는 것이란 바로 시인이 하는 일인 것이다.

시간을 철저히 분리하지도, 문헌학자로서 과거의 시간을 해독하지도 못하는 그 요령부득함은 현재의 시간들마저도 서로를 향해 있지 않은 것에서도 존재한다. 그들, 이방인들은 과거를 해독할 수 없을 뿐 아니라 현재의 시간들로부터도 자유롭지 못하다. 그들 존재의 쓸쓸함은 그 시간마저 해독할 수 없는 것에 대한 쓸쓸함에서 온다. 이는 사람들과 교통할 수

없음, 타인과 대화할 수 없음이라는 말, 언어, 기호의 세계의 단절로부터
비롯된 것이다. 슈테판은 '나'에게, 파델은 클라우디아에게 가지 못한
다. 그들은 모두 떠난다. 도시는 폐허이며, 타인의 시간은 해독되지 않은
채(2:〈문학동네, 1996. 봄〉-306면) 저 어둠의 저녁으로 빠져나가 버리
는 것이다.

6. 산성의 보호 아래 정주하지 않음/나 믿는 혼자 있는 불빛/ 여관의 불빛 (「山城 아래」)

『모래도시』는 모든 것이 폐허라는 명제로부터 씌어진 소설이다. 인생
은 죄다 마른 사막같다.(2-370) 그것은 이 지상의 삶이 모래알 씹는 것
과 같다는 허무주의적 인식에 다름 아니다. 그 허무주의는 이상화된 삶
에 대한 동경의 이면이며 영원성에 대한 욕망의 이면이기도 하다. 그러
면 그들이 가고자 하는 곳은 어디인가. 그것은 '딜문'이다. 딜문은 영원
성의 시간이 존재하는 곳이다. 그곳은 세상의 모든 강들의 입구이며 태
양이 처음 솟아오르는 곳이며, '머나먼 곳'이라는 이름을 가진 우투나피
시팀이 사는 곳이다. 딜문은 인간의 유한성에 절망한 자들, 홍수에 도시
전부가 폐허로 변한 것을 본 고대인들이 만들어 둔 꿈의 원천이다. 그곳
은 '사람이 살기 적합하지 않은 곳'에 사는 모든 불우한 자들의 내면에
솟아나 있는 하나의 고독한 섬과 같은 곳, 곧 모래도시의 삶을 사는 자들
이 꾸는 꿈 속에 있다. 폐허 위에서만 사람들은 꿈꾼다.(2-313)

그렇다면 이들 불우아들의 불행은 일차적으로는 현실적인 불행으로부
터 오지만 더 근원적으로는 존재론적인 것, 말하자면 인간 삶의 쓸쓸함
에서 비롯된 것임을 알 수 있다. 그들은 존재론적으로 쓸쓸한 자들이다.
삶은 그야말로 황무지이다. 그들은 '딜문'을 향해 떠난다. 이 지상의 삶
이 존재하는 터전인, 모래 도시는 폐허여서 그들은 모래 도시를 떠나

‘저기’, ‘먼 것’을 꿈꾼다.

그들이 ‘머나먼 곳’을 향해 떠나는 여행은 그래서 결코 도중에서 그치는 법이 없다. ‘나’도, 슈테판도, 파델도, 모두 떠난다. 그들의 떠나는 삶은 유목하는 자, ‘여관의 불빛’에 기대어 글을 쓰는 자의 운명과 관련되어 있다. ‘먼 곳’은 바로 ‘당신’이며, ‘봉두난발의, 맨발의 남자들’이며, 또한 나의 이상화된 욕망이자 희망이다. 더 궁극적으로는 글쓰기의 새로운 지도, ‘새로운 문장’인 것이다. 그들의 끝나지 않은 여행은 ‘머나먼 곳’이라는 당신을 만나기 위해서라고 작가는 쓰고 있다.

머나 먼 곳이라 불리는 당신을 만나기 위하여. 그의 다 떨어진 샌들과 바지와 봉두난발과 수염. 스러져가는 현재에 서서 과거의 별을 올려다보고 있는 셈족의 마을에 노을이 질 때, 그는 그는 말이다. 끌칼로 땅에다가 그렇게 새기고 있을까. 그 전쟁은 그를 살해했는지, 살해할 수 있었는지, 나는 자꾸 물었다.(2-395)

이 하나의 화두를 위하여 파델의 스승, 후신 선생은 평생을 쐐기문자를 해독하는 데 낭비한다. 그래서 후신 선생의 삶은 절망이자 희망이다.(2-395)

이 불가해한 삶의 비밀을 이들은 어디서 풀고자 하는가. 그들은 ‘다리 다섯을 가진 황소’를 찾으러 떠나기로 한다. 다리 다섯을 가진 황소란 무엇일까. 이 지상에는 없는 것, 그러나 존재하는 것, 눈에 보이지는 않으나 분명히 주어져 있는 것이다. 이를 우리는 환상이라 부르고 비현실이라 부른다. 이는 무용한 것의 아름다움, 반산문적인 것의 아름다움이며 이것이 바로 시다. 허수경의 소설이 시적이며 환상적인 이유이기도 하다.

나는 그런 고문헌 따위가 전쟁이라는 괴물에 시달리는 나를, 혹은 우

리를 구해주지 못한다고 생각했던 것 같다. 그러나 현세에는 아무짝에
도 쓸모없는 것들은 얼마나 매력적인가. 아무데도 쓰일 곳이 없는데도
이 세상에 있는 것들은, 쓸모있는 것만 살아남는 이 세계를 얼마나 강
력하게 저항하고 있는가. 나는 그런 매력 앞에서 또한 당황하고 있었던
것이다.(2-374)

그 매력이 이들을 고고학으로 이끌었을 것이며 다리 다섯의 황소를 찾
게 만들었을 것이다. 그것은 소멸하는 것, 초월적이라 부르는 것의 아름
다움이다. 구덩이에 갇혀 영원히 우물을 파는 노역에 처해진 죄수가 우
물 구멍이 열리던 날, 빛에 장님이 되어 버려 더 이상 세상을 볼 수 없게
되거나 빛을 본 직후 죽음을 맞이하는 그러한 것, 그것은 운명적인 것이
다.(2-327) 이러한 운명론은 허무주의의 냄새를 풍기지만 그보다는 존
재론에 가까운 것이다. 이 소설은 소설이 아니라 시적 산문이거나 시 바
로 그 자체이다. 이것이 이 소설이 시적인 모호성의 울림을 가진 텍스트
로 읽히는 이유일 것이다.

우리가 인식하자마자 사라지는 것들은 그래서 영원한 생성의 힘으로
남게 된다. 그들이 찾고자 했던 '다리 다섯의 황소'는 사실 산해경 속의
동물들과 다르지 않다. 그것은 일생에 단 한번 제 모습을 드러내는, 보르
헤스가 감동하고 즐겨 인용했던, 상상 속의 동물 '아 바오 아쿠'와 다를
바 없다. 인간들은 이 동물의 완전한 모습을 보기 위해 끊임없이 계단을
오르고 내리는 운명을 감수한다. '다리 다섯의 황소'는 실은 우리 삶의
'저편'에서 우리를 '이 곳'에 살게 하는, 일상의 삶을 지탱시키는 비밀
이다. 없으면 죽지도 살지도 못하는 욕망의 이상화이다.

7. 끝내 희망은 먼 새처럼 꾸벅이며/
　어디 먼 데를 저 먼저 가고 있구나 (「불우한 악기」)

　이제 정말 허수경의 소설을 말해야 할 때가 왔다. 허수경의 『모래도
시』는 바로 이 '다리 다섯의 황소'를 찾기 위해 씌어진 것이다. 그의 글
쓰기도 그의 독일행도 바로 이것 때문이리라. 그가 그토록 언어에 매달
리고, 불우를 말하고 하는 것도 다 이 때문이다. 그가 고고학을 하는 것
이 아카데미의 허영이든, 영원성에 대한 동경이든 우리는 알지 못한다.
그가 여관에서 잠을 자든, 또 다른 모래 도시를 찾아 나서든 그의 정착은
쉽지 않을 것이다. 거기까지만 그를 좋은 글쟁이로 있게 할 것이다. 그의
시적 요소가 미덕인 이유가 이것이며 그의 언어 감각이 출중한 것도 바
로 이 때문이다. 그러나 바로 이 지점에서 주저앉을 때 그의 소설은 끝날
것이다. 왜냐하면 시적인 언어는 끊임없이 '탈현실' 하고자 하고 초월하
고자 하면서 산문적 언어의 경계를 벗어나기 때문이다.

　우리가 찾아야 하는 것은 폐허가 되어도 이 곳에서 살아가는 길이 아
닐까. 발굴장의 팀장은 말하고 있지 않은가. 고고학은 폐허를 드러내는
것이 아니라 삶들의 지층을 드러내는 것이라고 말이다. 폐허가 되고 또
되어도 살아갈 수밖에 없는 그 힘들고 수고로운 삶의 끈끈한 유적을 찾
아내는 것이라고 말이다. 저곳엔 수도원이 있지만 이곳엔 여자를 살 수
있는 세속의 거리가 있는 것이다. 그라디바의 느릿느릿한, 그러나 살아
움직이는 생동감은 이 현실과 환상의 공간, 꿈의 환몽과 현재의 시간을
넘나드는 그 자유로움에 있지 않을까. 영원히 딜문을 향하지도, 그렇다
고 이 거리에 정착하지도 않는, 바로 그 황금률적인 삶의 비밀 말이다.

　떠나옴의 이유가 '새로운 문장'을 찾는 길에 있었다면, 희망이 없다고
말하기에도 지쳐버린 도시에서 '희망' 하나를 붙잡기 위해 이 모래 도시
를 떠나갔다면, 허수경의 글쓰기도, 삶도 이 그라디바의 산책의 지혜에

있는 것이 아닌가.

있지만 없는 것, 다섯 다리를 가진 황소를 찾는 것, 이를 우리는 환상이라 부른다. 이것이 없으면 이른바 '죽지도 살지도 못한다'는 바로 그것이다. 그래서 그것은 항상 우리 내면에 '있다'. 우리가 일상이라 부르는 것에 존재한다. 그라디바의 옷자락에는 바로 일상을 견디는 자들의 삶에 대한 물음과 일상을 사는 방법의 황금률적인 비밀이 숨겨져 있다. 허수경의 『모래도시』는 소설로 쓴 시의 세계이다. 여기서 산문은 진부한 현실적 삶의 리얼리티를 벗고 기능적으로 무용하기 그지 없는 시적 공간으로 진입한다. 이 지점에서 허수경의 소설은 시가 되며, 시는 곧 산문이 되어 버리는 것이다. 그 결과에 대한 가치평가는 일단 접어 두자.

찾아보기

(ㄱ)

가다머 26
「가면고」 313
가부장적 글쓰기 193
가의성 137
가족주의자 276
갈등의 수사학 213
「감」 45
감성(aisthesis) 193
감성의 지휘자 181
감정주의 205
강경애 193
강웅식 112
「강철군화」 307
개념 95
개연적인 것 29
개화 89
거대담론 181
거대서사 94
「거미 여인의 키스」.....................69
『거울 속의 천사』 11, 28
거울상 단계(the mirror stage).......55
『거울을 통해 본 유럽 역사』...........111
계몽성 89
계몽주의 184
계몽주의적 229
계몽주의적 담론 87
계보의 지형학 224
「고목과 여인」 41
고백적 내면 100
고석규 126, 345
고은 106, 165
고전주의 209
고정희 232, 345
『공기와 꿈』..........................44

공생체 112
「공원에서 쉬다1」 226
공지영 150
「과일쟁반」..........................45
「과일파는 소녀」......................31
과학적 심성 220
과학적 인간형 220
과학주의 214
광기 189
「광장」..............................304
구도 95
『구보씨의 일일』......................311
구승회 120
구조화된 것 29
「굴비」..............................45
굴원 68
「귀로」..............................41
그라디바 377
그로테스크 216
「그림 그리는 소녀들」...................39
근대 87
근대 예술 182
근대성 89, 90, 203, 210
근대시...........................203, 214
근대의 초극 88
근대주의 93, 220
근대화 89
기관 없는 신체(body without organs)
.... 181
기교 210
기독교의 가치 182
기술 203
『기이한 동물들의 상상세계』........ 198
기형도.....................237, 345, 348
기호론................................258
「길」.................................41

김광균 213
김광섭 120
김기림 205, 208, 215, 256
김기택 115
『김동인 연구』 134
김문집 125
김소월 345
김소진 154
김수림 112
김수영 218
김윤식 134
김인숙 147
김재섭 253
김중식 354
김지하 165, 233
김진섭 256
김춘수 118, 225
김현 117
김현숙 39
김혜순 232, 373
까뮈 162

(ㄴ)

「나는 이제 소멸에 대해 이야기 하련다」
.... 243
나도향 181, 182
나르시스 27
나르시즘적 184
「나만의 방」 66
「나무」 41
「나무밑」 41
「나무와 두 여인」 41
「나의 서울 설계도」 213
「나의 아랫배 이야기」 246
「나의 침실로」 99
「낙동강」 301
「난장이가 쏘아올린 작은 공」 191
난해성 106
「날개」 125

낭만적 서정성 220
낭만주의 99, 182
내면 고백체 소설 89
네그로폰테 198
네티즌 200
『노동의 새벽』 166
노발리스 172
「노상」 31, 33, 38
「노상풍경」 38
「노자」 23
농촌시 219
「눈물 속에는 고래가 산다」............233
『니벨룽겐의 노래』 305
「니벨룽겐의 반지」 21
니체 181, 194, 195

(ㄷ)

다원주의 225
달리 56
대동아공영권 211
대상성색욕이상성 131
『대위의 딸』 305
대중매체 223
대중문화 223
대지의 은폐 218
「대화」 31, 39
댄디즘 93
데카당스 문학 87
데카르트 181
「델마와 루이스」 144
도밍고 21
도서관 환상 304
도시시 215
도와 로고스 27
도취와 책임 132
독일사 111
독화 185, 213
동경 기행문 206
『동서미술론』 35

동양시학 112
「東洋에 관한 斷章」 210
동양정신 209
「동해」 125
동화 메카니즘 128
두보 341
두장접이 그림 237
드가 22
드라크로아 72
들뢰즈 181
『들림, 도스토예프스키』 28
디지털 198

(ㄹ)

라깡 66, 132
랭보 121
레리스 129
레비스트로스 29
레스보스 230
레이몬드 윌리암스 169
로고스 181
로맹롤랑 197
로칼리즘 254
료따르 90
루벤스 342
루카치 259, 260
르네 마그리트 72, 248, 361
르네 웰렉 117
르네 웰릭 117
르네상스 211
「리아리즘의 확대와 심화」 125
리얼리즘 89, 198
리얼리즘론 181
릴케 24

(ㅁ)

마르셀 티티엔 29
마르크시즘의 종언 90
마릴린 몬로 141
마술적 사실주의 199
「마음이 옅은자여」 97
마조히즘 131, 183
『말』 268
『말과 사물』 114
『매트릭스』 179
「먼 그대」 331
메를로퐁티 181
메타시론 118
모네와 샤갈 72
모더니즘 89, 187
모더니즘 시 208
모더니즘 시론 208
모더니티 90, 218
모던 여성 102
모던걸 186
모던보이 186
모랄론 257
『모래도시』 377
모성문제 193
모성성 232
모윤숙 256
「모피를 걸친 헬레나 푸르망」 342
모호성 188
「몽상가」 227
묘사적 이미지 27
『무림시편』 229
무의미 시 27
「무정」 96
문명 비판 210
문명과 야만 111
「文士와 修養」 96
문정희 119
문학의 불안 303
『문학의 이론』 117
문화 담론 208
「문화의 운명」 210

미셀 푸코 ……………………114
미시학…………………………111
미완의 텍스트………………… 123
미테랑 …………………………90
미하일 함부르거………………205
미학적 감수성 ………………… 93
민족……………………………105
민족문학 ………………………105
민족문학 주체 논쟁 ………… 169
민중 소설………………………169
민중문학 ………………………105
민중시…………………115, 219
민중의식 ……………………… 106
밀실……………………………188
「밀실을 찾아서」………………189

(ㅂ)

바그너 …………………………21
「바람부는 날이면 압구정동에 가야한다」
………………………………… 244
바르트…………………………78
바슐라르 ………………… 44, 72
바흐찐…………………………181
박남수…………………………120
박노해…………………161, 165
박수근…………………………31
박영희………………100, 206, 212
박완서…………………………34
박용하………………239, 240, 241
박인환………………217, 258, 345
박종화…………………………100
박준……………………………189
박태원…………………………311
박형준…………226, 227, 242, 243
박화성…………………………193
반근대주의……………………220
반대감정양립(ambivalence)………277
반서정성 ……………………… 217
발레리…………………………22, 49

발생 텍스트 ………………… 124
발자크…………………………129
방어……………………………131
배리(paralogy)………………94
백낙청…………………………93
백원담…………………………211
백조……………………………182
백화점…………………………212
버지니아 울프……………… 145
「벌레 이야기」……………… 189
베르그송 …………………… 195
베를렌느 ……………………… 99
베이컨(Francis Bacon) ………… 34
벤야민…………………………239
벤자민…………………………35
벨라스케스……………………72
변증법적 통합 ……………… 209
병치……………………………187
보들레르……………… 72, 93, 99
보르헤스 …………… 179, 249
보봐르…………………………162
복제인간 ……………………… 180
본격소설론 ………………… 257
볼프강 벨슈…………………… 94
「봉별기」………………125, 136
부사방적회사(富士紡績會社)……… 207
「부정과 생성」………………… 128
「북어」…………………………45
분열된 자의식……………… 185
불멸……………………………188
「불타는 구두를 던져라」…………231
블랑쇼 ………………172, 301
『블레이드 런너』………………179
비코……………………………181
「빨래터」……………………… 31

(ㅅ)

사르트르………………… 162, 268
사실주의 ……………………… 199

사이렌.................................301
사이버 문학 199
사이비 근대.......................... 87
사회주의 315
산문시.................................27
「살찐 소파에 대한 일기」.................51
상상계적 환상 330
『상상동물 이야기』....................249
상징주의 99
상징주의 문학 87
상호텍스트성 134
「새」.................................120
「새의 높이를 찾아서」...................241
생명사상 232
생명시 112
생태공간 112
생태주의 113, 120
생태학적 상상력 232
「샤갈의 마을에 내리는 눈」.............25
서구화.................................89
서술적 이미지 27
서영은................................329
「서유기」................ 304, 313
서정시.................................203
「서정시의 문제」......................215
서정시학 112
서정주 217, 225, 371
「석류」.................................45
성도착증............................. 131
「성북동 비둘기」......................120
성의 탈성화(desexualize)............232
성적인 퇴행 132
「세 여인」...............................33
세계의 개진 218
세태소설 327
센티멘탈 로맨티시즘 209, 213
센티멘탈리즘.........................212
소격화(alienation effect) 205
『소년』................................206
「소는 여관으로 들어온다 가끔」..... 195
「소문의 벽」..........................189
소수성(minority)................ 39, 142
『소유』.................................143

소크라테스 11
송호근.................................172
쇼펜하우어 197
수사학................................138
「수제비의 미학, 최진실 論」.........245
순수.................................218
「순수의식의 뇌성과 그 파벽」........ 126
순수화 과정 209
스투디움(studium) 78
「스페이드의 여왕」.....................14
스펭글러 216
시간의 공간화 187
「時代苦와 그 犧牲」...................... 97
시대정신.............................. 206
시뮬라크르 235
『시안』.................................112
「詩여, 침을 뱉어라」.................. 218
시와 공간.............................112
『시와 사상』.......................... 112
「시외버스 정거장」....................242
「시장」.........................31, 33
시장의 여인들」.................38, 39
신기성의 디즈니랜드 95
신범순 114
신비주의.................. 81, 113, 232
『신생』.................................112
신세대 시인 225
신현림....................230, 231, 360
신화학.................................29
신화학의 창조 29
실존주의.................. 130, 162, 216
「실화」.................................125
심리적 호메오스타시.................. 131
심층적 텍스트(genotext) 135
「씌어지지 않는 자서전」.................189
씨니피앙 133
씨니피에 133

(ㅇ)

아날로그 192
아도르노 362
아방가르드 221
『안나까레리나』 307
『안수길 연구』 134
알레고리 192, 195, 234
『앙띠외디푸스』 38, 130
앤디워홀 141
야만의 도시 215
야콥슨 124
얀센 377
양귀자 165
양성합일적(androgynous) 146
언어 기호 134
업젝션 이론 135
에로티시즘 112
에로티즘 118
에세이 256
에세이스트 259
에픽테토스 44
엔더슨 103
엘리어트 255
『여백』 234
여성성 232
여성주의 113, 119
여성주의 소설 151
「여인과 소녀들」 38
「여인들」 33
역사의 종말 192
염상섭 97
『염상섭 연구』 134
영웅본색 228
영원성 36, 188
영원성의 시간 33
영원회귀 194, 195
『영혼과 형식』 260
예술 182
예언자(Visionary) 198
『예프게닌 오네긴』 116, 305
오델로 65

오디푸스 삼각형 130
오리엔탈리즘 265
오상순 97
오장환 207
「오전의 시론」 210
오정희의 소설 193
옥시모론 286
옥희도 34
『올란도』 145
「올랭피아」 173
완전한 문학 212
「왕재산, 눈내리는 무덤가에 앉아」 ..230
「외투」 15
우울 213
「월광으로 짠 병실」 119
柳父章 88
유사 산책자(pseudo flâneur) 102
유토피아 49, 192
유하 228, 230
유행적 분위기 87
유희 94
윤대녕 181, 194
윤동주 345
윤호병 112
율리시즈 301
은유 191
이광수 206
『이광수와 그의 시대』 134
이대흠 233
이데아 259
이론(theoria) 193
이면적 의미 92
이문열 165
이미지 259, 341
이미지즘 215
이백 341
이상 185, 215
『이상 전집』 127
이상(李箱) 212
이상적 도시 215
이상화 99, 100
이선 321
이선영 226, 241, 246

이성 중심주의......................... 193
이성복.................................165
이수명 119
이수익 118
이승만 218
이승훈......................... 118, 132
이어령 125
이예린 161
이은상.................................256
이인성 172
이자(二者) 관계.....................184
이재선 113
이중성 188
이중적 시선 186
이청준 172, 188
이탈리아사 111
이태준 311
이하석 120
이항대립 218
이혜순 117
인간공학 179
인공낙원 102
인문주의............................. 263
인문학 208
인연설 195
일상성 225
일상성의 외설......................... 321
일원적 가치 218
일탈 217
『임꺽정』.................................106
임종국 125, 128
임철우.................................165
임화.....................126, 216, 256

(ㅈ)

『자기만의 방』......................... 146
자본주의 211
자유당................................218
자유연애 182

자코메티............................. 72
장 주네.................................72
장경린 118
장미.................................182
장성만 100
장자.................................195
「재즈처럼 나비처럼」................... 229
잭 런던 216
저항의 문학」................... 254
전도된 내면 100
전영택................................97
「전짓불 아래서의 방백」.................189
전체성 193
전통................................218
전통주의 254
전후세대 253
「젊은이의 시절」.................182
정귀영 131
정명환................................128
정신분석학 124
정신주의적 291
정지용 106, 215
『정희』.................................188
제 2의 자연 215
제2의 성 194
제3의 육체 194
제작성 102
『조각시집』......................... 72
조두영 132
조명희.................................301
조선일보 210
조세희 191
조연현.................................254
조정래 165
조지 루카스 21
조지 오웰 216
조철하................................183
종말의식.................................224
「종생기」................... 125, 135, 188
『죄와 벌』.................................305
주변................................99
주제학................................111
주제학적 비평......................... 119

주체...................................99
주체론.................................193
주체의 해체............................90
「중심의 괴로움」.......................233
쥘리아 크리스테바.................72, 135
「지도의 암실」.........................125
「지루한 세상에 불타는 구두를 던져라」
....247
지성...................................209
지성론.................................125
지스까르 데스땡.........................90
지오토..................................72
「지주회시」............................125
「직녀」................................193
직접성.................................259
진이정.................................121
진정한 산책자(flâneur)................102
짱 룽시.................................27

(ㅊ)

차이코프스키............................14
참여...................................218
참예술.................................184
창조...................................182
「책상 위로 고개를 박다」...............246
『처용단장』.............................24
척사파.................................100
천사...............................26, 182
『청춘』................................206
『超克』................................253
초현실주의적...........................193
최수철.................................172
최승자.................................232
최승호.................................234
최인훈.................................171
최재서.................................123
최저낙원......................... 188, 213
최정희.................................193
「최후일 수 없는 최후의 현실론」.....196

춘원...................................208
「춘천 悲歌 1」.........................240
치픈데일양식(Chippendale)..........35

(ㅋ)

「칼날과 사랑」.........................147
컴퓨터.................................204
『쿼바디스』............................305
「크리스마스캐럴」......................313
키취성.................................217
키취시.................................113

(ㅌ)

타자...................................99
타자성.................................128
타자철학...............................181
탈근대.................................95
탈근대성...........................91, 225
탈모더니즘.........................95, 225
탈아론.................................88
탈주선(the line of flight)...........192
탈현대주의.............................94
테오도르 지올코우스키................117
토마세프스키...........................115
「토인과 생맥주」.......................254
통신문학...............................199
퇴폐성.................................100
퇴폐적.................................97
퇴폐주의...............................182
투사...................................131
투키티데스.............................29
트리비얼(trivial).....................238

(ㅍ)

파과(破瓜) 185
『파도』 158
「破愛」 154
『파이드로스』 11
팝아트 141
패러디 29, 113
패러텍스트 72
페미니스트 143
페미니즘 181, 193
폐허 182
『폐허』 97
포스트모더니즘 90, 181
포스트모더니티 90
포스트모던한 상황 90
표면적 의미 92
「표박」 182
표층시 243
표층적 텍스트(phenotext) 135
푸쉬킨 14
푸코 72, 181
푼크툼(punctum) 78
풀레 129
풍자문학론 125
프랑스사 111
프로방시얼리즘 254
프로이트 108
프리다 칼로 344
플라톤 11, 129
플라톤주의자 212
피드백 이론 179

(ㅎ)

하이데거 218
「한 여름 오후를 장의차가 지나간다」 .....
241
「한국 모더니즘 문학의 근대성과 일상성」
210

한국의 현대시 217
한용운 106
「할아버지와 손자」 38
해외문학파 258
「해인(海印)」 71
해조묘(蟹爪描) 35
해체 217
해체주의 66
핵문제 193
『행촌아파트』 323
허무주의 217
허수경 119, 352
헤로도투스 29
현대성/일상성 244
『현대시』 112
『현대시의 변증법』 205
현대주의 90, 93
현대화 93
현상 텍스트 124
형상 31
혼성모방 29
홍명희 106
「화구」 45
『화두』 301
화신(化神) 183
환경문제 193
환상문학 200
환상적 사실주의 199
「환시기」 125
환영 212
환유구조 187
황무지 124
황석영 165
황지우 49, 71, 165
황홀한 실종」 189
「회색인」 304
회화적 이미저리 215
후일담 소설 171
휴머니즘 209
「휴식」 31
「휴업과 사정」 125, 139
「휴지 같은 이 인생」 226
흑백논리 218

히에로니무스 보슈 56

(1~0)

「12월 12일」 125
1930년대 후반기.......................207
1950년대 214

(A~Z)

A.S 바이어트 143
authorship 72
Berman................................101
「bottle woman」.....................248
F. Jameson 108
H. 르페브르...........................237
SF 문학 180

새미비평신서 4

문학으로 돌아가다

인쇄일 초판 1쇄　2004년 06월 30일
　　　　 2쇄　2015년 05월 30일
발행일 초판 1쇄　2004년 07월 15일
　　　　 2쇄　2015년 05월 13일

지은이 조 영 복
발행인 정 진 이
발행처 새미
등록일 2005.03.15. 제17-423호

서울시 강동구 성내동 447-11 현영빌딩 2층
Tel : 442-4623~4 Fax : 442-4625
www. kookhak.co.kr
E- mail : kookhak2001@hanmail.net
ISBN : 978-89-5628-115-5 *93800
가 격 22,000원

저자와의 협의 하에 인지는 생략합니다.